John le Carré est né en 1931. Après des études universitaires à Berne et Oxford, il enseigne à Eton. Durant la Guerre froide il a été membre du service de renseignement britannique, le Foreign Office. Depuis soixante ans il se consacre à l'écriture et partage son temps entre Londres et la Cornouailles.

John le Carré

COMME UN COLLÉGIEN

ROMAN

Traduit de l'anglais par Jean Rosenthal

Éditions du Seuil

TEXTE INTÉGRAL

La première édition en langue française de cet ouvrage a été publiée par les Éditions Robert Laffont en 1977.

TITRE ORIGINAL
The Honourable Schoolboy
ÉDITEUR ORIGINAL
Holder & Stoughton, Londres

ISBN 978-2-02-7578- 8540-6
(ISBN 2-02-047240-6, 1re publication)

Pour Jane, qui a payé de sa personne,
supporté d'une humeur égale ma présence
et mes absences, et qui a rendu tout possible.

AVANT-PROPOS

Je tiens à exprimer mes chaleureux remerciements à tant de gens aussi généreux qu'hospitaliers qui ont trouvé le temps de m'aider dans mes recherches pour ce roman.

A Singapour, Alwyne (Bob) Taylor, correspondant du *Daily Mail* ; Max Vanzi, de *United Press* ; Peter Simms, qui était alors correspondant de *Time* ; et Bruce Wilson, du *Melbourne Herald*.

A Hong Kong, Sydney Liu, de *Newsweek* ; Bing Wong, de *Time*, H.D.S. Greenway, du *Washington Post* ; Anthony Lawrence, de la BBC ; Richard Hughes, alors du *Sunday Times* ; Donald A. Davis et Vic Vanzi, de *United Press* ; Derek Davies et ses collaborateurs de la *For Eastern Economic Review*, notamment Leo Goodstadt. Il me faut aussi mentionner avec gratitude l'exceptionnelle coopération du major général Penfold et de son équipe du Royal Hong Kong Jockey Club, qui m'ont ouvert les portes du champ de courses de Happy Valley et qui ont fait preuve envers moi d'une telle amabilité, sans chercher une fois à savoir quelles étaient mes intentions. Je voudrais aussi pouvoir citer les divers fonctionnaires du gouvernement de Hong Kong et les membres de la police royale de Hong Kong qui m'ont ouvert bien des portes, au risque parfois de se trouver eux-mêmes dans une situation embarrassante.

A Phnom Penh, mon charmant hôte le baron Walther von Marshall a pris merveilleusement soin de moi, et je n'aurais jamais pu m'en tirer sans les sages conseils de Kurt Furrer et de Mme Yvette Pierpaoli, tous deux de la Suisindo Shipping and Trading Co. et qui se trouvent maintenant à Bangkok.

Mais je dois remercier tout particulièrement ceux qui ont eu à me supporter le plus longtemps : mon ami David Greenway, du *Washington Post*, qui m'a permis de voyager dans son ombre illustre à travers le Laos, le nord-est de la Thaïlande et Phnom Penh ; et Peter Simms qui, avant de s'installer à Hong Kong, m'a guidé en territoire peu connu et m'a aidé dans bien des démarches. Envers eux, Bing Wong, et certains amis chinois de Hong Kong qui, je crois, préfèrent conserver l'anonymat, j'ai une grande dette de reconnaissance.

Il faut citer enfin le grand Dick Hughes dont j'ai sans vergogne exagéré le caractère expansif et les tics de langage pour le rôle du vieux Craw. Il y a des personnages qui, dès l'instant qu'on les a rencontrés, se fraient tout simplement un chemin jusque dans un roman et n'en bougent plus jusqu'à ce que l'auteur leur ait trouvé une place. Dick est de ceux-là. Mon seul regret est de n'avoir pu céder à ses pressantes exhortations de l'accabler sous la calomnie. Mes plus noirs efforts n'ont rien pu devant le caractère attendrissant de l'original.

Et puisque aucun de ces braves gens n'avait alors d'idée plus précise que moi sur la façon dont le livre allait tourner, je dois m'empresser de les absoudre de mes méfaits.

Terry Mayers, un vétéran de l'équipe britannique de karaté, m'a conseillé à propos de certains inquiétants talents. Quant à miss Nellie Adams, et à ses stupéfiants exploits à la machine à écrire, aucun éloge n'arrive à sa hauteur.

Cornouailles
20 février 1977.

Le public et moi savons bien
Ce qu'on apprend aux collégiens :
Que ceux à qui l'on fait le mal
Se vengent en faisant le mal.

W. H. AUDEN

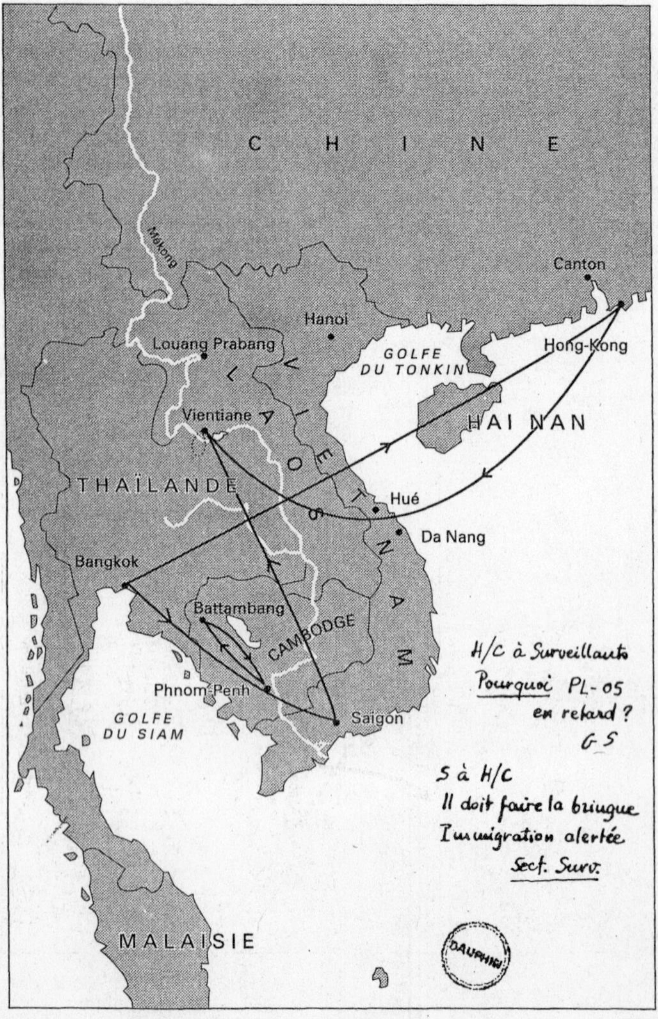
C H I N E
Mékong
Canton
Hanoi
Hong-Kong
Louang Prabang
GOLFE
DU TONKIN
LAOS
VIETNAM
Vientiane
HAI NAN
THAÏLANDE
Hué
Da Nang
Bangkok
Battambang
CAMBODGE
Phnom-Penh
Saigon
GOLFE
DU SIAM
MALAISIE
H/C à Surveillants
Pourquoi PL-05
en retard ?
G S
S à H/C
Il doit faire la bringue
Immigration alertée
Sect. Surv.
DAUPHIN

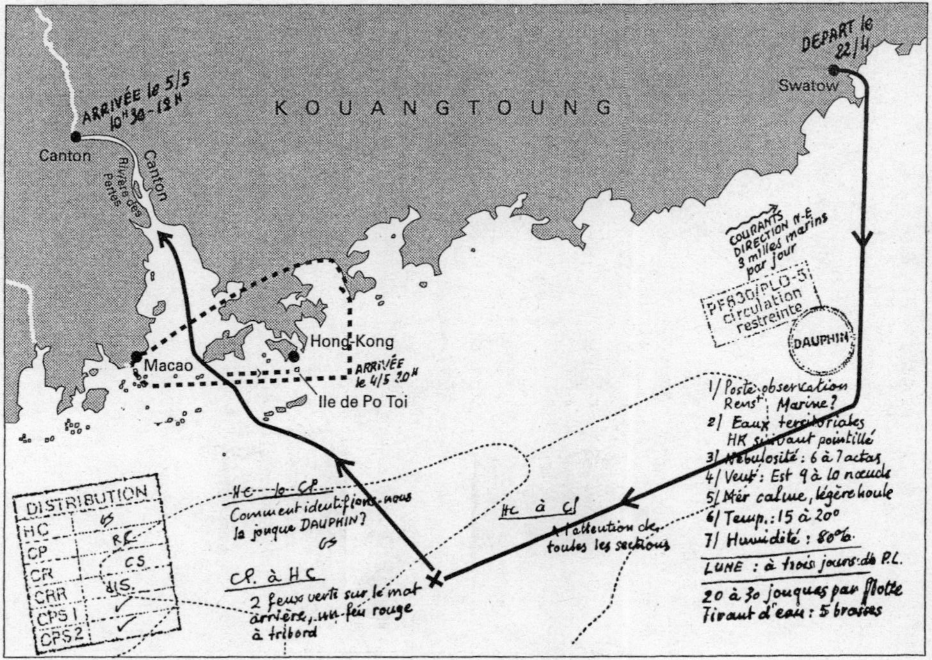
KOUANGTOUNG
DEPART le 22/4
Swatow
ARRIVÉE le 5/5 10H30-12H
Canton
Canton
Rivière des Perles
Hong-Kong
Macao
ARRIVÉE le 4/5 20H
Ile de Po Toi
COURANTS DIRECTION N-E 3 milles marins par jour
PF830/PLO-5 circulation restreinte
DAUPHIN
1/ Poste observation Rens[t] Marine?
2/ Eaux territoriales HK suivant pointillé
3/ Nébulosité : 6 à 7 actas
4/ Vent : Est 9 à 10 nœuds
5/ Mer calme, légère houle
6/ Temp. : 15 à 20°
7/ Humidité : 80%
LUNE : à trois jours de P.L.
20 à 30 jouques par flotte
Tirant d'eau : 5 brasses
HC à CS
A l'attention de toutes les sections
HC à CP
Comment identifions-nous la jouque DAUPHIN?
CS
CP. à HC
2 feux verts sur le mat arrière, un feu rouge à tribord
DISTRIBUTION
HC CS
CP RC
CR CS
CRR dIS.
CPS1 ✓
CPS2 ✓

Première partie

ON REMONTE LA PENDULE

1

Comment le cirque quitta la ville

Par la suite, dans les petits estaminets poussiéreux où les serviteurs secrets de Sa Majesté se retrouvent pour boire ensemble, on discutait le point de savoir où il fallait vraiment faire commencer le dossier Dauphin. Certains, qui avaient pour maître à penser un type boudiné chargé de transcrire les écoutes, allaient jusqu'à prétendre que la date qui convenait était soixante ans plus tôt, quand « ce super salaud de Bill Haydon » était venu au monde sous une étoile traîtresse. Le seul nom de Haydon les faisait frissonner. Il a encore cet effet aujourd'hui. Car c'était ce même Haydon qui, alors qu'il était encore à Oxford, avait été recruté par Karla-le-Russe comme « taupe », comme « dormant », ou en simple anglais comme agent de pénétration pour travailler contre eux. Et qui, téléguidé par Karla, était entré dans leurs rangs et les avait espionnés pendant plus de trente ans. Et dont la découverte en fin de compte – ainsi raisonnait-on – avait amené les Britanniques si bas qu'ils s'en étaient trouvés réduits à un état de funeste sujétion par leur service frère américain, que dans leur étrange jargon ils appelaient les « Cousins ». Les Cousins, expliquait le type boudiné, avaient complètement changé les règles du jeu. Tout comme il aurait pu déplorer cette fâcheuse tendance qu'avaient certains à jouer l'homme au tennis ou au cricket. Et ils avaient gâché la partie aussi, ajoutaient ses disciples.

Pour des esprits moins imaginatifs, la véritable genèse se situait lorsque Haydon avait été démasqué par George Smiley et qu'à la suite de cela, Smiley avait été nommé administrateur provisoire du service trahi, c'est-à-dire fin novembre 1973. Dès l'instant où George avait commencé à s'intéresser à Karla, disait-on, plus moyen de l'arrêter. Le reste, concluaient-ils, le reste était inévitable. Pauvre vieux George : mais quel cerveau sous tout ce fardeau !

Un esprit érudit, une sorte de chercheur, un « fouineur » comme on dit dans le jargon, insistait même quand il avait un verre dans le nez, que tout remontait au 26 janvier 1841, quand un certain commandant Elliot, de la Royal Navy, débarqua à la tête d'une petite troupe sur un rocher enveloppé de brouillard qu'on appelait Hong Kong, à l'embouchure de la rivière des Perles, et quelques jours plus tard le proclama colonie britannique. Avec l'arrivée d'Elliot, affirmait cet érudit, Hong Kong devint le quartier général du commerce de l'opium organisé par la Grande-Bretagne avec la Chine et, par voie de conséquence, un des piliers de l'économie impériale. Si les Anglais n'avaient pas inventé le commerce de l'opium – disait-il, sans être tout à fait sérieux – alors il n'y aurait pas eu d'affaire, pas de stratagème, pas de dividende : et donc pas de renaissance du Cirque après les déprédations traîtresses de Bill Haydon.

Alors que ceux qui avaient les pieds par terre – les agents interdits de vol, les moniteurs et les officiers traitants qui tenaient toujours leurs discrets conseils –, eux ne voyaient le problème qu'en termes opérationnels. Ils faisaient remarquer l'habile travail de démarchage de Smiley qui lui avait permis de retrouver la trace du trésorier de Karla à Vientiane, la façon dont Smiley avait su s'y prendre avec les parents de la fille, et ses habiles manœuvres auprès des barons peu enthousiastes de Whitehall qui tenaient les cordons de la bourse pour les opérations et qui octroyaient franchise et permis de chasse dans le monde du renseignement. Et surtout, disaient-ils, il ne fallait pas oublier le moment merveilleux où Smiley avait réussi à faire tourner l'opération sur son axe. Pour ces professionnels, l'affaire Dauphin était une victoire de la technique. Rien de plus. Ils ne voyaient, dans le mariage forcé avec les Cousins, qu'une nouvelle habileté de vieux routier dans une longue et délicate partie de poker. Quant au résultat final : qu'importe. Le roi est mort, vive le roi !

Le débat se poursuit partout où de vieux camarades se retrouvent, mais, on le comprendra, le nom de Jerry Westerby est rarement évoqué. De temps en temps, il est vrai, quelqu'un le prononce quand même, par imprudence, par sentimentalité ou par pure distraction, et il y a un moment de gêne ; mais qui passe. L'autre jour encore, un jeune stagiaire tout frais émoulu du centre d'entraînement remis à neuf du Cirque à Sarrat – dans le jargon du service « la Nursery » – l'a lâché au bar des juniors. Une version édulcorée de l'affaire Dauphin avait été récemment présentée à Sarratt pour servir de base à des discussions de groupe, voire à des psychodrames, et le pauvre garçon, encore très inexpérimenté, bouillonnait d'excitation à l'idée d'être dans le secret des dieux : « Mais, mon Dieu », protestait-il, profitant de cette liberté des innocents qu'on accorde parfois aux jeunes cadets au carré des officiers, « mon Dieu, pourquoi personne ne semble-t-il reconnaître le rôle de Westerby dans l'affaire ? S'il y a quelqu'un qui a porté tout le poids de l'histoire, c'était bien Jerry Westerby. Il était le fer de lance. Enfin, non ? Franchement ? » Sauf que, bien sûr, il ne prononçait pas le nom de « Westerby », ni de « Jerry » non plus pour la bonne raison qu'il ne les connaissait pas ; mais il utilisait à leur place le nom de code attribué à Jerry pour la durée de l'affaire.

Peter Guillam bloqua cette balle perdue. Guillam est grand, costaud, mais non sans élégance, et les stagiaires qui attendent leur premier poste ont tendance à le vénérer comme une sorte de dieu grec.

« Westerby était le bâton qui a servi à tisonner le feu, déclara-t-il sèchement, rompant le silence. N'importe quel agent aurait fait aussi bien, et certains passablement mieux. »

Comme le garçon ne semblait toujours pas comprendre l'allusion, Guillam se leva, s'approcha de lui et, très pâle, lui lança à l'oreille qu'il devrait aller se chercher un autre verre, s'il était capable d'en avaler un de plus, et qu'il ferait bien ensuite de tenir sa langue durant quelques jours ou quelques semaines. Sur quoi, la conversation revint une fois de plus sur le cher vieux George Smiley, assurément le dernier des véritables grands, et à quoi s'occupait-il donc maintenant qu'il était à la retraite ? Il avait vécu tant d'existences, il avait tant de souvenirs à évoquer, maintenant qu'il était au calme, disaient-ils en chœur. « Pendant que nous en faisions un, George a bien fait cinq fois le tour de la lune », déclara quelqu'un dans un bel élan de fidélité. Une femme.

Dix fois, reconnurent-ils, vingt ! Cinquante fois ! Sous la poussée de ces hyperboles, l'ombre de Westerby bienheureusement disparut. Tout comme, dans une certaine mesure, celle de George Smiley. Ah ! George avait un merveilleux coup de batte, disaient-ils. A son âge, qu'est-ce que vous voulez de plus ?

Peut-être un point de départ plus réaliste serait-il un certain samedi de typhon, à la mi-1974, à trois heures de l'après-midi, alors que Hong Kong, barricadée derrière ses volets de tempête, attendait l'assaut suivant. Au bar du Club des correspondants étrangers, une dizaine de journalistes venant pour la plupart d'anciennes colonies britanniques – Australiens, Canadiens, Américains – plaisantaient et buvaient, désœuvrés, mais agités, comme un chœur sans héros. Treize étages plus bas, les vieux trams et les autobus à deux étages passaient, sous la croûte d'un brun boueux que leur laissaient la poussière des chantiers de construction et la suie des cheminées d'usine de Kowloon. Les minuscules bassins devant les hôtels sur la hauteur étaient piquetés par une petite pluie lente et insidieuse. Et dans les toilettes, côté messieurs, d'où l'on avait la meilleure vue du club sur la rade, le jeune Luke, le Californien, plongeait son visage dans le lavabo, pour rincer le sang qui coulait de sa bouche.

Luke était un joueur de tennis dégingandé et fantasque, un vieil homme de vingt-sept ans qui, jusqu'au départ des Américains, était la vedette de l'écurie de correspondants de guerre de son magazine de Saigon. Quand on savait qu'il jouait au tennis, on avait du mal à l'imaginer en train de faire autre chose, même boire. On se le représentait au filet, se déployant et assenant des smashes jusqu'à ce que mort s'ensuive ; ou bien passant des balles de service inattrapables entre deux doubles fautes. Tout en suçant sa gencive et en crachant, encore ébranlé par l'alcool et par le coup qu'il avait reçu, il pensait quand même avec clarté à plusieurs choses à la fois. Une partie de son esprit est occupée par une serveuse de bar de Wanchai, prénommée Ella, pour les beaux yeux de qui il avait envoyé son poing dans la mâchoire de ce porc de policier, ce qui lui avait valu les conséquences inévitables : avec le minimum de force nécessaire, le susdit commissaire Rockhurst, surnommé le Roc, qui en cet instant précis se détendait dans un coin du bar après ses efforts, l'avait envoyé au tapis pour le compte et lui avait assené un coup de pied bien ajusté dans les côtes. Une autre partie de son esprit se concentrait sur quelque chose que son propriétaire chinois lui avait dit ce matin-là lorsqu'il s'était plaint du bruit que faisait le phonographe de Luke et qu'il était resté boire une bière.

Assurément une information sensationnelle. Mais laquelle ?

Une nouvelle nausée le secoua, puis il regarda par la fenêtre. On amarrait les jonques derrière les barrières et le bac avait interrompu son trafic. Une vétuste frégate britannique était à l'ancre et l'on murmurait au club que le gouvernement anglais l'avait mise en vente.

« Elle devrait prendre la mer », murmura-t-il confusément, se rappelant des bribes de science nautique qu'il avait ramassées au cours de ses voyages. « Les frégates, ça prend la mer dans les typhons. Parfaitement, monsieur. »

Les collines étaient de l'ardoise sous la masse des lourds nuages noirs. Six mois plus tôt, cette vue l'aurait comblé de plaisir. Le port, avec son vacarme, même les gratte-ciel de pacotille qui grimpaient depuis le bord de la mer jusqu'en haut du Pic : après Saigon, Luke s'était jeté avec voracité sur tout ce paysage. Mais il ne voyait plus aujourd'hui qu'un roc britannique, vautré dans sa richesse et sa suffisance et géré par une bande de marchands prétentieux dont l'horizon s'arrêtait au contour de leur panse. La colonie était donc devenue pour lui exactement ce qu'elle était déjà pour les autres journalistes : un terrain d'aviation, un téléphone, une blanchisserie, un lit. De temps en temps – mais jamais pour longtemps – une femme. Un endroit où même l'expérience devait être importée. Quant aux guerres qui si longtemps avaient été son vice, elles étaient aussi loin de Hong Kong qu'elles l'étaient de Londres ou de New York. Seule la Bourse présentait une apparence de raison, et de toute façon, le samedi elle était fermée.

« Tu crois que tu vas survivre, champion ? », demanda le cow-boy canadien échevelé venu occuper la place auprès de lui. Les deux hommes avaient partagé les plaisirs de l'offensive du Têt.

« Merci, mon cher, je me sens en pleine forme », répondit Luke avec son accent anglais le plus marqué.

Luke décida que c'était vraiment important pour lui de se rappeler ce que Jake Chiu lui avait dit ce matin en buvant une bière, et soudain, comme un cadeau du ciel, cela lui revint.

« Je me souviens ! cria-t-il. Bon sang, cow-boy, je me souviens ! Luke, tu te souviens ! Mon cerveau ! Il fonctionne ! Bonnes gens, prêtez l'oreille à Luke !

– Laisse tomber, lui conseilla le cow-boy. Ça ne boume pas fort aujourd'hui, champion. Je ne sais pas de quoi il s'agit, mais laisse tomber. »

Sans l'écouter, Luke, d'un coup de pied, ouvrit la porte et se précipita dans le bar, les bras grands ouverts.

« Hé ! hé ! les gars ! »

Pas une tête ne se retourna. Luke mit ses mains en porte-voix.

« Ecoutez, bande de pochards, j'ai une *information*. C'est fantastique. Deux bouteilles de scotch par jour, et un cerveau comme un rasoir. Qu'on me donne une sonnette. »

N'en trouvant pas, il se saisit d'une chope et la cogna contre le rebord du comptoir, éclaboussant la bière. Même alors, seul le nain lui prêta quelque attention.

« Alors, Lukie, couina le nain avec son accent traînant de pédale de Greenwich Village, qu'est-ce qui s'est passé ? Est-ce que le Grand Moo a de nouveau le hoquet ? Je ne peux pas le supporter. »

Le Grand Moo, en jargon du club, désignait le gouverneur, et le nain était le chef de bureau de Luke. C'était une créature maussade, avec des poches sous les yeux et des cheveux en désordre qui ruisselaient en mèches noires sur son visage ; il avait aussi une façon agaçante de surgir sans bruit à côté de vous. Un an plus tôt, deux Français, qu'en général on ne voyait que rarement dans les parages, avaient failli le tuer à cause d'une remarque qu'il avait faite par hasard sur les origines du gâchis vietnamien. Ils l'avaient emmené jusqu'à l'ascenseur, lui avaient cassé la mâchoire, un certain nombre de côtes, puis l'avaient déposé comme un tas de linge sale au rez-de-chaussée et étaient remontés terminer leurs consommations. Peu après, les Australiens avaient réagi de la même façon lorsqu'il avait fait une allusion stupide à leur participation militaire symbolique à la guerre. Il avait laissé entendre que Canberra avait passé un accord avec le président Johnson pour que les soldats australiens restent à Vung Tau, ce qui était une vraie partie de plaisir, pendant que les Américains, eux, faisaient la guerre ailleurs. Contrairement aux Français, les Australiens ne se donnèrent même pas la peine d'utiliser l'ascenseur. Ils se contentèrent de flanquer une abominable rossée au nain là où il était, et lorsqu'il s'écroula, ils lui donnèrent un peu de rabiot. Après cela, il apprit quand il devait éviter certaines personnes de Hong Kong. Par temps de brouillard persistant, par exemple. Ou bien quand il n'y avait de l'eau que quatre heures par jour. Ou bien par un samedi de typhon.

A part cela, le club était plutôt vide. Pour des raisons de prestige, les grands correspondants évitaient cet endroit. Quelques hommes d'affaires, qui venaient pour le cachet que donne la présence de journalistes, quelques filles qui venaient chercher des hommes. Une paire de prétendus grands reporters de télé dans leur tenue de combat de fantaisie. Et, dans son coin habituel, le redoutable Roc, commissaire de police, ex-Palestine, ex-Kenya, ex-Malaisie, ex-Fidji, un vieux soldat implacable, avec sa bière, des mains un peu rouges et le supplément dominical du *South China Morning Post*. Le Roc, disait-on, venait par snobisme. Et à la grande table du milieu, qui en semaine était réservée à *United Press International*, traînait le Club de bowling des jeunes conservateurs baptistes de Shanghai, présidé par le vieux Craw, l'Australien au visage marbré, qui savourait son habituel tournoi du samedi. Le but de la compétition était de lancer à travers la salle une serviette roulée en tire-bouchon et de la loger dans le casier à bouteilles. Chaque fois qu'on réussissait, les concurrents vous payaient la bouteille et vous aidaient à la boire. Le vieux Craw grommelait des ordres de lancer et un vieux serveur de Shanghai, le préféré de Craw, ramassait d'un air las les mégots et apportait les prix. La partie ce jour-là manquait d'animation, et certains membres ne se donnaient même pas la peine de jouer. Ce fut néanmoins ce groupe que Luke choisit pour lui servir d'auditoire.

« C'est la femme du Grand Moo qui a le hoquet ! insista le nain. Le cheval de la femme du Grand Moo a le hoquet ! Le palefrenier du cheval de la femme du Grand Moo a le hoquet ! Le cousin du palefrenier... »

S'approchant de la table à grands pas, Luke sauta dessus dans un terrible fracas, brisant quelques verres dans l'opération et se cognant la tête au plafond. Planté là-haut dans l'encadrement de la fenêtre du fond, à demi accroupi, il avait quelque chose de démesuré : la brume sombre, l'ombre du Pic au fond et ce géant qui occupait tout le premier plan. Mais ils continuaient à danser et à boire comme s'ils ne l'avaient pas vu. Seul le Roc jeta un coup d'œil dans la direction de Luke, un seul, avant d'humecter un énorme pouce et d'ouvrir son journal à la page des bandes dessinées.

« Troisième reprise, ordonna Craw, avec son bel accent australien. Frère Canada, préparez-vous à lancer. Attendez, manant. Allez. »

Une serviette roulée en tire-bouchon s'envola vers le casier, suivant une trajectoire tendue. Couvrant une niche, elle resta là un instant, puis retomba sur le sol. Encouragé par le nain, Luke se mit à taper du pied sur la table et d'autres verres tombèrent. Il finit par avoir son public à l'usure.

« Vos Grâces, dit le vieux Craw avec un soupir. Faites silence, je vous prie, pour mon fils. Je crains qu'il ne veuille nous entretenir. Frère Luke, vous avez commis aujourd'hui plusieurs actes de guerre, et un de plus risque d'encourir notre déplaisir. Parlez clair et avec concision, sans omettre aucun détail, si minime soit-il, Seigneur, retenez votre haleine. »

Dans la quête inlassable où chacun s'efforçait de bâtir une légende autour des autres, le vieux Craw était leur Vieux Marin. Craw, se disaient-ils les uns aux autres, avait secoué plus de sable de ses shorts que la plupart d'entre eux n'en verraient jamais sous leurs semelles et ils avaient raison. A Shanghai où sa carrière avait commencé, il avait été garçon de courses et chef des informations dans le seul journal de langue anglaise de la ville. Depuis lors, il avait couvert la lutte des communistes contre Tchang Kaï-chek, de Tchang contre les Japonais et des Américains contre pratiquement tout le monde. Dans cet endroit sans racine, Craw leur donnait un sens de l'histoire. Sa façon de s'exprimer, qu'en période de typhon même les plus endurcis étaient bien excusables de trouver irritante, était une authentique survivance des années 30, quand l'Australie fournissait le gros des journalistes opérant en Extrême-Orient ; et le Vatican, pour on ne sait quelle raison, le jargon de leur confrérie.

Ainsi donc, grâce au vieux Craw, Luke finit par sortir son histoire.

« Messieurs ! – hé, le nain, sale Polack, lâche-moi le pied ! – messieurs. » Il s'interrompit pour se tamponner la bouche avec un mouchoir. « La villa connue sous le nom de Maison Haute est à vendre et Sa Grâce Tufty Thesinger a déménagé en catastrophe. »

Rien ne se passa, mais de toute façon il ne s'attendait pas à grand-chose. Les journalistes ne sont pas enclins à pousser des cris de stupéfaction, ni même d'incrédulité.

« La Maison Haute, répéta Luke d'une voix sonore, est à qui veut la prendre. Mr Jake Tchiu, le célèbre agent immobilier, plus connu de vous comme étant mon irascible propriétaire, a été chargé par le majestueux gouvernement de Sa Majesté de disposer de Maison Haute. C'est-à-dire de la bazarder. Lâche-moi, sale Polonais, ou je te tue ! »

Le nain l'avait fait tomber. Seul un saut agile lui évita de se blesser. Du sol, Luke lança d'autres injures à son agresseur. Cependant, Craw avait tourné sa grosse tête vers Luke et ses yeux humides fixaient sur lui un regard sinistre qui semblait s'éterniser. Luke commença à se demander laquelle des innombrables lois de Craw il avait bien pu enfreindre. Sous ses divers déguisements, Craw était un personnage complexe et solitaire, comme *le savaient* tous ceux qui se trouvaient là. Sous la brusquerie délibérée de ses manières se cachait un amour de l'Orient qui semblait parfois le ligoter plus serré qu'il ne pouvait le supporter, et il y avait des mois où il disparaissait complètement et, comme un éléphant maussade, s'en allait par des chemins connus de lui seul, jusqu'à ce qu'il fût de nouveau vivable.

« Ne bafouillez pas, Votre Grâce, voulez-vous ? dit enfin Craw renversant sa grosse tête en arrière d'un geste impérieux. Abstenez-vous de rejeter de l'eau de cale de basse qualité dans un breuvage extrêmement salubre, voulez-vous, monseigneur ? Maison Haute est un nid d'espions, la branche locale de la CIA. Depuis des années. Le repaire du major Tufty Œil de Lynx Thesinger, anciennement des Chasseurs à pied de Sa Majesté, présentement le Lestrade de la Sûreté à Hong Kong. Tufty ne s'envolerait pas comme ça. C'est un malfrat, pas une poule mouillée. Verse à boire à mon fils, Monsignor... » – cela s'adressant au barman de Shanghai –, « il divague. »

Craw psalmodia un nouvel ordre de lancer et le Club reprit ses activités intellectuelles. A dire vrai, il n'y avait pas grand-chose de neuf dans ces informations sensationnelles de Luke. Il avait une réputation bien établie de chroniqueur d'espionnage raté, et ses pistes se révélaient invariablement fausses. Depuis le Viêt-nam, ce stupide garçon voyait des espions sous tous les tapis. Il croyait que le monde était régi par eux et le plus clair de ses moments de loisirs, lorsqu'il était à jeun, il les passait à traîner auprès des innombrables bataillons que l'on comptait dans la colonie de spécialistes de la Chine et pire encore à peine déguisés, qui infestaient l'énorme consulat des Etats-Unis sur la colline. Aussi, s'il n'était pas tombé sur un jour si apathique, les choses en seraient probablement restées là. Mais le nain entrevit une possibilité de s'amuser et la saisit au vol :

« Dis-nous, mon petit Luke, lança-t-il avec un geste des mains très pédé, est-ce qu'ils vendent Maison Haute *meublée* ou vide ? »

La question lui valut une salve d'applaudissements. Maison Haute avait-elle plus de valeur avec ou sans ses secrets ?

« Est-ce qu'on la vend avec le major Thesinger ? » poursuivit le photographe sud-africain, de sa voix chantante et sans humour, et il y eut encore d'autres rires, mais qui, cette fois, manquaient d'affection. Le photographe était un personnage déconcertant, aux cheveux taillés en brosse et au visage émacié, et il avait le teint criblé de cratères comme les champs de bataille qu'il se plaisait à hanter. Il venait du Cap, mais on l'appelait Trompe-la-Mort le Boche. Il les enterrerait tous, disait-on, il les traquait comme un chien couchant.

Pendant quelques minutes divertissantes, le propos de Luke disparut, complètement noyé sous un déferlement d'anecdotes sur le major Thesinger et d'imitations du major Thesinger, avec la participation de tous, sauf Craw. On rappela que le major avait fait sa première apparition à la colonie comme importateur, avec une ridicule couverture quelque part du côté des docks ; tout cela pour passer, six mois plus tard, et dans des conditions fort invraisemblables, sur les rôles de l'administration, et, flanqué de son équipe d'employés pâlots et de secrétaires molles et bien élevées, aller s'installer dans le susdit nid d'espions pour remplacer quelqu'un. On évoquait entre autres ces déjeuners en tête-à-tête, auxquels, comme on le découvrait maintenant, à peu près tous les journalistes constituant l'auditoire avaient à un moment ou à un autre été invités. Et qui se terminaient au moment du cognac par de laborieuses propositions, comprenant des phrases aussi remarquables que : « Dites donc, mon vieux, si jamais vous tombiez sur un Chinetoque intéressant venant de l'autre côté de la rivière, vous voyez – un type qui ait des informations, vous me suivez ? –, n'oubliez pas Maison Haute ! » Puis le numéro de téléphone magique, celui qui « sonne juste sur mon bureau, pas d'intermédiaire, pas de magnétophone, rien, compris ? » Une bonne demi-douzaine d'entre eux semblaient l'avoir dans leur carnet d'adresses : « Tenez, notez ça sur votre manchette comme si c'était un rendez-vous, ou le numéro d'une petite amie ou quelque chose comme ça. Vous y êtes ? Hong Kong cinq-zéro-deux-quatre... »

Ayant chanté les chiffres en chœur, ils se turent. Une pendule quelque part sonna trois heures et quart. Luke se redressa lentement et secoua la poussière de ses jeans. Le vieux serveur de Shanghai abandonna son poste auprès des casiers à bouteilles et chercha le menu dans l'espoir que quelqu'un allait peut-être manger. Pendant un moment, l'incertitude plana sur eux. La journée était perdue. Elle l'était depuis le premier gin. Au fond de la salle un grognement sourd retentit : c'était le Roc qui se commandait un solide déjeuner.

« Et apporte-moi une bière fraîche, bien fraîche, tu entends, boy ? beaucoup froide, chop chop. » Le commissaire savait s'y prendre avec les indigènes et disait cela à chaque fois. Le silence retomba.

« Eh bien, voilà, mon petit Luke, lança le nain en s'éloignant. Voilà comment on gagne un prix Pulitzer, j'imagine. Félicitations, mon chou. C'est l'information de l'année.

– Oh ! allez vous faire empaler, tous autant que vous êtes, dit Luke avec insouciance en se dirigeant vers le bar où étaient installées deux créatures au teint brouillé, deux filles de militaires en maraude. Jake Tchiu m'a montré la lettre, non ? Sur du papier à en-tête du Service de Sa Majesté. Avec les foutues armoiries en haut, le lion en train de sauter une chèvre. Salut, mignonnes, vous vous souvenez de moi ? Je suis le gentil monsieur qui vous a acheté des sucettes à la foire.

– Thesinger ne répond pas, chantonna tristement Trompe-la-Mort le Boche depuis le téléphone. Personne ne répond. Ni Thesinger ni le type au service. La ligne a été coupée. » Dans l'excitation ou la monotonie personne n'avait vu Trompe-la-Mort s'éclipser.

Jusque-là, le vieux Craw l'Australien était resté pétrifié comme un fossile de dodo. En entendant cela, il releva brusquement la tête.

« Refais le numéro, crétin », ordonna-t-il, aussi sec qu'un sergent instructeur.

Avec un haussement d'épaules, Trompe-la-Mort composa une nouvelle fois le numéro de Thesinger, et deux d'entre eux s'approchèrent pour le regarder. Craw ne bougea pas, il observait d'où il était. Il y avait deux téléphones. Trompe-la-Mort essaya le second, mais sans meilleur résultat.

« Appelle les réclamations, ordonna Craw toujours sans bouger. Ne reste pas planté là comme une rosière enceinte. Appelle les renseignements, espèce de babouin !

– La ligne a été coupée, répondit l'opérateur.

– Depuis quand ? demanda Trompe-la-Mort à l'embouchure de l'appareil.

– Pas de renseignement disponible, dit l'opérateur.

– Alors, peut-être qu'ils ont un nouveau numéro, n'est-ce pas, mon vieux ? » lança Trompe-la-Mort dans l'appareil, s'adressant toujours au malheureux téléphoniste. Personne ne l'avait jamais vu aussi préoccupé. La vie, pour Trompe-la-Mort, c'était ce qui se passait au bout d'un viseur : on ne pouvait attribuer une telle passion au typhon.

« Pas de renseignement disponible, dit le standardiste.

– Appelle Gorge Creuse, ordonna Craw, maintenant tout à fait furieux. Appelle tous les connards de fonctionnaires de la Colonie ! »

Trompe-la-Mort secoua sa longue tête d'un air hésitant. Gorge Creuse était le porte-parole officiel du gouvernement, l'objet de leur haine unanime. Le contacter, sous quelque prétexte que ce fût, était mal vu.

« Allons, passe-le-moi, dit Craw et, se mettant debout, il les écarta pour aller jusqu'au téléphone et se lancer au bénéfice de Gorge Creuse dans un lugubre discours de courtisan. Votre dévoué Craw, monsieur, à votre service. Comment se porte Votre Eminence, dans son esprit et dans son corps ? Charmé, monsieur, charmé. Et l'épouse et les petiots, monsieur ? Tous ayant bon appétit, j'imagine ? Pas de scorbut ni de typhus ? Bon. Alors maintenant, peut-être aurez-vous l'infinie bonté de m'expliquer pourquoi, nom de Dieu, Tufty Thesinger a décampé ? »

Ils l'observaient, mais son visage était figé comme la pierre et parfaitement impénétrable.

« Et moi de même, monsieur ! » finit-il par lancer en raccrochant le téléphone avec une telle violence que toute la table en trembla. Puis il se tourna vers le vieux serveur de Shanghai : « Monsignor Goh, mandez-moi un âne à essence, voulez-vous ! Vos Grâces, magnez-vous le train, tous autant que vous êtes !

– Pourquoi donc ? dit le nain, espérant se voir inclure dans cet ordre.

– Pour un article, espèce de petit cardinal snob, pour un article, Vos Eminences paillardes et alcooliques. Pour la fortune, la gloire, les femmes et la longévité ! »

Nul ne comprenait sa méchante humeur.

« Et qu'est-ce qu'a donc dit Gorge Creuse de si épouvantable ? » demanda avec étonnement le cow-boy canadien échevelé.

Le nain lui fit écho : « Oui : qu'est-ce qu'il a dit, Frère Craw ?

– Il a dit *pas de commentaires* », répondit Craw avec une superbe dignité, comme si c'était là le pire affront qu'on pût faire à son honneur professionnel.

Ils se lancèrent donc à l'assaut du Pic, ne laissant à leur tranquillité que la majorité silencieuse des buveurs : Trompe-la-Mort le Boche, toujours nerveux, le long Luke, puis le cow-boy canadien échevelé, étonnant avec sa moustache de révolutionnaire mexicain, le nain, collant comme toujours, et enfin le vieux Craw flanqué des deux filles de militaires : une séance plénière donc, du Club de bowling des jeunes conservateurs de Shanghai, avec des dames en surplus – bien que le club eût fait vœu de célibat. Chose étonnante, le joyeux chauffeur cantonais les prit tous, ce qui marquait le triomphe de l'exubérance sur les lois de la physique. Il consentit même à leur établir trois reçus pour le prix de la course, un pour chacun des journaux représentés, ce qu'on n'avait jamais vu faire à un chauffeur de taxi de Hong Kong, ni avant ni depuis. C'était un jour à rompre avec tous les précédents. Craw s'assit devant, coiffé de son célèbre chapeau de paille avec un ruban aux couleurs d'Eton, qu'un vieux camarade de collège lui avait légué par testament. Le nain était coincé au-dessus du levier de vitesse, les autres hommes étaient sur la banquette arrière et les deux filles assises sur les genoux de Luke, ce qui ne lui permettait de s'essuyer la bouche qu'avec difficulté. Le Roc ne jugea pas opportun de se joindre à eux. Il avait enfoncé le coin de sa serviette dans son col en attendant le gigot du club à la sauce à la menthe, accompagné d'une platée de pommes de terre :

« Et une autre bière ! mais fraîche cette fois, tu entends, boy ? beaucoup fraîche et apporte-la chop chop. »

Mais une fois que la voie fut libre, le Roc à son tour utilisa le téléphone et parla à quelqu'un d'autorisé, à simple titre de précaution, bien que tous deux fussent d'accord pour reconnaître qu'il n'y avait rien à faire.

Le taxi était une Mercedes rouge, toute neuve, mais rien ne massacre une voiture plus vite que le Pic, où l'on ne cesse de monter des côtes au pas, la climatisation fonctionnant à plein régime. Le temps continuait à être épouvantable. Comme ils ahanaient lentement le long des falaises bétonnées, ils se trouvèrent engloutis par un brouillard épais au point d'en être suffocant. Lorsqu'ils en sortirent, c'était encore pire. Un voile brûlant et épais s'était déployé en travers du sommet, empestant les vapeurs d'essence et retentissant du fracas de la vallée. L'humidité flottait en nuages étouffants. Par temps clair ils auraient eu un panorama dans les deux directions, une des plus belles vues du monde : côté nord vers Kowloon et les montagnes bleues des Nouveaux Territoires, qui dissimulaient aux regards les huit cents millions de Chinois qui n'avaient pas le privilège de vivre sous la houlette britannique, au sud, les baies de Repulse et Deep Water et l'ouverture sur la mer de Chine.

Maison Haute, après tout, avait été bâtie par la Royal Navy dans les années 20, dans toute la grandiose innocence de ses services, afin d'inspirer un sentiment de puissance. Mais cet après-midi-là, si la maison n'avait pas été bâtie parmi les arbres, et dans un creux où les arbres poussaient haut dans leur effort pour atteindre le ciel, et si les branches n'avaient pas maintenu la brume à distance, ils n'auraient rien eu d'autre à regarder que les deux colonnes de ciment blanc avec les boutons de sonnette marqués « Jour » et « Nuit » et les grilles enchaînées qu'ils soutenaient. Mais grâce aux arbres, ils distinguaient fort bien la maison, bien qu'elle fût à une cinquantaine de mètres en retrait. Ils pouvaient voir les tuyaux d'écoulement des gouttières, les escaliers d'incendie, les cordes à sécher le linge et ils pouvaient admirer le dôme vert que l'armée japonaise avait ajouté durant les quatre ans où elle avait occupé la maison.

Se précipitant dans son désir d'être accepté, le nain pressa la sonnette marquée « Jour ». Un haut-parleur était aménagé dans la colonne et ils avaient tous les yeux fixés dessus, en attendant qu'il annonçât quelque chose ou, comme le prétendait Luke, qu'il lançât une bouffée de fumée de hasch. Sur le bas-côté de la route, le chauffeur cantonais avait mis sa radio à pleine puissance et elle transmettait sans se lasser une chanson d'amour chinoise pleurnicharde. Sur la seconde colonne, il n'y avait rien qu'une plaque de cuivre annonçant la présence de l'Etat-major de liaison interservice, la bien mince couverture de Thesinger. Trompe-la-Mort avait exhibé un appareil et prenait des photos aussi méthodiquement que s'il se trouvait sur un de ses champs de bataille préférés.

« Peut-être qu'ils ne travaillent pas le samedi », suggéra Luke, pendant qu'ils continuaient à attendre, ce à quoi Craw lui répondit de ne pas être aussi stupide : les espions travaillaient sept jours par semaine et vingt-quatre heures sur vingt-quatre, déclara-t-il. Et puis ils ne mangeaient jamais, à l'exception de Tufty.

« Je vous souhaite le bonjour », dit le nain.

Pressant la sonnette de nuit, il avait posé ses lèvres rouges et crispées sur l'orifice du haut-parleur et il avait pris un accent anglais très snob, et il faut reconnaître qu'il y parvenait étonnamment bien.

« Je m'appelle Michael Hanbury-Steadly Heammor, et je suis le moussaillon du Grand Moo. J'aimerais m'entretenir avec le major Thesinger d'un problème d'une certaine urgence... Figurez-vous qu'il y a un nuage en forme de champignon que le major n'a peut-être pas remarqué, et qui semble se former au-dessus de la rivière des Perles et qui gâte le golfe du Grand Moo. Merci infiniment. Voulez-vous avoir la bonté d'ouvrir la grille ? »

Une des filles blondes se mit à glousser.

« Je ne savais pas qu'il était un Steadly Heammor », dit-elle. Abandonnant Luke, elles s'étaient attachées aux bras du Canadien échevelé et passaient de longs moments à lui chuchoter des choses à l'oreille.

« C'est Raspoutine, murmura une des filles d'un ton admirateur en lui caressant l'arrière de la cuisse. J'ai vu le film. C'est lui tout craché, n'est-ce pas, Canada ? »

Chacun maintenant buvait une lampée à la flasque de Luke tandis qu'on se regroupait en se demandant quoi faire. Venant du taxi à l'arrêt, la chanson d'amour chinoise du chauffeur continuait sans désemparer, mais les haut-parleurs des colonnes ne soufflaient mot. Le nain appuya sur les deux sonnettes à la fois et essaya une menace du style Al Capone.

« Ecoutez, Thesinger, nous savons que vous êtes là. Sortez les mains levées, sans vos capes, jetez vos dagues... *Eh ! fais gaffe, grand connard !* »

Cette imprécation ne s'adressait ni au Canadien ni au vieux Craw – qui s'éloignait vers les arbres pour satisfaire selon toute apparence un besoin naturel –, mais à Luke, qui avait décidé de prendre la maison d'assaut. La porte était ménagée dans un renfoncement un peu boueux abrité par des arbres ruisselant de pluie. Vers l'extérieur se trouvait un tas d'ordures, dont certaines étaient fraîches. Déambulant par là en quête de quelque indice révélateur, Luke avait déterré une gueuse en fonte en forme de S. L'ayant trimbalée jusqu'à la porte, bien qu'elle dût peser une bonne quinzaine de kilos, il la cognait contre les montants, ce qui faisait retentir la porte comme une cloche fêlée.

Trompe-la-Mort avait mis un genou en terre, un sourire crispant son visage émacié tandis qu'il mitraillait.

« Tufty, cria Luke, alors qu'un nouveau choc venait d'ébranler la porte, je compte jusqu'à cinq. Un... » Il frappa encore. « Deux... »

Au-dessus de leurs têtes, un groupe d'oiseaux, dont certains très grands, s'envolèrent des arbres pour monter en lentes spirales mais le tonnerre qui venait de la vallée et le fracas des coups sur la porte eurent tôt fait de noyer leurs cris. Le chauffeur de taxi dansait autour de sa voiture, riant et battant des mains, ayant oublié sa chanson d'amour. Plus étrange encore, étant donné le temps menaçant, toute une famille chinoise fit son apparition, poussant non pas une voiture d'enfant, mais deux, et ils se mirent à rire aussi, même le plus petit enfant, tenant les mains devant leur bouche pour dissimuler leurs dents. Jusqu'au moment où, soudain, le cow-boy canadien lança un cri, se débarrassa des filles et désigna la porte.

« Bonté divine, qu'est-ce que fout Craw ? Ce vieux singe a sauté la clôture. »

On en était arrivé au point où tout ce qui aurait pu subsister de bon sens avait disparu. Une folie collective s'était emparée de tous. L'alcool, le temps sombre, la claustrophobie, tout cela leur était monté à la tête. Les filles caressaient le Canadien avec abandon, Luke continuait à marteler la porte, les Chinois hurlaient de rire ; et tout d'un coup, avec un sens divin de l'opportunité, la brume se leva, des temples de nuages d'un noir bleuté se dressèrent juste au-dessus d'eux, et un torrent de pluie vint s'abattre sur les arbres. Une seconde encore et elle déferla sur eux, les trempant du premier coup. Les filles, soudain à demi nues, s'enfuirent vers la Mercedes en riant et en poussant des cris, mais dans les rangs des mâles, on tint bon – même le nain tint bon – en contemplant à travers les rideaux de pluie la silhouette bien reconnaissable de Craw l'Australien, avec son vieux chapeau d'Eton, qui se tenait à l'abri de la maison sous un auvent rudimentaire qui semblait avoir été installé pour abriter des bicyclettes, mais seul un dément aurait l'idée de faire du vélo sur le Pic.

« Craw ! hurlèrent-ils. Monsignor ! Le salaud nous a battus ! »

Le fracas de la pluie était assourdissant ; les branches tremblaient sous sa violence. Luke avait jeté son marteau insensé. Ce fut le cow-boy échevelé qui passa le premier, Luke et le nain lui emboîtant le pas, Trompe-la-Mort fermait la marche avec son sourire et son appareil de photo, à demi accroupi et boitillant tout en continuant à prendre aveuglément un cliché après l'autre. La pluie se déversait sur eux, ruisselant en filets rougeâtres autour de leurs chevilles, tandis qu'ils suivaient la piste de Craw le long d'une pente où le coassement des grenouilles ajoutait encore au vacarme. Ils escaladèrent une crête couverte de fougères, s'arrêtèrent devant une clôture de barbelés, se glissèrent entre les fils de fer et franchirent un petit fossé. Lorsqu'ils le rejoignirent, Craw contemplait la coupole verte, cependant que la pluie, malgré le chapeau de paille, ruisselait le long de ses joues, transformant son élégant costume beige en une tunique noircie et sans forme. Il était planté là, comme hypnotisé, et regardait en l'air. Luke, qui l'aimait le mieux, parla le premier.

« Votre Grâce ? Allons, réveillez-vous ! C'est moi, Roméo. Seigneur, mais qu'est-ce qu'il a ? »

Brusquement inquiet, Luke lui toucha le bras avec douceur. Mais Craw restait silencieux.

« Il est peut-être mort debout », suggéra le nain, tandis que Trompe-la-Mort, en souriant, le photographiait à tout hasard.

Comme un vieux boxeur, Craw peu à peu retrouva ses esprits : « Frère Luke, nous vous devons, seigneur, honorable réparation, murmura-t-il.

– Ramenez-le au taxi », dit Luke en commençant à ouvrir le chemin devant lui, mais le gaillard refusait de bouger.

« Tufty Thesinger. Un bon élément. Pas un aigle – mais un bon élément.

– Que Tufty Thesinger repose en paix, fit Luke avec impatience. Allons-nous-en. Le nain, pousse ton cul.

– Il est rond comme une bille, dit le cow-boy.

– Considérez les indices, mon cher Watson, reprit Craw, après un nouveau silence méditatif, pendant que Luke le tirait par le bras et que la pluie reprenait avec une violence accrue. Remarquez tout d'abord les cages vides au-dessus de la fenêtre, d'où l'on a prématurément arraché les climatiseurs. La parcimonie, mon fils, est une vertu louable, surtout, si je puis dire, chez un espion. Tu as remarqué le dôme ? Etudie-le avec soin, mon doux seigneur. Il y a des traces d'égratignures. Ce ne sont pas, hélas ! les empreintes d'un gigantesque chien de garde, mais les éraflures d'antennes de radio, ôtées par la main frénétique d'un Occidental. A-t-on jamais entendu parler d'un nid d'espions sans antennes radio ? Autant avoir un bordel sans piano. »

La pluie avait atteint un crescendo. De grosses gouttes tombaient autour d'eux comme de la mitraille. Le visage de Craw exprimait un mélange de sentiments que Luke ne pouvait que deviner. Au fond de son cœur, l'idée lui vint que Craw était peut-être vraiment en train de mourir. Luke n'avait guère vu de morts naturelles, il était aux aguets de ce spectacle.

« Peut-être qu'ils ont simplement eu la fièvre du Roc et qu'ils ont filé, dit-il, faisant un nouvel effort pour le ramener jusqu'à la voiture.

– C'est très possible, Votre Grâce, très possible en vérité... C'est assurément la saison pour des actes déraisonnables, irréfléchis.

– Rentrons, dit Luke, en le tirant avec force par le bras. Faites place, voulez-vous ? Il y a un blessé. »

Mais le vieil homme s'attardait encore avec obstination pour jeter un dernier regard au nid d'espions anglais qui tressaillait dans la tempête.

Ce fut le cow-boy canadien qui câbla le premier et son article méritait un meilleur sort. Il l'écrivit ce soir-là, pendant que les filles dormaient dans son lit. Il estimait que l'histoire passerait mieux comme article de magazine plutôt que comme pure information, aussi la construisit-il autour du Pic en général en n'utilisant Thesinger que comme un accessoire. Il expliqua comment le Pic était par tradition l'Olympe de Hong Kong – plus on habitait haut, plus haute était la place qu'on occupait dans la société – et comment les riches trafiquants d'opium britanniques, les fondateurs de Hong Kong, s'étaient réfugiés là pour se mettre à l'abri du choléra et des fièvres de la ville ; comment il y a encore une vingtaine d'années une personne de race chinoise avait besoin d'un laissez-passer avant de pouvoir mettre les pieds là-haut. Il raconta l'histoire de Maison Haute et pour finir évoqua sa réputation, alimentée par la presse de langue chinoise, de cuisine de sorcières des impérialistes complotant contre Mao. Et voilà que du jour au lendemain, la cuisine avait fermé et que les sorcières avaient disparu.

« Un nouveau geste de conciliation ? » demanda-t-il. « D'apaisement ? Cela ferait-il partie de la politique britannique de discrétion envers la Chine continentale ? Ou bien simplement n'était-ce qu'un signe de plus que dans le Sud-Est asiatique, comme partout ailleurs dans le monde, les Anglais étaient contraints de descendre de leur sommet ? »

Son erreur fut de choisir un journal du dimanche anglais très sérieux, qui de temps en temps publiait ses articles. L'instruction D, interdisant toute allusion à ces événements, arriva là-bas avant lui. « Regrettons impossible publier votre article Maison Haute », câbla le rédacteur en chef et il l'enfouit aussitôt dans un tiroir. Quelques jours plus tard, regagnant sa chambre, le cow-boy la trouva fouillée de fond en comble. Durant quelques semaines aussi, son téléphone fut atteint d'une sorte de laryngite, si bien qu'il ne l'utilisait jamais sans lancer quelque grossière allusion au Grand Moo et à sa suite.

Luke rentra chez lui plein d'idées, prit un bain, but pas mal de café noir et se mit au travail. Il téléphona à des compagnies aériennes, à des contacts qu'il avait au gouvernement, et à un tas de relations aux visages pâles et aux cheveux trop bien peignés du consulat américain qui l'exaspérèrent par leurs réponses moqueuses et obscures. Il harcela les entreprises de déménagement spécialisées dans les contrats gouvernementaux. A dix heures ce soir-là il avait, suivant les propres termes qu'il employa avec le nain, auquel il avait aussi téléphoné à plusieurs reprises, « vérifié et revérifié cinq fois » que Thesinger, sa femme et tout le personnel de Maison Haute avaient quitté Hong Kong au petit jour le jeudi matin, à bord d'un charter à destination de Londres. Le boxer de Thesinger, apprit-il par un heureux hasard, suivrait en cage, plus tard dans la semaine. Ayant pris quelques notes, Luke traversa la pièce, s'installa à sa machine à écrire, tapa quelques lignes et s'arrêta, à court d'inspiration, comme il savait que ce serait le cas. Puis il repartit de plus belle :

« Aujourd'hui, un nouveau nuage de scandale plane sur les dirigeants vivant sur le pied de guerre et non élus de la dernière colonie britannique en Asie. Juste après les dernières révélations sur la corruption dans la police et l'administration, voici qu'on annonce que l'établissement le plus ultra-secret de l'île, Maison Haute, base des agissements clandestins de la Grande-Bretagne contre la Chine rouge, vient d'être brutalement fermé. »

Là-dessus, avec un sanglot blasphématoire d'impuissance, il s'arrêta et s'enfouit le visage dans ses mains. Des cauchemars : ceux-là, il pouvait les supporter. S'éveiller, après tant de guerre, encore suant et tremblant d'indicibles visions, avec dans les narines la puanteur du napalm sur la chair humaine : dans une certaine mesure, c'était une consolation pour lui de savoir qu'après toute cette tension, les écluses de ses sentiments avaient lâché. Il y avait eu des moments, en éprouvant cela, où il aspirait au loisir de recouvrer ses facultés de dégoût. Si les cauchemars étaient nécessaires pour lui faire regagner les rangs de l'humanité normale, alors il pouvait les accueillir avec gratitude. Mais jamais, dans les pires moments de désespoir, l'idée ne lui était venue qu'après avoir écrit la guerre, il pourrait ne pas être capable d'écrire la paix. Durant six heures de nuit, Luke lutta contre cette affreuse torpeur. Il songea parfois au vieux Craw, planté là, avec la pluie qui ruisselait sur lui, en train de prononcer son oraison funèbre : c'était peut-être ça, l'histoire ? Mais qui donc oserait accrocher un article à l'étrange humour d'un confrère journaliste ? La version concoctée par le nain ne connut pas plus de succès, ce qui l'irrita beaucoup. En apparence, l'article avait pourtant tout ce qu'on pouvait demander. Il se moquait des Anglais, il y avait *espion* écrit en gros comme ça, et pour une fois on n'y présentait pas l'Amérique comme le bourreau du Sud-Est asiatique. Mais tout ce qu'il eut comme réponse, après cinq jours d'attente, ce fut une note fort sèche lui enjoignant de rester à son pupitre et de cesser de vouloir entonner la trompette.

Restait le vieux Craw. Bien que ce ne fût que simples broutilles auprès des effets de l'action principale, la façon dont Craw calcula ce qu'il fit et ce qu'il ne fit pas reste aujourd'hui encore impressionnante. Trois semaines durant, il ne câbla rien. Il y avait des petites choses qu'il aurait pu expédier, mais il ne s'en donna pas la peine. Aux yeux de Luke, qui s'inquiétait sérieusement à son sujet, il parut tout d'abord continuer son mystérieux déclin. Il perdit tout à fait son entrain et son goût de la compagnie. Il devint irritable et parfois parfaitement désagréable, il interpellait les serveurs en mauvais cantonais ; et même son préféré, Goh. Il traitait les Joueurs de bowling de Shanghai comme s'ils étaient ses pires ennemis, et il évoquait des affronts présumés qu'ils avaient depuis longtemps oubliés. Assis tout seul à sa place auprès de la fenêtre, il était comme un vieux boulevardier qui avait connu des temps meilleurs, irascible, renfermé, inactif. Et puis un jour il disparut, et quand Luke, plein d'appréhension, se rendit à son appartement, la vieille amah lui dit que « Papa Whisky parti parti, Londres vite fait ». C'était une étrange petite créature, et Luke était enclin à douter d'elle. Un Prussien assommant, pigiste du *Spiegel*, signala avoir aperçu Craw à Vientiane, folâtrant au bar du Constellation, mais là encore Luke se posait des questions. Suivre les allées et venues de Craw avait toujours été un sport très fermé, et il y avait un certain prestige à ajouter quelque chose au fonds commun.

Jusqu'à ce que, un lundi vers midi, le gaillard fît son entrée au club, arborant un costume beige tout neuf et une superbe fleur à la boutonnière, de nouveau tout sourires et anecdotes, et il se mit au travail sur l'histoire de Maison

Haute. Il dépensa de l'argent, plus que son journal ne lui aurait normalement alloué. Il fit plusieurs déjeuners abondamment arrosés avec des Américains bien vêtus, appartenant à des agences américaines aux titres vagues, et dont certaines étaient connues de Luke. Coiffé de son fameux chapeau de paille, il les traita tour a tour dans des restaurants tranquilles et bien choisis. Au club, on lui reprocha de faire de la lèche aux diplomates, crime grave, et il s'en montra ravi. Puis une conférence de spécialistes de la Chine l'appela à Tokyo, et, avec le recul, on peut supposer qu'il mit à profit ce voyage pour vérifier d'autres aspects de l'histoire qui commençait à prendre forme pour lui. Il demanda certainement à de vieux amis retrouvés à la conférence de déterrer pour lui quelques renseignements lorsqu'ils rentreraient à Bangkok, à Singapour, à Taipeh, ou Dieu sait d'où ils venaient, et ils ne demandaient pas mieux car ils savaient qu'il en aurait fait autant pour eux. Chose étrange, il semblait savoir ce qu'il cherchait avant qu'ils ne l'eussent découvert.

Le résultat fut publié dans sa version la plus complète par un quotidien du matin de Sydney, qui échappait au long bras de la censure anglo-américaine. On s'accorda à reconnaître qu'on retrouvait là le meilleur style du maître. L'article avait deux mille mots. Dans une manière qui était bien à lui, il ne commençait pas du tout par l'histoire de Maison Haute, mais en parlant de « l'aile mystérieusement vide » de l'ambassade britannique à Bangkok, qui il y a un mois encore abritait un étrange organisme appelé « Unité de coordination de l'OTASE » en même temps qu'une « section des visas » qui ne comptait pas moins de six seconds secrétaires. Etaient-ce les plaisirs des instituts de massage de Soho, demandait avec douceur le vieil Australien, qui attiraient les Thaïs vers l'Angleterre en si grand nombre qu'il fallait six seconds secrétaires pour s'occuper de leurs demandes de visas ? C'était curieux aussi, observait-il, que depuis le départ et la fermeture de cette aile, de longues queues d'aspirants voyageurs ne se *fussent* pas formées devant l'ambassade. Peu à peu – il écrivait sans effort, mais toujours avec attention – un tableau surprenant se déroulait devant ses lecteurs. Il appelait les Services de renseignement britanniques le « Cirque ». Le nom, disait-il, provenait de l'adresse du quartier général secret de cette organisation, qui donnait sur un célèbre carrefour londonien. Le Cirque n'avait pas seulement quitté Maison Haute, expliquait-il, mais Bangkok, Singapour, Saigon, Tokyo, Manille et Djakarta. Et Séoul. Même Taiwan la solitaire n'était pas à l'abri, puisqu'on découvrit qu'un obscur résident britannique avait congédié trois chauffeurs et deux assistants au secrétariat juste une semaine avant la parution de l'article.

« Un Dunkerque d'espions », écrivait Craw, « où des charters DC-8 ont remplacé les flottilles de pêche du Kent. » Qu'est-ce qui avait provoqué un tel exode ? Craw avançait diverses subtiles théories. Assistons-nous à une nouvelle réduction des dépenses du gouvernement britannique ? L'auteur se montrait sceptique là-dessus. Dans les moments difficiles, la Grande-Bretagne avait tendance à compter plus et non pas moins sur ses espions. Toute l'histoire de son empire l'y incitait. Plus ses routes commerciales devenaient précaires, plus acharnés se faisaient ses efforts clandestins pour les protéger. Plus son emprise coloniale s'affaiblissait, plus elle s'attachait avec désespoir à la subversion de ceux qui s'efforçaient de la secouer. Non : l'Angleterre pouvait être au bord de la misère, les espions seraient le dernier de ses luxes à disparaître.

Craw envisageait d'autres possibilités pour les écarter aussitôt. Un geste de détente envers la Chine continentale ? proposait-il, faisant écho au point de vue du cow-boy. La Grande-Bretagne, certes, était prête à n'importe quoi pour garder Hong Kong à l'abri des ailes anticolonialistes de Mao – mais pas au point de renoncer à ses espions. C'est ainsi que le vieux Craw en arrivait à la théorie qu'il préférait :

« Sur l'échiquier de l'Extrême-Orient », écrivait-il, « le Cirque est en train d'effectuer ce qu'on appelle en jargon d'espionnage un plongeon. »

Mais pourquoi ?

L'auteur citait maintenant ces « importants prébendiers américains de l'église du renseignement militant en Asie ».

Les agents de renseignement américains en général, disait-il, et pas seulement en Asie, « étaient malades du relâchement de la sécurité dans les organisations britanniques ». Ils étaient particulièrement inquiets de la récente découverte d'un important agent russe – il citait même le terme professionnel de « taupe » – au sein du quartier général du Cirque à Londres : un traître anglais, qu'on n'avait pas voulu nommer, mais qui, à en croire ces importants prébendiers, avait « compromis toutes les opérations clandestines anglo-américaines de quelque importance entreprises au cours des vingt dernières années ». Où était la taupe maintenant ? avait demandé l'auteur à ses informateurs. Ce à quoi, avec une mauvaise humeur qui ne désarmait pas, ils avaient répondu :

« Mort. En Russie. Et, espérons-le, les deux. »

Craw avait toujours eu le sens des conclusions, mais, au regard attendri de Luke, il y avait dans celle-ci un véritable sens du cérémonial. C'était presque une affirmation de la vie elle-même, même si ce n'était que la vie secrète.

Est-ce alors que Kim, le petit espion, a disparu pour de bon, des légendes de l'Orient ? demandait-il. *Faut-il croire que le sahib anglais plus jamais ne se teindra la peau, ne passera un costume indigène et n'ira prendre place sans rien dire auprès des feux du village ? Ne craignez rien*, insistait-il. *Les Anglais reviendront ! Nous retrouverons encore les sports vénérables de la chasse à l'espion ! L'espion n'est pas mort* : *il dort.*

L'article fut publié. Au club, il fut brièvement admiré, envié, oublié. Un journal local de langue anglaise, très lié aux Américains, le reproduisit *in extenso*, ce qui eut pour effet d'accorder un jour d'existence supplémentaire à l'éphémère. La représentation d'adieux du vieux Craw, dit-on : un dernier coup de chapeau avant de quitter la scène. Puis le service étranger de la BBC le passa, et pour finir la léthargique radio de Hong Kong donna une version de la version de la BBC, et pendant toute une journée discuta le point de savoir si le Grand Moo avait décidé d'ôter leurs bâillons aux services d'information locaux. Pourtant, même avec cet affichage tardif, personne – ni Luke ni même le nain – ne jugea bon de se demander comment diable le vieux journaliste avait pu connaître l'entrée de service de Maison Haute.

Ce qui prouvait simplement, si besoin était de le prouver, que les journalistes ne sont pas plus rapides que d'autres à repérer ce qui se passe sous leur nez. Après tout, c'était un samedi de typhon.

Au sein du Cirque lui-même, comme Craw avait fort justement appelé le siège du renseignement britannique, les réactions à l'article de Craw varièrent suivant ce que savaient ceux qui réagissaient. A la section des surveillants, par exemple, qui était responsable des lambeaux de couverture dans lesquels le Cirque en ce temps-là pouvait réussir à se draper, le malheureux déchaîna une vague de fureur contenue qui ne peut être comprise que par ceux qui ont connu l'atmosphère d'un service secret soumis à un siège sans merci. Même des esprits en général tolérants ne parlaient plus que de farouche vengeance. Traîtrise ! Rupture de contrat ! Bloquez sa pension ! Mettez-le sous surveillance ! Des poursuites dès l'instant où il revient en Angleterre ! Si l'on descendait un peu l'échelle, ceux qui avaient un souci frénétique de leur sécurité se montraient moins sévères, tout en restant mal informés. Allons, allons, disaient-ils avec une certaine politesse, c'était comme ça : qu'on nous cite un type qui ne perdait pas la boule de temps en temps, et surtout quelqu'un qui avait été aussi longtemps dans l'ignorance que ce pauvre vieux Craw. Et après tout, il n'avait rien révélé qui ne fût pas à la disposition de tout le monde, n'est-ce pas ? Vraiment, ces surveillants devraient faire montre d'un peu de modération. Regardez comment ils s'étaient attaqués l'autre soir à la pauvre Molly Meakin, la sœur de Mike et encore si jeunette, tout cela parce qu'elle avait laissé dans sa corbeille une feuille de papier à lettres en blanc !

Seuls ceux qui étaient dans le secret des dieux voyaient les choses différemment. A leurs yeux, l'article du vieux Craw était un discret chef-d'œuvre de contre-information. George Smiley, au mieux de sa forme, disait-on. De toute évidence, l'histoire devait sortir, et tous reconnaissaient que la censure était toujours indésirable. Il était donc bien préférable de la laisser sortir dans les conditions qu'on avait choisies. Au moment qui convenait, à la dose qui convenait, sur le ton qui convenait : on retrouvait l'expérience de toute une vie, admettaient-ils en chœur, dans chaque coup de pinceau. Mais ce n'était pas une opinion qui filtrait en dehors de leur cercle.

Là-bas, à Hong Kong – de toute évidence, disaient les Joueurs de bowling de Shanghai, comme les mourants, le gaillard en avait eu l'instinct prophétique –, l'article de Craw sur Maison Haute se révéla être son champ du cygne. Un mois après sa publication, il s'était retiré, non pas de la colonie, mais de son métier de scribouillard et de l'île aussi. Louant une villa dans les Nouveaux Territoires, il annonça qu'il se proposait de finir ses jours au paradis des yeux en amande. Pour les Joueurs de bowling, il aurait aussi bien pu choisir l'Alaska. C'était bien trop loin, disaient-ils, de rentrer là-bas en voiture quand on était ivre. On racontait même – mais c'était une rumeur sans fondement, car les appétits de Craw ne l'entraînaient pas dans cette direction – qu'il s'était trouvé pour lui tenir compagnie un joli garçon chinois. C'était l'œuvre du nain : il n'aimait pas se faire coiffer sur une information par le vieux journaliste. Seul Luke refusa de le chasser de ses pensées. Luke alla le voir là-bas un matin après un service de nuit. Comme ça, et parce que le vieux clown comptait beaucoup pour lui. Craw était heureux comme un poisson dans l'eau, raconta-t-il plus odieux que jamais, mais un peu abasourdi de voir Luke débarquer chez lui sans crier gare. Il avait un ami avec lui, non pas un petit Chinois, mais un visiteur important qu'il présenta sous le nom de George : un petit bonhomme myope et ventripotent, aux lunettes très rondes et qui semblait être arrivé tout à fait à l'improviste. Craw expliqua à Luke en aparté que ce George était une des éminences grises d'un groupe de journaux anglais pour lesquels il travaillait à l'âge des ténèbres.

« Un spécialiste de gérontologie, Votre Grâce. Il fait un petit tour en Asie. » Quel qu'il fût, il était clair que Craw était fort impressionné par ce petit homme, car il l'appelait même « Votre Sainteté ». Luke eut l'impression d'être là en intrus et repartit sans s'être enivré.

On en était donc là. La fuite discrète de Thesinger, la quasi-mort du vieux Craw et sa résurrection ; son champ du cygne au mépris de tant de censures occultes, l'obsession de Luke pour le monde secret ; l'exploitation inspirée par le Cirque d'un mal nécessaire. Rien de prémédité, mais comme cela arrive dans la vie, un lever de rideau annonçant beaucoup de ce qui se passa par la suite. Un samedi de typhon ; une ride sur l'étang fétide, stérile et grouillant qu'est Hong Kong ; un chœur ennuyé, encore sans héros. Et curieusement, quelques mois plus tard, ce fut une fois de plus à Luke qu'échut dans son rôle de messager shakespearien la tâche d'annoncer l'arrivée du héros. La nouvelle parvint par le téléscripteur alors qu'il était de service et il l'annonça à un auditoire sans enthousiasme avec sa ferveur habituelle :

« Braves gens ! prêtez-moi l'oreille ! J'ai des nouvelles ! Jerry Westerby reprend du service, les copains ! Il a de nouveau mis le cap à l'est, oyez oyez, comme pigiste pour ce même foutu canard !

– Sa Seigneurie ! s'écria aussitôt le nain, feignant le ravissement. Un peu de sang bleu, ma foi, sera le bienvenu pour rehausser le ton ! Bravo pour la qualité. » Et avec un juron, il lança une serviette vers le casier à bouteilles. « Bon Dieu », dit-il et il visa le verre de Luke.

2

L'APPEL

L'après-midi où le télégramme arriva, Jerry Westerby s'acharnait sur sa machine à écrire, installée sur le côté à l'ombre du balcon de sa ferme délabrée, le sac de vieux bouquins à ses pieds. L'enveloppe lui fut apportée par la postière tout de noir vêtue, une paysanne farouche et taillée à coups de serpe qui, avec le déclin des forces traditionnelles, était devenue le chef de ce petit hameau pouilleux de Toscane. C'était une créature rusée, mais ce jour-là, elle se laissa gagner par le côté dramatique des circonstances et, malgré la chaleur, elle gravit avec entrain le sentier aride. Sur son registre, elle inscrivit plus tard six heures cinq comme moment historique de la remise du télégramme, ce qui était un mensonge, mais lui donnait de la force. En réalité, elle l'avait apporté à cinq heures précises. Dans la maison, la petite amie décharnée de Westerby, que le village appelait l'orpheline, martelait avec véhémence un morceau rétif de viande de chèvre, comme elle s'attaquait à tout. L'œil avide de la postière la repéra à la fenêtre ouverte et d'assez loin : les coudes écartés et les dents du haut mordant la lèvre inférieure, sans doute, comme d'habitude, ricanait-elle.

« Putain », songea la postière avec passion, « maintenant tu as ce que tu attendais ! »

La radio claironnait du Verdi : l'orpheline ne voulait entendre que de la musique classique, comme tout le village l'avait appris lors de la scène qu'elle avait faite à la taverne le soir où le forgeron avait essayé de choisir de la musique rock sur le juke-box. Elle lui avait lancé un pichet. Entre le Verdi, la machine à écrire et la viande de chèvre, disait la postière, le vacarme était si assourdissant que même un Italien l'aurait entendu.

Jerry était assis comme une sauterelle sur le plancher, elle s'en souvenait – peut-être avait-il un coussin – et le sac de livres lui servait de tabouret. Il était assis en tailleur et tapait à la machine entre ses genoux. Il avait des feuilles de manuscrit couvertes de chiures de mouches répandues autour de lui, lestées par des pierres pour les protéger des vents brûlants qui s'acharnaient sur sa colline dénudée, avec, à portée de la main, une fiasque enrobée d'osier du rouge local, sans doute pour les instants, que connaissent même les plus grands artistes, où l'inspiration lui faisait défaut. Il tapait comme un aigle, leur raconta-t-elle plus tard au milieu des rires admiratifs : il tournoyait longtemps avant de plonger. Et il portait toujours la même tenue, qu'il flânât vainement dans son bout de pré, qu'il s'occupât de la douzaine d'oliviers inutiles que cette canaille de Franco lui avait refilés, qu'il descendît au village avec l'orpheline pour faire des courses, ou qu'il fût assis à la taverne à boire un coup avant de se lancer dans la longue ascension pour rentrer chez lui : des chaussures montantes en daim que l'orpheline ne brossait jamais et que l'usure avait donc rendues brillantes aux talons, des chaussettes courtes qu'elle ne lavait jamais, une chemise crasseuse, qui jadis avait été blanche, et un short gris qu'on aurait dit lacéré par des chiens hostiles et qu'une femme honnête aurait depuis longtemps raccommodé. Et il l'accueillit avec ce torrent rocailleux de mots auxquels elle était habituée, tout à la fois timides et pleins d'enthousiasme, qu'elle ne comprenait pas dans le détail, mais seulement en général, comme un bulletin d'information, et qu'elle pouvait reproduire entre les trous noirs de ses dents décrépites avec de surprenants éclairs de fidélité :

« Mama Stefano, fichtre, formidable, vous devez être en ébullition, tenez, ma vieille, humectez-vous le gosier », lança-t-il avec passion tout en dévalant les marches de brique avec un verre de vin pour elle, souriant comme un collégien, ce qui était le surnom qu'on lui avait donné dans le village. Le collégien, un télégramme pour le collégien, envoyé de Londres en urgent ! En neuf mois, rien de plus qu'un tas de livres de poche et que le griffonnage hebdomadaire de son enfant, et voilà maintenant que tombait du ciel ce télégramme monumental, bref dans son exigence, mais avec une réponse payée de cinquante mots ! Vous vous rendez compte ! Cinquante mots. Le prix que ça représentait ! C'était bien naturel après cela que le plus grand nombre possible de gens se fussent essayés à le lire.

Ils avaient achoppé tout d'abord sur le mot *honorable* : « L'honorable Gerald Westerby. » Pourquoi ? Le boulanger, qui avait été prisonnier de guerre à Birmingham, exhiba un dictionnaire en piteux état : *ayant de l'honneur, titre de courtoisie accordé au fils d'un noble.* Bien sûr. La signora Sanders, qui vivait de l'autre côté de la vallée, avait déjà affirmé que le collégien était de sang noble. Le fils cadet d'un baron de la presse, avait-elle dit, *lord* Westerby, propriétaire d'un journal, décédé. C'était le journal qui était mort le premier, puis son propriétaire – c'est ce qu'avait raconté la signora Sanders, une femme d'esprit, et on s'était transmis la plaisanterie. Ensuite *regret*, ce qui était facile. De même que *aviser.* La postière était ravie de constater, contre toute attente, combien de bon latin les Anglais, malgré leur décadence, avaient assimilé. Le mot *tuteur* était plus difficile car il menait à *protecteur*, ce qui ne manquait pas de provoquer de déplaisantes plaisanteries parmi les hommes, mais que la postière repoussa avec fureur. Et enfin, étape par étape, le code avait été déchiffré et l'histoire était apparue au grand jour. Le collégien avait un tuteur, c'est-à-dire un substitut de père, ce *tuteur* était gravement malade à l'hôpital et demandait à voir le collégien avant de mourir. Il ne voulait personne d'autre. Seul l'honorable Westerby ferait l'affaire. Ils n'avaient pas tardé à se représenter le reste du tableau : la famille en larmes rassemblée au chevet du mourant, d'abord l'épouse inconsolable, des prêtres raffinés administrant les derniers sacrements, les objets de valeur qu'on mettait sous clef, et dans toute la maison, dans les couloirs, au fond des cuisines, le même inlassable chuchotement : Westerby – où est l'honorable Westerby ?

Il ne restait en dernier ressort qu'à traduire quels étaient les signataires du télégramme. Ils étaient trois et ils se qualifiaient d'*avoués*, mot qui avait déclenché une nouvelle vague de tristes insinuations avant qu'on arrivât à *notaire*, et là les visages brusquement s'étaient durcis. Sainte Vierge ! S'il y avait trois notaires dans l'affaire, alors il s'agissait de grosses sommes d'argent. Et si tous les trois avaient insisté pour signer et pour payer ces cinquante mots de réponse par-dessus le marché, alors il ne s'agissait pas seulement de grosses sommes, mais de sommes énormes ! Des hectares ! De pleins wagons ! Pas étonnant que l'orpheline se fût cramponnée à lui comme ça, la putain ! Voilà que tout le monde se proposait de gravir la colline. Le Lambretta de Guido le conduirait jusqu'à la citerne, Mario pouvait courir comme un renard, Manuela, la fille de l'épicier, avait le regard tendre, et l'ombre de l'affliction lui convenait bien. Repoussant tous les volontaires – et gratifiant Mario d'une bonne taloche pour sa présomption – la postière ferma à clef son tiroir-caisse et laissa son fils idiot s'occuper de la boutique, bien que cela signifiât vingt minutes à ruisseler de transpiration et – si ce maudit vent qui semblait sortir d'une fournaise soufflait là-haut – la bouche pleine de poussière rouge pour sa peine.

Au début, ils n'avaient pas fait assez cas de Jerry. Elle le regrettait maintenant, tout en peinant parmi les oliveraies, mais leur erreur avait ses raisons. Pour commencer, il était arrivé en hiver quand débarquent les acheteurs fauchés. Il était arrivé seul, mais avec l'air furtif de quelqu'un qui s'est récemment débarrassé de toute une cargaison d'humanité, telle qu'enfants, épouse et mère : la postière avait connu des hommes en son temps, et elle avait trop souvent vu ce sourire blessé pour ne pas le reconnaître chez Jerry : « Je suis marié mais libre », proclamait-il, et aucune de ces deux affirmations n'était vraie. Ensuite, c'était le major anglais parfumé qui l'avait amené, un salopard bien connu qui dirigeait une agence immobilière conçue pour exploiter les paysans ; encore une raison de plus de traiter avec mépris le collégien. Le major parfumé lui fit visiter plusieurs belles fermes, y compris une dans laquelle la postière en personne avait un intérêt – et aussi, par pure coïncidence, la plus belle – mais le collégien leur préféra le taudis de Franco le pédéraste, planté sur cette colline perdue qu'elle gravissait maintenant : la colline du Diable, on l'appelait ; c'était là-haut que le diable montait quand l'enfer devenait trop frais pour lui. Ce filou de Franco, qui baptisait son lait et son vin et qui passait ses dimanches à minauder avec des freluquets sur la piazza... Le prix, bien gonflé, était d'un demi-million de lires, dont le major parfumé essaya de voler un tiers, simplement parce qu'il y avait un contrat.

« Et tout le monde sait pourquoi le major a donné la préférence à cette canaille de Franco », siffla-t-elle entre ses dents écumantes, et ses partisans échangeaient des « ttette » entendus, jusqu'au moment où elle leur ordonna avec colère de se taire.

Et puis, comme c'était une femme rusée, il y avait chez Jerry quelque chose dont elle se méfiait. Une dureté enfouie dans la prodigalité. Elle avait déjà vu cela chez les Anglais, mais le collégien était d'une classe à part, et elle ne lui faisait pas confiance, elle le tenait pour dangereux derrière le charme qu'il prodiguait. Aujourd'hui, bien sûr, on pouvait attribuer ces premiers défauts à l'excentricité d'un noble écrivain anglais, mais sur le moment, la postière n'avait fait montre à son égard d'aucune indulgence. « Attendez l'été », avait-elle lancé en ricanant à ses clients peu après la première visite qu'il avait faite d'un pas traînant, à sa boutique : des pâtes, du pain, un insecticide. « En été, il s'apercevra de ce qu'il a acheté, le crétin. » En été, les souris de cette canaille de Franco prendraient d'assaut la chambre à coucher ; les puces de Franco le dévoreraient vivant et les guêpes pédérastes de Franco le traqueraient dans le jardin et le vent brûlant du Diable lui grillerait les parties. A court d'eau, il serait obligé de faire ses besoins dans les champs comme une bête. Et lorsque l'hiver reviendrait, cette ordure de major parfumé pourrait vendre la maison à un autre imbécile, et tout le monde y perdrait, sauf lui.

Quant à la célébrité, au cours de ces premières semaines, le collégien n'en manifesta pas la moindre trace. Jamais il ne marchandait, il n'avait jamais entendu parler de rabais, on n'éprouvait même aucun plaisir à le voler. Et quand, dans la boutique, elle l'entraînait au-delà des quelques malheureuses phrases d'italien de cuisine qu'il connaissait, il n'élevait pas la voix, il ne l'engueulait pas comme un véritable Anglais, il se contentait de hausser les épaules d'un air bonhomme et de se servir lui-même ce qu'il voulait. Un *écrivain*, disait-on : et alors, qui ne l'était pas ? Bon, il achetait des ramettes de papier blanc. Elle en commandait d'autres, il les achetait. Bravo. Il possédait des livres : un peu moisis, semblait-il, et qu'il trimbalait dans un grand sac de jute comme un braconnier, et avant l'arrivée de l'orpheline, on le voyait marcher n'importe où, son sac de livres sur l'épaule, prêt à une séance de lecture. Guido était tombé sur lui dans la forêt de la Contessa, perché sur une souche comme un crapaud et les feuilletant l'un après l'autre, comme si ce n'était qu'un seul livre et qu'il avait perdu sa page. Il possédait aussi une machine à écrire dont la housse crasseuse était une bigarrure d'étiquettes de bagages tout usées. Encore bravo. Tout comme n'importe quel garçon aux cheveux longs qui achète un pot de peinture se qualifie d'artiste : c'était ce genre d'écrivain-là. Au printemps, l'orpheline arriva et la postière se mit à la détester aussi.

Une rousse, ce qui pour commencer était être à moitié putain. Pas assez de poitrine pour nourrir un lapin, et, pire que tout, un œil perçant pour l'arithmétique. On disait qu'il l'avait trouvée en ville : comme une putain. Dès le premier jour, elle ne l'avait pas lâché d'une semelle. Elle se cramponnait à lui comme un enfant. Elle mangeait avec lui et boudait ; buvait avec lui et boudait ; faisait les courses avec lui, en piquant le vocabulaire comme une voleuse, et ils avaient fini par devenir tous les deux un petit spectacle local, le géant anglais et sa petite putain boudeuse, descendant la colline avec leur panier d'osier, le collégien dans son short effrangé souriant à tout le monde, l'orpheline maussade dans sa petite robe de putain et sans rien dessous, si bien que, quoi qu'elle fût aussi séduisante qu'un scorpion, les hommes la regardaient pour voir ses hanches dures pointer sous le tissu. Elle marchait avec tous ses doigts accrochés autour de son bras à lui, la joue appuyée sur son épaule, et elle ne le lâchait que pour payer en puisant chichement dans la bourse dont elle tenait maintenant les cordons. Lorsqu'ils rencontraient un visage familier, c'était lui qui saluait pour eux deux, en déployant son grand bras libre comme un fasciste. Et Dieu protège l'homme qui, les rares fois où elle s'en allait seule, risquait un mot un peu leste, ou un geste déplacé : elle se retournait en crachant comme un chat de gouttière, les yeux brûlants comme ceux du diable.

« Et maintenant nous savons pourquoi ! cria très fort la postière tout en gravissant dans son ascension une fausse crête. C'est à son héritage qu'en veut l'orpheline. Pour quoi d'autre voulez-vous qu'une putain soit fidèle ? »

Ce fut la visite de la signora Sanders à sa boutique qui provoqua chez Mama Stefano cette réévaluation spectaculaire de la fortune du collégien et des mobiles de l'orpheline. La Sanders était riche et élevait des chevaux plus haut dans la vallée, où elle vivait avec une amie qu'on appelait le petit homme, qui avait les cheveux coupés très court et portait des chaînes en guise de ceinture. Leurs chevaux remportaient des prix partout. La Sanders était vive, intelligente et frugale, dans un style que les Italiens aimaient bien, et elle connaissait, parmi les Anglais mangés aux mites répandus parmi les collines, tous ceux qui en valaient la peine. Elle était venue sous le prétexte d'acheter du jambon, il devait y avoir un mois de cela, mais ce qui la préoccupait vraiment, c'était le collégien. Etait-ce vrai ? demanda-t-elle. « Le signor *Gerald* Westerby et qui habitait ici, au village ? Un homme de grande taille, aux cheveux poivre et sel, athlétique, plein d'énergie, des airs aristocrates, timides ? » Son père à elle, le général, avait connu la famille en Angleterre, expliqua-t-elle. Ils avaient été quelque temps voisins de campagne, le père du collégien et le sien. La Sanders songeait à lui rendre visite : comment vivait-il ? La postière marmonna quelque chose à propos de l'orpheline, et la Sanders resta impassible :

« Oh ! les Westerby changent toujours de femmes », dit-elle en riant, et elle se tourna vers la porte.

Abasourdie, la postière la retint pour l'accabler de questions.

Mais qui était-il ? Qu'avait-il fait de sa jeunesse ? Il était journaliste, dit la Sanders, en racontant ce qu'elle savait de la famille ; le père, un personnage flamboyant, aux cheveux blonds comme le fils, avait une écurie de courses, elle l'avait rencontré peu de temps avant sa mort et c'était encore un homme. Comme le fils il n'était jamais en paix, entre les femmes et les maisons, il en changeait tout le temps ; s'en prenant toujours à quelqu'un, si ce n'était pas à son fils, alors à quelqu'un dans la rue. La postière la pressait de questions. Mais, et lui, qu'est-ce qui faisait la distinction du collégien ? Oh, il avait assurément travaillé pour certains journaux distingués, on pouvait le dire, précisa la Sanders, son sourire s'épanouissant mystérieusement.

« Ça n'est pas l'habitude des Anglais, en général, d'accorder de la distinction aux journalistes », expliqua-t-elle dans son style classique, romain.

Mais il en fallait plus, bien plus à la postière. Et ce qu'il écrivait, son livre, à quoi tout cela rimait-il ? C'était si long ! Il en jetait tant ! De pleins paniers, lui avait dit le charretier qui ramassait les ordures – car personne de sain d'esprit n'irait allumer un feu là-haut en été. Beth Sanders comprenait le caractère intense des gens qui vivaient dans l'isolement, elle savait que dans les endroits dépouillés, leur intelligence devait se fixer sur de petits problèmes. Elle essaya donc, elle essaya vraiment de satisfaire sa curiosité. Eh bien, il avait certes beaucoup voyagé, reprit-elle en revenant jusqu'au comptoir et en reposant son paquet. Aujourd'hui, tous les journalistes étaient de grands voyageurs, bien sûr, le petit déjeuner à Londres, le déjeuner à Rome, le dîner à Delhi, mais le signor Westerby s'était montré exceptionnel même à cet égard. Alors peut-être s'agissait-il d'un livre de voyages, risqua-t-elle.

Mais *pourquoi* avait-il voyagé ? insista la postière, pour qui nul voyage n'était sans but : *Pourquoi ?*

Pour les guerres, répondit avec patience la Sanders, pour les guerres, les épidémies et la famine : « Qu'est-ce qu'un journaliste avait d'autre à faire de nos jours, après tout, que de rapporter les misères de la vie ? » demanda-t-elle.

La postière secoua la tête d'un air entendu, tous ses sens concentrés sur cette révélation : le fils d'un lord blond amateur de chevaux et qui criait, un voyageur excentrique, un homme qui écrivait dans des journaux distingués ! Et y avait-il un théâtre particulier ? demanda-t-elle – un coin de la terre du Seigneur – dont il était spécialiste ? Il allait surtout en Orient, songea la Sanders après un moment de réflexion. Il était allé partout, mais il existe une espèce d'Anglais qui ne sont chez eux qu'en Orient. Sans nul doute, c'était pour cela qu'il était venu en Italie : il y a des hommes qui deviennent déprimés sans soleil.

Et des femmes aussi, lança la postière, et elles éclatèrent de rire.

Ah ! l'Orient, dit la postière en penchant la tête d'un air tragique : une guerre après l'autre, pourquoi le pape n'arrêtait-il pas ça ? Tandis que Mama Stefano continuait dans cette voie, la Sanders parut se rappeler quelque chose. Elle eut d'abord un petit sourire, puis son sourire grandit. Un sourire d'exilée, songea la postière en l'observant : elle est comme un matelot qui se rappelle la mer.

« Il traînait toujours un plein sac de livres avec lui, lui dit-elle. On racontait qu'il les volait dans les grandes maisons.

– Il le trimbale maintenant ! s'écria la postière et elle raconta comment Guido était tombé sur lui dans la forêt de la Contessa où il était en train de lire sur sa souche.

– Il avait l'idée de devenir romancier, je crois bien, continua la Sanders, toujours plongée dans ses souvenirs. Je me souviens que son père nous le disait. Il était dans une colère folle. Il vociférait dans toute la maison.

– Le collégien ? Le collégien était en colère ? s'exclama Mama Stefano, maintenant tout à fait incrédule.

– Non. Non. Le père. » La Sanders éclata de rire : dans la société anglaise, expliqua-t-elle, les romanciers étaient encore plus mal cotés que les journalistes. « Est-ce qu'il peint toujours aussi ?

– S'il peint ? Il est peintre ? »

Il avait essayé, dit la Sanders, mais le père avait interdit cela aussi. Les peintres étaient les plus misérables de toutes les créatures, dit-elle, avec un nouveau rire : seuls ceux qui réussissaient étaient vaguement supportables.

Peu après cette succession de stupéfiantes nouvelles, le forgeron – le même forgeron qui avait reçu le pichet lancé par l'orpheline – signala avoir vu Jerry et la fille au haras de la Sanders, deux fois dans une semaine, puis trois fois, et déjeunant là-bas. Et que le collégien s'était montré excellent cavalier, faisant trotter et sauter les chevaux avec beaucoup de compréhension, même les plus farouches. L'orpheline ne participait pas, précisa le forgeron. Elle était assise à l'ombre avec le petit homme, soit à lire un livre puisé dans le sac, soit à le suivre de son regard fixe et jaloux ; attendant, comme tous le savaient maintenant, la mort du tuteur. Et voilà qu'aujourd'hui le télégramme était arrivé !

Jerry avait vu Mama Stefano arriver de loin. Il avait cet instinct-là, il y avait une partie de lui qui ne cessait jamais d'être aux aguets : une silhouette noire clopinant inexorablement comme un scarabée boitillant entrant et sortant des longues bandes d'ombre des cèdres, remontant le cours d'eau asséché qui traversait l'oliveraie de Franco-la-Canaille, pour déboucher dans leur petit bout d'Italie comme il l'appelait, deux cents mètres carrés en tout, mais avec assez de place pour frapper une balle de tennis attachée à un poteau par les soirs frais où ils se sentaient d'humeur sportive. Il avait vu très tôt l'enveloppe bleue qu'elle brandissait, il avait même entendu ses meuglements qui couvraient par moments les autres rumeurs de la vallée : le bruit des Lambretta et des scies à ruban. Et son premier geste, sans s'arrêter de taper à la machine, fut de jeter un coup d'œil furtif à la maison pour s'assurer que la fille avait fermé la fenêtre de la cuisine afin d'empêcher la chaleur et les insectes de pénétrer. Puis, tout comme le décrivit plus tard la postière, il descendit rapidement les marches à sa rencontre, un verre de vin à la main, pour l'éloigner avant qu'elle ne fût trop près.

Il lut le télégramme avec lenteur, une fois, en se penchant dessus pour faire de l'ombre sur le texte, et son visage, que Mama Stefano ne quittait pas des yeux, se creusa et se ferma, et il avait la voix un peu plus rauque lorsqu'il posa sur son bras une main dodue.

La sera, réussit-il à dire, tout en la raccompagnant le long du chemin. Il voulait dire qu'il enverrait sa réponse ce soir.

« *Molto grazie*, mama. Sensas. Merci beaucoup. Formidable. »

Lorsqu'ils se séparèrent elle pérorait toujours, lui offrant tous les services possibles, taxi, porteur, coup de téléphone à l'aéroport, et Jerry tapotait d'un air absent les poches de son short en quête de petite ou de grosse monnaie : il avait oublié pour l'instant, semblait-il, que c'était la fille qui s'occupait de l'argent.

Le collégien avait accueilli la nouvelle sans sourciller, annonça la postière au village. Avec grâce, jusqu'au point de lui faire un bout de conduite sur le chemin du retour ; avec courage, si bien que seule une femme du monde – et qui savait l'anglais – aurait lu le chagrin déchirant sous son calme : avec un peu d'égarement quand même, si bien qu'il avait omis de lui donner un pourboire. Ou bien était-ce qu'il acquérait déjà l'extrême parcimonie des gens très riches ? Mais comment l'orpheline s'était-elle comportée, elle ? demandèrent-ils. N'avait-elle pas éclaté en sanglots en implorant la Vierge, pour faire semblant de partager sa détresse ?

« Il doit encore lui annoncer la nouvelle, murmura la postière, se rappelant avec nostalgie qu'elle n'avait fait que l'apercevoir, de côté, en train de marteler la viande. Il doit songer à sa position. »

Le village se calma, attendant le soir, et Jerry resta assis dans le champ de frelons, à contempler la mer et à faire tourner sans trêve le sac de livres, jusqu'au moment où il atteignit sa limite et où il se mit à tourner en sens inverse.

D'abord il y avait la vallée, et au-dessus se dressaient les cinq collines en demi-cercle, et au-dessus des collines s'étendait la mer qui, à cette heure de la journée, n'était guère plus qu'une tache d'un brun plat dans le cercle. Le champ de frelons où il était assis était une longue terrasse bordée de pierres, avec dans un coin une grange en ruine derrière laquelle ils pouvaient pique-niquer et prendre des bains de soleil à l'abri des regards, jusqu'au jour où les frelons avaient fait leur nid dans le mur. Elle les avait vus alors qu'elle accrochait la lessive et s'était précipitée pour prévenir Jerry, et Jerry sans réfléchir avait pris un seau de mortier chez cette canaille de Franco et avait bouché toutes les ouvertures. Puis il l'avait appelée pour qu'elle pût admirer son travail : c'est mon homme, comme il me protège. Il la revoyait exactement dans son souvenir, frissonnant auprès de lui, les bras croisés, contemplant le ciment frais et écoutant les frelons affolés à l'intérieur en murmurant :« Mon Dieu, mon Dieu », trop effrayée pour faire un geste.

Peut-être qu'elle m'attendra, songea-t-il.

Il se rappelait le jour où il l'avait rencontrée. Il se racontait souvent cette histoire, parce que les coups de chance étaient rares dans la vie de Jerry, en ce qui concernait les femmes, et lorsqu'il lui en arrivait un, il aimait à bien le rouler autour de sa langue, comme il disait. Un jeudi, ça s'était passé. Il avait comme d'habitude trouvé une voiture pour le descendre en ville afin de faire quelques courses, ou peut-être pour voir des têtes nouvelles et s'éloigner un moment du roman ; ou peut-être simplement pour fuir l'épouvantable monotonie de ce paysage vide, qui bien souvent était pour lui une prison, un cachot solitaire ; peut-être bien aussi qu'il pourrait se trouver une femme, ce qu'il faisait de temps en temps en traînant au bar de l'hôtel pour touristes. Il était donc assis à lire à la trattoria de la grand-place – un carafon, une assiette de jambon, des olives – et il aperçut tout d'un coup cette fille rousse, longue et décharnée, avec un visage maussade, une robe brune comme un habit de moine et sur l'épaule un sac en tapisserie.

« Elle fait nue sans guitare », avait-il pensé.

Elle lui rappelait vaguement sa fille Cat, diminutif de Catherine, mais juste vaguement parce qu'il n'avait pas vu

Cat depuis dix ans, lorsque son premier mariage avait sombré. Pour quelles raisons précises il ne l'avait pas vue, même aujourd'hui il était incapable de le dire. Dans le premier choc de la séparation, un sentiment confus de chevalerie lui avait soufflé que Cat se porterait mieux en l'oubliant. « Autant que je disparaisse de sa vie. Qu'elle mette son cœur là où est son foyer. » Quand sa mère se remaria, ce renoncement lui parut d'autant plus justifié. Mais parfois elle lui manquait beaucoup, et ce fut fort probablement pourquoi, ayant attiré son attention à la trattoria, la fille la retint. Est-ce que Cat traînait comme ça, seule et hérissée de fatigue ? Cat avait-elle encore ses taches de rousseur et la mâchoire comme un galet ? Plus tard la fille lui raconta qu'elle avait fait le mur. Elle s'était trouvé un poste de gouvernante auprès d'une riche famille de Florence. La mère était trop occupée par ses amants pour se soucier des enfants, mais le mari avait tout le temps du monde pour la gouvernante. Elle avait fait main basse sur tout l'argent liquide qu'elle avait pu trouver, elle avait décampé et elle était là : pas de bagages, la police alertée et elle en était réduite à son dernier billet chiffonné pour s'acheter un solide repas avant de sombrer dans la perdition.

Les attractions n'étaient pas nombreuses ce jour-là sur la place – ça n'était jamais le cas – et lorsqu'elle s'assit, cette gosse avait à peu près tous les hommes valides de la ville à ses pieds, depuis les serveurs, lui murmurant « belle mademoiselle » et d'autres propos bien plus grossiers dont la teneur exacte échappait à Jerry, mais qui les faisaient tous rire à ses dépens. Puis l'un d'eux essaya de lui pincer le sein, sur quoi Jerry se leva pour s'installer à sa table. Ce n'était pas un grand héros, tout le contraire, pensait-il dans le secret de son cœur, mais pas mal de choses tournaient dans sa tête, et ç'aurait tout aussi bien pu être Cat qui se faisait bousculer dans un coin. Alors oui : la colère le prit. Il abattit donc une main sur l'épaule du petit serveur qui avait voulu la pincer, une autre sur l'épaule du grand qui avait applaudi à tant de bravoure, et il leur expliqua en mauvais italien, mais de façon tout à fait raisonnable, qu'ils devraient vraiment cesser leurs bêtises et laisser la belle demoiselle manger son repas en paix. Sinon, il se verrait obligé de casser leurs petites gueules graisseuses. L'atmosphère après cela manquait un peu de cordialité, et le petit serveur semblait prêt à se battre, car sa main ne cessait de se diriger vers une poche revolver et il tirait sur sa veste jusqu'à ce qu'un dernier regard à Jerry lui fit changer d'avis. Jerry déposa un peu d'argent sur la table, ramassa le sac de la fille, revint chercher son sac de livres et l'entraîna par le bras, la soulevant presque du sol pour lui faire traverser la place jusqu'à l'Apollon sur son socle.

« Vous êtes anglais ? demanda-t-elle en chemin.

– Jusqu'au bout des ongles », répliqua Jerry avec fureur, et ce fut la première fois qu'il la vit sourire. C'était un sourire qui valait la peine : son petit visage osseux s'éclaira comme celui d'une gosse des rues sous la crasse.

S'étant donc un peu apaisé, Jerry la nourrit et, le calme revenu, il entreprit de conter sa belle histoire, parce que après toutes ces semaines sans but, c'était bien naturel qu'il fit un effort pour s'amuser. Il expliqua qu'il était un journaliste venu se mettre au vert et pour l'heure en train d'écrire un roman, que c'était son premier essai, qu'il satisfaisait là une envie qui le démangeait depuis longtemps et qu'il avait touché d'un canard un paquet de fric qui diminuait tous les jours mais qu'on lui avait versé parce qu'à la suite de compressions de personnel il s'était trouvé en surnombre – ce qui était marrant, précisa-t-il, parce qu'il avait toute sa vie été en surnombre.

« Une sorte de cadeau de rupture », dit-il. Il en avait mis un peu dans l'achat de la maison, il avait traîné ses guêtres un moment et maintenant il ne lui restait plus grand-chose. C'était la seconde fois qu'elle souriait. Encouragé, il aborda le côté solitaire de la vie créatrice : « Mais, bon sang, vous n'imagineriez pas le mal qu'on a vraiment, vraiment à sortir tout ça...

– Des femmes ? » demanda-t-elle en l'interrompant. Il crut un moment qu'elle s'intéressait au roman. Puis il la vit qui attendait, l'œil méfiant, alors il répondit avec prudence : « Aucune en activité », comme si les femmes étaient des volcans, ce qui était d'ailleurs le cas dans l'univers de Jerry.

Après le déjeuner, comme ils déambulaient, quelque peu beurrés, sur la place déserte, le soleil tapant droit sur eux, elle avait lancé son unique déclaration d'intention :

« Tout ce que je possède est dans ce sac, tu comprends ? » demanda-t-elle. C'était la besace en tapisserie. « Et je n'ai pas l'intention d'en changer. Alors que personne ne me donne quelque chose que je ne puisse pas porter avec moi. Tu comprends ? »

Lorsqu'ils arrivèrent à son arrêt de car, elle s'attarda et, quand le car arriva elle monta après lui, laissa Jerry lui payer son billet, et quand elle descendit au village, elle gravit la colline avec lui, Jerry avec sa musette, la fille avec son sac en tapisserie, et voilà. Elle dormit trois nuits et la plupart des journées, et la quatrième nuit elle vint le trouver. Il s'y attendait si peu qu'il avait en fait fermé à clef la porte de sa chambre : il avait ses idées sur les portes et les fenêtres, surtout la nuit. Elle dut donc marteler à la porte en criant : « Bonté de merde, je veux venir dans ton foutu lit ! » avant qu'il ouvrît.

« Ne me mens surtout jamais », le prévint-elle en grimpant dans son lit, comme s'ils partageaient une fête de dortoir. « Pas de mots, pas de mensonges. Compris ? »

Comme amante, il s'en souvenait, elle avait tout du papillon : elle aurait pu être chinoise. Légère, jamais immobile, si vulnérable qu'elle le désespérait. Lorsque les lucioles sortirent, ils s'agenouillèrent tous les deux sur l'appui de la fenêtre pour les observer, et Jerry pensa à l'Orient. Les cigales crissaient et les grenouilles coassaient, et les lueurs des lucioles plongeaient et tournoyaient autour d'une flaque de nuit, et ils restèrent agenouillés là tout nus pendant une heure ou plus, à regarder et à écouter, cependant que la lune brûlante descendait vers les crêtes des collines. Ils ne parlaient jamais dans ces moments-là, ils n'arrivaient à aucune conclusion dont ils eurent conscience. Mais il renonça à fermer sa porte à clef.

La musique et le martèlement avaient cessé, mais un vacarme de cloches d'église avait commencé, sans doute, se dit-il, pour les vêpres. La vallée n'était jamais silencieuse, mais les cloches avaient un son plus fort à cause de la rosée. Il s'approcha de la balle attachée à son piquet, démêla la corde enroulée autour du poteau métallique, puis, avec ses vieilles godasses, donna des coups de pied dans l'herbe autour de la base, se rappelant comment le petit corps souple de la fille bondissait à chaque coup tandis que la robe de moine se soulevait au vent.

Tuteur, c'est le maître mot, lui avait-on dit. « *Tuteur*, ça signifie : rentrez », avaient-ils dit. Jerry hésita encore un moment regardant en bas vers la plaine bleue où la route, bien réelle, scintillait, droite comme un canal vers la ville et l'aéroport.

Jerry n'était pas ce qu'on aurait appelé un penseur. Une enfance passée à écouter les hurlements de son père lui avait enseigné de bonne heure la valeur des grandes idées et des grands mots. Peut-être était-ce cela qui l'avait rapproché de la fille, songea-t-il. C'était ce qu'elle voulait dire : « Ne me donne rien que je ne puisse pas emporter. »

Peut-être. Peut-être que non. Elle en trouvera un autre. Elles trouvent toujours.

C'est l'heure, pensa-t-il. L'argent envolé, le roman encore à naître, la fille trop jeune : allons. *C'est l'heure.*

L'heure de quoi ?

L'heure ! L'heure qu'elle se trouve un jeune taureau au lieu d'en épuiser un vieux. L'heure de s'abandonner à l'esprit d'aventure. Lève le camp. Réveille les chameaux. En route. Dieu sait, Jerry l'avait déjà fait une ou deux fois. Plante la vieille tente, reste un peu, allons désolé, mon vieux. C'est un ordre, se dit-il. Ce n'est pas à nous de raisonner. Le sifflet retentit, les gars se rassemblent. Fin de la discussion. *Tuteur.*

Bizarre quand même qu'il ait eu l'impression que ça arrivait, songea-t-il, fixant toujours la plaine embrumée de chaleur. Pas de grand pressentiment, rien de ces foutaises : simplement, oui, l'impression du temps. Que le moment était venu. Que c'était maintenant. Mais, au lieu d'un joyeux bouillonnement d'activité, une sorte de torpeur s'emparait de son corps. Il se sentit soudain trop las, trop gras, trop endormi pour se remettre à bouger. Il aurait très bien pu s'allonger là, où il était. Il aurait pu dormir sur l'herbe rêche jusqu'à ce qu'elle vînt l'éveiller ou que la nuit tombât.

Foutaises, se dit-il. Pures foutaises. Prenant le télégramme dans sa poche, il revint à grands pas vers la maison en l'appelant :

« Hé, petite ! Ma vieille ! Où te caches-tu ? Mauvaise nouvelle. » Il lui tendit le papier. « Sale coup », dit-il et il se dirigea vers la fenêtre plutôt que de la regarder le lire.

Il attendit jusqu'au moment où il entendit le bruit du papier qui atterrissait sur la table. Alors il se retourna parce qu'il n'y avait rien d'autre à faire. Elle n'avait pas dit un mot mais elle s'était enfoui les mains sous les aisselles et parfois le langage de son corps était assourdissant. Il vit combien les doigts s'agitaient à l'aveuglette, en essayant de se refermer sur quelque chose.

« Pourquoi ne pas aller t'installer chez Beth ? suggéra-t-il. Elle t'accueillera à bras ouverts, la vieille Beth. Elle t'adore. Elle te gardera aussi longtemps que tu voudras, j'en suis sûr. »

Elle garda les bras croisés jusqu'à ce qu'il descendît la colline pour envoyer son télégramme. Lorsqu'il revint, elle avait sorti son costume, le bleu qui les faisait toujours rire – sa tenue de prison, elle l'appelait –, mais elle tremblait – et son visage était d'une pâleur redoutable, comme le jour où il avait emmuré les frelons. Lorsqu'il essaya de l'embrasser, elle était froide comme du marbre, alors il la laissa aller. La nuit ils couchèrent ensemble et c'était pire qu'être seul.

Mama Stefano annonça la nouvelle à l'heure du déjeuner, hors d'haleine. L'honorable collégien était parti, dit-elle. Il avait mis son costume. Il portait une valise, sa machine à écrire et le sac de livres. Franco l'avait conduit à l'aéroport dans la camionnette. L'orpheline était partie avec eux, mais seulement jusqu'à la bretelle de l'autostrada. Lorsqu'elle était descendue, elle n'avait même pas dit au revoir : elle était restée là, au bord de la route, comme la traînée qu'elle était. Pendant quelque temps, après qu'ils l'eurent déposée, le collégien était resté très silencieux, renfermé. Ce fut à peine s'il remarqua les questions nettes et ingénieuses de Franco, et il tirait souvent sur sa mèche fauve, les Sanders la trouvaient poivre et sel. A l'aéroport, avec une heure à tuer avant le décollage, ils vidèrent une bouteille tous les deux, firent aussi une partie de dominos, mais quand Franco essaya de le rouler sur le prix de la course, le collégien fit montre d'une dureté inhabituelle, discutant enfin comme les vrais riches.

Franco lui avait raconté, dit-elle. Son ami de cœur. Franco, qu'on traitait de pédéraste. Ne l'avait-elle pas toujours défendu, l'élégant Franco, Franco, le père de son fils idiot ? Ils avaient eu leurs différends – qui n'en avait pas ? – mais qu'on lui désigne seulement, si on le pouvait, dans toute la vallée, un homme plus droit, plus diligent, plus aimable, mieux habillé que Franco, son ami et son amant !

Le collégien était rentré chercher son héritage, dit-elle.

3

Le cheval de Mr George Smiley

Il n'y avait que George Smiley, disait Roddy Martindale, un bel esprit du Foreign Office, un homme un peu corpulent, pour se faire nommer commandant d'un navire en train de faire naufrage. Il n'y avait que Smiley, ajoutait-il, pour compenser les souffrances de cette nomination en choisissant le même moment pour abandonner son épouse si belle, encore que parfois vagabonde.

Au premier, ou même au second regard, George Smiley convenait mal à l'un comme à l'autre rôle, et Martindale ne tarda pas à l'observer. Il était boulot et, par certains petits côtés d'une désespérante modestie. Une timidité naturelle le rendait de temps en temps pompeux, et pour des gens aussi flamboyants que Martindale, cette discrétion était là comme un vivant reproche. Il était myope aussi, et à le voir en ces premiers jours d'après l'holocauste, avec ses lunettes rondes et son triste costume de fonctionnaire, suivre à pas feutrés les sentiers les plus marécageux de la jungle de Whitehall, escorté de Peter Guillam, son svelte échanson aux lèvres minces ; ou bien à le surprendre, penché sur une pile de papiers à toute heure du jour ou de la nuit, dans sa salle du trône poussiéreuse, au quatrième étage du mausolée édouardien de Cambridge Circus qu'il dirigeait maintenant, on aurait cru que c'était lui, et non pas le défunt Haydon, l'espion russe, qu'en jargon de métier on appelait « taupe ». Après d'aussi longues heures de travail dans ce bâtiment caverneux et à demi abandonné, les poches qu'il avait sous les yeux prenaient des airs de meurtrissures, il souriait rarement, bien qu'il fût loin de manquer d'humour, et il y avait des moments où le simple effort de se lever de son fauteuil semblait le laisser hors d'haleine. Une fois debout, il s'arrêtait, la bouche entrouverte, en poussant un petit « huh » chuintant avant de s'éloigner. Il avait un autre tic, qui était de polir ses lunettes d'un air absent avec le bout large de sa cravate, ce qui dénudait son visage de façon si déconcertante qu'une très vieille secrétaire – dans le jargon, on appelait ces dames les « mémés » – se trouvait plus d'une fois prise d'une envie à peine contrôlable, et dont les psychiatres auraient fait leurs délices, de se précipiter pour lui épargner la tâche impossible qu'il semblait décidé à accomplir.

« George Smiley ne se contente pas de nettoyer les écuries, remarqua le même Roddy Martindale, en déjeunant à sa table du Garrick. Il fait gravir la colline à son cheval aussi. Ha ! ha ! »

D'autres rumeurs, propagées surtout par les administrations qui avaient fait des offres pour la reprise en main du service naufragé, se montraient moins respectueuses de ses efforts.

« George vit sur sa réputation, disait-on après quelques mois de cela. Arrêter Bill Haydon a été un coup de chance. »

D'ailleurs, ajoutait-on, ç'avait été une information des Américains, et pas un coup de George : c'était aux Cousins qu'aurait dû revenir tout le mérite, mais ils l'avaient décliné avec diplomatie. Non, non, racontaient d'autres, c'étaient les Hollandais. Les Hollandais avaient déchiffré le code du Centre de Moscou et avaient transmis la prise par la liaison habituelle : demandez donc à Roddy Martindale – Martindale, bien sûr, étant au Cirque un spécialiste de l'information déformée. Et ainsi de suite, cependant que Smiley, qui semblait dans l'ignorance de tout cela, gardait le silence et congédiait sa femme.

On avait du mal à le croire. On en restait stupéfait.

Martindale, qui n'avait jamais aimé une femme de sa vie, était particulièrement choqué. Il en fit un véritable éclat au Garrick :

« Quel toupet ! Lui, un parfait rien du tout et elle, une demi-Sawley ! Voulez-vous que je vous dise, c'est pavlovien. C'est de la pure cruauté pavlovienne. Après avoir supporté des années les peccadilles parfaitement saines de sa femme – en la poussant dans cette voie, si vous voulez mon avis – qu'est-ce que fait le petit homme ? Il tourne les talons et, avec une brutalité toute napoléonienne, lui envoie un coup de pied dans les dents ! C'est scandaleux. Je le répète, c'est scandaleux. Je suis un homme tolérant, de mon côté je crois avoir un certain usage du monde, mais Smiley est allé trop loin. Ça, oui. »

Pour une fois, comme cela arrivait de temps en temps, Martindale avait une juste vue de la situation. Les preuves s'étalaient sous les yeux de tous. Avec Haydon mort et le passé enterré, les Smiley avaient oublié leurs différends et, non sans quelque cérémonial, le couple réuni avait regagné leur petite maison de Chelsea, dans Baywater Street. Ils avaient même fait un effort pour se montrer mondains. Ils étaient sortis, ils avaient reçu dans le style qui convenait au nouveau poste de George ; les Cousins, un ministre par-ci par-là, toute une variété de barons de Whitehall venaient dîner chez eux et rentraient le ventre plein ; ils avaient même, pendant quelques semaines, fait figure de couple un peu exotique dans le circuit des réceptions de la haute bureaucratie jusqu'au moment où, du jour au lendemain, et à la gêne incontestable de sa femme, George Smiley avait disparu pour planter sa tente dans l'austère mansarde derrière sa salle du trône au Cirque. La triste atmosphère des lieux ne tarda pas à marquer la texture de son visage, comme la poussière imprègne le teint d'un prisonnier. Pendant ce temps, à Chelsea, Ann Smiley dépérissait, prenant très mal son rôle de femme abandonnée dont elle n'avait pas l'habitude.

Le dévouement, disaient ceux qui étaient dans le secret des dieux. Une abstinence monacale. George est un saint. Et à son âge, pensez-vous !

Foutaises, répliquait la faction Martindale. Dévouement à quoi ? Que restait-il, dans ce sinistre édifice de briques rouges, qui pouvait exiger un tel acte de sacrifice ? Qu'y avait-il où que ce fût, dans cette saleté de Whitehall, ou que Dieu nous aide, dans cette saleté d'Angleterre, qui pouvait encore exiger cela ?

Le travail, disaient ceux qui savaient.

Mais quel travail ? protestaient de leur voix de fausset ceux qui s'étaient donné pour tâche d'observer le Cirque, en faisant passer comme des Gorgones les petites miettes de ce qu'ils avaient vu et entendu. Que faisait-il là-haut, privé des trois quarts de son équipe, avec juste quelques vieilles haridelles pour lui préparer son thé, tous ses réseaux réduits en poussière ? Ses antennes à l'étranger, ses fonds secrets, tout cela bloqué par le Trésor – c'est-à-dire ses comptes opérationnels – et pas un ami à Whitehall ni à Washington pour le soutenir ? A moins que l'on ne comptât ce grand dépendeur d'andouilles de Lacon, qui faisait partie du Cabinet, toujours si décidé à monter au feu pour lui à la moindre occasion. Et bien sûr que Lacon était prêt à se battre pour lui : qu'est-ce qu'il avait d'autre ? Le Cirque, c'était la base du pouvoir de Lacon. Faute de cela il était – ma foi, ce qu'il était déjà – un chapon. Bien sûr que Lacon l'encourageait.

« C'est un scandale », annonça Martindale d'un ton pincé tout en engloutissant son anguille fumée, son steak aux rognons et le bordeaux du club, vingt pence de supplément au menu, au diable l'avarice. « Je le dirai à tout le monde. »

Entre les villageois de Whitehall et les villageois de Toscane, il y avait parfois étonnamment peu de différence.

Le temps ne mit pas un terme aux rumeurs. Tout au contraire, elles se multiplièrent, s'appuyant sur son isolement que l'on qualifiait d'obsession.

On se souvint que Bill Haydon n'avait pas été seulement le collègue de George Smiley, mais le cousin d'Ann et même un peu plus. La fureur que lui vouait Smiley, disait-on, ne s'était pas arrêtée à la mort de Haydon : il dansait littéralement sur la tombe de Bill. Ainsi, George avait surveillé en personne le rangement du célèbre bureau de Haydon installé dans une poivrière dominant Charing Cross Road, et la destruction de la moindre trace qui pouvait rappeler son souvenir, depuis les toiles sans intérêt signées de sa main jusqu'aux divers objets oubliés dans les tiroirs de son bureau ; même le bureau, il avait ordonné qu'on le sciât avant de le brûler. Et quand cela avait été fait, assurait-on, il avait fait venir les ouvriers du Cirque pour démolir les cloisons. Parfaitement.

Ou bien, si l'on veut un autre exemple, et franchement très énervant celui-là, prenez la photographie accrochée au mur de la misérable salle du trône de Smiley, une photographie de passeport, aurait-on dit, mais agrandie dans des proportions considérables, ce qui lui donnait un grain très fort et un air que certains trouvaient spectral. Un des types du Trésor la repéra lors d'une réunion spéciale sur la suppression des comptes en banque opérationnels.

« Au fait, c'est le portrait de Control ? » avait-il demandé à Peter Guillam, juste histoire de faire la conversation. Aucune intention sinistre derrière la question. Enfin, quand même, on avait le droit de *demander* ? Control, dont nul ne connaissait le vrai nom, était la légende de ces lieux. Pendant trente années, il avait été le guide et le mentor de Smiley. C'était en fait Smiley qui l'avait enterré, disait-on : car les gens très secrets, comme les très riches, ont une tendance à mourir sans qu'on les pleure.

« Non, ça n'est pas du tout Control », avait répliqué Guillam l'échanson, de ce ton hautain et désinvolte qui était le sien. « C'est Karla. »

Et que faisait donc Karla dans le civil ?

Karla, mon cher, était le nom de code de l'officier soviétique traitant qui avait commencé par recruter Bill Haydon, et qui l'avait contrôlé par la suite : « Il s'agit d'une légende tout à fait différente, c'est le moins qu'on puisse dire, énonçait Martindale, tout frémissant. Il semble que nous avons une vraie vendetta sur les bras. Jusqu'à quel point de puérilité peut-on aller, je vous le demande ? »

Même Lacon était quelque peu préoccupé par cet état de choses :

« Voyons, sérieusement, pourquoi accrochez-vous son portrait là, George ? demanda-t-il de sa voix assurée de chef de classe, un soir où il était passé voir Smiley en rentrant d'une réunion du cabinet. Qu'est-ce qu'il représente pour vous, je me demande ? Avez-vous pensé à ça ? Vous ne trouvez pas ça un peu macabre ? L'ennemi victorieux ?

J'aurais cru qu'il vous écraserait un peu, étalé comme ça au-dessus de vous ?

– Vous comprenez, Bill est mort, lui, dit Smiley de cette façon elliptique qu'il avait parfois de vous mettre sur la piste d'un argument plutôt que de l'exprimer tout à fait.

– Et Karla est vivant, voulez-vous dire ? reprit Lacon. Et vous préféreriez avoir un ennemi vivant qu'un ennemi mort ? C'est ça ? »

Mais, à un certain point, les questions qu'on posait à George Smiley avaient l'habitude de passer à côté de lui ; et même, disaient ses collègues, de sembler de mauvais goût.

Un incident qui se révéla plus substantiel dans les bazars de Whitehall concernait les « furets », ainsi qu'on appelait les balayeurs électroniciens. On ne pouvait se rappeler nulle part un cas plus flagrant de favoritisme. Mon Dieu, mon Dieu, ces canailles avaient parfois un toupet ! Martindale, qui avait attendu un an pour qu'on opère dans son propre bureau, adressa une plainte à son sous-secrétaire. Par porteur. Strictement personnel. Son frère en Christ de la Défense en fit de même et Hammer, du Trésor, faillit en faire autant, mais ou bien il oublia de poster sa lettre, ou bien se ravisa au dernier moment. Ce n'était pas une question de priorité, pas du tout, ni même de principe. Il s'agissait *d'argent.* D'argent du *contribuable.* Le Trésor avait déjà, sur l'insistance de George, fait réviser la moitié des installations téléphoniques du Cirque. Sa paranoïa à propos des écoutes ne connaissait pas de limites, semblait-il. Ajoutez à cela que les furets étaient à court de personnel, qu'il y avait eu des discussions syndicales à propos d'heures supplémentaires – oh ! des problèmes sans nombre. De la dynamite, voilà ce qu'était toute cette affaire.

Et pourtant que s'était-il passé en fin de compte ? Martindale avait tous les détails au bout de ses doigts soigneusement manucurés. George était allé trouver Lacon un jeudi – le jour de cette brusque vague de chaleur, vous vous souvenez, où tout le monde expirait pratiquement, même au Garrick – et le samedi – un samedi, vous imaginez les heures supplémentaires ! – ces brutes grouillaient dans tout le Cirque, rendant les voisins fous par le bruit qu'ils faisaient et démolissant tout. On n'avait pas vu un cas plus flagrant d'aveugle préférence depuis – eh bien, depuis qu'on avait autorisé Smiley à faire revenir cette vieille peau de documentaliste russe qu'il utilisait, Sachs, Connie Sachs, l'universitaire d'Oxford, contre toute raison, et qu'il qualifiait de mémé, alors qu'elle ne l'était pas.

Discrètement, ou du moins avec toute la discrétion dont il était capable, Martindale se donna quelque mal pour savoir si les furets avaient réellement découvert quelque chose, mais il se heurta à un mur. Dans le monde du renseignement, l'information c'est de l'argent, et à cet égard en tout cas, bien qu'il ne le sût peut-être pas, Roddy Martindale était un indigent, car seule une toute petite élite connaissait le secret de cette histoire secrète. C'était vrai que Smiley était allé le jeudi rendre visite à Lacon dans son bureau lambrissé donnant sur St Jame's Park : et qu'il faisait ce jour-là étonnamment doux pour l'automne. De somptueux rais de lumière se déversaient sur le tapis à motifs, et les grains de poussière y jouaient comme de minuscules poissons tropicaux. Lacon avait même ôté sa jaquette, mais, bien sûr, pas sa cravate.

« Connie Sachs a fait quelques recherches sur l'écriture de Karla dans des cas analogues, annonça Smiley.

– *L'écriture ?* reprit Lacon, comme si c'était contraire au règlement.

– Un terme de métier. Des habitudes techniques de Karla. Il semble que là où c'était faisable, il utilisait des taupes ou des écouteurs en tandem.

– Une fois de plus, George, ça ne vous ennuierait pas de vous exprimer en anglais ? »

Lorsque les circonstances le permettaient, dit Smiley, Karla aimait confirmer les opérations de son agent avec des microphones cachés. Bien que Smiley se fût assuré que rien ne s'était dit dans l'immeuble qui pût compromettre aucun « plan actuel », comme il les appelait, les implications étaient quand même troublantes.

Lacon était décidé aussi à connaître l'écriture de Smiley : « Vous avez des preuves à l'appui de cette théorie un peu académique ? interrogea-t-il en examinant le visage impassible de Smiley par-dessus le bout de son crayon qu'il tenait entre ses deux index, comme une règle.

– Nous avons fait un inventaire de notre matériel radio, avoua Smiley en plissant le front. Il manque une quantité de matériel intérieur. Une grande partie semble avoir disparu durant les altérations de 1966. » Lacon attendit, pour le lui faire dire. « Haydon faisait partie des réunions de chantier, il était responsable de l'exécution des travaux, conclut Smiley, lâchant son dernier morceau de biscuit. En fait, c'est lui qui avait poussé à cela. C'est seulement... Ah ! si jamais les Cousins en entendaient parler, je crois que ce serait la goutte d'eau qui ferait déborder le vase. »

Lacon n'était pas un imbécile, et la colère des Cousins juste au moment où tout le monde s'efforçait de les mettre de bonne humeur était une chose à éviter à tout prix. S'il s'était écouté, il aurait envoyé les furets le jour même. Le samedi était un compromis et, sans consulter personne, il dépêcha toute l'équipe, douze hommes au total, dans deux camionnettes grises portant la mention « Dératisation ». C'était vrai qu'ils avaient tout mis sens dessus dessous, d'où les rumeurs stupides à propos de la destruction du bureau en poivrière. Ils étaient furieux parce que c'était le week-end, ce qui peut-être expliquait leur inutile violence : les impôts qu'ils payaient sur les heures supplémentaires étaient épouvantables. Mais leur humeur ne tarda pas à changer lorsque du premier coup ils raflèrent huit microphones, chacun d'eux du modèle standard provenant du magasin du Cirque. Haydon les avait répartis de façon classique, comme en convint Lacon lorsqu'il vint faire son inspection. L'un dans le tiroir d'un bureau inutilisé, comme s'il avait été innocemment laissé là et oublié, sauf que le bureau se trouvait être dans la salle du Chiffre. Un qui recueillait la poussière sur le dessus d'un vieux classeur métallique dans la salle de conférence du cinquième étage – que dans le jargon du Cirque on appelait la salle de jeux. Et un, avec le flair typique de Haydon, coincé derrière la chasse d'eau des toilettes des officiers supérieurs, la porte à côté. Un second coup de filet, comprenant les murs porteurs, révéla la présence de trois autres noyés dans le ciment lors des travaux de construction. Des sondes, avec des snorkels en plastique pour capter le son. Les furets les disposèrent comme un tableau de chasse. Ils n'étaient plus en fonctionnement, bien sûr, comme tous les autres, mais plantés là quand même par Haydon et réglés sur des fréquences que le Cirque n'utilisait pas.

« Et entretenus aux frais du Trésor, voulez-vous que je vous dise, fit Lacon, avec un sourire des plus secs, en caressant les fils qui reliaient jadis les microphones espions au circuit électrique. Ou du moins c'était le cas, jusqu'au jour où George a fait refaire toute l'installation. Il ne faudra pas que j'oublie de le raconter à Frère Hammer. Il sera aux anges. » Hammer, un Gallois, étant l'ennemi le plus insistant de Lacon.

Sur le conseil de Lacon, Smiley entreprit de monter un modeste spectacle. Il donna l'ordre aux furets de réactiver les radio-microphones dans la salle de conférence et de modifier le récepteur sur l'une des rares voitures de surveillance que le Cirque possédait encore. Puis il invita trois des animateurs les plus hostiles de Whitehall, y compris le Gallois Hammer, à rouler dans un rayon d'un kilomètre autour de l'immeuble, tout en écoutant une discussion préparée entre deux des aides ténébreux de Smiley installés dans la salle de jeux. Ils n'en perdirent pas un mot. Pas une syllabe.

Après quoi, Smiley lui-même leur fit jurer le secret absolu et, pour faire bonne mesure, leur fit signer une déclaration rédigée par les surveillants dans le but exprès d'inspirer le respect. Peter Guillam convint que cela les ferait taire pour environ un mois :

« Ou moins s'il pleut », ajouta-t-il en ricanant.

Toutefois, si Martindale et ses collègues de Whitehall qui n'étaient pas dans le secret des dieux vivaient dans un état de primitive innocence à propos de la réalité du monde de Smiley, ceux qui étaient plus proches du trône se sentaient tout aussi loin de lui. Les cercles dont il s'entourait devenaient plus étroits à mesure qu'ils approchaient, et bien rares étaient ceux qui parvenaient jusqu'au centre les premiers jours. Franchissant le seuil sinistre et brun du Cirque, avec ses barrières provisoires gardées par des cerbères aux aguets, Smiley ne se départait pas de son esseulement habituel. Pendant des jours et des nuits de suite, la porte de ses petits bureaux restait fermée et il n'y avait pour toute compagnie que Peter Guillam, et un factotum à l'œil sombre qui rôdait là, du nom de Fawn, lequel avait partagé avec Guillam la chance de servir de baby-sitter à Smiley lorsqu'ils avaient fait sortir Haydon de sa tanière. Smiley, parfois, disparaissait par la porte du fond en se contentant d'un petit salut de la tête, emmenant avec lui Fawn, un petit être aux manières furtives, et laissant à Guillam le soin de répondre aux coups de téléphone et de le joindre en cas d'urgence. Les mémés comparaient son attitude aux derniers jours de Control, qui, grâce à Haydon, était mort sous le harnais d'un cœur brisé. Par les mécanismes organiques d'une société fermée, un nouveau mot vint s'ajouter à leur jargon. Le démasquage de Haydon devint maintenant la *chute*, et l'histoire du Cirque se divisa en *avant la chute* et *après*. L'état de décadence matérielle de l'immeuble lui-même, aux trois quarts vide, et depuis la visite des furets dans un bien triste état, prêtait aux allées et venues de Smiley de sinistres accents de ruine qui, dans les moments de dépression, prenaient un aspect symbolique aux yeux de ceux qui devaient le supporter. Ce que les furets détruisent, ils ne le remettent pas en état : et, ils en avaient l'impression, peut-être en allait-il de même de Karla, dont les traits poussiéreux, épinglés aux murs par leur chef insaisissable, continuaient à les observer des ombres de sa salle du trône spartiate.

Par contre, le peu qu'ils savaient était consternant. Des problèmes aussi triviaux que celui du personnel, par exemple, prenaient d'horribles dimensions. Smiley s'était lancé à congédier du personnel et à démanteler des antennes ; entre autres, celle du pauvre Tufty Thesinger, à Hong Kong, qui était pourtant bien éloigné de la scène antisoviétique, ce qui lui valut d'être une des dernières à sauter. Dans les parages de Whitehall, un terrain dont, comme Smiley, ils se méfiaient grandement, ils l'entendirent perdu dans des discussions étranges et assez terribles à propos d'indemnités de licenciement et de réaffectation. Il y avait des cas, semblait-il – le pauvre Tufty Thesinger à Hong Kong une fois de plus en fournissait le plus bel exemple –, où Bill Haydon avait délibérément encouragé l'avancement exagéré d'officiers tout à fait brûlés sur qui on pouvait compter pour ne pas prendre l'initiative d'opérations personnelles. Fallait-il les indemniser d'après leur valeur naturelle ou d'après la valeur gonflée que Haydon leur avait malicieusement attribuée ? Il y en avait d'autres pour qui Haydon, afin de se protéger, avait fabriqué des raisons de les congédier. Fallait-il leur verser la totalité de leur pension ? Avaient-ils droit à une réintégration ? De jeunes ministres perplexes, nouveaux venus au pouvoir depuis les élections, prenaient des décisions courageuses et contradictoires. En conséquence, un triste flot d'agents du Cirque ainsi trompés, aussi bien hommes que femmes, s'écoulait entre les mains de Smiley, et les surveillants reçurent l'ordre de s'assurer que, pour des raisons de sécurité et peut-être d'esthétique, aucun de ceux qui revenaient d'une antenne étrangère ne mît le pied à l'intérieur du bâtiment principal. Smiley ne tolérait pas davantage le moindre contact entre les condamnés et les graciés. Pour obéir à ces instructions, avec l'appui récalcitrant du Trésor en la personne de Hammer-le-Gallois, les surveillants ouvrirent un centre de réception provisoire dans une maison qu'ils louèrent à Bloomsbury, sous le couvert d'une école de langues (on ne reçoit que sur rendez-vous) où ils mirent en garnison un quarteron d'officiers payeurs et spécialistes du personnel. Comme il fallait s'y attendre, cet organisme devint le groupe de Bloomsbury, et on savait que parfois, lorsqu'il avait une heure de loisirs, Smiley y passait et, un peu à la manière d'un visiteur hospitalier, offrait ses condoléances à des visages qui le plus souvent lui étaient inconnus. D'autres fois, selon son humeur, il demeurait parfaitement silencieux, préférant s'installer sans explication comme un bouddha dans un coin de la salle poussiéreuse où avaient lieu les interrogatoires.

Qu'est-ce qui le poussait ? Que cherchait-il ? Si à la base de tout cela il y avait la colère, alors c'était une colère qu'ils connaissaient tous en ces jours-là. Ils pouvaient bien être assis tous ensemble dans la salle de jeux à chevrons après une longue journée de travail, à échanger des plaisanteries et des potins, mais si d'aventure quelqu'un prononçait le nom de Karla ou de sa taupe Haydon, le silence des anges descendait sur eux, et même cette vieille renarde de Connie Sachs, la kremlinologue, ne parvenait pas à le dissiper.

Ce qui semblait encore plus éprouvant aux yeux de ses subordonnés, c'étaient les efforts de Smiley pour sauver du naufrage quelques lambeaux des réseaux d'agents. Vingt-quatre heures après l'arrestation de Haydon, les neuf réseaux que contrôlait le Cirque en Union soviétique et en Europe de l'Est avaient été mis en hibernation. Les liaisons radio s'étaient arrêtées net, les lignes de courrier ne fonctionnaient plus et on avait toute raison de dire que, s'il restait parmi eux d'authentiques agents du Cirque, ils avaient été embarqués du jour au lendemain. Mais Smiley était farouchement opposé à cette opinion trop facile, tout comme il refusait d'admettre que Karla et le Centre de Moscou à eux deux étaient d'une invincible efficacité, qu'ils ignoraient les bavures de l'illogisme. Il harcelait Lacon, il harcelait les Cousins dans leurs vastes annexes de Grosvenor Square, il insistait pour que l'on continuât à surveiller les fréquences radio utilisées par les agents et, malgré les violentes protestations du Foreign Office – Roddy Martindale comme toujours en tête –, il avait fait lancer par le service des émissions à l'étranger de la BBC des messages en clair ordonnant à tout agent qui, par hasard, les entendrait et qui connaîtrait le mot de code de quitter aussitôt le navire. Et, peu à peu, à leur stupéfaction, d'infimes frémissements de vie se manifestèrent, comme des messages confus provenant d'une autre planète.

Tout d'abord, les Cousins, en la personne de Martello, leur chef de station locale à la bonhomie toujours suspecte, signala depuis Grosvenor Square qu'une route d'évasion américaine acheminait deux agents britanniques, un homme et une femme, jusqu'à la vieille station balnéaire de Sochi, sur la mer Noire, où un petit bateau les attendait, prêt à se charger de ce que les hommes bien tranquilles de Martello insistaient pour appeler une « mission d'ex-filtration ». D'après sa description, il s'agissait des Tchourayev, chevilles ouvrières du réseau Contemplation qui avait couvert la Géorgie et l'Ukraine. Sans attendre l'accord du Trésor, Smiley fit sortir de sa retraite un certain Roy Bland, un dialecticien ex-marxiste à la forte carrure, jadis agent d'exécution, et qui avait été l'officier traitant du réseau. A Bland, qui avait durement écopé lors de la chute, il confia les deux chiens de garde russes, de Silsky et Kaspar, eux aussi dans la naphtaline, eux aussi anciens protégés de Haydon, pour constituer un comité d'accueil éventuel. Ils étaient encore assis dans leur avion de transport de la RAF lorsque la nouvelle arriva que le couple avait été abattu au moment où ils quittaient le port. La mission d'ex-filtration avait échoué, dirent les Cousins. Dans un geste de compassion, Martello prit personnellement son téléphone pour annoncer la nouvelle à Smiley. C'était dans son genre un homme sympathique et, comme Smiley, de la vieille école. C'était le soir, et il pleuvait à torrents.

« N'allez pas prendre ça trop à cœur, George, le prévint-il avec ses airs de bon oncle. Vous m'entendez ? Il y a les opérationnels et les hommes de bureau, et c'est à vous et à moi de veiller à ce que la distinction soit maintenue, sinon, on va tous devenir fous. On ne peut pas se décarcasser pour chacun d'eux. C'est ça quand on commande. Ne l'oubliez pas. »

Peter Guillam, qui se trouvait aux côtés de Smiley lorsque ce dernier prit la communication, jura plus tard que Smiley ne manifesta aucune réaction : et Guillam le connaissait bien. Néanmoins, dix minutes plus tard, à l'insu de tous, il avait disparu, et son volumineux imperméable n'était plus à sa patère. Il revint après l'aube, trempé jusqu'aux os, portant toujours son imperméable sur son bras. S'étant changé, il regagna son bureau, mais quand Guillam, de sa propre initiative, arriva sur la pointe des pieds avec du thé, il trouva, à sa grande gêne, son maître assis très droit devant un vieux volume de poésie allemande, les poings serrés de chaque côté, et pleurant en silence.

Bland, Kaspar et de Silsky supplièrent qu'on les réintégrât. Ils citèrent l'exemple du petit Toby Esterhase, le Hongrois, qui était, on ne sait comment, parvenu à se faire reprendre, et réclamèrent le même traitement, mais en vain. On refusa de les entendre et on ne parla plus jamais d'eux. L'injustice engendre l'injustice. Bien que ternis de réputation, ils auraient pu être utiles, mais Smiley ne voulait pas entendre parler d'eux ; ni à ce moment-là, ni plus tard, ni jamais. De toute la période de l'immédiate après-chute, ce fut le point le plus bas. Il y en avait pour croire sérieusement – à l'intérieur comme à l'extérieur du Cirque – qu'on avait entendu le dernier battement du cœur secret de l'Angleterre.

Quelques jours après cette catastrophe, il se trouva que la chance offrit à Smiley une mince consolation. A Varsovie, en plein jour, un chef de réseau du Cirque en cavale entendit le message de la BBC et entra droit dans l'ambassade de Grande-Bretagne. Grâce aux efforts acharnés de Lacon et de Smiley, il fut expédié par avion à Londres le soir même, déguisé en courrier diplomatique, malgré Martindale. Ne croyant pas trop à l'histoire qui lui servait de couverture, Smiley remit l'homme aux interrogateurs du Cirque qui, privés d'autre viande fraîche, faillirent le tuer, mais finirent par le déclarer utilisable. On le recasa en Australie.

Ensuite, alors qu'il en était toujours au début même de son règne, Smiley fut contraint de passer en jugement les annexes domestiques du Cirque. Son instinct l'inclinait à tout larguer. Les planques, qui n'étaient plus du tout sûres, la nursery de Sarratt, où par tradition s'effectuaient l'endoctrinement et l'entraînement des agents et des nouveaux venus, les laboratoires expérimentaux audiovisuels de Harlow ; le centre des farces et attrapes d'Argyll ; l'école marine de Helford, où d'anciens matelots pratiquaient les arts noirs de la navigation de plaisance comme le rituel d'une religion perdue ; et la base des transmissions radio à longue portée de Canterbury. Il se serait même volontiers débarrassé du quartier général des cryptographes à Bath où l'on continuait à décoder :

« Supprimez tout ça, dit-il à Lacon qu'il était allé voir à son bureau.

– Et après ? demanda Lacon, surpris par sa véhémence, qui, depuis l'échec de Sochi, était encore plus marquée.

– On recommence.

– Je vois », fit Lacon, ce qui voulait dire, bien sûr, tout le contraire. Lacon avait devant lui des feuilles de chiffres fournis par le Trésor, et il les étudiait tout en parlant.

« La nursery de Sarratt, pour une raison que je n'arrive pas à comprendre, figure sur le budget *militaire*, observa-t-il d'un ton songeur. Pas du tout sur votre caisse noire. Le Foreign Office paye pour Harlow – et je suis sûr qu'ils l'ont oublié depuis longtemps –, Argyll est sous l'aile du ministère de la Défense, qui fort probablement en ignore l'existence, le ministère des Postes possède Canterbury, et la Marine, Helford. Bath, je suis heureux de vous le dire, vit également sur des fonds du Foreign Office, suivant une signature apposée sur un document par Martindale voilà six ans, et dans des circonstances tout aussi oubliées de la mémoire officielle. Alors ils ne coûtent rien, n'est-ce pas ?

– C'est du bois mort, insista Smiley. Et tant qu'ils existent, on ne les remplacera jamais. Il y a longtemps que Sarratt s'en est allé à vau-l'eau, Helford est moribond, Argyll est un canular. Quant aux cryptographes, au cours des cinq dernières années ils ont travaillé pratiquement à plein temps pour Karla.

– Par Karla, vous entendez le Centre de Moscou ?

– Je veux dire le département responsable de Haydon et d'une demi-douzaine...

– Je sais ce que vous voulez dire. Mais, si vous permettez, j'estime qu'il est plus prudent de s'en tenir aux institutions. De cette façon, cela nous épargne d'avoir affaire à des personnalités. Après tout, c'est bien à cela que servent les institutions, n'est-ce pas ? »

Lacon tapotait son crayon en mesure sur le bureau. Il finit par lever les yeux et considéra Smiley d'un air interrogateur. « Dites donc, George, vous êtes vraiment le grand exterminateur aujourd'hui. Je préfère ne pas penser à ce qui se passerait si vous veniez jamais manier votre hache de mon côté à moi du jardin. Ces stations extérieures sont des valeurs de tout repos. Si vous vous en défaites maintenant, vous ne les retrouverez jamais. Plus tard, si vous voulez, quand vous serez de nouveau en route, vous pourrez liquider pour vous acheter quelque chose de mieux. Mais il ne faut pas vendre quand le marché est à la baisse, vous savez. Il faut attendre que vous puissiez prendre un bénéfice. »

A contrecœur, Smiley se rangea à son avis.

Comme si tous ces tracas n'étaient pas suffisants, il arriva un triste lundi matin où un vérificateur comptable du Trésor fit remarquer de sérieuses différences dans la gestion de la caisse noire du Cirque au cours de la période de cinq ans avant que ces fonds ne fussent gelés par la chute. Smiley fut contraint de constituer un tribunal improvisé, devant lequel un vieil employé de la section des Finances, qu'on était allé pêcher dans sa retraite, s'effondra et avoua porter une passion coupable pour une fille des Archives qui le menait par le bout du nez. Dans une pénible crise de remords, le vieil homme rentra chez lui pour se pendre. Malgré les conseils de Guillam, Smiley insista pour se rendre à l'enterrement.

Il était établi pourtant que c'est à partir de ces débuts bien mornes, et à vrai dire ses toutes premières semaines au bureau, que George Smiley passa à l'attaque.

La base à partir de laquelle cette attaque fut lancée était en premier lieu philosophique, en second lieu théorique et seulement en dernier lieu, grâce à l'apparition théâtrale de Sam Collins, le joueur bien connu, humaine.

La philosophie était simple. La tâche d'un service de renseignements annonça Smiley avec fermeté, n'était pas de jouer aux gendarmes et aux voleurs, mais de fournir des renseignements à ses clients. S'ils n'y parvenaient pas, les clients en question s'adresseraient à d'autres vendeurs, moins scrupuleux, ou bien, pire encore, se lanceraient eux-mêmes en amateurs. Et le service lui-même en pâtirait. Il n'était pas souhaitable de ne pas être vu sur les marchés de

Whitehall, poursuivit-il. Pire : à moins que le Cirque ne produisît, il n'aurait rien à échanger avec les Cousins, ni avec d'autres services frères avec qui cet échange de bons procédés était traditionnel. Ne pas produire, c'était ne pas négocier, et ne pas négocier, c'était mourir.

Amen, dirent-ils.

Sa théorie – il appelait ça ses prémisses –, la façon dont on pouvait produire des renseignements sans ressources, fut le sujet d'une petite réunion sans cérémonie tenue dans la salle de jeux moins de deux mois après son avènement, rassemblant autour de lui le petit cercle qui constituait, dans une certaine mesure, son équipe de confidents. Ils étaient cinq en tout : Smiley lui-même, Peter Guillam, son échanson ; la vaste et nonchalante Connie Sachs, la spécialiste de Moscou ; Fawn, le factotum à l'œil sombre, qui portait des chaussures de basket noires, s'occupait du samovar en cuivre de style russe et qui distribuait les biscuits, et enfin Doc di Salis, connu sous le surnom de Jésuite Fou, le principal spécialiste de la Chine au Cirque. Quand Dieu avait terminé de créer Connie Sachs, disaient les plaisantins, il avait besoin de repos, alors avec les restes, il fit Doc di Salis. Doc était une petite créature bosselée et ratatinée, qui était plus le singe de Connie que sa contrepartie, et c'était vrai que son physique, des cheveux d'argent ébouriffés qui vagabondaient par-dessus son col douteux jusqu'aux doigts moites et déformés qui picoraient comme autant de becs de poulet tout ce qui les entourait, avait quelque chose d'incontestablement peu engageant. Si Beardsley l'avait dessiné, il l'aurait représenté enchaîné et hirsute, risquant un œil au coin de l'énorme caftan dont s'enveloppait Connie. Salis était pourtant un orientaliste distingué, un érudit, une sorte de héros aussi, car il avait passé une partie de la guerre en Chine, recrutant pour Dieu et pour le Cirque, et une autre partie dans une prison de Shanghai, pour le plaisir des Japonais. Telle était l'équipe : le Groupe des Cinq. Avec le temps, il s'augmenta, mais au départ, ces cinq-là constituaient à eux seuls le cadre original, et par la suite, avoir été l'un d'eux, racontait di Salis, c'était « comme avoir une carte du parti communiste avec un numéro à un seul chiffre ».

Pour commencer, Smiley fit l'inventaire de l'épave, et cela prit quelque temps, tout comme il faut un moment pour mettre à sac une ville ou pour liquider un grand nombre de gens. Il se contenta de parcourir tout ce que le Cirque comptait d'arrière-boutiques, en démontrant sans pitié comment, par quelles méthodes, et souvent exactement quand Haydon en avait révélé des secrets à ses maîtres soviétiques. Il avait bien sûr l'avantage d'avoir interrogé lui-même Haydon et d'avoir conduit les premières recherches qui l'avaient amené à le démasquer. Il connaissait le chemin. Néanmoins, sa péroraison était un petit tour de force d'analyse destructive.

« Donc, conclut-il avec brusquerie, pas d'illusion, ce service ne sera plus jamais le même. Il sera peut-être meilleur, mais il sera différent. »

Amen, dirent-ils, et ils s'en allèrent faire quelques pas sans joie pour se dégourdir les jambes.

C'était bizarre, se rappela Guillam par la suite, comme les scènes importantes en ces premiers mois semblaient toutes avoir eu lieu le soir. La salle de jeux était longue, avec de hautes fenêtres mansardées qui ne donnaient que sur le ciel teinté d'orange de la nuit et sur un hallier d'antennes de radio rouillées, des reliques de la guerre que personne n'avait cru bon d'enlever.

Les prémisses, dit Smiley, lorsqu'ils eurent repris leur place, c'était que Haydon n'avait rien fait contre le Cirque qui ne fût pas dirigé, et cette direction était imprimée par un seul homme : Karla.

Sa prémisse était qu'en donnant ses instructions à Haydon, Karla révélait les lacunes dans ce que savait le Centre de Moscou ; qu'en ordonnant à Haydon de supprimer certains renseignements qui parvenaient au Cirque, en lui donnant pour instructions d'en diminuer l'importance ou de les déformer, de les tourner en dérision ou même d'en bloquer totalement la circulation, Karla désignait les secrets qu'il ne voulait pas voir révélés.

« Alors, on peut remonter, n'est-ce pas, mon chou ? murmura Connie Sachs, que sa rapidité de compréhension plaçait comme d'habitude une bonne longueur en avant du peloton.

– Mais oui, Connie. C'est exactement ce que nous pouvons faire, dit Smiley avec gravité. Nous pouvons remonter. » Il reprit sa conférence, laissant Guillam entre autres encore plus mystifié qu'auparavant.

En dressant avec soin la carte des destructions opérées par Haydon – en suivant ses empreintes, comme disait Smiley –, en notant sans en oublier un tous les dossiers qu'il avait choisis ; en réassemblant, après de pénibles semaines de recherches si besoin en était, les renseignements recueillis de bonne foi par les antennes du Cirque, et en les comparant dans tous les détails aux renseignements distribués par Haydon aux clients du Cirque sur le marché de Whitehall, il serait possible de remonter – suivant l'expression si juste de Connie – et d'établir le point de départ de Haydon, et donc de Karla, expliqua Smiley.

Dès l'instant où l'on avait bien remonté une filière, des portes s'ouvraient d'une façon étonnante, et le Cirque, contre toute vraisemblance, se trouverait en mesure de prendre l'initiative – ou, comme le disait Smiley –, « d'agir et de ne pas se contenter de *réagir* ».

Cette prémisse, pour reprendre la joyeuse description qu'en fit plus tard Connie Sachs, signifiait : « Chercher tout bonnement un autre Toutankhamon, avec George Smiley qui tenait la lanterne et nous autres pauvres bougres en train de creuser. »

En ce temps-là, bien sûr, Jerry Westerby ne figurait même pas dans l'esquisse d'un de leurs plans d'opération.

Ils se lancèrent dans la bataille le lendemain, l'énorme Connie dans un coin, le maussade petit di Salis dans le sien. Comme le disait di Salis, d'un ton nasillard et désapprobateur, qui ne manquait pas d'une force farouche : « En tout cas nous savons en fin de compte pourquoi nous sommes ici. » Leurs familles de fouisseurs blêmes se partagèrent les archives en deux. Connie et « mes bolcheviks », comme elle les appelait, s'approprièrent la Russie et les satellites. Di Salis et ses « périls jaunes » se réservèrent la Chine et le tiers monde. Ce qui tombait entre les deux – les rapports documentés sur les alliés théoriques de la nation, par exemple – se trouva consigné dans un panier d'attente spécial pour être évalué par la suite. Comme Smiley, ils avaient des horaires de travail impossibles. La cantine se plaignait, les cerbères menaçaient de se mettre en grève, mais peu à peu la sainte énergie des fouisseurs contamina même les services ancillaires et les récriminations se turent. Une rivalité moqueuse se développa. Sous l'influence de Connie, des grouillots, hommes et femmes, que jusqu'alors on avait à peine vus sourire, apprirent soudain à se taquiner les uns les autres dans la langue des grands noms qui leur étaient familiers en dehors du Cirque. Les chiens courants de l'impérialisme tsariste buvaient du café insipide avec des stalinistes, chauvinistes et déviationnistes, et ils en étaient fiers. Mais l'épanouissement le plus impressionnant s'opéra à n'en pas douter chez di Salis, qui interrompait ses efforts nocturnes pour de brefs mais vigoureux échanges à la table de ping-pong, où il provoquait tous ceux qui passaient, en bondissant comme un chasseur de papillons en quête de spécimens rares. Les premiers fruits ne tardèrent pas à apparaître et vinrent leur donner un nouvel élan. En moins d'un mois, trois rapports avaient été distribués nerveusement, à un cercle extrêmement restreint, et trouvèrent même faveur auprès des Cousins sceptiques.

Un mois plus tard, un sommaire relié portant le titre verbeux de *Rapport intérimaire sur les lacunes des renseignements soviétiques concernant la force de frappe maritime et aérienne de l'OTAN* obtint quelques avares applaudissements de la maison mère de Martello, à Langley en Virginie, et valut un coup de téléphone exubérant de Martello en personne.

« George, je l'avais dit à ces types ! cria-t-il avec une telle véhémence que la ligne téléphonique semblait une extravagance inutile. Je leur avais dit : "On peut faire confiance au Cirque." Est-ce qu'ils m'ont cru ? Vous parlez ! »

Cependant, tantôt avec Guillam pour compagnie, tantôt avec Fawn le silencieux comme baby-sitter, Smiley lui-même poursuivait ses sombres pérégrinations jusqu'à en tomber à demi mort d'épuisement. Et, toujours sans résultat, il continuait. De jour, et tout aussi souvent de nuit, il parcourait Londres et sa banlieue, allant même au-delà, pour questionner d'anciens officiers du Cirque et d'ex-agents maintenant mis au vert. A Chiswick, modestement installé dans le bureau d'une agence de voyages à prix réduits, où il parlait tout bas à un ancien colonel de cavalerie polonais qui s'était reconverti là comme employé, il crut apercevoir quelque chose : mais, comme un mirage, la promesse s'évanouit à mesure qu'il en approchait. Dans une boutique de radios d'occasion à Sevenoaks, un Tchèque des Sudètes lui fit miroiter le même espoir, mais quand Guillam et lui revinrent en hâte pour avoir confirmation de l'histoire d'après les dossiers du Cirque, ils trouvèrent les acteurs morts et plus personne qui restait pour le faire avancer dans sa quête. Chez un éleveur de Newmarket, devant Fawn furieux jusqu'à friser la violence, il se fit insulter par un Ecossais entêté et vêtu de tweed, un protégé d'Alleline, le prédécesseur de Smiley, tout cela dans la même vaine poursuite. Rentré au bureau, il appela les Archives, pour voir une fois de plus la lumière s'éteindre.

Car c'était la dernière et tacite conviction de la prémisse que Smiley avait exposée dans la salle de jeux : que le piège auquel Haydon s'était pris lui-même n'était pas unique. En dernière analyse, ce n'était pas le travail de paperasserie de Haydon qui avait causé sa perte, ce n'était pas sa façon de truquer les rapports ni de « perdre » les dossiers gênants. C'était la panique de Haydon. C'était l'intervention spontanée de Haydon dans une opération sur le terrain où la menace pour lui-même, ou peut-être pour un autre agent de Karla, était devenue si sérieuse que son seul espoir était de la supprimer malgré le risque que cela comportait. C'était le tour que Smiley brûlait de voir se répéter. Et c'était la question à laquelle, jamais de façon directe, mais toujours par déduction, Smiley et ses assistants du centre de réception de Bloomsburry revenaient sans cesse :

« Pouvez-vous vous rappeler un incident durant vos années de service où, à votre avis, on vous a déraisonnablement empêché de suivre un indice opérationnel ? »

Et ce fut l'élégant Sam Collins, dans sa veste de smoking, avec sa cigarette brune, sa moustache bien taillée et son sourire de dandy du Mississippi, convoqué un jour pour une paisible conversation, qui arriva en coup de vent pour dire : « Maintenant que j'y pense, oui, mon Dieu, je m'en souviens. »

Mais là encore, derrière cette question, et derrière la réponse cruciale de Sam, rôdait la redoutable silhouette de miss Connie Sachs, à la poursuite de l'or russe.

Et derrière Connie, comme toujours, la photographie obstinément floue de Karla.

Connie a décroché quelque chose, Peter, murmura-t-elle à Guillam, tard un soir, sur le téléphone intérieur. *Elle a décroché quelque chose, c'est sûr et certain.*

Ce n'était certes pas sa première découverte, ni sa dixième, mais son instinct tortueux lui dit tout de suite que c'était « l'article authentique, crois-en la vieille Connie ». Guillam prévint donc Smiley qui mit sous clef ses dossiers, ferma son bureau et dit : « Bon, faites-la entrer. »

Connie était une énorme femme, infirme et madrée, fille et sœur d'universitaire, elle-même avait un peu trempé dans l'enseignement et était connue des anciens sous le nom de « la Mère Russie ». A en croire le folklore, Control l'avait recrutée au cours d'une partie de bridge, alors qu'elle était encore une débutante, le soir où Neville Chamberlain promit « la paix de notre temps ». Quand Haydon accéda au pouvoir dans le sillage de son protecteur Alleline, une de ses premières et de ses plus cuisantes mesures fut de mettre Connie au vert. Car Connie en savait plus sur les détours du Centre de Moscou que la plupart des pauvres brutes, comme elle les appelait, qui trimaient là, et l'armée privée des taupes et des recruteurs de Karla avait toujours été sa distraction favorite. Il n'y avait pas jadis un Soviétique passant à l'Ouest dont le compte rendu d'interrogatoires n'était pas passé par les doigts arthritiques de Mère Russie ; pas un traîne-patin ayant réussi à se poster auprès d'un chercheur de talents reconnu de Karla à qui Connie n'eût pas fait répéter dans les moindres détails la chorégraphie de sa proie ; pas la moindre rumeur en près de quarante ans de métier qui n'eût trouvé sa place dans son corps torturé par les rhumatismes, logée là dans le bric-à-brac de sa mémoire encombrée pour en être extraite dès l'instant où elle la cherchait. L'esprit de Connie, dit un jour Control, avec une sorte de désespoir, était comme le dos d'une énorme enveloppe. Congédiée, elle repartit pour Oxford et pour le diable. A l'époque où Smiley vint la rechercher, sa seule récréation, c'étaient les mots croisés du *Times* et elle fonctionnait au rythme confortable de deux bouteilles par jour. Et ce soir-là, ce soir modestement historique, tandis qu'elle propulsait sa vaste carcasse dans le couloir du quatrième étage menant au bureau de George Smiley, elle arborait un caftan gris propre, elle s'était dessiné une paire de lèvres rosées pas loin des siennes, et elle n'avait rien pris de plus fort de toute la journée qu'un affreux cordial au peppermint – dont les relents s'attardaient dans son sillage – et, ils en convinrent tous par la suite, elle avait en arrivant un air de circonstance. Elle portait un grand sac à provisions en matière plastique, car elle désapprouvait l'usage du cuir. Dans sa tanière à l'étage inférieur, son chien bâtard, baptisé Trot, et recruté dans un élan de remords auprès de son défunt prédécesseur, poussait des gémissements éperdus de sous son bureau, à la grande fureur de di Salis, qui partageait la pièce avec elle et qui souvent allongeait en secret des coups de pied à l'horrible bête ; ou qui, lorsqu'il était d'humeur plus joviale, se contentait d'énumérer à Connie les nombreuses façons savoureuses qu'avaient les Chinois d'accommoder leurs chiens à la casserole. Derrière les lucarnes édouardiennes, comme elle passait devant l'une après l'autre, une violente averse de fin d'été tombait, mettant un terme à une longue sécheresse, et elle vit là – elle le raconta plus tard – un sens symbolique, sinon biblique. Les gouttes crépitaient comme du plomb sur le toit d'ardoise, aplatissant les feuilles mortes qui étaient tombées là. Dans l'antichambre, les mémés vaquaient imperturbablement à leurs affaires, habituées qu'elles étaient aux pèlerinages de Connie, et ne l'aimant pas mieux pour autant.

Mes chéries, murmura Connie, agitant vers elles comme une altesse royale sa main boursouflée. « Si loyales. Si merveilleusement loyales. »

Il y avait une marche à descendre pour accéder à la salle du trône – les non-initiés avaient tendance à trébucher malgré la pancarte fanée qui les mettait en garde – et Connie, avec son arthrite, la négocia comme si c'était une échelle, cependant que Guillam lui tenait le bras. Smiley la regarda, ses mains potelées croisées devant lui sur son bureau, tandis qu'elle commençait avec solennité à déballer ses offrandes : non pas un œil de triton, ni le doigt d'un bébé étranglé à sa naissance – une fois de plus c'était Guillam qui parlait – mais des dossiers, toute une pile, notés et hérissés de signets, le butin d'une autre de ses expéditions passionnées dans les archives du Centre de Moscou qui, jusqu'à ce qu'elle revînt d'entre les morts quelques mois plus tôt, étaient restés, grâce à Haydon, à moisir pendant trois longues années. Tout en les sortant de son sac et en lissant les notes qu'elle y avait épinglées comme des marques dans un rallye-paper, elle arborait ce sourire débordant qu'elle avait – à en croire une fois de plus le témoignage de Guillam, car la curiosité l'avait contraint à poser ses outils et à venir regarder – et elle murmurait « Ah, le petit diable » et « Où donc es-tu passé, petit misérable ? », ne s'adressant pas, bien sûr, à Smiley ni à Guillam, mais aux documents eux-mêmes, car Connie avait la manie de prêter animation et velléités de rébellion, qu'il s'agît de Trot son chien, d'une chaise qui lui barrait le chemin, du Centre de Moscou ou pour finir de Karla lui-même.

« *Une visite guidée*, mes chéris, annonça-t-elle, voilà ce que Connie vient d'avoir. Follement drôle. Ça m'a rappelé Pâques, quand maman cachait des œufs peints autour de la maison et nous envoyait, les filles, à leur recherche. »

Pendant peut-être trois heures après cela, avec des interruptions pour du café, des sandwiches et autres gâteries superflues que le sombre Fawn insistait pour leur apporter, Guillam s'efforça de suivre les détours et les élans de l'extraordinaire sillage de Connie, auxquels ses recherches postérieures avaient maintenant fourni une base solide. Elle distribuait des documents à Smiley comme si c'étaient des cartes à jouer, les abattant et les reprenant de ses mains fripées, presque avant même qu'il ait eu l'occasion de les lire. Pendant tout ce temps, elle poursuivait ce que Guillam appelait « son boniment de prestidigitateur de cinquième ordre », l'abracadabra du fouineur obsédé. Au cœur de sa découverte, pour autant que Guillam pût le comprendre, se trouvait ce que Connie appelait un *filon* du Centre de Moscou : une opération soviétique de blanchissage destinée à faire passer des fonds clandestins dans des canaux publics. Le tableau n'en était pas complet. La liaison israélienne avait fourni un élément, les Cousins un autre, Steve MacKelvore, le permanent en chef à Paris, aujourd'hui décédé, un troisième. De Paris, la piste virait à l'Est, par le truchement de la Banque d'Indochine. C'était là aussi que les documents avaient été présentés à la station de Londres de Haydon, comme on appelait le directoire opérationnel, accompagnés d'une recommandation du Service de documentation soviétique du Cirque, alors assez appauvri, de faire procéder sur place à une enquête en règle. La station de Londres avait étouffé cette suggestion dans l'œuf :

« Risque de porter préjudice à une source extrêmement délicate », écrivit l'un des mignons de Haydon, et on en resta là.

« A classer et oublier, murmura Smiley en tournant les pages d'un air distrait. A classer et oublier. On a toujours de bonnes raisons de ne rien faire. »

Dehors, le monde était plongé dans le sommeil.

« *Exactement*, mon cher », dit Connie d'une voix très douce, comme si elle craignait de le réveiller.

Classeurs et dossiers jonchaient alors tout le parquet de la salle du trône. La scène avait plus des airs de désastre que de triomphe. Pendant une heure encore, Guillam et Connie regardèrent sans rien dire le vide ou contemplèrent la photographie de Karla, pendant que Smiley retraçait avec application la démarche qu'elle avait suivie, son visage inquiet penché vers la lampe de bureau, ses traits arrondis accentués par la lumière, ses mains feuilletant les documents et de temps en temps montant jusqu'à sa bouche pour qu'il pût se lécher le pouce. Une ou deux fois il allait lui jeter un coup d'œil, ou bien ouvrir la bouche pour parler, mais Connie avait la réponse prête avant qu'il posât sa question. Mentalement, elle marchait auprès de lui le long du sentier. Lorsqu'il eut terminé, il se rassit, ôta ses lunettes et se mit à en essuyer les verres, non pas pour une fois avec le gros bout de sa cravate, mais avec une pochette de soie toute neuve qu'il avait prise dans la poche du haut de son veston noir, car il avait passé le plus clair de la journée enfermé avec les Cousins, absorbé par une autre difficile mission de conciliation. Quand il faisait cela, Connie tournait vers Guillam un visage rayonnant en murmurant *N'est-ce pas qu'il est chou ?* – une de ses expressions favorites lorsqu'elle parlait de son chef, qui rendait Guillam presque fou de rage.

Dans la phrase suivante de Smiley, on percevait l'écho d'une légère protestation :

« Tout de même, Connie, la station de Londres a bien envoyé une demande officielle d'enquête à notre antenne de Vientiane.

– Ça s'est passé avant que Bill ait eu le temps d'y mettre le holà », répliqua-t-elle.

N'ayant pas l'air d'entendre, Smiley prit un dossier ouvert et le lui tendit à travers le bureau :

« Et Vientiane a bel et bien envoyé une longue réponse. Tout cela figure dans l'index. Nous ne semblons pas avoir cette pièce. Où est-elle ? »

Connie n'avait pas pris la peine de prendre le dossier qu'il lui tendait :

« Dans l'incinérateur, mon chou », dit-elle en regardant Guillam d'un air radieux.

Le matin était arrivé. Guillam fit le tour de la pièce pour éteindre les lumières. Dans l'après-midi, il passa au cercle tranquille de West End où, dans l'atmosphère de nuit permanente qu'il avait choisie pour exercer son activité, Sam Collins subissait les rigueurs de la retraite. S'attendant à le trouver en train de surveiller sa partie de chemin de fer de l'après-midi, Guillam fut surpris de se voir introduit dans une pièce somptueuse marquée « Direction ». Sam était perché derrière un magnifique bureau, arborant un sourire prospère derrière la fumée de son habituelle cigarette brune.

« Qu'est-ce que vous avez fait, Sam ? murmura Guillam d'un ton théâtral, en affectant de jeter autour de lui des regards nerveux. Vous avez racheté la Mafia ? Seigneur !

– Oh ! ça n'a pas été nécessaire », dit Sam avec le même sourire canaille. Enfilant un imperméable par-dessus son smoking, il précéda Guillam dans un couloir, puis franchit une porte d'incendie qui donnait dans la rue, où les deux hommes s'engouffrèrent dans le taxi de Guillam qui les attendait, cependant que ce dernier continuait à s'émerveiller en secret de l'éminence à laquelle Sam semblait avoir aujourd'hui atteint.

Les spécialistes du renseignement ont différentes façons de ne manifester aucune émotion, et celle de Sam était de sourire, de fumer plus lentement, d'emplir ses yeux d'un sombre regard tout chargé d'indulgence qu'il fixait d'un air intense sur son interlocuteur. Sam était un vétéran de l'Asie, du Cirque d'autrefois, avec beaucoup de temps passé sur le terrain : cinq ans à Bornéo, six en Birmanie, cinq ans encore en Thaïlande du Nord et dernièrement trois à Vientiane, la capitale du Laos, tout cela sous la couverture naturelle de négociant. Les Thaïs l'avaient cuisiné deux fois mais l'avaient relâché, et il avait dû quitter Sarawak en chaussettes. Quand il était d'humeur, il avait des histoires à raconter sur ses voyages parmi les tribus des collines du nord de la Birmanie et les Shans, mais il était rarement d'humeur. Sam était une victime de Haydon. Il y avait eu un moment, cinq ans plus tôt, où la nonchalante intelligence de Sam avait fait de lui un sérieux candidat pour être promu au quatrième étage – et même, disaient certains, au poste de chef si Haydon ne s'était pas interposé auprès du ridicule Percy Alleline. C'est ainsi qu'au lieu d'être au pouvoir, Sam était resté à moisir sur le terrain jusqu'au jour où Haydon avait réussi à le rappeler et à le faire saquer pour une faute inventée de toutes pièces.

« Sam ! comme c'est aimable à vous ! Prenez un siège, dit Smiley pour une fois plein de gaieté. Voulez-vous boire quelque chose ? Où en êtes-vous de votre journée ? Peut-être devrions-nous vous offrir le petit déjeuner ? »

A Cambridge, Sam avait obtenu un 18 éblouissant, confondant ainsi ses maîtres, qui jusqu'alors le considéraient comme un quasi-idiot. Il avait réussi, se dirent plus tard les professeurs pour se consoler, entièrement de mémoire. Les esprits moins académiques toutefois racontaient une autre histoire. A les en croire, Sam avait poursuivi une aventure avec une fille sans beauté du service des examens, et il avait obtenu d'elle, entre autres faveurs, une avant-première des sujets.

4

Le chateau s'eveille

Ce fut d'abord Smiley qui tâta l'eau avec Sam – et Sam, qui pour sa part ne détestait pas le poker, tâta l'eau avec Smiley. Certains agents, et surtout les malins, trouvent un orgueil pervers à ne pas connaître l'ensemble du tableau. Leur art consiste à manier avec habileté les fragments dont ils disposent, mais s'arrête là obstinément. Sam avait cette tendance. Ayant quelque peu fouillé dans son dossier, Smiley l'essaya sur quelques vieilles affaires qui ne présentaient aucun caractère sinistre, mais qui donnaient une idée des actuelles dispositions de Sam et confirmaient le don qu'il avait de se souvenir avec précision. Il reçut Sam en tête-à-tête car, avec d'autres gens présents, ç'aurait été un tout autre jeu : soit plus, soit moins intense, mais différent. Plus tard, une fois l'histoire déterrée, et alors qu'il ne restait que quelques questions annexes, il fit venir d'en bas Connie et Doc di Salis, et laissa Guillam assister lui aussi aux séances. Mais c'était plus tard, et pour le moment Smiley sondait seul l'esprit de Sam, sans lui laisser un instant soupçonner que tous les documents de l'affaire avaient été détruits et que, puisque MacKelvore était mort, Sam était à présent le seul témoin de certains événements clés.

« Voyons, Sam, avez-vous souvenir, demanda Smiley, lorsqu'il jugea enfin le moment venu, d'une demande qui vous soit un jour parvenue à Vientiane, émanant d'ici à Londres, et concernant certains mouvements de fonds en provenance de Paris ? Il se serait agi d'une simple demande de renseignements réclamant "enquête sur place impossible à préciser, veuillez confirmer ou infirmer" – ce genre de choses. Ça ne vous dit rien par hasard ? »

Il avait une feuille devant lui, si bien que ce n'était qu'une question de plus dans un long chapelet. Tout en parlant, il notait quelque chose avec son crayon, sans regarder Sam. Mais, de même qu'on entend mieux avec les yeux fermés, Smiley sentit l'attention de Sam se durcir. C'est-à-dire que Sam allongea un peu les jambes, les croisa, et il ralentit ses gestes au point presque de s'immobiliser.

« Des virements mensuels à la Banque d'Indochine, dit Sam après une pause convenable. De grosses sommes. Provenant d'un compte canadien étranger du siège de Paris. » Il donna le numéro du compte. « Versement effectué le dernier vendredi de chaque mois. Depuis janvier 1973 ou à peu près. Je pense bien que ça me dit quelque chose. »

Smiley perçut aussitôt que Sam s'installait pour une longue partie. Sa mémoire était précise mais ses renseignements peu copieux : ça ressemblait plus à une première enchère qu'à une réponse franche.

Toujours penché sur ses papiers, Smiley reprit : « Maintenant, pourrions-nous nous attarder un peu sur le mécanisme de l'opération, Sam. Il y a quelques divergences dans le dossier, et j'aimerais avoir votre point de vue.

– Bien sûr », dit Sam en tirant avec calme sur sa cigarette brune. Il observait les mains de Smiley et, de temps en temps, avec une nonchalance étudiée, ses yeux – mais jamais trop longtemps. Alors que Smiley, lui, s'efforçait seulement de garder l'esprit ouvert aux tortueuses options de la vie d'un agent, Sam pourrait fort bien défendre un détail dépourvu de tout intérêt. Par exemple, il avait un peu bricolé ses frais, et il avait peur d'être pris. Il avait confectionné son rapport plutôt que d'aller risquer sa peau en allant voir sur place : Sam, après tout, était d'un âge où un agent pense d'abord à sa peau. Ou alors c'était le contraire : Sam s'était aventuré dans ses enquêtes un peu plus loin que la direction ne l'y avait autorisé. Aux abois, il s'était adressé aux colporteurs plutôt que d'envoyer une réponse négative. Il avait fait un petit arrangement avec des Cousins locaux. Ou encore les services de sécurité locaux l'avaient fait chanter – comme on disait dans le jargon de Sarratt, les anges l'avaient passé à la braise – et il avait joué la partie des deux côtés à la fois afin de survivre en souriant et en gardant sa pension du Cirque. A déchiffrer les actions de Sam, Smiley savait qu'il devait garder présentes à l'esprit ces options-là et d'autres innombrables. Un bureau est un endroit dangereux d'où observer le monde.

Donc, comme le proposait Smiley, ils s'attardèrent. La demande de recherche sur place adressée par Londres, dit Sam, lui parvint sous la forme classique, à peu près comme Smiley l'avait décrite. Elle lui fut montrée par le vieux Mac qui, jusqu'à sa nomination à Paris, était le contact du Cirque à l'ambassade de Vientiane. Une séance le soir dans leur planque. Simple routine, encore que l'aspect russe les eût frappés dès le début, et Sam d'ailleurs se souvenait avoir dit à Mac très tôt : « Londres doit croire que ce sont des fonds secrets du Centre de Moscou », parce qu'il avait repéré le nom de code du Service de documentation soviétique du Cirque au milieu du début du message. (Smiley remarqua que Mac n'aurait pas dû montrer le message à Sam.) Sam se rappelait aussi la réponse de Mac : « On n'aurait jamais dû virer la vieille Connie Sachs », avait-il dit. Et Sam avait acquiescé avec entrain.

En fait, poursuivit Sam, la demande était assez facile à satisfaire. Sam avait déjà un contact à la Banque d'Indochine, un bon contact, un nommé Johnny.

« Il est enregistré ici, Sam ? » s'enquit Smiley avec politesse.

Sam évita de répondre directement à cette question et Smiley respecta sa réserve. L'agent qui enregistre tous ses contacts à la direction, ou même qui les vérifie, n'était pas encore né. Comme les illusionnistes se cramponnent à leur mystique, de même les agents, pour des raisons différentes, se montrent d'une discrétion congénitale en ce qui concerne leurs sources.

Johnny était fiable, insista Sam. Il avait d'excellents antécédents dans diverses affaires de trafic d'armes et de narcotiques, et Sam était prêt à jurer de sa bonne foi.

« Oh ! vous vous occupiez de ces choses-là aussi, Sam ? » demanda Smiley avec respect. Ainsi donc, nota Smiley, Sam faisait en douce des extras pour le bureau local des stupéfiants. C'était le cas de beaucoup d'agents, pour certains mêmes avec l'accord de la direction : dans leur monde, ils assimilaient cela à la vente de déchets industriels. Ça faisait un petit bonus. Rien de spectaculaire, donc, mais Smiley n'en enregistra pas moins le renseignement.

« Johnny était régulier, répéta Sam avec une nuance d'avertissement dans la voix.

– J'en suis sûr », fit Smiley avec la même courtoisie.

Sam poursuivit son récit. Il était allé voir Johnny à l'Indochine en lui racontant une histoire à dormir debout pour le faire taire et, quelques jours plus tard, Johnny, qui n'était qu'un modeste employé de guichet, avait vérifié les livres, déterré les bordereaux et Sam avait une idée très précise de la première phase de l'opération. Voici comment les choses se passaient, dit Sam :

« Le dernier vendredi de chaque mois, un ordre de virement arrivait par télex de Paris au crédit d'un M. Delassus séjournant présentement à l'hôtel Condor, à Vientiane, cette somme étant payable sur production du passeport dont on donnait le numéro. » Une fois de plus, Sam, sans effort, récita les chiffres. « La banque envoyait l'avis, Delassus passait dès le lundi matin, retirait l'argent en espèces, le fourrait dans un porte-documents et s'en allait avec. Fin de l'opération, conclut Sam.

– Combien ?

– Ça a démarré petit mais ça a vite grossi. Et puis ça a continué à grossir, et à grossir encore plus.

– Pour en arriver à ?

– Vingt-cinq mille dollars en grosses coupures », dit Sam sans broncher.

Smiley eut un petit haussement de sourcils. « Par mois ? dit-il en feignant la surprise.

– La grande table », reconnut Sam, et il retomba dans un silence tranquille. Il y a une intensité particulière chez les hommes intelligents dont le cerveau est sous-employé, et parfois ils ne parviennent pas à en maîtriser les émanations. A cet égard, ils courent de bien plus grands risques, lorsqu'on les interroge, que leurs collègues plus stupides.

« Vous vérifiez mes déclarations par rapport au dossier, mon vieux ? demanda Sam.

– Je ne vérifie rien du tout, Sam. Vous savez comment c'est dans des moments pareils. On s'accroche à des brins de paille, on écoute le vent.

– Bien sûr », fit Sam avec compréhension et, lorsqu'ils eurent échangé un nouveau regard de mutuelle confiance, il reprit son récit.

Sam s'était donc rendu à l'hôtel Condor, dit-il. Le concierge là-bas fournissait des bribes de renseignements dans le métier, il travaillait pour tout le monde. Pas de Delassus séjournant à l'hôtel, mais la réception avoua sans se faire prier toucher un petit quelque chose pour lui fournir une adresse de complaisance. Le lundi suivant – qui se trouvait suivre le dernier vendredi du mois, précisa Sam –, avec l'aide de son contact Johnny, Sam se posta consciencieusement du côté des guichets de la banque réservés aux chèques de voyage et aux versements en espèces, d'où il eut une vue admirable dudit M. Delassus entrant dans l'établissement, présentant son passeport français, comptant les liasses dans une serviette et repartant vers un taxi qui l'attendait.

Les taxis, expliqua Sam, étaient des monstres rares à Vientiane. Quand on était quelqu'un on avait une voiture et un chauffeur, il était donc raisonnable de supposer que Delassus n'avait pas envie d'être quelqu'un.

« Jusqu'ici ça va, conclut Sam, regardant avec intérêt Smiley prendre des notes.

– Jusqu'ici ça va *très, très bien* », reprit Smiley. Comme son prédécesseur Control, Smiley n'utilisait jamais de bloc : rien que des feuilles de papier séparées, une à la fois, et en se servant comme sous-main d'une plaque de verre, que Fawn fourbissait deux fois par jour.

« Est-ce que je colle au dossier ou est-ce que je dévie ? demanda Sam.

– Je dirais que vous avez juste le bon cap, Sam, dit Smiley. C'est le détail que je savoure, vous savez comment c'est avec les dossiers. »

Le même soir, continua Sam, au cours d'une nouvelle rencontre clandestine avec Mac, son contact, il procéda à un long et tranquille examen des portraits de famille de tous les Russes de la localité, et il parvint à identifier les traits sans charme d'un second secrétaire (section commerciale) de l'ambassade soviétique à Vientiane, la cinquantaine, allure militaire, pas de condamnation, noms de baptême et nom de famille fournis mais imprononçables et connu donc dans les bazars diplomatiques sous l'appellation de « Boris-le-Commercial ».

Mais Sam, bien sûr, avait les noms imprononçables prêts dans sa tête et il les épela assez lentement pour que Smiley pût les noter en majuscules.

« Vous l'avez ? demanda-t-il d'un ton serviable.

– Oui, merci.

– Quelqu'un a oublié le fichier dans un bus, c'est ça, mon vieux ? demanda Sam.

– Tout juste », reconnut Smiley en riant.

Lorsque le lundi crucial revint un mois plus tard, poursuivit Sam, il décida d'agir avec prudence. Alors, au lieu de filer le train lui-même à Boris-le-Commercial, il resta chez lui et dépêcha deux limiers locaux spécialistes de la filoche.

« De la vraie dentelle, dit Sam. Pas d'embranchement, rien de rien, des Laotiens.

– A nous ?

– Trois ans de service, dit Sam. Et *bons* », ajouta l'agent qu'il y avait en lui et pour qui toutes les oies de son troupeau sont des cygnes.

Lesdits traîne-patins ne quittèrent donc pas des yeux le porte-documents lors du trajet suivant. Le taxi, qui n'était pas le même que celui du mois précédent, fit faire à Boris un tour de la ville et au bout d'une demi-heure le redéposa près de la grand-place, pas loin de la Banque d'Indochine. Boris-le-Commercial fit quelques pas à pied, s'engouffra dans une seconde banque, une banque locale, et sur le comptoir versa la totalité de la somme au crédit d'un autre compte.

« Et voilà, tralala, fit Sam, et il alluma une nouvelle cigarette, sans chercher à dissimuler son étonnement amusé de voir Smiley lui faire répéter de vive voix le contenu d'un dossier aussi solide.

– Tralala en effet », murmura Smiley en écrivant comme un dément.

Après cela, dit Sam, ils étaient fixés. Sam resta tranquille une quinzaine de jours pour laisser les choses se tasser, puis il chargea son assistante d'assener le coup final.

« Nom ? »

Sam le lui donna. Une ancienne venant de Londres, entraînée à Sarratt, et qui partageait sa couverture de négociant. Cette fille attendit à la banque locale avant Boris, le laissa remplir son bordereau de versement, puis provoqua une petite scène.

« Comment s'y est-elle pris, Sam ? interrogea Smiley.

– En demandant à ce qu'on s'occupe d'elle d'abord, fit Sam en souriant. Frère Boris, étant un affreux mâle sexiste, a estimé qu'il avait les mêmes droits et a protesté. On a échangé des mots. »

Le bordereau de versement était posé sur le comptoir, raconta Sam, et pendant que la fille faisait son numéro elle le lisait à l'envers : vingt-cinq mille dollars américains versés au crédit du compte étranger d'une compagnie d'aviation à la gomme intitulée Indocharter Vientiane SA : « Avoirs, une poignée de DC-3 subclaquants, une baraque en tôle ondulée, un tas de somptueux papier à lettres, une blonde un peu conne à la réception et un pilote mexicain tête brûlée, connu en ville sous le nom de Petit Ricardo étant donné sa taille considérable », dit Sam. Et il ajouta : « Et, bien sûr, la classique bande anonyme de Chinois diligents dans l'arrière-boutique. »

Smiley, à ce moment, avait l'oreille tellement aux aguets qu'il aurait pu entendre une feuille tomber ; mais ce qu'il entendit, métaphoriquement, ce fut le bruit de barrières qu'on dressait, et il comprit tout de suite, à la cadence, au durcissement de la voix, aux infimes détails d'expression et d'attitudes destinés à donner une impression un peu trop forte d'indifférence calculée, il comprit qu'il approchait du cœur des défenses de Sam.

Il disposa donc un signet dans son esprit, décidant de s'en tenir pour le moment à la compagnie d'aviation bidon.

« Ah, lança-t-il, vous voulez dire que vous connaissiez déjà la firme ? »

Sam lança une petite carte. « Vientiane n'est pas tout à fait votre métropole géante, mon vieux.

– Mais vous en aviez entendu parler ? C'est ça l'important.

– Tout le monde en ville connaissait le Petit Ricardo », dit Sam, en arborant un sourire plus large que jamais, et Smiley sut aussitôt que Sam était en train de lui lancer du sable dans les yeux. Mais il ne s'en plia pas moins à son jeu.

« Parlez-moi donc de Ricardo, suggéra-t-il.

– Un des clowns de l'ex-Air America. Vientiane en était bourré. C'était eux qui menaient la guerre secrète au Laos.

– Et qui l'ont perdue, dit Smiley, se remettant à écrire.

– Tout seuls, reconnut Sam, en regardant Smiley mettre une feuille de côté et en prendre une autre dans son tiroir. Ricardo était une légende locale. Il avait fait équipage avec Captain Rocky et toute la bande. On lui prêtait quelques virées dans la province du Yunnan pour le compte des Cousins. Quand la guerre s'est terminée, il est resté un peu à traîner ses guêtres et puis il a repris du service avec les Chinois, on appelait ces compagnies-là Air Opium. Quand Bill m'a rapatrié, c'était une industrie florissante. »

Smiley laissait la bride sur le cou à Sam. Tant que Sam croyait qu'il dépistait Smiley, il serait prêt à pérorer à s'en dessécher le gosier ; alors que, si Sam pensait que Smiley approchait trop près, il fermerait aussitôt les volets.

« Parfait, dit-il d'un ton aimable, après avoir pris encore quelques notes. Si nous revenions maintenant à ce que Sam a fait ensuite, n'est-ce pas ? Nous avons l'argent, nous savons à qui il est versé, nous savons qui effectue le versement. Qu'est-ce que vous faites ensuite, Sam ? »

Eh bien, si les souvenirs de Sam étaient exacts, il avait réfléchi à la situation un jour ou deux. Il y avait divers angles, expliqua Sam, retrouvant son assurance : il y avait des petits détails qui sautaient aux yeux. D'abord, pourrait-on dire, il y avait l'étrange affaire de Boris-le-Commercial. Boris, comme Sam l'avait indiqué, avait la réputation d'être un diplomate russe de bonne foi, si tant est que pareille chose existât : pas de liens connus avec aucune autre firme. Pourtant il faisait son petit numéro tout seul, avait seul la signature sur un tas d'argent, et suivant l'expérience limitée de Sam, ou l'un ou l'autre signifiait déjà agent secret.

« Et pas de la piétaille, une huile. Un trésorier-payeur patenté, colonel ou plus haut que ça, n'est-ce pas ?

– Quels autres angles, Sam ? » demanda Smiley, laissant toujours la bride longue à Sam ; continuant à ne faire aucun effort pour approcher de ce que Sam considérait comme le cœur de l'affaire.

« L'argent n'était pas régulier, dit Sam. C'était du clandé. Mac l'a dit. Je l'ai dit. On l'a tous dit. »

Smiley leva la tête avec une lenteur encore plus grande qu'avant.

« Pourquoi ? demanda-t-il en regardant Sam droit dans les yeux.

– L'antenne officielle soviétique à Vientiane avait trois comptes en banque en ville. Les Cousins les avaient tous les trois sous surveillance. Depuis des années. Ils savaient chaque centime que le permanent retirait de la banque et même, d'après le numéro du compte, si c'était pour recueillir des renseignements ou pour la subversion. L'antenne avait ses propres transporteurs de fonds et un système de triple signature pour tout retrait supérieur à mille dollars. Enfin, George, je veux dire tout ça est dans le dossier, vous le savez bien !

– Sam, je veux que vous fassiez semblant que le dossier n'existe pas, dit gravement Smiley sans cesser d'écrire. Tout vous sera révélé le moment venu. Jusque-là, soyez patient avec nous.

– Comme vous voudrez », fit Sam, en respirant avec bien plus d'aisance, remarqua Smiley. Il semblait avoir l'impression de marcher sur un terrain plus solide.

Ce fut sur ces entrefaites que Smiley proposa de demander à la vieille Connie de venir prêter l'oreille, et peut-être à Doc di Salis aussi, puisque le Sud-Est asiatique était après tout le domaine de Doc. Sur un plan tactique cela l'arrangeait de prendre son temps avec le petit secret de Sam ; et, au niveau de la stratégie, l'impact du récit de Sam était déjà d'un intérêt brûlant. Il envoya donc Guillam les convoquer pendant que Smiley décrétait une pause et que les deux hommes se dégourdissaient les jambes.

« Comment vont les affaires ? demanda Sam poliment.

– Oh ! pas très fort, avoua Smiley. Ça vous manque ?

– C'est Karla, n'est-ce pas ? » dit Sam en examinant la photographie.

Smiley prit aussitôt un ton rêveur d'universitaire.

« Qui ça ? Ah ! oui, oui en effet. Je crois hélas que ça ne lui ressemble pas beaucoup, mais c'est le mieux que nous puissions faire pour l'instant. »

On aurait dit qu'ils admiraient une aquarelle de débutant.

« Vous avez quelque chose de personnel à son propos, n'est-ce pas ? » fit Sam d'un ton songeur.

Là-dessus Connie, di Salis et Guillam entrèrent à la file indienne, Guillam marchant en tête et le petit Fawn maintenant inutilement la porte ouverte.

L'énigme mise donc provisoirement de côté, la réunion prit un peu des airs de conseil de guerre : la chasse était ouverte. Tout d'abord Smiley procéda pour Sam à une récapitulation, en profitant au passage pour bien préciser qu'on faisait semblant qu'il n'y avait pas de dossier – ce qui était un avertissement voilé aux nouveaux venus. Puis Sam reprit son récit là où il l'avait laissé : lorsqu'il parlait des *angles*, des petites choses qui attiraient le regard ; mais vraiment, insista-t-il, il n'y avait pas grand-chose d'autre à dire. Dès l'instant où la piste conduisait à un Indocharter, Vientiane SA, on n'allait pas plus loin.

« Indocharter était une compagnie chinoise à l'étranger, ajouta Sam avec un coup d'œil vers Doc di Salis. Surtout des gens de Swatow. »

Au nom de « Swatow », di Salis poussa un cri, à la fois rire et lamentation : « Oh, il n'y a pas pire », déclara-t-il, voulant dire par là les plus difficiles à manier.

C'était une compagnie chinoise à l'étranger, répéta Sam pour les autres, et les asiles du Sud-Est asiatique sont bourrés de braves agents qui ont tenté de comprendre quelque chose aux avatars de l'argent douteux dès l'instant qu'il est arrivé entre les mains des Chinois de l'étranger. « Et surtout, ajouta-t-il, des gens de Swatow, qui étaient un peuple à part et qui contrôlaient le monopole du riz en Thaïlande, au Laos et en divers autres endroits. Indocharter Vientiane SA, précisa Sam, est un modèle du genre. De toute évidence, sa couverture de négociant lui avait permis de pousser assez à fond son enquête.

« *Primo*, la société anonyme était inscrite à Paris, dit-il. *Secundo*, cette société, d'après des renseignements autorisés, appartenait à une entreprise commerciale de Shanghai discrètement diversifiée et ayant son siège à Manille, laquelle appartenait à son tour à une société de Swatow inscrite à Bangkok, laquelle à son tour versait ses redevances à un groupe de Hong Kong totalement amorphe et intitulé China Airsea, coté à la bourse locale, et qui possédait tout, depuis des flottes de jonques jusqu'à des cimenteries, des chevaux de course et des restaurants. China Airsea était considérée à Hong Kong comme une firme sérieuse, établie depuis longtemps et de bonne réputation, dit Sam, et sans doute, le seul lien entre Indocharter et China Airsea était que le cinquième frère aîné de quelqu'un avait une tante qui était allée à l'école avec un des actionnaires et qu'il lui devait une faveur. »

Di Salis eut un autre petit hochement de tête approbateur et, croisant ses mains maladroites, il les referma autour d'un genou cagneux qu'il remonta vers son menton.

Smiley avait fermé les yeux et semblait assoupi. Mais en réalité il entendait précisément ce à quoi il s'attendait : lorsqu'il s'agissait du personnel d'Indocharter, Sam Collins marchait avec une infinie prudence, autour d'une certaine personnalité.

« Mais je crois, Sam, vous avoir entendu mentionner qu'il y avait aussi deux non-Chinois dans la compagnie, lui rappela Smiley. Une blonde idiote, avez-vous dit, et un pilote : Ricardo. »

Sam eût tôt fait de balayer cette objection.

« Ricardo était une tête brûlée, dit-il. Les Chinois ne lui auraient pas confié de quoi acheter des timbres. Tout le vrai travail se faisait en coulisses. S'il arrivait de l'argent liquide, c'est là qu'on le manipulait, c'est là qu'il se perdait. Que ce fût de l'argent provenant des Russes, de l'opium ou de Dieu sait quoi. »

Di Salis, qui se tirait avec frénésie sur un lobe d'oreille, renchérit aussitôt : « Pour réapparaître à volonté à Vancouver, à Rotterdam ou Hong Kong, partout où cela pouvait servir les intérêts de quelqu'un de très chinois », déclara-t-il se tortillant de plaisir devant sa propre intuition.

Une fois de plus, songea Smiley, Sam s'en était bien tiré : « Bien, bien, dit-il. Et comment partait-il de là-bas, Sam, suivant votre version supposée ?

– Londres a classé l'affaire. »

Au silence de mort qui suivit, Sam dut comprendre en une seconde qu'il avait touché un point sensible. Tout dans son attitude l'indiquait : car il se garda bien de les dévisager ni de manifester la moindre curiosité. Bien au contraire, avec une sorte de modestie théâtrale, il se mit à inspecter ses chaussures vernies étincelantes et ses élégantes chaussettes du soir tout en tirant d'un air songeur sur sa cigarette brune.

« Quand ont-ils fait cela, Sam ? » demanda Smiley.

Sam donna la date.

« Revenez un peu en arrière. Toujours sans tenir compte du dossier, d'accord ? Qu'est-ce que Londres savait de vos recherches à mesure que vous les poursuiviez ? Racontez-nous ça. Est-ce que vous envoyiez des rapports quotidiens sur les progrès de votre enquête ? Est-ce que Mac le faisait ? »

Si les mémés, dans la pièce à côté, avaient fait partir une bombe, dit Guillam par la suite, personne n'aurait détourné les yeux de Sam.

« Eh bien, répondit Sam avec calme, comme pour satisfaire un caprice de Smiley, il était un vieux de la vieille, son principe sur le terrain avait toujours été d'agir d'abord et de s'excuser ensuite. Mac aussi. Si on faisait le contraire on avait bientôt Londres qui refusait de vous laisser traverser la rue sans d'abord changer vos langes », expliqua Sam.

« Alors ? » fit Smiley avec patience.

Alors la première fois qu'ils parlèrent de l'affaire à Londres était, pourrait-on dire, la dernière aussi. Mac signala l'enquête en cours, établit un bilan des découvertes de Sam et demanda des instructions.

« Et Londres ? Qu'est-ce qu'a fait Londres, Sam ?

– Ils ont adressé à Mac une gueulante en priorité absolue nous retirant tous les deux de l'affaire et lui ordonnant de câbler immédiatement pour confirmer que j'avais bien compris et que j'avais obéi aux ordres. Pour faire bonne mesure, ils ont lancé une fusée pour nous dire de ne pas recommencer à voler en solo. »

Guillam faisait des petits dessins sur une feuille de papier devant lui : une fleur, puis des pétales, puis la pluie tombant sur la fleur. Connie couvait Sam d'un regard radieux comme si elle assistait à son mariage, et ses yeux de bébé débordaient de larmes d'excitation. Di Salis, comme toujours, s'agitait sur son siège, secoué de tics comme un vieux moteur, mais son regard aussi, dans la mesure où il pouvait le fixer quelque part, ne lâchait pas Sam.

« Vous avez dû être plutôt furieux, fit enfin Smiley.

– Pas vraiment.

– Vous n'aviez pas envie de suivre l'affaire jusqu'au bout ? Vous étiez pourtant tombé sur un gros coup.

– Bien sûr, j'étais agacé.

– Mais vous avez suivi les instructions de Londres ?

– Je suis un soldat, George. Nous sommes tous logés à la même enseigne.

– Très louable, dit Smiley, en examinant Sam une fois de plus, et songeant comme il avait l'air suave et charmant dans sa veste de smoking.

– Les ordres sont les ordres, dit Sam avec un sourire.

– Absolument. Et quand vous avez fini par rentrer à Londres, je me demande, reprit Smiley d'un ton lent et songeur, quand vous avez eu avec Bill votre séance "bienvenue-au-bercail-bien-joué", vous est-il arrivé par hasard d'y faire en passant une allusion discrète ?

– Je lui ai demandé à quoi diable tout ça rimait, reconnut Sam d'un ton tout aussi nonchalant.

– Et qu'est-ce que Bill a trouvé à répondre à cela, Sam ?

– Il a tout mis sur le dos des Cousins. Il a dit qu'ils étaient sur le coup bien avant nous. Que c'était une affaire à eux, dans leurs plates-bandes.

– Aviez-vous aucune raison de croire ça ?

– Bien sûr. Ricardo.

– Vous pensiez qu'il était l'homme des Cousins ?

– Il avait piloté pour eux. Il était déjà sur leurs fiches. Il était admirablement placé. Tout ce qu'ils avaient à faire, c'était de continuer à le garder en scène.

– Je croyais que nous étions d'accord pour estimer qu'un homme comme Ricardo n'avait pas accès aux véritables opérations de la compagnie ?

– Ça ne les empêcherait pas de l'utiliser, pas les Cousins. Ça resterait quand même leur affaire, même si Ricardo n'était qu'un paumé. Notre accord bas-les-pattes s'appliquerait dans l'un comme dans l'autre cas.

– Revenons au moment où Londres vous a retiré de l'affaire. Vous avez reçu l'ordre : "Laissez tout tomber." Vous avez obéi. Mais il s'est écoulé quelque temps encore avant que vous ne rentriez à Londres, n'est-ce pas ? Il n'y a pas eu la moindre séquelle ?

– Je ne vous suis pas très bien, mon vieux. »

Une fois de plus, Smiley prit soin de noter dans son esprit l'esquive de Sam.

« Par exemple, votre contact amical à la Banque d'Indochine, Johnny. Vous êtes resté en rapport avec lui, bien sûr ?

– Bien sûr, dit Sam.

– Et Johnny vous aurait-il par hasard fait état, comme ça, de ce qu'il est advenu du filon après que vous avez reçu votre télégramme vous disant de laisser tomber ? Est-ce que l'argent a continué à arriver mois après mois, tout comme avant ?

– Arrêté net. Paris a fermé le robinet. Plus d'Indocharter, plus rien.

– Et Boris-le-Commercial, pas de condamnation, coule-t-il depuis des jours paisibles ?

– Il est rentré chez lui.

– C'était son tour ?

– Il avait fait trois ans.

– Ils en font généralement plus.

– Surtout dans le renseignement, reconnut Sam en souriant.

– Et Ricardo, le pilote mexicain tête brûlée que vous soupçonnez d'être l'agent des Cousins, qu'est-ce qu'il est devenu ?

– Mort, dit Sam, sans quitter Smiley des yeux. Il s'est écrasé sur la frontière thaï. On a attribué ça à une surcharge d'héroïne. »

Sur l'instance de Smiley, Sam donna cette date-là aussi.

« A-t-il laissé beaucoup de regrets derrière lui, si je puis dire ?

– Pas des masses. L'impression générale semblait être que Vientiane serait un endroit plus sûr sans Ricardo pour décharger son pistolet à travers le plafond de la Rose blanche ou de Chez Madame Lulu.

– Où a-t-on exprimé ce sentiment, Sam ?

– Oh ! chez Maurice.

– Maurice ?

– L'hôtel Constellation. Maurice est le propriétaire.

– Je vois. Merci. »

Là-dessus, il y eut une coupure marquée, mais Smiley ne semblait pas disposé à meubler le silence. Sous les yeux de Sam, de ses trois assistants et de Fawn le factotum, Smiley tira sur ses lunettes, les inclina, les redressa, puis ses mains revinrent se poser sur la plaque de verre qui protégeait le bureau. Il fit répéter toute son histoire à Sam, vérifiant de nouveau les dates, les noms et les lieux très laborieusement, comme le font partout de par le monde les interrogateurs professionnels, tendant l'oreille par une longue habitude en quête d'infimes erreurs, de divergences de hasard, d'omissions, d'insistance sur un point plutôt que sur un autre, et apparemment sans rien trouver de tout cela. Et Sam, dans son sentiment de fausse sécurité, suivant tout cela avec le même sourire absent avec lequel il regardait les cartes glisser sur le tapis vert ou le tournoiement de la roulette entraîner la boule blanche d'une case dans une autre.

« Sam, je me demande s'il ne vous serait pas possible de rester la nuit avec nous ? dit Smiley lorsqu'ils se retrouvèrent de nouveau tous deux seuls. Fawn va vous préparer un lit et ce qu'il vous faut. Pensez-vous que vous pourriez arranger ça avec votre club ?

– Mais comment donc, mon cher », dit Sam avec générosité.

Smiley là-dessus fit quelque chose d'assez déconcertant. Ayant tendu à Sam une pile de magazines, il téléphona qu'on lui monte le dossier personnel de Sam, en entier, et avec Sam assis là, devant lui, il lut chaque chemise en silence de la première à la dernière page.

« Je vois que vous êtes un homme à femmes, remarqua-t-il enfin, tandis que le crépuscule montait derrière la fenêtre.

– Par-ci par-là, reconnut Sam toujours souriant. Par-ci par-là. » Mais la nervosité était fort perceptible dans sa voix.

Quand la nuit vint, Smiley renvoya les mémés chez elles et donna l'ordre, par l'intermédiaire des sections de surveillance, que tous les fouineurs eussent quitté les Archives à huit heures au plus tard. Il ne donna aucune raison. Il les laissa croire ce qu'ils voulaient. Sam s'installerait dans la salle de jeux pour être disponible, et Fawn lui tiendrait compagnie et l'empêcherait de s'égarer. Fawn prit cette consigne à la lettre. Même lorsque les heures se furent écoulées nombreuses et que Sam parut sommeiller, Fawn resta plié comme un chat sur le seuil, mais les yeux toujours ouverts.

Ils se cloîtrèrent alors tous les quatre aux Archives – Connie, di Salis, Smiley et Guillam – et commencèrent leur long et prudent rallye-paper. Ils cherchèrent tout d'abord les documents opérationnels concernant l'affaire qui auraient dû normalement se trouver dans les classeurs du Sud-Est asiatique, aux dates que Sam leur avait données. Il n'y avait pas de fiche dans l'index et pas de document dans les dossiers non plus, mais cela ne voulait encore rien dire. La station de Londres de Haydon avait l'habitude de bloquer les dossiers opérationnels pour les confiner dans ses propres archives restreintes. Ils parcoururent le sous-sol, leurs pas sonnant sur les carreaux de linoléum brun, jusqu'au moment où ils arrivèrent devant un réduit protégé par des barreaux comme l'entrée d'une chapelle où reposaient les restes de ce qui avait été jadis les archives de la station de Londres. Une fois de plus, ils ne trouvèrent ni fiche ni document.

« Cherchez le télégramme », ordonna Smiley ; alors ils consultèrent les registres de transmission, aussi bien pour les messages reçus que pour ceux expédiés, et un moment Guillam en tout cas était prêt à soupçonner Sam de mensonge, lorsque Connie fit remarquer que les feuilles de mouvements correspondantes avaient été frappées avec une machine à écrire différente : une machine, on le découvrit par la suite, qui n'avait été acquise par les surveillants que six mois après la date figurant sur le papier.

« Cherchez les doubles », ordonna Smiley.

Les doubles du Cirque étaient des photocopies des principaux dossiers que les Archives établissaient lorsque les documents du dossier menaçaient d'être en perpétuelle circulation. Ils étaient rangés dans des classeurs à feuilles perforées, comme des vieux numéros de magazines et indexés toutes les six semaines. Après bien des fouilles, Connie Sachs déterra le classeur du Sud-Est asiatique couvrant la période de six semaines suivant immédiatement la demande de recherche de Collins. Il ne contenait aucune référence à l'existence possible d'un filon soviétique et aucune à Indocharter Vientiane SA.

« Essayez les DP », dit Smiley, utilisant pour une fois les initiales qu'il détestait. Ils gagnèrent donc un autre coin des Archives et se mirent à trier des tiroirs entiers de fiches, en cherchant d'abord les dossiers personnels de Boris-le-Commercial, puis de Ricardo, puis des noms d'emprunt comme Petit, présumé mort, et que Sam avait, semblait-il, mentionné dans son rapport original adressé à la station de Londres dont le sort semblait bien incertain. De temps en temps, Guillam était dépêché en haut pour demander à Sam une petite précision ; il le trouvait en train de lire *Maison et Jardin* en sirotant un scotch bien tassé, sous le regard impassible de Fawn qui, parfois, pour varier – Guillam l'apprit par la suite – faisait des flexions des bras, d'abord sur deux jointures de chaque main, puis sur le bout des doigts. Dans le cas de Ricardo, ils établirent diverses variations phonétiques et les cherchèrent également dans l'index.

« Où sont classées les organisations ? » demanda Smiley.

Mais de la société anonyme, connue sous le nom d'Indocharter Vientiane, l'index des organisations ne contenait aucune fiche non plus.

« Cherchez dans le matériel de liaison. »

Du temps de Haydon, les rapports avec les Cousins passaient toujours par le secrétariat de liaison de la station de Londres, placé, pour des raisons évidentes, sous son autorité personnelle et qui conservait ses propres dossiers de doubles de toute la correspondance interservice. Revenant à l'entrée de la chapelle, ils firent de nouveau chou blanc. Pour Peter Guillam, la nuit prenait des dimensions surréelles. Smiley était devenu pratiquement muet. Son visage rondouillard était maintenant de pierre. Connie, dans son excitation, avait oublié ses douleurs arthritiques et sautillait autour des étagères comme une gamine jouant à la balle. Guillam, qui n'avait rien d'un homme de dossiers, la suivait tant bien que mal, en faisant semblant de ne pas lâcher la meute, mais secrètement ravi d'être interrompu par ses visites à Sam.

« On le tient, George, mon chou, ne cessait de murmurer Connie. Pas d'erreur, on le tient, le vilain crapaud. »

Doc di Salis s'en était allé en quête des directeurs chinois d'Indocharter. Sam, chose stupéfiante, avait encore dans sa tête le nom de deux d'entre eux, et s'essayait à les transcrire, d'abord en chinois, puis en caractères romains puis enfin en code commercial chinois. Smiley était assis dans un fauteuil à lire les dossiers ouverts sur ses genoux comme un homme dans un train, résolu à ignorer les autres voyageurs. De temps en temps il levait la tête, mais les sons qu'il entendait ne provenaient pas de la pièce où ils étaient. Connie avait pris l'initiative d'entreprendre une recherche des renvois aux dossiers avec lesquels les documents de l'affaire auraient dû en théorie être rattachés. Il y avait des dossiers généraux sur les mercenaires et sur les pilotes indépendants. Il y avait des dossiers de méthodes sur les techniques utilisées par le Centre pour blanchir les versements effectués aux agents, et même un traité, qu'elle avait elle-même rédigé voilà longtemps, sur les trésoriers-payeurs clandestins responsables des activités illégales des réseaux de Karla opérant à l'insu des antennes officielles. Les derniers noms imprononçables de Boris-le-Commercial n'avaient pas été ajoutés à l'appendice. Il y avait des dossiers de documentation sur la Banque d'Indochine et ses liens avec la banque Narodny de Moscou, des dossiers statistiques sur l'ampleur croissante des activités du Centre dans le Sud-Est asiatique et des dossiers d'études sur l'antenne de Vientiane elle-même, mais les réponses négatives ne faisaient que se multiplier et, ce faisant, elles prouvaient l'affirmatif : jamais dans toute leur poursuite de Haydon ils n'étaient tombés sur un balayage aussi complet et systématique des traces. C'était du travail parfait.

Et cela conduisait inexorablement vers l'Est.

Un seul indice cette nuit-là désigna le coupable. Ils tombèrent dessus à un moment entre l'aube et le matin, alors que Guillam sommeillait sur ses pieds. Ce fut Connie qui le flaira, Smiley le déposa sans rien dire sur la table et tous trois le contemplèrent à la lueur de la lampe comme si cela les mettait sur la piste du trésor enfoui : une liasse de certificats de destruction, une douzaine en tout, avec le nom de code griffonné au feutre noir sur la ligne du milieu, ce qui donnait un élégant effet de fusain. Les dossiers condamnés avaient trait à « Correspondance ultra-secrète avec C/annexe » – c'est-à-dire avec le chef de station des Cousins, qui était alors comme aujourd'hui le frère en Christ de Smiley, Marcello. La raison de la destruction était la même que celle que Haydon avait donnée à Sam Collins pour abandonner les enquêtes sur le terrain à Vientiane : *Risque de compromettre une délicate opération américaine.* La signature livrant les dossiers à l'incinérateur était le nom de code de Haydon.

En regagnant les étages, Smiley invita une fois de plus Sam dans son bureau. Sam avait ôté son nœud de cravate et la barbe naissante sur sa mâchoire contre la chemise blanche à col ouvert lui donnait un air beaucoup moins suave.

Tout d'abord, Smiley envoya Fawn chercher du café. Il le laissa arriver et il attendit que Fawn se fût éclipsé avant de servir deux tasses, du café noir pour tous les deux, du sucre pour Sam, un comprimé de saccharine pour Smiley, à cause de son problème de poids. Puis il s'installa dans un fauteuil auprès de Sam plutôt que d'avoir un bureau entre eux, afin de se mettre sur le même plan que lui :

« Sam, je crois que je devrais en savoir un peu plus sur la fille, dit-il d'un ton très doux, comme s'il annonçait une triste nouvelle. Est-ce par esprit chevaleresque que vous l'avez passée sous silence ? »

Sam semblait plutôt amusé : « On a perdu les dossiers, n'est-ce pas, mon vieux ? » demanda-t-il du même ton complice.

Parfois, pour obtenir une confidence, il est nécessaire d'en faire une d'abord.

« C'est Bill qui les a perdus », répondit Smiley avec douceur.

Sam, une fois de plus, retomba dans ses pensées. Refermant une main de joueur, il s'inspecta les ongles, déplorant leur triste état.

« Ce club que j'ai marche pratiquement tout seul aujourd'hui, dit-il d'un ton songeur. Pour être franc, je commence à m'y ennuyer. L'argent, l'argent. Il serait temps que je change, que je fasse quelque chose de moi. »

Smiley comprit, mais il devait être ferme.

« Je n'ai pas de ressources, Sam. C'est à peine si je peux nourrir les bouches que j'ai déjà engagées. »

Sam sirota son café noir d'un air pensif, souriant derrière la vapeur qui montait de la tasse.

« Qui est-elle, Sam ? De quoi s'agit-il ? Peu importe si c'est grave. Il en est passé de l'eau sous les ponts, je vous promets. »

Sam se leva, enfonça les mains dans ses poches, secoua la tête, un peu comme aurait pu le faire Jerry Westerby, et se mit à déambuler dans la pièce, en examinant l'assortiment de souvenirs sans gaieté accrochés aux murs : des photographies de groupes prises pendant la guerre d'universitaires en uniformes. Dans un cadre une lettre manuscrite d'un Premier ministre mort : de nouveau le portrait de Karla, que cette fois il inspecta de très près et longuement.

« Ne distribue jamais tes jetons, observa-t-il si près de Karla que son haleine embua le verre. C'était ce que ma mère me disait toujours. Ne fais jamais cadeau de tes possessions. On en a très peu dans la vie. Il faut les distribuer avec ménagement. Il n'y aurait pas une petite partie en train ? » demanda-t-il. De sa manche il essuya le verre du portrait : « On a l'air très affamé chez vous. J'ai senti ça dès l'instant où je suis arrivé. La grande table, je me suis dit. Bébé va manger ce soir. »

Arrivant au bureau de Smiley, il s'assit dans le fauteuil comme s'il voulait en vérifier le confort. Le fauteuil tournait aussi bien qu'il se balançait. Sam essaya les deux mouvements. « J'ai besoin d'une demande de recherche, dit-il.

– En haut à droite », dit Smiley, et il regarda Sam ouvrir le tiroir, en tirer une feuille jaune et la poser sur le sous-main en verre pour écrire.

Pendant deux minutes, Sam rédigea en silence, s'arrêtant parfois pour des considérations artistiques, puis se remettant à écrire.

« Appelez-moi si elle fait surface », dit-il et, avec un petit salut facétieux de la main à Karla, il sortit.

Lorsqu'il fut parti, Smiley prit le formulaire sur le bureau, fit venir Guillam et le lui tendit sans un mot. Dans l'escalier, Guillam s'arrêta pour lire le texte :

« Worthington Elizabeth alias Lizzie, alias Ricardo Lizzie. »

C'était la première ligne. Ensuite les détails :

« Age environ vingt-sept ans. Nationalité britannique. Statut mariée, précisions sur le mari inconnues, nom de jeune fille inconnu. 1972-1973, vit en concubinage avec Petit Ricardo, aujourd'hui décédé. Dernière adresse connue : Vientiane, Laos. Dernière occupation connue : réceptionniste-dactylo pour Indocharter Vientiane SA ; occupations précédentes : hôtesse de boîtes de nuit, vendeuse de whisky, prostituée de haut vol. »

Jouant le triste rôle qui lui était habituel en ce temps-là, le service des Archives mit environ trois minutes à regretter

« pas trace je répète pas trace du sujet ». En outre, la Reine Mère protesta contre le terme « de haut vol ». Elle affirma que « mondaine » était la façon dont il fallait décrire ce genre de prostituées.

Chose curieuse, Smiley ne fut pas découragé par la réticence de Sam. Il parut prêt à l'accepter comme un des risques du métier. De son côté, il demanda des copies de tous les rapports expédiés par Sam de Vientiane ou d'ailleurs au cours des dix dernières années, et qui avaient échappé à l'habile couteau de Haydon. Et ensuite, dans ses heures de loisirs lorsqu'il en avait, il les parcourait en laissant son imagination pénétrante composer des images de l'univers ténébreux de Sam.

En cette période hésitante de l'affaire, Smiley fit montre d'un tact fort délicat, comme ils en convinrent tous par la suite. Un homme de moindre qualité aurait pu se précipiter chez les Cousins en demandant de toute urgence que Martello recherche le côté américain de la correspondance détruite et le laisse la consulter, mais Smiley ne voulait rien agiter, rien signaler. Au lieu de cela, il choisit donc son plus humble émissaire. Molly Meakin était une jolie diplômée, assez collet monté, un peu bas-bleu peut-être, ou quelque peu renfermée, mais qui s'était déjà fait une modeste réputation d'employée capable et une ancienne du Cirque ; grâce tout à la fois à son frère et à son père. A l'époque de la chute, elle était encore stagiaire et elle se faisait les dents aux Archives. Après quoi on la garda dans l'équipe réduite et on la promut, si c'est bien le mot, à la section des Admissions, d'où aucun homme, et encore moins une femme, affirme le folklore, ne revient vivant. Mais Molly possédait, peut-être par hérédité, ce qu'on appelle dans le métier un œil naturel. Alors que ceux qui l'entouraient échangeaient encore des anecdotes sur l'endroit exact où ils étaient et les vêtements qu'ils portaient lorsqu'on leur annonça la nouvelle de l'arrestation de Haydon, Molly était en train de mettre au point une voie de communication discrète et sans aucun caractère officiel avec son homologue à l'Annexe de Grosvenor Square, qui court-circuitait les procédures laborieuses dictées par les Cousins depuis la chute. Son grand allié, c'était la routine. Le jour de visite de Molly était le vendredi. Tous les vendredis, elle prenait le café avec Ed, qui opérait à l'ordinateur ; elle parlait musique classique avec Marge, qui secondait Ed ; et parfois elle restait pour danser un peu, pour une partie de palet ou de tir au Twilight Club dans le sous-sol de l'Annexe. Le vendredi était aussi le jour, tout à fait par hasard, où elle emportait sa petite liste de demandes de recherches. Même si elle n'avait rien d'extraordinaire, Molly prenait toujours soin d'en inventer quelques-unes afin de maintenir la filière ouverte, et en ce vendredi-là, sur l'ordre de Smiley, Molly Meakin inclut dans ce choix le nom de Petit Ricardo.

« Mais je ne veux surtout pas qu'on le remarque le moins du monde, Molly, dit Smiley avec inquiétude.

– Bien sûr que non », répondit Molly.

En guise de camouflage, comme elle le disait, Molly choisit une douzaine d'autres R et quand elle en arriva à Ricardo, elle écrivit « Richards ? Richard ? Ricardo ?, profession : professeur ? moniteur d'aviation ? » si bien que le vrai Ricardo ne figurerait là que comme identité possible. Nationalité : mexicaine ? Arabe ? ajouta-t-elle ; et elle précisa pour faire bonne mesure que de toute façon il était peut-être mort.

Une fois de plus, il était tard le soir quand Molly revint au Cirque. Guillam était épuisé. Quarante ans est un âge difficile pour rester éveillé, décida-t-il. A vingt ans ou à soixante, le corps sait de quoi il s'agit, mais quarante ans est une adolescence où on dort pour grandir ou pour rester jeune. Molly avait vingt-trois ans. Elle alla droit au bureau de Smiley, s'assit comme une collégienne avec les genoux serrés et se mit à ouvrir son sac, guettée avec attention par Connie Sachs, et avec plus d'attention encore par Peter Guillam, encore que ce fût pour des raisons différentes. Elle était navrée d'avoir mis si longtemps, commença-t-elle d'un ton austère, mais Ed avait insisté pour l'emmener à une nouvelle projection de *True Grit*, un des films favoris du Twilight Club, et ensuite elle avait eu beaucoup de mal à se défaire de lui, mais n'avait pas voulu le vexer, surtout pas ce soir. Elle tendit à Smiley une enveloppe et il l'ouvrit, pour en tirer une longue fiche brune d'ordinateur. Alors s'était-elle débarrassée de lui ou non ? aurait voulu savoir Guillam.

« Comment ça a marché ? commença par demander Smiley.

– Sans aucun problème, répondit-elle.

– Quel extraordinaire scénario », s'écria ensuite Smiley. Mais comme il continuait à lire, son expression changea peu à peu et il arbora un délicat sourire de loup.

Connie avait moins de retenue. Lorsqu'elle passa la carte à Guillam, elle riait à gorge déployée.

« Oh ! Bill. Le malin petit bonhomme ! Il s'y entendait pour lancer tout le monde sur une fausse piste ! Oh ! le démon ! »

Pour faire taire les Cousins, Haydon avait renversé son mensonge original. Une fois déchiffré, le long résumé fourni par l'ordinateur racontait la charmante histoire suivante.

Craignant que les Cousins n'aient refait pour leur compte les enquêtes du Cirque pour la firme d'Indocharter, Bill Haydon, en sa qualité de chef de la station de Londres, avait envoyé à l'Annexe une note disant chasse gardée, en application de l'accord bilatéral existant entre les services. Cette note avisait les Américains qu'Indocharter Vientiane SA était pour l'instant examiné par Londres et que le Cirque avait un agent sur place. Les Américains consentirent donc à abandonner tout intérêt qu'ils pouvaient avoir dans l'affaire en échange d'une part de la prise éventuelle. Pour aider l'opération britannique, les Cousins mentionnèrent toutefois que leurs liens avec le pilote Petit Ricardo n'existaient plus.

En bref, une bien jolie manœuvre.

« Merci, Molly, dit Smiley avec politesse, après avoir laissé à tout le monde l'occasion de s'émerveiller. Merci beaucoup.

– Il n'y a pas de quoi, dit Molly, guindée comme une bonne d'enfant. Et Ricardo est définitivement mort,

Mr Smiley », conclut-elle en citant la même date de décès que Sam Collins avait déjà donnée. Là-dessus, elle fit claquer le fermoir de son sac, ramena sa jupe par-dessus ses genoux admirables et sortit de la pièce d'un pas délicat, observée une fois de plus par Peter Guillam.

Il y a maintenant au Cirque un rythme différent, une ambiance différente. C'en était fini de la recherche frénétique d'une piste, de n'importe quelle piste. On pouvait marcher vers un but au lieu de galoper dans toutes les directions. L'aimable distinction entre les deux familles disparut pratiquement : les Bolcheviks et les Périls Jaunes s'unirent sous la direction conjointe de Connie et du Doc, même si chacun continuait d'exercer ses talents de son côté. La joie après cela, pour les fouineurs, arriva par intervalles comme des points d'eau au long d'une piste poussiéreuse, et parfois ils étaient bien prêts de rester tous en chemin. Il ne fallut pas plus d'une semaine à Connie pour identifier le payeur soviétique de Vientiane qui avait contrôlé le transfert des fonds à Indocharter Vientiane SA : Boris-le-Commercial. C'était l'ancien soldat Zimine, diplômé de longue date de l'école de formation privée de Karla dans les environs de Moscou. Cette fois sous le pseudonyme de Smirnov, ce Zimine figurait aux archives comme ayant joué le trésorier-payeur pour une organisation est-allemande en Suisse voilà six ans. Avant cela, sous le nom de Kursky, il avait fait surface à Vienne. Comme talent annexe, il excellait à arranger des systèmes d'écoute et à tendre des pièges, et d'aucuns disaient que c'était le même Zimine qui, à Berlin-Ouest, avait réussi à jeter dans les bras d'une mignonne aux oreilles affûtées un certain sénateur français qui par la suite avait vendu la moitié des secrets de son pays. Il avait quitté Vientiane exactement un mois après l'arrivée du rapport de Sam à Londres.

Après ce petit triomphe, Connie s'attela à la tâche en apparence impossible de préciser quels arrangements Karla, ou son trésorier-payeur Zimine, aurait pu concevoir pour remplacer le filon interrompu. Elle disposait de plusieurs pierres de touche. *Primo*, le conservatisme bien connu des énormes établissements de renseignement, et leur attachement pour les routes commerciales éprouvées. *Secundo*, le besoin présumé du Centre, puisqu'il s'agissait de paiements importants, de remplacer sans tarder l'ancien système par un nouveau. *Tertio*, la suffisance de Karla, aussi bien avant la chute, lorsqu'il avait le Cirque à sa botte, que depuis la chute, où le Service gisait à ses pieds, haletant et édenté. Enfin, et tout simplement, elle comptait sur sa connaissance encyclopédique du sujet. Rassemblant les monceaux de matériel brut non étudié qu'on avait délibérément négligés durant ses années d'exil, l'équipe de Connie fit des plongées dans les dossiers, procéda à des révisions, tint des conférences, traça des tableaux et des diagrammes, étudia le style personnel des opérateurs connus, entre deux migraines discutait ou jouait au ping-pong et de temps en temps, avec de torturantes précautions et le consentement exprès de Smiley, entreprenait de timides investigations sur le terrain. On persuada un contact ami de la City d'aller rendre visite à une vieille relation spécialisée dans les sociétés offshore de Hong Kong. Un cambiste de Cheapside ouvrit ses livres à Toby Esterhase, le Hongrois à l'œil acéré, seul survivant de ce qui avait jadis été la glorieuse armée en marche des courriers et des as de la filoche du Cirque. Les choses se poursuivirent donc, à un pas d'escargot : mais du moins l'escargot savait-il où il voulait aller. Doc di Salis, de son côté, se lança sur la piste des Chinois à l'étranger, suivant les secrètes associations d'Indocharter Vientiane SA, et ses échelons fantomatiques de société mère. Ses collaborateurs étaient aussi insolites que lui : soit des étudiants en langues, soit des spécialistes de la Chine d'un certain âge et qui s'étaient recyclés. Avec le temps, ils acquéraient tous une sorte de pâleur collective, comme les pensionnaires du même séminaire sans soleil.

Cependant, Smiley lui aussi avançait non moins prudemment, par des voies peut-être encore plus détournées, et franchissait un nombre encore plus grand de portes.

Une fois de plus il disparut aux regards. C'était une période d'attente et il la passa à régler les cent autres problèmes qui sollicitaient de façon urgente son attention.

Passé son bref élan de travail en équipe il se retira dans le sanctuaire de son monde solitaire. Whitehall le voyait ; Bloomsbury le voyait encore ; et aussi les Cousins. A d'autres moments, la porte de la salle du trône restait fermée pendant des jours d'affilée et seul le sombre Fawn-le-Factotum était autorisé à s'immiscer et à ressortir sur la pointe de ses chaussures de tennis, portant des tasses de café fumantes, des assiettes de biscuits et parfois des notes adressées à son maître ou rédigées par lui. Smiley avait toujours eu horreur du téléphone, et il ne prenait plus maintenant aucune communication, à moins que, selon Guillam, il ne s'agît de questions d'une grande urgence et ce n'était jamais le cas. Le seul appareil que Smiley ne pouvait pas débrancher, c'était celui de la ligne directe avec le bureau de Guillam, mais lorsqu'il était dans une humeur pareille, il allait jusqu'à poser dessus un couvre-théière pour en étouffer la sonnerie. Guillam, invariablement, répondait que Smiley était sorti, ou qu'il était en conférence et qu'il rappellerait dans une heure. Il rédigeait ensuite un message, le remettait à Fawn et en fin de compte, l'initiative étant de son côté, Smiley rappelait. Il conférait avec Connie, parfois avec di Salis, parfois avec les deux, mais sans convoquer Guillam. Le dossier Karla passa une fois pour toutes de la section de recherche de Connie au coffre personnel de Smiley : tous les sept volumes. Guillam en signa le reçu et les lui apporta, et quand Smiley leva les yeux de son bureau et les vit, il resta silencieux et il tendit la main comme pour recevoir un vieil ami. La porte se referma, et d'autres jours passèrent.

« Pas de nouvelles ? » demandait parfois Smiley à Guillam. Il voulait dire : « Est-ce que Connie a appelé ? »

Ce fut environ à cette époque qu'on évacua l'antenne de Hong Kong et bien trop tard Smiley fut prévenu des efforts d'une discrétion éléphantine des surveillants pour étouffer l'histoire de Maison Haute. Il se fit monter aussitôt le dossier de Craw, et une nouvelle fois appela Connie en consultation. Quelques jours plus tard, Craw en personne était à Londres pour une visite de quarante-huit heures. Guillam l'avait entendu donner des cours à Sarratt et le détestait.

Deux semaines plus tard, le célèbre article du vieux journaliste finissait par voir la lumière du jour. Smiley le lut avec attention, puis le passa à Guillam, et pour une fois il donna une explication de la mesure qu'il avait prise : Karla savait très bien où le Cirque voulait en venir, dit-il. Les recoupements étaient un passe-temps consacré par l'usage. Cependant, Karla ne serait pas humain s'il ne dormait un peu après un pareil coup.

« Je veux qu'il apprenne de toutes les sources à quel point nous sommes morts », expliqua Smiley.

Cette technique de l'aile brisée fut bientôt étendue à d'autres sphères, et l'une des tâches les plus divertissantes de Guillam fut de s'assurer que Roddy Martindale était dûment approvisionné en poignants récits sur le désarroi du Cirque.

Les fouineurs peinaient toujours. Plus tard ils appelèrent cette période la drôle de paix. Ils avaient la carte, expliqua Connie par la suite, ils avaient les directions, mais il y avait encore des montagnes à déplacer par cuillerées. En attendant, Guillam invita Molly Meakin à de longs et coûteux dîners qui se terminaient toujours de façon peu concluante. Il jouait au squash avec elle et admirait son regard, il allait nager avec elle et admirait son corps, mais elle évitait tout contact plus proche avec un sourire discret et mystérieux, détournant et baissant la tête tout en continuant à le retenir.

Sous la pression incessante de l'inaction, Fawn-le-Factotum se mit à avoir un comportement étrange. Lorsque Smiley disparaissait en le laissant là, il dépérissait littéralement en attendant le retour de son maître. Tombant sur lui par surprise un soir dans son petit antre, Guillam fut stupéfait de le trouver dans une position presque fœtale, occupé à enrouler sans fin un mouchoir autour de son pouce comme une ligature, afin de se blesser.

« Bonté divine, mon vieux, il n'y a rien là de personnel ! cria Guillam. Pour une fois, George n'a pas besoin de vous, voilà tout. Prenez quelques jours de congé, je ne sais pas. Calmez-vous. »

Mais Fawn disait toujours *le chef* en parlant de Smiley et regardait de travers ceux qui l'appelaient George.

Ce fut vers la fin de cette phase de désolation qu'apparut au quatrième étage un nouveau et merveilleux gadget. Il fut apporté dans des valises par deux techniciens aux cheveux taillés en brosse et installé en trois jours : c'était un téléphone vert destiné, malgré ses préjugés, au bureau de Smiley et le reliant directement à l'Annexe. La ligne passait par le bureau de Guillam et était reliée à toutes sortes de boîtiers gris anonymes qui se mettaient à bourdonner sans prévenir. Sa présence ne fit qu'accentuer la nervosité générale : à quoi bon une machine, se demandaient-ils, si l'on n'avait rien à mettre dedans ?

Mais on avait quelque chose.

La nouvelle soudain se répandit. Ce que Connie avait découvert, elle ne le disait pas, mais l'annonce de la trouvaille se propagea dans l'immeuble comme un feu de brousse : « Connie a trouvé ! Les fouineurs ont trouvé ! Ils ont découvert le nouveau filon ! Ils ont repéré toute la filière ! »

Quelle filière ? Allant jusqu'où ? Où se terminait-elle ? Connie et di Salis ne le disaient pas. Pendant tout un jour et toute une nuit, ils suivirent la piste qui menait jusqu'à la salle du trône, chargés de dossiers, sans doute une fois de plus pour montrer à Smiley le fruit de leurs efforts.

Puis Smiley disparut pendant trois jours et Guillam n'apprit que bien plus tard que, « pour bien serrer tous les boulons », comme il disait, il s'était rendu à Hambourg et à Amsterdam pour avoir des discussions avec certains éminents banquiers de ses relations. Ces messieurs passèrent de longs moments à lui expliquer que la guerre était terminée et qu'ils ne pouvaient absolument pas enfreindre leur code de déontologie, puis ils donnèrent les renseignements dont il avait si grand besoin : bien que ce fût seulement la confirmation de toutes les conclusions auxquelles étaient parvenus les fouineurs. Smiley rentra, mais Peter Guillam était toujours tenu à l'écart, et il aurait fort bien pu demeurer dans ses limbes indéfiniment, s'il n'y avait pas eu le dîner chez les Lacon.

Ce fut par pur hasard que Guillam y fut invité. Par pur hasard aussi que le dîner eut lieu. Smiley avait demandé à Lacon un rendez-vous dans l'après-midi à son bureau au ministère, et il avait passé plusieurs heures en conciliabules séparés avec Connie et di Salis. A la dernière minute, Lacon fut convoqué par ses maîtres parlementaires et proposa un dîner à la fortune du pot dans son horrible maison d'Ascot. Smiley détestait conduire et il n'y avait pas de voiture de service. En fin de compte, Guillam se proposa de lui servir de chauffeur dans sa vieille Porsche pleine de courants d'air, après l'avoir tout d'abord enveloppé dans une couverture qu'il gardait là au cas où Molly Meakin finirait par succomber à ses avances. Pendant le trajet, Smiley essaya de faire la conversation, ce qui ne lui était pas facile, mais il était nerveux. Ils arrivèrent sous la pluie et il y eut une discussion confuse sur le pas de la porte à propos de ce qu'on devait faire du subalterne inattendu. Smiley insista pour que Guillam repartît et revînt à dix heures et demie : les Lacon affirmèrent qu'il devait absolument rester, qu'il y avait des masses de nourriture.

« Comme vous voudrez, dit Guillam à Smiley.

– Oh ! mais bien sûr. Non, je veux dire en fait, si ça ne dérange pas les Lacon, naturellement », dit Smiley d'un ton un peu pincé, et ils entrèrent.

On dressa donc un quatrième couvert et le steak trop cuit fut découpé en petits morceaux jusqu'à ce qu'il ressemblât à du ragoût desséché, et l'on dépêcha une fille à bicyclette avec de l'argent pour aller chercher une seconde bouteille de vin au pub sur la route. Mrs Lacon avait l'air d'une biche, elle était blonde et rougissante, une femme-enfant, une mère-enfant. La table était trop longue pour quatre. Elle installa Smiley et son mari à un bout et Guillam à côté d'elle. Lui ayant demandé s'il aimait les madrigaux, elle se lança dans un récit interminable d'un concert au cours privé que fréquentait sa fille. Elle dit que l'établissement était absolument gâché par les riches étrangers qu'on acceptait pour équilibrer le budget. La moitié d'entre eux étaient incapables de chanter à l'occidentale.

« Je veux dire : qui a envie de voir son enfant élevée avec un tas de Persans, alors qu'ils ont tous six épouses chacun ? » dit-elle.

Tout en feignant de l'écouter, Guillam s'efforçait de suivre le dialogue qui s'échangeait à l'autre bout de la table. Lacon semblait faire les demandes et les réponses.

« Tout d'abord, vous m'adressez une requête, à moi, lança-t-il. Vous faites ça très bien maintenant ; à ce stade, vous ne devriez pas me donner plus que les grandes lignes d'un projet. Par tradition, les ministres ont horreur de ce qu'on ne peut pas écrire sur une carte. De préférence une carte postale », et il but en gourmet une gorgée de l'abominable vin rouge.

Mrs Lacon, dont l'intolérance avait une innocence béatifique, se mit à se plaindre des juifs.

« Vous comprenez, ils ne mangent pas la même cuisine que nous, dit-elle. Penny dit qu'ils prennent au déjeuner des harengs d'une espèce particulière. »

Guillam de nouveau perdit le fil jusqu'au moment où Lacon haussa la voix en guise d'avertissement :

« Essayez de ne pas mêler *Karla* à ça, George, je vous l'ai déjà demandé. Apprenez donc à dire plutôt *Moscou*, voulez-vous ? Ils n'aiment pas les personnalités – si exempte de passion que soit la haine que vous lui portez. Moi non plus d'ailleurs.

– Alors Moscou, dit Smiley.

– Ce n'est pas qu'ils soient antipathiques, dit Mrs Lacon. Ils sont simplement différents. »

Lacon revint sur un point de la conversation : « Quand vous dites une grosse somme, qu'est-ce que vous entendez par grosse ?

– Nous ne sommes pas encore en mesure de le dire, répondit Smiley.

– Bon. C'est d'autant plus alléchant. Vous n'avez pas de facteur panique ? »

Smiley ne comprit pas mieux cette question que Guillam.

« Qu'est-ce qui vous inquiète le plus à propos de votre découverte, George ? Que craignez-vous ici, dans votre rôle de chien de garde ?

– La sécurité d'une colonie de la Couronne britannique ? suggéra Smiley après un instant de réflexion.

– Ils parlent de Hong Kong, expliqua Mrs Lacon à Guillam. Mon oncle était secrétaire politique. Du côté de papa, précisa-t-elle. Les frères de maman n'ont jamais rien fait d'intellectuel. »

Elle ajouta que Hong Kong était agréable mais sentait mauvais.

Lacon avait le visage un peu coloré maintenant et ses propos manquaient de rigueur. « Une colonie... Mon Dieu, tu entends ça, Val ? lança-t-il à travers la table, prenant un peu de temps pour faire son éducation. Ils sont moitié plus riches que nous, voulez-vous que je vous dise, et si on regarde les choses d'où je suis, ils jouissent d'une sécurité bien enviable. Leur traité est valable encore vingt bonnes années, même si les Chinois l'appliquent. A ce train, ils devraient nous survivre sans problème !

– Oliver pense que nous sommes *condamnés* », expliqua à Guillam Mrs Lacon tout excitée, comme si elle lui confiait un secret de famille et elle adressa à son mari un sourire angélique.

Lacon reprit le ton assuré qu'il avait tout à l'heure, mais il continuait à pérorer et Guillam sentit qu'il faisait un numéro pour sa squaw.

« Vous voudriez aussi me faire remarquer, n'est-ce pas ? – un peu comme fond de tableau à la carte postale – que la présence d'un important appareil de renseignement soviétique à Hong Kong serait extrêmement embarrassante pour le gouvernement de la colonie dans ses relations avec Pékin ?

– Avant d'aller aussi loin que cela...

– Sur la magnanimité de qui, poursuivit Lacon, il dépend d'heure en heure pour sa survie, exact ?

– C'est en raison de ces implications mêmes, dit Smiley.

– Oh ! Penny, tu es toute nue ! » s'écria Mrs Lacon avec indulgence.

Fournissant à Guillam un magnifique répit, elle s'élança pour calmer une petite fille indisciplinée qui avait surgi sur le pas de la porte. Lacon cependant avait pris son souffle pour une aria :

« Donc non seulement nous protégeons Hong Kong des *Russes* – ce qui est assez grave, je vous l'accorde, mais peut-être pas *tout à fait* assez grave pour certains de nos ministres plus imbus de nobles principes –, nous protégeons également le territoire de la colère de Pékin, qui de notoriété publique est redoutable, n'est-ce pas, Guillam ? *Toutefois...* dit Lacon et, pour souligner sa volte-face, il alla jusqu'à arrêter de sa longue main le bras de Smiley pour obliger celui-ci à reposer son verre... *Toutefois*, poursuivit-il, tandis que sa voix mal assurée reprenait son envol, c'est un tout autre problème que de savoir si nos maîtres vont avaler tout cela.

– Je ne songerais pas à le leur demander avant d'avoir obtenu une confirmation de nos renseignements, dit sèchement Smiley.

– Ah ! mais vous ne pouvez pas, n'est-ce pas ? l'avertit Lacon, changeant de chapeau. Vous ne pouvez pas aller au-delà de recherches sur le territoire national. Vous n'en avez pas le droit.

– Sans une confirmation...

– Ah ! qu'est-ce que cela veut dire, George ?

– Mettre un agent là-bas. »

Lacon haussa les sourcils et détourna la tête, ce qui rappela à Guillam de façon irrésistible Molly Meakin.

« La méthode n'est pas mon affaire, pas plus que les détails. De toute évidence, vous ne pouvez rien faire de gênant puisque vous n'avez pas d'argent et pas de ressources. » Il servit d'autre vin, et en renversa un peu sur la table. « Val ! cria-t-il, la nappe !

– J'ai quand même quelques fonds.

– Mais pas pour cela. » Le vin avait fait une tache sur la nappe. Guillam versa du sel dessus pendant que Lacon la soulevait et glissait dessous son rond de serviette pour protéger le vernis.

Un long silence suivit, rompu par le lent crépitement du vin qui dégouttait sur le parquet. Lacon finit par dire :

« Cela dépend entièrement de vous de définir ce que vous pouvez imputer dans le cadre de votre mandat.

– Puis-je avoir cela par écrit ?

– Non, mon bon monsieur.

– Puis-je avoir votre autorisation de prendre les mesures nécessaires pour corroborer les renseignements ?

– Non, mon bon monsieur.

– Mais vous ne me contrerez pas ?

– Comme je ne sais rien des questions de méthode, et qu'on ne me le demande pas, je suis mal placé pour vous donner des ordres.

– Mais puisque je vous présente une demande officielle... commença Smiley.

– Val, apporte un torchon. Dès l'instant où vous formulez une demande officielle, je me laverai entièrement les mains de votre sort. C'est le Groupe d'orientation du renseignement, et pas moi, qui détermine votre rayon d'action. Vous ferez votre numéro. Ils vous entendront. Désormais c'est une affaire entre vous et eux. Je ne suis que la sage-femme. Val, apporte un torchon, il y en a partout !

– Oh ! c'est ma tête qui est sur le billot, pas la vôtre, dit Smiley, presque comme s'il se parlait tout seul. Vous êtes impartial. Je sais tout cela.

– Oliver n'est pas impartial, dit Mrs Lacon d'un ton enjoué en entrant avec la fillette dans les bras, bien peignée et vêtue d'une chemise de nuit. Il est terriblement pour vous, n'est-ce pas, Olly ? » Elle tendit à Lacon une serviette et il se mit à éponger. « Il est devenu un vrai faucon ces temps-ci. Encore plus que les Américains. Maintenant, dis bonsoir à tout le monde, Penny, allons. » Elle offrait l'enfant tour à tour à chacun d'eux. « D'abord Mr Smiley... Mr Guillam, papa... Comment va Ann, George ? Elle n'est pas repartie pour la campagne, j'espère.

– Oh ! elle est en pleine forme, merci.

– Allons, obligez Oliver à vous donner ce que vous voulez. Il devient horriblement pompeux, n'est-ce pas, Olly ? »

Elle s'éloigna d'un pas de danseuse, tout en chantant à l'enfant ses propos rituels :

Une poule sur un mur...
Une poule sous un mur...
Pic et boum et colle et gram !

Lacon la regarda s'éloigner avec fierté.

« Voyons, voulez-vous mettre les Américains dans cette affaire, George ? demanda-t-il d'un ton détaché. C'est très attirant, vous savez. Amenez les Cousins et vous avez tout le comité pour vous sans avoir un coup de feu à tirer. Le Foreign Office viendrait vous manger dans la main.

– Je préférerais garder ça pour moi. »

Le téléphone vert, songea Guillam, aurait aussi bien pu ne jamais exister.

Lacon restait songeur, en faisant tourner son verre.

« Dommage, déclara-t-il enfin. Dommage. Pas de Cousins, pas de facteur panique... » Il contempla le petit personnage replet et bien peu impressionnant qu'il avait devant lui. Smiley était assis, les mains jointes, les yeux fermés, il avait l'air à moitié endormi. « ... et aucune crédibilité non plus, reprit Lacon en formulant sans doute un commentaire direct sur l'aspect de Smiley. La Défense ne lèvera pas le petit doigt pour vous, je peux vous le dire pour commencer. Pas plus que le Home Office. Le Trésor, c'est un coup de chance, et le Foreign Office – ça dépend de qui ils enverront à la réunion et de ce qu'ils auront eu au petit déjeuner. » Il réfléchit de nouveau. « George...

– Oui ?

– Laissez-moi vous envoyer un avocat. Quelqu'un qui puisse croiser la lance pour vous, rédiger le brouillon de votre projet et l'apporter jusqu'aux barricades.

– Oh ! je crois que je peux m'en tirer, merci.

– Obligez-le à se reposer davantage, conseilla Lacon à Guillam dans un murmure qu'un sourd aurait entendu, tandis qu'ils se dirigeaient vers la voiture. Et tâchez de lui faire renoncer à ces vestons noirs et tout ça. Ça ne se fait pas plus que les tournures de jupe. Au revoir, George ! Appelez-moi demain si vous changez d'avis et si vous voulez un coup de main. Conduisez prudemment, Guillam. N'oubliez pas que vous avez bu. »

Comme ils franchissaient la grille, Guillam dit quelque chose d'extrêmement grossier, mais Smiley était trop pelotonné sous sa couverture pour entendre.

« Alors, c'est Hong Kong ? » dit Guillam, tout en conduisant.

Pas de réponse : mais pas de dénégation non plus.

« Et qui est l'heureux coquin qu'on va envoyer là-bas ? demanda Guillam un peu plus tard, sans réel espoir d'obtenir une réponse. Ou bien est-ce que tout cela fait partie des parties de cache-cache avec les Cousins ?

– Nous ne jouons pas du tout à cache-cache avec eux, répliqua Smiley, piqué pour une fois. Si nous les mettons dans le coup, ils vont nous envahir. Si nous ne le faisons pas, nous n'avons pas de ressources. C'est une simple question d'équilibre. »

Smiley replongea sous sa couverture.

Mais dès le lendemain, ne voilà-t-il pas qu'ils étaient prêts.

A dix heures, Smiley réunit un directoire opérationnel. Smiley parla, Connie parla, di Salis s'agita sur sa chaise en se grattant comme un précepteur couvert de vermine dans une comédie Restauration, jusqu'à ce que vint son tour de parler, de sa voix intelligente et fêlée. Le même soir, Smiley envoya son télégramme en Italie : un vrai, pas un simple message, nom de code Tuteur, double à classer dans le dossier qui grossissait rapidement. Smiley le rédigea, Guillam le remit à Fawn, qui s'en alla triomphant l'expédier au bureau de poste de Charing Cross ouvert toute la nuit. A l'air cérémonieux avec lequel Fawn s'en alla, on aurait pu supposer que le petit formulaire imprimé était le sommet d'une vie jusque-là protégée. Il n'en était rien. Avant la chute, Fawn avait travaillé sous les ordres de Guillam comme chasseur de scalps basé à Brixton. Mais de son état, c'était un homme qui tuait sans bruit.

5

UNE PROMENADE DANS LE PARC

Durant toute cette semaine ensoleillée, il y eut autour des préparatifs de départ de Jerry Westerby une ambiance de fête joyeuse qui ne se relâcha jamais. Si Londres prolongeait tard son été, il en allait de même, aurait-on pu penser, de Jerry. Les belles-mères, les vaccinations, les rabatteurs des officines de voyages, les agents littéraires et les rédacteurs en chef de Fleet Street ; Jerry, bien qu'il détestât Londres comme la peste, prenait tout cela avec son irrésistible entrain. Il avait même pour Londres un personnage qui allait avec ses chaussures montantes en daim : son costume, qui n'avait peut-être pas tout à fait la coupe de Savile Row, mais qui était quand même un costume. Sa tenue de prison, comme disait l'orpheline, était une chose lavable et d'un bleu fané, créée en vingt-quatre heures par un tailleur à l'enseigne de *L'Heureuse Maison Pontschak de Bangkok*, qui garantissait le tissu *infroissable* en rayonnantes lettres de soie brodées sur l'étiquette. Dans les douces brises de l'après-midi, il se gonflait comme une robe d'été sur la jetée de Brighton. Sa chemise en soie, provenant de la même source, avait cet air un peu jauni que donnent les séjours en vestiaire et faisait penser à Wimbledon ou à Henley. Son hâle, bien que toscan, était aussi anglais que la cravate d'une célèbre équipe de cricket qui volait dans son sillage comme un pavillon national. Seule son expression, pour ceux qui étaient très observateurs, avait une certaine vigilance, que Mama Stefano, la postière, avait remarquée aussi et qu'on décrit d'instinct comme « professionnelle », sans s'attarder davantage. Parfois, s'il pensait attendre, il trimbalait avec lui le sac de livres, ce qui lui donnait un air de rustre : Dick Whittington était arrivé en ville.

Sa base, dans la mesure où il en avait une, était à Thurloe Square où il habitait avec sa belle-mère, la troisième lady Westerby, dans un minuscule appartement au décor surchargé, encombré d'énormes meubles anciens sauvés de maisons abandonnées. C'était une femme peinturlurée, caquetante comme une poule, hargneuse comme le sont parfois les anciennes beautés, et elle le maudissait souvent pour des crimes réels ou imaginaires, par exemple, avoir fumé sa dernière cigarette ou avoir apporté de la boue de ses vagabondages dans le parc. Jerry prenait tout cela du bon côté. Parfois, lorsqu'il rentrait à des trois ou quatre heures du matin mais qu'il n'avait pas encore sommeil, il allait frapper à sa porte pour la réveiller, bien que le plus souvent elle le fût déjà ; et lorsqu'elle s'était maquillée, il l'installait sur son propre lit dans sa robe de chambre froufroutante, avec sa petite main crispée sur une crème de menthe frappée généreusement servie, pendant que Jerry se répandait sur tout l'espace disponible sur le parquet, au milieu d'une montagne magique de bric-à-brac, en train de faire ce qu'il appelait ses bagages. La montagne était composée de tout ce qui était inutile : de vieilles coupures de presse, des tas de journaux jaunis, des actes notariés noués de rubans verts et même une paire de bottes de cheval sur mesure, encore sur leurs embauchoirs, mais verdies de moisissure. En théorie, Jerry était en train de décider ce dont il aurait besoin parmi tout cela pour son voyage, mais il allait rarement beaucoup plus loin qu'un souvenir ou un autre, ce qui les lançait tous les deux sur toute une cascade de réminiscences. Un soir, par exemple, il déterra un album de ses premiers articles.

« Tiens, Trésor, en voilà un bon ! Dans celui-là, Westerby fait vraiment tomber les masques ! Ça fait battre le cœur, pas vrai ? Ça vous fouette le sang !

– Tu aurais dû entrer dans l'affaire de ton oncle », répliquait-elle en tournant les pages avec une grande satisfaction. L'oncle en question était un roi du gravier, que Trésor citait fréquemment pour souligner l'imprévoyance du vieux Sambo.

Une autre fois ils trouvèrent un exemplaire du testament du vieux datant d'il y avait bien des années : « Moi, Samuel, connu aussi sous le surnom de Sambo, Westerby », perdu au milieu d'une liasse de factures et de correspondance d'hommes de loi adressées à Jerry dans le cadre de ses fonctions d'exécuteur testamentaire, tous ces papiers tachés de whisky ou de quinine et commençant par « Nous regrettons ».

« C'est un peu une surprise, celui-là, marmonna Jerry d'un air gêné, lorsqu'il fut trop tard pour réensevelir l'enveloppe dans la montagne de paperasseries. Je crois qu'on pourrait remettre ça dans le tas, tu ne trouves pas ? »

Elle le foudroya du regard de ses yeux bruns.

« Lis », ordonna-t-elle d'une voix qui sonnait comme sur une scène, et ils ne tardèrent pas à errer tous les deux parmi les complexités insolubles des fondations destinées aux petits enfants, à l'éducation de neveux ou de nièces, à assurer des revenus à l'épouse du moment pour sa vie, le capital allant à Untel en cas de décès ou de mariage, des codicilles pour récompenser des services rendus, d'autres pour punir des offenses.

« Tiens, tu sais qui c'était ? L'affreux cousin Alfred, celui qui est allé en taule ! Seigneur, pourquoi voulait-il lui laisser de l'argent à lui, il l'aurait claqué en une nuit ! »

Et des codicilles pour qu'on prît soin des chevaux de course qui, sinon, auraient pu tomber sous le couperet : « Mon cheval Rosalie à Maisons-Laffitte, ainsi que deux mille livres par an pour les frais d'écurie, mon cheval Intruder actuellement à l'entraînement à Dublin, à mon fils Gerald, chacun pour leurs années d'existence, étant bien entendu qu'il veillera sur eux jusqu'à leur extinction par mort naturelle ! »

Le vieux Sambo, comme Jerry, avait l'amour des chevaux.

Pour Jerry aussi : des actions. Seulement pour Jerry : les actions de la société, par millions. Un grand manteau, le pouvoir, la responsabilité ; tout un monde somptueux en héritage ou pour y jouer, un monde offert, promis même, puis retiré : « A mon fils le soin de gérer tous les journaux du groupe conformément au style et au code d'usage pratiqués de mon vivant. » Il reconnaissait même un bâtard : une somme de vingt mille livres, libre de droits, payable à miss Mary Machin, habitant le Green, à Chobham, mère de mon fils Adam. Le seul ennui était que le coffre était vide. Les chiffres sur la feuille de papier diminuaient avec régularité depuis le jour où l'empire du grand homme avait sombré dans la liquidation. Puis étaient passés au rouge, puis s'étaient remis à grandir comme de longs insectes suceurs de sang qui chaque année se gonflaient d'un zéro.

« Ah ! Trésor, dit Jerry dans le sinistre silence du petit matin, tout en plaçant l'enveloppe sur la montagne magique. Te voilà débarrassée de lui maintenant, n'est-ce pas, mon chou ? » Roulant sur le côté, il attrapa la pile de journaux jaunis – les dernières éditions des créations de son père – et comme seuls de vieux hommes de presse en sont capables, il les parcourut tous à la fois. « Il ne peut plus chasser la mignonne là où il est, n'est-ce pas, Trésor ? » – Grands froissements de papiers – « Oh, attention, c'est qu'il en serait bien capable. Ça ne serait pas faute d'essayer, crois-moi. » Et d'une voix plus étouffée, en se retournant pour jeter un coup d'œil à la petite poupée immobile assise au bord de son lit, ses pieds touchant à peine le tapis : « Tu as toujours été sa petite chérie. Mon chou, son numéro Un. Il en a toujours pincé pour toi. Il me le disait. "La plus belle fille du monde, voilà ce qu'est Trésor." Il me le disait. C'étaient ses propres termes. Il m'a lancé ça un jour à travers Fleet Street. "La meilleure femme que j'aie jamais eue."

– Le salopard, dit sa belle-mère dans un soudain accès de pur dialecte du Nord, tandis que les rides se rassemblaient comme des agrafes de chirurgien autour de la couture rouge de ses lèvres. Le salopard, vraiment je le déteste. » Et ils restèrent ainsi un moment, sans dire un mot, Jerry allongé par terre à tripoter son bric-à-brac en tirant parfois sur sa mèche de cheveux, elle assise, unis tous deux dans une sorte d'amour pour le père de Jerry.

« Tu aurais dû vendre des cailloux pour ton oncle Paul », soupira-t-elle, avec la perspicacité d'une femme souvent trompée.

Leur dernier soir, Jerry l'emmena dîner et ensuite, de retour à Thurloe Square, elle lui servit le café dans ce qui lui restait de son service en Sèvres. Ce geste aboutit à un désastre. Forçant sans y penser son gros doigt dans l'anse de sa tasse, Jerry la brisa avec un léger *putt* que bienheureusement elle ne remarqua pas. Grâce à un habile escamotage, il parvint à lui dissimuler la catastrophe jusqu'au moment où il put regagner la cuisine et procéder à un échange. Nul, hélas, n'échappe à la colère de Dieu. Lorsque l'avion de Jerry fit escale à Tachkent – il avait réussi à passer par la route transsibérienne – il découvrit à sa surprise que les autorités russes avaient ouvert un bar à une extrémité de la salle d'attente : pour Jerry, c'était une preuve stupéfiante de la libéralisation du pays. Cherchant dans sa poche de veste des devises fortes pour se payer une double vodka, il tomba sur le joli petit point d'interrogation en porcelaine avec ses bords cassés. Il renonça à la vodka.

En affaires, il était également docile et accommodant. Son agent littéraire était une vieille relation de cricket, un snob aux origines incertaines appelé Mencken, connu sous le nom de Ming, un de ces idiots naturels pour lesquels la société anglaise et le monde de l'édition en particulier sont toujours prêts à réserver une place confortable. Mencken était brusque et prétentieux, il arborait une barbe poivre et sel, peut-être pour faire croire qu'il écrivait les livres qu'il colportait. Ils déjeunèrent au club de Jerry, une bâtisse grandiose et crasseuse qui ne devait sa survie qu'à des fusions avec des clubs plus modestes et qu'à des appels de fonds répétés par la poste. Blottis dans la salle à manger à moitié vide, sous les yeux de marbre des bâtisseurs de l'empire, ils déplorèrent le manque de lanceurs rapides dont souffrait le Lancashire. Jerry aurait voulu que le Kent « cogne sur la balle, lui, au lieu de frapper du bout des doigts ». Le Middlesex, convinrent-ils, avait quelques solides jeunes recrues qui arrivaient, mais « Dieu nous protège, regardez-moi la façon dont ils les sélectionnent », dit Mencken en secouant la tête tout en coupant sa viande.

« Dommage que vous soyez tombé en panne d'inspiration, lança Mencken à Jerry et à quiconque se souciait d'écouter. Personne à mon avis n'a réussi récemment un roman sur l'Extrême-Orient. Greene y est arrivé, si on peut supporter Greene, ce qui n'est pas mon cas, il y a trop de papisme. Malraux, si vous aimez la philosophie, ce que je déteste. Maugham, si vous voulez, et avant lui on remonte à Conrad. Santé. Vous permettez que je vous dise une chose ? » Jerry emplit le verre de Ming. « Allez-y doucement sur le côté Hemingway. Toute cette aisance sous pression, l'amour avec les couilles emportées par une balle. A mon avis, le public n'aime pas ça. Ça a déjà été fait. »

Jerry accompagna Ming jusqu'à son taxi.

« Vous permettez que je vous dise une chose ? demanda Mencken. Des phrases plus longues. Dès l'instant où vous autres journalistes vous vous mettez au roman, vous écrivez trop court. Des paragraphes courts, des phrases courtes, des chapitres courts. Vous voyez ça en lignes de colonne, au lieu de voir toute la page. Hemingway était bien pareil. Il essayait toujours d'écrire des nouvelles au dos d'une boîte d'allumettes. Si vous voulez mon avis, déployez-vous.

– Salut, Ming. Merci.

– Salut, Westerby. Rappelez-moi au souvenir de votre vieux père, n'oubliez pas. Il ne doit plus être tout jeune maintenant, j'imagine. Enfin, on en est tous là. »

Même avec Stubbs, Jerry parvint à peu près à conserver la même charmante humeur. Et pourtant Stubbs, comme aurait dit Connie Sachs, était un salaud patenté.

Les gens de presse, comme tous ceux qui voyagent beaucoup, font le même désordre partout, et Stubbs, en tant que rédacteur en chef du groupe, ne faisait pas exception. Son bureau était jonché d'épreuves tachées de thé, de tasses maculées d'encre et des restes d'un sandwich au jambon mort de vieillesse. Quant à Stubbs, il était assis à regarder Jerry d'un air mauvais au milieu de tout ça, comme si Jerry était venu pour le lui enlever,

« Ce vieux Stubbs. L'orgueil de la profession », murmura Jerry, en ouvrant la porte d'un coup d'épaule et en s'adossant au mur, les mains derrière lui, comme pour les immobiliser.

Stubbs mâchonna quelque chose de dur ou de malpropre au bout de sa langue avant de se replonger dans le dossier qu'il étudiait sur le fatras qui encombrait son bureau. Stubbs rendait justice à toutes les vieilles plaisanteries sur les rédacteurs en chef. C'était un homme plein de rancœur avec de lourdes bajoues grises et des paupières épaisses qu'on aurait dites frottées de suie. Il resterait au quotidien jusqu'au jour où il aurait un ulcère à l'estomac, et alors on le reléguerait au supplément dominical. Encore un an, et on l'expédierait au magazine féminin pour se faire donner des ordres par des gamins jusqu'à ce qu'il eût servi son temps. En attendant il était tortueux et écoutait les appels téléphoniques des correspondants sans leur dire qu'il était en ligne.

« Saigon », marmonna Stubbs, et avec un stylo à bille tout mâchonné, il marqua quelque chose dans une marge. Son accent londonien était compliqué par un vague ton nasillard qui lui restait de l'époque où l'accent canadien était à la mode à Fleet Street. « Noël, il y a trois ans de cela. Ça te dit quelque chose ?

– Quoi donc, mon vieux ? demanda Jerry, toujours plaqué contre le mur.

– Quelque chose d'agréable, dit Stubbs, avec un sourire de bourreau. La camaraderie et la franche rigolade au bureau, quand le groupe était assez sot pour en entretenir un là-bas. Un cocktail de Noël. C'est toi qui l'as donné. » Il lut dans un dossier. « "Déjeuner de Noël, hôtel Continental, Saigon." Et puis la liste des invités, tout comme on te l'avait demandé. Des pigistes, des photographes, des chauffeurs, des secrétaires, des coursiers, qu'est-ce que je sais ? Soixante-dix livres en bon argent ont changé de mains dans l'intérêt des relations publiques et de l'humeur joyeuse. Tu te rappelles ? » Il poursuivit aussitôt. « Parmi les invités, tu as fait figurer Smoothie Stallwood. Il était là-bas, n'est-ce pas ? Stallwood ? A faire son numéro habituel. A baratiner les filles les plus moches, à dire ce qu'il fallait ? »

Attendant une réponse, Stubbs se remit à grignoter ce qu'il avait sur le bout de la langue. Mais Jerry ne décollait pas du mur, bouche cousue.

« Nous sommes un groupe de gauche, dit Stubbs, se lançant dans une de ses tirades favorites. Ça veut dire que nous sommes contre la chasse aux renards et que nous comptons, pour notre survie, sur la générosité d'un milliardaire illettré. Les archives disent que Stallwood a fait son déjeuner de Noël à Phnom Penh, en prodiguant son hospitalité à des dignitaires du gouvernement Lon Nol, Dieu lui pardonne. J'ai parlé à Stallwood, et il a l'air de penser que c'était là où j'étais. A Phnom Penh. »

Jerry se traîna jusqu'à la fenêtre et cala ses fesses contre un vieux radiateur noir. Dehors, à moins de deux mètres de lui, une pendule crasseuse dominait la foule sur le trottoir, cadeau du fondateur à Fleet Street. On était en milieu de matinée, mais les aiguilles étaient arrêtées à six heures moins cinq. Sur le pas d'une porte, de l'autre côté de la rue, deux hommes debout lisaient un journal. Ils portaient un chapeau, le journal masquait leur visage, et Jerry songea combien la vie serait merveilleuse si les lampistes n'avaient cet air-là que dans la réalité.

« Tout le monde couillonne ce canard, mon vieux Stubbs, dit-il d'un ton songeur après un autre silence un peu longuet. Toi compris. Tu parles d'histoires qui datent d'il y a trois ans. Rengaine ça, mon vieux. C'est le conseil que je te donne. Range ça au placard. C'est le meilleur endroit.

– Ce journal n'est pas un canard. C'est un quotidien respectable.

– Pour moi, c'est un canard, mon vieux. Il l'a toujours été et il le sera toujours.

– Bienvenue, psalmodia Stubbs avec un soupir. Bienvenue au choix du président. » Il prit un formulaire de contrat. « Nom Westerby, Clive Gerald, déclama-t-il, en faisant semblant de lire. Profession : aristocrate. Bienvenue au fils du vieux Sambo. » Il lança le contrat sur le bureau. « Tu travailles pour les deux : le supplément dominical et le quotidien. Tu couvres sept jours sur sept, des guerres aux concours de strip-tease. Pas d'indemnités ni de pensions, les frais réduits au minimum. Blanchissage sur le terrain seulement, et ça ne veut pas dire la lessive de toute la semaine. Tu as une carte de crédit pour les câbles mais ne t'en sers pas. Contente-toi d'envoyer ton article par fret avion en télexant le numéro du vol et on s'en occupera pour toi quand il arrivera. Piges supplémentaires d'après les résultats. La BBC te fait également le gracieux honneur d'accepter de toi des interviews radio aux habituels tarifs dérisoires. Le patron dit que c'est bon pour le prestige, Dieu sait ce qu'il entend par là. Pour la revente...

– Alléluia », dit Jerry en poussant un long soupir.

S'approchant à pas lents du bureau, il prit le stylo à bille mâchonné, encore humide de la salive de Stubbs et, sans un regard à son propriétaire ni à la formulation du contrat, il griffonna sa signature en un lent zigzag au bas de la dernière page, avec un grand sourire. Au même moment, comme si on l'avait convoquée pour interrompre le saint événement, une fille en jeans ouvrit sans cérémonie la porte d'un coup de pied et déposa sur le bureau une liasse fraîche d'épreuves. Les téléphones se mirent à sonner – peut-être sonnaient-ils depuis quelque temps –, la fille repartit, se balançant de façon absurde sur ses énormes semelles en plate-forme, un visage inconnu passa par l'entrebâillement de la porte en criant « Stubbsie, c'est l'heure de la prière chez le vieux », un sous-fifre apparut et quelques instants plus tard on faisait faire à Jerry le grand tour : l'administration, le service étranger, la rédaction en chef, la paye, le quotidien, les sports, le service des voyages, les abominables magazines féminins. Son guide était un étudiant barbu d'une vingtaine d'années et Jerry l'appela « Cedric » durant tout le déroulement du rituel. Lorsqu'il se retrouva sur le trottoir, il s'arrêta, se balançant doucement sur la plante des pieds, comme s'il était ivre ou sonné par des coups.

« Sensas », murmura-t-il assez fort pour que deux filles qui passaient se retournent pour le dévisager. « Excellent. Merveilleux. Splendide. Parfait. » Sur quoi, il plongea vers le point d'eau le plus proche, où un groupe de vieux journalistes étayaient le comptoir, surtout des gens du service économique et politique, qui se vantaient d'avoir presque la matière d'un édito en page cinq :

« Westerby ! Mais c'est le comte lui-même ! Et avec son costume ! Le même costume ! Et le petit comte dedans, bonté divine ! »

Jerry resta jusqu'à l'heure de la fermeture. Mais il but avec modération, car il tenait à garder la tête claire pour ses promenades dans le parc avec George Smiley.

Dans chaque société close, il y a un intérieur et un extérieur, et Jerry se trouvait à l'extérieur. Se promener dans le parc avec George Smiley en ce temps-là, ou bien – sans tomber dans le jargon professionnel – avoir avec lui un rendez-vous clandestin ou encore comme Jerry aurait pu le dire, si jamais, Dieu l'en préserve, il donnait un nom aux événements importants de son destin, « plonger dans une vie nouvelle et meilleure » exigeait de lui qu'il déambulât d'un point de départ donné, en général un quartier peu habité comme les parages récemment dépeuplés de Covent Garden, et arriver toujours à pied à une destination donnée peu avant six heures, heure à laquelle, supposait-il, l'équipe bien réduite des as de la filoche du Cirque avait eu tout le loisir de considérer son dos et de le déclarer bon pour le service. Le premier soir, sa destination était le côté berge de la station de métro de Charing Cross, un endroit plein d'animation où on a toujours l'impression qu'il arrive quelque chose de bizarre à la circulation. Le dernier soir, c'était un arrêt d'autobus sur le trottoir sud de Piccadilly, là où la rue longe Green Park. Il y eut quatre séances en tout, deux à Londres et deux à la Nursery. A Sarratt, le travail était opérationnel – le recyclage obligatoire auquel tous les agents doivent périodiquement se soumettre – et il y avait beaucoup à retenir par cœur, par exemple des numéros de téléphone, des mots de code et des procédures de contact, par exemple des phrases en code convenu à insérer dans des messages envoyés en clair par télex au canard, par exemple les solutions de repêchage et d'urgence dans certains cas que l'on espérait rares. Comme beaucoup de sportifs, Jerry avait une bonne mémoire des faits et, lorsque les interrogateurs le mirent à l'épreuve, ils furent satisfaits. On lui fit répéter aussi les techniques de combat, ce qui eut pour résultat qu'il se retrouva le dos en sang à force d'avoir heurté une fois de trop le tapis usé.

Les séances à Londres se limitèrent à une fois où on lui donna des instructions très simples et une autre fois qui fut consacrée à de très brefs adieux.

Les rendez-vous étaient ménagés de façons diversement compliquées. A Green Park, comme signal de reconnaissance, il avait un sac de chez Fortnum & Manson et parvint, bien que la file d'attente pour le bus ne cessât de s'allonger, à rester toujours à la queue, grâce à une série de sourires et de piétinements. Par contre, lors de son rendez-vous sur le quai, il tenait un vieux numéro de *Time* qui, par coïncidence, arborait les traits béats du président Mao sur la couverture, dont les caractères rouges et le fond blanc ressortaient avec vigueur dans l'éclairage du couchant. Big Ben sonna six heures et Jerry compta les coups, mais l'éthique de ce genre de rencontres exige qu'elles n'aient pas lieu à l'heure juste ni au quart, mais dans les temps intermédiaires plus vagues, que l'on considère comme moins voyants. Six heures était l'heure ensorcelante de l'automne, où les odeurs de tous les terrains de cricket d'Angleterre, humides et jonchés de feuilles, remontaient le fleuve avec les lambeaux humides du crépuscule, et Jerry passa le temps dans une sorte d'agréable transe, à les humer sans réfléchir et en gardant, Dieu sait pourquoi, l'œil gauche hermétiquement fermé. La camionnette, lorsqu'elle arriva à sa hauteur en cahotant, était une Bedford verte délabrée avec une échelle sur le toit et l'inscription « Entreprise de construction Harris » à demi effacée mais encore lisible sur le côté : une vieille guimbarde de surveillance qu'on avait mise au vert, avec des volets d'acier sur les vitres. En la voyant s'arrêter, Jerry s'avança au moment même où le chauffeur, un garçon désagréable avec un bec-de-lièvre, passa sa tête pointue par la vitre ouverte.

« Tiens, où est Wilf ? demanda le jeune homme avec brusquerie. On m'a dit que vous aviez Wilf avec vous.

– Il faudra vous contenter de moi, répliqua Jerry sans se démonter. Wilf a du travail. » Il grimpa dans la camionnette par la porte arrière et la claqua derrière lui car la place du passager à l'avant de la cabine était encombrée de tronçons de contre-plaqué et il ne pouvait s'y asseoir.

Ce fut la seule conversation qu'ils eurent jamais.

Dans le bon vieux temps, quand le Cirque avait ses sous-officiers stylés, Jerry aurait compté sur un peu de conversation aimable. Plus maintenant. Lorsqu'il se rendait à Sarratt, la procédure ne changeait guère sauf qu'ils étaient cahotés pendant une bonne vingtaine de kilomètres et que, s'il avait de la chance, le garçon pensait à jeter un coussin à Jerry pour lui éviter une rupture totale du fessier. La cabine du conducteur était isolée du fond de la camionnette où Jerry était blotti, et les seuls orifices par lesquels il pouvait regarder, en se glissant le long du banc de bois et en se cramponnant aux poignées, c'étaient les fentes au bord des volets métalliques des vitres, qui lui donnaient au mieux une vue fragmentaire du monde extérieur, encore que Jerry fût assez rapide à reconnaître les endroits qui lui étaient familiers.

Dans le trajet jusqu'à Sarratt, il passait dans des quartiers déprimants d'usines démodées qui rappelaient les cinémas des années 20, pauvrement blanchis à la chaux, et des auberges en brique avec un panonceau au néon annonçant qu'on organisait des « réceptions de mariage ». Mais les moments les plus intenses, il les connut le premier soir et le dernier, lorsqu'il alla au Cirque. Le premier soir, en approchant les célèbres tourelles du Cirque – à chaque fois, c'était pareil –, une impression de sainteté confuse s'emparait de lui : « Voilà ce que c'est que le service. » A une tache de briques rouges succédaient les troncs noircis des platanes, une salade de lumières colorées jaillissait, une grille s'ouvrit devant lui et la camionnette stoppa sans douceur. On ouvrit les portes de l'extérieur au moment même où il entendait les grilles se refermer et la voix mâle d'un sergent-major cria : « Allons, mon vieux, bougez-moi ça, bon sang », et c'était Guillam, qui s'amusait un peu.

« Bonjour, mon petit Peter, comment va ? Bon sang, qu'il fait froid ! »

Sans se donner la peine de répondre, Peter Guillam donnait une grande claque sur l'épaule de Jerry comme pour le départ d'une course, refermait la porte avec soin, en verrouillant le haut et le bas, remettait les clefs dans sa poche et l'entraînait au petit trot le long d'un couloir que les furets avaient dû démolir avec rage. Le plâtre avait été tailladé par plaques, révélant les lattes par-dessous, des portes avaient été arrachées de leurs gonds ; des poutres et des linteaux pendaient çà et là, des bâches, des échelles, des débris de maçonnerie s'étalaient partout.

« Vous avez reçu la visite des Irlandais ? cria Jerry. Ou bien vous allez donner un grand bal pour les officiers et pour la troupe ? »

Ses questions se perdirent dans le bruit de leurs pas. Les deux hommes grimpèrent l'escalier à toute allure, comme s'ils faisaient la course, Guillam bondissant en tête et Jerry sur ses talons, tous deux riant à perdre haleine, leurs pas résonnant et grattant sur les marches de bois nu. Une porte les retarda, et Jerry attendit pendant que Guillam s'affairait sur les serrures. Puis il attendit encore de l'autre côté pendant qu'il les refermait.

« Bienvenue à bord », fit Guillam d'un ton plus calme.

Ils étaient arrivés au quatrième. Ils avançaient maintenant avec retenue, plus question de course, deux officiers britanniques subalternes convoqués chez leur chef. Le couloir tourna à gauche, puis de nouveau à droite, puis s'éleva de quelques marches. Un miroir de sorcière fêlé, encore des marches, deux qui montaient, trois qui descendaient, jusqu'au moment où ils arrivèrent au bureau d'un cerbère, abandonné. A leur gauche s'étendait la salle de jeux, vide, avec des chaises disposées plus ou moins en cercle et un bon feu qui brûlait dans la cheminée. Ils continuèrent ainsi jusqu'à une longue pièce à la moquette brune dont la porte portait l'inscription « Secrétariat », mais qui était en fait l'antichambre, ou trois mémés emperlées et encachemirées tapaient tranquillement à la machine à la lueur des lampes de bureau. A l'extrémité de cette pièce, une porte encore, fermée, même pas peinte et très maculée autour de la poignée. Pas de plaque de propreté, pas d'écusson pour le verrou. Rien que les trous des vis, remarqua-t-il, et la marque là où il y avait eu un verrou. Poussant la porte sans frapper, Guillam passa la tête dans l'entrebâillement et fit une annonce discrète. Puis il se recula et poussa aussitôt Jerry devant lui : Jerry Westerby était admis en présence du chef.

« Ah ! formidable, George, bonjour. »

« Et ne lui demandez pas des nouvelles de sa femme », lui conseilla Guillam dans un chuchotement rapide qui bourdonna ensuite à l'oreille de Jerry pendant un bon moment.

Père et fils ? Ce genre de relations ? Le muscle et le cerveau ? Peut-être serait-il plus exact de parler d'un fils devant son père adoptif, ce que l'on tient dans le métier pour être le lien le plus fort.

« Mon vieux », murmura Jerry et il eut un petit rire rauque.

Les amis, en Angleterre, n'ont pas de vraie façon de se saluer, et encore moins dans un sinistre bureau de fonctionnaire sans rien de plus charmant pour les inciter qu'un bureau en bois de pin. Pendant une fraction de seconde, Jerry posa son poing de joueur de cricket le long de la paume douce et hésitante de Smiley, puis le suivit d'un pas lourd et respectueux jusque devant le feu, où deux fauteuils les attendaient : en vieux cuir, craquelés, et qui avaient beaucoup servi. Une fois de plus, en cette saison capricieuse, un feu brûlait dans la cheminée victorienne, mais très petit auprès de celui qui crépitait dans la salle de jeux.

« Et comment était Lucca ? demanda Smiley en prenant un carafon de liqueur pour emplir deux verres.

– Lucca était formidable.

– Oh ! mon Dieu. Alors je pense que ça a été dur de partir.

– Oh non ! Super. Santé.

– Santé. »

Ils s'assirent.

« Dites-moi, Jerry, pourquoi *super* ? » s'enquit Smiley comme si *super* n'était pas un mot qui lui était familier. Il n'y avait pas un papier sur le bureau et la pièce était nue ; on aurait plutôt dit un bureau inoccupé que le sien propre.

« Je croyais que c'était fini, expliqua Jerry. Mis au rancart pour de bon. Le télégramme m'a complètement coupé le souffle. Je me suis dit : et voilà, Bill m'a grillé. Il a grillé tous les autres, alors pourquoi pas moi ?

– Oui, reconnut Smiley, comme s'il partageait les doutes de Jerry, et il le dévisagea un instant sans dissimuler sa perplexité. Oui, oui, en effet. Toutefois, il semble à la réflexion qu'il n'ait jamais grillé de Temporaires. Nous avons retrouvé sa trace dans pratiquement tous les coins des archives, mais les Temporaires étaient classés sous la rubrique "Contacts amis" dans la répartition territoriale, dans des archives tout à fait séparées, et auxquelles il n'avait pas normalement accès. Non pas qu'il ne vous ait pas jugé assez important, s'empressa-t-il d'ajouter, c'est simplement que pour lui d'autres problèmes avaient la priorité.

– Je m'en remettrai, dit Jerry en souriant.

– Tant mieux », dit Smiley, sans avoir compris la plaisanterie. Il se leva pour remplir leurs verres, puis s'approcha du feu et, prenant un tisonnier en cuivre, se mit à agiter les braises d'un air songeur. « Lucca, Ann et moi y sommes allés. Oh ! ça doit bien faire onze ou douze ans de ça. Il pleuvait. » Il eut un petit rire. Dans un renfoncement encombré, à l'autre bout de la pièce, Jerry aperçut un petit lit de camp osseux, avec une rangée de téléphones à la tête. « Nous avons visité le *bagno*, je me souviens, reprit Smiley. C'était la cure à la mode. Dieu seul sait ce que nous venions nous faire soigner. » Il s'attaqua de nouveau au feu, et cette fois les flammes jaillirent, parsemant les contours arrondis de son visage de traînées orange faisant de ses verres épais des flaques dorées. « Saviez-vous que Heine avait eu une grande aventure, une idylle ? Je crois plutôt que ça doit être pour ça que nous y sommes allés, maintenant que j'y réfléchis, nous pensions qu'il en déteindrait un peu sur nous. »

Jerry marmonna quelque chose, ne sachant pas trop, sur le moment, qui était Heine.

« Il est allé au *bagno*, il a pris les eaux, et ce faisant il a rencontré une dame dont le prénom seul l'a tellement impressionné qu'il a dès lors obligé sa femme à l'utiliser. » Les flammes l'éclairèrent encore un moment. « Vous aussi, vous avez eu une aventure là-bas, n'est-ce pas ?

– Juste une passade. Pas de quoi en faire un plat. »

Beth Sanders, pensa machinalement Jerry, tandis que son monde basculait, puis se redressait. Ça ne pouvait être que Beth. Le père, général en retraite, juge à la cour du comté. La vieille Beth devait avoir une tante dans tous les bureaux secrets de Whitehall.

Se baissant une nouvelle fois, Smiley installa le tisonnier dans un coin, laborieusement, comme s'il déposait une couronne. « Nous ne sommes pas nécessairement en compétition avec l'affection. Nous aimons simplement savoir où elle se trouve. » Jerry ne répondit rien. Par-dessus son épaule, Smiley lui lança un coup d'œil et Jerry arbora un sourire pour lui faire plaisir. « Le nom de la dame des pensées de Heine, je puis vous le dire, était *Irwin Mathilde* », reprit Smiley et le sourire de Jerry devint un rire gêné. « Oui, ça sonne mieux en allemand, je l'avoue. Et le roman, ça avance ? Je serais navré de penser que nous avons effrayé votre muse. Je ne pense pas que je me le pardonnerais, vous savez.

– Pas de problème, dit Jerry.

– Fini ?

– Bah !... »

Pendant un moment il n'y eut d'autre bruit que les mémés qui tapaient à la machine et la rumeur de la circulation dans la rue en bas.

« Alors nous vous revaudrons ça quand ça sera fini, dit Smiley. J'insiste. Comment est-ce que ça s'est passé avec Stubbs ?

– Pas de problème, répéta Jerry.

– Rien de plus que nous devions faire pour vous faciliter les choses ?

– Je ne crois pas. »

Par-delà l'antichambre, ils entendirent des bruits de pas, tous dans la même direction. C'est un conseil de guerre, se dit Jerry, un rassemblement des clans.

« Et vous, ça va ? demanda Smiley. Vous êtes... préparé ? Vous avez la volonté de réussir ?

– Pas de problème. » Pourquoi est-ce que je n'arrive pas à dire autre chose ? se demandait-il. J'ai l'air d'un disque éraillé.

« Ça manque à un tas de gens de nos jours, reprit Smiley. La volonté. Surtout en Angleterre. Un tas de gens voient le doute comme une attitude philosophique légitime. Ils se considèrent comme au cœur de la mêlée alors qu'en réalité, bien sûr, ils ne sont nulle part. Aucune bataille n'a jamais été gagnée par les spectateurs, n'est-ce pas ? Nous le comprenons dans ce service. Nous avons de la chance. La guerre que nous menons a commencé en 1917 avec la révolution bolchevik. Ça n'a pas changé depuis. »

Smiley s'était installé à un autre endroit, à l'autre bout de la pièce, non loin du lit. Derrière lui, une vieille photographie au grain marqué brillait à la lueur du feu. Jerry l'avait remarquée en entrant. Maintenant, dans la tension du moment, il se sentait l'objet d'un double examen par Smiley, et par le regard brouillé du portrait qui dansait à la lueur des flammes derrière le verre. Les rumeurs des préparatifs se multipliaient. On entendait des voix, des éclats de rire, des chaises qui grinçaient sur le sol.

« J'ai lu quelque part, dit Smiley, je crois que c'était un historien – un Américain en tout cas – qui parlait de générations nées en prison pour dettes et qui passent leur vie à acheter leur liberté. Je crois que la nôtre est une de ces générations-là. Pas vous ? J'ai toujours le sentiment très vif d'être débiteur, pas vous ? J'ai toujours été reconnaissant à ce service de m'avoir donné une occasion de payer. Vous n'avez pas cette impression-là ? Je ne crois pas que nous devions avoir peur de... de nous dévouer. C'est un peu vieux jeu de ma part, non ? »

Jerry avait le visage fermé. Il oubliait toujours cet aspect de Smiley lorsqu'il était loin de lui et s'en souvenait trop tard quand il était avec lui. Il y avait un peu du prêtre déchu chez le vieux George ; plus il vieillissait, plus c'était sensible. Il avait l'air d'estimer que l'ensemble du monde occidental partageait ses doutes et qu'il fallait le persuader d'adopter une attitude plus convenable.

« Je crois qu'à cet égard nous pouvons à juste titre nous féliciter d'être un peu vieux jeu... »

Jerry en avait assez entendu.

« Mon vieux, lança-t-il avec un rire embarrassé, tandis que le rouge lui montait au visage. Bonté divine. Vous me montrez le chemin et j'y vais. D'accord ? C'est vous le hibou, pas moi. Indiquez-moi les coups, et je vous les jouerai. Le monde est bourré d'intellectuels insipides armés de quinze arguments contradictoires pour ne pas se moucher. Nous n'avons pas besoin d'un de plus, d'accord ? Enfin, bon Dieu. »

Un coup frappé à la porte annonça la réapparition de Guillam.

« Les calumets de la paix sont tous allumés, chef. »

A son étonnement, au milieu du bruit de cette interruption, Jerry crut surprendre l'expression de « homme à femmes », mais il n'aurait pu dire si c'était une allusion à lui-même ou au poète Heine, et cela lui était d'ailleurs tout à fait égal. Smiley hésita, fronça les sourcils, parut de nouveau s'éveiller au décor qui l'entourait. Il jeta un coup d'œil à Guillam, puis une fois de plus à Jerry, puis son regard se fixa à cette distance de quatre à cinq mètres qui est le domaine réservé des universitaires anglais.

« Eh bien, alors, allons remonter la pendule », dit-il d'un ton lointain.

Comme ils sortaient tous les trois, Jerry s'arrêta, les mains dans les poches, en souriant, pour admirer la photographie accrochée au mur, avec l'espoir que Guillam allait s'attarder aussi, ce qu'il fit.

« Il a l'air d'avoir avalé sa dernière pièce de six pence, dit Jerry. Qui est-ce ?

– Karla, dit Guillam. C'est lui qui a recruté Bill Haydon. Un agent russe.

– On dirait plutôt un nom de fille. Comment ça va ?

– C'est le nom de code de son premier réseau. Certains observateurs disent que c'est aussi le nom de son unique amour.

– Tant mieux pour lui », dit Jerry d'un ton nonchalant et, toujours souriant, il lui emboîta le pas vers la salle de jeux. Peut-être exprès, Smiley les avait précédés et ne pouvait entendre leur conversation. « Toujours avec cette fille un peu dingue, la joueuse de flûte ? demanda Jerry.

– Elle est devenue moins dingue », dit Guillam. Et ils firent encore quelques pas.

« Elle s'est taillée ? s'enquit Jerry avec compassion.

– Quelque chose comme ça.

– Et lui, il va bien ? demanda Jerry d'un ton parfaitement détaché en désignant du menton la silhouette solitaire devant eux. Bon repas, bon tailleur et tout ça ?

– Il n'a jamais été mieux. Pourquoi ?

– Comme ça », dit Jerry, enchanté.

De l'aéroport, Jerry téléphona à sa fille Cat, ce qu'il faisait rarement, mais cette fois il le fallait. Il savait que c'était une erreur avant d'introduire ses pièces dans l'appareil, mais il s'obstina, et même la voix terriblement familière de son ancienne femme ne parvint pas à le retenir.

« Tiens, bonjour ? C'est moi, tu sais. Sensas. Ecoute : comment va Phillie ? »

Phillie était son mari, un fonctionnaire qui avait presque droit à une pension, encore qu'il fût plus jeune que Jerry d'une trentaine d'existences embrouillées.

« Parfaitement bien, je te remercie, répliqua-t-elle du ton glacial que prennent les anciennes épouses pour défendre leur nouveau compagnon. C'est pour ça que tu as téléphoné ?

– Eh bien, j'ai pensé que je pourrais dire deux mots à la petite Cat. Je repars quelque temps en Orient, j'ai repris le collier », dit-il. Il éprouva la nécessité de s'excuser. « Le canard a besoin d'un type là-bas », dit-il en entendant le bruit du combiné qui heurtait le coffre du vestibule. Du chêne se rappela-t-il. Avec des pieds tors. Encore un des vestiges du vieux Sambo.

« Papa ?

– Salut ! cria-t-il comme si la ligne était mauvaise, comme si elle l'avait pris par surprise. Cat ? Bonjour, dis donc, écoute ma vieille, tu as reçu mes cartes postales et tout ça ? » Il le savait bien, elle l'avait remercié régulièrement dans ses lettres hebdomadaires.

N'entendant rien d'autre que « Papa » répété sur un ton interrogatif, Jerry demanda avec entrain : « Tu fais toujours collection de timbres, n'est-ce pas ? Parce que je vais par là, tu vois. En Extrême-Orient. »

On appela un vol, un autre se posa, des mondes changeaient de place, mais Jerry Westerby, s'adressant à sa fille, restait immobile dans cette agitation.

« Tu avais la passion des timbres, lui rappela-t-il.

– J'ai dix-sept ans.

– Bien sûr, bien sûr, qu'est-ce que tu collectionnes aujourd'hui ? Ne me dis pas. Les garçons ! » Débordant d'humour, il continua sur ce ton tout en dansant d'un pied sur l'autre, faisant lui-même ses plaisanteries et fournissant les rires. « Ecoute, je t'envoie un peu d'argent, Blatt et Rodney arrangent ça, c'est un peu ton anniversaire et Noël réunis, tu ferais mieux de parler à maman avant de le dépenser ou peut-être à Phillie, non ? C'est un type plutôt sûr, non ? Mets donc Phillie là-dessus, c'est le genre de choses dont il adore s'occuper. » Il ouvrit la porte de la cabine pour provoquer un brouhaha artificiel. « Je crois bien qu'on appelle mon vol, Cat, lança-t-il par-dessus son épaule, soigne-toi bien, tu m'entends ? Fais attention. Ne te laisse pas aller trop facilement. Tu vois ce que je veux dire. »

Il fit un moment la queue au bar, mais au dernier moment le vieil habitué de l'Extrême-Orient qu'il y avait en lui se réveilla et il alla à la cafétéria. Il n'était sans doute pas près de boire un verre de lait frais. Tout en attendant son tour, Jerry avait la sensation d'être observé. Pas étonnant. Dans un aéroport, tout le monde surveille tout le monde, alors quoi ? Il pensa à l'orpheline et regretta de ne pas avoir eu le temps de se trouver une fille avant de partir, ne serait-ce que pour dissiper le mauvais souvenir de leur séparation nécessaire.

Smiley marchait, un petit homme rond en imperméable. Des chroniqueurs mondains avec plus de classe que Jerry, observant astucieusement sa progression dans les parages de Charing Cross Road, auraient aussitôt reconnu le type : le représentant même de la brigade des imperméables, la chair à canon des saunas mixtes et des librairies cochonnes. Ces longues marches étaient devenues une habitude pour lui : avec son énergie retrouvée, il pouvait parcourir la moitié de Londres sans s'en apercevoir. De Cambridge Circus, maintenant qu'il connaissait les raccourcis, il pouvait suivre vingt itinéraires différents et ne jamais reprendre le même chemin. Ayant choisi un début, il laissait la chance et l'instinct le guider pendant qu'une autre partie de son esprit s'en allait fouiller les régions plus lointaines de son âme. Mais ce soir-là, son voyage avait une orientation, qui l'entraînait vers le sud et vers l'ouest, et Smiley céda. L'air était humide et froid, alourdi par un brouillard impitoyable qui n'avait jamais vu le soleil. Tout en marchant, il emportait une île avec lui, une île bourrée d'images, pas de gens. Comme un manteau supplémentaire, les murs blancs l'enfermaient dans ses pensées. Sur le seuil d'une porte, deux assassins en manteau de cuir chuchotaient. Sous un lampadaire, un garçon aux cheveux bruns serrait d'une main coléreuse un étui à violon. Devant un théâtre, une foule qui attendait baignait dans le flamboiement des lumières de la marquise au-dessus d'eux, et le brouillard s'enroulait autour d'eux comme la fumée d'un feu. Jamais Smiley ne s'était lancé dans la bataille en en sachant si peu et en en entendant tant. Il se sentait entraîné et poursuivi. Pourtant, quand il se fatiguait, qu'il s'arrêtait, qu'il songeait à la logique de son entreprise, elle lui échappait presque. Il jetait un coup d'œil en arrière et apercevait les mâchoires béantes de l'échec qui l'attendaient. Il scrutait l'horizon devant lui et par les verres embués de ses lunettes il distinguait les fantômes de grands espoirs qui dansaient dans la brume. Il regardait en clignotant autour de lui et il savait qu'il n'y avait rien pour lui là où il était. Et pourtant il avançait sans ultime conviction. Cela ne servait à rien de se répéter les pas qui l'avaient amené jusque-là : le filon russe, l'empreinte de l'armée privée de Karla, le soin avec lequel Haydon s'était efforcé de dissimuler tout cela. Par-delà la limite de ces raisons extérieures, Smiley percevait en lui-même l'existence d'un motif plus sombre, infiniment plus obscur, et que son esprit rationnel s'obstinait à repousser. Il l'appelait Karla, et c'était vrai que quelque part en lui, comme les reliefs d'une légende, brûlaient les braises de la haine qu'il éprouvait envers l'homme qui s'était attaché à détruire les temples de sa foi personnelle, si peu qu'il en restât : le service qu'il aimait, ses amis, son pays, sa conception d'un équilibre raisonnable dans les affaires humaines. C'était vrai aussi qu'il y a une ou deux vies de cela, dans la chaleur moite d'une prison indienne, les deux hommes s'étaient bel et bien trouvés face à face, Smiley et Karla, de part et d'autre d'une table en fer : bien que Smiley, à l'époque, n'eût aucune raison de savoir qu'il était en présence de son destin. A Moscou, on réclamait la tête de Karla ; Smiley avait essayé de l'entraîner à l'Ouest, et Karla avait gardé le silence, préférant la mort ou un sort pire encore à la solution facile du transfuge. Et c'était vrai que de temps en temps le souvenir de cette rencontre avec le visage mal rasé de Karla, ses yeux aux aguets et son regard pénétrant, lui revenait comme une image accusatrice dans l'obscurité de son petit bureau, lorsqu'il dormait d'un sommeil agité sur son lit de camp.

Mais la haine n'était pas vraiment une émotion qu'il pouvait soutenir longtemps, à moins que ce ne fût le revers de l'amour.

Il approchait de King's Road à Chelsea. Le brouillard était plus épais à cause de la proximité du fleuve. Au-dessus de lui, les globes des lampadaires pendaient comme des lanternes chinoises parmi les branches nues des arbres. La circulation était clairsemée et prudente. Traversant la rue, il suivit le trottoir jusqu'à Baywater Street et s'y engagea. Un cul-de-sac de pimpantes maisons à terrasses, à la façade plate. Il marchait avec discrétion maintenant, se cantonnant sur le trottoir de gauche et à l'ombre des voitures garées. C'était l'heure du cocktail, et aux autres fenêtres, il voyait des têtes qui parlaient et qui criaient, des bouches silencieuses. Il en reconnaissait certaines, il y avait même pour lesquelles il avait des noms : Félix-le-Chat, lady Macbeth, le Teuf-Teuf. Il arriva à la hauteur de sa propre maison. Pour leur retour, elle avait fait repeindre les volets en bleu et ils l'étaient toujours. Les rideaux étaient ouverts, car elle avait horreur d'être enfermée. Elle était assise, seule, à son secrétaire, et elle aurait aussi bien pu composer délibérément la scène pour lui. La femme belle et consciencieuse, achevant sa journée, règle des problèmes d'administration. Elle écoutait de la musique et il en perçut l'écho apporté sur le brouillard : Sibelius. Il n'était guère mélomane, mais il connaissait tous ses disques et il avait plusieurs fois, par politesse, chanté les louanges de Sibelius. Il ne pouvait pas voir le phonographe, mais il savait que l'appareil était par terre, là où il était posé pour Bill Haydon lorsqu'elle avait eu une aventure avec lui. Il se demanda si le dictionnaire d'allemand était posé à côté, et son anthologie de poésie allemande. A plusieurs reprises, ces dernières années, à l'occasion de réconciliation en général, elle avait affiché son désir d'apprendre l'allemand de façon que Smiley pût lui en lire tout haut.

Comme il observait, elle se leva, traversa la pièce, s'arrêta devant le joli miroir doré pour rajuster sa coiffure. Les pense-bêtes qu'elle écrivait à son attention étaient coincés sur les bords du cadre. Qu'était-ce donc cette fois ? se demanda-t-il. *Engueuler le garage. Passer un savon au boucher.* Parfois, quand la situation était tendue, elle lui envoyait des messages de cette façon : *Forcer George à sourire. Faire des excuses peu sincères pour une faute.* Quand cela allait très mal, elle lui écrivait des lettres entières et les postait là pour sa collection.

A son étonnement, elle avait éteint la lumière. Il entendit les verrous glisser sur la porte de la rue, mais la chaîne ? songea-t-il machinalement. Ferme à double tour les verrous de sûreté. Combien de fois faut-il que je te dise que les serrures sont aussi faibles que les vis qui les maintiennent en place ? Bizarre tout de même : il aurait cru qu'elle laisserait les verrous ouverts au cas où il rentrerait. Puis la lumière de la chambre s'alluma, et il vit son corps s'encadrer en silhouette dans la fenêtre tandis que, tel un ange, elle tendait les bras vers les rideaux. Elle les ferma presque complètement, s'arrêta et un instant il craignit qu'elle ne l'eût vu, puis il se souvint de sa myopie et de son refus de porter des lunettes. Elle sort, songea-t-il : elle va se pomponner. Il la vit tourner à moitié la tête comme si on lui avait adressé la parole. Il vit ses lèvres remuer et esquisser un sourire espiègle, tandis qu'elle levait de nouveau les bras, cette fois vers sa nuque, et qu'elle commençait à dégrafer le premier bouton de sa robe d'intérieur. Au même instant, l'écart entre les rideaux disparut, ceux-ci étant brusquement tirés par d'autres mains, impatientes.

« Oh non ! se dit Smiley, désespéré. Je t'en prie ! Attends que je sois parti ! »

Pendant une minute, peut-être plus, immobile sur le trottoir, il considéra d'un œil incrédule la fenêtre maintenant obscurcie, jusqu'au moment où la colère, la honte et enfin l'écœurement déferlèrent tout ensemble sur lui comme une souffrance physique ; alors il tourna les talons et repartit en hâte vers King's Road. Qui était-ce cette fois ? Encore un danseur de ballet imberbe en train d'accomplir quelque rituel narcissique ? Son affreux cousin Miles, le politicien de carrière ? Ou bien un Adonis d'une nuit kidnappé au pub voisin ?

Lorsque la sonnerie de la ligne extérieure retentit, Peter Guillam était assis tout seul dans la salle de jeux, un peu ivre et languissant tout à la fois pour le corps de Molly Meakin et pour le retour de George Smiley.

Il décrocha aussitôt et entendit Fawn, hors d'haleine, furieux :

« Je l'ai perdu ! dit-il. Il m'a semé !

– Alors vous êtes un fichu crétin, répliqua Guillam avec satisfaction.

– Crétin, jamais de la vie ! Il prend le chemin de la maison, bon ? Notre rituel habituel. On l'attend, je me tiens à l'écart, il revient vers la grand-rue et me regarde. Comme si j'étais de la crotte. Vraiment de la crotte. Et là-dessus, je me retrouve tout seul. Comment fait-il ? Où est-il allé ? Je suis son ami, non ? Pour quoi donc est-ce qu'il se prend ? Ce petit nabot, je le tuerai ! »

Guillam riait encore lorsqu'il raccrocha.

6

FROST A LA CASSEROLE

A Hong Kong, c'était encore samedi, mais on avait oublié les typhons et c'était un jour d'une chaleur brûlante, claire et étouffante. Au Hong Kong Club, une pendule d'une sérénité toute chrétienne sonna onze heures et le carillon tinta dans le silence lambrissé comme des cuillers tombant sur le carrelage d'une cuisine lointaine. Les meilleurs fauteuils étaient déjà occupés par les lecteurs du *Telegraph* du jeudi précédent, qui donnait un tableau tout à fait consternant des malheurs économiques et moraux de la mère patrie.

« La livre a de nouveau dégringolé, grommela une voix bourrue derrière une pipe. Les électriciens sont en grève. Les chemins de fer sont en grève. Les pilotes sont en grève.

– Qui travaille ? C'est plutôt là la question, dit une autre voix tout aussi râpeuse.

– Si j'étais le Kremlin, je dirais que nous faisons de l'excellent travail », dit le premier orateur, aboyant le dernier mot pour lui donner un accent d'indignation militaire, puis, avec un sourire, il commanda deux martinis. Aucun des deux hommes n'avait plus de vingt-cinq ans, mais être un patriote exilé en quête d'une fortune rapide peut vous vieillir très vite.

Le Club des correspondants étrangers connaissait une de ces journées « portes ouvertes », où les péquenauds l'emportaient de loin sur les journalistes. Sans le vieux Craw pour maintenir leur union, les Joueurs de bowling de Shanghai s'étaient dispersés et plusieurs avaient même quitté la Colonie. Les photographes avaient été attirés à Phnom Penh par la promesse de quelque nouvelle grande bataille maintenant que la saison des pluies était terminée.

Le cow-boy était à Bangkok où l'on s'attendait à une reprise des émeutes d'étudiants, Luke était au bureau et son patron, le nain, était vautré d'un air maussade au bar, entouré de banlieusards britanniques à la voix sonore, en pantalon sombre et chemise blanche, qui discutaient les mérites de la boîte de vitesse de la 1100.

« Mais bien *fraîche* cette fois. Tu entends ? Bien bien fraîche et apporte-la chop chop ! »

Même le Roc était silencieux. Il était escorté ce matin-là de sa femme, ancienne institutrice dans une école évangélique de Bornéo, une mégère desséchée coiffée en queue de cheval, chaussée de socquettes et qui pouvait repérer un péché avant même qu'il fût commis.

Et à trois kilomètres à l'est, sur Cloudview Road, un trajet de trente *cents* par le bus municipal à prix unique, dans ce qu'on dit être le coin le plus peuplé de notre planète, sur North Point, juste à l'endroit où la ville se gonfle vers le Pic, au seizième étage d'un grand immeuble portant le numéro 7 A, Jerry Westerby était allongé sur un matelas après un sommeil bref mais sans rêves, en train de chanter les paroles qu'il avait inventées sur l'air de *Miami Sunrise* tout en regardant une belle fille se déshabiller. Le matelas avait deux mètres dix de long, il était conçu pour être utilisé dans l'autre sens par toute une famille chinoise, et presque pour la première fois de sa vie il n'avait pas les pieds qui pendaient dans le vide. Il était cent fois plus long que le lit qu'il avait chez Trésor, plus long même que le lit de Toscane, encore qu'en Toscane cela n'eût pas beaucoup d'importance car il avait une vraie fille autour de qui s'enrouler, et avec une fille on n'est pas si allongé. Alors que celle qu'il observait s'encadrait dans une fenêtre en face de la sienne, à dix mètres ou dix kilomètres hors de portée, et chacun des neuf matins où il s'était éveillé en cet endroit, elle s'était déshabillée et lavée de cette façon, au grand enthousiasme, voire aux applaudissements de Jerry. Lorsqu'il était en veine, il suivait tout le cérémonial, depuis le moment où elle penchait la tête de côté pour laisser ses cheveux noirs tomber jusqu'à sa taille et où elle se drapait chastement dans un drap avant d'aller rejoindre la famille de dix personnes dans la chambre voisine où ils vivaient tous. Il connaissait intimement tous ces gens. Leurs habitudes de toilette ; leurs goûts en matière de musique, de cuisine et de sexe, leurs festivités, leurs querelles brusques et dangereuses. Le seul point dont il ne fût pas sûr, c'était de savoir s'il s'agissait de deux filles ou d'une seule.

Elle disparut, mais il continua à chanter. Il se sentait plein d'ardeur, comme c'était le cas à chaque fois qu'il fut sur le point de se couler en catimini dans une ruelle de Prague pour échanger de petits paquets avec un type pétrifié sur le pas d'une porte ou bien – son plus bel exploit, et pour un Temporaire, sans précédent – de ramer plus de cinq kilomètres dans un youyou passé à la peinture noire pour aller repêcher un opérateur radio sur une plage de la Caspienne. A mesure que l'étau se resserrait, Jerry retrouvait cette même surprenante maîtrise de soi, ce même entrain, cette vigilance. Et cette même lancinante frousse, qui n'était pas forcément une contradiction. C'est aujourd'hui, se dit-il. Finies les embrassades.

Il y avait trois petites pièces et du parquet partout. C'était la première chose qu'il remarquait chaque matin car il n'y avait de mobilier nulle part, sauf le matelas, la chaise de cuisine et la table sur laquelle était sa machine à écrire, et l'unique assiette, qui faisait office de cendrier et de calendrier de pin-up, style 1960, montrant une rousse dont les charmes avaient perdu depuis bien longtemps leur éclat. Il connaissait fort bien le type : des yeux verts, un caractère difficile et une peau si sensible qu'elle prenait des airs de champs de bataille chaque fois qu'on posait le doigt dessus. Ajoutez à cela un téléphone, un antique phonographe 78 tours seulement et deux pipes à opium tout à fait vraies accrochées au mur à de solides clous, et il avait un inventaire complet de la fortune et des intérêts de Trompe-la-Mort le Boche, présentement au Cambodge, à qui Jerry avait loué l'appartement. Et auprès du matelas, un sac de livres, le sien.

Le phonographe s'était arrêté, Jerry se leva avec entrain, en resserrant autour de sa taille le sarong improvisé. Sur ces entrefaites le téléphone se mit à sonner, alors il se rassit et, attrapant le cordon de l'appareil il le tira vers lui à travers la pièce. C'était encore Luke qui, comme d'habitude, voulait jouer.

« Désolé, mon vieux. Je fais un article. Essaie le whist en solo. »

Composant le numéro de l'horloge parlante, Jerry entendit un couinement chinois, puis un couinement anglais et régla sa montre à la seconde. Puis il revint vers le phonographe et remit *Miami Sunrise* aussi fort que possible. C'était son seul disque, mais cela noyait le gargouillement du ventilateur inutile. Toujours fredonnant, il ouvrit l'unique placard et, d'une vieille valise en cuir posée sur le sol, tira la raquette de tennis jaunie de son père, un instrument des années 1930, avec S.W. marqué à l'encre en bas du cadre. Dévissant le manche, il pêcha dans ses profondeurs quatre losanges de film miniature, un tampon de ouate grisâtre et un vieil appareil de photo miniaturisé avec un cordon pour mesurer les distances, un appareil que le conservateur qu'il y avait en lui préférait aux appareils plus sophistiqués que les bricoleurs de Sarratt avaient essayé de lui refiler. Introduisant un chargeur dans l'appareil, il régla la vitesse et fit trois essais d'ouverture d'objectif sur le sein de la rousse avant de s'en aller jusqu'à la cuisine en traînant ses sandales ; là, il s'agenouilla dévotement devant le réfrigérateur et desserra la cravate-club qui maintenait la porte en place. Dans un affreux bruit de déchirement, il passa l'ongle de son pouce droit le long des joints de caoutchouc pourri, prit trois œufs et renoua la cravate-club. En attendant qu'ils cuisent, il flâna à la fenêtre, les coudes sur le rebord, contemplant avec tendresse à travers le grillage de protection ses toits bien-aimés qui descendaient comme un escalier de géant jusqu'au bout de la mer.

Les toits constituaient une civilisation à eux seuls, une série de stupéfiantes scènes de survie contre le déchaînement de la ville. Dans leurs enclos de barbelés, des esclaves trimaient pour confectionner des anoraks, on célébrait des services religieux, on jouait au mah-jong et des diseurs de bonne aventure faisaient brûler de l'encens en consultant de gros volumes marron. Devant lui se déployait un véritable jardin aménagé avec de la terre apportée en cachette. Plus bas, trois vieilles femmes engraissaient des chiots pour le pot-au-feu à la chinoise. Il y avait des écoles de danse, de lecture, de ballet, de récréation et de combat, il y avait des écoles de culture où l'on étudiait les merveilles de Mao, et ce matin-là, pendant que les œufs de Jerry étaient en train de cuire, un vieil homme terminait sa longue série de mouvements de culture physique avant d'ouvrir le petit fauteuil pliant dans lequel il s'installait chaque jour pour lire les *Pensées* du grand homme. Les pauvres plus riches, s'ils n'avaient pas de toit, se construisaient de vertigineux nids de pie, de soixante centimètres sur deux mètres cinquante, installés sur des encorbellements improvisés plantés dans le plancher de leur salon. Trompe-la-Mort prétendait qu'il y avait tout le temps des suicides. C'était ce qui le fascinait dans cet endroit, disait-il. Lorsqu'il n'était pas occupé à forniquer, il aimait se pencher à la fenêtre avec son Nikon, dans l'espoir d'en surprendre un, mais il n'y parvenait jamais. En bas à droite, il y avait le cimetière, ce qui, selon Trompe-la-Mort, portait malheur et dévaluait le loyer de quelques dollars.

Il était en train de manger quand le téléphone sonna de nouveau.

« Quel article ? fit Luke.

– Des putains de Wanchai ont enlevé le Grand Moo, dit Jerry. Elles l'ont emmené à l'île des tailleurs de pierre et demandent une rançon. »

A part Luke, c'étaient en général les femmes de Trompe-la-Mort qui téléphonaient, mais elles ne voulaient pas de Jerry à la place. La douche n'avait pas de rideau, si bien que Jerry devait s'accroupir dans un coin du carrelage, comme un boxeur, afin de ne pas inonder la salle de bains. Regagnant la chambre, il passa son costume, prit un couteau à pain et compta douze lames de parquet depuis le coin de la chambre. Avec la lame du couteau il souleva la treizième. Dans un creux ménagé dans le soubassement qui semblait goudronné se trouvait un sac en matière plastique contenant une liasse de dollars américains en petites et grosses coupures ; un passeport d'évasion, un permis de conduire et une carte de crédit aérien au nom de Worrell, entrepreneur ; et un petit calibre que, au mépris de tous les règlements du Cirque, Jerry s'était procuré auprès de Trompe-la-Mort, qui n'avait pas envie de l'emporter dans ses déplacements. Sur son trésor de guerre, il préleva cinq billets de cent dollars et, sans toucher au reste, remit la latte en place. Il fourra dans ses poches l'appareil de photo et les deux chargeurs de rechange, puis sortit en sifflotant sur le minuscule palier. Sa porte était protégée par un grillage peint en blanc qui aurait retardé de quatre-vingt-dix secondes un cambrioleur professionnel. Jerry avait forcé la serrure un jour où il n'avait rien de mieux à faire, et c'était le temps que cela lui avait pris. Il pressa le bouton d'appel de l'ascenseur, qui arriva plein de Chinois, lesquels descendirent tous. C'était à chaque fois la même chose : Jerry était tout simplement trop grand pour eux, trop laid et trop étranger.

C'est à partir de scènes comme celle-là, songea Jerry avec un entrain forcé, tout en plongeant dans l'obscurité totale de l'autobus qui descendait vers la ville, que les enfants de saint Georges s'en vont sauver l'empire.

Le temps passé en préparatifs n'est jamais du temps perdu, proclame la maxime de la Nursery sur la contre-surveillance.

Jerry, parfois, devenait un homme de Sarratt et rien d'autre. D'après la logique ordinaire des choses, il aurait pu se rendre directement à sa destination : il en avait tous les droits. D'après la logique ordinaire des choses, il n'y avait aucune raison au monde, surtout après leur bombance de la nuit précédente, pour empêcher Jerry de prendre un taxi jusqu'à la porte, d'entrer sans crier gare, d'aller narguer son nouvel ami de cœur et d'en finir. Mais on n'était pas dans la logique ordinaire des choses et, suivant le folklore de Sarratt, Jerry approchait de l'heure de vérité opérationnelle : le moment où la porte arrière se refermait derrière lui sans douceur, après quoi, il n'y avait d'autre issue qu'en avant. Le moment où chacune de ces vingt années de métier s'éveillait en lui en criant « Prudence ». S'il devait tomber dans un piège, c'était là que le piège était tendu. Même s'ils connaissaient son projet d'avance, malgré tout, les postes fixes seraient disposés sur son chemin dans des voitures, derrière des fenêtres, et les équipes de surveillance attachées à sa personne en cas de maladresse ou de divergence. Si jamais il y avait une dernière occasion de tâter l'eau avant de sauter, c'était maintenant. La nuit dernière, dans ces divers mauvais lieux, il aurait pu être guetté par cent anges locaux sans savoir avec certitude que c'était lui qu'ils traquaient. Mais là, il pouvait zigzaguer et compter les ombres : là, en théorie du moins, il avait une chance de savoir.

Il jeta un coup d'œil à sa montre. Exactement vingt minutes encore, et même au pas d'un Chinois plutôt que d'un Européen, il lui en fallait sept. Il se mit donc à flâner, mais pas n'importe comment. Dans d'autres pays, presque partout au monde sauf à Hong Kong, il se serait donné beaucoup plus de temps. Derrière le Rideau de fer, disait la sagesse populaire de Sarratt, une demi-journée et de préférence plus. Il se serait posté une lettre, rien que pour pouvoir descendre la moitié de la rue, s'arrêter net à la boîte aux lettres et revenir sur ses pas, en vérifiant les pieds qui hésitaient et les visages qui se détournaient, en recherchant la formation classique, un second de ce côté, un troisième sur l'autre trottoir, un filocheur qui traîne devant nous.

Mais, de façon paradoxale, bien que ce matin-là il prît avec zèle toutes ces précautions, une autre partie de lui savait qu'il perdait son temps. Savait qu'en Orient un œil rond pouvait vivre toute sa vie dans le même pâté de maisons sans jamais avoir la moindre notion du tic-tac secret qui battait sur le pas de sa porte. A chaque coin de toutes les rues grouillantes où il pénétrait, des hommes attendaient, s'attardaient et guettaient, s'employant avec acharnement à ne rien faire. Le mendiant qui soudain s'étirait en bâillant, le petit cireur infirme qui plongeait vers ses pieds qui s'enfuyaient et qui, l'ayant manqué, faisait claquer les dos de ses brosses ; la vieille haridelle vendant de la pornographie biraciale, qui mettait sa main en cornet et lançait un mot vers l'échafaudage de bambous au-dessus d'elle : Jerry avait beau les enregistrer dans son esprit, ils lui demeuraient aussi obscurs aujourd'hui que lorsqu'il était arrivé pour la première fois en Extrême-Orient... il y avait vingt ans ? Dieu nous protège ! Vingt-cinq ans. Des entremetteurs ? Des vendeurs de loto ? Des trafiquants de drogue avec leurs petits sachets de papier coloré – « jaune deux dollars, bleu cinq dollars ? Pour chasser le dragon, un petit coup ? » Ou bien commandaient-ils un bol de riz aux éventaires qui se trouvaient sur le chemin ? En Orient, mon Dieu, survivre, c'est savoir qu'on ne sait pas.

Il utilisait les reflets dans le marbre qui revêtait les magasins : des rayons d'ambre, des rayons de jade, panonceaux de cartes de crédit, des appareils électriques et des pyramides de valises noires que personne ne semblait jamais porter. Chez Cartier, une belle fille disposait des perles sur un plateau de velours, les mettant au lit pour la journée. Sentant sa présence, elle leva les yeux vers lui ; et chez Jerry, malgré sa préoccupation, le vieil Adam eut un bref sursaut. Mais un coup d'œil à son sourire nonchalant, à son costume élimé et à ses vieilles chaussures de daim dit à la fille tout ce qu'elle avait besoin de savoir : Jerry Westerby n'était pas un client éventuel. On annonçait de récentes batailles, remarqua Jerry en passant devant un kiosque à journaux. La presse en langue chinoise exhibait en première page des photos d'enfants décimés, de mères hurlantes et de soldats en casques américains. Etait-ce le Viêt-nam, le Cambodge, la Corée ou les Philippines ? Jerry n'aurait pu le dire. Les caractères rouges de la manchette avaient un effet de sang éclaboussé. Peut-être Trompe-la-Mort était-il en période de chance.

Assoiffé par la cuite de la nuit dernière, Jerry traversa le Mandarin pour plonger dans le crépuscule du Captain's Bar, mais il ne but que de l'eau aux toilettes. De retour dans le hall, il acheta un numéro de *Time* mais, comme il n'aimait pas la façon dont les videurs en civil le regardaient, il partit. Replongeant dans la foule, il se dirigea sans hâte vers le bureau de poste, bâti en 1911 et démoli depuis, mais en ce temps-là une entité rare et hideuse, embellie par le béton maladroit des immeubles qui l'entouraient, puis revint par les arcades dans Pedder Street, passant sous un pont de tôle ondulée verte où des sacs de courrier traînaient comme des dindes aux crochets d'un volailler. Revenant encore une fois sur ses pas, il traversa jusqu'au centre Connaught, utilisant la passerelle pour rétrécir le champ.

Dans le hall d'acier luisant, une paysanne frottait avec une brosse métallique les cannelures d'un escalier roulant immobile, et à l'entresol, un groupe d'étudiants chinois contemplaient dans un respect silencieux l'*Ovale avec points* de Henry Moore. En se retournant, Jerry aperçut le dôme brun du vieux palais de justice qui semblait minuscule auprès des murs en nids d'abeilles du Hilton : *ministère public contre Westerby*, songea-t-il, « et le prisonnier est accusé de chantage, corruption, affection simulée et quelques autres charges que nous inventerons avant la fin du jour. » Le port grouillait de bateaux, petits pour la plupart. Plus loin, les Nouveaux Territoires, criblés d'excavations, essayaient en vain de pousser des nuages de brouillard ardoise. A leur pied, de nouveaux entrepôts et des cheminées d'usines déversant une fumée brune. Rebroussant chemin, il passa devant les grandes entreprises commerciales écossaises : Jardines, Swire, et remarqua en passant que leurs portes étaient fermées. Ça doit être un jour férié, songea-t-il. De leur calendrier ou du nôtre ? Sur Statue Square, une nonchalante fête foraine s'étalait avec ses fontaines, ses parasols, ses vendeurs de Coca-Cola et environ un demi-million de Chinois plantés en groupes ou qui passaient autour de lui comme une armée aux pieds nus, lançant des regards furtifs à sa taille démesurée. Il y avait des haut-parleurs, des marteaux piqueurs, une musique geignarde. Il traversa Jackson Road et le niveau sonore baissa un peu. Devant lui, sur un carré de parfait gazon anglais, quinze silhouettes vêtues de blanc déambulaient. Le match de cricket quotidien venait de commencer. A la réception, un personnage efflanqué et dédaigneux, coiffé d'une casquette démodée, ajustait ses gants. S'arrêtant, Jerry regarda le jeu, avec un sourire attendri. Le serveur lança la balle. Pas très vite, un peu d'effet à droite, à cause du terrain humide. Le batteur eut un mouvement gracieux, manqua et frappa par ricochet au ralenti. Jerry prévoyait une partie interminable et assommante sans applaudissements. Il se demanda qui jouait contre qui, et décida que c'était l'habituelle mafia du Pic qui jouait contre elle-même. A droite, de l'autre côté de la route, se dressait la Banque de Chine, un vaste cénotaphe à cannelures festonnées de slogans cramoisis proclamant l'amour de Mao. A sa base, des lions de granit contemplaient d'un regard vide des foules de Chinois en chemises blanches qui se photographiaient les uns les autres appuyés à leur socle.

Mais la banque à laquelle Jerry s'intéressait se trouvait juste derrière le bras du serveur. Un pavillon britannique pendait mollement à son mât sur le toit, une camionnette blindée stationnait à son pied. Les portes étaient grandes ouvertes et leur surface en métal bruni étincelait comme du faux or. Tandis que Jerry poursuivait sa trajectoire traînante dans cette direction, un groupe de gardes casqués, escortés de grands Indiens avec des fusils à éléphant, débouchèrent soudain de l'obscurité de l'établissement et firent descendre avec précaution les larges marches du perron à trois cassettes noires comme si c'était la Sainte Hostie. La camionnette blindée s'éloigna et, pendant un moment poignant, Jerry eut la vision des portes de la banque se refermant après leur départ.

Ce n'était pas une vision logique. Pas nerveuse non plus. Simplement, pendant un instant, Jerry s'attendit à se trouver aux prises avec le pessimisme d'expérience avec lequel un jardinier prévoit une période de sécheresse ou bien un athlète une foulure stupide à la veille d'un grand match. Ou bien un agent avec vingt ans de métier prévoit tout simplement une nouvelle déception de plus. Mais les portes restèrent ouvertes, et Jerry vira sur la gauche. Il faut laisser aux gardiens le temps de se détendre, se dit-il. Convoyer tout cet argent les aura rendus nerveux. Ils auront l'œil trop aux aguets, ils se souviendront de détails.

Tournant les talons, il amorça une longue flânerie rêveuse vers le Hong Kong Club : portiques en Wedgwood, stores rayés et dès le seuil des relents de cuisine anglaise refroidie. La couverture n'est pas un mensonge, vous dit-on. La couverture, c'est ce qu'on croit, la couverture, c'est ce qu'on est. *Samedi matin, Mr Gerald Westerby, le journaliste pas très distingué, se dirige vers son point d'eau favori...* Sur les marches du club, Jerry s'arrêta, palpa ses poches, puis fit demi-tour et repartit d'un pas décidé vers sa destination, parcourant deux longueurs de la place tout en guettant pour la dernière fois des pas traînant et des regards qui se détournaient. *Mr Gerald Westerby, découvrant qu'il est à court d'argent liquide pour le week-end, décide de faire une rapide visite à la banque.* Les fusils de chasse nonchalamment en bandoulière, les gardes indiens l'examinèrent d'un air absent.

Seulement, ce n'est pas ce que fait Mr Gerald Westerby !

Se maudissant d'être un pareil crétin, Jerry se souvint qu'il était midi passé, et qu'à midi pile les salles de la banque étaient fermées. Après midi, seuls les étages étaient ouverts, et c'était ainsi qu'il avait prévu son plan.

Détends-toi, songea-t-il. Tu penses trop. Ne pense pas : agis. *Au commencement était l'action.* Qui lui avait dit ça un jour ? Le vieux George, bonté divine, citant Goethe. Ça lui allait bien de dire ça !

Au moment où il entrait, une vague de consternation déferla sur lui, et il sut que c'était de la peur. Il avait faim. Il était fatigué. Pourquoi George l'avait-il laissé tomber comme ça ? Pourquoi devait-il tout faire lui-même ? Avant la chute, on aurait posté des baby-sitters devant lui – quelqu'un même à l'intérieur de la banque – juste en cas de pépin. Il y aurait eu une équipe de réception pour écrémer le butin presque avant qu'il quitte le bâtiment, et une voiture pour se sauver au cas où il aurait dû s'esquiver en chaussettes. Et à Londres – songea-t-il pour se faire taire –, il y aurait eu ce cher vieux Bill Haydon, n'est-ce pas ? – pour tout passer aux Russes, le cher ange. En pensant à cela, Jerry s'imposa une extraordinaire hallucination, aussi brève que le flash d'un appareil de photo, et aussi longue à s'effacer. Dieu avait répondu à ses prières, songea-t-il. Le bon vieux temps était revenu après tout et la rue était grouillante de toute une troupe d'acteurs de second plan. Derrière lui une Peugeot bleue s'était arrêtée et deux Nez-Longs au cou de taureau restèrent assis dedans à étudier une feuille de pronostics pour les courses de Happy

Valley. Une antenne radio, le grand jeu. Sur sa gauche, des matrones américaines déambulaient chargées d'appareils de photo et de guides, et avec l'obligation positive d'observer. Et de la banque elle-même, tandis qu'il en franchissait d'un pas vif le portail, un couple de graves financiers sortit, arborant tout juste ce regard sévère que les lampistes utilisent parfois pour décourager un œil inquisiteur.

C'est de la sénilité, se dit Jerry. Tu es sur la pente descendante, mon vieux, pas de question. Le gâtisme et la frousse t'ont mis à genoux. Il gravit d'un bond les dernières marches, joyeux comme un rouge-gorge par une chaude journée de printemps.

Le hall était grand comme une gare de chemin de fer, la musique débitée par les haut-parleurs aussi martiale. La partie où se trouvaient les comptoirs était barrée et il ne vit personne rôder là, pas même le fantôme d'un employé. L'ascenseur était une cage dorée avec un crachoir plein de sable pour servir de cendrier, mais lorsqu'on arrivait au huitième étage, les vastes proportions de l'escalier avaient disparu : l'espace était cher. Un étroit corridor peint en crème donnait accès à un bureau de réception vide. Jerry s'avança d'un pas assuré, notant au passage la sortie de secours et l'ascenseur de service dont les montreurs d'ours lui avaient déjà indiqué l'emplacement au cas où il aurait à filer rapidement. C'était bizarre d'en savoir si long, songea-t-il, avec si peu de ressources. Ils avaient dû déterrer quelque part un plan d'architecte. Sur le comptoir, un panneau en teck indiquait *Service des comptes de dépôt – Renseignements.* A côté, un vieux livre de poche sur la lecture de l'avenir dans les étoiles, ouvert et plein d'annotations. Mais pas de réceptionniste, car les samedis, c'est différent. C'est le samedi qu'on circule le mieux, avaient-ils dit. Il regarda gaiement autour de lui, sans rien sur la conscience. Un second couloir traversait la largeur de l'immeuble, avec des portes de bureau sur la gauche, de minces cloisons tapissées de vinyl sur la droite. Derrière les cloisons, on entendait le lent crépitement d'une machine à écrire électrique là où quelqu'un dactylographiait un document légal, et la lente psalmodie des secrétaires chinoises qui n'ont rien à faire d'autre le samedi qu'attendre le déjeuner et l'après-midi de congé. Il y avait quatre portes vitrées avec un judas grand comme une pièce de monnaie pour regarder dedans ou dehors. Jerry s'engagea dans le couloir, en jetant un coup d'œil par chaque ouverture comme si c'était là sa distraction, les mains dans les poches, arborant un sourire un peu béat. C'était le quatrième à gauche, lui avait-on dit, une porte, une fenêtre. Un employé passa devant lui, puis une secrétaire sur de coquets talons qui claquaient sur le sol, mais Jerry, même s'il était mal fagoté, était européen, il portait un costume et personne ne l'interpella.

« Bonjour, les enfants », murmura-t-il et on lui répondit : « Bonjour, monsieur. »

Il y avait une grille au bout du couloir et des barres de fer aux fenêtres. Une veilleuse bleue était fixée au plafond, sans doute pour des raisons de sécurité, mais il ne savait pas au juste : incendie, protection, il l'ignorait, les montreurs d'ours n'en avaient pas fait état, et les pétards et attrapes, ça n'était pas son truc. La première pièce était un bureau, vide à part quelques trophées sportifs poussiéreux sur le rebord de la fenêtre et un écusson brodé aux armes du club athlétique de la banque accroché au mur percé de trous. Il passa devant une pile de caisses marquées « Successions ». Elles semblaient pleines d'actes et de testaments. La tradition des vieilles entreprises chinoises avait, semblait-il, du mal à mourir. Un avis au mur annonçait « Privé » et un autre « Sur rendez-vous seulement ».

La seconde porte donnait sur un couloir et une petite pièce d'archives tout aussi vide. La troisième ouvrait sur des toilettes « Réservé au Directeur », la quatrième avait un tableau de service fixé juste à côté et une ampoule rouge montée sur le chambranle avec une grande plaque annonçant en Letraset « J. FROST, Fondé de pouvoir, Service des successions, sur rendez-vous seulement. Ne pas entrer quand la lumière rouge est allumée. » La lumière n'était pas allumée, et par le judas grand comme une pièce on ne voyait qu'un homme assis seul à son bureau, n'ayant pour toute compagnie qu'une pile de dossiers et des rouleaux de papier coûteux reliés en soie verte comme les documents légaux anglais, deux récepteurs de télévision en circuit fermé pour les cotations de la Bourse, tous deux éteints, et la vue sur la rade, obligatoire, pour l'image du cadre supérieur, découpée en lignes grises par les obligatoires stores vénitiens. Un petit homme boulot, prospère, luisant dans son costume d'été de toile verte, et qui travaillait bien trop consciencieusement pour un samedi. Il avait le front moite, des croissants noirs aux aisselles et – à l'œil avisé de Jerry – l'immobilité pétrifiée d'un homme qui se remet très lentement d'une nuit de débauche.

Une pièce d'angle, songea Jerry. Une porte seulement, celle-ci. Un coup d'épaule et tu es loin. Il jeta un dernier coup d'œil d'un bout à l'autre du couloir désert. Jerry Westerby, en scène, songea-t-il. Si tu ne peux pas parler, danse. La porte céda aussitôt. Il entra dans le bureau d'un air joyeux, arborant son plus beau sourire timide.

« Tiens, Frostie, bonjour, sensas. Je suis en avance ou en retard ? Mon vieux... Vous savez... Il y a quelque chose de tout à fait extraordinaire, là-bas..., dans le couloir... J'ai failli trébucher dessus... Un tas de caisses pleines de paperasseries. "Qui est donc le client de Frostie ? Je me suis demandé. La Compagnie des pépins de Cox Orange ? Ou bien la beauté de Bath ?" Plutôt la beauté de Bath, vous connaissant. J'ai trouvé ça plutôt drôle après nos petites virées de la nuit dernière dans les salons de massage. »

Tout cela, si faible que cela ait pu paraître aux oreilles stupéfaites de Frost, lui suffit pour se retrouver dans le bureau, la porte fermée, sans traîner, cependant que son large dos masquait l'unique judas et que son âme avait une pensée reconnaissante pour Sarratt qui lui avait assuré un atterrissage en douceur, et une pensée suppliante pour son Créateur, en Le priant de lui accorder sa protection.

Juste après l'entrée de Jerry, il y eut un moment un peu théâtral. Frost leva lentement la tête, gardant les yeux à demi clos, comme si la lumière lui faisait mal, ce qui était sans doute le cas. Apercevant Jerry, il tressaillit et détourna la tête, puis le regarda de nouveau pour bien s'assurer qu'il était en chair et en os. Il s'essuya alors le front avec son mouchoir.

« Seigneur, dit-il, c'est Sa Seigneurie. Qu'est-ce que vous foutez ici, écœurant aristocrate ? »

Ce à quoi Jerry, toujours adossé à la porte, répondit par un autre grand sourire tout en levant une main dans un salut de style peau-rouge, en même temps qu'il notait avec précision les points délicats : les deux téléphones, la boîte grise de l'interphone et l'armoire blindée avec un trou de serrure mais pas de combinaison à chiffres.

« Comment vous a-t-on laissé entrer ? J'imagine que vous avez arboré vos titres. Qu'est-ce que ça veut dire de débarquer comme ça ? » Encore plus agacé que ces mots ne le suggéraient, Frost s'était levé de son bureau et s'approchait d'un pas incertain. « Ça n'est pas un bordel, vous savez. C'est une banque respectable. Plus ou moins. »

Arrivant devant la masse imposante de Jerry, il posa les mains sur ses hanches et le contempla en secouant la tête avec étonnement. Il prit le bras de Jerry, puis lui donna des coups de coude dans le ventre, sans cesser de secouer la tête.

« Espèce d'alcoolique, dissolu, débauché, libidineux...

– Journaliste », termina Jerry pour lui.

Frost n'avait pas plus de quarante ans, mais la nature avait déjà imprimé sur lui les marques cruelles de la petitesse, comme ses manchettes et ses ongles soignés comme ceux d'un chef de rayon, et une certaine façon de s'humecter les lèvres tout en les fronçant. Ce qui le rachetait, c'était un sens de la plaisanterie évident, qui montait à ses joues moites comme un rayon de soleil.

« Tenez, dit Jerry. Empoisonnez-vous », et il lui offrit une cigarette.

« Seigneur », répéta Frost, et avec une clé attachée à sa chaîne, il ouvrit un vieux buffet en noyer, plein de miroirs et de rangées de bâtons de cocktails avec des cerises artificielles et des chopes humoristiques avec des pin-up et des éléphants roses.

« Un Bloody Mary ?

– Un Bloody Mary, mon vieux, ce serait le Bon Dieu en culotte de velours », lui assura Jerry.

A son trousseau, il y avait une clef Chubb en cuivre. Le coffre était aussi un Chubb, un beau modèle, avec un médaillon doré qui s'effaçait sur la peinture verte usée par les ans.

« Je dois dire que vous autres débauchés au sang bleu, lança Frost tout en versant et en secouant les ingrédients comme un chimiste, vous connaissez les bons endroits. Qu'on vous lâche les yeux bandés au milieu de Salisbury Plain, et je parie que vous trouveriez un boxon en trente secondes. Ma nature de vierge sensible a subi encore un rude assaut hier soir. Elle a été ébranlée jusqu'à ses frêles, petites assises, parfaitement – vous m'arrêtez ! –, il faudra quand même que je vous demande quelques adresses, quand je serai guéri. Si jamais ça m'arrive, ce dont je doute. »

S'approchant d'un pas nonchalant du bureau de Frost, Jerry passa une main distraite parmi sa correspondance, puis se mit à jouer avec les boutons de l'intercom, les manœuvrant de haut en bas, un par un, avec son énorme index, mais sans obtenir de réponse. Un bouton séparé portait l'inscription « Occupé ». Jerry le pressa et vit une lueur rosée dans le judas tandis que la lampe rouge s'allumait dans le couloir.

« Quant à ces filles, disait Frost, tournant toujours le dos à Jerry tout en secouant la bouteille d'assaisonnement, quelle perversité ! C'en est choquant. » Avec un rire ravi, Frost s'avança dans la pièce en brandissant les verres. « Comment s'appelaient-elles déjà ? Oh ! mon Dieu, mon Dieu !

– Le 7 et le 24 », fit Jerry d'un ton absent.

Il se penchait tout en parlant, cherchant le bouton d'alarme qui, il le savait, devait se trouver quelque part sur le bureau.

« Le 7 et le 24 ! répéta Frost aux anges. Quelle poésie ! Quelle mémoire ! »

A la hauteur du genou, Jerry avait découvert un boîtier gris vissé dans le montant d'un tiroir. La clé était verticale, dans la position arrêt. Il la retira et la fourra dans sa poche.

« Vraiment, quelle merveilleuse mémoire, répéta Frost, un peu interloqué.

– Les reporters, vous savez, mon vieux, dit Jerry en se redressant. Pire que des épouses, voilà ce que nous sommes dans la presse, quand il s'agit de mémoire.

– Tenez. Venez donc. Là-bas, c'est un terrain sacré. »

Prenant le grand agenda de bureau de Frost, Jerry l'examinait, regardant les rendez-vous du jour.

« Seigneur, dit-il. C'est bourré, hein ? Qui est N, mon vieux ? N, 8 à 12 ? Ça n'est pas votre belle-mère, n'est-ce pas ? »

Approchant ses lèvres du verre, Frost but goulûment, avala, puis fit mine de s'étrangler, d'être secoué de convulsions et de se remettre. « Ne la mêlez pas à ça, voulez-vous ? Vous avez failli me donner une crise cardiaque. Santé.

– N, c'est pour Noces ? Pour Napoléon ? Qui est-ce N ?

– Natalie, ma secrétaire. Très charmante. Des jambes qui vont jusqu'à son derrière, à ce qu'on me dit. Je ne suis jamais allé voir moi-même, alors je ne sais pas. C'est mon seul principe. Rappelez-moi de l'enfreindre un jour. Santé, répéta-t-il.

– Elle est là ?

– Je crois avoir entendu le doux bruit de ses pas, oui. Vous voulez que je la fasse venir ? Il paraît qu'elle est très gentille avec les classes supérieures.

– Non, merci », dit Jerry ; et reposant l'agenda, il regarda Frost droit dans les yeux, d'homme à homme, bien que le combat fût inégal, car Jerry avait une bonne tête de plus que Frost, et il était beaucoup plus large.

« Incroyable, déclara Frost avec respect, tournant toujours vers Jerry un regard radieux. Incroyable, voilà ce que c'était. » Il avait des airs dévoués, presque possessifs. « Des filles incroyables, une compagnie incroyable. Au fond, je me demande pourquoi un type comme moi s'embarrasse d'un type comme vous ? Un simple fils de lord ? Ce sont les ducs qui sont à mon niveau. Les ducs et les putains. On remet ça ce soir. D'accord ? »

Jerry se mit à rire.

« Je ne plaisante pas. Parole de scout. Mourons-en avant d'être trop vieux. Mais cette fois, c'est ma tournée. » Dans le couloir, des pas lourds mais audibles, qui s'approchaient. « Vous savez ce que je vais faire ? Devinez. Je m'en vais retourner au Météore avec vous, je m'en vais demander Mme Trucmuche et je m'en vais insister pour... Qu'est-ce qui vous prend ? » fit-il surprenant l'expression de Jerry.

Les pas ralentirent, puis s'arrêtèrent. Une ombre noire emplit le judas et resta là.

« Qui est-ce ? fit doucement Jerry.

– Milky.

– Qui est Milky ?

– Milky Way, mon patron, dit Frost, tandis que les pas s'éloignaient et, fermant les yeux, il se signa avec dévotion. Il s'en va retrouver sa très charmante épouse, la distinguée Mrs Way, alias Moby Dick. Un mètre quatre-vingts, et une moustache de colonel de cavalerie. Pas lui. Elle. » Frost se mit à glousser.

« Pourquoi n'est-il pas entré ?

– Il a dû croire que j'avais un client, dit Frost d'un ton insouciant, surpris de nouveau de voir Jerry aux aguets et silencieux. Sans compter que Moby Dick le tuerait si elle le surprenait avec une odeur d'alcool sur ses vilaines lèvres à cette heure de la journée. Rassurez-vous, je suis là pour veiller sur vous. Prenez l'autre moitié. Vous avez l'air bien dévot aujourd'hui. Ça me donne la chair de poule. »

Quand vous serez entré, allez-y carrément, avaient recommandé les montreurs d'ours. *Ne tâtez pas le terrain trop longtemps*, disaient-ils ; *ne le laissez pas être à l'aise avec vous.*

« Dites-moi, Frostie, lança Jerry quand les pas se furent tout à fait éloignés. Comment va la bourgeoise ? » Frost avait la main tendue pour prendre le verre de Jerry. « Votre bourgeoise. Comment va-t-elle ?

– Toujours souffrante, je vous remercie, dit Frost, très gêné.

– Vous avez appelé l'hôpital, non ?

– Ce matin ? Vous êtes fou. Je n'ai pas retrouvé mes esprits avant onze heures et encore. Elle aurait senti mon haleine.

– Quand allez-vous lui rendre visite ?

– Ecoutez, ça suffit. Ne parlez pas d'elle. Vous voulez bien ? »

Frost laissa retomber sa main tandis que Jerry s'approchait du coffre. Il essaya la grande poignée, mais elle était bloquée. Sur le dessus, couvert de poussière, se trouvait une lourde matraque. La prenant à deux mains, il esquissa deux services de cricket sans conviction, puis la remit en place, tandis que Frost le suivait d'un regard intrigué.

« Je veux ouvrir un compte, Frostie, dit Jerry, toujours près du coffre.

– Vous ?

– Moi.

– D'après ce que vous m'avez dit hier soir, vous n'avez même pas de quoi ouvrir une tirelire. A moins que votre distingué papa n'ait gardé un peu d'argent dans son matelas, ce dont je doute. » Le monde de Frost lui échappait rapidement, mais il s'efforçait avec acharnement de s'y cramponner. « Allons, prenez encore un verre et cessez de jouer les Boris Karloff par un jour de pluie, vous voulez ? Allons voir les dadas. Happy Valley, nous voici. Je vous invite à déjeuner.

– Je ne voulais pas dire m'ouvrir un compte à moi, mon vieux. Je parlais de celui de quelqu'un d'autre », précisa Jerry.

Avec une triste et comique lenteur, le petit visage de Frost perdit son air amusé, et il murmura : « Oh ! non. Oh ! Jerry », comme s'il était le témoin d'un accident dont Jerry et non pas Frost était victime. Des pas de femme, courts et rapides. Puis on frappa. Puis le silence.

« Natalie ? » fit calmement Jerry. Frost acquiesça. « Si j'étais un client vous me présenteriez ? » Frost secoua la tête. « Faites-la entrer. »

La langue de Frost, comme un serpent rose, affolé, pointa entre ses lèvres, fit un bref tour d'horizon, puis disparut.

« Entrez ! lança-t-il d'une voix rauque, et une grande Chinoise aux verres épais déposa quelques lettres dans son panier de courrier.

– Bon week-end, monsieur Frost, dit-elle.

– A lundi », dit Frost.

La porte se referma.

Traversant le bureau, Jerry passa un bras autour des épaules de Frost et, sans que ce dernier résistât, l'entraîna aussitôt vers la fenêtre.

« Un compte de dépôt, Frostie, qui repose entre vos mains incorruptibles. Allons, et que ça saute. »

Sur la place, le carnaval se poursuivait. Sur le terrain de cricket, quelqu'un était sorti. Le batteur dégingandé, avec sa casquette démodée, s'était accroupi et réparait avec patience le terrain entre les guichets. Les lanceurs attendaient en bavardant.

« Vous m'avez bien eu, dit Frost avec simplicité, essayant de s'habituer à cette idée. Je croyais avoir enfin un ami et voilà maintenant que vous voulez me couillonner. Vous, un lord.

– Vous ne devriez pas frayer avec les journalistes, Frostie. Ils sont durailles. Pas d'esprit sportif. Vous n'auriez pas dû bavarder comme ça. Où rangez-vous les archives ?

– Mais on bavarde entre amis, protesta Frost. C'est à ça que servent les amis ! A se dire des choses !

– Alors dites-moi. »

Frost secoua la tête. « Je suis un chrétien, dit-il stupidement. Je vais à la messe tous les dimanches, je ne la manque jamais. Je crois que c'est malheureusement tout à fait hors de question. Je préférerais plutôt perdre ma place dans la société que de commettre un abus de confiance. On le sait, n'est-ce pas ? Rien à faire. Désolé. »

Jerry s'approcha le long de l'appui de la fenêtre, jusqu'à sentir presque leurs bras se toucher. La circulation faisait vibrer la grande vitre. Les stores vénitiens avaient des taches rouges d'enduit de construction. Une pitoyable grimace crispait le visage de Frost tandis qu'il luttait contre la révélation de la catastrophe qui le frappait.

« Voici le marché, mon vieux, fit Jerry très doucement. Ecoutez-moi bien. D'accord ? C'est le bâton ou la carotte.

Si vous ne marchez pas, le canard va vous dénoncer. Un gros plan de vous à la une, la manchette, avec suite en dernière page sur six colonnes, le grand jeu. “Achèteriez-vous un compte de dépôt d'occasion à cet homme ?” Hong Kong, le bourbier de la corruption, et Frostie le monstre bavant : quelque chose dans ce genre-là. Nous leur raconterions comment vous jouez au jeu des lits tournants à votre club de jeunes banquiers, tout comme vous me l'avez dit, et comment jusqu'à une date récente vous entreteniez un petit nid d'amour à Kowloonside, seulement ça a cessé de vous plaire parce qu'elle voulait davantage de fric. Avant de faire tout ça, bien sûr, on vérifierait l'histoire auprès de votre président, peut-être auprès de votre bourgeoise aussi, si elle est rétablie. »

La sueur s'était mise à ruisseler sur le visage de Frost. A un moment, ses traits pâles avaient une sorte de moiteur humide, rien de plus. Une seconde plus tard, ils étaient trempés, et la sueur dégoulinait de son menton arrondi pour tomber sur son beau costume.

« C'est l'alcool, dit-il timidement, en essayant d'étancher les dégâts avec son mouchoir. J'ai toujours ça quand je bois. C'est cette saloperie de climat, je ne devrais pas vivre ici. Personne ne devrait. On pourrit ici. Je déteste.

– Ça, poursuivit Jerry, ce sont les mauvaises nouvelles. » Ils étaient toujours à la fenêtre, côte à côte, comme deux hommes perdus dans la contemplation du panorama. « La bonne nouvelle, c'est cinq cents dollars américains dans votre petite main moite, avec les compliments du chef, personne n'en saura rien, et vive Frostie. Alors pourquoi ne pas vous détendre et en profiter ? Vous voyez ce que je veux dire ?

– Et est-il permis de m'enquérir, dit enfin Frost dans un effort désastreux pour être sarcastique, pour quelles fins, dans quel but vous désirez prendre connaissance de ce dossier ?

– Crime et corruption, mon vieux. La filière de Hong Kong. Les coupables sont désignés. Compte numéro 442. Vous le gardez ici ? » demanda Jerry en désignant le coffre.

Frost arrondit ses lèvres mais aucun son ne sortit.

« Quatre, quatre, deux. Où est-il ?

– Ecoutez », murmura Frost. Son visage était un désespérant mélange de terreur et de déception. « Voulez-vous me rendre un service ? Ne me mêlez pas à ça. Corrompez un de mes employés chinois, d'accord ? C'est la bonne méthode. Vous comprenez, j'ai une situation ici.

– Vous connaissez le dicton, Frostie. A Hong Kong, même les marguerites parlent. C'est vous que je veux. Vous êtes ici et vous êtes plus qualifié. C'est dans la chambre forte ?

– Comment voulez-vous que je sache ?

– Je vais vous dire comment, promit Jerry en hochant la tête devant Frost avec une telle énergie que la mèche qui lui pendait sur le front se balançait de haut en bas. Je vais vous dire, mon vieux, répéta-t-il en tapotant l'épaule de Frost avec sa main libre. Parce que sans cela, vous allez vous retrouver sur le pavé à quarante ans, avec une femme malade, des bambinos à nourrir, des frais d'école, un vrai désastre. C'est l'un ou l'autre, et c'est maintenant qu'il faut vous décider. Pas dans cinq minutes, maintenant. Peu m'importe comment vous allez vous y prendre, mais arrangez-vous pour que ça ait l'air normal et ne mêlez pas Natalie à ça. »

Jerry le ramena vers le milieu de la pièce, où se trouvait son bureau, avec le téléphone. Il y a dans la vie des rôles qui sont impossibles à jouer avec dignité. Celui de Frost ce jour-là en était un. Décrochant le combiné, il composa un numéro à un seul chiffre.

« Natalie ? Ah ! vous n'êtes pas partie. Ecoutez, je vais rester encore une heure à peu près, je viens d'avoir un client au téléphone. Dites à Syd de ne pas bloquer la chambre forte. Je la fermerai en partant, d'accord ? »

Il s'affala dans son fauteuil.

« Repeignez-vous », dit Jerry, et il revint jusqu'à la fenêtre pendant qu'ils attendaient.

« Crime et corruption, mon cul, murmura Frost. Bon, je veux bien qu'il fasse quelques petites irrégularités. Citez-moi un Chinois qui n'en fasse pas. Citez-moi un Anglais qui n'en fasse pas. Croyez-vous que ce soit la ruine de l'île ?

– Il est chinois, hein ? » fit Jerry, très vite.

Revenant vers le bureau, Jerry composa lui-même le numéro de Natalie. Pas de réponse. Remettant avec douceur Frost sur ses pieds, Jerry l'escorta jusqu'à la porte.

« Maintenant, n'allez pas tout refermer, le prévint-il. Il faudra que nous remettions le dossier en place avant votre départ. »

Frost était rentré. Il était assis à son bureau d'un air lugubre, trois classeurs posés devant lui sur le sous-main. Jerry lui versa une vodka. Planté derrière lui pendant que Frost la buvait, Jerry expliqua comment fonctionnait ce genre de collaboration. Frostie ne sentirait rien, dit-il. Tout ce qu'il avait à faire, c'était de tout laisser en place, puis de passer dans le couloir en refermant avec précaution la porte derrière lui. Auprès de la porte se trouvait un tableau de service : Frostie l'avait sans nul doute observé souvent. Il n'aurait qu'à se poster devant ce tableau et lire avec diligence les avis, tous les avis, jusqu'au moment où il entendrait Jerry frapper deux coups de l'intérieur, et alors il pourrait revenir. Tout en lisant, il devrait prendre soin de maintenir son corps suivant un angle tel qu'il masquerait le judas, de façon que Jerry sache qu'il était encore là et que les gens qui passaient dans le couloir ne puissent pas voir à l'intérieur. Frost pouvait également se consoler en se disant qu'il n'avait trahi la confiance de personne, expliqua Jerry. Le pire que les hautes autorités pourraient jamais dire – ou même le client – c'était qu'en quittant son bureau alors que Jerry s'y trouvait, il avait commis une infraction technique aux règlements de sécurité de la banque.

« Combien de documents y a-t-il dans les chemises ?

– Comment voulez-vous que je le sache ? demanda Frost, retrouvant quelque audace à l'annonce de son innocence inattendue.

– Comptez-les, voulez-vous, mon vieux ? Là, voilà. »

Il y en avait exactement cinquante, et c'était beaucoup plus que ce à quoi s'attendait Jerry. Il restait la solution de repêchage dans le cas où Jerry, malgré ces précautions, serait dérangé.

« J'aurai besoin de formulaires de demande, dit-il.

– Quels formulaires ? Je n'ai pas de formulaires, répliqua Frost. J'ai des filles qui me les apportent. Non, je n'en ai même plus. Elles sont parties.

– Une demande pour ouvrir un compte de dépôt dans votre distingué établissement, Frostie. Etalée ici sur la table, avec le stylo en plaqué or que vous vous faites un plaisir de me prêter, n'est-ce pas ? Vous allez faire trois pas dans le couloir pendant que je les remplis. Et voici le premier versement », dit-il. Tirant de sa poche revolver une petite liasse de dollars américains, il la lança sur la table où elle fit un claquement satisfaisant. Frost lorgna l'argent, mais ne le ramassa pas.

Une fois seul, Jerry ne perdit pas de temps. Il ôta les papiers du fermoir et les disposa par paires, en les photographiant à raison de deux feuilles par cliché, gardant ses gros coudes près du corps pour bien rester immobile et ses grands pieds un peu écartés pour ne pas perdre l'équilibre, comme un gardien de guichet au cricket, et son mètre de poche effleurant les papiers pour mesurer la distance. Lorsqu'il n'était pas satisfait, il prenait un second cliché. Parfois il essayait deux expositions différentes. Il tournait souvent la tête pour jeter un coup d'œil au cercle d'un vert Robin des bois qu'il voyait dans le judas pour s'assurer que Frost était bien à son poste et non pas, même maintenant, en train de faire venir des gardes armés. A un moment, Frost s'impatienta, frappa sur le verre et Jerry lui grommela de rester tranquille. De temps en temps il entendait des pas approcher, et dans ce cas-là il laissait tout sur la table, avec l'argent et les formulaires de demande, remettait l'appareil de photo dans sa poche et s'approchait de la fenêtre pour contempler le paysage en se tirant une mèche de cheveux, comme un homme qui envisage la grande décision de sa vie. Une fois, et ça n'est pas commode quand on a de gros doigts et qu'on est tendu, il changea le chargeur en regrettant que le déclencheur du vieil appareil ne fût pas un rien plus silencieux. Lorsqu'il rappela Frost, les dossiers étaient de nouveau sur son bureau, l'argent était auprès des dossiers et Jerry se sentait glacial et un tout petit peu meurtrier.

« Vous êtes un crétin, annonça Frost, fourrant les cinq cents dollars dans la poche de sa tunique qui se boutonnait.

– Bien sûr », dit-il. Il regardait autour de lui, pour effacer ses traces.

« Vous avez perdu la tête », lui dit Frost. Il avait une expression étrangement déterminée. « Vous vous imaginez que vous pouvez avoir un homme comme lui ? Autant essayer de prendre Fort Knox avec une pince monseigneur et une boîte de pétards que de s'attaquer à cette bande-là.

– C'est M. Gros Bonnet en personne. Ça me plaît.

– Oh ! Vous allez vous en mordre les doigts.

– Vous le connaissez, n'est-ce pas ?

– Nous sommes comme cul et chemise, dit Frost d'un ton sarcastique. Je suis tout le temps fourré chez lui, vous connaissez ma passion pour les grands et les puissants.

– Qui a ouvert son compte pour lui ?

– Mon prédécesseur.

– Il a travaillé ici, n'est-ce pas ?

– Pas de mon temps.

– Vous ne l'avez jamais vu ?

– Au cynodrome de Macao.

– Au quoi ?

– Aux courses de lévriers de Macao. Il perdait sa chemise. Il était mêlé aux gens du commun. J'étais avec ma petite Chinoise, l'avant-dernière. Elle me l'a désigné du doigt. “Mais lui ?” ai-je dit. “Lui ? Oh ! oui, c'est un de mes clients.” Elle était très impressionnée. » Un reflet du Frost de jadis apparut sur son visage soumis. « Je vais vous dire une chose : il n'était pas trop mal loti lui-même. Une très jolie blonde qu'il avait avec lui. Blanche. Une vedette de cinéma, semblait-il. Suédoise. Une fille qui avait dû beaucoup travailler sur les divans des producteurs. Tenez... »

Frost parvint à arborer l'ombre d'un sourire.

« Vite, mon vieux, vite, qu'est-ce qu'il y a ?

– Rattrapons ça, venez. On va aller en ville. Claquer mes cinq cents dollars. Vous n'êtes pas vraiment comme ça ? Vous faites simplement ça pour vivre. »

Fouillant dans sa poche, Jerry en tira la clef d'alarme et la laissa tomber dans la main passive de Frost.

« Vous aurez besoin de ça », dit-il.

Sur les grandes marches, lorsqu'il sortit, était posté un jeune homme mince et élégant vêtu d'un pantalon de toile de coupe américaine. Il lisait un livre sérieux dans une édition reliée. Jerry ne pouvait pas voir le titre. Il n'avait pas beaucoup avancé, mais il le lisait avec attention, comme quelqu'un qui est décidé à cultiver son esprit.

Une fois de plus, il se retrouvait l'homme de Sarratt, le reste était oublié.

Prenez votre temps, disaient les montreurs d'ours. *Jamais la route directe. Si vous ne pouvez pas cacher votre butin, au moins effacez vos traces.* Il prit des taxis, mais toujours pour un endroit précis. Au quai de la Reine, d'où il regarda les ferries charger avant de quitter l'île, et les jonques brunes qui effleuraient l'eau entre les paquebots. A Aberdeen, où il déambula avec les badauds bouche bée devant les gens qui vivaient sur les bateaux et les restaurants flottants. A Stanley Village, et jusqu'à la plage publique, où des Chinois au corps pâle, des baigneurs, un peu voûtés comme si le poids de la ville pesait encore sur leurs épaules, pataugeaient chastement avec leurs enfants. *Les Chinois ne se baignent jamais après la fête de la lune*, se rappela-t-il machinalement, mais il était incapable sur le moment de se souvenir quand était la fête de la lune. Il avait songé à laisser l'appareil de photo au vestiaire de l'hôtel Hilton. Il avait songé à des coffres de nuit, à s'envoyer un paquet à lui-même, à des livraisons par exprès sous couvert de journalisme. Aucune solution ne marchait pour lui – plus précisément, aucune ne marchait pour les montreurs d'ours. C'est un solo, avaient-ils dit ; c'est du travail en solitaire ou rien du tout. Il acheta donc quelque chose à porter : un sac à provisions en matière plastique et deux chemises en coton pour le gonfler un peu. Quand on vous file le train, disait la doctrine, assurez-vous d'avoir une distraction. Même les filochards les plus habitués tombent dans le panneau. Et s'ils vous coincent, et que vous le lâchiez, qui sait ? Vous arriverez peut-être à maintenir les chiens à l'écart assez longtemps pour vous en tirer. Il évitait quand même les gens. Il avait une terreur constante du pickpocket de hasard. Dans le garage de voitures de louage de Kowloonside, ils tenaient la voiture à sa disposition, il se sentait calme – l'excitation commençait à passer – mais sa vigilance ne se relâcha jamais. Il se sentait victorieux et le reste de ce qu'il éprouvait était sans importance. Il y a certains boulots plus moches que d'autres.

Tout en roulant, il était surtout à l'affût des Honda, qui à Hong Kong servent à la piétaille de la filoche. Avant de quitter Kowloon, il fit deux crochets par des petites rues. A Junction Road, il se joignit au convoi des pique-niqueurs et continua vers Clear Water Bay pendant une heure encore, heureux de trouver une circulation aussi dense, car il n'y a rien de plus difficile que de faire discrètement les relèves entre un trio de Honda prises dans un bouchon de vingt kilomètres. Pour le reste, il suffisait de surveiller le rétroviseur, de rouler, d'arriver là-bas, en solo. La chaleur de l'après-midi restait étouffante. Il avait mis la climatisation à plein, mais ne la sentait pas. Il traversa des hectares de plantes en pots, de panneaux publicitaires Seiko, puis des édredons de rizières et des vergers, de jeunes vergers qui attendaient le marché du nouvel an. Il arriva à un étroit chemin de sable à sa gauche et s'y engagea sèchement, en surveillant son rétroviseur. Il s'arrêta, resta garé un moment avec le capot levé, en faisant semblant de laisser le moteur refroidir. Une Mercedes verte le dépassa sans bruit, vitres fumées, un chauffeur, un passager. Elle avait roulé quelque temps derrière lui. Mais elle resta sur la grand-route. Il traversa jusqu'au café, composa un numéro, laissa le téléphone sonner quatre fois et reposa le combiné. Il refit le numéro ; la sonnerie retentit six fois et, comme on répondait, il raccrocha de nouveau. Il repartit, peinant à travers des vestiges de villages de pêcheurs jusqu'au bord d'un lac où les joncs s'avançaient loin dans l'eau, doublés par leur reflet tout droit. Des grenouilles coassaient et de petits yachts de plaisance entraient et sortaient dans la brume de chaleur. Le ciel était d'un blanc de plomb et, à l'horizon, se confondait avec l'eau. Il sortit. Sur ces entrefaites, une vieille camionnette Citroën avança cahin-caha sur la route, avec plusieurs Chinois à bord : des casquettes de Coca-Cola, du matériel de pêche, des gosses ; mais deux hommes, pas de femmes, et les hommes ne le regardèrent même pas. Il se dirigea vers une rangée de maisons de bois à balcons, très délabrées et protégées par un mur extérieur en ciment comme des maisons de bord de mer en Angleterre, mais la peinture ici était plus pâle à cause du soleil. Leurs noms étaient gravés sur des bouts de planches de navire : Epave, Susy May, Dun Romin. Il y avait une marina au bout du chemin, mais elle était fermée et les yachts mouillaient ailleurs. En approchant des maisons, Jerry jeta un rapide coup d'œil aux fenêtres du premier étage. A la seconde en partant de la gauche il y avait un vase aux couleurs criardes plein de fleurs séchées, les tiges enveloppées dans du papier d'argent. Pas de danger, annonçait le signal. Entrez. Poussant la petite barrière, il pressa la sonnette. La Citroën s'était arrêtée au bord du lac. Il entendit les portières claquer au même moment que se mettait en marche la piètre installation de l'interphone à la porte.

« Qu'est-ce que c'est que cet emmerdeur ? » demanda une voix rocailleuse, son accent australien chantant s'imposant parmi les parasites, mais le loquet de la porte bourdonnait déjà et, lorsqu'il la poussa, il aperçut la large sil houette du vieux Craw dans son kimono, planté en haut de l'escalier, l'air ravi, l'appelant « Monsignor » et « Vieille canaille d'immigrant », en l'exhortant à traîner son vilain cul de la haute jusque chez lui pour venir s'en jeter un derrière la cravate.

La maison empestait l'encens. Des ombres d'une porte du rez-de-chaussée, une amah édentée lui sourit, la même étrange petite créature que Luke avait interrogée pendant le voyage de Craw à Londres. Le salon se trouvait au premier étage, les lambris crasseux parsemés de photographies écornées des vieux copains de Craw, des journalistes avec qui il avait travaillé pendant cinquante ans de folle histoire d'Extrême-Orient. Au milieu de la pièce, une table avec une vieille Remington, sur laquelle Craw était censé rédiger ses mémoires. Le reste était peu meublé. Craw, comme Jerry, avait des femmes et des enfants qui lui restaient d'une demi-douzaine d'existences, et une fois remplies les exigences immédiates de la vie, il ne restait guère d'argent pour les meubles.

La salle de bains n'avait pas de fenêtre.

Auprès du lavabo, il y avait un bac à développer et des bouteilles brunes contenant du fixateur et de l'hyposulfite. Il y avait aussi une petite visionneuse avec un écran en verre dépoli pour examiner les négatifs. Craw éteignit la lumière et pendant une éternité peina dans l'obscurité totale, grommelant, jurant et en appelant au pape. Auprès de lui, Jerry suait sang et eau en s'efforçant de traduire les gestes du vieil homme d'après ses jurons. Là, devinait-il, Craw déroulait l'étroit rouleau du chargeur sur la bobine. Jerry l'imaginait le tenant du bout des doigts de crainte de marquer l'émulsion. Dans un moment il va même se demander s'il le tient, songea Jerry. Il va devoir persuader le bout de ses doigts de continuer le mouvement. Jerry se sentait au bord de la nausée. Dans l'obscurité, les jurons du vieux Craw devenaient bien plus bruyants, mais pas assez pour noyer les cris des oiseaux d'eau au bord du lac. Il est adroit, se dit Jerry pour se rassurer. Il peut faire ça en dormant. Il entendit le crissement de la bakélite tandis que Craw vissait le couvercle en marmonnant : « Au lit, sale petit païen. » Puis le crépitement étrangement sec qu'il y avait lorsqu'il secouait la cuve avec précaution pour faire partir les bulles d'air. Puis la lumière rouge se ralluma avec un claquement qui retentit comme un coup de pistolet, et voici que réapparut le vieux Craw, rouge comme un perroquet dans cet éclairage, penché sur le bac, versant d'un geste vif l'hyposulfite, puis retournant avec assurance le tout et le remettant droit tandis qu'il regardait le vieux réveil de cuisine égrener bruyamment les secondes.

Suffoquant à moitié d'énervement et de chaleur, Jerry revint seul dans le salon, se versa une bière et s'affala dans un fauteuil en rotin, sans regarder nulle part tout en écoutant l'eau qui coulait du robinet avec régularité. Par la fenêtre arrivait le bouillonnement de voix chinoises. Au bord du lac, les deux pêcheurs avaient installé leurs engins. Les enfants les observaient, assis dans la poussière. De la salle de bains parvint de nouveau le crissement du couvercle, et Jerry se leva d'un bond, mais Craw avait dû l'entendre, car il grommela « Attendez » et referma la porte.

Les pilotes d'avion, les journalistes, les espions, proclamait la doctrine de Sarratt, *c'est le même cirque. Une inertie totale traversée de crises de totale frénésie*.

Il jette un premier coup d'œil, se dit Jerry : au cas où ce serait raté. Suivant l'ordre hiérarchique, c'est Craw et non pas Jerry qui doit faire sa paix avec Londres. Craw qui, dans le pire des cas, lui donnerait l'ordre de s'attaquer une seconde fois à Frost.

« Qu'est-ce que vous foutez, bon Dieu ? cria Jerry. Qu'est-ce qui se passe ? »

L'idée absurde le traversa qu'il était peut-être en train de pisser. La porte s'ouvrit lentement. La gravité de Craw était impressionnante.

« Ça n'a rien donné ? », demanda Jerry.

Il avait l'impression de ne pas arriver à atteindre Craw. Il s'apprêtait à se répéter, bruyamment. Il allait se mettre à danser en faisant toute une scène. Si bien que la réponse de Craw, quand elle finit par venir, arriva juste à temps.

« Bien au contraire, mon fils. » Le vieil homme fit un pas en avant et Jerry aperçut les filins qui pendaient derrière lui comme des vers noirs et humides accrochés par des pinces roses à la petite corde à linge de Craw. « Tout au contraire, mon bon seigneur, dit-il, chaque cliché est un audacieux et bouleversant chef-d'œuvre. »

7

OÙ L'ON REPARLE DE CHEVAUX

Au Cirque, les premières bribes d'information sur les progrès réalisés par Jerry arrivèrent au petit matin, dans un calme mortel, et bouleversèrent ensuite toute leur fin de semaine. Sachant à quoi s'attendre, Guillam était allé se coucher à dix heures et dormit d'un sommeil agité entrecoupé de crises d'angoisse à propos de Jerry et de visions franchement lubriques de Molly Meakin avec et sans son modeste costume de bain. Jerry devait se présenter à Frost juste après quatre heures du matin, heure de Londres, et à trois heures et demie, Guillam, au volant de sa vieille Porsche bringuebalante, roulait dans les rues noyées de brouillard vers Cambridge Circus. Ç'aurait pu être l'aube ou le crépuscule. Il arriva à la salle de jeux pour trouver Connie en train de terminer les mots croisés du *Times* et Doc di Salis occupé à lire les méditations de Thomas Traherne, en se tirant sur l'oreille et en balançant le pied en même temps, comme un homme orchestre. Agité comme toujours, Fawn voletait de l'un à l'autre, époussetant et mettant de l'ordre comme un serveur impatient qui attend le prochain arrivage. De temps en temps, il aspirait entre ses dents et émettait un *tah* sonore avec une déception mal contrôlée. Un voile de fumée de tabac flottait dans la pièce comme un nuage de pluie et du samovar venaient les relents habituels de thé rance. La porte de Smiley était fermée et Guillam ne voyait aucune raison de le déranger. Il ouvrit un exemplaire de *Country Life.* C'est comme quand on attend chez le dentiste, songea-t-il, et il s'assit à regarder d'un œil distrait les photographies de maisons somptueuses jusqu'au moment où Connie reposa sans bruit ses mots croisés, se redressa et dit « Ecoutez ». Il entendit alors un bref crépitement du téléphone vert des Cousins avant que Smiley décrochât. Par la porte ouverte, qui donnait sur son propre bureau, Guillam jeta un coup d'œil à la rangée des boîtiers électroniques. Sur l'un d'eux, une lumière verte d'avertissement resta allumée aussi longtemps que dura la conversation. Puis le pax sonna dans la salle de jeux – pax étant dans le jargon du Cirque le mot qui désigne le téléphone intérieur – et cette fois Guillam y arriva avant Fawn.

« Il est entré dans la banque », annonça Smiley d'un ton énigmatique.

Guillam transmit le message à l'assemblée : « Il a pénétré dans la banque », dit-il, mais il aurait aussi bien pu parler à des morts : personne ne fit le moindre geste signifiant avoir entendu.

A cinq heures, Jerry était sorti de la banque. Envisageant avec énervement les différentes options, Guillam se sentait physiquement malade. Griller quelqu'un était un jeu dangereux, et comme la plupart des professionnels, Guillam le détestait, encore que ce ne fût pas pour des raisons de scrupule. D'abord il y avait la proie ou, ce qui était pire, les anges locaux de la Sécurité. Et puis il y avait l'opération même de griller, et tout le monde ne répondait pas avec logique au chantage. On tombait sur des héros, sur des menteurs, sur des vierges hystériques qui renversaient la tête en arrière en hurlant au meurtre alors même qu'elles adoraient ça. Mais le vrai danger, c'était maintenant, une fois qu'on avait fini et que Jerry devait filer et tourner le dos à la bombe en train de fumer. Comment Frost allait-il réagir ? Téléphonerait-il à la police ? A sa mère ? A son patron ? A sa femme ? « Chérie, je vais tout avouer, protège-moi et nous allons tourner une nouvelle page. » Guillam n'écartait même pas l'horrible possibilité que Frost ne s'en fût tout droit trouver son client : « Monsieur, je suis venu me justifier d'une grave infraction à la confiance de la banque. »

Dans la grisaille mystérieuse du petit matin, Guillam frissonna et tourna résolument ses pensées vers Molly.

Quand le téléphone vert sonna de nouveau, Guillam ne l'entendit pas George devait être assis pratiquement dessus : soudain l'ampoule d'alarme dans le bureau de Guillam s'alluma et resta ainsi un quart d'heure. Elle s'éteignit et ils attendirent, le regard fixé sur la porte de Smiley, s'efforçant par leur seule volonté de l'arracher à sa réclusion. Fawn était figé dans un geste, tenant à la main une assiette de sandwiches à la marmelade dont personne ne voulait. Puis la poignée tourna et Smiley apparut avec à la main une demande de recherche tout à fait ordinaire déjà remplie de sa propre écriture bien nette et marquée d'une grande barre, ce qui voulait dire « Urgent pour le chef » et qui signifiait priorité absolue. Il la remit à Guillam en lui demandant de la porter aussitôt à la Reine des Abeilles aux Archives et de rester avec elle pendant qu'elle recherchait le nom. En la prenant, Guillam se rappela un moment précédent où on lui avait remis un formulaire similaire, rempli au nom de Worthington Elizabeth, alias Lizzie, et se terminant par « putain de haut vol ». Et en sortant, il entendit Smiley inviter doucement Connie et di Salis à l'accompagner dans la salle du trône, pendant qu'on dépêchait Fawn à la bibliothèque accessible à tous en quête de la dernière édition du *Who's Who in Hong Kong*.

La Reine avait été convoquée tout exprès pour l'équipe du matin et, lorsque Guillam arriva près d'elle, son antre évoquait un tableau de l'« Incendie de Londres », avec lit de fer et petit réchaud à essence, bien qu'il y eût un distributeur de café dans le couloir. Il ne lui manque qu'un bleu de chauffe et un portrait de Winston Churchill, songea-t-il. Les détails figurant sur la fiche indiquaient « Ko, prénom Drake, autres prénoms inconnus. Date de naissance 1925 Shanghai, adresse actuelle Seven Gates, Headland Road, Hong Kong. Profession président-directeur général de China Airsea Ltd., Hong Kong. » La Reine se lança dans un impressionnant rallye-paper, mais tout ce qu'elle finit par déterrer, ce fut que Ko avait été promu dans l'ordre de l'Empire britannique sur la liste de Hong Kong de 1966 pour « services sociaux et charitables rendus à la colonie », et que le Cirque avait répondu « Rien dans son dossier ne s'y oppose » à une enquête de routine du Colonial Office avant qu'on approuvât la remise de la décoration. En remontant avec cette bonne nouvelle, Guillam était suffisamment réveillé pour se souvenir que China Airsea Ltd., Hong Kong, avait été décrite par Sam Collins comme l'ultime propriétaire de cette compagnie aérienne pour rire de Vientiane qui avait été la bénéficiaire des largesses de Boris-le-Commercial. Cela parut à Guillam un rapport tout à fait logique. Très content de lui, il regagna la salle du trône pour y être accueilli par un silence de mort. Répandues sur le sol se trouvaient non seulement la dernière édition du *Who's Who* mais également plusieurs éditions antérieures. Fawn, comme d'habitude, était dépassé. Smiley était assis à son bureau et contemplait une feuille couverte de notes rédigées de sa main, Connie et di Salis regardaient Smiley, mais Fawn avait de nouveau disparu, sans doute pour faire une autre course. Guillam tendit à Smiley le formulaire avec les découvertes de la Reine inscrites au milieu, de sa plus belle ronde de Kensington. Au même instant le téléphone vert crépita de nouveau. Décrochant le combiné, Smiley se mit à coucher des notes sur la feuille posée devant lui :

« Oui. Merci, j'ai cela. Continuez, je vous en prie. Oui, j'ai cela aussi. » Et ainsi de suite pendant dix minutes, jusqu'au moment où il dit : « Bon. Jusqu'à ce soir alors », et raccrocha.

Dehors dans la rue, un laitier irlandais proclamait avec enthousiasme que plus jamais il ne s'en irait vagabonder.

« Westerby a rapporté le dossier complet », dit enfin Smiley – encore que, comme tout le monde, il le désignât par son nom de code. « Tous les chiffres. » Il hocha la tête comme pour marquer son accord avec lui-même, tout en continuant à examiner la feuille. « Le film ne sera pas ici avant ce soir mais l'affaire est déjà claire. Tout ce qui, à l'origine, a été payé par l'intermédiaire de Vientiane s'est retrouvé au compte de Hong Kong. Depuis le tout début, Hong Kong était la destination finale du filon russe. En totalité. Jusqu'au dernier centime. Pas de déduction, même pas pour une commission bancaire. C'était au début un chiffre modeste, puis qui a augmenté considérablement ; pourquoi, nous ne pouvons que le supposer. Tout comme l'a décrit Collins. Jusqu'au moment où il s'est arrêté à vingt-cinq mille par mois pour en rester là. Quand l'arrangement de Vientiane s'est terminé, le Centre n'a pas manqué un seul mois. Ils se sont aussitôt aiguillés sur la procédure de secours. Vous avez raison, Connie. Karla ne fait jamais rien sans une solution de repêchage.

– C'est un professionnel, mon chou, murmura Connie Sachs. Comme toi.

– Pas comme moi. » Il regardait toujours ses griffonnages. « C'est un compte bloqué, déclara-t-il du même ton détaché. On ne donne qu'un nom et c'est celui de l'homme qui a ouvert le compte. Ko. "Bénéficiaire inconnu", disent-ils. Nous allons peut-être voir pourquoi ce soir. Pas un penny n'a été retiré », dit-il, en s'adressant à Connie Sachs en particulier. Il le répéta : « Depuis que les versements ont commencé, voilà plus de deux ans, pas un sou n'a été retiré du compte. Le solde est de l'ordre d'un demi-million de dollars américains. Avec les intérêts composés, bien sûr, ça monte vite. »

Pour Guillam, cette dernière information relevait de la folie pure. Quel pouvait bien être l'intérêt d'un filon d'un demi-million de dollars si l'argent n'était même pas utilisé lorsqu'il arrivait à l'autre bout ? Mais, pour Connie Sachs et pour di Salis, ce fait était évidemment d'une énorme importance. Un sourire de crocodile s'épanouit lentement sur le visage de Connie et ses yeux de bébé se fixèrent sur Smiley dans une extase silencieuse.

« Oh ! George, soupira-t-elle enfin, tandis que la révélation s'opérait en elle. Mon chéri, un compte bloqué ! Ah ! mais c'est une tout autre histoire. Bien sûr, c'était forcé, n'est-ce pas ? Ça en avait tous les signes. Depuis le tout premier jour. Et si cette grosse andouille de Connie n'avait pas été aveuglée par ses œillères, si ce n'était pas une vieille gâteuse, elle aurait vu cela il y a longtemps ! Laissez-moi tranquille, Peter Guillam, jeune crapaud luxurieux. » Elle se mettait debout, ses mains infirmes crispées sur les bras du fauteuil. « Mais qui peut valoir tant que cela ? Est-ce que ce serait un réseau ? Non, non, ils ne feraient jamais ça pour un réseau. Il n'y a pas de précédent. Ça n'est pas une opération de gros, on n'a jamais vu ça. Alors qu'est-ce que ça peut être ? Qu'est-ce qu'il peut fournir qui vaille tant ? » Elle s'avançait en cahotant vers la porte, tirant son châle sur ses épaules, abandonnant déjà leur univers pour le sien : « Karla ne paie pas ce genre d'argent. » Ils entendirent les murmures qu'elle laissait dans son sillage. Elle passa devant l'allée où s'alignaient sous leur housse les machines à écrire des mémés, comme des sentinelles emmitouflées dans la pénombre. « Karla est un tel poseur qu'il s'imagine que ses agents devraient travailler pour rien ! Bien sûr ! Des clopinettes, voilà ce qu'il leur paye. De l'argent de poche. L'inflation, c'est bien gentil, mais un demi-million de dollars pour une seule petite taupe. Je n'ai jamais entendu une chose pareille ! »

Dans son style bizarre, di Salis n'était pas moins impressionné que Connie. Il était assis, la partie supérieure de son corps rabougri et de guingois penchée en avant, et il agitait fébrilement les cendres du fourneau de sa pipe avec un canif en argent comme si c'était une marmite dont le contenu avait attaché sur le feu. Ses cheveux argentés étaient hérissés comme une crête de coq au-dessus du col parsemé de pellicules de sa veste noire toute froissée.

« Eh bien, eh bien, pas étonnant que Karla ait voulu effacer les traces, lança-t-il tout d'un coup, comme si on lui avait arraché les mots avec un tire-bouchon. Pas étonnant. Karla est un spécialiste de la Chine aussi, vous savez. Oh ! oui, je le tiens de Collins. » Il se remit debout, en tenant trop de choses dans ses petites mains : sa pipe, sa boîte à tabac, son canif et son Thomas Traherne. « Il n'est pas sophistiqué, bien entendu. On ne s'y attendrait pas. Karla n'est pas un érudit, c'est un soldat. Mais il n'est pas aveugle non plus, tant s'en faut, c'est ce qu'il me dit. *Ko.* » Il répéta le nom à divers niveaux différents : « Ko. *Ko.* Il faut que je voie le caractère. Ça dépend entièrement des caractères. *Auteur... Arbre* même, oui, Arbre je vois..., ou bien ?... et plusieurs autres concepts. "Drake", ça vient de l'école missionnaire, bien sûr. Un garçon élevé à l'école missionnaire de Shanghai. Bien, bien. C'est de Shanghai que tout est parti, vous savez. La première cellule du Parti à jamais exister, c'était à Shanghai. Pourquoi est-ce que j'ai dit ça ? *Drake Ko.* Je me demande quel est son vrai nom. On trouvera tout ça très bientôt, sans aucun doute. Bon. Eh bien, je crois que je vais pouvoir me remettre à ma lecture. Smiley, pensez-vous que je puisse avoir un seau à charbon dans mon bureau ? Quand le chauffage ne marche pas, on gèle tout simplement. J'ai demandé une douzaine de fois aux surveillants, et je n'ai eu pour ma peine qu'un peu d'impertinence. *Anno domini*, je le crains, mais sans doute l'hiver est-il proche. Vous nous montrerez le matériel brut dès qu'il arrivera, j'imagine ? On n'aime pas travailler trop longtemps sur des versions abrégées. Il faudra que j'établisse un curriculum vitæ. Ce sera ma première tâche. Ko. Ah, merci, Guillam. »

Il avait laissé tomber son Thomas Traherne. En le prenant, il fit tomber sa boîte à tabac, si bien que Guillam la ramassa aussi. « Drake Ko. Le fait qu'il soit de Shanghai, bien sûr, ne veut rien dire. Shanghai, c'était le vrai creuset. D'après ce que nous savons, la solution, c'est Chiu Chow. Toutefois, il ne faut pas nous précipiter. Baptiste. Bah ! les chrétiens de Chiu Chow le sont pour la plupart, n'est-ce pas ? Des gens de Swatow : d'où avons-nous tiré ça ? Ah ! oui, la compagnie intermédiaire de Bangkok. Ma foi, tout ça se tient. Ou Hakka. L'un n'exclut pas l'autre, bien au contraire. » Il partit sur les talons de Connie, laissant Guillam seul avec Smiley qui se leva et, se dirigeant vers un fauteuil, s'y laissa tomber en regardant le feu sans le voir.

« Bizarre, remarqua-t-il enfin. On n'a pas l'impression de choc. Pourquoi, Peter ? Vous me connaissez. Comment se fait-il ? »

Guillam eut la sagesse de se taire.

« Une grosse prise. A la solde de Karla. Les fonds bloqués, la menace d'espions russes au centre même de la vie de la colonie, comment ça se fait ? »

Le téléphone vert crépitait encore, et cette fois Guillam prit la communication. Ce faisant, il fut surpris de voir un dossier, tout frais, des rapports de Sam Collins sur l'Extrême-Orient, ouvert sur le bureau.

C'était le week-end. Connie et di Salis disparurent sans laisser de traces ; Smiley se mit au travail pour préparer sa plaidoirie ; Guillam lissa ses plumes, convoqua les mémés et prit ses dispositions pour leur faire taper le texte par équipes. Le lundi, avec des instructions précises de Smiley, il téléphona au secrétaire particulier de Lacon. Il s'en tira fort bien. « Pas de roulements de tambour », lui avait conseillé Smiley. « Faites ça sans insister le moins du monde. » Et c'est ce que fit Guillam. On avait parlé l'autre soir au dîner – expliqua-t-il – de réunir le Groupe d'orientation du renseignement pour examiner certaines preuves *prima facie*.

« L'affaire s'est un peu étoffée, alors peut-être serait-il raisonnable de fixer une date. Donnez-nous votre liste de service et nous ferons circuler le document en avance.

– Une liste de service ? Un dossier étoffé ? Où est-ce que vous apprenez l'anglais, vous autres ? »

Le secrétaire particulier de Lacon était une voix grasse du nom de Pym. Guillam ne l'avait jamais rencontré, mais il le détestait sans raison aucune.

« Je ne peux que le lui dire, répondit-il. Je peux le lui dire et voir ce qu'il suggère. Et je peux vous rappeler. Son carnet est très chargé ce mois-ci.

– Ça n'est qu'une petite valse, s'il peut trouver le temps », dit Guillam, et il raccrocha, furieux.

Attends un peu et tu verras ce que tu recevras dans les gencives, songea-t-il.

Quand Londres est sur le point d'accoucher, dit le folklore, l'agent ne peut qu'arpenter la salle d'attente. Les pilotes d'aviation, les journalistes, les espions : Jerry se retrouvait en pleine inertie.

« Nous sommes dans la naphtaline, annonça Craw. L'annonce est faite et retenez votre attention. »

Ils se parlaient tous les deux jours au moins, des conversations fantomatiques entre deux téléphones anonymes, en général d'un hall d'hôtel à un autre. Ils s'étaient inventé un langage où se mêlaient les mots de code de Sarratt et le jargon des journalistes.

« On vérifie votre histoire en haut lieu, dit Craw. Quand nos rédacteurs en chef auront acquis la sagesse, ils la feront connaître le moment voulu. En attendant, gardez ça dans votre poche avec votre mouchoir par-dessus. C'est un ordre. »

Jerry n'avait aucune idée de la façon dont Craw communiquait avec Londres, et peu lui importait, dès l'instant que c'était par une voie sûre. Il supposait que quelques fonctionnaires choisis par cooptation dans les hauts rangs intouchables de la fraternité du renseignement jouaient le rôle d'intermédiaires : mais il ne s'en souciait pas.

« Votre tâche consiste à travailler pour le canard et à mettre de côté un peu de copie que vous pouvez brandir sous le nez de Frère Stubbs quand viendra la prochaine crise, lui dit Craw. Rien d'autre, vous m'entendez ? »

En s'inspirant de ses virées avec Frost, Jerry confectionna un article décrivant les effets du retrait militaire américain sur la vie nocturne de Wanchai : « Qu'est-il advenu de Susie Wong depuis que les GI's fatigués de guerroyer ont cessé d'arriver avec un portefeuille plein pour se reposer et s'amuser ? » Il fabriqua – ou comme préfèrent dire les journalistes, il *gonfla* – une « interview éclair » avec une entraîneuse aussi désabusée qu'imaginaire qui en était réduite à accepter des Japonais ; il expédia son article en fret avion et obtint du bureau de Luke qu'on télexât le numéro du connaissement, comme Stubbs le lui avait demandé. Jerry n'était pas un mauvais reporter, mais tout comme la pression faisait sortir le meilleur de lui-même, l'inaction révélait le pire. Stupéfait de la prompte et même gracieuse réaction de Stubbs – un « hérogramme » comme l'appela Luke en téléphonant le texte du bureau –, il chercha d'autres sommets à vaincre. Deux procès à sensation, deux affaires d'escroquerie attiraient pas mal de public, avec en vedette la moisson habituelle de policiers incompris, mais après les avoir vus, Jerry en conclut qu'ils n'avaient pas une échelle suffisante pour voyager. L'Angleterre, aujourd'hui, avait les siens. On lui demanda d'enquêter sur une histoire lancée par un canard rival sur la prétendue grossesse de miss Hong Kong, mais un procès en diffamation fut plus rapide que lui. Il assista à une fort ennuyeuse conférence de presse gouvernementale donnée par Gorge Creuse, lui-même un rebut sans humour d'un quotidien d'Irlande du Nord, il perdit toute une matinée à rechercher des histoires à succès de jadis qui pourraient supporter d'être réchauffées ; et, sur la foi d'une rumeur concernant des réductions de dépenses dans l'armée, il passa un après-midi à visiter la garnison de Gurkhas, guidé par un commandant chargé des relations publiques et qui paraissait avoir dix-huit ans. Non, le commandant ne savait pas, je vous remercie, en réponse à la question joyeusement lancée par Jerry, ce que ses hommes feraient pour leur sexualité quand on aurait renvoyé leurs familles au Népal. Ils retourneraient dans leurs villages environ une fois tous les trois ans, pensait-il, et il avait l'air de croire que c'était bien suffisant pour n'importe qui. Forçant un peu la réalité jusqu'à donner l'impression que les Gurkhas formaient déjà une communauté de militaires temporairement veufs : « Des douches froides dans un climat chaud pour les mercenaires de l'Angleterre », proclama triomphalement Jerry dans un intertitre. Il engrangea deux autres histoires pour les mauvais jours, passa ses soirées au club et se rongea quand même en attendant que le Cirque accouchât de son bébé.

« Enfin, bon sang, protesta-t-il à Craw. Ce type est pratiquement dans le domaine public.

– Tout de même », dit Craw d'un ton ferme.

Jerry répondit donc « Bien monsieur », et deux jours plus tard, par pur ennui, il entama pour son compte et à titre absolument privé son enquête sur la vie et les amours de Mr Drake Ko, officier de l'ordre de l'Empire britannique, commissaire du Royal Hong Kong Jockey Club, milliardaire et citoyen au-dessus de tout soupçon. Rien de spectaculaire ; rien que Jerry considérât comme de la désobéissance ; car il n'est pas un agent qui, à un moment ou à un autre, ne dépasse les limites de ses consignes. Il commença timidement, comme des expéditions jusqu'à une boîte à biscuits interdite. En fait, il avait songé à proposer à Stubbs un reportage en trois parties sur les super-riches de Hong Kong. En flânant devant les ouvrages de références du Club des correspondants étrangers un jour avant le déjeuner, il ouvrit machinalement le livre de Smiley et tomba sur Ko, Drake, dans la dernière édition du *Who's Who in Hong Kong* : marié, un fils, mort en 1968 ; jadis étudiant en droit à Gray's Inn, à Londres, mais sans grand succès apparemment, car il n'y avait pas trace de son inscription au barreau. Puis une énumération de la vingtaine de sociétés dont il était administrateur. Passe-temps : courses de chevaux, croisières et jade. Ma foi, qui n'aime pas ça ? Et puis les œuvres auxquelles il contribuait, comprenant une église baptiste, un temple spirit de Chiu Chow et l'hôpital pour enfants Drake Ko. Il a envisagé toutes les possibilités, songea Jerry avec amusement. La photographie montrait la classique belle âme de vingt ans à l'œil doux, riche de mérites comme de biens terrestres, et à part cela impossible à reconnaître. Le fils défunt s'appelait Nelson. Jerry remarqua : Drake et Nelson, des amiraux anglais. Il n'arrivait pas à oublier que le père portait le nom du premier marin britannique à avoir pénétré dans les mers de Chine, et le fils, celui du héros de Trafalgar.

Jerry eut moins de mal que Peter Guillam à faire le rapprochement entre China Airsea Ltd. à Hong Kong et Indocharter SA à Vientiane, et cela l'amusa de lire dans le prospectus de la compagnie que China Airsea décrivait ses activités comme « s'étendant largement du commerce au transport dans le Sud-Est asiatique » et portant sur le riz, le poisson, le matériel électrique, le bois de teck, l'immobilier et le transit.

Alors qu'il faisait le nègre au bureau de Luke, il fit un pas plus audacieux encore : de façon tout à fait accidentelle, le nom de Drake Ko lui fut fourré sous le nez. Certes, il avait cherché Ko dans le fichier. Tout comme il avait recherché le nom de douze ou vingt autres riches Chinois de la colonie ; tout comme il avait demandé à la secrétaire chinoise, en toute bonne foi, qui, estimait-elle, étaient pour son enquête les milliardaires chinois les plus pittoresques. Et si Drake n'était peut-être pas un des premiers qu'elle nommât, il fallut très peu de temps pour lui faire citer son nom et donc retrouver les coupures de presse correspondantes. En fait, comme il s'en était déjà plaint à Craw, il y avait quelque chose de déprimant, pour ne pas dire d'irréel, dans cette façon de poursuivre par des méthodes clandestines un homme aussi publiquement en vue. Les agents de renseignement soviétiques, suivant l'expérience limitée que Jerry avait de ces gens, se présentaient normalement dans des versions plus modestes. Ko, en comparaison, semblait le modèle géant.

Ça me rappelle le vieux Sambo, songea Jerry. C'était la première fois que cette idée lui venait.

Les renseignements les plus détaillés se trouvaient dans une revue de luxe intitulée *L'Orient doré* qui, aujourd'hui, avait cessé de paraître. Dans un de ses derniers numéros, un reportage illustré de huit pages, sous le titre de « Les chevaliers rouges Nam-Ning », se préoccupait du nombre croissant de Chinois installés à l'étranger qui entretenaient de profitables relations commerciales avec la Chine rouge, et qu'on appelait communément les gros matous. Nam-Ning, comme Jerry le savait, cela signifiait les royaumes du sud de la Chine ; et cela voulait dire pour les Chinois une sorte d'Eldorado de paix et de richesses. A chaque personnalité choisie, le magazine consacrait une page et une photographie, prise en général avec ses possessions en arrière-fond. Le héros de l'interview sur Hong Kong – il y avait des reportages sur Bangkok, Manille et Singapour également – était cette « populaire personnalité sportive, commissaire du Jockey Club », Mr Drake Ko, président-directeur général et principal actionnaire de China Airsea Ltd., et on le représentait avec son cheval Lucky Nelson, à la fin d'une brillante saison à Happy Valley. Le nom du cheval arrêta un instant l'œil occidental de Jerry. Il trouva macabre qu'un père baptisât un cheval du nom de son fils mort.

La photographie qui illustrait l'article révélait plus que le cliché sans caractère du *Who's Who*. Ko avait un air joyeux, voire exubérant, et malgré sa coiffure, il semblait chauve. Le couvre-chef était à ce stade le détail le plus intéressant à propos de Ko, car c'en était un qu'aucun Chinois, suivant l'expérience limitée de Jerry, n'avait jamais dû porter.

C'était un béret, qu'il portait de côté, et qui donnait à Ko un air intermédiaire entre un soldat britannique et un marchand d'oignons français. Mais surtout, il avait pour un Chinois la qualité la plus rare : cela montrait qu'il ne se prenait pas au sérieux. Il semblait de haute taille, il portait un Burberry et ses longues mains émergeaient des manches comme deux branches. Il semblait sincèrement aimer le cheval, et il avait un bras posé doucement sur son dos. Comme on lui demandait pourquoi il conservait une flotte de jonques alors que de notoriété publique ce n'était pas une entreprise profitable, il répondait : « Les membres de ma famille sont des Hakkas de Chiu Chow. Nous avons respiré l'eau, cultivé l'eau, dormi sur l'eau. Les bateaux, c'est mon élément. » Il se plaisait à décrire son voyage de Shanghai à Hong Kong en 1951. A cette époque, la frontière était encore ouverte, et il n'y avait pas de véritable restriction sur l'immigration. Ko choisit néanmoins de faire le voyage à bord d'une jonque de pêche, malgré les pirates, les blocus et le mauvais temps : ce qu'on tenait à tout le moins pour excentrique.

« Je suis quelqu'un de très paresseux », avait-il déclaré aux journalistes. « Si le vent me pousse pour rien, pourquoi faudrait-il que je marche ? Aujourd'hui j'ai un yacht de vingt mètres, et je continue à aimer la mer. »

Il était célèbre pour son sens de l'humour, disait l'article.

Un bon agent doit savoir amuser, disent les montreurs d'ours de Sarratt : c'était une chose que le Centre de Moscou comprenait aussi.

Comme personne ne l'observait, Jerry s'approcha du fichier et quelques minutes plus tard il s'était emparé d'un épais dossier de coupures de presse, dont l'essentiel concernait un scandale boursier de 1965, dans lequel Ko et un groupe de gens de Swatow avaient joué un rôle assez louche. L'enquête de la commission boursière, et il n'y avait pas de quoi s'en étonner, se révéla peu concluante, on la mit au rancart et l'année suivante, Ko fut fait chevalier de l'Empire britannique : « Si on achète les gens, disait toujours le vieux Sambo, il faut les acheter à fond. »

Dans le bureau de Luke, ils avaient une bande de documentalistes chinois parmi lesquels un joyeux Cantonais,

Jimmy, qui venait souvent au club et qu'on payait à des taux chinois pour être l'oracle des questions chinoises. Jimmy déclara que les gens de Swatow étaient un peuple à part « comme les Ecossais ou les Juifs », audacieux, avec un fort esprit de clan et d'une avarice notoire, qui vivaient près de la mer de façon à pouvoir s'y précipiter quand on les persécutait, quand on les affamait ou quand les créanciers arrivaient. Il ajouta que leurs femmes étaient recherchées, car elles étaient belles, diligentes, frugales et lubriques.

« Nous écrivons un nouveau roman, Votre Grâce ? » demanda affectueusement le Nain, en sortant de son bureau pour voir ce que mijotait Jerry. Jerry aurait voulu demander pourquoi un enfant né à Swatow aurait été élevé à Shanghai, mais il jugea plus avisé de détourner la conversation vers un sujet moins délicat.

Le lendemain, Jerry emprunta la guimbarde de Luke. Armé d'un 24 x 36 classique, il se rendit à Headland Road, un ghetto pour milliardaires en Repulse Bay et Stanley Bay, où il fit semblant de flâner, comme le font tant de touristes, devant les villas qui s'y trouvent. Sa couverture était toujours cet article pour Stubbs sur les super-riches de Hong Kong : même alors, même à ses propres yeux, il aurait difficilement reconnu qu'il allait là-bas à cause de Drake Ko.

« Il est en train de faire tout un foin à Taipeh, lui avait dit en passant Craw au cours d'une de leurs conversations d'une cabine téléphonique à une autre. Il ne rentrera pas avant jeudi. » Une fois de plus, Jerry accepta sans discuter les méthodes de communications de Craw.

Il ne photographia pas la maison baptisée Seven Gates, mais il la contempla longuement d'un air stupide. Il vit une villa basse, au toit de tuiles, construite très en retrait de la route, avec une grande véranda sur le côté donnant sur la mer et une pergola de colonnes peintes en blanc se découpant sur le bleu de l'horizon. Craw lui avait dit que Drake avait dû choisir le nom à cause de Shanghai, dont les murs de la vieille ville étaient percés de sept portes : « Du sentiment, mon fils. Ne sous-estimez jamais le pouvoir du sentiment chez un œil bridé, et ne comptez jamais dessus non plus. Amen. » Il vit des pelouses, y compris à son amusement une pelouse de croquet. Il vit une magnifique collection d'azalées et d'hibiscus. Il vit une maquette de jonque longue d'environ trois mètres disposée sur une mer en ciment et il vit un bar de jardin, rond comme un kiosque à musique, surmonté d'une tenture à rayures bleues et blanches, et un cercle de chaises blanches inoccupées sur lesquelles veillait un boy en tunique, pantalon et chaussures blancs. Les Ko, de toute évidence, attendaient de la compagnie. Il vit d'autres boys en train de laver une conduite intérieure Rolls-Royce Phantom couleur tabac. Le long garage était ouvert, et il enregistra la présence d'un break Chrysler, et d'une Mercedes noire, dont on avait enlevé les plaques minéralogiques, sans doute pour quelque réparation. Mais il prit grand soin de consacrer tout autant d'attention aux autres maisons de Headland Road et il en photographia trois.

Poursuivant jusqu'à Deep Water Bay, il s'arrêta au bord de l'eau pour contempler la petite armada, appartenant à des agents de change, de jonques et de vedettes qui dansaient à l'ancre sur la mer un peu agitée, mais il ne parvint pas à repérer l'*Amiral Nelson*, le célèbre yacht de haute mer de Ko – l'ubiquité du nom de Nelson devenait positivement oppressante. Il allait renoncer lorsqu'il entendit un cri venant d'en bas et, descendant une petite digue en bois branlant, il trouva une vieille femme dans un sampan qui le regardait en souriant et qui se désignait elle-même avec une cuisse de poulet qu'elle suçait de sa mâchoire édentée. Montant à bord, il désigna les bateaux et elle lui fit faire un tour, riant et chantant pendant qu'elle ramait, sans lâcher le pilon de poulet qu'elle mâchonnait toujours. L'*Amiral Nelson* était un bâtiment élancé et bas sur l'eau. Trois autres boys en uniforme blanc s'affairaient à frotter le pont, Jerry essaya de calculer les dépenses mensuelles de Ko rien que pour le personnel.

Sur le chemin du retour, il s'arrêta pour inspecter l'hôpital pour enfants Drake Ko et en conclut, sans y attacher grande importance, que cet établissement aussi était en excellent état. De bonne heure le lendemain matin, Jerry se posta dans le hall d'un immeuble de bureau bâti à flanc de coteau sur Central Road, et lut les plaques de cuivre des différentes sociétés qui avaient là leurs bureaux. China Airsea et ses affiliés occupaient les trois derniers étages. Mais, comme on pouvait un peu s'y attendre, il n'y avait pas mention d'Indocharter Vientiane SA, l'ancien bénéficiaire des 25 000 dollars américains le dernier vendredi de chaque mois.

Sur le bureau de Luke, le dossier de coupures de presse contenait un renvoi aux archives du consulat des Etats-Unis. Jerry s'y rendit le lendemain, ostensiblement pour vérifier son article sur les troupes américaines à Wanchai. Sous l'œil d'une fille déraisonnablement ravissante, Jerry feuilleta des dossiers, trouva quelques petites choses ici et là, puis s'installa devant un dossier parmi les plus anciens qu'ils possédaient, et qui remontait au tout début des années 50, quand Truman avait mis l'embargo sur la Chine et la Corée du Nord. Le consulat de Hong Kong avait reçu l'ordre de signaler les infractions, et c'étaient là les archives de tout ce qu'ils avaient découvert. L'article préféré, après les médicaments et l'équipement électrique, c'était l'essence, et « les agences des Etats-Unis », comme on les appelait, n'y étaient pas allées de main morte, tendant des pièges, faisant sortir des canonnières, interrogeant transfuges et prisonniers pour finir par déposer d'énormes dossiers devant les sous-commissions du Congrès du Sénat.

L'année en question était 1951, deux ans après la mainmise communiste sur la Chine, et l'année où Ko avait vogué de Hong Kong à Shanghai sans un centime. L'opération à laquelle faisait allusion le renvoi dans le dossier était de Shanghai, et pour commencer, c'était le seul lien qu'elle avait avec Ko. En ce temps-là, de nombreux immigrants de Shanghai vivaient dans un hôtel bondé et sans hygiène sur la route des Vœux. L'introduction précisait qu'ils étaient comme une énorme famille, soudés par les souffrances et la crasse partagées. Certains avaient échappé ensemble aux Japonais avant de fuir les communistes.

« Après en avoir tant supporté des communistes, répondit un inculpé à ceux qui l'interrogeaient, le moins que nous puissions faire, c'était de leur tirer un peu d'argent. »

Un autre se montra plus agressif : « Les gros matous de Hong Kong se font des millions avec cette guerre. Qui vend aux Rouges leur équipement électronique, leur pénicilline, leur riz ? »

En 1951, disait le rapport, ils avaient le choix entre deux méthodes : l'une était de corrompre les gardes-frontières et de faire passer l'essence par camions-citernes à travers les Nouveaux Territoires et de franchir ensuite la frontière. L'autre consistait à la transporter par bateaux, ce qui signifiait acheter les autorités du port.

Un autre informateur : « Nous autres, Hakka, nous connaissons la mer. Nous trouvons un bateau, trois cents tonnes, nous louons. Nous remplissons avec des barils d'essence, on fait un faux manifeste avec une fausse destination. Nous atteignons les eaux territoriales et on file à plein régime sur Amoy. Les Rouges nous appellent frères, bénéfice cent pour cent. Après quelques passages, on achète le bateau.

– D'où venait l'argent du départ ? demanda l'interrogateur.

– De la salle de bal du Ritz », telle était la déconcertante réponse. Le Ritz était une boîte assez chic où on pouvait draguer juste après King's Road sur le front de mer, précisait une note. La plupart des filles étaient originaires de Shanghai. La même note nommait des membres de la bande. Drake Ko en faisait partie :

« Drake Ko était un type très dur », disait la déposition d'un témoin figurant en petits caractères dans l'appendice. « On ne raconte pas de contes de fées à Drake Ko. Il n'aime pas du tout les politiciens. Tchang Kaï-chek. Il dit qu'ils se valent tous. Il dit qu'il est grand supporter de Tchang Mao-chek. Un jour Mr Ko dirige notre bande. »

Quant au crime organisé, l'enquête ne donna rien. C'est un fait établi que Shanghai, lorsque la ville tomba aux mains de Mao en 1949, avait vidé les trois quarts de sa pègre sur Hong Kong ; que la Bande Rouge et la Bande Verte avaient livré assez de combats à propos des rackets de protection de Hong Kong pour faire paraître le Chicago des années 20 comme un jeu d'enfants. Mais on ne pouvait trouver un seul témoin pour avouer savoir quelque chose des Triades, ni d'aucune autre organisation criminelle.

Il ne faut donc pas s'étonner si, quand vint samedi et que Jerry se rendit aux courses de Happy Valley, il possédait un portrait très détaillé de son gibier.

Le taxi lui prit double tarif parce que c'étaient les courses, et Jerry paya parce qu'il savait que ça se fait. Il avait dit à Craw qu'il y allait et Craw n'avait pas protesté. Il avait emmené Luke avec lui, sachant que parfois deux personnes se font moins remarquer qu'une seule. Il était nerveux à l'idée de tomber sur Frost, parce que le Hong Kong blanc est vraiment une très petite ville. A l'entrée principale, il téléphona à la direction pour obtenir quelque influence et en temps voulu apparut un certain capitaine Grant, un jeune fonctionnaire à qui Jerry expliqua qu'il était ici pour travailler : il faisait pour son canard un reportage sur les courses. Grant était un homme élégant et spirituel qui fumait des cigarettes turques avec un fume-cigarette et tout ce que disait Jerry semblait lui inspirer un amusement attendri encore qu'un peu lointain.

« Alors, dit-il enfin, vous êtes le fils.

– Vous le connaissiez ? fit Jerry en souriant.

– De nom », répondit le capitaine Grant : mais il semblait aimer ce qu'il avait entendu.

Il leur donna des macarons de presse et ensuite leur offrit à boire. La seconde course venait de se terminer. Pendant qu'ils bavardaient, ils entendirent la rumeur de la foule grandir, s'amplifier et s'éteindre comme une avalanche. En attendant l'ascenseur, Jerry consulta le tableau d'annonces pour voir qui occupait les loges. Les plantes annuelles constituaient la mafia du Pic : la Banque – comme la Banque de Hong Kong et de Shanghai aimaient à s'appeler – Jardine Matheson, le gouverneur, le commandant des Forces britanniques. Mr Drake Ko, officier de l'Empire britannique, encore que commissaire du club, ne figurait pas sur la liste.

« Westerby ! bonté divine, mon vieux, qui donc vous a laissé entrer ici ? Dites-moi, c'est vrai que votre papa a fait faillite avant de mourir ? »

Jerry hésita, souriant vaguement, puis avec quelque retard parvint à extraire la carte de sa mémoire : Clive Machin, avoué bien nanti, maison sur Repulse Bay, Ecossais accablant, tout en fausse affabilité et avec une réputation bien établie d'escroc. Jerry l'avait utilisé pour se documenter dans une histoire de trafic d'or avec Macao comme base d'opération, et il en avait conclu que Clive avait eu sa part du gâteau.

« Tiens, Clive, sensas, formidable. »

Ils échangèrent des banalités, attendant toujours l'ascenseur.

« Tenez. Donnez-nous votre carte. Venez, je peux encore faire de vous un homme riche. » *Porton*, se dit Jerry. Clive Porton. Arrachant le programme de la main de Jerry, Porton humecta son gros pouce, feuilleta la brochure jusqu'à une page centrale et entoura le nom d'un cheval au stylo à bille. « Le 7 dans la troisième, vous ne pouvez pas vous tromper, souffla-t-il. Jouez votre chemise là-dessus, d'accord ? Ça n'est pas tous les jours que je distribue de l'argent, je vous assure. »

« Qu'est-ce que ce connard t'a vendu ? demanda Luke lorsqu'ils se furent éloignés.

– Une chose appelée Open Space. »

Leurs chemins se séparèrent. Luke s'en alla parier et se frayer un chemin à l'American Club en haut. Jerry, sur le coup de l'inspiration, jeta cent dollars sur Lucky Nelson et se dirigea à grands pas vers la salle à manger du Hong Kong Club. « Si je perds », se dit-il froidement, « je compterai cela à George. » Les doubles portes étaient ouvertes et il pénétra dans la pièce. Il régnait une atmosphère de richesse sans classe : on aurait dit un club de golf du Surrey par un week-end humide, sauf que ceux qui étaient assez courageux pour se risquer parmi les pickpockets portaient de vrais bijoux. Un groupe d'épouses était assis à part comme du matériel coûteux et inutilisé, regardant d'un air renfrogné la télévision en circuit fermé tout en se lamentant à propos des domestiques et des attaques à main armée. Il flottait dans la pièce des relents de fumée de cigare, de transpiration et de reliefs de repas. En le voyant entrer de son pas traînant – l'abominable costume, les bottillons en daim, « presse » affichée sur toute sa personne – elles prirent un air encore plus renfrogné. L'ennui dans les endroits sélects de Hong Kong, pouvait-on lire sur leurs visages, c'était qu'on ne jetait pas dehors assez de gens. Un groupe de sérieux buveurs s'était rassemblé au bar, pour la plupart de douteux émissaires des banques d'affaires de Londres à la panse gonflée par la bière et au cou empâté avant l'âge. Avec eux, Jardine Matheson, de l'équipe junior, pas encore assez important pour avoir droit à la loge de la firme : des innocents déplaisants et bien peignés, pour qui le paradis, c'était l'argent et l'avancement. Il promena autour de lui un regard plein d'appréhension, s'attendant à retrouver Frostie, mais les dadas ne l'avaient pas attiré aujourd'hui, ou alors il était avec une autre bande. Avec un sourire et un vague geste de la main pour l'assistance, Jerry fit main basse sur le sous-directeur, le salua comme un ami retrouvé, parla d'un air dégagé du capitaine Grant, lui glissa vingt dollars, s'inscrivit pour la journée au mépris de tous les règlements et s'avança d'un pas reconnaissant sur le balcon où dix-huit minutes encore le séparaient du départ. Le soleil, l'odeur du crottin, le grondement sauvage d'une foule chinoise, et le cœur de Jerry qui battait plus vite au seul mot de « chevaux ».

Un moment, Jerry resta là, souriant et admirant la vue, car chaque fois qu'il la regardait, c'était la première fois.

L'herbe, sur le champ de courses de Happy Valley, devait représenter la plus riche moisson du monde. Il n'y en avait pas beaucoup. Un étroit panneau courait au bord de ce qui ressemblait à un terrain de jeu de la banlieue londonienne, cassé en poussière par les effets prolongés du soleil et des piétinements. Huit terrains de football usés, un terrain de rugby, un de hockey lui donnaient un air d'abandon municipal. Mais le mince ruban vert qui entourait ces tristes paquets allait sans doute en cette seule année attirer une bonne centaine de millions de livres par le truchement des paris légaux et la même somme au noir. Le site était moins une vallée qu'un fourneau : d'un côté un stade d'un blanc éblouissant, de l'autre des collines brunes, tandis que devant Jerry et sur sa gauche se dressait l'autre Hong Kong : un Manhattan en château de cartes de gratte-ciel gris de pacotille, si serrés qu'ils avaient l'air de s'appuyer les uns sur les autres dans la chaleur. De chaque minuscule balcon une perche en bambou pointait comme une épingle plantée là pour renforcer l'édifice. A chaque perche pendaient d'innombrables drapeaux de linges noirs, comme si quelque chose d'énorme avait effleuré l'immeuble, laissant ces lambeaux dans son sillage. C'était d'endroits comme ceux-là, et Dieu sait qu'ils n'étaient pas nombreux, que Happy Valley offrait ce salut instantané dont rêve chaque joueur.

Loin sur la droite de Jerry brillaient des bâtiments plus neufs et plus somptueux. C'était là, il s'en souvenait, que les bookmakers installaient leurs bureaux et par diverses méthodes mystérieuses – le chronomètre, le walkie-talkie, les signaux lumineux – tout ça aurait fait la joie de Sarratt – entretenaient le dialogue avec leurs démarcheurs sur le champ de courses. Plus haut encore couraient les arêtes des collines rases entaillées par des carrières et jonchées par toute la ferraille des systèmes d'écoute électronique. Jerry avait entendu dire quelque part que les soucoupes avaient été installées là pour les Cousins, de façon à pouvoir suivre les survols patronnés par eux des U2 de Taiwan. Au-dessus des collines, des entassements de nuages blancs qu'aucun temps ne semblait jamais chasser. Et au-dessus des nuages, ce jour-là, le ciel décoloré de la Chine souffrant au soleil, et un épervier qui tournoyait lentement. Tout cela, Jerry le perçut d'un seul trait plein de reconnaissance.

Pour la foule, c'était un moment de désœuvrement. L'attention des spectateurs, si elle se portait quelque part, était tournée vers les quatre grosses Chinoises en pyjamas noirs et chapeaux à frange de Hakka qui descendaient la piste avec des râteaux, lissant l'herbe précieuse là où les sabots des chevaux au galop l'avaient ébouriffée. Elles se déplaçaient avec la dignité de la totale indifférence : on aurait dit que toute l'âme de la paysannerie chinoise se peignait dans leurs gestes. Pendant une seconde, comme cela arrive avec les foules, un frémissement d'affinité collective parvint jusqu'à elles, pour être aussitôt oublié.

La cote donnait Open Space, de Clive Porton, comme troisième favori. Lucky Nelson, de Drake Ko, était dans le champ à quarante contre un, ce qui voulait dire nulle part. Se frayant un chemin autour d'un groupe d'Australiens en goguette, Jerry arriva au coin du balcon et, se penchant, regarda par-dessus les rangées de têtes jusqu'aux loges des propriétaires séparées du commun par une grille de fer verte et surveillée par un garde. Les mains en visière au-dessus des yeux et regrettant de ne pas avoir apporté de jumelles, il distingua un homme gras, à l'air dur, en costume et lunettes sombres, accompagné d'une jeune et très jolie fille. Il semblait à moitié chinois, à moitié latin, et Jerry le classa comme Philippin. La fille était ce qu'on pouvait se payer de mieux.

Il doit être avec son cheval, se dit Jerry, se rappelant le vieux Sambo. Il était très probablement au paddock, en train de donner ses ordres à son entraîneur et au jockey.

Traversant à grands pas la salle à manger pour regagner le hall, il descendit sur deux étages un large escalier et s'engagea dans un hall qui menait à la galerie panoramique, encombrée d'une foule chinoise immense et songeuse, rien que des hommes, qui regardaient dans un silence dévot une arène occupée par des hirondelles bruyantes et trois chevaux, chacun tenu à la bride par son palefrenier habituel, le mafoo. Les mafoo tenaient pitoyablement les bêtes, comme s'ils avaient le trac. L'élégant capitaine Grant était là en spectateur, tout comme un vieil entraîneur russe blanc prénommé Sacha et que Jerry adorait. Sacha était assis dans un petit fauteuil pliant, légèrement penché en avant comme s'il pêchait. Sacha avait entraîné des poneys de Mongolie à Shanghai, à l'époque du traité, et Jerry pouvait l'écouter toute la nuit : pourquoi Shanghai avait trois champs de courses, un anglais, un international et un chinois ; pourquoi les princes marchands britanniques entretenaient soixante, voire cent chevaux chacun, qu'ils transportaient par bateau d'un bout à l'autre de la côte, en luttant entre eux comme des déments d'un port à un autre. Sacha était un homme doux et philosophe avec des yeux bleus au regard lointain et une mâchoire de lutteur. Il était également l'entraîneur de Lucky Nelson. Il était assis là tout seul, surveillant ce que Jerry prit pour le seuil d'une porte hors de son champ de vision.

Une soudaine rumeur dans les tribunes fit se retourner brusquement Jerry vers le soleil. Un grondement retentit, puis un cri perçant et étranglé tandis que la foule, sur une rangée, s'agitait et que, comme un fer de hache, des uniformes gris et noirs s'enfonçaient parmi les spectateurs. Un instant plus tard, un médecin policier entraînait un malheureux voleur à la tire, saignant et toussant dans l'escalier du souterrain, pour recueillir une déposition spontanée ; abasourdi, Jerry tourna de nouveau les yeux vers la pénombre du paddock et mit un moment à accommoder pour bien distinguer la silhouette confuse de Mr Drake Ko.

Il ne l'identifia pas tout de suite. La première personne que Jerry remarqua, ce ne fut pas du tout Ko, mais le jeune jockey chinois planté auprès du vieux Sacha, un grand garçon, maigre comme un fil là où sa casaque s'enfonçait dans sa culotte. Il faisait claquer sa cravache contre sa botte comme s'il avait vu le geste sur une gravure de sport anglaise ; il portait les couleurs de Ko (« bleu ciel écartelé de gris », disait l'article du *Golden Orient*) et, comme Sacha, il contemplait quelque chose que Jerry ne pouvait pas voir. Sur ces entrefaites, de dessous la plate-forme où se tenait Jerry, déboucha un cheval bai, conduit par un mafoo gras et ricanant vêtu d'une salopette grise crasseuse. Son numéro était dissimulé par une couverture, mais Jerry connaissait déjà le cheval d'après sa photographie, et il le connaissait encore mieux maintenant : en fait, il le connaissait vraiment bien. Il y a certains chevaux qui valent simplement mieux que leur classe et aux yeux de Jerry, c'était le cas de Lucky Nelson. Pas mal de qualités, songea-t-il, la bride lâche, l'œil audacieux. Ça n'est pas un de ces séduisants marrons d'Inde avec la crinière et la queue claire qui, à chaque course, font l'unanimité des femmes : compte tenu de la forme locale, lourdement limité par le climat, Lucky Nelson était ce qu'il avait vu de plus sain dans le lot, Jerry en était certain. Pendant un mauvais moment, il s'inquiéta de l'état du cheval : baigné de sueur, les flancs et l'arrière-train trop brillants. Puis son regard revint à l'œil hardi et à cette sueur qui avait quelque chose de pas très naturel, et il se réconforta : le rusé gaillard l'avait fait arroser pour lui donner pauvre mine, songea-t-il, se rappelant avec entrain le vieux Sambo.

Ce ne fut donc qu'à cet instant que Jerry porta les yeux du cheval à son propriétaire.

Mr Drake Ko, de l'ordre de l'Empire britannique, bénéficiaire à ce jour d'un bon demi-million de dollars américains envoyés par le Centre de Moscou, le partisan déclaré de Tchang Mao-chek, se tenait à l'écart de tous, dans l'ombre d'une colonne de béton blanc large de trois mètres : un personnage laid mais inoffensif au premier abord, grand, avec une attitude voûtée qui aurait pu tenir à sa profession : dentiste ou cordonnier. Il était vêtu à l'anglaise, d'un pantalon de flanelle gris bien large et d'un blazer noir croisé trop long à la taille, si bien que cela soulignait l'aspect disloqué de ses jambes et que cela donnait un air froissé à son corps maigre. Son visage et son cou étaient polis comme du vieux cuir et tout aussi imberbe, et les nombreuses rides qui les sillonnaient étaient aussi nettes que des plis faits au fer. Il avait le teint plus foncé que Jerry ne s'y attendait : il aurait presque soupçonné du sang arabe ou indien. Il portait la même incroyable coiffure de la photographie, un béret bleu marine et ses oreilles pointaient par-dessous comme des roses de pâtisserie. Ses yeux très étroits semblaient encore plus allongés sous ce couvre-chef. Des chaussures italiennes marron, une chemise blanche à col ouvert. Pas d'accessoire, pas même de jumelles : mais un merveilleux sourire à cinq cent mille dollars, d'une oreille à l'autre, un sourire parsemé d'or qui semblait goûter la bonne fortune de tout le monde aussi bien que la sienne.

Sauf qu'on sentait – certains hommes ont cette qualité, c'est comme une tension perceptible : les maîtres d'hôtel, les concierges, les journalistes savent la repérer au premier coup d'œil, le vieux Sambo l'avait presque –, on sentait, donc, la présence de ressources immédiatement disponibles. Si besoin était, des gens qu'on ne voyait pas les apporteraient au pas de course.

Le tableau soudain s'alluma. Dans le haut-parleur, le commissaire de la piste donna l'ordre aux jockeys de se mettre en selle. Le mafoo ricanant retira la couverture et Jerry fut heureux de constater que Ko avait fait étriller à l'envers la robe du bai pour souligner sa prétendue triste condition. Le jockey maigre se hissa tant bien que mal en selle et, avec une amabilité un peu forcée, il appela Ko de l'autre côté. Ko, qui s'éloignait déjà, pivota sur ses talons et lança quelque chose, une syllabe inaudible, sans regarder à qui il parlait ni qui enregistrait sa réponse. Une réprimande ? Un encouragement ? Un ordre à un serviteur ? Le sourire n'avait rien perdu de son exubérance, mais la voix était sèche comme un coup de fouet. Le cheval et son cavalier prirent congé. Ko en fit de même, Jerry remonta quatre à quatre l'escalier, traversa la salle à manger jusqu'au balcon, se fraya un chemin jusqu'au coin et regarda en bas.

Ko maintenant n'était plus seul, mais flanqué d'une épouse.

Etaient-ils arrivés ensemble dans la tribune, ou bien le suivait-elle à quelques pas, Jerry ne le sut jamais ; elle était si petite. Il repéra un peu de soie noire qui luisait au soleil et un mouvement autour tandis que les hommes présentaient leurs respects – la tribune se remplissait –, mais tout d'abord il regarda trop haut et la manqua. Elle avait la tête au niveau de leurs poitrines. Il la retrouva aux côtés de Ko, une minuscule épouse chinoise immaculée, souveraine, d'un certain âge, si soignée qu'on ne saurait imaginer qu'elle avait eu un autre âge ni porté d'autres toilettes que ces soies noires coupées à Paris, relevées de brandebourgs et de brocarts comme une tenue de hussard. *La femme, c'est quelqu'un*, avait dit Craw, improvisant tandis qu'ils étaient assis, médusés, devant le petit projecteur. *Elle chaparde dans les grands magasins. Les gens de Ko doivent passer devant elle en promettant de payer tout ce qu'elle pique.*

L'article du *Golden Orient* parlait d'elle comme d'une « associée de longue date ». Lisant entre les lignes, Jerry devina qu'elle avait dû être une des filles de la salle de bal du Ritz.

Le murmure de la foule s'était amplifié.

« Vous l'avez joué, Westerby ? Vous l'avez joué, mon vieux ? » Clive Porton, l'Ecossais, fondait sur lui, transpirant abondamment après avoir bu. « Open Space, bonté divine ! Même à cette cote-là, vous vous ferez un dollar ou deux ! Allez, mon vieux, c'est du tout cuit ! »

Le pistolet du starter lui épargna une réponse. La rumeur s'étrangla, reprit de la force et de l'ampleur. Tout autour de lui, dans les tribunes, on criait des noms et des numéros, les chevaux jaillissaient de leur trappe, attirés en avant par le bruit. Les premiers deux cents mètres étaient parcourus mollement. Attends : la frénésie va suivre l'inertie. Dans la lumière de l'aube, lorsqu'ils s'entraînent, Jerry s'en souvenait, leurs sabots sont emmitouflés, pour ne pas réveiller les voisins. Parfois, au bon vieux temps, lorsqu'il soufflait entre deux reportages de guerre, Jerry se levait de bonne heure et descendait ici rien que pour les regarder, et s'il avait de la chance, s'il rencontrait un ami influent, il regagnait avec eux les écuries climatisées où ils vivaient pour assister au pansage et au dorlotage. Mais en plein jour, le vacarme de la circulation noyait complètement leur tonnerre et la petite troupe étincelante qui avançait avec une telle lenteur ne faisait aucun bruit mais semblait flotter sur l'étroite rivière émeraude.

« Open Space dans un fauteuil », annonça Clive Porton d'un ton hésitant tout en regardant dans ses jumelles. « Il part favori. Mais oui. Bien joué, Open Space, bien, mon garçon. » Les chevaux abordaient le long virage avant la dernière ligne droite. « Allons, Open Space, force un peu, mon vieux, monte ! Cravache, crétin ! » Porton hurlait, car il était clair maintenant, même à l'œil nu, que les couleurs bleu ciel et gris de Lucky Nelson étaient en tête et que ses concurrents lui laissaient courtoisement le passage. Un second cheval fit mine de résister, puis renonça, mais Open Space avait trois longueurs de retard tandis que son jockey agitait furieusement sa cravache dans l'air autour de l'arrière-train de sa monture.

« Réclamation ! criait Porton. Où sont les commissaires, bon sang ? Ce cheval a été retenu ! Jamais de ma vie je n'ai vu un cheval aussi retenu ! »

Comme Lucky Nelson franchissait d'un bon gracieux le poteau, Jerry baissa aussitôt les yeux vers la droite. Ko paraissait impassible. Ce n'était pas le visage impénétrable de l'Oriental : Jerry n'avait jamais souscrit à ce mythe-là. Ce n'était certainement pas de l'indifférence. C'était seulement qu'il observait le déroulement satisfaisant d'une cérémonie. Mr Drake Ko assiste à un défilé de ses troupes. Sa petite épouse folle était plantée bien droite auprès de lui comme si, après toutes les épreuves de sa vie, elle finissait par triompher. Une seconde Jerry évoqua le vieux Trésor à la fleur de l'âge, c'était tout à fait l'air que prenait Trésor, songea Jerry, quand l'orgueil de Sambo arrivait dix-huitième. C'était tout à fait comme ça qu'elle se tenait pour affronter l'échec.

La remise de la coupe offrait une occasion en or.

S'il manquait à la scène un éventaire de gâteaux, le soleil brillait d'une façon qui, certes, dépassait les espérances du plus optimiste organisateur d'une fête de village en Angleterre ; et les coupes d'argent étaient bien plus somptueuses que le petit gobelet éraflé offert par le châtelain au vainqueur de la course en sac. Les soixante policiers en uniforme étaient peut-être aussi un peu voyants. Mais la gracieuse dame en turban des années 30, qui présidait à la longue table blanche, était aussi insipide et arrogante qu'aurait pu le souhaiter le patriote le plus exigeant. Elle connaissait avec précision le cérémonial. Le président des commissaires lui remit la coupe et elle l'écarta aussitôt de sa personne comme si elle lui brûlait les mains. Drake Ko et sa femme, tous deux arborant un énorme sourire, Ko toujours coiffé de son béret, émergèrent d'un groupe de partisans ravis et s'emparèrent de la coupe, mais ils firent d'un pas si allègre l'aller et retour sur le bout de pelouse protégé par des cordes que le photographe fut pris au dépourvu et qu'il dut demander aux intéressés de reprendre l'instant de la remise de la coupe. Cela contraria fort la gracieuse dame et Jerry perçut les mots de « emmerdant comme la pluie » murmurés par-dessus la rumeur des spectateurs. La coupe fut enfin entre les mains de Ko ; la gracieuse dame accepta d'un air morne pour huit cents dollars de gardénias ; l'Est et l'Ouest regagnèrent avec soulagement leur cantonnement respectif.

« Vous l'avez joué ? s'enquit aimablement le capitaine Grant. Ils revenaient d'un pas lent vers les tribunes.

– Figurez-vous que oui, avoua Jerry en souriant. Ça a été une surprise, non ?

– Oh ! c'était la course de Drake », fit Grant d'un ton sec. Ils continuèrent à marcher. « C'est habile de votre part de l'avoir remarqué. Plus que nous. Vous voulez lui parler ?

– Parler à qui ?

– A Ko. Pendant qu'il est encore grisé par la victoire. Peut-être que pour une fois vous obtiendrez quelque chose de lui, dit Grant avec son sourire attendri. Venez, je vais vous présenter. »

Jerry ne broncha pas. Comme journaliste, il avait toutes les raisons de dire oui. Comme espion – bah ! on dit parfois à Sarratt que rien n'est risqué mais que c'est de le croire qui vous met en danger. Au centre, tout proche de Ko, se trouvait le gros Philippin avec sa jolie fille et Ko faisait le clown avec elle, l'embrassant sur les deux joues, puis recommençant, au milieu des rires de tous, sauf de la femme de Ko, qui s'écarta avec ostentation et engagea la conversation avec une Chinoise de son âge.

« C'est Arpego, dit Grant à l'oreille de Jerry en désignant le groupe philippin. Il possède Manille et la plupart des îles alentour. »

La panse d'Arpego reposait sur sa ceinture comme s'il avait une grosse pierre enfouie dans sa chemise.

Grant ne se dirigea pas droit vers Ko, mais choisit un Chinois corpulent et au visage affable d'une quarantaine d'années, vêtu d'un costume bleu électrique, qui semblait être une sorte d'assistant. Jerry attendit à l'écart. Le Chinois dodu s'approcha de lui, flanqué de Grant.

« Voici Mr Tiu, dit Grant. Monsieur Tiu, je vous présente Mr Westerby, le fils de l'homme célèbre.

– Vous voulez parler à Mr Ko, monsieur Wessby ?

– Si ça ne le dérange pas.

– Bien sûr que non », dit Tiu d'un ton euphorique. Ses mains potelées s'agitaient sans cesse devant son ventre. Il portait une montre en or au poignet droit. Ses doigts étaient recourbés comme pour ramasser le lot. Il était luisant et bien lustré et on lui aurait donné aussi bien trente ans que soixante. « Mr Ko gagne une course, rien ne le dérange. Je vous l'amène. Restez ici. Comment s'appelle votre père ?

– Samuel, dit Jerry.

– *Lord* Samuel, précisa incorrectement Grant.

– Qui est-ce ? demanda Jerry en aparté, tandis que le rondouillard Tiu rejoignait le groupe bruyant des Chinois.

– Le majordome de Ko. Son régisseur, son porte-glaive, son rinceur de bouteilles, son homme à tout faire. Il est avec lui depuis le début. Ils ont fui les Japonais ensemble pendant la guerre. »

Et son videur en chef aussi, se dit Jerry en regardant Tiu qui revenait en fendant la foule avec son maître.

Grant recommença les présentations.

« Monsieur, dit-il, je vous présente Westerby, dont le célèbre père, sir Samuel, possédait pas mal de chevaux très lents. Il a acheté aussi divers champs de courses pour les bookmakers.

– Quel journal ? » demanda Ko.

Jerry le lui dit.

« C'est le journal avec les photos de filles ! » s'écria Ko avec entrain. Sa voix était âpre, puissante et grasse ; pourtant à la surprise de Jerry il aurait pu jurer qu'il y avait perçu un soupçon d'accent de l'Angleterre du Nord, qui lui rappelait celui du vieux Trésor. « Je lisais ce journal-là quand j'étais à Londres, lorsque j'ai séjourné là-bas pour étudier le droit à la célèbre faculté de Gray. Savez-vous pourquoi je lisais votre journal, monsieur Westerby ? Je prétends que plus il y a de journaux qui publient aujourd'hui des photos de jolies filles plutôt que des articles politiques, plus nous avons de chances d'avoir un monde fichtrement meilleur. Oh ! oui, déclara Ko dans un vigoureux mélange d'anglais des rues mal employé et de langage de conseil d'administration. Ayez la bonté de transmettre ce message de ma part à votre canard, monsieur Westerby. C'est un conseil que je vous donne gratis. »

En riant, Jerry ouvrit son carnet :

« J'ai joué votre cheval, monsieur Ko. Quel effet ça fait-il de gagner ?

– Ça vaut mieux que de perdre, je crois.

– Ça ne s'émousse pas ?

– J'aime ça davantage à chaque fois.

– En va-t-il de même pour les affaires ?

– Naturellement.

– Puis-je parler à Mrs Ko ?

– Elle est occupée. »

Tout en prenant des notes, Jerry fut distrait par un parfum familier. C'était celui d'un savon français, musqué, très fort, un mélange d'amande douce et d'eau de rose qu'utilisait une épouse précédente mais qu'utilisait aussi, semblait-il, le luisant Tiu pour se donner plus belle allure.

« Quelle est votre formule pour gagner, monsieur Ko ?

– Beaucoup de travail. Pas de politique. Beaucoup de sommeil.

– Etes-vous beaucoup plus riche qu'il y a dix minutes ?

– J'étais assez riche il y a dix minutes. Vous pouvez dire aussi à votre journal que je suis un grand admirateur de la façon de vivre britannique.

– Même si nous ne travaillons pas dur ? Et si nous faisons beaucoup de politique ?

– Dites-leur quand même, dit Ko en le regardant droit dans les yeux, et c'était un ordre.

– Qu'est-ce qui vous rend si chanceux, monsieur Ko ? »

Ko ne parut pas entendre cette question, sauf que son sourire disparut lentement. Il considérait Jerry, le toisant de ses yeux très étroits et son visage s'était étonnamment durci.

« Qu'est-ce qui vous rend si chanceux, monsieur ? » répéta Jerry.

Il y eut un long silence.

« Pas de commentaires », dit Ko, toujours tourné vers Jerry.

La tentation d'insister était devenue irrésistible : « Soyez chic, monsieur Ko, poursuivit Jerry avec un grand sourire. Le monde est plein de gens qui rêvent d'être aussi riches que vous. Donnez-leur un tuyau, vous ne voulez pas ? Qu'est-ce qui vous rend si chanceux ?

– Mêlez-vous de vos affaires », lui répondit Ko ; et sans plus de cérémonie il lui tourna le dos et s'éloigna. Au même moment Tiu fit d'une démarche nonchalante un demi-pas en avant, bloquant l'avance de Jerry, une main doucement posée sur le haut de son bras.

« Vous allez gagner la prochaine course, monsieur Ko ? lança Jerry par-dessus l'épaule de Tiu en s'adressant à son dos qui s'éloignait.

– Vous feriez mieux de demander au cheval, monsieur Wessby », suggéra Tiu avec un large sourire, une main toujours posée sur le bras de Jerry.

C'était aussi bien, car Ko avait déjà rejoint son ami, Mr Arpego, le Philippin, et ils riaient et bavardaient comme avant. *Drake Ko était un garçon très coriace*, se rappela Jerry. *On ne raconte pas de craques à Drake Ko.* Il ne s'en tire pas mal non plus, songea-t-il.

Comme ils revenaient vers la tribune d'honneur, Grant riait tout seul.

« La dernière fois que Ko a gagné, il n'a même pas voulu ramener le cheval au paddock après la course, rappela-t-il. Il l'a écarté du geste. Il n'en avait pas envie.

– Pourquoi donc ?

– Il ne s'attendait pas à le voir gagner, voilà tout. Il ne l'avait pas dit à ses amis de Chiu Chow. Il avait perdu la face. Peut-être a-t-il eu la même impression quand vous lui avez posé cette question à propos de sa chance.

– Comment est-il devenu commissaire ?

– Oh ! il a dû faire acheter les voix par Tiu sans doute. C'est classique. A la vôtre. N'oubliez pas vos gains. »

Ce fut alors que la chose se passa. Le coup de chance imprévu du grand reporter Westerby.

La dernière course était terminée, Jerry gagnait quatre mille dollars et Luke avait disparu. Jerry essaya l'American Club, le club Lusitano et quelques autres, mais ou bien on ne l'avait pas vu, ou bien on l'avait jeté dehors. Il n'y avait qu'une porte pour sortir de l'enceinte, aussi Jerry se joignit-il au défilé. La circulation était chaotique. Des Rolls-Royce et des Mercedes se disputaient les bouts de trottoir où se garer et la foule poussait par-derrière. Décidant de ne pas participer à la lutte pour les taxis, Jerry s'éloigna par l'étroit trottoir et aperçut à sa surprise Drake Ko, tout seul, sortant par une porte de l'autre côté de la route, et pour la première fois depuis que Jerry avait posé le regard sur lui, il ne souriait pas. Arrivant au bord de la chaussée, il parut hésiter à traverser, puis décida de rester où il était, à regarder les voitures qui approchaient. Il attend la Rolls-Royce Phantom, songea Jerry, se rappelant la flotte dans le garage de Headland Road. Ou bien la Mercedes, ou la Chrysler. Soudain Jerry le vit arracher son béret, et, comme un clown, le brandir vers la route, comme pour attirer l'attention. Des rides se plissèrent autour de ses yeux et de sa mâchoire, ses dents en or étincelèrent dans un sourire de bienvenue et, au lieu d'une Rolls-Royce, une Mercedes ou une Chrysler, une longue Jaguar rouge de type E, capote repliée, vint s'arrêter auprès de lui dans un crissement de freins, sans se soucier des autres voitures. Jerry n'aurait pas pu la manquer même s'il l'avait voulu : le hurlement des pneus à lui tout seul fit retourner toutes les têtes. Ses yeux lurent le numéro, sa mémoire l'enregistra. Ko grimpa à bord de la voiture avec toute l'excitation de quelqu'un qui ne serait jamais monté auparavant dans une décapotable, et il était déjà à discuter et à rire avant même que la voiture ait démarré. Mais Jerry eut quand même le temps de voir la personne qui se trouvait au volant : son foulard bleu flottant au vent, ses lunettes de soleil, ses longs cheveux blonds et assez de son corps lorsqu'elle se pencha par-dessus Drake pour mettre le verrou de sa portière, pour savoir que c'était un beau morceau de femme. La main de Drake reposait sur son dos nu, doigts écartés, sa main libre s'agitait tandis qu'il lui faisait, à n'en pas douter, un récit détaillé de sa victoire, et comme ils partaient tous les deux, il planta sur sa joue un baiser très peu chinois, puis, pour faire bonne mesure, deux autres : mais tout cela, semblait-il, avec bien plus de sincérité qu'il n'en avait mis à embrasser la compagne de Mr Arpego.

De l'autre côté de la route, il y avait la sortie par laquelle Ko venait de déboucher, et la grille de fer était encore ouverte. Mille idées tournant dans sa tête, Jerry évita les voitures et franchit l'entrée. Il se trouvait dans le vieux cimetière colonial, un endroit à la végétation luxuriante, plein du parfum des fleurs et ombragé par de grands arbres aux branches pendantes, Jerry n'y était jamais allé et ce fut pour lui un choc que de se trouver dans un lieu aussi isolé. Le cimetière était à flanc de colline, autour d'une vieille chapelle qui doucement tombait en désuétude. Ses murs fissurés luisaient dans la lumière tachetée du soir. Derrière, dans un chenil entouré d'un grillage, un berger allemand émacié aboyait avec fureur.

Jerry regarda autour de lui, ne sachant pas pourquoi il était là ni ce qu'il cherchait. Les tombes étaient de tous les âges, de toutes les races, de toutes les sectes. Il y avait des tombes de Russes blancs avec leurs stèles orthodoxes toutes sombres et ornées des volutes de la grandeur tsariste. Jerry imaginait sur elles une épaisse couche de neige et leur forme qui émergeait quand même. Une autre pierre marquait le séjour agité d'une princesse et il s'arrêta pour déchiffrer : Tallin à Pékin, avec des dates. Pékin à Shanghai avec encore des dates, à Hong Kong en 1949, pour mourir. « Et des domaines à Sverdlovsk », concluait l'inscription d'un ton de défi. Cela avait-il un rapport avec Shanghai ?

Il alla rejoindre les vivants ; trois vieillards en costume bleu comme des pyjamas assis sur un banc à l'ombre, sans parler. Ils avaient accroché leurs cages à oiseaux dans les branches au-dessus d'eux, assez près pour entendre chacun le chant de son oiseau par-dessus la rumeur du trafic et des cigales. Deux fossoyeurs en casque de chantier emplissaient une tombe fraîche. Aucun convoi funèbre autour d'eux. Ne sachant toujours pas ce qu'il voulait, il arriva aux marches de la chapelle. Il regarda par la porte. A l'intérieur, après la lumière du soleil, il faisait très sombre. Une vieille femme le foudroya du regard. Il battit en retraite. Le berger allemand se mit à hurler encore plus fort après lui. C'était un animal très jeune. Un panneau annonçait « bedeau » et il suivit la flèche. Le craquettement des cigales était assourdissant, parvenant même à couvrir les aboiements du chien. L'odeur des fleurs était lourde et un peu pourrissante. Une idée venait de le frapper, presque comme une suggestion. Il était décidé à la poursuivre.

Le bedeau était un homme aimable et distant qui ne parlait pas un mot d'anglais. Les registres étaient très anciens, les inscriptions ressemblaient à de vieux comptes bancaires. Jerry s'assit sur un banc en tournant lentement les pages épaisses, en lisant des noms, des dates de naissance, de décès et d'enterrement, puis la référence sur le plan. La division et le numéro. Ayant découvert ce qu'il cherchait, il ressortit à l'air libre et s'engagea sur un autre sentier, traversant une nuée de papillons, en montant la colline vers le bord de la falaise. Un groupe de collégiennes l'observaient en gloussant depuis une passerelle. Il ôta sa veste qu'il jeta sur son épaule. Il passa entre de hauts buissons et s'engagea sur une pente d'herbe jaune où les stèles étaient très petites, et les monticules longs seulement de quarante, soixante centimètres. Jerry se coula parmi eux, en lisant les numéros, jusqu'à ce qu'il se trouvât devant une petite grille en fer marquée 7 2 8. La grille faisait partie d'un périmètre rectangulaire et, lorsque Jerry leva les yeux, il aperçut la statue d'un petit garçon en culotte de golf victorienne et veste de Eton, grandeur nature, avec des boucles de pierre ébouriffées et des lèvres en bouton de rose, en train de lire ou de chanter d'après un livre en pierre ouvert, cependant que de vrais papillons faisaient autour de sa tête des plongeons vertigineux. C'était un enfant purement anglais, et l'inscription annonçait *Nelson Ko en tendre souvenir.* Suivaient un tas de dates et il fallut à Jerry une seconde pour en comprendre la signification : dix années successives sans qu'il en manqua une et la dernière, 1968. Puis il se rendit compte que c'étaient les dix années que le jeune garçon avait vécues, chacune pour être savourée. Au pied du socle était posé un gros bouquet d'orchidées, encore enveloppées dans leur papier.

Ko remerciait Nelson de sa victoire. Jerry comprenait maintenant pourquoi il n'aimait pas qu'on le pressât de questions sur sa chance.

Il existe une forme de fatigue, parfois, que seuls les agents d'exécution connaissent : une tentation de la douceur qui peut être le baiser de la mort. Jerry s'attarda encore un moment à contempler les orchidées et le petit garçon de pierre, en les rangeant dans son esprit auprès de tout ce qu'il avait vu et appris de Ko jusqu'alors. Et il eut un accablant sentiment – cela ne dura qu'un instant, mais c'était dangereux à tout moment – de plénitude, comme s'il n'avait rencontré une famille que pour s'apercevoir que c'était la sienne. Il avait l'impression d'être arrivé.

Voilà un homme, logé comme il l'était, marié comme il l'était, qui s'agitait et qui jouait d'une façon que Jerry comprenait sans effort. Un homme qui n'avait pas de religion définie, et pourtant Jerry le voyait en cet instant avec plus de clarté qu'il ne s'était jamais vu lui-même. Un petit pauvre de Chiu Chow qui devient commissaire du Jockey Club, décoré de l'ordre de l'Empire britannique et qui arrose son cheval avant une course. Un nomade navigant Hakka, qui donne à son enfant un enterrement baptiste et une effigie britannique. Un capitaliste qui a horreur de la politique. Un avocat raté, un chef de bande, un bâtisseur d'hôpital qui dirigeait une ligne aérienne consacrée au transport de l'opium, un bienfaiteur de temple qui jouait au croquet et roulait en Rolls-Royce. Avec un bar américain dans son jardin chinois, et de l'or russe à son compte en banque. Des aperçus aussi complexes que contradictoires sur le moment n'alarmèrent en rien Jerry ; ils ne présageaient aucun malheur ni paradoxe. Il les voyait plutôt comme soudés par les impitoyables efforts de Ko pour ne faire qu'un seul homme mais à bien des facettes, et qui n'était pas sans ressembler au vieux Sambo. Et avec plus de force encore – pour les quelques secondes que cela dura – il eut l'irrésistible sentiment de se trouver en bonne compagnie, ce qu'il avait toujours aimé. Il revint à la grille avec une humeur d'un calme munificent, comme si c'était lui et non pas Ko qui avait gagné la course. Ce ne fut que lorsqu'il eut regagné la route que la réalité lui fit retrouver ses esprits.

La circulation était moins dense et il trouva aussitôt un taxi. Ils avaient parcouru une centaine de mètres lorsqu'il aperçut Luke qui exécutait tout seul des pirouettes au bord du trottoir. Jerry le persuada de monter et le déposa devant le Club des correspondants étrangers. De l'hôtel Furama, il appela le numéro personnel de Craw, laissa sonner deux fois, rappela et entendit la voix de Craw qui interrogeait : « Qui est-ce, nom de Dieu ? » Il demanda un Mr Savage, se fit grossièrement remettre à sa place et s'entendit répliquer qu'il avait demandé un faux numéro ; il laissa une demi-heure à Craw pour aller jusqu'à un autre téléphone, puis s'en alla à pied jusqu'au Hilton pour attendre son coup de fil.

Notre ami avait fait surface en personne, lui annonça Jerry. Il s'était montré en public à cause d'un gros gain. Ensuite, une très charmante blonde l'avait emmené dans sa voiture de sport. Jerry donna le numéro de la voiture. Ils étaient certainement amis, dit-il. Ko se montrait très démonstratif et pas du tout chinois. *A tout le moins amis*, dirait-il.

« Blanche ?

– Je pense bien qu'elle était blanche ! Qui diable a jamais entendu parler d'une...

– Seigneur », murmura Craw, et il raccrocha sans même laisser à Jerry l'occasion de lui parler du petit autel de Nelson.

8

LES BARONS CONFERENT

La salle d'attente de la jolie maison que le Foreign Office réservait aux conférences à Carlton Gardens s'emplissait lentement. Les gens arrivaient par deux ou par trois, s'ignorant les uns les autres, comme des gens qui se retrouvent à un enterrement. Un avis imprimé accroché au mur disait : « Attention, aucun sujet confidentiel ne doit être discuté ici. » Smiley et Guillam étaient tristement installés dessous, sur une banquette de velours saumon. La pièce était ovale, dans le style ministère du Travail rococo. Sur le plafond peint, Bacchus poursuivait des nymphes bien plus disposées à se laisser attraper que Molly Meakin. Des seaux d'incendie vides étaient posés contre le mur et deux huissiers gardaient la porte qui donnait accès à l'intérieur. Derrière les fenêtres à guillotine, la lumière de l'automne emplissait le parc, faisant ressortir avec netteté chaque feuille. Saül Enderby entra à grands pas, à la tête du contingent du Foreign Office. Guillam ne le connaissait que de nom. C'était un ancien ambassadeur en Indonésie, aujourd'hui chef du département du Sud-Est asiatique, et on le disait chaud partisan de la ligne dure américaine. En remorque, un docile sous-secrétaire parlementaire, un syndicaliste et un personnage exubérant et habillé avec trop de recherche qui s'avança vers Smiley sur la pointe des pieds, les mains à l'horizontale comme s'il l'avait surpris en pleine sieste.

« Est-ce possible ? murmura-t-il avec volubilité. Dois-je en croire mes yeux ? Dois-je ? George Smiley, paré de toutes ses plumes. Mon cher, mais vous avez perdu des kilos. Qui est ce charmant garçon qui vous accompagne ? Ne me dites pas. Peter Guillam. Je sais tout sur lui. Pas du tout gâté par l'échec, à ce qu'on me dit.

– Oh ! non, s'écria Smiley malgré lui. Oh ! Seigneur. Roddy.

– Comment ça : Oh ! non. Oh ! Seigneur Roddy, demanda Martindale, nullement démonté, et dans le même murmure vibrant. "Oh ! oui", voilà ce que vous voulez dire ! "Oui, Roddy. Merveilleux de vous voir, Roddy !" Ecoutez. Avant l'arrivée de la racaille, comment se porte l'exquise Ann ? Juste pour mon information. Puis-je organiser un dîner pour vous deux ? Vous choisirez les invités. Qu'est-ce que vous en dites ? Et, parfaitement, je suis bien sur la liste, si c'est ce qui se passe dans votre vilain petit esprit, jeune Peter Guillam, j'ai été transféré, je suis un petit saint, mon nouveau maître m'adore. Et c'est bien normal, quand je pense à ce foin que j'ai fait à leur propos. »

Les portes de l'intérieur s'ouvrirent avec fracas. Un des initiés cria « Messieurs ! » et ceux qui connaissaient les usages s'écartèrent pour laisser les femmes passer devant. Il y en avait deux. Les hommes suivirent et Guillam amenait l'arrière-garde. Pendant quelques mètres, on se serait cru au Cirque : un goulet d'étranglement improvisé où chaque visage était scruté par des cerbères, puis une sorte de corridor menant à ce qui ressemblait à une cabane de chantier de construction parquée au centre d'une cage d'escalier éventrée : sauf qu'elle n'avait pas de fenêtre, qu'elle était suspendue à des câbles et maintenue en place par des cordes. Guillam avait perdu de vue Smiley, et lorsqu'il grimpa les marches en aggloméré pour pénétrer dans la chambre de sécurité[1] il ne vit que des ombres qui rôdaient sous une veilleuse bleue. « Que quelqu'un fasse quelque chose, grommela Enderby du ton d'un convive ennuyé qui se plaint du service. Des lumières, bon sang. Quels fichus crétins. »

La porte claqua derrière le dos de Guillam, une clef tourna dans la serrure, un bourdonnement électronique devint plus aigu jusqu'à être inaudible, trois projecteurs

1. Pièce totalement isolée et ainsi à l'abri de toute écoute électronique.

vacillèrent puis s'allumèrent, baignant tous les assistants de leur lumière blafarde.

« Hourra », dit Enderby, et il s'assit. Guillam, plus tard, se demanda comment il avait été sûr que c'était Enderby qui parlait dans le noir, mais il y a des voix qu'on entend avant qu'elles ne parlent.

La table de conférence était couverte d'un tapis vert avec des accrocs comme un billard dans un club de jeunes. Le Foreign Office siégeait à un bout, le Colonial Office à l'autre. La séparation était viscérale plutôt que légale. Depuis six ans, les deux ministères étaient officiellement mariés sous les auspices grandioses du Service diplomatique, mais personne de sain d'esprit ne prenait cette union au sérieux. Guillam et Smiley étaient assis au centre, épaule contre épaule, chacun avec des chaises vides à son côté. Examinant les personnages, Guillam eut la réaction d'observer leurs costumes. Le Foreign Office était venu sévèrement vêtu de costumes gris anthracite et arborant le plumage secret du privilège : Enderby, tout comme Martindale, portait la cravate des anciens de Eton. Les coloniaux avaient cet air rustique des gens de la campagne venus en ville et ce qu'ils avaient à offrir de mieux en matière de cravate, c'en était une du Royal Artillery : l'honnête Wilbraham, leur chef, un personnage de maître d'école, svelte et mince, avec des petites veines cramoisies sur ses joues hâlées. Une femme tranquille en robe brune, comme une organiste de temple, l'escortait, et il était flanqué pour l'autre côté d'un garçon tout frais émoulu du collège avec des taches de son et des cheveux roux ébouriffés. Le reste du comité siégeait en face de Smiley et de Guillam avec l'air de seconds dans un duel qu'ils désapprouvaient et ils étaient venus par deux comme pour se protéger. Le sombre Pretorius, du service de sécurité, avec une femme anonyme qui portait sa serviette, deux pâles guerriers de la Défense ; deux banquiers du Trésor, dont l'un était Hammer-le-Gallois. Oliver Lacon était seul et s'était installé à l'écart, pour bien marquer que de tous c'était lui le moins engagé. Devant chaque paire de mains s'étalait le rapport de Smiley dans une chemise rose et rouge avec l'inscription « Ultra-secret – Ne pas faire circuler », comme un programme souvenir. Le « ne pas faire circuler » signifiait ne pas montrer aux Cousins. C'était Smiley qui avait rédigé le texte, les mémés l'avaient tapé et Guillam lui-même avait regardé les dix-huit pages sortir des duplicateurs et il avait surveillé l'agrafage à la main des vingt-quatre exemplaires. Le fruit de leur travail était maintenant répandu autour de cette grande table, entre les verres d'eau et les cendriers. En soulevant un exemplaire à quinze centimètres au-dessus de la table, Enderby le laissa tomber avec bruit.

« Vous l'avez tous lu ? » demanda-t-il. Tous l'avaient lu.

« Alors allons-y », dit Enderby en faisant le tour de la table de ses yeux arrogants et injectés de sang. « Qui veut commencer ? Oliver ? C'est vous qui nous avez réunis. A vous l'honneur. »

L'idée vint à Guillam que Martindale, le grand fléau du Cirque et de ses œuvres, était étrangement silencieux. Il tournait un regard docile vers Enderby et sa bouche pendait tristement.

Lacon, cependant, disposait ses défenses : « Permettez-moi de dire tout d'abord que je suis tout autant surpris que n'importe qui par ceci, dit-il. C'est un véritable coup au corps, George. Cela aurait facilité les choses d'avoir un peu de préparation. C'est quelque peu gênant pour moi, il faut que je vous le dise, de servir de liaison à un service qui, ces temps derniers, s'est plutôt efforcé de supprimer toutes les liaisons. »

Wilbraham dit : « Très bien, très bien. » Smiley observa un silence de mandarin. Pretorius, qui appartenait à la concurrence, acquiesça d'un air sombre.

« Cela arrive aussi à un moment malcommode, ajouta Lacon d'un ton pompeux. Je veux dire que la thèse, votre thèse seule, est..., disons : énorme. C'est dur à avaler. C'est dur à affronter, George. »

Ayant ainsi assuré ses arrières, Lacon entreprit alors de faire semblant de démontrer qu'après tout, il n'y avait peut-être pas de bombe sous le lit.

« Permettez-moi d'essayer de résumer le rapport, voulez-vous ? Sans fioritures, George. Un éminent citoyen de

Hong Kong est soupçonné d'être un espion russe. Ça revient à ça ?

– On sait qu'il reçoit de très importantes subventions russes, corrigea Smiley, mais en s'adressant à ses mains.

– D'un fonds secret consacré au financement d'agents de pénétration ?

– Oui.

– Consacré uniquement à ce financement ? Ou bien ce fonds a-t-il d'autres usages ?

– Pour autant que nous le sachions, il n'a aucun autre usage, dit Smiley du même ton acide.

– Je veux dire : propagande, promotion commerciale officieuse, ristournes..., ce genre de choses ? Non ?

– Pour autant que nous le sachions : non, répéta Smiley.

– Ah ! mais comment le savent-ils ? lança Wilbraham du bout de la table. Leurs informations n'ont pas été tellement valables dans le passé, n'est-ce pas ?

– Vous voyez où je veux en venir ? demanda Lacon.

– Nous voudrions beaucoup plus de confirmations, dit la dame des Colonies en robe marron d'organiste, avec un sourire encourageant.

– Nous aussi », renchérit Smiley avec douceur. Une ou deux têtes se relevèrent d'un air surpris. « C'est afin d'obtenir ces confirmations que nous demandons des droits et des obligations. »

Lacon reprit l'initiative.

« Acceptons pour le moment votre thèse. Il s'agit d'un fonds secret destiné au Renseignement, pour autant que vous le disiez. »

Smiley acquiesça d'un hochement de tête lointain.

« Existe-t-il le moindre indice montrant qu'il a des activités subversives dans la colonie ?

– Non. »

Lacon jeta un coup d'œil à ses notes. Guillam se dit qu'il avait bien travaillé son dossier.

« Il ne prêche pas, par exemple, le retrait de leurs réserves en sterling de Londres ? Ce qui représenterait pour nous un déficit supplémentaire de neuf cents millions de livres ?

– A ma connaissance, non.

– Il ne nous dit pas d'évacuer l'île, il ne provoque pas d'émeutes, il ne prône pas le rattachement au continent, il ne brandit pas sous notre nez ce maudit traité ?

– Pas autant que nous le sachions.

– Ce n'est pas un militariste. Il ne réclame pas des syndicats efficaces, la liberté de vote, un salaire minimum, l'instruction obligatoire, l'égalité raciale ou un parlement séparé pour les Chinois au lieu de leurs vagues assemblées, qui s'appellent je ne sais plus comment.

– Legoco et Exco, lança Wilbraham. Elles n'ont rien de vague.

– Non, il ne réclame rien de tout ça, dit Smiley.

– Alors qu'est-ce qu'il fait ? interrompit Wilbraham avec vivacité, rien. Voilà la vraie réponse. Tout ça ne tient pas debout. C'est une chasse au fantôme.

– Pour autant qu'il semble, poursuivit Lacon, comme s'il n'avait pas entendu, il en fait sans doute autant que n'importe quel autre homme d'affaires chinois riche et respecté, pour enrichir la colonie. Ou aussi peu. Il dîne avec le gouverneur, mais il n'est pas connu, je présume, pour rafler le contenu de son coffre-fort. En fait, selon toutes les apparences, c'est une sorte de prototype qui existe à Hong Kong : commissaire du Jockey Club, membre bienfaiteur de diverses œuvres, pilier de la société intégrée, c'est un homme qui a réussi, qui est bienveillant, riche comme Crésus, avec la moralité commerciale d'une maison de passe.

– Dites-moi, c'est un peu dur ! protesta Wilbraham. Du calme, Oliver. Rappelez-vous les nouveaux lotissements. »

Lacon, une fois de plus, l'ignora :

« A part la Victoria Cross, une pension de mutilé de guerre et un titre de baronnet, il est donc difficile de voir comment on pourrait trouver quelqu'un de moins susceptible d'être harcelé par un service britannique ou recruté par les Russes.

– Dans mon monde, nous appelons ça une bonne couverture, dit Smiley.

– Touché, Oliver, dit Enderby avec satisfaction.

– Oh ! tout est couverture aujourd'hui », dit Wilbraham d'un ton navré, mais cela ne libéra pas Lacon pour autant.

Premier round à Smiley, songea Guillam avec ravissement, en se souvenant de l'abominable dîner d'Ascott : *Une poule sur un mur trois petits tours et puis s'en va*, chantonna-t-il en son for intérieur, en songeant à son hôtesse.

« Hammer ? » dit Enderby, et le Trésor fit un bref numéro au cours duquel Smiley se fit vertement réprimander pour la tenue de sa comptabilité, mais personne, sauf le Trésor, ne parut trouver les infractions de Smiley bien graves.

« Ça n'est pas le but pour lequel on vous a octroyé des crédits secrets, ne cessait d'insister Hammer-le-Gallois, scandalisé. Il ne s'agissait que de couvrir les frais d'autopsie.

– Bon, bon, Georgie s'est conduit comme un vilain garçon, finit par l'interrompre Enderby pour lui clouer le bec. A-t-il jeté son argent dans le ruisseau ou bien a-t-il réussi un coup à peu de frais ? La question est là. Chris, le moment est venu pour l'empire de faire entendre sa voix. »

Sur cette invitation, le colonel Wilbraham prit officiellement la parole, soutenu par son organiste vêtue de brun et par son assistant roux, dont le jeune visage était déjà courageusement tendu, prêt à protéger son principal.

Wilbraham était un de ces hommes qui ne se rendent pas compte du temps qu'ils mettent à réfléchir. « Oui, commença-t-il après une éternité, oui. Oui, eh bien, j'aimerais m'en tenir à cette question d'argent, si je peux me permettre, tout comme l'a fait Lacon, pour commencer. » De toute évidence, il considérait le rapport comme un empiétement sur son territoire. « Puisque cet argent est tout ce que nous avons pour l'instant pour nous appuyer, remarqua-t-il inutilement en retournant une feuille de son dossier. Oui. » Suivit alors un autre interminable hiatus. « Vous dites ici que l'argent est tout d'abord venu de Paris par Vientiane. » Un silence. « Puis les Russes ont changé de système, pour ainsi dire, et il a été versé par une tout autre voie. Un relais Hambourg-Vienne-Hong Kong. Des complications sans fin, des subterfuges, tout cela – nous vous croirons sur parole – d'accord ? Même somme, mais sous un autre chapeau, pour ainsi dire. Bien. Maintenant pourquoi pensez-vous qu'ils aient fait ça, pour ainsi dire ? »

Pour ainsi dire, nota Guillam, qui était très sensible aux tics verbaux.

« C'est une pratique raisonnable que de changer de temps en temps la routine, répondit Smiley, répétant l'explication qu'il avait déjà fournie dans le rapport.

– Ça se fait dans le métier, Chris », intervint Enderby, qui aimait bien avoir l'air de tout connaître, et Martindale toujours *piano* lui lança un regard admiratif.

Wilbraham, de nouveau, se remontait lentement.

« Nous devons nous laisser guider par ce que Ko *fait*, déclara Wilbraham avec une ardeur surprise, en frappant ses jointures sur le tapis vert. Pas par ce qu'il *obtient*. C'est mon avis. Après tout, enfin, bon sang, ça n'est pas l'argent de Ko, n'est-ce pas ? Légalement, ça n'a rien a voir avec lui. » Cet argument provoqua un instant de silence stupéfait. « Page 2, en haut. L'argent est entièrement versé à un compte de dépôt. » Il y eut un brouhaha général tandis que tous, sauf Smiley et Guillam, consultaient leurs dossiers. « Je veux dire, non seulement rien n'est *dépensé*, ce qui en soi est fichtrement bizarre – j'y reviendrai dans un moment –, *mais ce n'est pas l'argent de Ko.* C'est en dépôt, et quand l'ayant droit se présentera, quel qu'il ou elle soit, ce sera son argent. Jusque-là c'est l'argent du compte, autrement dit. Alors, ce que je veux dire c'est : *qu'est-ce que Ko a fait de mal ?* Il a ouvert un compte de dépôt ? Il n'y a pas de loi contre ça. Ça se fait tous les jours. Surtout à Hong Kong. Le *bénéficiaire* du compte – oh ! ma foi, il pourrait être n'importe où. A Moscou, à Tombouctou ou bien... » Il semblait incapable de penser à un troisième lieu, aussi s'arrêta-t-il, à la grande gêne de son assistant roux qui regarda Guillam d'un air mauvais comme pour le mettre au défi. « La question est : qu'est-ce que nous avons contre *Ko* ? »

Enderby avait porté une allumette à sa bouche et la roulait entre ses dents de devant. Se rendant compte peut-être que son adversaire avait mal exprimé un point intéressant – alors que sa spécialité à lui semblait être l'inverse –, il la reprit et en contempla l'extrémité humide.

« Et qu'est-ce que c'est que tout ce foin à propos de *marque de pouce*, George ? demanda-t-il dans un effort pour dégonfler le succès de Wilbraham. Ça a l'air de sortir d'un roman de Philips Oppenheim. »

L'argot de Belgravia, songea Guillam : le dernier stade de la décadence linguistique.

La réponse de Smiley vibrait d'à peu près autant d'émotion que l'horloge parlante :

« L'emploi des empreintes de pouce est une vieille pratique bancaire sur la côte chinoise. Elle remonte au temps où l'analphabétisme était répandu. De nombreux Chinois de l'étranger préfèrent utiliser des banques britanniques plutôt que les leurs et la structure de ce compte n'a rien d'extraordinaire. Le bénéficiaire n'en est pas nommé, mais s'identifie par un moyen visuel, comme la moitié déchirée d'un billet de banque, ou dans ce cas l'empreinte de son pouce gauche, en partant du principe qu'elle est moins usée par le travail que celle du pouce droit. Il y a peu de chance pour que la banque soulève des objections, à condition que la personne qui a ouvert le compte ait garanti la banque contre tout risque de paiements accidentels ou erronés.

– Je vous remercie, dit Enderby en se livrant à de nouvelles fouilles avec son allumette. Ça pourrait être l'empreinte du pouce de Ko, je suppose, suggéra-t-il. Il n'y a rien qui l'empêche de faire ça, n'est-ce pas ? *Dans ce cas*, ce serait bien son argent. S'il est l'ouvreur du compte et le bénéficiaire tout à la fois, bien sûr ce foutu argent est à lui. »

Aux yeux de Guillam, la discussion avait déjà pris un tour déplorablement ridicule.

« C'est une pure supposition », dit Wilbraham après l'habituel silence de deux minutes. « Imaginez que Ko rende service à un copain. Imaginez ça un moment. Et ce copain a une combine à lui, pour ainsi dire, ou bien fait des affaires avec les Russes. Votre Chinois *adore* conspirer. Ils aiment bien tenter *tous* les coups, même les plus charmants. Ko n'est pas différent des autres, je vous assure. »

Prenant la parole pour la première fois, le jeune rouquin se hasarda à lui apporter son appui.

« Le rapport repose sur une erreur de raisonnement », déclara-t-il sans ménagement, s'adressant à ce stade plus à

Guillam qu'à Smiley. Un jeune puritain, songea Guillam : il pense que le sexe affaiblit et que l'espionnage est immoral. « Vous dites que Ko est à la solde des Russes. *Nous* disons : ça n'est pas démontré. Nous affirmons que le compte de dépôt *peut* contenir de l'argent russe, mais que Ko et le compte sont des entités séparées. » Dans son indignation, il alla trop loin : « Vous parlez de culpabilité. Alors que nous, nous disons que Ko n'a rien fait de mal d'après la loi de Hong Kong et qu'il devrait jouir des droits qui sont dus à un sujet de la colonie. »

Plusieurs voix s'élevèrent aussitôt. Ce fut Lacon qui l'emporta : « Personne ne parle de culpabilité, répliqua-t-il ; il n'est pas le moins du monde question de culpabilité dans cette affaire. Nous parlons de sécurité. Uniquement. De sécurité et des avantages qu'il y aurait à enquêter sur une menace potentielle. »

Le collègue de Hammer-le-Gallois, du Trésor, était un morne Ecossais comme on s'en aperçut bientôt, avec un style aussi brutal que celui du jeune rouquin.

« Personne n'envisage non plus de porter atteinte aux droits de Ko dans la colonie, lança-t-il. Il n'en a aucun. Il n'y a rien dans la loi de Hong Kong, absolument rien qui dise que le gouverneur ne peut pas décacheter le courrier de Mr Ko, brancher le téléphone de Mr Ko sur écoute, suborner sa femme de chambre ou truffer sa maison de micros. Absolument rien. Il y a quelques autres choses que le gouverneur peut faire aussi, si l'envie lui en prend.

– C'est également une hypothèse, dit Enderby avec un coup d'œil vers Smiley. Le Cirque n'a pas de facilités locales pour ce genre d'amusettes, et d'ailleurs, étant donné les circonstances, ce ne serait pas sûr.

– Ce serait scandaleux », dit imprudemment le rouquin, et l'œil de gourmet d'Enderby, jauni par toute une vie de déjeuners, se souleva vers lui et l'enregistra pour s'occuper de lui plus tard.

Telle fut la seconde escarmouche, et peu concluante. Ils discutaillèrent ainsi jusqu'à la pause café, sans vainqueur et sans cadavre. Deuxième round : égalité, décida Guillam. Il se demanda avec accablement combien il y aurait de rounds.

« A quoi tout cela rime-t-il ? demanda-t-il à Smiley dans le brouhaha des conversations. Ça n'est pas en parlant qu'ils vont faire disparaître cette affaire.

– Ils doivent la réduire à leurs dimensions », expliqua Smiley sans critiquer. Mais à part cela, il semblait enclin à une discrétion tout orientale, et aucune incitation de Guillam n'allait l'en faire sortir. Enderby réclama des cendriers propres. Le sous-secrétaire parlementaire dit qu'on devrait essayer d'avancer.

« Songez à ce que ça coûte aux contribuables rien que de nous avoir à siéger ici », insista-t-il avec fierté. Deux heures encore les séparaient du déjeuner.

Ouvrant le troisième round, Enderby aborda le délicat problème de savoir si l'on devait ou non mettre au courant le gouvernement de Hong Kong des renseignements concernant Ko. C'était malicieux de sa part, se dit Guillam, puisque la position du Colonial Office était qu'il n'y avait pas de crise et par conséquent rien dont il ne fallait mettre au courant qui que ce fût. Mais l'honnête Wilbraham, faute de voir le piège, tomba dedans et dit :

« Bien sûr que nous devrions prévenir Hong Kong ! Ils s'administrent eux-mêmes. Nous n'avons pas d'alternative.

– Oliver ? » fit Enderby, avec le calme d'un homme qui a de bonnes cartes en main. Lacon leva les yeux, visiblement irrité d'être attiré en terrain découvert. « Oliver ? répéta Enderby.

– Je suis tenté de répondre que c'est une affaire entre Smiley et la colonie de Wilbraham et que nous devrions les laisser en débattre », dit-il, s'abstenant fermement de prendre parti.

Ce qui laissa le champ libre à Smiley : « Oh ! ma foi, s'il s'agissait du gouverneur et de personne d'autre, je ne pourrais guère soulever d'objections, dit-il. Enfin, si vous estimez que ça n'est pas trop pour lui, ajouta-t-il d'un ton incertain, et Guillam vit le petit rouquin se remettre à pousser ses cheveux.

– Pourquoi diable est-ce que ce serait trop pour le gouverneur ? demanda le colonel Wilbraham, sincèrement déconcerté. C'est un administrateur expérimenté, un négociateur habile. Il se débrouille de tout. Pourquoi serait-ce trop ? »

Cette fois, ce fut Smiley qui prit un temps. « Il devrait bien sûr chiffrer et déchiffrer ses propres télégrammes, dit-il d'un ton songeur, comme s'il s'efforçait encore de démêler toutes les implications. Nous ne pourrions pas naturellement le laisser mettre ses collaborateurs dans le secret. C'est trop demander à quelqu'un. Les livres de code personnel – ma foi, nous pouvons lui trouver ça, sans nul doute. On lui rafraîchirait un peu ses souvenirs de chiffre si besoin était. Il y a aussi le problème, j'imagine, du gouverneur se trouvant malgré lui dans la position d'agent provocateur s'il continue à recevoir Ko sur un plan mondain – ce qu'il doit manifestement continuer à faire. Nous ne pouvons pas à ce stade alarmer le gibier. Cela l'ennuierait-il ? Peut-être que non. Il y a des gens qui font ça tout naturellement. » Il jeta un coup d'œil à Enderby.

Wilbraham se répandait déjà en remontrances : « Mais bonté divine ! mon vieux, si Ko est un espion russe, ce que nous disons d'ailleurs qu'il n'est pas, si le gouverneur le reçoit à dîner et tout naturellement, en confidence, commet une petite indiscrétion. Ma foi, c'est fichtrement injuste. Ça pourrait ruiner sa carrière à cet homme. Sans compter ce que ça pourrait faire à la colonie ! Il faut le lui dire ! »

Smiley semblait plus assoupi que jamais.

« Oh ! bien sûr, s'il a tendance à être indiscret, murmura-t-il doucement, je pense qu'on pourrait peut-être dire que de toute façon il n'est pas le genre de personne qu'on doit informer. »

Dans le silence glacial, Enderby, une fois de plus, retira d'un geste mou l'allumette de sa bouche.

« Ce serait fichtrement bizarre, n'est-ce pas, Chris ! lança-t-il joyeusement à travers la table à Wilbraham, si Pékin se réveillait un beau matin pour apprendre que le gouverneur de Hong Kong, le représentant de la reine et tout le tremblement, commandant des troupes et tout ça, ne manquait pas de recevoir une fois par mois à dîner à sa table le maître espion de Moscou. Et qu'il lui a donné une médaille pour sa peine. Qu'est-ce qu'il a donc eu d'ailleurs ? Il n'a pas été anobli ?

– Ordre de l'Empire britannique, dit quelqu'un *sotto voce*.

– Pauvre diable. Enfin, il fait carrière, j'imagine. Il grimpera bien comme nous tous. »

Enderby, en fait, avait déjà été anobli, alors que Wilbraham était encore coincé, par suite de pénurie croissante de colonies.

« Il n'y a pas de dossier », dit Wilbraham d'un ton résolu, et il posa une main velue bien à plat sur le dossier de couleur vive posé devant lui.

Une mêlée générale s'ensuivit, pour Guillam un *intermezzo*, au cours de laquelle, suivant un accord tacite, les seconds rôles furent autorisés à intervenir en posant des questions sans intérêt afin d'être mentionnés dans les procès-verbaux de séance. Le Gallois Hammer souhaitait établir *sur-le-champ* ce qu'il adviendrait du demi-million de dollars de fonds secrets du Centre de Moscou si par hasard cette somme tombait entre les mains des Britanniques. Il ne saurait être question, les prévint-il, de recycler tout simplement tout cet argent dans le Cirque. Le Trésor aurait seul des droits là-dessus. Etait-ce clair ?

« C'est clair », dit Smiley.

Guillam commença à percevoir une issue. Il y avait ceux qui supposaient, même si c'était à contrecœur, que l'enquête était un fait accompli ; et ceux qui continuaient à mener une action d'arrière-garde pour l'empêcher d'avoir lieu. Hammer, observa-t-il à sa surprise, semblait s'être fait à l'idée d'une enquête.

Tout un chapelet de questions sur les antennes « légales » et « illégales », encore que lassantes, servirent à renforcer la crainte d'un péril rouge. Luff, le parlementaire, voulut qu'on lui expliquât la différence. Smiley accepta avec patience. Un permanent « légal » ou « émergé », dit-il, était un officier de renseignement vivant sous une protection officielle ou semi-officielle. Comme le gouvernement de Hong Kong, par déférence pour la sensibilité de Pékin envers la Russie, avait cru bon de bannir de la colonie toutes formes de représentation soviétique – ambassade, service consulaire, agence Tass, Radio-Moscou, Novosti, Aeroflot, Intourist et autres pavillons de complaisance sous lesquels par tradition voguaient les légaux –, alors par définition il s'ensuivait que toute activité soviétique sur le territoire de la colonie devait être menée par des organismes illégaux ou immergés.

C'était cette présomption qui avait dirigé les efforts des chercheurs du Cirque pour découvrir la voie de remplacement par laquelle on acheminait l'argent, dit-il en évitant d'employer le terme de métier : « filon ».

« Ah ! bien, alors c'est nous qui avons poussé les Russes à cette mesure, dit Luff avec satisfaction. Nous n'avons que nous-mêmes à remercier. Nous nous en prenons aux Russes, ils ripostent. Ma foi, qui est-ce que ça surprend ? Ce sont les erreurs du dernier gouvernement que nous sommes en train de régler. Absolument pas les nôtres. Allez appâter les Russes et vous avez ce que vous méritez. Oh ! oui. Comme d'habitude, nous récoltons la tempête.

– Qu'avaient donc les Russes à Hong Kong avant cela ? » demanda un astucieux sous-fifre du Home Office.

Les Coloniaux s'animèrent aussitôt. Wilbraham se mit à feuilleter fiévreusement un dossier, mais voyant son rouquin d'assistant qui tirait sur sa laisse, il murmura :

« Vous vous en chargez, John, voulez-vous ? Bon. » Et il se rassit, l'air féroce. La dame vêtue de brun regarda avec un sourire nostalgique le tapis vert avec son accroc, comme si elle s'en souvenait lorsqu'il était intact. Le jeune rouquin fit sa seconde et désastreuse sortie :

« Nous considérons les précédents qu'on vient de nous exposer comme très révélateurs en effet, commença-t-il d'un ton agressif. Les précédentes tentatives du Centre de Moscou pour prendre pied dans la colonie ont été toutes, sans exception, des efforts avortés et extrêmement peu valables. » Sur quoi il débita une succession d'exemples assommants.

« Il y a cinq ans, dit-il, un faux archimandrite russe orthodoxe arriva par avion de Paris, pour s'efforcer d'établir des liens avec ce qui restait de la communauté russe blanche.

« Ce monsieur a tenté de forcer un restaurateur d'un certain âge à se mettre au service du Centre de Moscou et il n'a pas tardé à être arrêté. Plus récemment, nous avons eu des cas d'équipages débarquant de cargos russes qui avaient mouillé à Hong Kong pour des réparations. Ces matelots, à coups de poing, ont tenté de recruter des débardeurs et des dockers qu'ils considéraient comme ayant des tendances de gauche. Ils ont été arrêtés, interrogés, ridiculisés par la presse et dûment confinés à bord de leur navire pour le reste de son séjour. » Il cita d'autres exemples tout aussi insipides et tout le monde s'endormait en attendant le dernier tour : « Notre politique a été *exactement* la même chaque fois. Dès qu'ils sont pris, les coupables sont aussitôt exhibés. Des photographies pour la presse ? Autant que vous voulez, messieurs. La télévision ? Braquez vos caméras. Résultats ? Pékin nous tapote affectueusement le dos pour nous remercier de contenir l'expansionnisme impérialiste soviétique. » Bien que surexcité, il trouva le courage de s'adresser directement à Smiley. « Alors, vous voyez, pour ce qui est de vos réseaux d'illégaux, pour être franc, nous n'en tenons aucun compte. Légaux, illégaux, émergés, immergés : notre avis, c'est que le Cirque est en train de se donner beaucoup de mal pour pouvoir repasser le nez sous la clôture ! »

Au moment où il ouvrait la bouche pour répliquer comme il fallait, Guillam sentit qu'on lui retenait le poignet et il la referma aussitôt.

Il y eut un long silence, au cours duquel Wilbraham semblait plus embarrassé que quiconque.

« Tout ça m'a plutôt l'air d'un écran de fumée, Chris, dit sèchement Enderby.

– Où veut-il en venir ? demanda Wilbraham d'un ton nerveux.

– Je réponds simplement à l'argument qu'a avancé pour vous votre bouillant collaborateur, Chris. C'est un écran de fumée. Une ruse. Les Russes brandissent leurs sabres là où vous pouvez les voir, et pendant que vous avez tous la tête tournée du mauvais côté, ils font leur vilain travail de l'autre côté de l'île. A savoir, frère Ko. Exact, George ?

– Eh bien, c'est notre opinion, en effet, reconnut Smiley. Et je suppose que je dois vous rappeler – c'est dans le rapport, en fait – que Haydon lui-même était toujours très empressé à affirmer que les Russes n'avaient rien en train à Hong Kong.

– Déjeuner », annonça Martindale sans trop d'optimisme. Ils prirent le repas au premier étage, tristement, dans des plateaux en plastique apportés par la camionnette d'un traiteur. Les séparations étaient trop basses et la crème caramel de Guillam coula dans sa viande.

Ainsi rafraîchis, Smiley prit avantage de la torpeur d'après-déjeuner pour évoquer ce que Lacon avait appelé le facteur panique. Plus précisément, il s'efforça de faire comprendre à l'assistance qu'il y avait une certaine logique derrière la possibilité d'une présence soviétique à Hong Kong, même si, comme il l'expliqua, Ko n'en donnait pas l'exemple :

Comment Hong Kong, en tant que plus grand port de la Chine continentale, assurait quarante pour cent de son commerce extérieur.

Comment on estimait que un sur cinq des résidents de Hong Kong effectuait chaque année un aller et retour illégal en Chine : encore fallait-il compter que certains qui faisaient de nombreux voyages, à n'en pas douter, augmentaient la moyenne.

Comment la Chine rouge maintenait à Hong Kong, *sub rosa*, mais avec la totale connivence des autorités, des équipes de négociateurs de première classe, des économistes et techniciens chargés de veiller sur les intérêts de Pékin dans le domaine commercial, dans celui de l'armement maritime et du développement des échanges ; et comment chacun d'eux constituait pour un service de renseignement une cible naturelle pour « la séduction ou toute autre forme de secrète persuasion », comme il disait.

Comment les flottes de jonques et de barques de pêche de Hong Kong bénéficiaient d'une double inscription à Hong Kong et le long de la côte chinoise, et circulaient librement à l'intérieur et à l'extérieur des eaux territoriales chinoises...

L'interrompant, Enderby posa une question complémentaire d'une voix traînante :

« Et Ko possède une flotte de jonques. N'avez-vous pas dit que c'est un des derniers braves ?

– Si, si, en effet.

– Mais il ne se rend pas lui-même en Chine continentale ?

– Non, jamais. Son assistant y va, mais, selon nous, pas Ko.

– Son assistant ?

– Il a un régisseur du nom de Tiu. Ils se connaissent depuis vingt ans. Au moins. Ils ont les mêmes antécédents, Hakka, Shanghai, etc. Tiu lui sert d'homme de paille dans diverses sociétés.

– Et Tiu se rend régulièrement en Chine continentale ?

– Au moins une fois par an.

– Partout ?

– Canton, Pékin, Shanghai figurent au dossier. Mais le dossier n'est pas nécessairement complet.

– Mais Ko reste à la maison. Bizarre. »

Comme il n'y avait pas d'autres questions ou commentaires sur ce sujet, Smiley reprit son voyage Cook des charmes de Hong Kong en tant que base d'espions. Hong Kong était unique, déclara-t-il avec simplicité. Aucun endroit au monde n'offrait un dixième des facilités pour mettre de là un pied en Chine.

« Des facilités ! reprit Wilbraham. Des tentations plutôt. »

Smiley haussa les épaules. « Des tentations, si vous voulez, accepta-t-il. Le service soviétique n'a pas la réputation d'y résister beaucoup. » Et au milieu de quelques rires entendus, il entreprit de raconter ce qu'on savait jusqu'à maintenant des tentatives du Centre contre la cible Chine dans son ensemble : un exposé préparé conjointement par Connie et di Salis. Il décrivit les efforts du Centre pour attaquer du nord, au moyen de recrutement en gros et d'infiltration des sujets russes d'ethnie chinoise. Pas de résultats, dit-il. Il décrivit un énorme réseau de postes d'écoute tout le long des sept mille et quelques kilomètres de la frontière terrestre sino-soviétique : peu productif, dit-il, puisque les renseignements recueillis étaient d'ordre militaire alors que la menace était politique. Il rappela les rumeurs d'approches soviétiques vers Taiwan, en proposant de faire cause commune contre la menace chinoise grâce à des opérations combinées et en partageant les bénéfices : propositions repoussées, dit-il, et sans doute conçues par malice, pour agacer Pékin plutôt que pour être prises au sérieux. Il donna des exemples de l'utilisation par les Russes de dénicheurs de talents parmi les communautés chinoises à l'étranger, de Londres, Amsterdam, Vancouver et San Francisco ; et il aborda le sujet des propositions faites par le Centre aux Cousins, quelques années auparavant, pour l'établissement d'un « pool de renseignements » ouvert aux ennemis communs de la Chine. Ça n'avait rien donné, dit-il. Les Cousins n'avaient pas marché. Et il fit enfin allusion à la longue histoire d'impitoyables opérations de compromissions et de corruptions contre les fonctionnaires de Pékin postés à l'étranger : résultats indéterminés, dit-il.

Lorsqu'il eut fait tout cela, il se carra sur sa chaise et répéta la thèse qui provoquait tant de remous.

« Tôt ou tard, répéta-t-il, le Centre de Moscou devra venir à Hong Kong. »

Ce qui les ramena une fois de plus à Ko, et à Roddy Martindale, qui sous l'œil d'aigle d'Enderby se chargea de la véritable passe d'armes suivante :

« Voyons, George, à votre avis, cet argent est destiné à quoi ? Je veux dire, nous avons entendu tout ce à quoi il n'est pas destiné, et nous avons appris qu'on ne le dépense pas. Mais nous ne sommes pas plus avancés, me semble-t-il. Nous avons l'air de ne rien savoir du tout ? C'est toujours la même question : comment l'argent est-il gagné, comment est-il dépensé, que faut-il *faire* ?

– Ça fait trois questions, dit cruellement Enderby dans un murmure.

– C'est bien *parce que* nous ne savons pas, dit Smiley impassible, que nous demandons la permission de chercher. »

Quelqu'un du côté du Trésor dit : « Est-ce qu'un demi-million de dollars, c'est beaucoup ?

– Dans mon expérience, dit Smiley, c'est sans précédent. Le Centre de Moscou – il évita soigneusement de dire *Karla* – déteste avoir à aucun moment à payer ses fidèles. Pour eux, les acheter à ce taux-là, ça ne s'est jamais vu.

– Mais la fidélité de qui achètent-ils ? » gémit quelqu'un.

Martindale le gladiateur revint à l'assaut : « Vous ne nous faites pas assez confiance, George, je le sais. Vous avez une idée derrière la tête, bien sûr. Alors mettez-nous dans la confidence. Ne soyez pas si timide.

– Oui, vous ne pouvez pas nous lancer quelques idées ? dit Lacon, d'un ton tout aussi plaintif.

– Je suis sûr que vous pouvez être un peu plus explicite », implora Hammer.

Même devant cette triple attaque, Smiley ne broncha pas. Le facteur panique finissait par payer : c'était Smiley lui-même qui l'avait déclenché. Comme des malades affolés, ils réclamaient à grands cris un diagnostic. Et Smiley refusait d'en donner un, sous prétexte qu'il n'avait pas toutes les informations en main.

« Vraiment, je ne peux pas faire plus que vous donner les faits tels qu'ils apparaissent. A ce stade, lancer des hypothèses à haute voix serait inutile. »

Pour la première fois depuis le début de la séance, la dame en marron du Colonial Office ouvrit la bouche pour poser une question. Elle avait une voix mélodieuse et intelligente.

« A propos des précédents, alors, monsieur Smiley ? » – Smiley inclina la tête dans un bizarre petit salut – « Y a-t-il des précédents de fonds secrets russes versés à quelqu'un qui détienne les enjeux ? Dans d'autres théâtres d'opérations par exemple ? »

Smiley ne répondit pas tout de suite. Guillam, qui n'était assis qu'à quelques centimètres de lui, aurait juré qu'il avait senti une brusque tension, comme un sursaut d'énergie qui traversait le corps de son voisin. Mais lorsqu'il jeta un coup d'œil au profil impassible, il ne vit chez son maître qu'une somnolence qui s'approfondissait et un léger abaissement des paupières lasses.

« Il y a eu quelques cas de ce que nous appelons des *pensions alimentaires*, finit-il par reconnaître.

– Des *pensions alimentaires*, monsieur Smiley ? » reprit la dame du Colonial Office, cependant que son compagnon aux cheveux roux prenait un air encore plus renfrogné, comme si le divorce était autre chose qu'il désapprouvait.

Smiley s'avança avec une extrême prudence : « Il y a évidemment des agents travaillant dans des pays hostiles – hostiles du point de vue soviétique – qui, pour des raisons de couverture, ne peuvent profiter de leur solde pendant qu'ils sont sur le terrain. »

D'un hochement de tête délicat, la dame vêtue de brun montra qu'elle comprenait. « L'usage normal, dans ces cas-là, est de verser l'argent en banque à Moscou et de le mettre à la disposition de l'agent lorsqu'il est libre de le dépenser. Ou de sa famille si...

– S'il se fait pincer, fit Martindale d'un ton gourmand.

– Mais Hong Kong n'est pas Moscou », lui rappela la dame du Colonial Office avec un sourire.

Smiley s'était pratiquement arrêté : « Dans de rares cas où le mobile est l'argent et où l'agent peut-être n'a pas le courage de finir par se réinstaller en Russie, on a vu le Centre de Moscou, sous la contrainte, procéder à un arrangement comparable..., disons en Suisse.

– Mais pas à Hong Kong ? insista-t-elle.

– Non. Pas du tout. Et il est inimaginable, d'après l'expérience du passé, que Moscou envisage de verser une pension alimentaire d'une telle ampleur. Tout d'abord, ce serait pour l'agent une tentation de se retirer. »

Il y eut des rires, mais lorsqu'ils se turent, la dame en marron avait sa question suivante toute prête.

« Mais les versements ont commencé modestement, insista-t-elle d'un ton plaisant. La tentation n'est donc que d'une date relativement récente ?

– Exact », dit Smiley.

Bien trop exact, songea Guillam, qui commençait à s'inquiéter.

« Monsieur Smiley, si les dividendes représentaient pour eux une valeur suffisante, pensez-vous que les Russes seraient prêts à rengainer leurs objections et à payer un tel prix ? Après tout, en termes absolus, l'argent ne représente absolument rien par rapport à la valeur d'un grand avantage sur le plan du renseignement. »

Smiley s'était tout bonnement arrêté. Il ne fit aucun geste. Il demeura courtois, il parvint même à esquisser un petit sourire, mais de toute évidence il était à bout de conjectures. Il fallut Enderby, avec son ton blasé, pour écarter la question :

« Ecoutez, mes enfants, si nous n'y prenons pas garde, nous allons passer toute la journée à échafauder des théories, s'écria-t-il en consultant sa montre. Chris, est-ce que nous mettons les Américains dans le secret ? Si nous ne disons rien au gouverneur, quelle est notre position sur le fait de prévenir nos vaillants alliés ? »

George sauvé par le gong, songea Guillam.

A la mention des Cousins, le colonel Wilbraham se précipita comme un taureau furieux. Guillam se dit qu'il avait flairé la conclusion imminente et qu'il était déterminé à la tuer dans l'œuf.

« Je dois malheureusement opposer mon veto, lança-t-il sans son temps de réflexion habituel. Absolument. Pour des tas de raisons. D'abord, une question de démarcation. Hong Kong, c'est notre territoire. Les Américains n'ont pas de droit de pêche là-bas. Aucun. Ensuite, Ko est un sujet britannique et il a droit à une certaine protection de notre part. Je pense qu'on doit trouver ça vieux jeu mais pour être franc, ça m'est égal. Nous serions tout de suite dépassés par les Américains. J'ai déjà vu ça. Dieu sait où ça finirait. Enfin : petit point de protocole. » Il se voulait ironique. Il faisait appel aux instincts d'un ex-ambassadeur en s'efforçant d'éveiller sa sympathie. « Un tout petit point, Enderby. Prévenir les Américains et ne rien dire au gouverneur : si moi, j'étais le gouverneur, placé dans une position pareille, je rendrais mon tablier. Voilà tout ce que je peux dire. Vous le feriez aussi. Je sais que vous le feriez. Je le ferais.

– En supposant que vous l'appreniez, le reprit Enderby.

– Ne vous en faites pas. Je le saurais. Pour commencer, ils débarqueraient à dix pour truffer sa maison de microphones. Il y a un ou deux endroits en Afrique où nous les avons laissé faire. Un désastre total. » Posant bruyamment ses avant-bras sur la table, l'un par-dessus l'autre, il les regarda d'un air furieux.

Une véhémente pétarade, comme d'un moteur de horsbord, annonça une défaillance d'un des déflecteurs électroniques. Le bruit s'étouffa, redémarra et disparut de nouveau dans les ultrasons.

« Il faudrait un homme courageux pour vous duper sur ce point, Chris, murmura Enderby dans le silence un peu tendu, avec un long sourire admiratif.

– Avalisé », lança Lacon, comme ça.

Ils savent, se dit simplement Guillam. George les a mis au parfum. Ils savent qu'il a passé un marché avec Martello et ils savent qu'il n'en dira rien parce qu'il est décidé à mentir à fond. Mais Guillam ce jour-là ne voyait rien avec clarté. Tandis que les factions du Trésor et de la Défense se mettaient prudemment d'accord sur ce qui semblait être une question réglée – « Ne mettez pas les Américains là-dedans » –, Smiley, de son côté, semblait mystérieusement peu disposé à s'aligner sur les autres :

« Mais il reste quand même le problème de savoir quoi faire des renseignements bruts, dit-il. Je veux dire, au cas où vous décideriez que mon service n'est pas autorisé à poursuivre », ajouta-t-il d'un ton hésitant, et à la confusion générale.

Guillam fut soulagé de trouver Enderby tout aussi déconcerté :

« Bon sang, qu'est-ce que ça veut dire ? demanda-t-il, courant un moment avec la meute.

– Ko a des intérêts financiers dans tout le Sud-Est asiatique, leur rappela Smiley. Page un de mon rapport. » On s'affaira ; on feuilleta des papiers. « D'après nos renseignements, par exemple, il contrôle, par des intermédiaires et des hommes de paille, des entreprises aussi variées qu'une chaîne de boîtes de nuit à Saigon, qu'une compagnie d'aviation basée à Vientiane, qu'une part de flotte de pétroliers en Thaïlande... et plusieurs de ses affaires pourraient fort bien être considérées comme ayant des résonances politiques qui sont tout à fait dans la sphère d'influence américaine. Il me faudrait bien entendu vos instructions écrites, si je devais ne pas tenir compte pour notre part des accords bilatéraux existants.

– Continuez, je vous écoute, ordonna Enderby en tirant une nouvelle allumette de la boîte posée devant lui.

– Oh ! je crois avoir exposé ma position, je vous remercie, dit poliment Smiley. En fait, elle est très simple. En supposant que nous ne poursuivions pas, ce qui à en croire Lacon est dans les probabilités d'aujourd'hui, que dois-je faire ? Jeter les renseignements à la poubelle ? Ou bien les transmettre à nos alliés suivant les accords d'échanges existants ?

– Les alliés, s'exclama Wilbraham avec amertume. Les alliés ? Vous nous braquez un pistolet sur la tempe, mon vieux ! »

La dure réplique de Smiley fut d'autant plus stupéfiante en raison de la passivité qui l'avait précédée :

« J'ai reçu de ce comité la consigne de rétablir notre liaison avec les Américains. Il est écrit dans mes instructions, celles que vous m'avez données, que je dois faire tout mon possible pour alimenter les relations spéciales et raviver l'esprit de confiance mutuelle qui existait avant... Haydon. "Pour que nous retrouvions notre place à la grande table", avez-vous dit..., conclut-il en regardant Enderby droit dans les yeux.

– A la *grande table*, reprit une voix, une voix qu'on n'avait pas encore entendue. A l'autel du sacrifice, si vous voulez mon avis. Nous avons déjà brûlé dessus le Moyen-Orient et la moitié de l'Afrique. Tout cela au nom des relations spéciales. »

Mais Smiley ne semblait pas entendre. Il était retombé une fois de plus dans son attitude de morne répugnance. Parfois, disait son triste visage, les charges de son office étaient simplement trop lourdes à supporter.

Une nouvelle crise de maussaderie d'après-déjeuner s'installa. Quelqu'un se plaignit de la fumée de tabac. On fit venir un huissier.

« Que diable est-il arrivé aux aérateurs ? interrogea Enderby d'un ton agacé. Nous étouffons.

– Ce sont les pièces détachées, dit l'huissier. Nous les avons demandées il y a des mois, monsieur. C'était avant Noël, monsieur, ça va faire presque un an quand on y pense. Mais on ne peut pas leur en vouloir de mettre du temps, n'est-ce pas, monsieur ?

– Seigneur ! » dit Enderby.

On fit venir du thé. Il arriva dans des gobelets en carton qui fuyaient sur le tapis vert. Guillam consacra ses pensées à la silhouette sans pareille de Molly Meakin.

Il était près de quatre heures lorsque Lacon se mit à chevaucher d'un air dédaigneux sur le front des armées en invitant Smiley à parler : « En termes pratiques, George, qu'est-ce que vous demandez exactement ? Etalons tout ça sur la table et essayons de trouver une réponse. »

L'enthousiasme aurait été fatal. Smiley parut comprendre cela.

« *Primo*, nous avons besoin du droit et de l'autorisation d'opérer sur le théâtre du Sud-Est asiatique – avec possibilité de démenti. De façon que le gouverneur puisse se laver les mains de notre sort... » Un coup d'œil au sous-secrétaire parlementaire – « Et que nos maîtres ici présents puissent en faire autant. *Secundo*, de mener certaines enquêtes domestiques. »

Des têtes se relevèrent brusquement. Le Home Office s'agita aussitôt. Pourquoi ? Qui ça ? Comment ? *Quelles* enquêtes ? Si c'est domestique, ça devrait aller à la concurrence. Pretorius, du service de sécurité, était déjà en pleine fermentation.

« Ko a étudié le droit à Londres, insista Smiley. Il a des relations ici, d'affaires et mondaines. Nous devrions naturellement enquêter auprès d'elles. » Il lança un coup d'œil à Pretorius. « Nous montrerions à la concurrence toutes nos découvertes », promit-il. Il reprit son plaidoyer :

« En ce qui concerne l'argent, mon rapport contient une analyse complète de ce qu'il nous faut tout de suite, aussi bien que des estimations supplémentaires pour divers imprévus. Enfin nous demandons la permission, au niveau local aussi bien qu'à celui de Whitehall, de rouvrir notre antenne de Hong Kong pour servir de base avancée à l'opération. »

Un silence stupéfait accueillit ce dernier article, auquel contribua le propre ahurissement de Guillam. Nulle part, dans aucune des discussions préparatoires au Cirque, ni avec Lacon, personne à la connaissance de Guillam, pas même Smiley, n'avait évoqué le moins du monde la question de rouvrir Maison Haute ni d'installer un successeur. Une nouvelle discussion commença.

« Faute de cela, conclut-il, dominant les protestations, si nous ne pouvons pas avoir notre antenne, nous demandons à tout le moins l'approbation, les yeux fermés, d'avoir nos propres agents immergés dans la colonie. Les autorités locales n'auront rien à en savoir, mais nous voulons approbation et protection de Londres. Toutes sources existantes devant être légitimées rétrospectivement. Par écrit », conclut-il avec un regard sévère à Lacon. Et il se leva.

Guillam et Smiley allèrent une fois de plus s'asseoir tristement dans la salle d'attente, sur la même banquette saumon où ils avaient commencé, côte à côte, comme des passagers voyageant dans la même direction.

Pourquoi ? marmonna une fois Guillam, mais poser des questions à George Smiley n'était pas seulement de mauvais goût ce jour-là : c'était un passe-temps expressément interdit par l'avis placardé au-dessus d'eux sur le mur.

Quelle stupide façon de viser trop haut, songea Guillam avec consternation. Il a tout gâché, se dit-il. Pauvre vieux schnock : il a fini par aller trop loin. La seule opération qui pouvait nous remettre en selle. L'avidité, voilà ce que c'était. L'avidité d'un vieil espion pressé. Je ne vais pas le lâcher, se dit Guillam. Je coulerai avec le navire. Nous ouvrirons un élevage de volaille ensemble. Molly pourra tenir les comptes et Ann pourra avoir des idylles bucoliques avec les ouvriers agricoles.

« Comment vous sentez-vous ? demanda-t-il.

– Ça n'est pas une question de sentiments », répondit Smiley.

Merci beaucoup, se dit Guillam.

Les minutes arrivaient maintenant au total de vingt. Smiley n'avait pas bougé. Son menton était tombé sur sa poitrine, ses yeux s'étaient fermés, il aurait pu être en prière.

« Vous devriez peut-être prendre un soir de congé », dit Guillam.

Smiley se contenta de froncer les sourcils.

Un huissier apparut, les invitant à revenir. Lacon maintenant présidait, et il avait des airs de directeur. Enderby était assis à deux places de lui, conversant à voix basse avec le Gallois Hammer. Pretorius était sombre comme un nuage d'orage, et sa dame anonyme fronçait les lèvres dans une grimace inconsciente de désapprobation. Lacon feuilleta ses notes pour réclamer le silence et, comme un juge qui ménage ses effets, commença à lire les conclusions détaillées du comité avant de rendre le verdict. Le Trésor avait officiellement formulé une sérieuse protestation concernant la mauvaise gestion des comptes de Smiley. Smiley devrait également garder présent à l'esprit que toute demande de droits et d'autorisations domestiques devrait être formulée à l'avance auprès du service de sécurité et non pas « leur tomber dessus comme un lapin jailli d'un chapeau au milieu d'une réunion plénière du comité ». Il ne saurait être question de rouvrir l'antenne de Hong Kong. Pour une simple question de temps, une telle mesure était impossible. C'était vraiment une proposition tout à fait éhontée, laissa-t-il entendre.

Il y avait une question de principe, des consultations devraient avoir lieu au plus haut niveau, et puisque Smiley s'était déjà prononcé de façon précise contre le fait de mettre le gouverneur au courant de ses découvertes – ça, c'était le coup de chapeau de Lacon à Wilbraham –, il allait être très difficile de plaider pour le rétablissement d'une antenne dans un avenir prévisible, surtout si l'on songeait à la triste publicité qui avait entouré l'évacuation de Maison Haute.

« C'est avec une grande répugnance que je dois accepter cette opinion », dit Smiley d'un ton grave.

Oh ! bonté divine, songea Guillam : tombons au moins en nous battant !

« Acceptez-la comme vous voudrez », dit Enderby – et Guillam aurait juré distinguer dans les yeux de Enderby et du Gallois Hammer une lueur de victoire.

Les salauds, se dit-il simplement. Vous n'aurez pas de poulets gratis. Dans son esprit, il prenait déjà congé de toute la meute.

« Tout le reste, dit Lacon, en reposant une feuille de papier et en en prenant une autre, avec certaines restrictions et précautions concernant le côté souhaitable, l'aspect financier et la durée de la permission, tout le reste est accordé. »

Le parc était désert. La piétaille des banlieusards avait laissé le terrain aux professionnels. Quelques amoureux gisaient sur l'herbe humide comme des soldats après la bataille. Quelques flamants sommeillaient. Au côté de Guillam, en sautillant gaiement dans le sillage de Smiley, Roddy Martindale chantait les louanges de ce dernier : « Je trouve que George est tout simplement merveilleux. Indestructible. Et de la poigne. J'adore la poigne. C'est ma qualité humaine préférée. George en a à revendre. On a une vue tout à fait différente de ces choses quand on est transféré. On grandit à leur échelle, je le reconnais. Votre père était un spécialiste de l'histoire de la marine, si je me souviens bien ?

– Oui, dit Guillam, ses pensées revenant à Molly, et se demandant si le dîner était encore possible.

– Et terriblement *Almanach de Gotha.* Dites-moi, il préférait la voile ou la vapeur ? »

Sur le point de lui lancer une réponse extrêmement grossière, Guillam comprit juste à temps que Martindale l'interrogeait bien innocemment sur les préférences érudites de son père :

« Oh ! la voile, la voile absolument, dit-il. Il serait remonté jusqu'à l'arche de Noë s'il avait pu.

– Venez dîner.

– Merci.

– Nous allons fixer une date. Voyons, qui est drôle pour changer ? Qui aimeriez-vous voir ? »

Devant eux, flottant dans l'air déjà chargé de rosée, on entendait la voix traînante d'Enderby applaudissant à la victoire de Smiley :

« Bonne petite réunion. Bon résultat. Cédé sur rien. Joliment joué. Réussissez ce coup-là et vous pourrez vous étendre, à mon avis. Et les Cousins joueront le jeu, n'est-ce pas ? » rugit-il comme s'ils étaient encore dans la chambre de sécurité. « Vous avez tâté l'eau là-bas ? Ils seront prêts à apporter vos bagages sans tirer la couverture à eux ? Ça va être un vrai feuilleton, cette affaire, mais je pense que vous êtes à la hauteur. Dites à Martello de mettre ses semelles de crêpe, s'il en a, sinon nous aurons très vite des ennuis avec les gens du Colonial Office. C'est dommage pour ce vieux Wilbraham. Il aurait gouverné l'Inde pas trop mal. »

Plus loin d'eux encore, ayant presque disparu parmi les arbres, le petit Gallois Hammer multipliait les gestes énergiques envers Lacon qui se penchait pour entendre ce qu'il disait.

Joli petit complot aussi, songea Guillam. Il jeta un coup d'œil derrière lui et fut surpris d'apercevoir Fawn, le baby-sitter, qui se hâtait sur leurs pas. Il parut tout d'abord bien loin. Des lambeaux de brume masquaient entièrement ses jambes. Seul le haut de son corps dépassait. Et puis tout d'un coup, il fut beaucoup plus proche, et Guillam entendit son braillement plaintif quand il se mit à crier : « Monsieur, monsieur », en essayant d'attirer l'attention de Smiley. S'arrangeant aussitôt pour que Martindale ne pût entendre, Guillam s'approcha de Fawn à grands pas.

« Qu'est-ce qu'il vous prend ? Pourquoi bêlez-vous comme ça ?

– Ils ont trouvé une fille ! Miss Sachs, monsieur, elle m'a envoyé exprès pour le dire. Ses yeux brillaient d'une lueur un peu démente. "Dites au chef qu'ils ont trouvé la fille." C'étaient ses propres mots, pour le chef en personne.

– Vous voulez dire qu'elle vous a envoyé ici ?

– Pour le chef en personne, immédiat, répondit Fawn d'un ton évasif.

– J'ai dit : "Elle vous a envoyé ici ?" fit Guillam bouillonnant. Réponse : "Non, monsieur, pas du tout." Ça n'est pas une raison pour jouer les reines de tragédie et parcourir Londres en espadrilles ! Vous êtes fou. » Arrachant le billet froissé de la main de Fawn, il le lut rapidement. « Ça n'est même pas le même nom. Tout ça ne tient pas debout. Retournez à votre clapier, vous entendez ? Le chef s'occupera de cette affaire quand il rentrera. Et ne vous avisez pas de remettre la pagaille comme ça.

– Qui était-ce donc ? s'enquit Martindale, tout essoufflé d'excitation, lorsque Guillam revint. Quelle charmante petite créature ! Est-ce que tous les espions sont aussi mignons que ça ? Un vrai Vénitien. Je vais m'engager tout de suite. »

Ce même soir une conférence improvisée se tint dans la salle de jeux, et sa qualité ne s'en trouva pas améliorée par l'euphorie – alcoolique dans le cas de Connie – provoquée par le triomphe de Smiley à la conférence d'orientation. Après les contraintes et les tensions de ces derniers mois, Connie chargeait dans toutes les directions. La fille ! La fille, c'était la clef de l'affaire ! Connie ne se tenait plus. Il faut envoyer Toby Esterhase à Hong Kong, la repérer, la photographier, la filer, fouiller sa chambre ! Faire venir Sam Collins, tout de suite ! Di Salis s'agitait, faisait des mines, tirait sur sa pipe et remuait les pieds, mais ce soir-là, il était entièrement sous le charme de Connie. Il parla même une fois d'« une ligne naturelle jusqu'au cœur des choses » – voulant dire par là la fille mystérieuse. Ça n'était pas étonnant que le petit Fawn eût été contaminé par leur ardeur. Guillam eut presque des remords de la sortie qu'il lui avait faite dans le parc. En fait, s'il n'y avait pas eu Smiley et Guillam pour les calmer un peu, un acte de folie collective aurait fort bien pu se dérouler ce soir-là, et Dieu sait où cela aurait pu les conduire. Le monde secret a d'innombrables précédents de gens sains d'esprit qui cassent comme ça, mais c'était la première fois que Guillam voyait la maladie en action.

Il était donc dix heures ou davantage avant qu'on pût rédiger des instructions pour le vieux Craw, et dix heures et demie avant que Guillam, les yeux rouges d'insomnie, ne tombât sur Mollie Meakin, en se rendant vers l'ascenseur. En conséquence de cette heureuse coïncidence – ou bien Mollie l'avait-elle ménagée ? Il ne le sut jamais – un phare s'alluma dans la vie de Peter Guillam qui désormais ne s'éteignit pas. Avec sa docilité coutumière, Mollie consentit à se faire raccompagner, bien qu'elle habitât Highgate, ce qui faisait pour lui un énorme détour, et lorsqu'ils arrivèrent sur le pas de sa porte, elle l'invita comme d'habitude à prendre un café rapide. Prévoyant les déceptions coutumières – « Non Peter-je-vous-en-prie-Peter-mon-chou-je-suis-navrée » –, Guillam était sur le point de refuser, quand quelque chose dans le regard de la jeune femme – une certaine calme résolution, lui sembla-t-il – le fit changer d'avis. Une fois dans l'appartement, elle referma la porte derrière eux et mit la chaîne. Puis elle l'entraîna d'un air espiègle jusqu'à sa chambre, où elle le surprit par sa sensualité joyeuse et raffinée.

9

LE PETIT NAVIRE DE CRAW

A Hong Kong, quarante-huit heures plus tard, et c'était un dimanche soir. Dans la ruelle, Craw avançait avec précaution. Avec le brouillard, la nuit était tombée tôt, mais les maisons étaient construites trop proches les unes des autres pour la laisser pénétrer, alors elle flottait quelques étages plus haut, avec le linge et les cordes, crachotant de chaudes gouttes polluées qui éveillaient des parfums d'orange sur les éventaires et oscillaient au bord du chapeau de paille de Craw. Ici, il était en Chine, au niveau de la mer, dans la Chine qu'il préférait, et la Chine s'éveillait pour le festival de la nuit : en chantant, en klaxonnant, en gémissant, en frappant des gongs, en discutant, en cuisinant, en jouant des notes grêles sur vingt instruments différents : ou bien en observant, immobiles sur les seuils, avec quelle délicatesse le diable étranger, dans son déguisement, se frayait un chemin au milieu de tout cela. Craw adorait ça, mais le plus clair de sa tendresse, il la réservait à ces *petits navires*, comme les Chinois appelaient leurs secrètes commères, et, parmi celles-ci, miss Phoebe Wayfarer, à qui il s'en allait rendre visite, en était un exemple classique, même s'il était modeste.

Il prit une profonde inspiration, savourant les plaisirs familiers. L'Orient ne l'avait jamais déçu : « Nous les colonisons, Vos Grâces, nous les corrompons, nous les exploitons, nous les bombardons, nous pillons leurs villes, nous ignorons leur culture et les confondons avec l'infinie variété de nos sectes religieuses. Nous sommes affreux, non seulement à leurs yeux, messeigneurs, mais à leurs narines aussi : la puanteur du Blanc leur est insupportable et nous sommes trop abrutis, même pour le savoir. Pourtant, quand nous avons fait le pire, et plus que le pire, mes fils, c'est à peine si nous avons éraillé la surface du sourire asiatique. »

D'autres Nez-Longs auraient pu ne pas s'aventurer si volontiers tout seuls dans ces parages. La mafia du Pic n'en aurait pas connu l'existence : les épouses britanniques barricadées dans leurs ghettos de fonctionnaires de Happy Valley auraient trouvé ici tout ce qu'elles détestaient le plus à propos de leur cantonnement. Ce n'était pas un mauvais quartier de la ville, mais ça n'était pas non plus l'Europe : l'Europe de Central Street et de Pedder Street à huit cents mètres de là, l'Europe des portes électriques qui soupiraient en vous admettant dans leur paradis climatisé. D'autres Nez-Longs, dans leur appréhension, auraient pu jeter par inadvertance des regards irrités autour d'eux, et ça, c'était dangereux. A Shanghai, Craw avait vu plus d'un homme mourir d'un regard mauvais lancé par accident. Alors que le regard de Craw était à tout moment bienveillant ; il était déférent, modeste dans son allure, et lorsqu'il s'arrêtait pour faire une emplette, il offrait ses respectueuses salutations au boutiquier en mauvais mais robuste cantonais. Et il payait sans protester contre la majoration de prix que lui valait sa race inférieure.

Il acheta des orchidées et du foie d'agneau. Il en achetait tous les dimanches, répartissant équitablement sa clientèle entre les éventaires rivaux et – quand il était à court de cantonais – retombant dans son anglais fleuri.

Il pressa le bouton de sonnette. Phoebe, comme le vieux Craw lui-même, avait un téléphone à la porte : la Maison Mère avait décrété qu'ils devaient tous en avoir. Elle avait glissé une branche de bruyère dans sa boîte aux lettres, comme porte-bonheur, et c'était le signal de sécurité.

« Salut », fit une voix de femme dans le haut-parleur. Ç'aurait pu être une voix américaine ou cantonaise, disant sur un ton interrogatif : « Oui ? ».

« Larry m'appelle Pete, dit Craw.

– Montez donc, j'ai Larry avec moi en ce moment. »

L'escalier n'avait aucune lumière et puait le vomi, et les talons de Craw faisaient un bruit métallique sur la pierre des marches. Il appuya sur la minuterie, mais aucune lampe ne s'alluma et il dut monter à tâtons les trois étages. On avait bien parlé de lui trouver quelque chose de mieux, mais ce projet s'était éteint avec le départ de Thesinger, et maintenant il n'y avait plus d'espoir et, dans une certaine mesure, plus de Phoebe non plus.

« Bill », murmura-t-elle, en refermant la porte derrière lui, et elle l'embrassa sur ses deux joues tachetées de brun comme les jolies filles peuvent embrasser des oncles généreux, bien qu'elle ne fût pas jolie. Craw lui offrit les orchidées. Il avait avec elle des manières douces et pleines de sollicitude.

« Ma chère enfant, dit-il. Ma très chère. »

Elle tremblait. Il y avait une chambre-studio avec une cuisinière et un lavabo, et des toilettes séparées avec une douche. C'était tout. Passant devant elle, il alla jusqu'au lavabo, déballa le foie et le donna au chat.

« Oh ! Bill, vous le gâtez », dit Phoebe, souriant aux fleurs. Il avait déposé une enveloppe brune sur le lit, mais aucun d'eux n'en fit mention.

« Et comment va mon cher *William* ? », fit-elle, jouant avec le son de son prénom.

Craw avait accroché sa canne et son chapeau à la porte et servait le scotch : sec pour Phoebe, avec de l'eau gazeuse pour lui.

« Comment va, Pheeb ? C'est le plus important. Comment ça s'est passé là-bas, cette longue froide semaine ? Hein, Pheeb ? »

Elle avait défait le lit et étalé sur le sol une chemise de nuit froufroutante, parce que, pour l'immeuble, Phoebe était la salope à demi *kwailo* qui faisait la putain pour ce gros diable étranger. Au-dessus des coussins enfoncés était accroché son tableau des Alpes suisses, cette image que chaque Chinoise semblait avoir, et sur l'armoire au pied du lit, la photographie de son père anglais, la seule image qu'elle eût jamais vue de lui : un employé de Dorking, dans le Surrey, juste après son arrivée dans l'île, avec col rond, moustaches, et des yeux fixes au regard un peu fou. Craw se demandait parfois si le cliché n'avait pas été pris après qu'on l'eut abattu.

« Ça va bien maintenant, dit Phoebe. Ça va très bien, Bill. »

Elle était debout auprès de lui, à mettre de l'eau dans le vase, et ses mains tremblaient avec violence ce qui, en général, était le cas le dimanche. Elle portait une robe-tunique grise en l'honneur de Pékin, et le collier d'or qui lui avait été offert en souvenir de sa première décennie au service du Cirque. Dans un ridicule accès de galanterie, la Maison Mère avait décidé de le faire faire chez Asprey, puis de l'envoyer par la valise diplomatique, avec une lettre qui lui était personnellement adressée, signée de Percy Alleline, le malchanceux prédécesseur de Smiley, lettre qu'on lui avait laissé regarder mais pas conserver. Ayant empli le vase, elle essaya de le porter jusqu'à la table mais il penchait dangereusement et Craw s'en empara.

« Eh, dites donc, doucement, hein ? »

Elle s'arrêta un moment, lui souriant toujours, puis avec un long et lent sanglot de réaction, elle se laissa tomber sur une chaise. Tantôt elle pleurait, tantôt elle reniflait, ou bien elle faisait beaucoup de bruit et riait trop, mais l'arrivée de Craw, pour elle, était toujours un moment privilégié dans quelque condition qu'elle survînt.

« Bill, il y a des moments où j'ai si peur.

– Je sais, ma chère, je sais. » Il s'assit auprès d'elle en lui tenant la main.

« Ce type nouveau aux reportages. Il me dévisage, Bill, il observe tout ce que je fais. Je suis sûre qu'il travaille pour quelqu'un. Bill, pour qui travaille-t-il ?

– Peut-être qu'il est un peu amoureux, dit Craw de son ton le plus doux, tout en lui tapotant régulièrement l'épaule. Vous êtes une femme séduisante, Phoebe. N'oubliez pas cela, ma chère. Vous pouvez exercer une influence sans vous en douter. » Il affecta une sévérité paternelle. « Dites-moi, avez-vous flirté avec lui ? Voilà encore une chose : une femme comme vous peut flirter sans en être consciente. Un homme du monde peut repérer ces choses-là, Phoebe. Il s'en aperçoit. »

La semaine précédente, c'était le concierge en bas : elle disait qu'il notait les heures auxquelles elle arrivait et sortait. Et la semaine d'avant, c'était une voiture qu'elle ne cessait de voir, une Opel, toujours la même, une verte. Ce qu'il fallait, c'était apaiser ses craintes sans décourager sa vigilance. Parce qu'un jour – et Craw ne se permettait jamais de l'oublier –, un jour elle aurait raison. Prenant au chevet du lit une liasse de notes manuscrites, elle commença son exposé, mais avec une telle brusquerie que Craw fut dépassé. Elle avait un visage large et pâle qui n'était tout à fait beau pour aucune race. Son buste était long, ses jambes courtes et ses mains saxonnes, laides et fortes. Assise au bord du lit, elle avait soudain des airs de matrone. Pour lire, elle avait mis de grosses lunettes. Canton envoyait un étudiant-commissaire pour prendre la parole à la réunion des cadres de mardi, dit-elle, alors la réunion de jeudi était annulée et Ellen Tuo avait une fois de plus perdu sa chance d'être secrétaire pour un soir...

« Eh, doucement ! s'écria Craw en riant. Il n'y a pas le feu, bon sang ! »

Ouvrant un carnet sur son genou, il essaya de la rattraper. Mais rien n'arrêtait Phoebe, pas même Bill Craw bien qu'on lui eût dit qu'il avait en fait rang de colonel, et même plus haut. Elle voulait avoir ça derrière elle, toute cette confession. Un de ses objectifs de routine était un groupe d'étudiants gauchistes et de journalistes communistes qui l'avaient vaguement acceptée. Elle faisait chaque semaine un rapport sur eux sans beaucoup progresser. Et voilà que pour on ne sait quelle raison, le groupe s'était mis à bouillonner d'activités. Billy Chan avait été convoqué à Kuala Lumpur pour une conférence spéciale, dit-elle, et on avait demandé à Johnny et à Belinda Fong de trouver un magasin sûr pour y installer une presse à imprimer. Le soir arrivait vite. Pendant qu'elle poursuivait, Craw se leva discrètement pour allumer la lampe de façon que la lumière électrique ne la surprît pas une fois que la nuit serait complètement tombée.

Il était question de faire alliance avec les Fukienese de North Point, dit-elle, mais comme d'habitude les camarades de l'université y étaient opposés : « Ils sont opposés à *tout*, les snobs », dit farouchement Phoebe. Et d'ailleurs « cette connasse de Belinda a des mois de retard pour ses cotisations et nous ferions aussi bien de l'exclure du Parti à moins qu'elle ne cesse de jouer ».

« Et avec juste raison, ma chère, dit Craw d'un ton calme.

– Johnny Fong dit que Belinda est enceinte, et pas de lui. J'espère que c'est vrai. Ça la fera taire... », dit Phoebe, et Craw se dit : nous avons eu ce genre d'ennuis deux ou trois fois avec *vous*, si je me souviens bien, et ça ne vous a pas fait taire, n'est-ce pas ?

Craw écrivit docilement, sachant que ni Londres ni personne d'autre n'en dirait jamais un mot. A l'époque de sa richesse, le Cirque avait infiltré des douzaines de groupes de ce genre, dans l'espoir de s'introduire dans ce qu'on appelait stupidement la navette Pékin-Hong Kong, et de mettre ainsi un pied sur le continent. La manœuvre avait échoué et le Cirque n'avait pas pour mission de jouer les chiens de garde pour la sécurité de la colonie, rôle que la Special Branch se réservait jalousement. Mais les petits navires, comme Craw le savait fort bien, ne peuvent pas changer de cap aussi facilement que les vents qui les poussent. Craw jouait le jeu avec elle, lançant des questions pour faire rebondir la conversation, contrôlant les sources principales et secondaires. Etait-ce un on-dit, Pheeb ? Tiens, où donc Billy Lee a-t-il trouvé ça, Pheeb ? Est-ce que Billy Lee n'enjoliverait pas l'histoire un peu – pour sauver la face, Pheeb ? Il utilisait le vocabulaire journalistique parce que, comme Jerry et Craw lui-même, Phoebe était, dans son autre profession, journaliste, chroniqueuse mondaine à la pige qui fournissait à la presse anglaise de Hong Kong des potins sur la vie de l'aristocratie chinoise locale.

Ecoutant, attendant, vampirisant, comme disent les comédiens, Craw se racontait l'histoire de Phoebe, tout comme il l'avait racontée au cours de recyclage à Sarratt cinq ans auparavant, lorsqu'il était retourné là-bas pour une réinitiation aux arts noirs. Le triomphe de la quinzaine, lui avait-on dit par la suite. On en attendait tant qu'on en avait fait une séance plénière. Même le personnel dirigeant était venu l'entendre. Ceux qui n'étaient pas de service avaient demandé une camionnette spéciale pour les amener de bonne heure depuis leur propriété de Watford. Rien que pour entendre le vieux Craw, le spécialiste de l'Orient, assis sous les bois de cerfs dans la bibliothèque transformée, résumer toute une vie consacrée au grand jeu. *Les agents qui se recrutent eux-mêmes*, annonçait le titre. Il y avait un pupitre sur l'estrade, mais il ne l'utilisa pas. Au lieu de cela, il s'assit sur une chaise toute simple, ayant ôté sa veste et avec son ventre qui bedonnait, les genoux écartés et des taches de sueur qui assombrissaient sa chemise, il leur conta l'histoire comme il l'aurait racontée aux Joueurs de bowling de Shanghai, par un samedi de typhon à Hong Kong, si seulement les circonstances l'avaient permis.

Des agents qui se recrutent eux-mêmes, Vos Grâces.

Personne ne connaissait mieux le travail, lui dit-on – et il les croyait. Si l'Orient était le séjour de Craw, les petits navires étaient sa famille, et il leur prodiguait toute la tendresse pour laquelle le monde public ne lui avait jamais trouvé de débouchés. Il les élevait et les formait avec un amour qui aurait fait honneur à un père, et ce fut le plus dur moment dans la vie d'un vieil homme quand Tufty Thesinger disparut comme par enchantement en laissant Craw sans le prévenir, et momentanément sans but ni bouée de sauvetage.

Certaines personnes, messeigneurs, sont des agents dès leur naissance – leur expliqua-t-il –, désignés pour ce travail par la période de l'Histoire, les lieux et leurs propres dispositions naturelles. Dans leur cas, c'était simplement la question de savoir qui les abordait en premier, Vos Eminences : « Si c'est nous, si c'est la concurrence, ou si ce sont ces salauds de missionnaires. »

Rires dans l'assistance.

Puis quelques exemples avec les noms et les lieux changés, et parmi eux celui du nom de code Susan, un petit navire du genre féminin, messeigneurs, sur le théâtre du Sud-Est asiatique, née en l'année de tourmente 1941, de sang-mêlé. Il parlait de Phoebe Wayfarer.

« Le père, Vos Grâces, était un employé sans le sou de chez Dorking. Il était venu en Orient pour travailler dans une de ces entreprises écossaises qui pillaient la côte chinoise six jours par semaine et priaient Calvin le septième. Trop fauché pour se trouver une femme européenne, mes amis, alors il prend une fille chinoise interdite, l'installe pour quelques pence, et le nom de code Susan en est le résultat. La même année, les Japonais entrent en scène. Que ce soit Singapour, Hong Kong, la Malaisie, l'histoire est partout la même, Monsignores. Ils surgissent du jour au lendemain. Pour rester. Dans le chaos, le père de nom de code Susan a un geste très noble : "Au diable la prudence, Vos Eminences, dit-il. Le moment est venu pour les vrais braves de se montrer pour se faire compter." Alors il épouse la dame, Vos Grâces, une démarche que je ne conseillerais pas normalement, mais il le fait, et une fois qu'il l'a épousée, il baptise sa fille nom de code Susan et s'engage dans les volontaires, un magnifique corps d'héroïques imbéciles qui avaient constitué une garde locale contre les hordes nipponnes. Le lendemain même, n'étant pas de nature un homme de guerre, Vos Grâces, il se fait tirer dessus par l'envahisseur japonais et ne tarde pas à expirer. Amen. Puisse l'employé de chez Dorking reposer en paix, Vos Grâces. »

Tandis que le vieux Craw se signe, des vagues de rires balaient la salle. Craw ne rit pas avec eux, mais joue les impassibles. Il y a des visages nouveaux aux deux premiers rangs, comme des pages non coupées, pas marquées, des visages de télévision ; Craw devine que ce sont des bleus qui brûlent d'entendre le grand homme. Leur présence affûte sa performance. Il a donc particulièrement l'œil sur les premiers rangs.

« Nom de code Susan est encore en barboteuse lorsque son bon père reçoit le coup de grâce, mes amis, mais toute sa vie elle va s'en souvenir : lorsqu'ils sont au pied du mur, les Anglais tiennent leurs engagements. Chaque année qui passe, elle va chérir un peu plus ce héros défunt. Après la guerre, la vieille maison de commerce qui avait employé son père se souvient d'elle pendant un an ou deux, puis l'oublie fort commodément. Peu importe. A quinze ans, elle est malade d'avoir à entretenir sa mère alitée tout en faisant les salles de bal pour financer ses propres études. Peu importe. Un inspecteur de l'assistance sociale se prend d'amitié pour elle, par bonheur un membre de notre distinguée fraternité, Vos Révérends ; et il la guide dans notre direction. » Craw s'éponge le front. « L'ascension de nom de code Susan vers la richesse et la sainteté a commencé, Vos Grâces, déclare-t-il. Sous une couverture de journaliste, nous la laissons dans le jeu, nous lui donnons des journaux chinois à traduire, nous l'envoyons faire de petites courses, nous l'intéressons, nous complétons son éducation et nous la formons au travail de nuit. Un peu d'argent, un peu de protection, un peu d'affection, un peu de patience et il ne faut guère longtemps avant que notre Susan ait à son crédit sept voyages légaux en Chine continentale, dont certains par très forts vents contraires. Missions fort adroitement exécutées, Vos Grâces. Elle a joué le courrier et abordé en catastrophe un oncle à Pékin, ce qui a payé. Tout cela, mes amis, en dépit du fait qu'elle est à demi *kwailo* et que les Chinois ne lui font pas naturellement confiance.

« Et qui, pendant tout ce temps, croyait-elle qu'était le Cirque ? rugit Craw devant son auditoire enthousiaste, qui croyait-elle que nous étions, mes amis ? » Le vieux magicien baisse la voix et brandit un index potelé. « Son père, dit-il dans le silence. Nous sommes ce défunt employé de chez Dorking. Par saint Georges, voilà ce que nous sommes. Nous purgeons les communautés chinoises à l'étranger des *éléments nocifs*, du diable sait ce qu'ils sont. Nous brisons les sociétés secrètes et les cartels du riz, et les gangs de l'opium, et la prostitution enfantine. Elle nous a même vus, quand il le fallait, comme le secret allié de Pékin, parce que nous, le Cirque, nous avions à cœur l'intérêt de tous les *bons Chinois*. » Craw parcourut d'un œil farouche les rangées de visages enfantins qui se voulaient sévères.

« Est-ce que je vois quelqu'un sourire, Vos Grâces ? » interrogea-t-il d'une voix tonnante. Il n'en vit pas.

« Prenez garde, messires, conclut Craw, il y a une partie d'elle qui savait fichtrement bien que tout ça c'était du vent.

Et c'est là que vous, vous intervenez. C'est là où votre agent sur le terrain est toujours prêt. Oh ! que oui. Nous sommes les gardiens de la foi, mes amis. Quand elle est ébranlée, nous la raffermissons. Quand elle choit, nous tendons les bras pour la rattraper. » Il avait atteint son zénith. En contrepoint, il laissa sa voix baisser jusqu'à un doux murmure. « Soyez la foi, si démentes que soient les formes qu'elle prenne, Vos Grâces, ne la méprisez jamais. Nous n'avons pas grand-chose d'autre à leur offrir aujourd'hui. Amen. »

Toute sa vie, avec son côté sentimental éhonté, le vieux Craw se souviendrait des applaudissements.

Son rapport terminé, Phoebe se pencha en avant, les avant-bras sur les genoux, les jointures de ses grandes mains mollement appuyées l'une contre l'autre comme des amants fatigués. Craw se leva d'un air grave, prit les notes qu'elle avait laissées sur la table et les brûla sur le réchaud à gaz.

« Bravo, ma chère, fit-il doucement. Une semaine bien remplie, si je puis dire. Rien d'autre ? »

Elle secoua la tête.

« Je veux dire : à brûler », fit-il.

Elle secoua de nouveau la tête.

Craw l'examina. « Pheeb, ma chère », déclara-t-il enfin, comme s'il était parvenu à une décision capitale, « remuez-vous. Il est temps que je vous emmène dîner. » Elle tourna la tête vers lui, déconcertée. L'alcool lui était monté à la tête comme toujours. « Un amical dîner de temps en temps entre deux collègues scribouillards ne nuit en rien à notre couverture, j'ose l'avancer. Qu'en dites-vous ? »

Elle le fit regarder le mur pendant qu'elle passait une jolie robe. Autrefois elle avait un oiseau-mouche, mais il était mort. Il lui en avait acheté un autre, mais il était mort aussi, alors ils étaient convenus que l'appartement portait malheur aux oiseaux-mouches et ils y avaient renoncé.

« Un jour, je vous emmènerai faire du ski », dit-il tandis qu'elle fermait la porte à clef derrière eux. C'était une plaisanterie entre eux, inspirée par le paysage de neige au-dessus du lit.

« Seulement pour un jour ? » répondit-elle. Ce qui était également une plaisanterie, c'était la répartie habituelle.

Dans cette année de tourmente, comme dirait Craw, c'était encore une bonne idée d'aller dîner sur un sampan dans Causeway Bay. Les gens chics ne l'avaient pas encore découvert, la cuisine était bon marché et ne ressemblait à rien de ce qu'on trouvait ailleurs. Craw prit le risque et, lorsqu'ils arrivèrent sur le quai, la brume s'était levée et le ciel de la nuit était clair. Il choisit le sampan le plus loin de la berge, enfoui parmi un amas de petites jonques. Le cuisinier était accroupi derrière son brasero et sa femme servait, les coques des jonques les dominaient, effaçant les étoiles, et les enfants des bateaux grimpaient comme des crabes d'un pont à l'autre pendant que leurs parents psalmodiaient d'étranges catéchismes au-dessus des eaux noires. Craw et Phoebe s'installèrent sur des tabourets bas sous l'auvent ferlé, à une cinquantaine de centimètres au-dessus de l'eau, à manger du mulet à la lueur d'une lampe. Par-delà la jetée, des navires glissaient devant eux comme des immeubles illuminés en marche et les jonques clopinaient dans leur sillage. Du côté de la terre, l'île retentissait de plaintes, de bruits métalliques et de coups sourds, et les énormes faubourgs scintillaient comme des boîtes à bijoux ouvertes par la beauté pompeuse de la nuit. Présidant tout cela, entr'aperçus parmi les doigts penchés des mâts, trônaient le pic Noir, le pic Victoria, sa face détrempée voilée des cheveux de brouillard baignés de lune : la déesse, la liberté, l'appât pour tous ceux qui se démenaient dans la vallée.

Ils parlèrent beaux-arts : Phoebe faisait ce que Craw considérait comme son numéro culturel. C'était très ennuyeux. Un jour, dit-elle d'une voix assoupie, elle réaliserait un film, peut-être deux, sur la vraie Chine, la Chine authentique. Elle avait vu récemment un film historique fait par Run Run Shaw, où il n'était question que d'intrigues de palais. Elle le trouvait excellent mais un peu trop – disons – héroïque. Puis on passait au théâtre. Craw avait-il appris la bonne nouvelle que les comédiens de Cambridge allaient peut-être venir en décembre à la colonie avec une nouvelle revue ? Pour l'instant ce n'était qu'une rumeur, mais elle espérait en avoir confirmation la semaine suivante.

« Ça, ce serait amusant, Pheeb, dit Craw avec entrain.

– Ce ne sera pas amusant du tout, répliqua Phoebe d'un ton sévère. Les comédiens se spécialisent dans la satire sociale mordante. »

Dans l'obscurité Craw sourit et versa de la bière à Phoebe. On en apprend tous les jours, se dit-il : messeigneurs, on en apprend tous les jours.

Jusqu'au moment où, sans aucune incitation dont elle ait pu se rendre compte, Phoebe se mit à parler de ces milliardaires chinois, qui était ce que Craw avait attendu toute la soirée. Dans le monde de Phoebe, les riches de Hong Kong, c'était des personnages royaux. Leurs faiblesses et leurs excès étaient librement commentés comme ailleurs les vies des actrices ou des footballeurs. Phoebe les connaissait par cœur.

« Alors, Pheeb, qui est le cochon de la semaine, cette fois ? » demanda Craw d'un ton bon enfant.

Phoebe hésitait : « Qui allons-nous élire ? » dit-elle, en affectant une indécision de coquetterie. Il y avait bien sûr le porc PK, son soixante-huitième anniversaire mardi, une troisième femme moitié plus jeune que lui, et comment PK fête-t-il ça ? Hors de la ville avec une traînée de vingt ans.

Ecœurant, reconnut Craw. « PK, répéta-t-il. PK. C'était le type à la grille fabuleuse, n'est-ce pas ? »

Cent mille dollars de Hong Kong, dit Phoebe. Des dragons de neuf pieds de haut, coulés en fibre de verre et en plexiglas pour qu'on puisse les éclairer de l'intérieur. Ou bien ce pourrait être le porc YY, dit-elle d'un ton songeur, changeant d'avis. YY était certainement un bon candidat. YY s'était marié exactement un mois plus tôt, il avait épousé la charmante fille de J.J. Haw, de Haw et Chan, les rois des pétroliers, mille homards au repas de mariage. Avant-hier soir, il s'était affiché à une réception avec une maîtresse toute neuve, achetée avec l'argent de sa femme, une moins que rien sauf qu'il l'avait nippée chez Saint-Laurent et qu'il l'avait parée d'un collier de quatre rangs de perles de Mikimoto, loué, bien sûr, pas donné. Malgré elle, la voix de Phoebe faiblit et s'adoucit :

« Bill, murmura-t-elle, cette gosse était absolument formidable auprès de ce vieux crapaud, vous auriez dû la voir. »

Ou peut-être Harold Tan, réfléchit-elle d'un air rêveur. Harold avait été particulièrement affreux. Harold avait fait rentrer, par avion, ses enfants de leur collège suisse pour le festival, retour de Genève en première classe. A quatre heures du matin ils étaient tous à gambader tout nus autour de la piscine, les enfants et leurs amis, ivres et versant du champagne dans l'eau tandis que Harold essayait de photographier la scène.

Craw attendait, gardant son esprit la porte grande ouverte pour elle, mais elle ne voulait pas la franchir, et Craw était un bien trop vieux renard pour la pousser. « Les meilleurs, dit-il d'un ton espiègle, c'était ceux de Chiu Chow : on ne verrait pas toutes ces âneries à Chiu Chow. Hein, Pheeb ? Ils ont de très longues poches, les gens de Chiu Chow, n'est-ce pas ? et les bras très courts, reprit-il. Ils feraient rougir un Ecossais, vos gens de Chiu Chow, pas vrai, Pheeb ? »

Phoebe n'était pas le genre à ironiser : « Ne croyez pas ça, répliqua-t-elle d'un ton réservé. Beaucoup de gens de Chiu Chow sont à la fois généreux et ont de nobles sentiments. »

Il s'efforçait de la faire parler de l'homme, comme un prestidigitateur force la main à choisir une carte, mais elle hésitait encore, elle tournait autour, elle choisissait des alternatives. Elle parlait de celui-ci, de celui-là, perdait le fil, redemandait de la bière, et alors qu'il avait pratiquement renoncé, elle observa d'un ton rêveur :

« Quant à Drake Ko, c'est un ange. Rien de désagréable surtout, je vous en prie, contre Drake Ko. »

C'était à Craw maintenant de rebrousser chemin. Qu'est-ce que Phoebe pensait du divorce du vieil Andrew Kwok ? demanda-t-il. Seigneur, ça avait dû lui coûter cher ! Il paraît qu'elle l'aurait envoyé paître voilà longtemps, mais elle voulait attendre qu'il eût amassé son magot et que cela valût vraiment la peine de divorcer. Il y avait quelque chose de vrai là-dedans, Pheeb ? Et ainsi de suite, trois, cinq noms, avant de se permettre de mordre à l'hameçon :

« Avez-vous jamais entendu dire du vieux Drake Ko qu'il avait une maîtresse blanche ? On en parlait encore l'autre jour au Hong Kong Club. Une petite blonde, un joli morceau, paraît-il. »

Phoebe aimait à l'imaginer au Hong Kong Club. Cela satisfaisait ses nostalgies coloniales.

« Oh ! tout le monde est au courant, dit-elle d'un ton las, comme si Craw, comme d'habitude, était à des années-lumière derrière la chasse. Il y a eu une époque où *tous* les hommes en avaient – vous ne saviez pas ? PK en avait deux, bien sûr. Harold Tan en avait une, jusqu'au jour où Eustace Chow la lui a piquée, et Charlie Wu a essayé d'emmener la sienne à un dîner chez le gouverneur, mais sa *tai-tai* n'a pas laissé le chauffeur la prendre.

– Où est-ce qu'ils les trouvaient, bonté divine ? demanda Craw en riant. Passage Crawford ?

– Dans les compagnies aériennes, où croyez-vous ? répliqua Phoebe d'un ton désapprobateur. Des hôtesses de l'air qui se font des à-côtés aux escales, cinq cents dollars américains la nuit pour une putain blanche. Et y compris les compagnies anglaises, ne vous y trompez pas, les Anglaises étaient de loin les pires. Et puis Harold Tan aimait tellement la sienne qu'il a fait un arrangement avec elle, et voilà qu'elles étaient toutes à s'installer dans des appartements et à parader dans les magasins comme des duchesses à chaque fois qu'elles venaient passer quatre jours à Hong Kong, de quoi vous donner la nausée. Mais, attention, Liese n'est pas du tout de ce genre-là. Liese a de la classe. Elle est extrêmement aristocratique, ses parents possèdent des domaines fabuleux dans le midi de la France et aussi une petite île dans les Bahamas, et c'est uniquement pour des raisons d'indépendance morale qu'elle refuse d'accepter leur fortune. Il n'y a qu'à regarder la finesse de son ossature.

– *Liese*, répéta Craw, *Liese ?* Une Boche, hein ? J'aime pas les Boches. Je n'ai pas de préjugés raciaux, mais quand même, les Boches, ça ne me plaît pas. Voyons, qu'est-ce qu'un charmant garçon de Chiu Chow comme Drake fait avec une abominable Boche comme concubine, je me demande. Mais vous devriez le savoir, Pheeb, c'est vous l'expert, c'est votre domaine, ma chère, qui suis-je pour critiquer ? »

Ils s'étaient installés au fond du sampan et étaient allongés côte à côté sur les coussins.

« Ne soyez pas complètement ridicule, lança Phoebe. Liese est une aristocrate anglaise.

– Tra la la la, dit Craw en contemplant les étoiles.

– Elle a sur lui une excellente influence, elle le raffine.

– Qui ça ? » dit Craw comme s'il avait perdu le fil.

Phoebe parla entre ses dents serrées. « *Liese* a une bonne influence sur *Drake Ko*. Bill, écoutez, vous dormez ? Bill, je crois que vous devriez me raccompagner. Je vous en prie raccompagnez-moi. »

Craw poussa un petit soupir. Ces querelles d'amoureux entre eux avaient lieu au moins tous les six mois et avaient sur leurs relations un effet purificateur.

« Phoebe, ma chère. Prêtez-moi l'oreille, voulez-vous ? Pour un moment, n'est-ce pas ? Aucune Anglaise de haute naissance, qu'elle ait l'ossature fine ou le genou cagneux, ne peut en aucun cas s'appeler *Liese* à moins qu'il n'y ait quelque part un Boche sous roche. Voilà pour commencer. Quel est son nom de famille ?

– Worth.

– Une parente du couturier ? Bon, c'était une plaisanterie. Oubliez ça. Elizabeth, voilà comment elle s'appelle. Contracté en Lizzie ou Liza. Liza de Lambeth. Vous avez mal entendu. Un peu de sang bleu, même, si vous voulez. *Miss Elizabeth Worth.* Là je vois très bien la finesse de l'ossature. Mais pas Liese, ma chère, Lizzie. »

Phoebe ne cachait pas sa colère :

« Ne me dites pas comment prononcer quoi que ce soit ! lui lança-t-elle. Elle s'appelle *Liese* prononcé *Leesa* et s'épelant L-I-E-S-E parce que je lui ai demandé, que je l'ai écrit et que j'ai publié ce nom dans... Oh ! Bill. » Elle posa le front sur son épaule. « Oh ! Bill. Raccompagnez-moi. »

Elle se mit à pleurer. Craw la fit se blottir contre lui, lui tapotant doucement l'épaule.

« Allons, remettez-vous, ma chère, c'est moi qui ai commis une faute, pas vous. J'aurais dû savoir que c'était une de vos amies. Une femme de la bonne société comme Liese, une femme belle et riche, liée par un attachement romanesque à l'un des représentants de la nouvelle noblesse de l'île : comment une journaliste aussi diligente que Phoebe pourrait-elle manquer d'être son amie ? J'étais aveugle. Pardonnez-moi. » Il ménagea un intervalle décent. « Que s'est-il passé ? demanda-t-il avec indulgence. Vous l'avez interviewée, n'est-ce pas ? »

Pour la seconde fois ce soir-là, Phoebe s'essuya les yeux avec le mouchoir de Craw.

« Elle m'a suppliée. Ce n'est pas mon amie. Elle est bien trop en vue pour l'être. Comment serait-ce possible ? Elle m'a suppliée de ne pas publier son nom. Elle est ici incognito. Sa vie en dépend. Si ses parents savent qu'elle est ici, ils la feront aussitôt rechercher. Ce sont des gens terriblement influents. Ils ont des avions privés, tous. Dès l'instant où ils sauraient qu'elle vit avec un Chinois, ils exerceraient une pression incroyable rien que pour la faire revenir. “Phoebe, m'a-t-elle dit, de tous les gens qui vivent à Hong Kong, vous êtes la mieux placée pour comprendre ce que cela veut dire de vivre sous l'ombre de l'intolérance.” Elle m'a implorée. J'ai promis.

– Fort bien, dit Craw d'un ton résolu. Ne rompez jamais cette promesse, Pheeb. Une promesse, c'est un lien. » Il exhala un soupir admiratif. « Les à-côtés de l'existence. Je maintiens toujours qu'ils sont plus étranges encore que les grandes routes de la vie. Si vous racontiez ça dans votre journal, votre rédacteur en chef vous dirait que vous avez perdu la tête, je vous assure, et pourtant c'est vrai. Un superbe et magnifique exemple d'intégrité humaine purement gratuite. » Elle avait fermé les yeux, alors il la secoua pour qu'elle les gardât ouverts. « Voyons, où donc une pareille union trouve-t-elle sa genèse, je me le demande. Quelle étoile, quel heureux hasard a pu rapprocher deux âmes ainsi en peine ? Et à Hong Kong par-dessus le marché.

– C'était le destin. Elle ne vivait même pas ici. Elle s'était complètement retirée du monde après un amour malheureux et elle avait décidé de passer le restant de sa vie à faire des bijoux d'un goût exquis afin de donner au monde quelque chose de beau au milieu de toutes ces souffrances. Elle est arrivée ici en avion pour un jour ou deux, simplement pour acheter de l'or et tout à fait par hasard, à l'une des fabuleuses réceptions de Sally Cale, elle a rencontré Drake Ko et voilà.

– Et après cela, le véritable amour a suivi son tendre cours, n'est-ce pas ?

– Certainement pas. Elle l'a rencontré. Elle l'a aimé. Mais elle était décidée à ne pas se laisser entraîner dans une aventure et elle est rentrée chez elle.

– *Chez elle ?* répéta Craw, mystifié. Où est-ce, chez elle, pour une femme de son intégrité ? »

Phoebe éclata de rire. « Pas dans le midi de la France, bêta. A Vientiane. Dans une ville où personne ne va jamais. Une ville sans vie mondaine, sans aucun des luxes auxquels elle était habituée depuis son enfance. C'était l'endroit qu'elle avait choisi. Son île. Elle avait des amis là-bas, elle s'intéressait au bouddhisme, à l'art et à l'Antiquité.

– Et quels lieux hante-t-elle maintenant ? Vit-elle toujours dans quelque humble fermette, cramponnée à ses notions d'abstinence ? Ou bien Frère Ko l'a-t-il convertie à suivre des sentiers moins frugaux ?

– Ne soyez pas sarcastique. Drake lui a donné un superbe appartement, naturellement. »

Craw ne pouvait pas aller plus loin : il le comprit tout de suite. Il masqua la carte avec d'autres, il lui raconta des histoires sur le vieux Shanghai, mais il n'approcha pas d'un pas de plus la fuyante Liese Worth, et pourtant Phoebe aurait pu lui éviter pas mal de démarches.

« Derrière chaque peintre, se plaisait-il à dire, et derrière chaque agent, mes amis, il devrait y avoir un collègue debout avec un maillet, prêt à lui cogner sur le crâne quand il est allé assez loin. »

Dans le taxi qui les ramenait chez elle, elle était de nouveau calme, mais elle frissonnait. En grand style, il l'accompagna jusqu'à la porte. Il lui avait tout à fait pardonné. Sur le pas de la porte, il fit le geste de l'embrasser, mais elle l'écarta.

« Bill. Est-ce que je sers vraiment à quelque chose ? Dites-moi. Quand je ne serai plus bonne à rien, il faudra me flanquer dehors, j'insiste. Ce soir, ce n'était rien. Vous êtes gentil, vous faites semblant, j'essaye. Mais ça n'était quand même rien. S'il y a d'autre travail pour moi, je le prendrai. Sinon, il faut vous débarrasser de moi. Sans pitié.

– Il y aura d'autres soirs, lui assura-t-il, et seulement alors elle le laissa l'embrasser.

– Merci, Bill », dit-elle.

« Et voilà, Vos Grâces », songeait Craw avec bonheur tout en prenant un taxi pour le Hilton. « Nom de code Susan a besogné et trimé, elle valait chaque jour un peu moins, parce que les agents ne valent jamais que ce que représente la cible sur laquelle on les dirige, et c'est vrai pour tous. A un moment, elle nous a donné de l'or, de l'or pur, messeigneurs » – et dans son esprit il levait le même index un peu boudiné, un message pour ces garçons encore tout frais, assis fascinés dans les premiers rangs –, « *et cette seule fois*, elle ne le savait même pas, et elle ne *pourrait* jamais le savoir ! »

Les meilleures plaisanteries à Hong Kong, avait un jour écrit Craw, font rarement rire parce qu'elles sont trop sérieuses. Cette année-là, par exemple, il y avait le pub Tudor, dans l'immeuble inachevé au flanc de la colline, où d'authentiques gaillardes anglaises, au visage renfrogné et en décolleté d'époque, servaient d'authentiques bières anglaises à dix degrés au-dessus de la température à laquelle on la buvait en Angleterre, cependant que dans le hall, des coolies transpirant sous leurs casques jaunes peinaient vingt-quatre heures sur vingt-quatre pour terminer les ascenseurs. Ou alors on pouvait se rendre à la *taverna* italienne où un escalier en spirale, en fer forgé, semblait monter jusqu'au balcon de Juliette mais au lieu de cela se terminait sur un plafond de plâtre blanc ; ou bien l'auberge écossaise avec des Ecossais chinois en kilt qui de temps en temps se bagarraient dans la chaleur, ou bien quand le prix du trajet augmentait sur le Star Ferry. Craw s'était même rendu dans une fumerie d'opium avec climatiseur et haut-parleurs cachés qui débitaient du rock. Mais le plus bizarre, le plus étrange aux yeux de Craw, c'était ce bar sur un toit qui dominait la rade, avec son quatuor chinois jouant du Noel Coward, et ses barmen chinois au visage impassible, en habit noir et perruque, qui surgissaient de l'ombre pour demander, en bon américain, ce que l'on désirait boire.

« Une bière, grommela l'invité de Craw en se servant une poignée d'amandes salées. Mais *fraîche.* Vous entendez ? Beaucoup fraîche. Et apportez-là *chop chop*.

– La vie sourit à Votre Eminence ? demanda Craw.

– Laissez tomber tout ce jargon, vous voulez ? Ça me porte sur les nerfs. »

Le visage crénelé du commissaire n'avait qu'une expression, et elle était d'un cynisme insondable. Si l'homme avait le choix entre le bien et le mal, disait son air sinistre et renfrogné, il choisissait le mal à tout coup. Et le monde se divisait en deux, entre ceux qui savaient cela et qui l'acceptaient, et ces pédales aux cheveux longs de Whitehall qui croyaient au Père Noël.

« Vous n'avez pas encore trouvé son dossier ?

– Non.

– Elle se fait appeler Worth. Elle a laissé tomber les finales.

– Je sais bien comment elle se fait appeler. Elle peut bien se faire appeler Mata Hari, qu'est-ce que ça me fout ? Il n'y a toujours pas de dossier sur elle.

– Mais il y en avait ?

– Parfaitement, camarade, il y en avait, minauda le Roc d'un air furieux, en imitant l'accent de Craw. *Il y en avait*, et maintenant il n'y en a plus. Est-ce que je me fais bien comprendre ou bien faut-il que je l'écrive à l'encre sympathique sur le cul d'un pigeon voyageur, pauvre mécréant d'Australien ? »

Craw resta silencieux un moment, buvant son verre à petites gorgées régulières.

« Est-ce que Ko aurait fait ça ?

– Fait quoi ? répéta le Roc, se montrant délibérément obtus.

– Escamoter son dossier ?

– Il aurait pu.

– La maladie des disparitions d'archives semble se répandre, observa Craw après un nouveau silence consacré à se rafraîchir. Londres éternue et Hong Kong attrape un rhume. Toutes mes sympathies professionnelles, monseigneur. Mes fraternelles commisérations. » Il baissa le ton jusqu'à un murmure à peine audible. « Dites-moi : est-ce que le nom de Sally Cale éveille une musique dans l'oreille de Votre Grâce ?

– Jamais entendu parler d'elle.

– C'est quoi, sa patrie ?

– Antiquités chichi à responsabilité limitée, du côté de Kowloon. Trésors artistiques pillés, faux de qualité, images du Seigneur Bouddha.

– Venant d'où ?

– La camelote authentique vient de Birmanie par Vientiane. Les faux sont de la production locale. Une gouine d'une soixantaine d'années, ajouta-t-il d'un ton aigre en s'adressant prudemment à une nouvelle chope de bière. Elle élève des bergers allemands et des chimpanzés.

– Rien au sommier ?

– Vous plaisantez.

– Il paraît que c'est Cale qui a présenté la fille à Ko.

– Et alors ? Cale sert d'entremetteuse pour la Blanche. Les Chows l'aiment bien pour ça et moi aussi. Je lui ai demandé un jour de m'arranger un coup. Elle m'a dit qu'elle n'avait rien d'assez petit, l'insolente garce.

– Notre frêle beauté était censée être là pour acheter de l'or. Ça tient debout ? »

Le Roc regarda Craw avec un mépris renouvelé, Craw regarda le Roc, et c'était comme le heurt de deux masses inébranlables.

« Bien sûr que ça tient debout, lança le Roc d'un ton dédaigneux. Cale avait le monopole de l'or de contrebande venant de Macao, n'est-ce pas ?

– Alors qu'est-ce que Ko vient faire là-dedans ?

– Ah ! ça suffit, ne tournez pas autour du pot. Cale servait de couverture. Ça a toujours été la spécialité de Ko. Ce gros bouledogue qu'il traîne toujours en laisse est arrivé comme associé avec elle.

– Tiu ? »

Le Roc était retombé une fois de plus dans sa mélancolie houblonneuse, mais Craw n'était pas d'humeur à lâcher le morceau et il approcha sa tête tachetée de roux tout près de l'oreille de boxeur du Roc :

« Mon oncle George appréciera grandement tous renseignements disponibles sur ladite Cale. Compris ? Il récompensera richement les mérites. Il s'intéresse tout particulièrement à elle à compter de l'instant fatal où elle a présenté la petite dame à son protecteur de Chow, jusqu'à aujourd'hui. Noms, dates, performances, tout ce que vous avez au frigo. Vous m'entendez ?

– Vous direz à votre oncle George qu'il va me faire écoper de cinq ans dans la prison Stanley.

– Et vous ne manquerez pas de compagnie là-bas non plus, n'est-ce pas, messire ? » fit Craw d'un ton mordant.

C'était une peu charitable allusion à de récents et tristes événements dans le monde du Roc. Deux de ses collègues avaient été expédiés là-bas pour plusieurs années chacun, et il y en avait d'autres qui attendaient dans la consternation de les rejoindre.

« La corruption, marmonna le Roc avec fureur. Demain ils parleront de trafic d'influence. Ces boy-scouts à la gland, ils me font vomir. »

Craw avait déjà entendu tout cela, mais il l'entendit de nouveau, car il avait le don précieux de savoir écouter, ce qu'à Sarratt on apprécie bien plus que celui de savoir communiquer.

« Trente mille connards d'Européens, quatre millions de foutus Chinetoques, pas la même moralité, un des syndicats du crime les mieux organisés du monde. Qu'est-ce qu'on attend de moi ? On ne peut pas arrêter le crime, alors comment le contrôle-t-on ? On repère les gros bonnets et on fait un marché avec eux, voilà ce qu'on fait : “Bon, les gars. Pas de crime accidentel, pas d'infractions territoriales, que tout soit propre et convenable et que ma fille puisse se promener dans la rue à n'importe quelle heure du jour et de la nuit. Je veux plein d'arrestations pour faire plaisir aux juges et me gagner ma pitoyable pension, et Dieu protège quiconque enfreint les règles ou manque de respect à l'autorité." D'accord, ils crachent un peu au bassinet. Citez-moi une personne sur toute cette saloperie d'île qui ne crache pas un peu au bassinet ? S'il y a des gens qui *payent*, il y a des gens qui *empochent*. C'est la raison même. Et s'il y a des gens qui empochent... D'ailleurs, conclut le Roc, soudain ennuyé par son propre développement, votre oncle George sait déjà tout ça. »

La tête de lion de Craw se souleva lentement, jusqu'au moment où son œil redoutable se trouva fixé sur le visage un peu détourné du Roc.

« George sait *quoi*, si je puis me permettre ?

– Sally machin Cale. Il y a des années qu'on l'a passée à la moulinette pour vous autres. Projetait de renverser la livre sterling ou je ne sais quoi. En déversant des lingots sur le marché de l'or à Zurich, je vous demande un peu. Un tas de boniments comme d'habitude, si vous voulez mon avis. »

Une autre demi-heure s'écoula encore avant que le vieil Australien ne se remît debout d'un air las en souhaitant au Roc longue vie et félicité.

« Et vous, tournez le cul au soleil couchant », grommela le Roc.

Craw ne rentra pas chez lui ce soir-là. Il avait des amis, un avocat de Yale et sa femme, qui étaient propriétaires d'un des deux cents et quelques hôtels particuliers de Hong Kong, une vaste bâtisse sur Pollock's Path, tout en haut du Pic, et ils lui avaient donné une clef. Une voiture avec une plaque consulaire était garée dans l'allée, mais on connaissait le goût des amis de Craw pour le monde diplomatique. En entrant dans sa chambre, Craw ne parut pas le moins du monde surpris de trouver un jeune Américain respectueux assis dans le fauteuil d'osier en train de lire un gros roman : un garçon blond, net, dans un impeccable costume style diplomate. Craw ne salua pas cette personne, ne parut remarquer en rien sa présence, mais alla s'installer au bureau recouvert d'une plaque de verre et, sur une unique feuille de papier, dans la meilleure tradition de son directeur de conscience Smiley, se mit à rédiger en lettres majuscules un message personnel pour Sa Sainteté, mains hérétiques ne pas toucher. Puis, sur une autre feuille, il disposa le chiffre pour le coder. Lorsqu'il eut terminé, il tendit les deux feuilles au jeune homme qui, avec une grande déférence, les mit dans sa poche et disparut sans un mot. Resté seul, Craw attendit d'avoir entendu le grondement de la limousine avant d'ouvrir et de lire le message que le jeune homme avait laissé pour lui. Puis il le brûla, vida les cendres dans l'évier et fit couler de l'eau dessus avant de s'allonger avec gratitude sur le lit.

Journée bien remplie, mais je peux les surprendre encore, songea-t-il. Il était fatigué. Bon sang qu'il était fatigué. Il revit les visages serrés des enfants de Sarratt. Mais nous progressons, Vos Grâces. Inexorablement nous progressons. Bien sûr, c'est la vitesse de l'aveugle, tandis que nous tapotons notre canne dans le noir. Il serait temps que je fume un peu d'opium, se dit-il. Il serait temps que je me trouve une charmante petite pour me remonter le moral. Seigneur, il était fatigué.

Smiley était tout aussi fatigué, peut-être, mais le texte du message de Craw, lorsqu'il le reçut une heure plus tard, le ragaillardit de façon remarquable d'autant plus que le dossier de miss Cale, Sally, dernière adresse connue Hong Kong, faussaire, trafiquante en lingots et à l'occasion en héroïne, était pour une fois intact et parfaitement conservé dans les archives du Cirque. Il n'y avait pas que cela. Le nom de code de Sam Collins, en sa qualité de permanent immergé du Cirque à Vientiane, s'y étalait à toutes les pages comme les guirlandes d'une victoire longtemps attendue.

10

THE ET SYMPATHIE

On a reproché plus d'une fois à Smiley, depuis que le rideau était retombé sur l'affaire Dauphin, que c'était là le moment où George aurait dû revenir à Sam Collins et le secouer d'importance. George, disent ceux qui s'y connaissent, aurait pu s'éviter ainsi bien des détours ; il aurait pu gagner un temps précieux.

Ce qu'ils disent est d'une absurdité simpliste.

Tout d'abord, le temps ne comptait pas. Le filon russe et l'opération qu'il était destiné à financer, quelle qu'elle fût, existait depuis des années, et, si on ne la dérangeait pas, continuerait vraisemblablement à fonctionner pendant bien des années encore. Les seuls gens à réclamer de l'action, c'étaient les barons de Whitehall, le Cirque lui-même, et indirectement Jerry Westerby, qui devait se ronger d'ennui pendant deux semaines encore cependant que Smiley préparait avec soin son prochain coup. Et puis aussi, Noël approchait, ce qui rend tout le monde impatient. Ko, et l'opération qu'il contrôlait quelle qu'en fût sa nature, ne bougeait pas. « Ko et son argent russe se dressaient comme une montagne devant nous », écrivit plus tard Smiley dans sa conclusion sur l'affaire Dauphin. « Nous pouvions examiner le dossier chaque fois que l'envie nous en prenait, mais nous ne pouvions pas le faire bouger. Le problème allait être, non pas de nous secouer, mais de savoir comment secouer Ko jusqu'au point où nous parviendrions à le comprendre. »

La leçon est claire : bien avant personne d'autre, sauf peut-être Connie Sachs, Smiley voyait déjà dans la fille un levier potentiel et, à ce point de vue, le personnage le plus important de la distribution – bien plus important, par exemple, que

Jerry Westerby, qui était remplaçable à tout moment. Ce n'était qu'une des nombreuses bonnes raisons pour lesquelles Smiley s'employa à l'approcher d'aussi près que le permettaient les considérations de sécurité. Une autre raison, c'était que toute la nature du lien entre Sam Collins et la fille flottait encore dans l'incertitude. C'est si facile aujourd'hui de revenir en arrière en disant « ça saute aux yeux », mais à cette époque, le problème était rien moins que résolu. Le dossier Cale donna une indication. L'intuition que Smiley avait concernant le travail de démarchage de Sam aida à combler certaines lacunes. Un travail de recoupement précipité effectué par les Archives produisit certains indices et le lot habituel de cas analogues ; l'anthologie des rapports de Sam sur le terrain était révélatrice. Il n'en demeure pas moins que plus Smiley attendait pour contacter Sam, plus il approchait d'une compréhension personnelle des relations entre la fille et Ko, et entre la fille et Sam : et plus sa puissance de marchandage s'accroîtrait lorsque Sam et lui s'assiéraient de nouveau devant une table.

Et qui au monde pourrait sincèrement dire comment Sam aurait réagi sous la pression ? Les inquisiteurs ont leurs succès, c'est vrai, mais aussi leurs échecs. Sam était une noix fort dure à casser.

Une autre considération retenait aussi Smiley, encore que dans son rapport il fût trop gentleman pour y faire allusion. Pas mal de fantômes rôdaient dans ces jours de l'après-chute, et l'un d'eux était la crainte que, enterré quelque part dans le Cirque, ne se trouvât le successeur désigné de Bill Haydon : que Bill aurait introduit, recruté et éduqué dans l'éventualité du jour précisément où lui-même, d'une façon ou d'une autre, disparaîtrait de la scène. Sam était à l'origine un candidat choisi par Haydon. Qu'il eût par la suite été victime de Haydon aurait fort bien pu être un camouflage. Qui pouvait dire, dans cette atmosphère de très grande nervosité, que Sam Colins, manœuvrant pour se faire réadmettre, n'était pas l'héritier présomptif de la traîtrise de Haydon ?

Pour toutes ces raisons, George Smiley enfila son imperméable et s'en alla dans la rue. De bon cœur, sans doute – car au fond il avait encore le goût de l'enquête. Même ses détracteurs lui concèdent cela.

Dans le quartier du vieux Barnsbury, dans la circonscription londonienne d'Islington, le jour où Smiley se décida à y faire une discrète apparition, la pluie marquait une pause au milieu de la matinée. Sur les toits d'ardoise des cottages victoriens, les mitres des cheminées ruisselantes étaient blotties comme des oiseaux dépenaillés parmi les antennes de télévision. Derrière elles, maintenue par des échafaudages, se dressait la silhouette d'un immeuble municipal d'appartements dont la construction avait été arrêtée par manque de fonds.

« Monsieur... ?

– Standfast », répondit courtoisement Smiley de sous son parapluie.

Les gens honorables se reconnaissent entre eux d'instinct. Mr Peter Worthington n'eut qu'à ouvrir la porte de sa maison et à jeter un coup d'œil à la silhouette rondelette et trempée de pluie qui se tenait sur le seuil – la serviette officielle noire, avec E II R gravés sur le gros fermoir en plastique, l'air méfiant et un tant soit peu minable – pour qu'une expression d'amicale bienvenue vînt illuminer son visage.

« Ah ! oui. Bien aimable à vous de venir, Le Foreign Office est à Downing Street maintenant, n'est-ce pas ? Comment êtes-vous venu ? Le métro depuis Charing Cross, je suppose ? Entrez donc, vous prendrez bien une tasse de thé. »

C'était un homme de l'enseignement privé qui était passé à l'instruction publique parce que cela rapportait davantage. Il avait une voix raisonnable, consolante et loyale. Même dans ses vêtements, observa Smiley en le suivant dans l'étroit corridor, il y avait une sorte de fidélité. Peter Worthington n'avait peut-être que trente-quatre ans, mais son lourd costume de tweed serait encore à la mode – ou resterait démodé – aussi longtemps que son possesseur en aurait besoin. Il n'y avait pas de jardin. Le bureau donnait directement sur une cour de récréation macadamisée. Un robuste grillage protégeait la fenêtre et la cour était divisée en deux par une haute clôture métallique. Au-delà se dressait l'école elle-même, bâtiment édouardien à l'ornementation surchargée, et qui n'était pas sans rappeler le Cirque, sauf qu'on pouvait voir à l'intérieur. Au rez-de-chaussée, Smiley aperçut des peintures d'enfants accrochées au mur. Plus haut, des tubes à essai dans des râteliers en bois. C'était l'heure de la récréation et, dans leur cour, des filles en tunique de gymnastique couraient après un ballon. Mais de l'autre côté de la clôture, les garçons restaient en groupes silencieux, comme des piquets de grève à une grille d'usine, les Noirs et les Blancs séparés. Dans le bureau, on avançait jusqu'aux genoux entre les manuels scolaires. Un guide illustré des rois et des reines d'Angleterre était ouvert sur la tablette de la cheminée. Des nuages sombres emplissaient le ciel et donnaient à l'école un air rouillé.

« J'espère que le bruit ne vous gêne pas, lança Peter Worthington de la cuisine. Je ne l'entends plus, je crois bien. Du sucre ?

– Non, non. Pas de sucre, merci, dit Smiley avec un petit sourire complice.

– On surveille les calories ?

– Ma foi, un peu, un peu. » Smiley jouait son propre rôle, mais il en rajoutait un peu, comme on dit à Sarratt. Un rien plus modeste, un rien plus usé par les soucis : le fonctionnaire doux et loyal qui avait atteint son plafond à quarante ans et qui n'avait pas bougé depuis lors.

« Il y a du citron si vous en voulez ! cria Peter Worthington de la cuisine, en agitant tasses et soucoupes d'une main inexperte.

– Oh ! non, merci ! Juste un peu de lait. »

Sur la moquette du bureau, usée jusqu'à la corde, s'étalaient les traces de la présence d'un autre enfant, plus petit : des cubes et un cahier sur lequel des D et des A étaient inlassablement gribouillés. De la lampe pendait une étoile de Noël en carton et aux murs étaient accrochés des images des rois mages, des traîneaux découpés et des flocons de coton. Peter Worthington revint en portant un plateau. Il était grand et costaud, avec des cheveux bruns et drus qui avaient tendance à grisonner. Après tous les bruits de vaisselle qu'on avait entendus, les tasses n'étaient pas encore très propres.

« Vous êtes bien tombé en choisissant l'heure de la récréation, dit-il en désignant les cahiers d'exercice. Si on peut parler de récréation avec tout ça à corriger.

– Je pense vraiment que des gens comme vous sont tout à fait sous-estimés, dit Smiley en secouant doucement la tête. J'ai moi-même des amis dans la profession. Ils veillent la moitié de la nuit, rien qu'à corriger leur travail, c'est ce qu'ils m'assurent et je n'ai aucune raison de douter d'eux.

– Ce sont des maîtres consciencieux.

– Je suis convaincu que je peux vous inclure dans cette catégorie. »

Peter Worthington sourit, l'air soudain très content. « J'en ai peur. Si une chose vaut la peine d'être faite, autant la faire bien, dit-il, en aidant Smiley à retirer son imperméable.

– A dire vrai, je pourrais souhaiter voir cette opinion un peu plus répandue.

– Vous auriez dû être un professeur vous-même, dit Peter Worthington et tous deux éclatèrent de rire.

– Qu'est-ce que vous faites de votre petit garçon ? dit Smiley en s'asseyant.

– Ian ? Oh ! il va chez sa grand-mère. De mon côté, pas celui de ma femme », ajouta-t-il en servant le thé. Il tendit une tasse à Smiley.

« Vous êtes marié ? demanda-t-il.

– Oui, je le suis, et un mariage très heureux aussi, si je puis me permettre.

– Des enfants ? »

Smiley secoua la tête, s'autorisant un petit froncement de sourcils déçu. « Hélas ! dit-il.

– C'est dur, vous savez, dit Peter Worthington, d'un ton tout à fait raisonnable.

– Oh ! j'en suis sûr, dit Smiley. Quand même, nous aurions aimé faire l'expérience. On le sent plus, à notre âge.

– Vous m'avez dit au téléphone qu'on avait des nouvelles d'Elizabeth, dit Peter Worthington. Je serais très reconnaissant de les apprendre, je dois dire.

– Oh ! il n'y a pas de quoi s'exciter, dit Smiley avec prudence.

– Mais espérer. Il faut avoir de l'espoir. »

Smiley se pencha sur sa serviette officielle en plastique noir et ouvrit le fermoir de pacotille.

« Voyons, je me demande si vous pourrez aider, dit-il. Ça n'est pas que je ne veuille pas vous parler, mais il faut que nous soyons sûrs. Je suis pour ma part un homme qui pense qu'on ne prend jamais trop de précautions, et je n'ai pas honte de l'avouer. Nous faisons exactement la même chose en ce qui concerne nos décès à l'étranger. Nous ne nous engageons jamais avant d'être *absolument sûrs*. Prénoms, nom de famille, adresse complète, date de naissance si nous pouvons nous la procurer, nous ne ménageons pas notre peine. Juste pour ne pas prendre de risques. Nous n'enquêtons pas sur la *cause*, bien sûr, ça n'est pas notre domaine, c'est aux autorités locales.

– Allez-y », dit Peter Worthington avec entrain. Remarquant son ton un peu forcé, Smiley leva les yeux, mais l'honnête visage de Peter Worthington était détourné et il semblait étudier un tas de vieux pupitres à musique entassés dans un coin.

S'humectant le pouce, Smiley ouvrit laborieusement un dossier posé sur ses genoux et feuilleta quelques pages. C'était le dossier du Foreign Office, portant la mention « Personnes disparues », et obtenu par Lacon sous un prétexte quelconque invoqué devant Enderby. « Serait-ce trop vous demander si je revoyais tous les détails avec vous depuis le début ? Seulement les détails saillants, bien sûr, et seulement ce que vous désirez me dire, je n'ai pas besoin de préciser cela, n'est-ce pas ? Ce qui me tracasse, voyez-vous, c'est qu'en fait ce n'est pas moi, en général, qui me charge de ce travail. Mon collègue Wendover, que vous avez rencontré, est malheureusement souffrant – et, ma foi, nous n'aimons pas toujours mettre *tout* sur le papier, voyez-vous ? C'est un garçon remarquable, mais lorsqu'il s'agit de rédiger un rapport, je le trouve quand même un peu *sec*. Pas négligent, loin de là, mais parfois un peu déficient en ce qui concerne le côté humain.

– J'ai toujours été d'une absolue franchise. Toujours, dit Peter Worthington s'adressant d'un ton quelque peu impatient aux pupitres à musique.

– J'en suis convaincu. Et pour notre part, je puis vous assurer qu'au ministère nous respectons une confidence. »

Un brusque silence s'abattit. L'idée n'était pas venue à Smiley, jusqu'à ce moment, que les cris des enfants pouvaient être apaisants et pourtant, lorsqu'ils cessèrent et que la cour de récréation se vida, il eut une impression de désordre qu'il mit un moment à surmonter.

« La pause est finie, dit Worthington avec un sourire.

– Je vous demande pardon ?

– La pause. Le lait et les beignets. Ce pour quoi vous payez des impôts.

– Voyons, tout d'abord il n'est pas question ici, d'après les notes de mon collègue Wendover – rien contre lui, je m'empresse de le dire –, que Mrs Worthington soit partie sous une contrainte quelconque... Une minute. Laissez-moi vous expliquer ce que j'entends par là. Je vous en prie. Elle est partie de son plein gré. Elle est partie seule. Elle n'a pas été indûment persuadée, dupée, par de fausses promesses, elle n'a en aucune façon été victime de pressions anormales. Pressions par exemple qui, disons, pourraient, le moment venu, donner lieu à une action en justice engagée par vous-même ou par d'autres contre un tiers jusqu'à présent non mentionné ? »

Un verbe intarissable, comme Smiley le savait, crée chez ceux qui doivent le subir une envie presque insupportable de parler. S'ils n'interrompent pas carrément, du moins ripostent-ils avec une énergie refoulée : et en tant que maître d'école, Peter Worthington n'était pas particulièrement doué pour écouter.

« Elle est partie seule, absolument seule, et ma position est, était et a toujours été qu'elle était libre de le faire. Si elle n'était *pas* partie seule, s'il y avait eu d'autres personnes impliquées, des hommes, Dieu sait que nous sommes tous humains, cela n'aurait rien changé. Est-ce que cela répond à votre question ? Les enfants ont le droit d'avoir deux parents », conclut-il, en énonçant une maxime.

Smiley écrivait avec diligence mais avec une grande lenteur. Peter Worthington pianotait des doigts sur son genou ;

puis il les fit craquer l'un après l'autre, en une brève salve impatiente.

« Mais en attendant, monsieur Worthington, pouvez-vous, je vous prie, me dire si une ordonnance de garde a été rendue en ce qui concerne...

– Nous avons toujours su qu'elle vagabonderait. C'était entendu. J'étais son ancre. C'est comme ça qu'elle m'appelait : "Mon ancre." Ou bien ça ou bien "maître d'école". Ça m'était égal. Ça n'était pas dit en mauvaise part. C'était simplement qu'elle ne pouvait pas supporter de dire *Peter*. Elle m'aimait en tant que *concept*. Pas en tant que personnage peut-être, en tant que corps, qu'esprit, pas même en tant que partenaire. En tant que concept, un adjoint nécessaire à sa plénitude personnelle et humaine. Elle avait besoin de plaire, je comprends ça. Ça faisait partie de son insécurité, elle aimait être admirée. Si elle faisait un compliment, c'était parce qu'elle souhaitait qu'on lui en fît un en retour.

– Je vois, dit Smiley, et il se remit à écrire, comme si physiquement il souscrivait à cette opinion.

– Je veux dire que personne ne pouvait avoir pour épouse une femme comme Elizabeth et s'attendre à l'avoir à lui tout seul. Ça n'était pas naturel. Je me suis résigné à cela aujourd'hui, et même le petit Ian devait l'appeler Elizabeth. Là encore je comprends. Elle ne pouvait pas supporter les chaînes que représentait "Maman". Un enfant courant après elle en l'appelant "Maman", c'était trop pour elle. Bon, je comprends ça aussi. Je peux imaginer que ça puisse être difficile pour vous, qui n'avez pas d'enfants, de comprendre comment une femme d'une certaine trempe, une mère, soignée, aimée et protégée, n'ayant même pas à gagner sa vie, puisse littéralement planter là son propre fils sans même lui envoyer une carte postale depuis ce jour jusqu'à aujourd'hui. Sans doute que cela vous inquiète, que même cela vous dégoûte. Voyez-vous, je crois malheureusement que j'ai une opinion différente. Sur le moment, je vous l'accorde : oui, ça a été dur. » Il jeta un coup d'œil sur la cour de récréation fermée par son treillage. Il parlait d'un ton calme, sans le moins du monde s'apitoyer sur lui-même.

Il aurait aussi bien pu s'adresser à un élève. « Ici, nous essayons d'enseigner aux gens la liberté. La liberté dans le cadre des droits du citoyen. Qu'ils développent leur individualité. Comment moi pouvais-je lui dire à elle qui elle était ? J'avais envie d'être là, c'est tout. D'être l'ami d'Elizabeth. Son port d'attache : c'était une autre des formules qu'elle employait à mon égard. "Mon port d'attache." Ce qu'il y a, c'est qu'elle n'avait pas *besoin* de partir. Elle aurait pu tout faire ici. A mon côté. Les femmes ont besoin d'un soutien, vous savez. Sans cela...

– Et vous n'avez toujours reçu aucune nouvelle directe d'elle ? demanda doucement Smiley. Pas une lettre, pas même cette carte postale à Ian, rien ?

– Rien de rien. »

Smiley écrivit. « Monsieur Worthington, à votre connaissance, votre femme a-t-elle jamais utilisé un autre nom ? » On ne sait pourquoi, la question menaçait d'agacer considérablement Peter Worthington. Il se mit en colère, comme s'il réagissait à une impertinence en classe, et son doigt se dressa pour imposer le silence. Mais Smiley s'empressa de poursuivre. « Son nom de jeune fille, par exemple ? Peut-être une abréviation de son nom de femme mariée, qui dans un pays qui ne soit pas de langue anglaise *pourrait* créer des difficultés avec les indigènes...

– Jamais. Jamais, jamais de la vie. Il faut comprendre la psychologie fondamentale du comportement humain. Elizabeth était un cas qui semblait sortir d'un livre. Elle avait hâte d'être débarrassée du nom de son père. Une excellente raison pour laquelle elle m'a épousé, c'était d'avoir un *nouveau* père et un *nouveau* nom. Une fois qu'elle avait ça, pourquoi y renoncer ? C'était la même chose avec son goût du romanesque, sa manie de raconter des histoires insensées, mais vraiment insensées. Elle essayait de fuir son environnement. Y étant parvenue, ayant réussi, m'ayant trouvé moi, avec la stabilité que je représente, elle n'avait naturellement plus besoin d'*être* quelqu'un d'autre, elle *était* quelqu'un d'autre. Elle s'était accomplie. Alors *pourquoi s'en aller* ? »

Smiley de nouveau prit son temps. Il regarda Peter Worthington. Comme s'il hésitait, il se plongea dans son dossier, feuilleta les pages jusqu'à la dernière, remit ses lunettes sur son nez et lut le document, et de toute évidence ce n'était pas la première fois.

« Monsieur Worthington, si nos renseignements sont exacts – et nous avons de bonnes raisons de croire qu'ils le sont –, je dirais que nous estimons raisonnablement être sûrs à quatre-vingts pour cent – j'irai jusque-là – que votre femme utilise actuellement le nom de *Worth.* Et elle utilise un prénom avec une orthographe allemande, détail curieux, L-I-E-S-E que l'on prononce, non pas Liza m'a-t-on dit, mais Leesa. Je me demandais si vous étiez en mesure de confirmer ou d'infirmer cette hypothèse, et l'hypothèse aussi qu'elle exerce une activité dans le commerce de la joaillerie en Extrême-Orient avec des ramifications s'étendant jusqu'à Hong Kong et d'autres centres importants. Elle semble vivre sur un grand pied, a une vie mondaine bien remplie et évolue dans des cercles très fermés. »

Peter Worthington, semblait-il, ne comprit pas grand-chose à tout cela. Il avait pris une position et ne semblait pas capable d'en bouger. Faisant une fois de plus craquer ses doigts, il lança un regard impatient aux pupitres entassés comme des squelettes, et il essayait déjà de parler sans laisser à Smiley le temps de conclure :

« Ecoutez. Voici ce que je veux : que quiconque prend contact avec elle avance de bons arguments. Je ne veux pas de supplications passionnées, d'appels à la conscience. Pas question de tout cela. Simplement une déclaration nette de ce qu'on lui offre et qu'elle est la bienvenue. Voilà tout. »

Smiley se réfugia dans son dossier :

« Ma foi, avant que nous en arrivions là, si nous pouvions simplement continuer à examiner les faits, monsieur Worthington...

– Il n'y a pas de faits, dit Peter Worthington, de nouveau extrêmement irrité. Il y a simplement deux personnes. En fait, trois avec Ian. Il n'y a *pas* de faits dans une affaire comme ça. Ni dans aucun mariage. C'est ce que la vie nous enseigne. Les rapports entre les gens sont totalement subjectifs. Je suis assis par terre. C'est un fait. Vous écrivez. C'est un fait. Sa mère était derrière tout ça. C'est un fait.

Vous me suivez ? Son père est un criminel fou à lier. C'est un fait. Elizabeth n'est *pas* la fille de la reine de Saba ni la petite-fille naturelle de Lloyd George. Malgré tout ce qu'elle peut raconter. Elle n'a *pas* de diplôme de sanscrit, ce qu'elle a pourtant choisi de dire à la directrice qui le croit encore aujourd'hui. "Quand allons-nous revoir votre charmante orientaliste de femme ?" Elle ne s'y connaît pas plus en joaillerie que moi. Ça c'est un fait.

– Des dates et des lieux, murmura Smiley en s'adressant au dossier. Si je pouvais simplement en vérifier quelques-uns pour commencer.

– Absolument », dit Peter Worthington dans un grand élan, et, prenant une théière en étain verdi, il remplit la tasse de Smiley. La craie du tableau noir avait marqué ses gros doigts. Cela rappelait le gris de ses cheveux.

« C'est vraiment sa mère qui l'a tourneboulée, je crois bien, reprit-il du même ton tout à fait raisonnable. Toute cette hâte à la faire monter sur scène, à la faire danser, puis à essayer de lui faire faire de la télévision. Sa mère voulait simplement qu'on admire Elizabeth. Bien sûr, c'était pour elle un substitut. C'est parfaitement naturel sur le plan psychologique. Lisez Berne. Lisez n'importe qui. C'est simplement sa façon à elle de définir sa propre individualité. A travers sa fille. Il faut admettre que ces choses-là arrivent. Je comprends tout cela maintenant. Elle est très bien, je suis très bien, tout le monde est très bien, Ian est très bien, et tout d'un coup voilà qu'elle s'en va.

– Savez-vous, au fait, si elle communique avec sa mère ? »

Peter Worthington secoua la tête.

« Malheureusement, pas du tout. Lorsqu'elle est partie, elle avait compris tout son jeu. Elle avait totalement rompu avec elle. Le seul obstacle dont je puisse dire sans me tromper que je l'ai aidée à franchir. Mon unique contribution à son bonheur...

– Je ne crois pas que nous ayons ici l'adresse de sa mère, dit Smiley en feuilletant avec obstination les pages du dossier. Vous ne... »

Peter Worthington la lui donna d'une voix assez forte, à la vitesse de la dictée.

« Et maintenant voyons les dates et les lieux, répéta Smiley. S'il vous plaît. »

Elle l'avait quitté deux ans auparavant. Peter Worthington répéta non seulement la date mais l'heure. Il n'y avait pas eu de scène – Peter Worthington n'aimait pas les scènes –, Elizabeth en avait eu trop souvent avec sa mère : ils avaient passé une soirée agréable, en fait, tout *particulièrement* agréable. Pour changer, il l'avait emmenée dans un restaurant grec.

« Vous l'avez peut-être aperçu en arrivant ? Ça s'appelle le Cnossos, tout à côté de la crémerie ? »

Ils avaient bu du vin, ç'avait été un vrai gueuleton et Andrew Wiltshire, le nouveau professeur d'anglais, était venu se joindre à eux. Elizabeth avait initié cet Andrew au yoga juste quelques semaines plus tôt. Ils étaient allés ensemble suivre des cours au centre Sobell et ils étaient devenus de grands copains.

« Elle s'était vraiment mise au yoga, dit-il avec un hochement approbateur de sa tête grisonnante. C'était une véritable passion pour elle. Andrew était tout à fait le genre de garçon à la faire sortir de sa coquille. Extroverti, irréfléchi, très physique... Parfait pour elle », conclut-il d'un ton décidé.

Ils étaient rentrés tous les trois à la maison vers dix heures, à cause du baby-sitter, dit-il : lui, Andrew et Elizabeth. Il avait préparé du café, ils avaient écouté de la musique et vers onze heures Elizabeth les avait embrassés tous les deux en disant qu'elle allait passer chez sa mère pour voir comment elle allait.

« J'avais cru comprendre qu'elle avait rompu avec elle, protesta doucement Smiley, mais Peter Worthington choisit de ne pas entendre.

– Bien sûr, un baiser pour elle, ça ne signifie rien, expliqua Peter Worthington. Elle embrasse tout le monde, les élèves, ses amies – elle embrasserait l'éboueur, n'importe qui. Elle extériorise beaucoup. Je vous le répète, elle est incapable de laisser personne tranquille. Je veux dire que *toute* relation doit être une conquête. Avec son fils, avec le garçon du restaurant... et puis une fois qu'elle les a conquis, ils l'ennuient. C'est bien naturel. Elle est montée dans sa chambre regarder Ian et sans aucun doute a profité de cette occasion pour prendre son passeport et l'argent du ménage dans le tiroir. Elle a laissé un mot disant "Désolée" et je ne l'ai pas vue depuis. Ni Ian ni Peter Worthington.

– Hum, est-ce qu'Andrew a eu de ses nouvelles ? demanda Smiley, regardant de nouveau par-dessus ses lunettes.

– Pourquoi donc ?

– Vous disiez qu'ils étaient amis, monsieur Worthington. Parfois des tiers deviennent des intermédiaires dans ce genre d'affaire. »

Au mot *affaire*, il releva la tête et se trouva regardant tout droit dans les yeux sincères et éperdus de Peter Worthington : et pendant un instant les deux masques glissèrent en même temps. Smiley l'observait-il ? Etait-ce lui qu'on observait ? Peut-être n'était-ce que son imagination aux abois – ou bien perçut-il, chez lui et chez cet homme faible devant lui, le trouble d'une parenté embarrassée ? « Il devrait y avoir une *guilde* des maris trompés qui s'apitoient sur leur sort. Vous avez tous la même horrible forme assommante de charité ! » lui avait un jour lancé Ann. Vous n'avez jamais connu votre Elizabeth, songea Smiley en regardant toujours Peter Worthington : et je n'ai jamais connu mon Ann.

« C'est tout ce dont je peux vraiment me souvenir, dit Peter Worthington. Après ça, c'est un blanc complet.

– Oui, dit Smiley se réfugiant par inadvertance dans l'affirmation répétée de Worthington. Oui, je comprends. »

Il se leva pour prendre congé. Un petit garçon était debout sur le seuil. Il avait un regard hostile et voilé. Une lourde femme placide était plantée derrière lui, le tenant par les deux poignets levés au-dessus de sa tête, si bien qu'elle avait l'air de le balancer à bout de bras, alors qu'en réalité il tenait très bien debout tout seul.

« Tiens, voilà papa, dit la femme, en posant sur Worthington le regard affectueux de ses yeux bruns.

– Jenny, salut. Je vous présente Mr Standfast, du Foreign Office.

– Comment allez-vous ? » demanda poliment Smiley, et après quelques minutes de bavardage sans intérêt et la promesse de donner de plus amples renseignements en temps utile, si jamais il en arrivait, il prit congé discrètement.

« Oh ! et joyeux Noël, lança Peter Worthington du perron.

– Ah ! oui. Oui en effet. Et à vous aussi. A vous tous. Heureux Noël et puissiez-vous en avoir beaucoup d'autres. »

Dans le petit bistrot on vous mettait du sucre à moins qu'on leur demandât de ne pas le faire, et chaque fois que la femme indienne préparait une tasse de thé, la minuscule cuisine s'emplissait de vapeur. Par deux et par trois, sans parler, des hommes prenaient le petit déjeuner, le déjeuner ou le dîner, selon le moment où ils en étaient chacun de leur journée. Ici aussi, Noël approchait. Six boules de verre de couleur, un peu graisseuses, pendaient au-dessus du comptoir pour donner une atmosphère de fête : et un bas de laine où les clients déposaient leurs aumônes pour les enfants paralysés. Smiley contemplait un journal du soir sans le lire. Dans un coin, à moins de quatre mètres de lui, le petit Fawn avait pris la position classique du baby-sitter. Ses yeux sombres souriaient d'un air affable en regardant les clients et le pas de la porte. Il tenait sa tasse de la main gauche, pendant que sa main droite restait disponible, près de sa poitrine. Karla s'asseyait-il ainsi ? se demanda Smiley. Karla allait-il se réfugier parmi ceux qui ne se doutaient de rien ? Control faisait cela. Control s'était créé une seconde, une troisième ou une quatrième vie dans un appartement de deux pièces, auprès de la déviation vers Heathrow, sous le simple nom de Matthews, qui ne faisait pas pseudonyme pour les logeuses. Enfin, « toute » une vie était exagéré. Mais il avait des vêtements de rechange là-bas, et une femme, Mrs Matthews elle-même, et aussi un chat. Et il prenait des leçons de golf à un club d'artisans le jeudi matin de bonne heure, alors que de son bureau, au Cirque, il déversait son mépris sur les prolétaires, le golf, l'amour et sur toute activité humaine futile qui risquait en secret de le tenter. Il avait même loué un petit carré pour jardiner, Smiley s'en souvenait, auprès d'une voie de garage. Mrs Matthews avait insisté pour emmener Smiley le voir, dans sa petite Morris impeccable, le jour où il lui avait annoncé la triste nouvelle. C'était le même fatras que les jardinets de n'importe qui : des roses, des légumes divers qu'ils n'avaient pas utilisés, une cabane à outils encombrée de tuyaux d'arrosage et de boîtes de graines.

Mrs Matthews était une veuve docile mais capable : « Tout ce que je veux savoir », avait-elle dit après avoir lu le chiffre sur le chèque, « tout ce dont je veux être sûre, monsieur Standfast, c'est : est-ce qu'il est vraiment mort, ou bien est-il retourné auprès de sa femme ?

– Il est vraiment mort », lui assura Smiley, et elle le crut avec reconnaissance. Il se dispensa d'ajouter que la femme de Control était morte onze ans plus tôt, sans cesser de croire que son mari était quelque chose au Bureau des charbonnages.

Karla devait-il intriguer dans les commissions ? Lutter contre des cabales, tromper les imbéciles, flatter les intelligents, regarder dans des miroirs déformants du genre Peter Worthington, tout cela pour faire son travail ?

Il jeta un coup d'œil à sa montre, puis à Fawn. La cabine téléphonique était installée à côté des toilettes. Mais quand Smiley demanda de la monnaie au patron, celui-ci refusa en prétextant qu'il était trop occupé.

« Donne-lui en, pauvre connard ! » cria un routier entièrement vêtu de cuir. Le patron s'empressa d'obéir.

« Comment ça s'est passé ? demanda Guillam, prenant la communication sur la ligne directe.

– Bonne documentation de fond, répondit Smiley.

– Hourra », dit Guillam.

Une autre des accusations qu'on porta plus tard contre Smiley, c'était qu'il perdait du temps sur de petits problèmes au lieu de les léguer à ses subordonnés.

Il y a des blocs d'immeubles, près du terrain de golf de Town and Country, sur la bordure nord de Londres, qui sont comme la superstructure de navires perpétuellement en train de couler. Ils gisent au bout de longues pelouses où les fleurs ne sont jamais tout à fait en fleurs ; le matin, vers huit heures et demie, les maris arment dans la fièvre les canots de sauvetage et les femmes et les enfants passent la journée à les attendre jusqu'à ce que les hommes rentrent trop épuisés pour s'en aller voguer nulle part. Ces immeubles ont été bâtis dans les années 30 et sont restés depuis lors d'un blanc sale. Leurs fenêtres oblongues, encadrées d'acier, contemplent les riches ondulations du parcours de golf, où les jours ouvrables des femmes coiffées de visières errent comme des âmes perdues. Un de ces immeubles s'appelle la résidence Arcadie, et les Pelling habitaient au numéro 7, avec une vue un peu étriquée sur le neuvième trou qui disparaissait quand les hêtres avaient leurs feuilles. Lorsque Smiley sonna, il n'entendit rien que le tintement grêle du timbre électrique : pas de bruit de pas, pas de chien, pas de musique. La porte s'ouvrit et une voix d'homme, cassée, dit « Oui ? » dans l'obscurité, mais elle appartenait à une femme. Une femme grande et voûtée. Avec une cigarette à la main.

« Je m'appelle Oates », dit Smiley, en tendant une grande carte verte dans un étui de cellophane. A couverture différente, nom différent.

« Oh ! c'est vous ? Entrez. Il est ici. Il croit que vous êtes un espion, ajouta-t-elle en lorgnant la carte verte. Vous n'en êtes pas, n'est-ce pas ?

– Non, dit Smiley. Je ne pense pas. Juste un inspecteur. »

L'appartement était tout en couloirs. Elle le précéda, laissant dans son sillage des relents de gin. Une jambe s'attardait un peu lorsqu'elle marchait, et son bras droit était raide. Smiley se dit qu'elle avait dû avoir une attaque. Elle était vêtue comme si personne n'avait jamais admiré sa taille ni son sexe. Et comme si ça lui était égal. Elle portait des chaussures plates et un pull-over d'homme, avec une ceinture qui lui élargissait les épaules.

« Il dit qu'il n'a jamais entendu parler de vous. Il dit qu'il a cherché dans l'annuaire et que vous n'existez pas.

– Nous aimons être discrets », dit Smiley.

Elle poussa une porte devant lui. « Il existe, annonça-t-elle d'une voix forte. Et ce n'est pas un espion, simplement un inspecteur. »

Dans un fauteuil, au fond, un homme lisait le *Daily Telegraph*, en le tenant devant son visage si bien que Smiley ne voyait que le crâne chauve, la robe de chambre, et les courtes jambes croisées qui se terminaient dans des pantoufles de cuir ; mais sans savoir pourquoi il devina tout de suite que Mr Pelling était le genre de petit homme qui n'épouserait jamais que de grandes femmes. La pièce comprenait tout ce dont il pourrait avoir besoin pour survivre seul. Sa télévision, son lit, son radiateur à gaz, une table pour manger et un chevalet pour peindre. Au mur était accroché un portrait photographique d'une très belle jeune fille avec une inscription griffonnée en diagonale dans un coin, à la façon dont les vedettes de cinéma envoient leur amour à leurs modestes adorateurs. Smiley reconnut Elizabeth Worthington : il avait déjà vu pas mal de photographies d'elle.

« Monsieur Oates, je vous présente Nunc », dit-elle, et ce fut tout juste si elle ne fit pas la révérence.

Le *Daily Telegraph* s'abaissa avec la lenteur d'un pavillon de garnison, révélant un petit visage agressif et bien briqué, avec des sourcils durs et des lunettes de directeur.

« Oui. Alors qui êtes-vous exactement ? dit Mr Pelling. Vous êtes du service secret ou pas ? Ne tournez pas autour du pot, qu'on en finisse. Je n'aime pas qu'on vienne fouiner chez moi, vous voyez. Qu'est-ce que c'est que ça ? interrogea-t-il.

– Sa carte, dit Mrs Pelling en l'exhibant. De couleur verte.

– Oh ! nous échangeons des notes ? Alors j'ai besoin d'une carte aussi, Cess, n'est-ce pas ? Tu ferais mieux de m'en faire imprimer, ma chère. Descends donc jusque chez Smith's, veux-tu ?

– Aimez-vous le thé ? demanda Mrs Pelling, en toisant Smiley, la tête penchée de côté.

– Pourquoi lui donnes-tu du thé ? s'enquit Mr Pelling en la regardant brancher la théière. Il n'a pas besoin de thé. Ce n'est pas un invité. Il n'est même pas du Renseignement. Installez-vous si ça vous chante. Prenez donc son lit. *Le Lingot universel, conseiller en sécurité*, mon œil.

– Il veut parler de Lizzie, chéri, dit Mrs Pelling en disposant un plateau pour son mari. Si tu étais un peu un père pour changer.

– Ça vous ferait une belle jambe d'avoir son lit, je vous assure, dit Mr Pelling, en reprenant son *Telegraph.*

– C'est trop gentil », dit Mrs Pelling avec un petit rire. Son rire comprenait deux notes, comme un chant d'oiseau, et ne voulait pas être drôle. Un silence incertain suivit.

Mrs Pelling tendit à Smiley une tasse de thé. L'acceptant, il s'adressa au dos du journal de Mr Pelling. « Monsieur, la candidature de votre fille Elizabeth est envisagée pour un poste important dans une grande société à l'étranger. Mon organisation a été chargée à titre confidentiel – c'est une formalité normale mais très nécessaire de nos jours – de contacter ses amis et sa famille en Angleterre pour recueillir des témoignages de moralité.

– C'est nous, mon ami », expliqua Mrs Pelling, au cas où son mari n'aurait pas compris.

Le journal s'abattit avec un bruit sec.

« Insinuez-vous que ma fille a une mauvaise moralité ? C'est cela que vous insinuez alors que vous êtes assis chez moi, à boire mon thé ?

– Non, monsieur, dit Smiley.

– Mais non », répéta inutilement en écho Mrs Pelling.

Il y eut un long silence que Smiley ne fit aucun effort pour dissiper.

« Monsieur Pelling, dit-il enfin d'une voix ferme et patiente. J'ai cru comprendre que vous aviez passé de nombreuses années au service des Postes, et que vous aviez atteint une haute position.

– De très, très nombreuses années, renchérit Mrs Pelling.

– J'ai travaillé, dit Mr Pelling une fois de plus à l'abri de son journal. Il y a trop de parlottes dans le monde. Pas assez de travail de fait.

– Avez-vous employé des criminels dans votre service ? »

Le journal s'agita, puis s'immobilisa.

« Ou des communistes ? fit Smiley, avec la même douceur.

– Si ça nous est arrivé, on n'a pas tardé à se débarrasser d'eux », dit Mr Pelling, et cette fois le journal resta sur ses genoux.

Mrs Pelling claqua des doigts. « Comme ça, fit-elle.

– Monsieur Pelling, poursuivit Smiley, toujours avec son air de médecin de famille, la situation pour laquelle on envisage la candidature de votre fille se trouve être dans une des grandes compagnies travaillant en Extrême-Orient. Elle s'occupera tout particulièrement du transport aérien et son travail lui permettra de connaître d'avance les grosses expéditions d'or vers l'Angleterre et hors d'Angleterre, aussi bien que le mouvement des courriers diplomatiques et des plis secrets. Ce poste comporte une rémunération fort élevée. Je ne trouve pas déraisonnable – et je pense que vous serez d'accord avec moi – que votre fille soit soumise aux mêmes procédures que tout autre candidat à un poste aussi important – et aussi enviable.

– Qui vous emploie, vous ? dit Mr Pelling. C'est ça qui me préoccupe. Qui dit que vous, vous êtes responsable ?

– Nunc, implora Mrs Pelling. Qui dit que personne le soit ?

– Ne me donne pas du *Nunc* ! Sers-lui encore un peu de thé. C'est toi la maîtresse de maison, non ? Alors, joue ton rôle. Il est grand temps que Lizzie soit récompensée, et je suis franchement déçu que cela ne soit pas arrivé plus tôt, compte tenu de ce qu'on lui doit. »

Mr Pelling se remit à lire l'impressionnante carte verte de Smiley : « "Correspondants en Asie, aux Etats-Unis et au Moyen-Orient." Ils doivent s'écrire pour un oui ou pour un non. Siège social South Molton Street. Pour tout renseignement téléphonez à blablabla. Et là sur qui est-ce que je tombe ? Sur votre complice, j'imagine.

– Si c'est South Molton Street, ça doit être bien, dit Mrs Pelling.

– L'autorité sans responsabilité », soupira Mr Pelling en composant le numéro. Il parlait comme si quelqu'un lui pinçait les narines.

« Voulez-vous que je vous dise, je n'aime pas beaucoup ça.

– *Avec* responsabilité, reprit Smiley. Notre compagnie s'engage à indemniser nos clients contre tout acte malhonnête commis par le personnel que nous recommandons. Nous avons une assurance en conséquence. »

La sonnerie retentit cinq fois avant que le standard du Cirque répondît, et Smiley pria le ciel pour qu'il n'y eût pas de gaffes.

« Passez-moi le directeur général, ordonna Mr Pelling. Peu m'importe à moi qu'il soit en conférence ! Est-ce qu'il a un nom ? Alors, lequel ? Eh bien, dites à Mr Andrew Forbes-Lisle que Mr Humphrey Pelling désire lui dire un mot en particulier. Maintenant. » Longue attente. *Bien joué, songea Smiley. Un détail joliment trouvé.* « Ici Pelling. J'ai devant moi un homme qui dit s'appeler Oates. Petit, gros et l'air soucieux. Qu'est-ce que vous voulez que je fasse de lui ? »

A l'arrière-fond, Smiley entendit la voix sonore et militaire de Peter Guillam qui ordonnait pratiquement à Pelling de se mettre au garde-à-vous quand il lui adressait la parole. Radouci, Mr Pelling raccrocha.

« Lizzie sait-elle que vous êtes venu nous trouver ? demanda-t-il.

– Elle rirait aux éclats si elle le savait, dit sa femme.

– Elle ne sait peut-être même pas qu'on l'envisage pour ce poste, dit Smiley. De nos jours, on a de plus en plus tendance à aborder les candidats une fois l'enquête sur eux terminée de façon satisfaisante.

– C'est pour Lizzie, Nunc, lui rappela Mrs Pelling. Tu sais que tu l'aimes, bien que nous n'ayons pas eu de nouvelles d'elle depuis un an.

– Vous ne lui écrivez pas du tout ? demanda Smiley d'un ton compatissant.

– Elle ne veut pas », dit Mrs Pelling, en jetant un coup d'œil à son mari.

Un grognement à peine perceptible échappa aux lèvres de Smiley. Ç'aurait pu être du regret, mais c'était en fait du soulagement.

« Redonne-lui du thé, ordonna son mari. Il a déjà tout sifflé. »

Il se remit quand même à contempler Smiley d'un regard scrutateur :

« Je ne suis toujours pas sûr qu'il ne soit pas du service secret, même maintenant, dit-il. Il n'a peut-être pas de panache, mais ça pourrait être exprès. »

Smiley avait apporté des formulaires. L'imprimeur du Cirque les avait tirés la veille au soir, sur du papier jaune – ce qui était une vraie chance, car il se révéla vite que dans le monde de Mr Pelling, les formulaires étaient la légitimation de tout et que le jaune était la couleur respectable. Les deux hommes se mirent donc au travail, comme deux amis en train de résoudre un problème de mots croisés, Smiley perché à son côté, et Mr Pelling remplissant les blancs, pendant que sa femme était assise à fumer et à regarder par les rideaux de dentelle grise, en faisant tourner son alliance autour de son doigt. Ils remplirent la date et le lieu de naissance. « Plus haut dans la rue à la maternité Alexandra. Ils l'ont démolie maintenant, n'est-ce pas, Cess ? C'est devenu un de ces immeubles qui ressemblent à des tranches napolitaines. » Ils terminèrent son éducation, et Mr Pelling donna au passage ses opinions sur ce sujet :

« Je n'ai jamais laissé une école la garder trop longtemps, n'est-ce pas, Cess ? Ça lui maintenait l'esprit en éveil. Il ne faut pas tomber dans la routine. Un changement, ça vaut des vacances, c'est ce que j'ai toujours dit. N'est-ce pas, Cess ?

– Il a lu des livres sur l'éducation, dit Mrs Pelling.

– Nous nous sommes mariés tard, dit-il, comme si cela expliquait sa présence.

– Nous voulions lui faire faire du théâtre, dit-elle. Lui, entre autres choses, voulait être son imprésario. »

Il donna d'autres dates. Il y avait un cours d'art dramatique et puis une école de secrétariat.

« Pour la formation, dit Mr Pelling, la préparation par l'éducation, voilà à quoi je crois. Lui faire goûter un peu de tout. Ça donne l'habitude du monde. Ça donne du maintien.

– Oh ! pas de problèmes pour le maintien, renchérit Mrs Pelling en exhalant un nuage de fumée. Ni l'habitude du monde.

– Mais elle n'a jamais terminé son école de secrétariat ? demanda Smiley. Ni le cours d'art dramatique.

– Elle n'en avait pas besoin », dit Mr Pelling.

Ils en arrivèrent aux précédents employeurs. Mr Pelling en énuméra une demi-douzaine à Londres, chacun à dix-huit mois d'intervalle.

« Tous assommants, dit Mrs Pelling d'un air mondain.

– Elle cherchait sa voie, dit son mari d'un ton désinvolte. Elle tâtait le pouls avant de s'engager. Je le lui ai conseillé, n'est-ce pas, Cess ? Ils la voulaient toute, mais je n'allais pas tomber dans le panneau. » Il brandit un bras dans sa direction. « Et ne me dites pas que ça n'a pas fini par payer ! cria-t-il. Même si nous n'avons pas le droit d'en parler !

– C'était le ballet qu'elle préférait, dit Mrs Pelling. Enseigner aux enfants. Elle *adore* les enfants. Elle les adore littéralement. »

Cela parut agacer vivement Mr Pelling. « Elle est en train de faire une *carrière*, Cess, lança-t-il en faisant claquer le formulaire sur son genou. Bonté divine, pauvre crétine, tu veux qu'elle lui revienne ?

– Et qu'est-ce qu'elle faisait exactement au Moyen-Orient ? demanda Smiley.

– Elle suivait des cours. Des écoles commerciales. Elle apprenait l'arabe », dit Mr Pelling, prenant une brusque largeur de vue. A la surprise de Smiley, il alla même jusqu'à se lever et, gesticulant d'un air impérieux, il se mit à parcourir la pièce. « Ce qui l'a menée là tout d'abord, je me permets de vous le dire, ça a été un mariage malheureux.

– Seigneur », dit Mrs Pelling.

Debout, il avait une sorte de vigueur préhensile qui le rendait redoutable. « Mais nous l'avons retrouvée. Oh ! oui. Sa chambre est toujours prête quand elle la voudra. A côté de la mienne. Elle peut me trouver à tout moment. Oh ! oui. Nous l'avons aidée à franchir cet obstacle, n'est-ce pas, Cess ? Et puis un jour, je lui ai dit...

– Elle est venue avec un charmant professeur d'anglais aux cheveux bouclés, l'interrompit sa femme. Andrew.

– Ecossais, corrigea machinalement Mr Pelling.

– Andrew était un charmant garçon, mais il n'était pas de taille pour Nunc, n'est-ce pas, chéri ?

– Il n'était pas assez bien pour elle. Toutes ces histoires de yoga. Des singeries, voilà ce que j'en pense. Et puis un jour je lui ai dit : "Lizzie : les Arabes. Voilà où est ton avenir." Il claqua des doigts, désignant une fille imaginaire. "Le pétrole. L'argent. La puissance. Tu t'en vas. Fais ta valise. Prends ton billet. En route."

– C'est une boîte de nuit qui a payé son voyage, dit Mrs Pelling. Et qui l'a bien menée en bateau aussi.

– Absolument pas ! répliqua Mr Pelling, en voûtant ses larges épaules pour mieux crier, mais Mrs Pelling continua comme s'il n'était pas là.

– Elle a répondu à l'annonce, vous comprenez. Une femme de Bradford avec un joli baratin. Une entremetteuse. "On demande des hôtesses, mais ça n'est pas ce que vous pourriez croire", disait-elle. On lui a payé son billet d'avion et dès l'instant où elle a atterri à Bahrein, on lui a fait signer un contrat par lequel elle cédait tout son salaire pour le loyer de son appartement. A partir de là, ils la tenaient, n'est-ce pas ? Il n'y avait nulle part où elle pouvait aller, n'est-ce pas ? L'ambassade ne pouvait pas l'aider, personne. Elle est belle, vous comprenez ?

– Pauvre idiote. Nous parlons de carrière ! Tu ne l'aimes donc pas ? Ta propre fille ? Mère dénaturée ! Mon Dieu !

– Elle a fait sa carrière, dit Mrs Pelling d'un ton complaisant. La meilleure du monde. »

En désespoir de cause, Mr Pelling se tourna vers Smiley. « Mettez "travail de réceptionniste et étude de la langue" et mettez...

– Peut-être pourriez-vous me dire, intervint doucement Smiley, tout en s'humectant le pouce pour tourner la page – ce pourrait être une façon de s'y prendre – si elle a eu quelques expériences dans l'industrie du transport.

– Et mettez, poursuivit Mr Pelling en serrant les poings et en regardant d'abord sa femme, puis Smiley, et en paraissant hésiter à continuer ou pas – mettez "travail pour Service secret britannique à un échelon élevé". Comme agent clandestin. Allez-y, mettez-le ! Là. C'est sorti maintenant. » Il se retourna vers sa femme. « Il s'occupe de sécurité, il l'a dit. Il a le droit de savoir si elle a le droit qu'on le sache. Je ne vais pas laisser ma fille être une héroïne méconnue. Ni sous-payée ! Elle aura la médaille de Saint-Georges avant d'en avoir fini, croyez-moi !

– Mon œil, dit Mrs Pelling d'un ton las. Ça n'était qu'une des histoires qu'elle racontait. Tu le sais bien.

– Est-ce que nous ne pourrions pas prendre les choses une par une ? demanda Smiley d'un ton de douce patience. Nous parlions, je crois, de son expérience dans l'industrie du transport. »

Dans une attitude de profonde réflexion, Mr Pelling se prit le menton entre le pouce et l'index.

« Sa première expérience *commerciale*, commença-t-il d'un ton songeur – quand elle menait vraiment son affaire toute seule, vous comprenez –, quand la mayonnaise a fini par prendre et que tout a commencé à payer – à part le côté renseignement dont je parlais –, je veux dire employer du personnel, manier de grosses sommes d'argent et exercer les responsabilités dont elle est capable – tout cela est arrivé à... Comment prononce-t-on ?

– Vi-ent-iane, ronronna sa femme, anglicisant à merveille le nom.

– Capitale du La-os, dit Mr Pelling, prononçant le mot comme s'il rimait avec chaos.

– Et quel était le nom de la firme, je vous prie ? s'enquit Smiley, le crayon braqué au-dessus du cadre approprié.

– Une société de distillerie, annonça Mr Pelling avec majesté. Ma fille Elizabeth possédait et gérait une des grandes concessions de distillerie dans ce pays ravagé par la guerre.

– Et le nom ?

– Elle vendait des tonneaux de whisky démarqué à des organisations américaines, dit Mrs Pelling s'adressant à la fenêtre. Avec une commission, vingt pour cent. Ils achetaient leurs tonneaux et les laissaient mûrir en Ecosse comme placement pour les revendre plus tard.

– *Ils*, dans ce cas, étant... ? demanda Smiley.

– Là-dessus son amant a filé en empochant l'argent, dit Mrs Pelling. C'était une bonne combine. Vraiment bonne.

– C'est un tissu d'absurdités ! s'écria Mr Pelling. Cette femme est folle. Ne vous occupez pas d'elle.

– Et quelle était son adresse à cette époque, s'il vous plaît ? demanda Smiley.

– Mettez “représentante”, dit Mr Pelling, en secouant la tête comme si les choses échappaient à son contrôle. Représentante d'un distillateur et agent secret.

– Elle vivait avec un pilote, dit Mrs Pelling. Le Petit, qu'elle l'appelait. Sans le Petit, elle serait morte de faim. Il était superbe, mais la guerre l'avait complètement tourneboulé. Pas étonnant. Ça a été pareil avec nos garçons, n'est-ce pas ? Des missions nuit après nuit, jour après jour. » Renversant la tête en arrière, elle cria très fort : « A vos zincs ! »

« Elle est folle, expliqua Mr Pelling.

– Les nerfs démolis à dix-huit ans, la moitié d'entre eux. Mais ils ont tenu le coup. Ils adoraient Churchill, vous comprenez. Ils aimaient son cran.

– Complètement folle, répéta Mr Pelling. A enfermer. Folle à lier.

– Pardonnez-moi, dit Smiley, qui écrivait d'un air affairé. Petit qui ? Le pilote ? Comment s'appelait-il ?

– Ricardo. Le Petit Ricardo. Un amour. Il est mort, vous savez, dit-elle, en regardant son mari droit dans les yeux. Lizzie avait le cœur brisé, n'est-ce pas, Nunc ? Quand même, c'était probablement le mieux.

– Elle ne vivait avec *personne*, pauvre guenon anthropoïde ! tout ça était de la frime. Elle travaillait pour le Service secret britannique !

– Oh ! Seigneur, fit Mrs Pelling, désespérée.

– Pas ton Seigneur. *Mon* Mellon. Notez ça, Oates. Ecrivez le nom. *Mellon.* Le nom de son commandant dans le Service secret britannique était M-E-L-L-O-N. Comme le fruit, mais avec deux *l*. Mellon. Il prétendait être un simple commerçant. Et il ne s'en tirait pas mal du tout. Naturellement, ça n'a rien d'extraordinaire puisque c'était un homme intelligent. Mais sous... (Mr Pelling frappa du poing sur sa paume ouverte, faisant un bruit d'une étonnante violence) mais sous l'extérieur tranquille et affable d'un homme d'affaires britannique, ce même Mellon menait une guerre secrète et solitaire contre les ennemis de Sa Majesté et ma Lizzie l'aidait. Trafiquants de drogue, Chinois, homosexuels, tous ces éléments étrangers qui avaient juré de s'attacher à la subversion de notre patrie, ma vaillante fille Lizzie et son ami le colonel Mellon à eux deux les combattaient pour contrôler leur insidieux progrès ! Voilà la vérité.

– Maintenant demandez-moi d'où elle tient ça », dit Mrs Pelling et, laissant la porte ouverte, elle s'éloigna dans le couloir en marmonnant toute seule. La suivant des yeux, Smiley la vit s'arrêter et paraître pencher la tête, comme si de la pénombre elle lui faisait signe. Puis on entendit au loin une porte claquer.

« C'est vrai, dit Pelling d'un ton résolu, mais plus calme. Elle l'a fait, elle l'a fait, elle l'a fait. Ma fille était un membre important et respecté de notre Renseignement britannique. »

Smiley ne répondit pas tout de suite, il était trop occupé à écrire. Si bien que pendant un moment il n'y eut d'autres bruits que le lent grattement de sa plume sur le papier, et le bruissement lorsqu'il tournait la page.

« Bon. Eh bien alors, je vais juste noter ces détails aussi, si je puis me permettre. A titre confidentiel, bien entendu. Ça nous arrive très souvent dans notre travail, je peux vous le dire.

– *Bien* », dit Mr Pelling, et s'asseyant avec vigueur sur un pouf recouvert de plastique il tira de son portefeuille une unique feuille de papier et la fourra dans la main de Smiley. C'était une lettre manuscrite d'une page et demie ; l'écriture était à la fois grandiose et puérile, avec de grandes majuscules incurvées pour la première personne, alors que les autres lettres faisaient une apparition plus réservée. Cela commençait par « Mon petit papa chéri », et cela se terminait par « Ta fille qui t'aime, Elizabeth », et le message inclus entre les deux, dont Smiley s'efforça d'apprendre par cœur l'essentiel, était à peu près ceci : « Je suis arrivée à Vientiane, qui est une ville plate, un peu française et animée, mais ne t'inquiète pas, j'ai des nouvelles importantes pour toi qu'il faut que je te communique aussitôt. Il est possible que tu n'entendes pas parler de moi pendant quelque temps, mais ne t'inquiète pas, même si on te raconte des choses désagréables. Je vais très bien, on s'occupe de moi et je fais tout cela pour une bonne cause dont tu serais fier. Dès mon arrivée, j'ai contacté le conseiller commercial britannique, Mr MacKelvore, un Anglais, et il m'a envoyée à Mellon pour trouver du travail. Je ne dois pas te le dire, mais il faudra me faire confiance, il s'appelle Mellon et c'est un négociant anglais bien installé ici, mais ça n'est que la moitié de l'histoire. Mellon m'envoie en mission à Hong Kong et je dois faire une enquête sur les lingots et les drogues, en faisant semblant de faire autre chose, et il a des hommes partout pour me surveiller et son vrai nom n'est pas Mellon. MacKelvore est dans le coup mais secrètement. S'il m'arrive quelque chose, ça en vaudra la peine parce que toi et moi savons que seule la patrie importe et qu'est-ce qu'une vie parmi tant en Asie où la vie de toute façon ne compte pas ? C'est du bon travail, papa, le genre dont nous rêvions tous les deux et surtout toi quand tu étais à la guerre à te battre pour ta famille et ceux qui te sont chers. Prie pour moi et veille sur maman. Je vous aimerai toujours, même en prison. »

Smiley lui rendit la lettre. « Il n'y a pas de date, observa-t-il tranquillement. Pouvez-vous me donner la date, monsieur Pelling ? Même approximative ? »

Mr Pelling donna une date, non pas approximative mais exacte. Ça n'était pas pour rien qu'il avait passé toute sa vie de travail dans la Poste royale.

« Elle ne m'a jamais écrit depuis, reprit Mr Pelling avec fierté, en repliant la lettre dans son portefeuille. Pas un mot, rien d'elle jusqu'à aujourd'hui. C'est d'ailleurs tout à fait inutile. Nous ne faisons qu'un. Cela a été dit, je n'y ai jamais fait allusion et elle non plus. Elle m'a fait son clin d'œil. J'ai compris. Elle a compris que j'avais compris. Vous ne trouverez pas de plus étroite communion d'esprit que ça entre un père et sa fille. Tout ce qui a suivi : Ricardo, Dieu sait comment il s'appelait, vivant, mort, qu'est-ce que ça fait ? Un Chinois dont elle s'est entichée, n'y pensez pas. Des amis hommes, des amies femmes, des relations d'affaires ; n'attachez aucune importance à ce que vous entendez. C'est de la couverture, tout ça. Ils la possèdent, ils la contrôlent complètement. Elle travaille pour Mellon et elle aime son père. Point final.

– Vous avez été très aimable, dit Smiley en rangeant ses papiers. Je vous en prie, ne vous dérangez pas, je vais trouver mon chemin.

– Ça n'est pas très difficile à trouver », dit Mr Pelling, toujours aussi spirituel.

Comme Smiley refermait la porte, le vieil homme s'était réinstallé dans son fauteuil et s'était replongé dans le *Daily Telegraph*.

Dans le couloir sombre, l'odeur de l'alcool était plus forte. Smiley avait compté neuf pas avant d'entendre claquer la porte, ce devait donc être la dernière sur la gauche, et la plus éloignée de Mr Pelling. Ç'aurait pu être les toilettes, sauf que les toilettes avaient une pancarte disant : « Palais de Buckingham, entrée de service » ; alors il frappa très doucement et l'entendit crier : « Foutez le camp. » Il entra et se trouva dans la chambre de Mrs Pelling : celle-ci était vautrée sur le lit, un verre à la main, à feuilleter un tas de cartes postales. La pièce, comme la chambre de son mari, était installée pour une existence autonome, avec un réchaud, un évier et une pile de vaisselle sale. Au mur étaient épinglées des photos d'une grande et très jolie fille, tantôt avec des garçons, tantôt seule, le plus souvent dans un décor oriental. Dans la chambre, ça sentait le gin et le chat.

« Il ne la laissera pas tranquille, dit Mrs Pelling. Pas Nunc. Il n'a jamais pu. Il a essayé mais il n'a jamais pu. Elle est belle, vous voyez, expliqua-t-elle pour la seconde fois, et elle roula sur le dos tout en tenant une carte postale au-dessus de sa tête pour la lire.

– Est-ce qu'il va venir ici ?

– Même pas si vous le tiriez par son fond de pantalon, mon chou. »

Smiley ferma la porte, s'assit sur une chaise et une fois de plus prit son carnet.

« Elle a trouvé un petit chou de Chinois, dit-elle en regardant toujours la carte postale. Elle s'est adressée à lui pour sauver Ricardo et puis elle est tombée amoureuse de lui. C'est un vrai père pour elle, le premier qu'elle ait jamais eu. Si bien qu'en fin de compte ça s'est bien arrangé. Tous les ennuis, c'est fini. Il l'appelle *Liese*, ajouta-t-elle. Il croit que c'est plus joli pour elle. C'est drôle. Nous, on n'aime pas les Allemands. Nous sommes des patriotes. Et il lui a trouvé une gentille situation, n'est-ce pas ?

– Je crois comprendre qu'elle préfère le nom de Worth à celui de Worthington. Y a-t-il à cela une raison que vous connaissiez ?

– Pour rabattre le caquet à cet assommant maître d'école, à mon avis.

– Quand vous dites qu'elle a fait cela pour *sauver* Ricardo, vous voulez dire bien sûr que... »

Mrs Pelling poussa un gémissement de douleur théâtral.

« Oh ! vous les hommes. Quand ? Qui ? Pourquoi ? Comment ? Dans les buissons, mon cher. Dans une cabine téléphonique, mon cher. Elle a acheté la vie de Ricardo, mon chou, avec la seule monnaie qu'elle a. Elle s'est mise en frais pour lui et puis elle l'a quitté. Bah, c'était une petite lopaille. » Elle prit une autre carte postale et examina la photo qui représentait des palmiers sur une plage déserte. « Ma petite Lizzie a jeté son bonnet par-dessus les moulins avec la moitié de l'Asie avant de trouver son Drake. Mais elle l'a trouvé. » Comme si elle entendait un bruit, elle se redressa brusquement et fixa Smiley d'un regard intense tout en se recoiffant. « Je crois que vous feriez mieux de partir, mon chou, dit-elle de la même voix étouffée, pendant qu'elle se tournait vers le miroir. C'est vrai, vous me donnez la chair de poule. Je n'ai plus l'habitude de voir des visages honnêtes autour de moi. Excusez-moi, mon chou, vous savez ce que je veux dire ? »

Au Cirque, Smiley mit deux minutes à confirmer ce qu'il savait déjà. Mellon, avec deux *l* exactement comme avait insisté Mr Pelling, était le nom de code enregistré et le pseudonyme de Sam Collins.

11

SHANGHAI EXPRESS

Dans la succession des faits tels qu'il est commode aujourd'hui de s'en souvenir, il se présente à ce point une trompeuse condensation des événements. Environ à cette époque, dans la vie de Jerry, Noël arriva et passa : cette période fut marquée par une série de vaines séances de beuverie au Club des correspondants étrangers et par l'envoi d'une collection de paquets expédiés à Cat à la dernière minute, maladroitement enveloppés dans du papier cadeau et à toutes les heures de la nuit. Une demande de recherche révisée sur Ricardo fut officiellement présentée aux Cousins et Smiley en personne la porta à l'Annexe afin de s'en expliquer plus complètement à Martello. Mais la demande se trouva prise dans le tourbillon de Noël – sans parler de la chute imminente du Viêt-nam et du Cambodge – et ne termina sa ronde dans les services américains que bien après le nouvel an, ainsi qu'en témoignent les dates mentionnées dans le dossier Dauphin. En fait, la réunion *cruciale* avec Martello et ses amis de la Répression des stupéfiants n'eut lieu qu'au début de février. Au sein du Cirque, on avait pleine conscience de l'usure qu'imposait, aux nerfs de Jerry, ce délai prolongé, mais dans l'ambiance de crise qui continuait, on n'éprouvait pas la nécessité d'agir pour y mettre fin. Là-dessus, on peut une fois de plus en faire reproche à Smiley, selon le point de vue auquel on se place, mais il est très difficile de voir ce qu'il aurait pu faire de plus, à part rappeler Jerry ; d'autant plus que Craw continuait à envoyer des rapports en termes radieux sur son humeur générale. Le cinquième étage travaillait d'arrache-pied et ce fut à peine si l'on vit passer Noël, à part un petit verre de sherry un peu improvisé vers midi le 25 et une pause un peu plus tard tandis que Connie et les mémés faisaient passer très fort le discours de la reine pour faire honte à des hérétiques comme Guillam et Molly Meakin, qui le trouvaient hilarant et en faisaient de mauvaises imitations dans les couloirs.

L'admission officielle de Sam Collins dans les rangs clairsemés du Cirque se fit un jour vraiment glacial de la mi-janvier et il y avait là un côté amusant et un autre sinistre. Le côté amusant, ce fut son arrestation. Il arriva à dix heures précises, un lundi matin, non pas en smoking, mais vêtu d'un élégant manteau gris avec une rose à la boutonnière, et paraissant d'une miraculeuse jeunesse dans le froid. Mais Smiley et Guillam étaient sortis, enfermés avec les Cousins, et ni les cerbères ni les surveillants n'avaient aucune consigne pour le laisser entrer, alors ils l'enfermèrent au sous-sol trois heures durant où il frissonna et tempêta jusqu'au moment où Smiley revint pour confirmer le rendez-vous. Il y eut une autre comédie à propos de son bureau. Smiley l'avait installé au quatrième étage auprès de Connie et de di Salis, mais Sam ne voulait pas de cela et réclamait le cinquième. Il considérait cet étage comme convenant mieux à son rang de coordinateur. Les malheureux cerbères trimbalèrent du mobilier du haut en bas des escaliers comme des coolies.

Le côté sinistre est plus difficile à décrire, et pourtant plusieurs s'y essayèrent. Connie dit que Sam était *rigide*, ce qui était une épithète assez troublante. Guillam le trouvait *affamé*, les mémés *sournois* et les fouineurs *trop poli*. Le plus étrange, pour ceux qui ne connaissaient pas la situation, c'était son autonomie. Il ne fit venir aucun dossier, il ne brigua aucune responsabilité, c'était à peine s'il utilisait le téléphone, sauf pour jouer aux courses ou surveiller la façon dont marchait son club. Mais son sourire l'accompagnait partout. Les dactylos déclaraient qu'il dormait dedans et qu'il le lavait lui-même à la main pendant les week-ends. Ses entrevues avec Smiley avaient lieu derrière les portes closes et, peu à peu, le résultat en fut communiqué à l'équipe.

Oui, la fille était arrivée à Vientiane avec un couple de hippies qui avaient dépassé la piste de Katmandou. Oui, quand ils l'avaient plaquée, elle avait demandé à MacKelvore de lui trouver un travail. Et oui, MacKelvore l'avait passée à Sam, en pensant que rien que par son physique elle devait être exploitable : tout cela, en lisant entre les lignes, à peu près comme la fille l'avait raconté dans sa lettre à son père. Sam, à l'époque, avait deux ou trois petites affaires de drogue qui moisissaient dans ses dossiers et à part cela, grâce à Haydon, il était tout à fait encalminé, alors il se dit qu'il ferait aussi bien de la caser du côté des pilotes pour voir ce que ça donnerait. Il n'en dit rien à Londres parce que Londres, à cette époque, stoppait tout. Il se contenta de la prendre à l'essai en la payant sur ses fonds de gestion. Ce que ça donna, ce fut Ricardo. Il la laissa aussi suivre une vieille piste conduisant au trafic des lingots à Hong Kong, mais tout cela avant qu'il se rendît compte qu'elle était une véritable catastrophe. Ce fut un réel soulagement pour Sam, dit-il, quand Ricardo l'en débarrassa et lui trouva un travail avec Indocharter.

« Alors qu'est-ce qu'il sait d'autre ? demanda Guillam avec indignation. Ça ne représente pas grand-chose, vous ne trouvez pas, pour bouleverser la hiérarchie et chambarder nos horaires de réunion.

– Il la connaît, *elle*, dit Smiley avec patience, et il reprit son étude du dossier de Jerry Westerby qui, depuis quelque temps, était devenu sa lecture favorite. Nous ne sommes pas nous-mêmes au-dessus d'un peu de chantage de temps en temps, ajouta-t-il avec une tolérance exaspérante, et il est tout à fait raisonnable que parfois nous devions nous y soumettre. » Sur quoi Connie, avec une grossièreté inhabituelle, surprit tout le monde en citant – semblait-il – une phrase du président Johnson à propos de J. Edgar Hoover : « George préfère avoir Sam Collins dans la tente en train de pisser dehors plutôt que dehors en train de pisser dedans », déclara-t-elle avec un petit rire de collégienne devant sa propre audace.

Et surtout, ce ne fut pas avant la mi-janvier, au cours de ses perpétuelles excursions dans les détails du passé de Ko, que Doc di Salis révéla sa stupéfiante découverte : un certain Mr Hibbert était encore vivant, un missionnaire de confession baptiste envoyé en Chine et que Ko avait mentionné comme référence lorsqu'il avait demandé à venir étudier le droit à Londres.

Tout était donc bien plus étalé que la mémoire des contemporains ne se plaît à le reconnaître : et la tension pour Jerry n'en était donc que plus forte.

« Il y a la possibilité d'un anoblissement », dit Connie Sachs. Ils avaient déjà dit cela au téléphone.

La scène n'avait rien de spectaculaire. Connie s'était relevé les cheveux. Elle portait un chapeau marron foncé et un tailleur marron foncé, et elle avait un sac à main marron foncé pour abriter le microphone de l'émetteur. Dehors, dans la petite allée, blotti dans un taxi bleu avec le moteur et le chauffage en marche, Toby Esterhase, l'as hongrois de la filoche coiffé d'une casquette à visière, faisait semblant de sommeiller pendant qu'il recevait et enregistrait la conversation sur les instruments installés derrière son siège. Les formes extravagantes de Connie s'étaient pliées à une stricte discipline. Elle tenait à la main un carnet à en-tête du Palais et ses doigts arthritiques serraient un stylo à bille du Palais. Quant au lointain di Salis, l'art avait été de le moderniser quelque peu. Malgré ses protestations, il portait une des chemises à rayures de Guillam, avec une cravate sombre. Le résultat, ce qui ne laissait pas d'être assez surprenant, était tout à fait convaincant.

« C'est *extrêmement* confidentiel », dit Connie à Mr Hibbert d'une voix claironnante. Elle avait déjà dit cela aussi au téléphone.

« Tout à fait », murmura di Salis pour confirmer et il lança ses bras autour de lui jusqu'à ce qu'un coude vînt reposer tant bien que mal sur son genou cagneux et qu'une main recroquevillée lui enfermât le menton, puis se mît à le gratter.

Le gouverneur avait recommandé l'octroi d'un titre nobiliaire, dit-elle, et c'était maintenant au Conseil de décider si l'on allait ou non transmettre la recommandation au

Palais. Et au mot Palais, elle lança un regard plein de réserve à di Salis, qui arbora aussitôt un sourire radieux mais modeste, comme une célébrité qu'on interviewe à la télévision. Ses mèches de cheveux gris étaient plaquées avec de la gomina et on aurait dit, raconta Connie par la suite, qu'on les avait graissées avant de les mettre au four.

« Vous comprendrez donc, dit Connie avec l'articulation précise d'une speakerine, qu'afin de protéger nos plus nobles institutions contre tout embarras, il faut procéder à une enquête très approfondie.

– Le *Palais*, reprit en écho Mr Hibbert, avec un clin d'œil du côté de di Salis. Ça alors, j'en suis soufflé. Le Palais, tu entends ça, Doris ? » Il était très âgé. L'état civil disait quatre-vingt un ans, mais ses traits avaient atteint l'âge où le temps ne faisait plus rien. Il portait un faux col d'ecclésiastique et un chandail beige avec des pièces de cuir aux coudes et un châle autour des épaules. Au fond, la mer grise faisait comme un halo autour de ses cheveux blancs. « *Sir Drake Ko*, dit-il. Voilà une chose à quoi je n'aurais pas pensé, je dois le dire. » Son accent du Nord était si pur que, comme ses cheveux de neige, ç'aurait pu être truqué. « *Sir Drake*, répéta-t-il. Ah ! j'en suis soufflé. Hein, Doris ? »

Sa fille était avec eux ; trente à quarante ans, blonde, avec une jupe jaune, de la poudre, mais pas de rouge aux lèvres. On avait l'impression que depuis son adolescence rien n'était arrivé à son visage, à part une constante érosion de ses espoirs. Elle rougissait lorsqu'elle parlait, mais parlait rarement. Elle avait fait de la pâtisserie, des sandwiches minces comme des mouchoirs et du gâteau à l'anis posé sur un petit napperon. Pour préparer le thé, elle utilisait un bout de mousseline alourdie par des perles cousues autour du bord. Du plafond pendait un abat-jour en parchemin découpé en forme d'étoile. Un piano droit était disposé contre un mur avec la partition du *Montre-nous la lumière, Seigneur* ouverte sur le pupitre. Le poème de Kipling, *If*, en tapisserie, était accroché au-dessus de la cheminée vide, et les rideaux de velours de chaque côté de la grande baie vitrée étaient si lourds qu'ils auraient pu être là pour masquer une partie inutilisée de la vie. Il n'y avait pas un livre, pas même une bible. Mais il y avait un très grand poste de télévision couleur et une longue ligne de cartes de Noël accrochées à un fil, comme des oiseaux abattus à mi-chemin du sol. Rien ne rappelait la côte de Chine, à moins que ce ne fût l'ombre de la mer hivernale. C'était un jour gris et sans vent. Dans le jardin, des cactus et buissons attendaient d'un air morne dans le froid. Des promeneurs passaient rapidement sur la promenade.

Ils aimeraient prendre des notes, ajouta Connie. Car il est dans les traditions du Cirque que quand on vole le son, il faut prendre aussi des notes, à la fois comme secours en cas de défaillance de l'enregistrement et comme couverture.

« Oh, notez tout ce que vous voulez, dit Mr Hibbert d'un ton encourageant. Nous ne sommes pas tous des éléphants, n'est-ce pas, Doris ? Attention, Doris a une mémoire extraordinaire, aussi bonne que sa mère.

– Alors ce que nous aimerions faire tout d'abord, dit Connie – prenant garde tout de même de suivre le pas du vieil homme –, si nous le pouvons, c'est ce que nous faisons avec les témoins de moralité, comme nous les appelons : nous aimerions établir exactement depuis quand vous connaissez Mr Ko et les circonstances de vos rapports avec lui. »

Décrivez vos accès à Dauphin, disait-elle, dans un langage quelque peu différent.

Lorsqu'ils parlent des autres, les vieillards parlent d'eux-mêmes, examinant leur image dans des miroirs disparus.

« Je suis né avec la vocation, dit Mr Hibbert. Mon grand-père l'avait déjà. Mon père ? Oh ! il avait une grande paroisse à Macclesfield. Mon oncle est mort quand il avait douze ans, mais il a quand même prononcé les vœux, n'est-ce pas, Doris ? A vingt ans j'étais dans une école de formation pour missionnaires. A vingt-quatre ans, j'avais appareillé pour Shanghai afin de rallier la mission de la Vie du Seigneur. L'*Empire Queen*, c'était le nom du bateau. Je crois me souvenir que nous avions plus de serveurs que de passagers. Oh ! mon Dieu. »

Il comptait passer quelques années à Shanghai à enseigner et à apprendre la langue, dit-il, puis avec de la chance, se faire nommer à la mission de Chine continentale et s'installer dans l'intérieur :

« J'aurais bien aimé ça. J'aurais aimé le défi que ça représentait. J'ai toujours aimé les Chinois. La Vie du Seigneur, ça n'était pas somptueux, mais ça faisait du travail : aujourd'hui ces écoles *romaines*, ma foi elles ressemblent plus à vos monastères, avec tout ce que ça comporte », dit Mr Hibbert.

Di Salis, le ci-devant jésuite, eut un pâle sourire.

« Nous, c'est dans les rues que nous ramassions nos gosses, reprit-il. Shanghai était un drôle de salmigondis, je peux vous le dire. Il y avait de tout et de tous. Des gangs, de la corruption, de la prostitution à ne plus savoir qu'en faire ; on avait la politique, l'argent, l'avidité, la misère. Toute la vie humaine était représentée là-bas, n'est-ce pas, Doris ? En fait, elle ne doit pas se rappeler. Nous sommes retournés là-bas à la guerre, n'est-ce pas ? mais ils n'ont pas tardé à nous flanquer de nouveau dehors. Même à ce moment-là, elle n'avait pas plus de onze ans, n'est-ce pas ? Après cela, il ne restait plus rien, enfin rien comme Shanghai, alors nous sommes rentrés ici. Mais nous nous plaisons, n'est-ce pas, Doris ? dit Mr Hibbert, très conscient de parler pour eux deux. Nous aimons bien l'air. C'est ça qui nous plaît.

– Beaucoup, dit Doris, et elle s'éclaircit la voix en toussant dans son énorme poing.

– Alors nous comblions les effectifs avec ceux que nous pouvions trouver, c'est à ça que ça revenait, poursuivit-il. Nous avions la vieille miss Fong. Tu te rappelles Daisy Fong, Doris ? Bien sûr que tu t'en souviens... Daisy et sa cloche ? Oh ! elle ne doit pas se souvenir en fait. Mon Dieu, comme le temps passe. Une vraie joueuse de flûte de Hamelin, voilà ce qu'était Daisy, sauf que c'était une cloche, et qu'elle n'était pas un homme, et qu'elle faisait le travail de Dieu même si elle a, plus tard, connu la chute. La meilleure convertie que j'aie jamais eue, jusqu'à l'arrivée des Japonais. Elle s'en allait dans les rues, Daisy, vous savez, en faisant sonner sa cloche à perdre haleine. Parfois le vieux

Charlie Wan l'accompagnait, parfois c'était moi, nous choisissions les docks ou bien le quartier des boîtes de nuit – derrière le Bund peut-être –, l'impasse du Sang, voilà comment on appelait cette rue, tu te souviens, Doris ? – mais elle ne doit pas se rappeler en fait – la vieille Daisy sonnait sa cloche, sonnait, sonnait ! » Il éclata de rire à ce souvenir : il la voyait devant lui très clairement, car sa main esquissait machinalement les vigoureux mouvements de la cloche. Di Salis et Connie firent poliment chorus à son rire, mais Doris se contenta de froncer les sourcils. « Rue de Jaffe, c'était le pire. Dans la concession française évidemment, où se trouvaient les maisons du péché. Oh ! il y en avait partout, Shanghai en était bourré. La ville du péché, qu'on l'appelait. Et avec raison. Et puis quelques gosses se rassemblaient et elle leur demandait : "Aucun de vous n'a perdu sa mère ?" et vous en récoltiez deux ou trois. Pas tous à la fois, un ici, un là. Il y en a qui essayaient pour ainsi dire, à cause du riz au dîner, et puis qu'on renvoyait chez eux avec une taloche. Mais on finissait toujours par en trouver quelques vrais, n'est-ce pas, Doris ? Et peu à peu nous avions une école qui marchait, à la fin on en avait quarante-quatre, n'est-ce pas ? Certains étaient pensionnaires, pas tous. Il y avait le cours de catéchisme, l'enseignement élémentaire, un peu d'histoire et de géographie. C'est tout ce que nous pouvions faire. »

Maîtrisant son impatience, di Salis avait fixé son regard sur la mer grise et ne l'en bougeait pas. Mais Connie avait affiché sur son visage un immuable sourire d'admiration, et pas un instant, elle ne quittait des yeux le visage du vieil homme.

« C'est comme ça que Daisy a trouvé les Ko, poursuivit-il sans se soucier du caractère chaotique de son récit. Là-bas sur les docks, n'est-ce pas, Doris ? C'est là qu'elle les a trouvés qui cherchaient leur mère. Ils étaient arrivés de Swatow, tous les deux. Quand était-ce ? 1936, je suppose. Le jeune Drake avait dix ou onze ans, et son frère Nelson en avait huit ; ils étaient maigres comme des clous, ça faisait des semaines qu'ils n'avaient pas eu un vrai repas. Ils sont devenus du jour au lendemain des chrétiens au riz, je peux vous le dire ! Attention, ils n'avaient pas de nom en ce temps-là, pas de nom anglais, bien sûr. C'était des gens des jonques, de Chiu Chow. On n'a jamais vraiment su qui était la mère, n'est-ce pas, Doris ? "Tuée par les fusils, disaient-ils. Tuée par les fusils." Ç'aurait pu être les fusils japonais, ç'aurait pu être ceux du Kuomintang. Nous ne sommes jamais allés au fond de cette histoire, et pourquoi nous en occuper ? Le Seigneur l'avait auprès de Lui, et voilà. Autant arrêter toutes les questions et se mettre au travail. Le petit Nelson avait son bras bien abîmé. C'était vraiment révoltant. Un os cassé qui traversait sa manche, ça devait être les fusils aussi qui avaient fait ça. Drake, il tenait la main valide de Nelson, et tout d'abord il ne voulait rien savoir pour le lâcher, même pas pour le laisser manger. On disait qu'à eux deux ils avaient une bonne main, tu te souviens, Doris ? Drake s'asseyait à table sans le lâcher, en lui enfournant dans la bouche tout le riz qu'il pouvait. On a fait venir le docteur : même lui n'arrivait pas à les séparer. Il a bien fallu le supporter. "Toi, ai-je dit, tu seras Drake. Et toi, tu seras Nelson, parce que vous êtes tous les deux de braves matelots, pas vrai ?" C'était une idée de ta mère, n'est-ce pas, Doris ? Elle avait toujours voulu avoir des garçons. »

Doris regarda son père, s'apprêta à dire quelque chose et puis changea d'avis.

« Ils lui caressaient les cheveux, dit le vieil homme d'un ton un peu surpris. Ils caressaient les cheveux de ta mère et sonnaient la cloche de la vieille Daisy. Voilà ce qu'ils aimaient. Ils n'avaient jamais vu de cheveux blonds avant. Dis donc, Doris, si tu nous reversais une goutte de *saw* ? Le mien est froid et je suis sûr que le leur est pareil. *Saw*, c'est du chinois de Shanghai pour thé, expliqua-t-il. A Canton, on dit *cha*. Nous avons gardé quelques vieux mots comme ça, je ne sais pas pourquoi. »

Avec un sifflement exaspéré, Doris quitta la pièce en trombe et Connie sauta sur l'occasion pour prendre la parole :

« Vous savez, monsieur Hibbert, nous n'avons pour l'instant aucune trace d'un frère, dit-elle d'un ton de léger reproche. Il était plus jeune, dites-vous. De deux ans plus jeune ? De trois ?

– Pas trace de Nelson ? fit le vieil homme stupéfait. Comment, mais il l'adorait ! Nelson, mais c'était toute la vie de Drake. Il aurait fait n'importe quoi pour lui. Pas trace de Nelson, tu entends, Doris ? »

Mais Doris était dans la cuisine, en train de chercher du *saw*.

Consultant ses notes, Connie eut un sourire sévère.

« Je crois, hélas ! que c'est à nous qu'il faut faire des reproches, monsieur Hibbert. Je vois ici que le siège du gouvernement a laissé un blanc en face de la mention *frères et sœurs*. Il va y avoir très bientôt une ou deux personnes bien embarrassées à Hong Kong, c'est moi qui peux vous le dire. Vous ne vous rappelez pas par hasard la date de naissance de Nelson, j'imagine ? Juste pour gagner du temps ?

– Mon Dieu, non ! Daisy Fong s'en souviendrait, bien sûr, mais voilà longtemps qu'elle n'est plus là. Elle leur a donné à tous des dates de naissance, Daisy, même quand ils n'en savaient rien eux-mêmes. »

Di Salis tira sur son lobe d'oreille en baissant la tête : « Ni ses prénoms chinois ? lança-t-il de sa voix aiguë. Ça pourrait être utile, si on vérifie ? »

Mr Hibbert secoua la tête. « Pas trace de Nelson ! Seigneur Dieu ! On ne peut vraiment pas penser à Drake sans le petit Nelson à son côté. Ils allaient ensemble comme le pain et le fromage, nous disions. Puisqu'ils étaient orphelins, naturellement. »

Dans le vestibule, on entendit la sonnerie d'un téléphone, et à la secrète surprise tout à la fois de Connie et de di Salis, un « Oh ! merde » distinct de Doris dans la cuisine, tandis qu'elle se précipitait pour répondre. Ils entendirent les bribes d'une conversation furibonde avec en fond sonore le chuintement de plus en plus fort d'une bouilloire : « Eh bien, pourquoi pas ? Enfin, si ce sont ces foutus freins, pourquoi dire que c'est l'embrayage ? Non, nous ne voulons pas une nouvelle voiture. Nous voulons faire réparer la vieille, bonté divine. » Avec un vigoureux « bon Dieu », elle raccrocha et retourna dans la cuisine pour s'occuper de la bouilloire vociférante.

« Les prénoms chinois de Nelson », insista doucement Connie, toujours souriante, mais le vieil homme secoua la tête : « Il aurait fallu demander ça à la vieille Daisy, dit-il. Et voilà longtemps qu'elle est au paradis, la chère âme. » Di Salis paraissait sur le point de contester la prétention du vieillard à l'ignorance, mais Connie le fit taire d'un regard : *laissez-le courir*, suppliait-elle. *Forcez-le et nous perdrons toute la partie.*

Le fauteuil du vieil homme pivotait. Sans s'en rendre compte, il avait tourné dans le sens des aiguilles d'une montre, et maintenant c'était à la mer qu'il s'adressait.

« Ils étaient comme l'eau et le feu, dit Mr Hibbert. Je n'ai jamais vu deux frères si différents, ni si fidèles, et ça c'est vrai.

– Différents de quelle façon ? demanda Connie d'un ton qui invitait aux confidences.

– Le petit Nelson, voyez-vous, il avait peur des cafards. C'était la première chose. Nous n'avions pas, naturellement, votre installation sanitaire moderne. Il fallait les envoyer à la cabane et, oh ! mon Dieu, ces cafards, ils grouillaient autour de cette hutte ! Nelson ne voulait pas en approcher. Son bras ne guérissait pas trop mal, il dévorait comme un coq de combat, mais ce garçon se retenait pendant des jours plutôt que d'entrer dans la cabane. Votre mère lui promettait la lune s'il y allait. Daisy Fong le menaça du bâton et je vois encore les yeux qu'il faisait, il vous regardait parfois en serrant son poing valide et c'était à croire qu'il allait vous changer en pierre, à croire aussi que Nelson, depuis le jour de sa naissance, avait toujours été un rebelle. Et puis un jour nous avons regardé par la fenêtre et ils étaient là : Drake avec son bras autour de l'épaule du petit Nelson, le guidant dans l'allée pour lui tenir compagnie pendant qu'il vaquait à ses occupations. Vous avez remarqué comme ils ont une démarche différente, les enfants des jonques ? demanda-t-il avec entrain, comme s'il les voyait en ce moment même. Les jambes un peu arquées, tous les deux. »

La porte s'ouvrit avec vigueur et Doris entra, portant un plateau de thé qu'elle venait de faire, et le posa sur la table avec fracas.

« C'était la même chose pour le chant », dit-il et il retomba dans son silence, en contemplant la mer.

« Ils chantaient des hymnes ? lança Connie, jetant un coup d'œil au piano bien astiqué avec ses chandeliers vides.

– Drake, il aurait chanté n'importe quoi dès l'instant que votre mère était au piano. Des chansons. *Voici la verte colline.* Il se serait coupé la gorge pour votre mère, Drake, c'est sûr. Mais le jeune Nelson, je ne l'ai jamais entendu chanter une note.

– Tu l'as suffisamment entendu par la suite, lui rappela Doris avec hargne, mais il préféra ne pas remarquer son intervention.

– On lui retirait son déjeuner, son dîner, mais il ne disait même pas ses amen. Dès le début il avait une vraie querelle avec Dieu. » Il eut un rire d'une brusque fraîcheur. « Ah ! ce sont là vos vrais croyants, c'est ce que je dis toujours. Les autres ne sont que polis. Il n'y a pas de vraie conversion, pas sans querelle.

– Saloperie de garage », marmonna Doris, qui fulminait toujours après son coup de téléphone tout en tailladant le gâteau à l'anis.

« Dites-moi ! Est-ce que votre chauffeur est bien ? cria Mr Hibbert. Vous voulez que Doris aille lui porter du gâteau ? Il doit se geler dehors ! Allons, faites-le entrer ! »

Mais avant qu'aucun d'eux ait pu répondre, Mr Hibbert s'était mis à parler de sa guerre. Pas la guerre de Drake, ni celle de Nelson, mais la sienne, par fragments isolés de souvenirs très visuels. « Ce qui était drôle, c'est qu'il y avait un tas de gens qui pensaient que les Japs, c'était parfait. Ça apprendrait à ces parvenus de nationalistes chinois où il fallait s'arrêter. Sans parler des communistes, bien sûr. Oh ! ça a pris un bon moment avant que le plateau ne se mette à pencher de l'autre côté, je peux vous le dire. Même après le début des bombardements. Les boutiques européennes ont fermé, les gens de Taipan ont évacué leurs familles, le Country Club est devenu un hôpital. Mais il y en avait encore qui disaient : “Ne vous en faites pas.” Et puis un jour, *bang*, voilà qu’on s’est retrouvé bouclé, pas vrai, Doris ? Et que par-dessus le marché ils ont tué ta mère. Elle n’avait pas de résistance, n’est-ce pas, pas après sa tuberculose. Quand même, ces frères Ko étaient mieux lotis que la plupart.

– Ah ! pourquoi donc ? interrogea Connie, vibrante d’intérêt.

– Ils avaient la connaissance de Jésus pour les guider et les réconforter, n’est-ce pas ?

– C’est vrai, dit Connie.

– Naturellement, fit di Salis en écho, croisant les doigts et tirant dessus. C’est vrai qu’ils avaient cela », répéta-t-il avec componction.

Donc avec l’arrivée des Japs, comme ils les appelaient, la mission ferma et Daisy Fong, avec sa cloche, emmena les enfants se joindre au flux de réfugiés qui, par charrette, par car ou train, mais le plus souvent à pied, prenaient la route de Chang-Jao et enfin Chongqing où les nationalistes de Tchang avaient installé leur capitale provisoire.

« Il ne peut pas continuer trop longtemps, souffla à un moment Doris en aparté à Connie. Il devient gaga.

– Mais si, je peux, ma chérie, la reprit Mr Hibbert avec un tendre sourire. J’ai eu ma part d’existence maintenant. Je peux faire ce qui me plaît. »

Ils burent du thé et parlèrent du jardin, qui avait été un problème depuis l’instant même où ils s’étaient installés ici :

« On nous dit : prenez des plantes à feuilles argentées, elles supportent le sel. Je n’en sais rien, n’est-ce pas, Doris ? Et elles n’ont pas l’air de prendre, vous voyez ? »

Avec la mort de sa femme, expliqua vaguement Mr Hibbert, sa propre vie s’était terminée aussi : il marquait le temps en attendant de la retrouver. Il avait quelque temps vécu dans le nord de l’Angleterre. Après cela, il avait un peu travaillé à Londres, à la propagation de la Bible.

« Et puis nous sommes partis vers le sud, n’est-ce pas, Doris ? Je ne sais pas pourquoi.

– A cause de l'air, dit-elle.

– Il va y avoir une réception au Palais, n'est-ce pas ? demanda Mr Hibbert. J'imagine que Drake pourrait même nous faire inscrire sur la liste des invités. Pense un peu, Doris. Tu aimerais ça. Une garden-party à Buckingham. En chapeau.

– Mais vous êtes quand même revenu à Shanghai, finit par lui rappeler Connie, en feuilletant ses notes pour lui rafraîchir la mémoire. Les Japonais ont été battus, Shanghai a été rouvert et vous êtres rentré. Sans votre femme, bien sûr, mais vous êtes rentré tout de même.

– Oh ! c'est vrai, nous sommes rentrés.

– Donc vous avez revu les Ko. Vous vous êtes tous retrouvés et vous avez dû en avoir des choses à vous raconter, je suis sûre. C'est ce qui s'est passé, monsieur Hibbert ? »

On eut l'impression à un moment qu'il n'avait pas compris la question, mais tout d'un coup, à retardement, il se mit à rire. « Bon sang, et c'était de vrais petits hommes alors. Très dégourdis ils étaient ! Et courant après les filles, si je puis dire ça devant toi Doris. Je prétends toujours que Drake t'aurait épousée, ma chérie, si tu lui avais donné le moindre espoir.

– Oh ! franchement, papa, murmura Doris en regardant le parquet d'un air furieux.

– Et Nelson, oh ! mon Dieu, c'était un vrai boutefeu ! » Il buvait son thé à la cuillère, avec précaution, comme s'il nourrissait un oiseau.

« "Où est Missie ?" Ça a été sa première question, à Drake. Il réclamait ta mère. "Où est Missie ?" Il avait oublié tout son anglais, et Nelson aussi. Il a fallu que je leur donne des leçons par la suite. Alors je lui ai raconté. Il avait vu assez de morts à ce moment-là, pour sûr. Ça n'était pas comme s'il n'y croyait pas. "Missie morte", lui ai-je dit. Il n'y avait rien d'autre à dire. "Elle est morte, Drake, et elle est avec Dieu." Je ne l'ai jamais vu pleurer avant ni depuis, mais il a pleuré à ce moment-là, et je l'ai aimé pour cela. "Je perds deux mères", me dit-il. "Ma mère morte, et maintenant Missie morte." Nous avons prié pour elle, qu'est-ce qu'on peut faire d'autre ? Le petit Nelson, lui, il n'a pas pleuré ni prié. Ça n'était pas son genre. Il ne s'était jamais attaché à elle comme Drake. Rien de personnel. C'était une ennemie. Nous étions tous des ennemis.

– *Nous* étant précisément qui, monsieur Hibbert ? demanda di Salis d'un ton cajoleur.

– Les Européens, les capitalistes, les missionnaires : nous tous propagandistes de l'Occident qui étions là pour leurs âmes, leur main-d'œuvre ou leur argent. Nous tous, répéta Mr Hibbert, sans la moindre trace de rancœur. Des exploiteurs. C'est comme ça qu'il nous voyait. Et dans une certaine mesure, il n'avait pas tort. » Il y eut pendant un moment un silence un peu gênant au milieu de la conversation, puis Connie la relança avec précaution.

« Donc vous avez rouvert la mission et vous êtes resté jusqu'à la prise du pouvoir par les communistes en 1949, je présume, et pendant ces quatre années au moins vous avez pu veiller d'un œil paternel sur Drake et sur Nelson. C'est ainsi que cela s'est passé, monsieur Hibbert ? demanda-t-elle, le stylo prêt à noter.

– Oh ! nous avons raccroché la lanterne à la porte, oui. En 1945, nous jubilions, comme tout le monde. Les combats avaient cessé, les Japs étaient battus, les réfugiés pouvaient rentrer chez eux. On s'embrassait dans les rues, vous savez, comme d'habitude. Nous avions de l'argent, des indemnités, je suppose, un don. Daisy Fong est revenue, mais pas longtemps. Pendant un an ou deux, la surface a tenu, mais pas vraiment, même alors. Nous étions là dès l'instant que Tchang Kaï-chek pouvait gouverner – Ah, il n'a jamais été très doué pour ça, n'est-ce pas ? En 1947, nous avions le communisme dans les rues – et en 1949, il était là pour de bon. Le traité international, bien sûr, depuis longtemps oublié, les concessions disparues, et ça n'était pas une mauvaise chose. Le reste s'est passé lentement. Vous aviez comme d'habitude les aveugles qui disaient que le vieux Shanghai durerait à jamais, comme ils l'avaient dit du temps des Japs. Shanghai avait corrompu les Mandchous, disaient-ils ; les seigneurs de la guerre, le Kuomintang, les Japonais, les Anglais. Maintenant il allait corrompre les communistes. Ils avaient tort, bien sûr. Doris et moi – bah ! nous ne croyions pas à la corruption, n'est-ce pas ? en tout cas pas comme une solution aux problèmes de la Chine, et ta mère non plus. Alors nous sommes rentrés au pays.

– Et les Ko ? » lui rappela Connie, tandis que Doris sortait bruyamment un tricot d'un sac en papier marron.

Le vieil homme hésita, et cette fois, ce ne devait pas être la sénilité qui ralentissait son récit, mais le doute. « Ah ! oui, reprit-il après un silence embarrassant. Oui, ils ont connu des aventures rares, ces deux-là, je peux vous le dire.

– Des aventures, reprit Doris avec aigreur tout en faisant cliqueter ses aiguilles à tricoter. Plutôt des folies. »

La lumière s'accrochait à la mer, mais dans la pièce elle déclinait et le réchaud à gaz crachotait comme un moteur lointain.

A plusieurs reprises, en fuyant Shanghai, Drake et Nelson avaient été séparés, expliqua le vieil homme. Lorsqu'ils ne pouvaient pas se retrouver, ils se rongeaient jusqu'au moment où la séparation cessait. Nelson, le jeune, il a fait tout le trajet jusqu'à Chongqing sans une égratignure, survivant à la famine, à l'épuisement et aux abominables bombardements aériens qui tuèrent des milliers de civils. Mais Drake, comme il était plus âgé, fut enrôlé dans l'armée de Tchang, bien que Tchang, ne fît rien d'autre que courir en espérant que les communistes et les Japonais se massacreraient entre eux.

« Il courait dans tous les sens, Drake, en essayant de trouver le front et en se mourant d'inquiétude à propos de Nelson. Et bien sûr Nelson, lui, il se tournait les pouces à Chongqing, n'est-ce pas ? en potassant ses lectures idéologiques. Ils recevaient même là-bas le *New China Daily*, il me l'a raconté par la suite, *et* publié avec l'accord de Tchang. Vous vous rendez compte ! Il y en avait quelques autres de sa mentalité par là, et à Chongqing ils se réunissaient pour rebâtir le monde quand la guerre serait terminée, et un jour, Dieu merci, ça a été le cas. »

En 1945, raconta simplement Mr Hibbert, leur séparation se termina par un miracle : « Une chance sur des milliers, c'était, sur des millions. Cette route là-bas encombrée de cortèges de camions, de charrettes, de troupes, de canons, tout ça dévalant vers la côte, et Drake était là à se démener comme un dément : “Avez-vous vu mon frère ?” »

Le côté dramatique de cet épisode éveilla soudain le prédicateur qu'il y avait en lui et son ton prit de l'ampleur.

« Et un petit bonhomme crasseux prit Drake par le coude “Hé ! toi, Ko.” Comme s'il lui demandait du feu. “Ton frère est deux camions plus loin, en train de discuter le coup avec une bande de communistes de Hakka.” Là-dessus, ils tombent dans les bras l'un de l'autre et Drake ne veut plus lâcher Nelson avant leur retour à Shanghai !

– Ils sont donc venus vous voir, suggéra Connie.

– Lorsque Drake est rentré à Shanghai, il n'avait qu'une chose en tête et pas deux. Son frère Nelson devait avoir une bonne éducation. Rien d'autre sur la terre du bon Dieu ne comptait pour Drake, sinon l'instruction de Nelson. *Rien.* Nelson devait aller à l'école. » La main du vieil homme s'abattit avec un bruit sourd sur le bras de son fauteuil. « Un des frères au moins aurait un diplôme. Oh ! il était têtu, Drake ! Et il y est arrivé, poursuivit le vieil homme. Drake a arrangé ça. Pas étonnant : c'était un vrai combinard en ce temps-là. Drake avait dix-neuf ans d'âge, à peu près, quand il est revenu de la guerre. Nelson allait sur ses dix-sept ans et travaillait jour et nuit aussi, pour ses études, bien sûr. Tout comme Drake, mais Drake, lui, travaillait avec son corps.

– C'était une canaille, murmura Doris. Il faisait partie d'une bande et il volait. Quand il n'était pas occupé à me tripoter. »

Que Mr Hibbert l'eût entendue ou qu'il répondît simplement à une objection qu'elle faisait souvent, ce n'était pas très clair :

« Voyons Doris, il faut voir ces sociétés secrètes dans leur contexte, la reprit-il. Shanghai était un Etat-cité. La ville était gouvernée par une bande de princes-marchands, de barons-voleurs et pire encore. Il n'y avait pas de syndicats, pas de lois ni de forces de l'ordre, la vie était bon marché et dure, et je doute que Hong Kong soit tellement différent aujourd'hui dès l'instant où on gratte un peu la surface. Certains de ces prétendus gentlemen anglais auraient fait paraître, par comparaison, Harpagon comme un éclatant exemple de charité chrétienne. » Cette légère remontrance administrée, il revint à Connie et à son récit. Connie était pour lui un personnage familier, la dame du château assise au temple au premier rang : grosse, attentive, avec un chapeau, écoutant avec indulgence chaque mot du vieil homme.

« Ils venaient pour le thé les deux frères, vous voyez, vers cinq heures. Tout était prêt, la nourriture sur la table, la citronnade qu'ils aimaient, ils appelaient ça du soda. Drake arrivait des docks, Nelson de ses livres, et ils dévoraient sans presque parler, puis retournaient au travail, pas vrai, Doris ? Ils avaient déterré je ne sais quel héros légendaire, l'érudit Che Yin. Che Yin était si pauvre qu'il avait dû apprendre tout seul à lire et à écrire à la lueur des lucioles. Et ils continuaient en racontant comment Nelson allait devenir son émule. “Allons, Che Yin, disais-je, prends un autre beignet pour te donner des forces.” Ils riaient un peu et puis ils s'en repartaient. “Au revoir, Che Yin, bonne route.” De temps en temps, quand il n'avait pas la bouche trop pleine, Nelson m'entreprenait sur la politique. Mon Dieu, il avait de ces idées ! Rien de ce que nous aurions pu lui enseigner, je peux vous le dire, nous n'en savions pas assez. L'argent était à la source de tout le mal, ma foi, je ne nierais jamais ça ! Ça faisait des années que je le prêchais moi-même ! L'amour fraternel, la camaraderie, la religion étaient l'opium des masses ; oh ! je ne pouvais pas suivre tout ça, mais le cléricalisme, le blabla de l'Eglise anglicane de stricte observance, le papisme, l'idolâtrie – oh ! à ce que je voyais, il ne se trompait pas tellement là non plus. Il avait des mots, des paroles peu tendres contre nous autres Anglais aussi, mais je dois dire que nous les méritions quand même.

– Ça ne l'a pas empêché de dévorer tes provisions, n'est-ce pas ? lança Doris dans un nouvel aparté à voix basse. Ni à renoncer à son éducation religieuse. Ni à réduire la mission en miettes. »

Mais le vieil homme se contenta d'un sourire patient. « Doris, ma chère enfant, je t'ai déjà dit et je te le redirai.

Le Seigneur se révèle de bien des façons. Dès l'instant que des hommes de bien sont prêts à s'en aller chercher la vérité, la justice et l'amour fraternel, il ne faut pas Le faire attendre trop longtemps derrière la porte. »

Rougissante, Doris se plongea dans son tricot.

« Elle a raison, bien sûr. C'est vrai que Nelson a démoli la mission. Qu'il a aussi renoncé à sa religion. » Une ombre de chagrin passa sur son vieux visage ; jusqu'au moment où le rire, soudain, triompha. « Eh ! sapristi, qu'est-ce que Drake lui a passé ! Ce qu'il a pu l'engueuler ! Oh ! mon Dieu, oh ! mon Dieu. "La politique, disait Drake, tu ne peux pas la manger, tu ne peux pas la vendre et, sauf respect pour Doris, tu ne peux pas coucher avec ! Tout ce que tu peux en faire, c'est démolir des temples et tuer des innocents !" Je ne l'ai jamais vu aussi en colère. Et il a donné à Nelson une rossée, je ne vous dis que ça ! Drake avait appris quelques petites choses sur les docks, je peux vous le dire !

– Et vous le devez, siffla di Salis, comme un serpent dans la pénombre. Vous devez nous raconter *tout*. C'est votre devoir. »

« Un monôme d'étudiants, reprit Mr Hibbert. A la lueur des torches, après le couvre-feu, un groupe de communistes est sorti dans les rues pour faire du tapage. Ça devait être au début de 1949, au printemps, je suppose, ça commençait à chauffer un peu. » Par contraste avec ses divagations du début, le style narratif de Mr Hibbert était devenu étonnamment concis. « Nous étions assis auprès du feu, n'est-ce pas, Doris ? Quatorze ans, Doris devait avoir, ou quinze ans ? Nous adorions faire du feu, même quand ça n'était pas nécessaire, ça nous rappelait la maison, Macclesfield. Et voilà que nous entendons ce chahut et ces chants dehors. Des cymbales, des sifflets, des gongs, des cloches, des tambours. Oh ! un abominable vacarme. Je me doutais que quelque chose comme ça risquait d'arriver. Le petit Nelson, il n'arrêtait pas de me mettre en garde au cours de ses leçons d'anglais. "Vous rentrez chez vous, monsieur Hibbert. Vous êtes un brave homme", me disait-il, le cher ange.

“Vous êtes un brave homme, mais quand les écluses céderont, l’eau recouvrira les bons comme les méchants.” Il savait tourner ses phrases, Nelson, quand il voulait. Ça allait avec sa foi. Ça n’était pas inventé. Il le sentait. “Daisy”, dis-je – c’était Daisy Fong, elle était assise avec nous, c’était elle qui sonnait la cloche –, “Daisy, Doris et vous, réfugiez-vous dans l’arrière-cour, je crois que nous allons avoir de la visite.” J’avais à peine dit ça que v’lan, quelqu’un avait lancé une pierre à travers la fenêtre. Nous avons entendu des voix, bien sûr, qui criaient, et j’ai repéré le jeune Nelson, rien qu’à sa voix. Il parlait le dialecte de Chiu Chow et celui de Shanghai aussi, bien sûr, mais naturellement c’était celui de Shanghai qu’il utilisait avec ces gaillards. “A bas les chiens courants de l’impérialisme !” qu’il criait. “A bas les hyènes de la religion !” Oh ! les slogans qu’ils peuvent inventer ! Ça sonne bien en chinois, mais traduisez ça en anglais, et c’est grotesque. Là-dessus la porte cède et ils entrent.

– Ils ont cassé la croix », fit Doris, s’arrêtant pour regarder son tricot d’un air mauvais.

Ce fut Hibbert, cette fois, et non sa fille, qui surprit son auditoire par son réalisme :

« Ils ont cassé fichtrement plus que ça, Doris ! renchérit Mr Hibbert avec entrain. Ils ont tout cassé. Les bancs, l’autel, le piano, les chaises, les lampes, les livres de cantique, les bibles. Oh ! ils s’en sont payé, je peux vous le dire. De vrais petits salauds qu’ils étaient. “Allez-y, je leur ai dit. Servez-vous. Ce que l’homme a créé périra, mais vous ne détruirez pas la parole de Dieu, même si vous réduisez toute cette maison en miettes.” Nelson, il ne voulait pas me regarder, le pauvre gars. J’en aurais pleuré pour lui. Quand ils ont été partis, j’ai regardé autour de moi et j’ai vu la vieille Daisy Fong plantée là sur le seuil, et Doris derrière elle. Elle avait tout observé, Daisy. Elle n’en avait rien perdu. Je le voyais dans ses yeux. Au fond du cœur, elle était l’une d’elles. Heureuse. “Daisy, ai-je dit, empaquetez vos affaires et partez. Dans cette vie vous êtes libre, ma chère, de vous donner ou de vous garder comme bon vous semble. Mais de vous prêter, jamais. C'est être pire qu'un espion." »

Pendant que Connie acquiesçait d'un air radieux, di Salis poussa un petit grognement vexé. Mais le vieil homme s'amusait vraiment :

« Alors, on s'est assis, Doris et moi, ici, et on y est allé de notre larme, je peux bien l'avouer, n'est-ce pas, Doris ? Je n'ai pas honte des larmes, ça ne m'a jamais fait honte. Ta mère nous manquait terriblement. Agenouillés, nous avons prié. Et puis nous avons commencé à déblayer. C'était difficile de savoir par où commencer, vraiment. Et voilà qu'arrive Drake ! » Il secoua la tête avec étonnement. « Bonsoir, monsieur Hibbert, qu'il me dit, de cette voix grave qu'il a, avec un rien de mon accent du Nord qui nous a toujours fait rire. Et derrière lui, il y a le petit Nelson, planté là avec une brosse et une pelle à la main. Il avait toujours ce bras tordu, je suppose qu'il l'a encore aujourd'hui, celui qui avait été cassé dans les bombardements quand il était petit, mais ça ne l'empêchait pas de brosser, je peux vous le dire. C'est à ce moment-là que Drake s'en est pris à lui, oh ! là ! là !, en jurant comme un terrassier ! Je ne l'avais jamais entendu comme ça. C'est vrai qu'il était un peu un terrassier, si on peut dire ? » Il adressa à sa fille un sourire serein. « Une chance qu'il ait parlé le dialecte de Chiu Chow, hein, Doris ? Je n'en comprends que la moitié, mais bon sang ! il jurait et sacrait comme je ne sais quoi. »

Il marqua un temps et ferma les yeux un moment, soit qu'il fût en prières, ou que la fatigue le gagnât.

« Ça n'était pas la faute de Nelson, bien sûr. Oh ! on le savait déjà. Il était un meneur. Il ne pouvait pas perdre la face. Ils avaient commencé à marcher, sans trop savoir où ils allaient, et puis quelqu'un lui crie : "Eh ! l'enfant de la mission ! Montre-nous de quel côté va ton cœur maintenant !" Alors il l'a fait. Il était bien obligé. Ça n'a pas empêché Drake de lui tomber dessus quand même. Ils ont nettoyé, nous sommes allés nous coucher, et les deux garçons ont dormi dans la chapelle au cas où les émeutiers reviendraient. Quand je suis descendu le matin, il y avait les livres de cantiques tous bien rangés en pile, ceux qui avaient survécu, et la même chose avec les bibles. Ils avaient planté une croix au mur, qu'ils avaient confectionnée eux-mêmes. Ils avaient même réparé le piano, mais naturellement ils n'avaient pas pu l'accorder. »

Se tordant dans une nouvelle position, di Salis posa une question. Comme Connie, il avait un carnet ouvert sur les genoux, mais il n'y avait encore rien écrit :

« Quelle était à cette époque la *discipline* de Nelson ? » interrogea-t-il, de son ton nasillard et indigné, le stylo prêt à écrire.

Mr Hibbert prit un air étonné :

« Mais le parti communiste, bien entendu. »

Comme Doris murmurait « Oh ! papa » dans son tricot, Connie s'empressa de traduire : « Qu'est-ce que Nelson étudiait, monsieur Hibbert, et où cela ?

– Ah ! quelle discipline ? C'est de ce genre de discipline-là que vous parlez ! » Mr Hibbert reprit un style plus simple.

Il connaissait la réponse exactement. Quel autre sujet de conversation Nelson et lui avaient-ils eu au cours de leurs leçons d'anglais – à part l'évangile communiste, demanda-t-il – sinon les ambitions de Nelson ? La passion de Nelson, c'était de devenir ingénieur. Nelson était persuadé que c'était la technologie et non pas la Bible qui ferait sortir la Chine de la féodalité :

« La construction navale, les routes, les chemins de fer, les usines : ça, c'était Nelson. L'ange Gabriel avec une règle à calcul et un col blanc, et un diplôme. C'est comme ça qu'il se représentait. »

Mr Hibbert ne resta pas à Shanghai assez longtemps pour voir Nelson parvenir à cet heureux état, dit-il, car Nelson ne termina ses études qu'en 1951...

Le stylo de di Salis courait à toute allure sur la feuille de son carnet.

« ... Mais Drake, qui avait raclé les fonds de tiroir et économisé pour lui pendant ces six années, reprit Mr Hibbert – sans écouter les allusions renouvelées de Doris aux Triades –, Drake tint le coup, et il eut sa récompense, tout comme Nelson. Il vit ce précieux parchemin passer dans la main de Nelson, et il comprit que son travail était terminé et qu'il pouvait s'en aller, tout comme il l'avait toujours prévu. »

Di Salis, dans son excitation, devenait littéralement avide. Son visage laid s'était mis à rougir et il s'agitait désespérément sur son siège :

« Et après son diplôme... Alors ? demanda-t-il d'un ton pressant. Qu'est-ce qu'il a fait ? Qu'est-il advenu de lui ? Continuez, je vous en prie. Je vous en prie. »

Amusé par un tel enthousiasme, Mr Hibbert sourit. Eh bien, d'après Drake, dit-il, Nelson avait commencé par entrer aux chantiers navals comme traceur, travaillant sur des épures et des projets de construction, et apprenant comme un fou tout ce qu'il pouvait des techniciens russes qui étaient arrivés en foule depuis la victoire de Mao. Et puis en 1953, si la mémoire de Mr Hibbert était exacte, Nelson avait eu le privilège d'être choisi pour poursuivre ses études à l'université de Leningrad, en Russie, et il était resté là jusqu'à, oh ! jusqu'à la fin des années 50 en tout cas.

« Oh, il était absolument ravi, Drake ! » Mr Hibbert n'aurait pas paru plus fier si ça avait été son propre fils.

Di Salis se pencha soudain en avant, s'apprêtant même, malgré les regards d'avertissement que lui lançait Connie, à pointer son stylo dans la direction du vieil homme. « Alors, *après* Leningrad : qu'est-ce qu'ils ont fait de lui ?

– Eh bien, il est revenu à Shanghai, naturellement, dit Mr Hibbert en riant. Et il a eu de l'avancement, après tout ce qu'il avait appris, avec toute cette formation : un constructeur de navires, formé par les Russes, un technologue, un administrateur ! Oh ! il les adorait, ces Russes ! Surtout après la Corée. Ils avaient des machines, la puissance, des idées, la philosophie. Sa terre promise, voilà ce qu'était la Russie. Il les regardait comme... » Sa voix et son ardeur s'éteignirent tout à la fois. « Oh ! mon Dieu, murmura-t-il, et il s'arrêta, hésitant pour la seconde fois depuis qu'ils l'écoutaient. Mais ça ne pouvait pas durer toujours, n'est-ce pas ? Admirer la Russie, depuis combien de temps est-ce que c'était à la mode dans le nouveau pays des merveilles de Mao ? Doris, ma chérie, va me chercher un châle.

– Tu l'as sur les épaules », répondit Doris.

Sans aucun tact, d'une voix stridente, di Salis continuait à le harceler. Rien ne lui importait maintenant sauf les réponses : pas même le carnet ouvert sur ses genoux.

« Il est rentré, répéta-t-il. Très bien. Il a eu de l'avancement. Il a été formé en Russie, il était orienté vers la Russie. Parfait. Et ensuite ? »

Mr Hibbert regarda di Salis un long moment. Il n'y avait aucune ruse dans son expression et pas davantage dans son regard. Il le regardait comme pourrait le faire un enfant intelligent, qui ne serait pas entravé par trop de sophistication. Et il apparut avec une brusque clarté que Mr Hibbert n'avait plus confiance en di Salis et qu'à vrai dire il le trouvait même antipathique.

« Il est mort, jeune homme », dit enfin Mr Hibbert et, faisant pivoter son fauteuil, il contempla le panorama de la mer. Dans la pièce, il faisait déjà à moitié nuit et c'était surtout le radiateur à gaz qui donnait de l'éclairage. La plage grise était déserte. Sur la petite porte à claire-voie une mouette esseulée était juchée, noire et immense contre les dernières traînées du ciel du soir.

« Vous disiez qu'il avait encore son bras tordu, riposta aussitôt di Salis. Vous disiez que vous pensiez qu'il l'avait encore. Vous parliez d'aujourd'hui ! je l'ai bien perçu dans votre voix.

– Allons, je crois que nous avons bien assez abusé du temps de Mr Hibbert », dit Connie avec entrain et, lançant un vif regard à di Salis, elle se pencha pour ramasser son sac. Mais di Salis ne voulait rien entendre.

« Je ne le crois pas ! cria-t-il de sa voix perçante. Comment Nelson est-il mort ? Quand ? Donnez-nous les dates ! »

Mais le vieil homme se contenta de resserrer son châle autour de ses épaules tout en gardant les yeux fixés sur la mer.

« Nous étions à Durham, fit Doris regardant toujours son tricot, bien qu'il n'y eût plus assez de lumière pour tricoter. Drake est venu nous voir dans sa grande voiture conduite par un chauffeur. Il avait avec lui son homme de confiance, celui qu'il appelle Tiu. Ils avaient fait des coups ensemble à Shanghai. Il voulait faire de l'esbroufe. Il m'a apporté un briquet en platine, mille livres en espèces pour la paroisse de papa, il nous a fait voir sa médaille de l'Empire britannique dans son étui, et puis il m'a prise dans un coin pour me demander de venir à Hong Kong et d'être sa maîtresse, juste sous le nez de papa. Quel culot ! Il avait besoin de la signature de papa sur je ne sais quel document. Une garantie. Il a dit qu'il avait étudié le droit à Glay's Inn. A son âge, je vous le demande ! Quarante-deux ans ! Ah, on peut parler d'étudiants mûrs ! Bien sûr que ça n'était pas vrai. Tout ça, comme d'habitude, n'était que des mots et qu'apparence. Papa lui a dit "Comment va Nelson ?" et...

– Une minute, je vous prie. » Di Salis venait encore de provoquer une interruption inopportune. « La date ? Quand tout cela s'est-il passé, s'il vous plaît ? Il me faut des dates !

– En 1967. Papa était presque à la retraite, n'est-ce pas, papa ? »

Le vieil homme ne broncha pas.

« Bon, 1967. Quel mois ? Soyez précise, je vous prie ! »

C'est tout juste s'il ne dit pas : « Soyez précise, femme », et il donnait à Connie de sérieuses inquiétudes. Mais lorsqu'une fois de plus elle essaya de le retenir, là encore il n'en tint aucun compte.

« En avril, dit Doris après quelques instants de réflexion. Nous venions de fêter l'anniversaire de papa. C'est pourquoi il a apporté les mille livres pour la paroisse. Il savait que papa ne l'accepterait pas pour lui parce que papa n'aimait pas la façon dont Drake gagnait son argent.

– Bon. Très bien. Nous disons avril. Nelson est donc mort avant avril 67. Quels détails Drake a-t-il fournis des circonstances ? Vous vous en souvenez ?

– Aucun. Aucun détail, je vous l'ai dit. Papa lui a demandé de ses nouvelles, et il a juste dit "mort" comme si Nelson était un chien. Parlez-moi après ça d'amour fraternel. Papa ne savait pas où regarder. Il avait presque le cœur brisé et Drake était là, qui semblait s'en moquer. "Je n'ai plus de frère. Nelson est mort." Et papa continuait à prier pour Nelson, n'est-ce pas, papa ? »

Cette fois le vieil homme parla. Avec le crépuscule, sa voix avait pris une force considérable.

« J'ai prié pour Nelson et je prie toujours pour lui, dit-il sans ambages. Lorsqu'il était en vie, je priais pour que d'une façon ou d'une autre il œuvre dans le monde à la gloire de Dieu. J'étais persuadé qu'il avait en lui de quoi faire de grandes choses. Drake, il s'en tirerait n'importe où. Il est coriace. Mais la lampe à la porte de la mission de la Vie du Seigneur n'aurait pas brûlé en vain, me disais-je, si Nelson Ko contribuait à poser les fondations d'une société juste en Chine. Nelson pouvait bien appeler cela du communisme. Qu'il l'appelle comme bon lui semble. Mais pendant trois longues années, ta mère et moi lui avons prodigué notre amour chrétien, et je ne laisserai pas dire, Doris, ni par toi ni par personne, que la lumière de l'amour de Dieu peut être à jamais éteinte. Ni par la politique ni par l'épée. » Il prit une profonde inspiration. « Et maintenant qu'il est mort, je prie pour son âme tout comme je le fais pour celle de ta mère, poursuivit-il, d'un ton étrangement moins convaincu. Si c'est du papisme, ça m'est égal. »

Connie s'était levée pour prendre congé. Elle connaissait les limites, elle surveillait et elle était effrayée de la façon dont di Salis s'acharnait. Mais di Salis, une fois sur la piste, ne connaissait aucune limite.

« C'était donc une mort violente, n'est-ce pas ? La politique et l'épée, avez-vous dit. Quelle politique ? Drake vous a-t-il précisé ce point ? Les meurtres politiques étaient relativement rares, vous savez. Je crois que vous nous cachez quelque chose ! »

Di Salis s'était levé aussi, mais il était auprès de Mr Hibbert, et il aboyait ces questions en se penchant vers la tête blanche du vieil homme comme s'il s'était trouvé à Sarratt au cours d'un interrogatoire.

« Vous avez été si aimables, dit Connie à Doris avec effusion. Vraiment, nous avons tout ce dont nous pourrions avoir besoin, et plus encore. Je suis certaine que tout va bien se passer pour l'anoblissement, dit-elle d'une voix lourde de sens pour di Salis. Maintenant nous allons prendre congé en vous remerciant beaucoup tous les deux. »

Mais cette fois ce fut le vieillard lui-même qui vint contrecarrer sa sortie.

« Et l'année suivante, il a perdu son autre Nelson aussi, Dieu le protège, son petit garçon, dit-il. Il doit être un homme bien seul, Drake. Ça a été la dernière lettre qu'il nous a envoyée, n'est-ce pas, Doris ? "Priez pour mon petit Nelson, monsieur Hibbert", écrivait-il. Et c'est ce que nous avons fait. Il voulait me faire venir en avion pour diriger la cérémonie d'enterrement. Je n'ai pas pu, je ne sais pas pourquoi. Pour être honnête, je n'ai jamais beaucoup aimé qu'on dépense de l'argent pour les enterrements. »

Là-dessus, di Salis fonça littéralement. Et avec une promptitude vraiment redoutable. Il se pencha tout près du vieil homme, et dans son agitation il saisit dans sa petite main fébrile une partie du châle.

« Ah ! ah ! Mais vous a-t-il jamais demandé de prier pour Nelson *senior ?* Répondez-moi.

– Non, dit simplement le vieil homme. Non, il ne me l'a jamais demandé.

– Et pourquoi donc ? A moins qu'il n'ait pas été vraiment mort ! Il y a plus d'une façon de mourir en Chine, n'est-ce pas ? Et toutes ne sont pas fatales ! Tomber en disgrâce : est-ce une expression meilleure ? »

Ses mots grinçants voletaient dans la pièce éclairée par le radiateur comme par des esprits mauvais.

« Il faut qu'ils s'en aillent, Doris, dit le vieil homme avec calme en s'adressant à la mer. Assure-toi que le chauffeur va bien, veux-tu, ma chérie ? Je suis sûr que nous aurions dû aller le chercher, mais tant pis. »

Ils restèrent un moment dans le vestibule à faire leurs adieux. Le vieil homme n'avait pas quitté son fauteuil et Doris avait refermé la porte sur lui. Parfois le sixième sens de Connie avait quelque chose de terrifiant.

« Le nom de *Liese* ne veut rien dire pour vous, n'est-ce pas, miss Hibbert ? demanda-t-elle en bouclant son vaste manteau imperméable. Il est question d'une Liese dans la vie de Mr Ko. »

Une grimace de colère se peignit sur le visage sans fards de Doris.

« C'est le prénom de maman, dit-elle. C'était une Allemande luthérienne. Ce porc a volé ça aussi, n'est-ce pas ? »

Avec Toby Esterhase au volant, Connie Sachs et Doc di Salis se hâtèrent de rentrer pour faire part à George de leurs stupéfiantes nouvelles. Tout d'abord, ils se querellèrent à propos du manque de tenue de di Salis. Toby Esterhase était particulièrement choqué, et Connie craignait sérieusement de voir le vieil homme écrire à Ko. Mais bientôt l'importance de leur découverte l'emporta sur leurs appréhensions et ils arrivèrent triomphants aux portes de leur cité secrète.

Bien à l'abri des murailles, c'était maintenant l'heure de gloire de di Salis. Convoquant une fois de plus sa famille de fouineurs au teint pâle, il les lança sur toute une série d'enquêtes qui les précipitèrent à travers tout Londres sous un prétexte ou sous un autre et jusqu'à Cambridge. Di Salis, au fond, était un solitaire. Personne ne le connaissait, sauf peut-être Connie, et si Connie ne s'intéressait guère à lui, alors personne ne l'aimait. Dans les rapports humains, il était discordant et fréquemment incompréhensible. Mais personne non plus ne doutait de sa volonté de chasseur.

Il éplucha les vieilles archives de l'université des Communications de Shanghai, en chinois le Chiao Tung – qui avait la réputation d'être un foyer militant d'étudiants communistes depuis la guerre de 1939-1945 –, et il s'intéressa surtout au département des Etudes maritimes qui comprenait à son programme aussi bien l'administration que la construction navale. Il dressa des listes de membres des cadres du Parti avant et après 1949, et il examina avec soin les maigres détails qu'il put déterrer sur ceux à qui l'on avait confié la direction des grandes entreprises où il fallait des connaissances technologiques : en particulier le chantier naval de Kiang-nan, une affaire énorme qu'il avait fallu, à plusieurs reprises, purger des éléments du Kuomintang. Ayant établi des listes de plusieurs milliers de noms, il ouvrit des dossiers sur tous ceux dont on savait qu'ils avaient poursuivi leurs études à l'université de Leningrad et qui étaient réapparus ensuite aux chantiers navals avec de l'avancement. Un cours de construction navale à Leningrad durait trois ans. D'après les calculs de di Salis, Nelson aurait dû se trouver là-bas de 1953 à 1956 et être ensuite officiellement affecté au service municipal de Shanghai chargé du génie maritime, qui l'aurait alors renvoyé à Kiang-nan. En admettant que Nelson possédât non seulement des prénoms chinois encore inconnus, mais qu'il s'était peut-être choisi par-dessus le marché un nouveau nom de famille, di Salis prévint ses collaborateurs que la biographie de Nelson risquait d'être scindée en deux parties chacune sous un nom différent. Il leur faudrait surveiller le raccord. Il obtint des listes de diplômés et des listes d'étudiants aussi bien à Chiao Tung qu'à Leningrad et les compara. Les spécialistes de la Chine forment une fraternité à part, et leur communauté d'intérêts transcende le protocole et les frontières. Di Salis avait des relations non seulement à Cambridge et dans toutes les archives orientales, mais aussi à Rome, à Tokyo et à Munich. Il écrivit à tous ces correspondants, en dissimulant son objectif sous une masse d'autres questions. Mêmes les Cousins, on le découvrit plus tard, lui avaient à leur insu ouvert leurs archives. Il procéda à d'autres enquêtes, plus mystérieuses encore. Il dépêcha des fouineurs chez les baptistes, pour fouiner dans les archives des anciens élèves des écoles missionnaires, au cas bien improbable où les prénoms chinois de Nelson auraient, après tout, été notés et enregistrés. Il vérifia toutes les traces de décès parmi les fonctionnaires de Shanghai occupant un rang moyen dans l'industrie navale.

C'était là la première partie de ses efforts. La seconde débuta avec ce que Connie appelait la grande révolution culturelle brutale des années 65, avec les noms des fonctionnaires de Shanghai qui, en raison de leurs penchants criminels pro-soviétiques, avaient été officiellement victimes de purges et d'humiliations, ou bien envoyés à une école du 7-Mai pour redécouvrir les vertus du travail des champs. Il consulta aussi les listes de ceux qu'on avait envoyés dans les camps de réforme par le travail, mais sans grand succès. Il chercha des références dans les harangues des gardes rouges à l'influence perverse d'une éducation baptiste sur tel ou tel fonctionnaire en disgrâce, et il se livra à des jeux compliqués avec le nom de Ko. Il avait dans l'idée qu'en changeant son nom, Nelson avait pu tomber sur quelque chose d'approchant qui conservait un lien de parenté avec l'original – soit par homophonie, soit par harmonie. Mais lorsqu'il essaya d'expliquer cela à Connie, elle ne le suivit pas.

Connie Sachs s'attachait à une filière tout à fait différente. Son intérêt se concentrait sur les activités des chercheurs de talents connus pour avoir été formés par Karla et opérant parmi les étudiants étrangers à l'université de Leningrad dans les années 50 ; et sur les rumeurs, jamais prouvées, selon lesquelles Karla, en tant que jeune agent du Komintern, avait été prêté à la résistance communiste de Shanghai après la guerre pour l'aider à rebâtir son appareil secret.

Ce fut au milieu de ces investigations toutes fraîches qu'une petite bombe arriva de Grosvenor Square. L'encre des rapports établis à partir des renseignements fournis par Mr Hibbert était encore à peine sèche, et les chercheurs des deux familles étaient encore frénétiquement à l'ouvrage lorsque Peter Guillam arriva chez Smiley avec un message urgent. Celui-ci était comme d'habitude plongé dans ses lectures et, lorsque Guillam entra, il glissa un dossier dans un tiroir et le ferma.

« Ce sont les Cousins, fit Guillam avec douceur. A propos de frère Ricardo, votre pilote favori. Ils veulent avoir une rencontre avec vous à l'Annexe. Tout de suite..., hier.

– Ils veulent *quoi* ?

– Vous rencontrer. Mais ils disent : avoir une rencontre avec vous.

– Ah oui ? Vraiment ? Bonté divine. Ça doit être l'influence allemande. Ou bien est-ce du vieil anglais ? Une rencontre avec. Enfin. » Et il s'en alla d'un pas lourd se raser dans la salle de bains.

Regagnant son bureau, Guillam trouva Sam Collins assis dans le fauteuil, à fumer une de ses abominables cigarettes brunes en arborant son sourire en fer.

« Il y a du nouveau ? demanda Sam d'un ton très nonchalant.

– Foutez-moi le camp d'ici », riposta Guillam.

Sam, en général, fourrait son nez un peu trop partout pour le goût de Guillam, mais ce jour-là ce dernier avait une raison solide de se méfier de lui. En se rendant chez Lacon au bureau du Cabinet pour lui soumettre le relevé mensuel des primes d'engagement versées par le Cirque, il avait été stupéfait de voir Sam sortir de son bureau en plaisantant avec Lacon et Saül Enderby, du Foreign Office.

12

La résurrection de Ricardo

Avant la chute, des réunions qui se voulaient tout à fait informelles se tenaient entre partenaires du renseignement liés par les relations spéciales jusqu'à une fois par mois, et elles étaient suivies de ce que le prédécesseur de Smiley, Alleline, se plaisait à appeler un « dégagement ». Si c'était le tour des Américains de recevoir, alors Alleline et ses cohortes, parmi lesquelles le charmant Bill Haydon, étaient escortés jusqu'à un vaste bar aménagé au dernier étage, et connu au Cirque sous le nom du Planétarium, où on les régalait de martinis et d'une vue du West End qu'autrement ils n'auraient pas pu se permettre. Si c'était le tour des Britanniques, alors on dressait une table sur des tréteaux dans la salle de jeux, on déployait dessus une nappe damassée et raccommodée avec soin, et les délégués américains étaient invités à rendre hommage au dernier bastion de l'espionnage de papa, qui était d'ailleurs le lieu de naissance de leur propre service, pendant qu'ils sirotaient du jerez sud-africain déguisé par des carafons en verre taillé sous le prétexte qu'ils ne remarqueraient pas la différence. Pour les discussions, il n'y avait pas d'ordre du jour et la tradition voulait qu'on ne prît pas de notes. Inutile de recourir à de tels procédés entre vieux amis, d'autant plus que des microphones cachés ne s'enivraient jamais et faisaient bien mieux le travail.

Depuis la chute, ces charmantes pratiques s'étaient pendant quelque temps arrêtées net. Sur les ordres du quartier général de Martello à Langley, en Virginie, la « liaison britannique », comme ils appelaient le Cirque, se trouva placée sur la liste des gens à tenir à l'écart, sur le même pied que la Yougoslavie et que le Liban, et pendant un certain temps les membres des deux services se croisaient en effet sur des trottoirs opposés et c'était à peine s'ils se regardaient. On aurait dit un couple brouillé en pleine procédure de divorce. Mais lorsque, par ce matin gris d'hiver, Smiley et Guillam, dans une certaine hâte, se présentèrent à la porte de l'Annexe du conseiller juridique à Grosvenor Square, un réchauffement marqué était déjà sensible partout, même sur le visage impassible des deux marines qui les fouillèrent.

Les portes, cela dit, étaient doubles avec un grillage noir par-dessus de l'acier noir et des motifs dorés sur le grillage. Leur coût à lui seul aurait suffi à faire fonctionner au moins le Cirque tout entier pendant deux ou trois jours. Une fois qu'on les avait franchies, on avait l'impression d'avoir quitté un hameau pour pénétrer dans une métropole.

Martello occupait une très grande pièce. Il n'y avait pas de fenêtre et on aurait aussi bien pu se croire en pleine nuit. Au-dessus d'un bureau vide, un drapeau américain, déployé comme par la brise, occupait la moitié du mur du fond. Au milieu de la pièce, des fauteuils d'aérogare étaient disposés en cercle autour d'une table en bois de rose, et dans l'un d'eux était assis Martello en personne, ancien élève de Yale, robuste et l'air plein d'entrain dans un costume de week-end qui semblait toujours hors de saison. Il était flanqué de deux hommes tranquilles chacun aussi jaunâtre et sincère que l'autre.

« George, c'est bien aimable à vous, dit Martello avec cordialité, de sa voix chaude et assurée, tandis qu'il s'empressait de venir à leur rencontre. Je n'ai pas besoin de vous le dire. *Je sais* combien vous êtes occupé, je sais. Sol. » Il se tourna vers les deux étrangers assis à l'autre bout de la pièce et qu'on n'avait pas remarqués jusque-là, le jeune ressemblant aux gardes silencieux de Martello encore qu'en moins suave, l'autre trapu, coriace et bien plus âgé, avec un visage taillé à coups de serpe, des cheveux coupés en brosse, le style ancien combattant d'une guerre quelconque. « Sol, répéta Martello. Je veux vous faire connaître une des vraies légendes de notre profession, Sol :

Mr George Smiley. George, je vous présente Sol Eckland, qui occupe un poste important dans notre remarquable Service de répression de la drogue, autrefois Bureau des narcotiques, et maintenant rebaptisé, n'est-ce pas, Sol ? Sol, dites bonjour à Pete Guillam. »

Le plus âgé des deux hommes tendit la main, Smiley et Guillam la lui serrèrent, avec l'impression de toucher de l'écorce desséchée.

« Voilà, dit Martello, en regardant la scène avec l'air satisfait d'un marieur. George, ah ! vous vous rappelez Ed Ristow, qui s'occupe aussi des narcotiques, n'est-ce pas, George ? Il vous a fait une visite de politesse il y a quelques mois ? Eh bien, Sol a pris la succession de Ristow. C'est lui qui a le Sud-Est asiatique. Cy, que voici, travaille avec lui. » Personne n'a la mémoire des noms comme les Américains, songea Guillam.

Cy était le plus jeune des deux. Il avait des favoris, une montre en or et il avait l'air d'un missionnaire mormon : fervent, mais sur la défensive. Il souriait comme si sourire avait fait partie de son cours, et Guillam lui sourit en retour.

« Qu'est-il arrivé à Ristow ? demanda Smiley comme ils s'asseyaient.

– Crise cardiaque », grommela Sol-le-Vétéran, d'une voix aussi sèche que sa main. Il avait des cheveux comme du crin et crêpés en petites ondulations. Lorsqu'il les grattait, ce qui lui arrivait souvent, cela faisait un bruit râpeux.

« Je suis désolé, dit Smiley.

– Ça pourrait être une invalidité permanente », dit Sol, sans le regarder, et en tirant sur sa cigarette.

A cet instant, et pour la première fois, l'idée traversa l'esprit de Guillam que quelque chose d'extrêmement important se préparait. Il perçut une véritable tension entre les deux camps américains. Les remplacements à l'improviste, d'après l'expérience qu'avait Guillam des milieux américains, avaient rarement une cause aussi banale que la maladie. Il alla jusqu'à se demander quelle gaffe le prédécesseur de Sol avait bien pu commettre.

« Le Service de répression, hum, naturellement, porte un vif intérêt à notre petite aventure commune, hum, George », dit Martello. Et sur cette annonce peu prometteuse, la filière Ricardo se trouva indirectement annoncée, encore que Guillam observât qu'il y avait toujours une mystérieuse tendance, du côté américain, à prétendre que leur rencontre avait un tout autre objet ; à preuve les remarques préliminaires et vaseuses de Martello :

« George, nos gens à Langley aiment travailler en très étroite collaboration avec leurs bons amis des narcotiques, déclara-t-il, avec toute la chaleur d'une *note verbale* diplomatique.

– Ça a ses bons et ses mauvais côtés », grommela Sol-le-Vétéran en guise de confirmation, et il exhala une nouvelle bouffée de cigarette tout en grattant sa chevelure gris fer. Il donnait à Guillam l'impression d'être au fond un homme timide, et qui n'était pas du tout à l'aise dans ce bureau. Cy, son jeune assistant, était beaucoup plus détendu :

« C'est une question de paramètre, voyez-vous, monsieur Smiley. Dans une affaire comme celle-ci, vous avez certains domaines qui se recoupent complètement. » La voix de Cy était un peu trop haute pour sa taille.

« Cy et Sol ont chassé avec nous auparavant, George, dit Martello, s'efforçant une fois de plus de rassurer. Cy et Sol sont de la famille, vous pouvez me croire. Langley intervient dans la répression, la répression intervient auprès de Langley. C'est comme ça que ça se passe. Exact, Sol ?

– Exact », dit Sol.

S'ils ne vont pas se coucher ensemble bientôt, songea Guillam, ils pourraient bien s'arracher les yeux. Il jeta un regard à Smiley et vit que lui aussi avait conscience de l'atmosphère tendue. Il était assis comme une statue, une main sur chaque genou, les yeux presque fermés, et il semblait essayer par un pur effort de volonté de se rendre invisible pendant qu'on donnait les explications à son intention.

« Peut-être devrions-nous d'abord vous mettre au courant des derniers détails », suggéra Martello, comme s'il invitait tout le monde à venir se laver les mains.

« D'abord, avant quoi ? », se demanda Guillam.

Un des hommes silencieux se faisait appeler Murphy. Murphy était si blond qu'il en était presque albinos. Prenant un dossier sur la table en bois de rose, Murphy se mit à lire tout haut avec un grand respect dans son ton. Il tenait chaque page séparément entre ses doigts soignés.

« Monsieur, lundi le sujet est parti pour Bangkok à bord d'un appareil de Cathay Pacific Airlines, détails du vol fournis, et il a été accueilli à l'aéroport par Tan Lee, notre référence fournie, dans sa limousine personnelle. Ils se sont rendus directement à l'appartement que loue en permanence Airsea à l'hôtel Erawan. » Il jeta un coup d'œil à Sol. « Tan est directeur général d'Asian Rice and General, monsieur, c'est la succursale d'Airsea à Bangkok, dossier avec références joint. Ils ont passé trois heures dans l'appartement et...

– Euh, Murphy, dit Martello en l'interrompant.

– Monsieur ?

– Tous ces "références fournies", "références jointes". Laissez tomber ça, voulez-vous ? Nous savons tous que nous avons des dossiers sur ces gaillards. D'accord ?

– D'accord, monsieur.

– Ko tout seul ? demanda Sol.

– Monsieur, Ko a emmené avec lui son directeur Tiu. Tiu l'accompagne à peu près partout. »

Là, prenant le risque de jeter de nouveau un coup d'œil à Smiley, Guillam intercepta chez ce dernier un regard interrogateur qui s'adressait à Martello.

Guillam avait dans l'idée qu'il pensait à la fille – est-ce qu'elle était là, elle aussi ? – mais le sourire indulgent de Martello ne vacillait pas, et au bout d'un moment Smiley parut accepter cela et reprit son air attentif.

Sol, cependant, s'était tourné vers son assistant et tous deux avaient eu en aparté une brève conversation :

« Pourquoi diable est-ce que quelqu'un n'a pas planqué des micros dans ce foutu appartement, Cy ? Qu'est-ce qui les retient ?

– Nous avons déjà suggéré cela à Bangkok, Sol, mais ils ont des problèmes avec les cloisons, il manque les cavités nécessaires ou quelque chose comme ça.

– Ces clowns de Bangkok baisent trop, ça les abrutit. C'est ce même Tan que nous avons essayé d'épingler l'année dernière pour une affaire d'héroïne ?

– Cette fois, c'était Tan *Ha*, Sol. Ici, c'est Tan *Lee*. Ils ont pas mal de Tan là-bas. Tan Lee n'est qu'un homme de paille : il fait la liaison avec Fatty Hong à Chiangmai. C'est Hong qui a les relations avec les planteurs et les gros courtiers.

– Quelqu'un devrait s'en aller abattre ce salaud », dit Sol. Quel salaud ? Ça n'était pas très clair.

Martello de la tête fit signe au pâle Murphy de poursuivre :

« Monsieur, les trois hommes se sont alors rendus en voiture au port de Bangkok – c'est-à-dire Ko, Tan Lee et Tiu, monsieur – et ils ont examiné vingt ou trente petits caboteurs amarrés au quai. Puis ils sont retournés à l'aéroport de Bangkok et le sujet s'est envolé pour Manille, aux Philippines, pour une conférence sur le ciment à l'hôtel Eden puis à Bali.

– Tiu n'est pas allé à Manille ? demanda Martello, pour gagner du temps.

– Non, monsieur. Il est rentré, répondit Murphy, et une fois de plus Smiley jeta un coup d'œil à Martello.

– Du ciment, mon œil ! s'exclama Sol. Ce sont ces rafiots qui font le trafic avec Hong Kong. Murphy ?

– Oui, monsieur.

– Nous connaissons ces bateaux, déclara Sol. Nous les avons à l'œil depuis des années. Exact, Cy ?

– Exact. »

Sol s'en prenait à Martello comme si c'était lui qui était à blâmer : « Ils quittent le port sans rien à bord. Ils ne prennent la drogue que quand ils sont en mer. Personne ne sait quel bateau la transportera, pas même le commandant du navire choisi, jusqu'au moment où la vedette accoste pour leur remettre la marchandise. Lorsqu'ils atteignent les eaux de Hong Kong, ils balancent la drogue par-dessus bord avec des bouées et les jonques viennent ramasser les chargements. » Il parlait lentement, comme si ça lui faisait mal de parler, chaque mot sortant d'une voix rauque. « Ça fait des années que nous nous escrimons à dire aux Anglais de secouer un peu ces jonques, mais les salauds se font tous arroser.

– Voilà tout ce que nous avons, monsieur », dit Murphy en reposant son rapport.

Ils se retrouvaient avec des silences embarrassés. Une jolie fille, armée d'un plateau avec du café et des biscuits, fournit un répit provisoire, mais lorsqu'elle partit, le silence était encore plus lourd.

« Pourquoi ne le lui dites-vous donc pas ? finit par lancer Sol. Sinon, peut-être que je vais le faire. »

Et ce fut alors, comme aurait dit Martello, qu'ils finirent par en arriver aux menus détails.

Martello prit un air tout à la fois grave et de confesseur, un notaire de famille en train de lire un testament aux héritiers : « George, hum, à notre demande le Service de répression ici présent a jeté une sorte de second coup d'œil aux antécédents et aux dossiers du pilote disparu Ricardo, et comme nous nous en doutions un peu, ils ont déterré pas mal de matériels qui jusqu'alors n'avaient pas fait surface comme cela l'aurait dû, en raison de divers facteurs. Il est inutile, à mon avis, de jeter le blâme sur qui que ce soit et d'ailleurs Ed Ristow est un homme malade. Reconnaissons simplement que, pour une raison quelconque, l'affaire Ricardo s'est glissée dans une petite brèche entre la Répression et nous-mêmes. Cette brèche a depuis lors été comblée et nous aimerions rectifier pour vous les renseignements dont nous disposons.

– Je vous remercie, Marty, dit Smiley avec patience.

– On dirait que Ricardo est vivant après tout, déclara Sol. Il semble que ce soit une boulette de première.

– Une quoi ? » demanda sèchement Smiley, peut-être avant de s'être bien pénétré de tout ce que représentait l'affirmation de Sol.

Martello s'empressa de traduire : « Une erreur, George. Une erreur humaine. Ça nous arrive à tous. Une boulette. Même à vous, n'est-ce pas ? »

Guillam inspectait les chaussures de Cy, qui étaient bien astiquées et avaient de grosses trépointes. Smiley avait levé les yeux vers le mur de côté, où les traits bienveillants du président Nixon abaissaient un regard encourageant sur l'union triangulaire. Nixon avait démissionné il y avait six bons mois, mais Martello semblait mettre une détermination touchante à entretenir sa flamme. Murphy et son compagnon muet étaient assis, immobiles comme des confirmants en présence de l'évêque. Seul, Sol ne cessait de s'agiter, tantôt grattant ses cheveux frisés, tantôt tirant sur sa cigarette, comme une version athlétique de di Salis. Il ne sourit jamais, se dit Guillam à propos de rien. Il a oublié comment on fait.

Martello poursuivit : « Le décès de Ricardo est officiellement enregistré dans nos archives comme se situant le ou aux environs du 21 août, George. Correct ?

– Correct », dit Smiley.

Martello prit une profonde inspiration et pencha la tête de l'autre côté pour consulter ses notes. « Toutefois, en septembre, hum, deux... – deux ou trois semaines après sa mort, n'est-ce pas ? – il, hum, semble que Ricardo ait prit personnellement contact avec un des bureaux du Service de répression des stupéfiants pour le Sud-Est asiatique, connu alors sous le nom de Bureau des narcotiques, mais en fait la même maison, vous voyez ? Sol, hum, préférerait ne pas préciser dans *quelle* ville et je respecte son désir. » Cette façon de ponctuer ses phrases de hum, se dit Guillam, permettait à Martello de continuer à parler tout en réfléchissant. « Ricardo a proposé ses services donnant donnant à propos d'un transport d'opium dont il prétendait avoir été chargé pour le mener par avion de l'autre côté de la frontière, en, hum, Chine rouge. »

Une main glacée parut à ce moment s'emparer de l'estomac de Guillam et y rester. L'impression était d'autant plus violente après le long cheminement à travers tant de détails inutiles. Il raconta par la suite à Molly que c'était comme si, pour lui, « tous les fils de l'affaire s'étaient soudain rassemblés en un seul écheveau » : mais c'était une réflexion après coup, et il se vantait un peu. Il y avait néanmoins le choc après toute cette marche à pas de loup, ces hypothèses et ces rallye-paper – le choc de se trouver presque physiquement projeté en Chine continentale : c'était assurément vrai et ne nécessitait pas d'exagération.

Martello reprenait son numéro de digne notaire.

« George, il faut que je vous renseigne, hum, un peu plus sur les antécédents de la famille par ici. Durant l'affaire du Laos, la Compagnie a utilisé quelques-unes des tribus des collines du Nord à des fins militaires, vous le saviez peut-être. Là-haut, en Birmanie, vous connaissez ces régions, les Shans ? Des volontaires, vous me suivez ? Pas mal de ces tribus étaient des communautés pratiquant la monoculture, hum, la culture de l'opium, et dans l'intérêt de la guerre là-bas, la Compagnie a dû, hum, fermer les yeux sur ce que nous ne pouvions pas changer, vous me suivez ? Il faut bien que ces braves gens vivent et nombre d'entre eux ne réfléchissaient pas et ne voyaient rien de mal dans le fait, hum, de cultiver le pavot. Vous me suivez ?

– Bon Dieu, murmura Sol. Vous entendez ça, Cy ?

– J'ai entendu, Sol. »

Smiley dit qu'il suivait.

« Cette politique, menée, hum, par la Compagnie, a provoqué une dissension très brève et très provisoire entre la Compagnie d'un côté et les, hum, les gens de la Répression ici présents, anciennement Bureau des narcotiques. Parce que, il faut bien le dire, pendant que les gars de Sol s'efforçaient, ma foi, hum, de réprimer l'abus des drogues et ils avaient bien raison, et, hum, de saisir leurs chargements, ce qui est leur métier, George, et leur devoir, il était dans l'intérêt de la Compagnie – c'est-à-dire dans l'intérêt de la guerre – à ce moment-là, vous me suivez, George – de, ma foi, hum, de fermer les yeux.

– La Compagnie jouait le parrain pour les tribus des collines, grommela Sol. Les hommes étaient tous partis se battre, les gens de la Compagnie ont débarqué dans les villages, poussé leurs plantations de pavots, sauté leurs femmes et expédié leur came. »

Martello ne se laissait pas si facilement démonter : « Oh ! Sol, nous estimons que c'est exagérer quelque peu les choses, mais la, hum, dissension était là et c'est ce qui compte pour notre ami George. Ricardo, ma foi, c'est un rude gaillard. Il a accompli pas mal de missions aériennes pour la Compagnie au Laos, et une fois la guerre terminée, la Compagnie l'a recyclé, lui a dit au revoir et a tiré l'échelle. Personne ne perd son temps avec ces garçons-là quand il n'y a plus de guerre. Alors, hum, il se peut que, hum, le garde-chasse Ricardo soit devenu, hum, le braconnier Ricardo, si vous me suivez...

– Ma foi, pas absolument », avoua Smiley avec douceur.

Sol n'avait pas de tels scrupules à propos des vérités déplaisantes : « Aussi longtemps que la guerre continuait, Ricardo transportait de la came pour la Compagnie afin de faire bouillir la marmite dans les villages des collines. Une fois la guerre terminée, il la transportait pour lui-même. Il avait les contacts et il savait comment s'y prendre. Il s'est installé à son compte, voilà tout.

– Merci », dit Smiley, et Sol se remit à se gratter les cheveux.

Pour la seconde fois, Martello revint au récit de l'embarrassante résurrection de Ricardo.

Ils ont dû passer un accord, songea Guillam ; c'est Martello qui parle : « Smiley est notre contact, avait dû dire Martello. Nous savons comment opérer avec lui. »

« Le 2 septembre 1973, dit Martello, un *agent anonyme des Narcotiques dans le Sud-Est asiatique*, comme il insistait pour le décrire, un jeune homme tout à fait nouveau dans ce domaine, George, reçut un coup de téléphone chez lui en pleine nuit d'un prétendu capitaine Petit Ricardo, que jusque-là on croyait mort, ancien mercenaire au Laos avec le capitaine Rocky. Ricardo proposait une importante quantité d'opium brut aux tarifs standards. Mais, outre l'opium, il offrait des renseignements sensationnels à ce qu'il appelait un prix de soldes. C'est-à-dire cinquante mille dollars américains en petites coupures, et un passeport ouest-allemand pour un aller simple hors du pays. L'agent anonyme des Narcotiques a rencontré Ricardo un peu plus tard cette nuit-là dans un parc de stationnement et ils se sont rapidement mis d'accord sur la vente de l'opium.

– Vous voulez dire qu'il l'a *acheté* ? demanda Smiley, fort surpris.

– Sol me dit qu'il y a, hum, un tarif fixé pour ce genre de marché – n'est-ce pas, Sol ? –, connu de tous ceux qui sont de la partie, George, et, hum, fondé sur un pourcentage de la valeur au détail du lot, n'est-ce pas ? » Sol eut un grognement affirmatif. « Cet, hum, agent anonyme était autorisé à faire des achats à ce tarif et il exerça donc son droit. Pas de problème. L'agent aussi, hum, se déclara disposé, après avoir obtenu l'autorisation de ses supérieurs, à fournir à Ricardo des documents à *brève espérance de vie*, George » – il voulait dire, on s'en aperçut par la suite, un passeport ouest-allemand qui n'était valable que pour quelques jours encore – « au cas, George – événement qui ne s'était pas encore réalisé, vous me suivez –, au cas où les renseignements de Ricardo se révéleraient avoir une valeur raisonnable, puisque notre politique est d'encourager à tout prix les informateurs. Mais il expliqua bien – l'agent – que tout le marché – le passeport et le paiement des renseignements – dépendait de l'approbation des gens de Sol au quartier général. Il acheta donc l'opium, mais il tint bon sur les renseignements. Exact, Sol ?

– Tout à fait, grommela Sol.

– Sol, hum, peut-être pourriez-vous vous charger de cette partie », fit Martello.

Quand Sol parlait, pour une fois le reste de sa personne demeurait immobile. Sa bouche seule remuait.

« Notre agent demanda à Ricardo un échantillon pour qu'on puisse procéder chez nous à une évaluation des renseignements. Ce que nous appelons consulter la base. Ricardo raconte qu'il a reçu l'ordre de transporter la came par avion au-dessus de la frontière jusqu'en Chine rouge et de rapporter en paiement un chargement non précisé. Voilà ce qu'il a raconté. C'était son échantillon. Il a dit qu'il savait qui était derrière cette affaire, il a dit qu'il connaissait le grand patron de tous les grands patrons, ils disent tous cela. Il a dit qu'il connaissait toute l'histoire, mais cela aussi, ils le prétendent tous. Il a dit qu'il s'était embarqué dans ce voyage pour le continent, qu'il s'était dégonflé et qu'il était rentré en rasant les pâquerettes au-dessus du Laos pour éviter les écrans radar. Voilà ce qu'il a raconté. Il n'a pas dit d'où il était parti. Il a dit qu'il aurait dû rendre un service aux gens qui l'avaient envoyé, et que si jamais ils le trouvaient, ils lui feraient avaler son acte de naissance. C'est ce qu'il y a dans le protocole mot pour mot. Avaler son acte de naissance. Il était donc pressé, d'où le prix intéressant de cinquante briques. Il ne précisa pas qui étaient ces gens, il ne fournit pas un seul élément confirmant ses informations, à part l'opium, mais il dit qu'il avait toujours l'avion, caché quelque part, un Beechcraft, et il proposa de montrer cet appareil à notre agent à l'occasion de leur prochaine rencontre, à condition qu'on manifeste un intérêt sérieux au quartier général. Voilà tout ce que nous avons, dit Sol, en concentrant toute son attention sur sa cigarette. Il y avait deux ou trois kilos d'opium. De la bonne camelote. »

Martello reprit habilement la balle.

« Ainsi, George, l'agent anonyme des Narcotiques a fait son rapport. Et il a fait ce que nous ferions tous. Il a pris l'échantillon et il l'a expédié au quartier général en disant à Ricardo de se tenir tranquille en attendant des nouvelles. Rendez-vous dans dix jours, peut-être quinze. Voici l'argent pour votre opium, mais pour ce qui est de l'argent des renseignements, il faut attendre un peu. C'est le règlement. Vous me suivez ? »

Smiley eut un hochement de tête compatissant et Martello lui répondit de même tout en reprenant :

« Alors voilà. C'est là où on arrive à l'erreur humaine. Vous comprenez ? Ça pourrait être pire, mais pas beaucoup. Dans notre métier, il y a deux conceptions de l'histoire : la conspiration et le ratage. Ici, c'est le ratage, pas de problème. Le prédécesseur de Sol, Ed, qui est maintenant souffrant, a procédé à une évaluation du matériel et en se fondant sur les preuves... – vous l'avez rencontré, George, Ed Ristow, un type bien, sérieux – et en se fondant sur les preuves dont il disposait, Ed a décidé, ce qui est bien compréhensible mais il avait tort, de ne pas poursuivre l'affaire. Ricardo voulait cinquante briques. Je sais bien, pour un lot important, il paraît que c'est de la gnognote. Mais Ricardo voulait être payé rubis sur l'ongle. Un seul versement, et il filait. Et Ed... – comprenez, Ed avait des responsabilités, des tas d'ennuis de famille – et Ed n'a pas vu pourquoi il irait investir autant de l'argent du contribuable américain au profit d'un personnage comme Ricardo, alors qu'il ne donne aucune garantie, qu'il connaît tous les trucs, et qu'il s'apprête peut-être à mener en bateau cet agent de Ed sur le terrain, qui n'est qu'un jeune type. Alors Ed a enterré l'histoire. Ça s'est arrêté là. A classer et oublier. Finito. »

C'était peut-être une vraie crise cardiaque après tout, se dit Guillam, qui se posait des questions. Mais une autre part de lui savait que ça aurait pu lui arriver, et que ça lui était même arrivé : le mendiant qui tient la grosse pièce, et qu'on laisse filer entre ses doigts.

Plutôt que de perdre du temps en récriminations, Smiley était tranquillement passé aux possibilités qui restaient :

« Où est Ricardo maintenant, Marty ? demanda-t-il.

– Adresse inconnue. »

Sa question suivante mit beaucoup plus longtemps à venir, et ça n'était pas tant une question qu'une réflexion formulée tout haut :

« Rapporter *en paiement un chargement non spécifié*, répéta-t-il. Existe-t-il des théories sur le genre de chargement dont il aurait pu s'agir ?

– Nous avons pensé que c'était de l'or. Nous n'avons pas plus que vous le don de seconde vue », fit Sol d'un ton désagréable.

Là-dessus, Smiley cessa tout simplement pendant quelque temps de participer à l'entretien. Son visage se figea, son expression devint anxieuse et, pour quiconque le connaissait, il se repliait sur lui-même et ce fut soudain à Guillam d'entretenir la conversation. Pour ce faire, comme Smiley, il s'adressa à Martello :

« Ricardo n'a fait aucune allusion à l'endroit où il devait livrer son chargement de retour ?

– Je vous l'ai dit, Pete. C'est tout ce que nous avons. »

Smiley était toujours sur la touche, assis, et contemplait ses mains croisées d'un air triste. Guillam chercha une autre question à poser :

« Et pas d'allusion non plus au *poids* prévu du chargement de retour ? demanda-t-il.

– Bon Dieu », dit Sol, et se méprenant sur l'attitude de Smiley, il secoua lentement la tête en ayant l'air de se demander pourquoi il était obligé de supporter la compagnie de pareilles ganaches.

« Mais vous êtes bien sûr que c'est Ricardo qui a contacté votre agent ? fit Guillam, toujours sur le ring et lançant des coups au hasard.

– Cent pour cent sûr, dit Sol.

– Sol, suggéra Martello en se penchant vers lui. Sol, pourquoi ne donnez-vous pas tout simplement à George un double non signé de ce rapport original de l'agent ? Comme ça, il aura tout ce dont nous disposons. »

Sol hésita, jeta un coup d'œil à son collaborateur, haussa les épaules et finit, avec une certaine répugnance, par tirer d'un dossier posé sur la table auprès de lui une mince feuille de double dont il déchira solennellement la signature.

« Que ça reste entre nous », grommela-t-il, et là-dessus Smiley reprit soudain vie et, prenant le rapport des mains de Sol, en étudia le recto et le verso avec attention et sans un mot pendant un moment.

« Et où, s'il vous plaît, est l'agent anonyme des Narcotiques qui a rédigé ce document ? » demanda-t-il enfin, en regardant d'abord Martello, puis Sol.

Sol se gratta le crâne. Cy commença à secouer la tête d'un air désapprobateur. Cependant que les deux muets de Martello ne manifestaient pas la moindre curiosité. Le pâle Murphy continuait à consulter ses notes et son collègue fixait l'ex-président d'un regard vide.

« Il est allé s'installer dans une communauté hippie au nord de Katmandou, marmonna Sol, en lâchant une bouffée de fumée de cigarette. Le salaud est passé à l'opposition. »

La conclusion enjouée de Martello était merveilleusement déplacée : « Alors, hum, c'est la raison, George, pour laquelle *notre* ordinateur considère Ricardo comme mort et enterré, alors que tout le dossier – une fois reconsidéré par nos amis de la Répression – ne donne absolument pas lieu de, hum, formuler cette hypothèse. »

Guillam avait eu l'impression jusque-là que l'avantage était quand même à Martello. Les gars de Sol s'étaient ridiculisés, disait-il, mais les Cousins n'étaient rien moins que magnanimes et ils étaient disposés à donner le baiser de paix. Dans le calme post-coïtal qui suivit les révélations de Martello, cette fausse impression prévalut encore un peu.

« Alors, hum, George, je dirais que dorénavant nous pouvons compter – vous, nous, Sol ici présent – sur la coopération la plus complète de toutes nos agences. Je dirais qu'il y a un côté très positif dans cette affaire. N'est-ce pas, George ? Constructif ? »

Mais Smiley, qui avait repris un air absent, se contenta de hausser les sourcils et de froncer les lèvres.

« Vous avez une idée, George ? demanda Martello. J'ai dit : vous avez une idée ?

– Oh ! merci. Un *Beechcraft*, fit Smiley. C'est un monomoteur ?

– Seigneur, murmura Sol.

– Bimoteur, George, bimoteur, dit Martello. C'est une sorte de petit avion d'affaires.

– Et le poids du chargement d'opium était de quatre cents kilos, dit le rapport.

– Pas tout à fait une demi-tonne, George, dit Martello, débordant de sollicitude. Une tonne *métrique*, ajouta-t-il d'un ton hésitant, en voyant le visage assombri de Smiley. Pas votre tonne britannique, George, naturellement. Métrique.

– Et on le transporterait ? Je veux dire l'opium.

– Dans la cabine, dit Sol. Ils avaient fort probablement dévissé les sièges supplémentaires. Il y a différents modèles de Beechcraft. Nous ne savons pas lequel c'était parce que nous n'avons jamais eu l'occasion de le voir. »

Smiley considéra une fois de plus la feuille de double qu'il tenait toujours dans sa main potelée. « Oui, murmura-t-il. Oui, c'est sans doute ce qu'ils ont fait. » Et, avec un crayon doré, il griffonna un petit croquis dans la marge avant de retomber dans sa rêverie.

« Allons, dit Martello avec entrain. Je pense que nous autres, abeilles ouvrières, devrions regagner nos ruches et voir où tout ça nous mène, pas vrai, Pete ? »

Guillam se levait lorsque Sol prit la parole. Sol avait ce don rare et plutôt redoutable de posséder une grossièreté naturelle. Rien n'avait changé en lui. Il n'avait absolument pas perdu sa maîtrise de soi. C'était la façon dont il s'exprimait, dont il menait ses affaires, et les autres façons, de toute évidence, l'ennuyaient :

« Mais bon Dieu, Martello, à quel jeu jouons-nous ici ? C'est un très gros coup, non ? Nous avons peut-être mis le doigt sur l'affaire de stupéfiants la plus importante de tout le Sud-Est asiatique. Bon, il y a un problème de liaison. La Compagnie a fini par faire la paix avec la Répression des stupéfiants parce qu'elle a dû nous faire avaler l'histoire des tribus des collines. Ne croyez pas que moi, ça me fasse bander. D'accord, nous avons un accord bas-les-pattes avec les Anglais pour Hong Kong. Mais la Thaïlande, c'est à nous, tout comme les Philippines, tout comme Taiwan, tout comme toute cette merde de Sud-Est asiatique, tout comme la guerre, et les Anglais restent là sur le cul. Il y a quatre mois, les Anglais arrivent et font un grand discours. Parfait, alors on déballe notre paquet aux Anglais. Qu'est-ce qu'ils ont fait pendant tout ce temps ? Ils ont savonné leurs jolies petites gueules. Alors le rasage, c'est pour quand, bon Dieu ? On a du fric d'investi dans ce coup-là. On a tout un appareil qui attend, prêt à faire sauter les filières de Ko dans tout l'hémisphère. Ça fait des *années* qu'on cherche un type comme ça. Et on peut l'épingler. Nous avons la législation nécessaire – qu'est-ce qu'on a comme législation ! – pour lui coller une peine de dix à trente ans, au bas mot ! On a contre lui une affaire de drogue, de trafic d'armes, de transport de marchandises interdites, on a le plus gros tas d'or soviétique qu'on ait jamais vu Moscou remettre à un homme, et nous avons la première preuve qu'on ait jamais eue, si ce Ricardo ne nous bourre pas le mou, d'un programme de subversion par la drogue financé par Moscou qui est tout prêt à porter la bataille en Chine rouge dans l'espoir de leur faire la même chose qu'ils nous font déjà. »

Cette sortie avait réveillé Smiley comme une douche froide. Il était penché en avant dans son fauteuil, le rapport de l'agent des Narcotiques froissé dans sa main, et il considérait avec consternation d'abord Sol, et puis Martello.

« Marty, murmura-t-il, oh ! Seigneur. Non. » Guillam fit montre d'une plus grande présence d'esprit. Du moins il lança une objection :

« Il faudrait fichtrement répartir une demi-tonne, vous ne croyez pas, Sol, pour intoxiquer huit cents millions de Chinois ? »

Mais Sol n'avait rien à faire de l'humour, ni des objections non plus, et surtout pas venant d'un Anglais.

« Et est-ce que nous lui sautons au cou ? demanda-t-il sans le moins du monde changer de cap. Jamais de la vie. Nous dansons d'un pied sur l'autre. Nous attendons. "De la délicatesse. Les Anglais sont dans le coup. C'est leur territoire, leurs plates-bandes." Alors nous hésitons, nous faisons de la broderie. Nous voletons comme un papillon et nous sommes à peu près aussi dangereux. Seigneur, si c'était nous qui nous étions occupés de cette affaire, il y a des mois que nous aurions ce salaud ficelé et ligoté. » Frappant sur la table avec sa paume, il recourut aux subterfuges de rhétorique qui consistent à répéter un argument sous une forme différente. « Pour la première fois nous avons dans notre collimateur un corrupteur soviétique communiste, trafiquant de drogue, foutant le bordel, empochant de l'argent russe, et nous pouvons le prouver ! » Tout ça s'adressait à Martello. Smiley et Guillam auraient aussi bien pu ne pas être là. « Et n'oubliez pas encore une chose, conseilla-t-il à Martello en guise de conclusion. Nous avons des gens importants qui veulent que cette affaire ne s'arrête pas là. Des gens impatients. Influents. Des gens très agacés par le rôle équivoque que votre Compagnie a joué indirectement en fournissant et en commercialisant des stupéfiants à nos garçons au Viêt-nam, et c'est la raison pour laquelle vous avez bien été obligé de nous mettre dans le coup cette fois-ci. Alors peut-être que vous feriez mieux de dire à certains de ces libéraux qui se trimbalent en limousine à Langley, en Virginie, qu'il est temps pour eux de chier ou de lâcher le pot. L'heure H a sonné, et vous pouvez écrire H comme vous voulez », conclut-il avec un calembour sans humour.

Smiley était devenu si pâle que Guillam en fut sincèrement effrayé pour lui. Il se demandait s'il avait une crise cardiaque, et s'il allait s'évanouir. De là où Guillam était assis, il avait pris tout d'un coup le teint et les joues d'un vieil homme et ses yeux, lorsqu'à son tour il s'adressa à Martello, brûlaient du feu qu'on voit parfois chez les vieillards :

« Quoi qu'il en soit, il y a un accord. Et tant qu'il reste en vigueur, je pense que vous le respecterez. Nous avons votre promesse que vous vous abstiendrez de toute opération dans les secteurs britanniques à moins que vous n'ayez obtenu notre permission. Nous avons notamment votre promesse que vous nous laisserez l'entier développement de cette affaire, hormis la surveillance et les communications, *où que nous mène ce développement.* C'étaient les termes du contrat. Un total bas-les-pattes en échange d'une vue totale de la prise. J'estime que cela signifie ceci : *aucune* action de Langley et *aucune* action d'aucune autre agence américaine. Je pense que c'est là votre parole. Je crois encore à votre parole et je considère cet accord comme irréversible.

– Dites-lui donc », dit Sol, et il sortit suivi de Cy, son adjoint mormon au teint jaunâtre. Sur le pas de la porte, il se retourna en braquant un doigt vers Smiley.

« Vous êtes dans notre chariot, c'est nous qui vous dirons où descendre pour pisser », dit-il.

Le mormon acquiesça : « Parfaitement », dit-il en souriant à Guillam comme si c'était une invitation. Sur un signe de tête de Martello, Murphy et son muet sortirent derrière eux.

Martello servait à boire. Dans son bureau, les murs étaient également en bois de rose – un faux en plastique, observa Guillam, ça n'était pas du vrai – et quand Martello actionna une manette, il révéla une machine à faire de la glace qui se mit à vomir un flot régulier de glaçons en forme de ballon de rugby. Il prépara trois whiskies sans demander aux autres ce qu'ils voulaient. Smiley semblait en pleine méditation. Ses mains potelées étaient toujours posées au bout des bras de son fauteuil d'aéroport, mais il était renversé en arrière comme un boxeur épuisé entre deux rounds, et contemplait le plafond, lequel était parsemé de lumières clignotantes. Martello posa les verres sur la table.

« Merci, monsieur », dit Guillam. Martello aimait bien qu'on dise « monsieur ».

« De rien, dit Martello.

– Qui d'autre votre bureau a-t-il prévenu ? dit Smiley s'adressant aux étoiles. Les impôts directs ? Les douanes ? Le maire de Chicago ? Leurs douze meilleurs amis ? Vous rendez-vous compte que même mes maîtres ne savent pas que nous collaborons avec vous ? Dieu tout-puissant !

– Ah ! voyons, George. Nous avons notre politique. Tout comme vous. Nous avons des promesses à tenir. Des bouches à acheter. La Répression des stupéfiants veut notre peau. Cette histoire de drogue a fait beaucoup parler au Capitole. Les sénateurs, les sous-commissions du Congrès, le grand jeu. Le petit revient de la guerre camé jusqu'aux trous de nez, la première chose que fait son papa, c'est d'écrire à son député. La Compagnie n'aime pas beaucoup tous ces vilains bruits. Elle aime avoir ses amis de son côté. C'est comme ça dans le spectacle, George.

– Pourrais-je, je vous prie, savoir au juste les conditions du marché ? demanda Smiley. Pourrais-je l'avoir au moins en termes simples ?

– Oh ! vous savez, George, il n'y a pas de marché. Langley ne peut pas négocier ce qu'il ne possède pas, c'est-à-dire *votre* dossier, votre bien, votre... Nous cherchons à l'épingler – vous aussi, avec un peu d'aide de notre part peut-être –, nous faisons de notre mieux et puis si, hum, si nous n'arrivons à rien, eh bien, la Répression interviendra un peu et, sur une base très amicale et très confortable, ils essayeront de faire mieux.

– A partir de quoi, la chasse est ouverte, dit Smiley. Bonté divine, quelle façon de mener une affaire. »

Quand il s'agissait de pacification, Martello était un très vieux renard :

« George. George. Imaginez qu'ils épinglent Ko. Imaginez qu'ils lui mettent le grappin dessus la prochaine fois qu'il quitte la colonie. Si Ko s'en va languir à Sing-Sing avec une peine de dix à trente ans, eh bien, nous pouvons le coincer quand nous voulons. Est-ce que tout d'un coup c'est devenu si terrible ? »

Eh oui, justement, songea Guillam. Jusqu'au moment où soudain l'idée lui vint, avec une joie tout à fait perverse, que Martello lui-même ne savait rien au sujet de frère Nelson, et que George avait gardé cachée sa meilleure carte.

Smiley était toujours renversé en arrière dans son fauteuil. La glace dans son whisky avait déposé une buée glacée à l'extérieur du verre et il la contempla un moment, en regardant les gouttes d'eau glisser comme des larmes sur la table en bois de rose.

« Alors de combien de temps disposons-nous ? demanda Smiley. Quel délai avons-nous avant que les gens des Stupéfiants ne débarquent ?

– Ça n'est pas rigide, George. Ça n'est pas comme ça ! C'est une question de paramètres, comme a dit Cy.

– Trois mois ?

– C'est généreux, un peu généreux.

– Moins de trois mois ?

– Trois mois, dans un délai de trois mois, dix à douze semaines... dans ces parages, George. C'est fluide. Ça se passe entre amis. Je dirais au maximum trois mois. »

Smiley poussa un long soupir : « Hier nous avions tout le temps du monde. »

Martello abaissa son voile de quelques centimètres. « Sol n'est pas à ce point conscient, George, dit-il, prenant soin d'utiliser le jargon du Cirque plutôt que le sien. Sol, hum, a des blancs, dit-il un peu comme un aveu. Nous ne lui lançons pas toute la carcasse, vous voyez ce que je veux dire ? »

Martello marqua un temps, puis reprit : « Sol va jusqu'au premier échelon. Pas plus haut. Croyez-moi.

– Et qu'est-ce que veut dire le premier échelon ?

– Il sait que Ko reçoit des fonds de Moscou. Il sait qu'il fait le trafic de l'opium. C'est tout.

– A-t-il entendu parler de la fille ?

– Elle, George, c'est un cas d'espèce. La fille. Cette fille l'a accompagné dans le voyage à Bangkok. Vous vous souvenez de Murphy décrivant le voyage à Bangkok. Elle est descendue à l'hôtel avec lui. Elle a pris l'avion avec lui pour Manille. Je vous ai vu me deviner à ce moment-là. J'ai surpris votre regard. Mais nous avions fait supprimer à Murphy cette partie du rapport. Juste pour Sol. » Smiley parut retrouver quelque vie. « L'accord tient, George, lui assura Martello avec munificence. Rien d'ajouté, rien de soustrait. Vous prenez le poisson, nous vous aidons à le manger. Vous avez besoin d'un coup de main en route, vous n'avez qu'à décrocher ce téléphone vert et crier à l'aide. » Il alla jusqu'à poser sa main consolatrice sur l'épaule de Smiley, mais sentant que celui-ci détestait ce geste, il y renonça assez vite. « Toutefois, si jamais vous voulez nous passer les rames, eh bien, nous nous contenterions de renverser les arrangements et...

– De nous couper l'herbe sous le pied et de vous faire expulser de la colonie par-dessus le marché, dit Smiley en terminant la phrase pour lui. Il y a encore un point que je tiens à préciser. Par écrit. Je veux que ce soit le sujet d'un échange de lettres entre nous.

– C'est vous qui menez le jeu, vous fixez les règles, dit Martello avec générosité.

– Mon service va essayer de pêcher le poisson, insista Smiley sur le même ton direct. Nous essayerons aussi de le débarquer, si c'est l'expression qui convient pour un pêcheur. Je n'y connais malheureusement pas grand-chose.

– Débarquer, mettre sur le sable, ferrer, oui, bien sûr. »

A l'œil soupçonneux de Guillam, la bonne volonté de Martello était un peu fatigante sur les bords.

« J'insiste pour que ce soit *notre* opération. Notre homme. J'insiste sur un droit de priorité. L'avoir et le garder jusqu'à ce que nous jugions opportun de vous le passer.

– Pas de problème, George, absolument pas de problème. Vous le prenez à bord, il est à vous. Dès que vous êtes prêt à le partager, vous nous appelez. C'est aussi simple que ça.

– Je vous ferai porter une confirmation écrite demain matin.

– Oh ! ne vous donnez pas cette peine, George. Nous avons du personnel. Nous l'enverrons chercher.

– Je vous l'enverrai », dit Smiley.

Martello se leva : « George, marché conclu.

– J'avais déjà fait un marché, dit Smiley. Mais Langley ne l'a pas tenu. »

Ils se serrèrent la main.

L'histoire de cette affaire n'a pas d'autres moments comparables. Dans le métier, on utilise pour décrire cela diverses phrases habiles. « Le jour où George a renversé les contrôles » en est une – encore que cela lui prît une bonne semaine et que cela rapprochât d'autant la date limite fixée par Martello. Mais pour Guillam, le processus avait quelque chose d'infiniment plus imposant, de bien plus beau qu'un simple réarrangement technique. A mesure qu'il comprenait lentement les intentions de Smiley, il l'observait avec fascination tendre avec soin une ligne après l'autre, convoquer tel ou tel collaborateur, disposer un crochet ici, un taquet là ; Guillam avait la sensation de voir tourner quelque grand vaisseau qu'on manœuvre avec douceur pour lui faire prendre le cap opposé.

Ce qui obligeait – bien sûr – à retourner toute l'affaire, ou à renverser les contrôles.

Ils regagnèrent le Cirque sans avoir échangé un mot. Smiley monta le dernier étage avec assez de lenteur pour ranimer les craintes que Guillam pouvait avoir sur sa santé, si bien que dès qu'il le put il appela le docteur du Cirque et lui donna une liste des symptômes tels qu'il les voyait pour s'entendre répondre que Smiley était passé voir le médecin deux jours plus tôt pour tout autre chose et qu'il présentait tous les signes d'être indestructible. La porte de la salle du trône se referma et Fawn, le baby-sitter, une fois de plus avait son chef bien-aimé pour lui-même. Les demandes de Smiley, lorsqu'elles filtraient à l'extérieur, avaient des relents d'alchimie. Les avions Beechcraft : il désirait des plans et des catalogues et aussi – à condition qu'on pût se les procurer discrètement – tous les détails sur les propriétaires, les ventes et les achats dans la région du Sud-Est asiatique. Toby Esterhase disparut dans les sombres taillis des ventes dans l'industrie aéronautique et, peu après, Fawn remit à Molly Meakin un tas décourageant de vieux numéros d'une publication intitulée *Le Monde du transport*, avec des inscriptions manuscrites de Smiley tracées à l'encre verte qu'il utilisait toujours pour noter toute annonce pour des avions Beechcraft qui aurait pu attirer l'œil d'un acheteur éventuel dans les six mois précédant la mission avortée de transport d'opium en Chine rouge par le pilote Ricardo.

Agissant encore sur l'ordre écrit de Smiley, Guillam s'en alla discrètement rendre visite à quelques-uns des fouineurs de di Salis et, à l'insu de leur irascible supérieur, vérifia qu'ils étaient encore loin de mettre le doigt sur Nelson Ko. Un vieux chercheur alla jusqu'à laisser entendre que Drake Ko avait dit rien moins que la vérité lors de sa dernière rencontre avec le vieil Hibbert : et que frère Nelson était bel et bien mort. Mais lorsque Guillam annonça cette nouvelle à Smiley, il secoua la tête avec impatience et lui remit un message à destination de Craw, lui demandant d'obtenir de son informateur à la police locale, et de préférence sous un faux prétexte, tous les détails connus des déplacements de Tiu, le fondé de pouvoir de Ko, vers et en dehors de la Chine continentale.

La longue réponse de Craw était sur le bureau de Smiley quarante-huit heures plus tard, et elle sembla lui donner un rare moment de plaisir. Il convoqua le chauffeur de service et se fit conduire à Hampstead, où il marcha tout seul dans la lande pendant une heure, par un temps froid et ensoleillé et, à croire Fawn, resta à observer quelque temps les écureuils roux avant de regagner la salle du trône.

« Mais vous ne voyez donc pas ? protesta-t-il en s'adressant à Guillam au cours d'un accès d'excitation tout aussi rare ce soir-là, vous ne comprenez donc pas, Peter ? » Il lui fourrait les dates de Craw sous le nez, montrait même du doigt une ligne. « Tiu est allé à Shanghai six semaines avant la mission de Ricardo. Combien de temps est-il resté là-bas ? Quarante-huit heures. Oh ! quel crétin vous faites !

– Pas du tout, répliqua Guillam. Il se trouve simplement que je n'ai pas de ligne directe avec Dieu, voilà tout. »

Dans les caves, cloîtré avec Millie McCraig qui dirigeait les écoutes, Smiley fit repasser les monologues du vieil Hibbert, fronçant parfois les sourcils, raconta Millie, devant les interventions maladroites de di Salis. A part cela, il lisait, il rôdait, il avait avec Sam Collins des conversations brèves et intenses. Ces rencontres, observa Guillam, coûtaient à Smiley beaucoup d'énergie, et ses crises de mauvaise humeur – et Dieu sait qu'elles étaient assez rares pour un homme aussi accablé de soucis que Smiley – éclataient toujours après le départ de Sam. Et même lorsqu'elles étaient passées, il avait l'air plus tendu et plus esseulé que jamais jusqu'au moment où il avait fait une de ses longues promenades nocturnes.

Et puis vers le quatrième jour, qui dans la vie de Guillam était un jour de crise pour une raison quelconque – sans doute la discussion avec le Trésor, qui refusait de payer une prime à Craw –, Toby Esterhase parvint on ne sait comment à franchir les mailles du filet tendu tout à la fois par Fawn et par Guillam, et par arriver jusqu'à la salle du trône où il présenta à Smiley un tas de photographies de contrats de vente pour Beechcraft à quatre places tout neuf acquis par la filiale de Bangkok d'Aeroswiss and Co., inscrite au registre du commerce de Zurich, détails supplémentaires à venir. Smiley était particulièrement ravi du fait qu'il y ait eu quatre places. Les deux sièges à l'arrière pouvaient être enlevés, mais celui du pilote et du copilote étaient fixes. Quant à la vente effective de l'appareil, elle avait eu lieu le 20 juillet : à peine un mois donc avant que ce fou de Ricardo ne s'apprêtât à violer l'espace aérien de la Chine rouge, et puis changeât d'avis.

« Même Peter est capable de faire ce rapprochement-là, déclara Smiley avec une lourde jovialité. La suite, Peter, la suite, allons !

– L'avion a été vendu deux semaines après le retour de Tiu de Shanghai, répondit Guillam à contrecœur.

– Et alors ? demanda Smiley. Et alors ? Qu'est-ce que nous cherchons ensuite ?

– Nous nous demandons qui possède la firme Aeroswiss, lança Guillam, vraiment très agacé.

– Précisément. Je vous remercie, dit Smiley en feignant le soulagement. Vous restaurez ma foi en vous, Peter. Et maintenant, qui, à votre avis, découvrons-nous à la base d'Aeroswiss ? Le représentant de Bangkok, pas moins. »

Guillam jeta un coup d'œil aux notes sur le bureau de Smiley, mais Smiley fut plus rapide et abattit ses mains par-dessus.

« Tiu, dit Guillam, ne pouvant s'empêcher de rougir.

– Hourra. C'est ça. Tiu. Bien joué. »

Mais lorsque Smiley fit de nouveau venir Sam Collins ce soir-là, les ombres avaient de nouveau envahi son visage.

Quand même, les lignes étaient maintenant lancées. Après son succès dans l'industrie aéronautique, Toby Esterhase se vit affecté au commerce de spiritueux et prit l'avion pour les Hébrides, sous le masque d'un inspecteur de la taxe à la valeur ajoutée, et il passa là trois jours à vérifier la comptabilité d'une distillerie de whisky spécialisée dans la vente de tonneaux pas encore mûrs. Il revint – pour citer Connie – ricanant comme un bigame qui a réussi.

La multiple apothéose de toute cette activité fut un extrêmement long message à Craw, rédigé après une réunion officielle du directoire opérationnel – les Vieux Dorés, pour citer encore Connie – auquel s'ajouta Sam Collins. Cette réunion faisait suite à une longue séance de procédure avec les Cousins, au cours de laquelle Smiley s'abstint de toute allusion à l'insaisissable Nelson Ko, mais demanda certaines mesures supplémentaires de surveillance et de communication sur le terrain. A ses collaborateurs, Smiley expliqua ses plans de la façon suivante :

Jusqu'alors l'opération s'était limitée à obtenir des renseignements sur Ko et sur les ramifications du filon soviétique. On avait pris grand soin d'empêcher Ko de se rendre compte de l'intérêt que lui portait le Cirque.

Il résuma alors les renseignements rassemblés jusqu'à maintenant : Nelson, Ricardo, Tiu, le Beechcraft, les dates, les conclusions, la compagnie aérienne enregistrée en Suisse – qui, comme on le découvrait maintenant, ne possédait aucun local et pas d'autre appareil. Il préférerait, dit-il, attendre l'identification positive de Nelson, mais chaque opération était un compromis et le temps, en partie par la faute des Cousins, se faisait de plus en plus court.

Il ne fit aucune allusion à la fille, et pas une fois ne regarda Sam Collins tandis qu'il prononçait son petit discours.

Puis il en arriva à ce qu'il appela modestement *la phase suivante* : « Notre problème est de sortir de l'impasse. Il y a des opérations qui ne s'en portent que mieux de n'avoir pas de solution. Il y en a d'autres qui n'ont d'intérêt que lorsque tout est réglé, et l'affaire Dauphin est l'une de celles-là. » Il eut un froncement de sourcils étudié, cligna des yeux, puis ôta ses lunettes et, au secret délice de tous les assistants, se montra fidèle à sa légende en en polissant les verres avec le gros bout de sa cravate. « Je propose de parvenir à ce résultat en changeant complètement de tactique. Autrement dit, en annonçant à Ko l'intérêt que nous portons à ses affaires. »

Ce fut Connie, comme toujours, qui mit un terme au redoutable silence qui, comme il fallait s'y attendre, suivit cette déclaration. Son sourire fut aussi le plus rapide – et le plus complice.

« Il l'enfume, leur chuchota-t-elle d'un ton d'extase. Tout comme il a fait avec Bill, le petit malin ! Vous allumez un feu sur le pas de sa porte, n'est-ce pas, mon chou ? Et vous voyez dans quelle direction il s'enfuit. Oh ! George, mon trésor, mon cher trésor, le plus doué de tous mes garçons, je vous assure ! »

Le message de Smiley à Craw utilisait une métaphore différente pour décrire le plan, une qui a la faveur des agents sur le terrain. Il parlait de faire des vagues autour de Ko et il était clair, d'après le reste du texte que, malgré les redoutables dangers que cela représentait, il se proposait pour ce faire d'utiliser le large dos de Jerry Westerby.

Comme une note en bas de page à tout cela, deux jours plus tard Sam Collins disparut. Tout le monde en fut ravi. Il cessa de venir et Smiley ne parla plus de lui. Sa chambre, lorsque Guillam s'y introduisit furtivement pour l'examiner, ne contenait aucune affaire personnelle, à l'exception de deux jeux de cartes à jouer dont la bande était intacte et de quelques pochettes d'allumettes publicitaires criardes provenant d'une boîte de nuit du West End. Lorsqu'il sonda les surveillants, ils se montrèrent pour une fois d'une étonnante loquacité. Son prix, dirent-ils, était une prime d'adieu et une promesse de faire réexaminer ses droits à une pension. Il n'avait en fait pas grand-chose à vendre. Un feu de paille, dit-il, on ne le reverrait jamais. Bon débarras.

Tout de même, Guillam ne pouvait s'empêcher d'éprouver un certain malaise à propos de Sam, dont il fit souvent part à Molly Meakin au cours des quelques semaines suivantes. Ce n'était pas seulement qu'il était tombé sur lui au bureau de Lacon. Il était tracassé par cette histoire d'échange de lettres entre Smiley et Martello, confirmant leur accord verbal. Plutôt que de laisser les Cousins venir chercher la lettre, avec l'étalage habituel d'une limousine et même d'un motard d'escorte à Cambridge Circus, Smiley avait ordonné à Guillam de la porter lui-même à Grosvenor Square, avec Fawn comme baby-sitter. Mais Guillam se trouvait enseveli sous le travail, et Sam, comme d'habitude, était disponible. Aussi, quand Sam se proposa pour la porter à sa place, Guillam le laissa faire, et il le regrettait bien aujourd'hui. Il le regrettait encore, de tout son cœur.

Car, au lieu de remettre la lettre de George à Murphy ou à son pâle compagnon, raconta Fawn, Sam avait insisté pour voir personnellement Martello. Et il avait passé plus d'une heure seul avec lui.

Deuxième partie

ON FAIT DES VAGUES

13

LIESE

Star Heights était le bloc d'immeubles le plus neuf et le plus haut bâti à flanc de coteau, et qui s'enfonçait la nuit comme un énorme crayon éclairé dans les douces ténèbres du Pic. Une chaussée y conduisait par de nombreux virages, mais il n'y avait pour tout trottoir qu'une bordure d'une quinzaine de centimètres entre la chaussée et la falaise. A Star Heights, c'était de mauvais goût d'être piéton. On était au début de la soirée et on approchait du coup de feu des mondanités. Tandis que Jerry se glissait comme il pouvait sur le trottoir, les Mercedes et Rolls-Royce le frôlaient dans leur hâte de déposer et de rechercher les invités. Il portait un bouquet d'orchidées enveloppé dans du papier de soie : plus gros que celui que Craw avait offert à Phoebe Wayfarer, plus petit que celui que Drake Ko avait déposé sur la tombe du petit Nelson. Ces orchidées n'étaient destinées à personne. « Quand on a ma taille, mon vieux, il faut avoir une fichtrement bonne raison pour tout ce qu'on fait. »

Il se sentait tendu mais soulagé aussi de voir la longue attente terminée :

« Une classique opération du pied dans la porte, Votre Grâce (lui avait conseillé Craw lors des longues instructions données la veille). Arrangez-vous pour entrer là-dedans, mettez-vous au boulot et ne vous arrêtez que quand vous vous retrouverez de l'autre côté. »

Sur une jambe, songea Jerry.

Une marquise en toile rayée conduisait jusqu'au hall d'entrée et un parfum de femmes flottait dans l'air, comme un avant-goût de sa mission. *Et n'oubliez surtout pas que Ko est propriétaire de l'immeuble*, avait ajouté Craw d'un ton sarcastique, en guise de cadeau d'adieu. La décoration intérieure n'était pas tout à fait terminée. Des plaques de marbre manquaient autour des boîtes aux lettres. Un poisson en fibre de verre aurait dû rejeter de l'eau dans une fontaine en mosaïque, mais les tuyaux n'avaient pas encore été branchés et des sacs de ciment s'entassaient dans le bassin. Il se dirigea vers les ascenseurs. Sur la porte d'une niche en verre on pouvait lire « Réception » et, de l'intérieur, le concierge chinois l'observait. Jerry n'eut de lui qu'une vision confuse. Il était en train de lire quand Jerry arriva, mais maintenant il le dévisageait, se demandant s'il allait l'interpeller, mais à demi rassuré par les orchidées. Un couple de matrones américaines en grand tralala arriva et prit place auprès de lui.

« Quelles belles fleurs, dirent-elles en tâtant le papier.

– Formidables, hein. Tenez, prenez-les. Un cadeau ! Allons ! Une belle femme comme vous. Nue sans fleurs ! »

Rires. Les Anglais sont une race à part. Le concierge revint à sa lecture et Jerry se trouva authentifié. Un ascenseur arriva. Une horde de diplomates et d'hommes d'affaires flanqués de leurs squaws, l'air morne sous leurs bijoux, pénètrent dans le hall. Jerry fit passer devant lui les matrones américaines. La fumée de cigare se mêlait au parfum, une musique enregistrée à la va-vite fredonnait des mélodies oubliées. Les matrones pressèrent le bouton du douzième étage.

« Vous allez chez les Hammerstein aussi ? » demandèrent-elles en regardant toujours les orchidées.

Au quatrième, Jerry gagna l'escalier d'incendie. Il fut surpris par les relents d'urine de chat du vide-ordures. En descendant, il rencontra une *amah* qui portait tout un chargement de serviettes. Elle le regarda d'un air mauvais jusqu'au moment où il la salua, et éclata alors d'un grand rire. Il continua jusqu'à ce qu'il eût atteint le huitième étage où il regagna le luxe cossu du palier des locataires. Il était au bout d'un corridor. Une petite rotonde donnait sur deux portes d'ascenseur, dorées. Il y avait quatre appartements, chacun occupant un quart de l'immeuble circulaire, et chacun ayant son propre couloir. Il emprunta le couloir B avec seulement les fleurs pour le protéger. Il surveillait la rotonde, son attention fixée sur l'extrémité du corridor marqué C. Le papier autour des orchidées était humide là où il avait été tenu trop serré.

« C'est un rendez-vous hebdomadaire, lui avait assuré Craw. Tous les lundis, arrangement floral à l'American Club. Réglé comme une horloge. Elle rencontre là-bas une amie, Nellie Tan, qui travaille pour Airsea. Elle s'occupe de l'arrangement floral et reste ensuite pour dîner.

– Et où est Ko pendant ce temps-là ?

– A Bangkok. Pour ses affaires.

– Eh bien, espérons qu'il y reste.

– Amen, mon bon. Amen. »

Dans un crissement de gonds neufs mal huilés, la porte auprès de lui s'ouvrit soudain et un Américain jeune et mince, en smoking, sortit dans le couloir, s'arrêta net et considéra Jerry et les orchidées. Il avait des yeux bleus, sérieux, et il tenait un porte-documents.

« C'est moi que vous cherchez avec ça ? » demanda-t-il, avec un élégant accent de Boston. Il avait l'air riche et sûr de lui. Diplomatie ou banque, se dit Jerry.

« Ma foi, je ne crois pas, non, avoua Jerry, jouant l'Anglais abruti. *Cavendish* », dit-il. Par-dessus l'épaule de l'Américain, Jerry vit la porte se refermer sans bruit sur un rayonnage plein de livres. « Un de mes amis m'a demandé de remettre ça à une miss *Cavendish* au 9 D. Il a filé pour Manille, en me laissant les orchidées sur les bras, vous voyez.

– Vous vous êtes trompé d'étage, dit l'Américain en s'approchant de l'ascenseur. C'est un étage au-dessus. Vous vous êtes trompé de couloir aussi. Le D est de l'autre côté. »

Jerry resta auprès de lui, faisant semblant d'attendre un ascenseur qui montait. Celui qui descendait arriva le premier, le jeune Américain y pénétra d'un pas dégagé et Jerry reprit son poste. La porte marquée C s'ouvrit, il vit la jeune femme sortir et fermer le verrou à double tour. Elle était vêtue de façon très simple. Elle avait des cheveux longs, d'un blond cendré, noués sur la nuque en queue de cheval. Elle portait une robe toute simple à décolleté bain de soleil et des sandales, et bien qu'il ne pût voir son visage, il savait déjà qu'elle était belle. Elle se dirigea vers l'ascenseur, toujours sans le voir, et Jerry avait l'impression de la regarder de la rue à travers une fenêtre.

Dans l'univers de Jerry, il y avait des femmes qui portaient leur corps comme si c'était des citadelles que seuls les plus braves pourraient prendre d'assaut, et Jerry en avait épousé plusieurs ; ou peut-être était-ce sous son influence qu'elles devenaient comme ça. Il y avait des femmes qui semblaient décidées à se détester, qui se voûtaient le dos et se bloquaient les hanches. Et il y en avait aussi qui n'avaient qu'à marcher vers lui pour lui apporter un cadeau. Elles étaient rares, celles-là, et pour Jerry en cet instant, c'était Lizzie qui menait la meute. Elle s'était arrêtée devant les portes dorées et surveillait les numéros qui s'allumaient. Il arriva près d'elle au moment où l'ascenseur s'arrêtait, et elle ne l'avait toujours pas remarqué. La cabine était bondée, comme il l'avait espéré. Il y pénétra de côté, veillant sur ses orchidées, s'excusant, souriant et les tenant ostensiblement au-dessus de sa tête. Elle lui tournait le dos, et il était contre son épaule. C'était une épaule robuste, dénudée par son décolleté, et Jerry apercevait de petites taches de rousseur et un duvet blond qui disparaissait le long de sa colonne vertébrale. Il voyait son visage de profil. Il l'examina un instant.

« Lizzie ? dit-il d'un ton hésitant. Eh ! Lizzie. C'est moi, Jerry. »

Elle se tourna tout d'un coup pour le dévisager. Il aurait voulu pouvoir reculer, car il savait que sa première réaction serait une crainte physique devant sa taille ; il ne s'était pas trompé. Il sentit un instant la peur dans ses yeux gris, qui clignotèrent avant de se fixer sur lui.

« Lizzie Worthington ! déclara-t-il avec plus d'assurance. Comment va le whisky ? Vous vous souvenez de moi ? Un de vos fiers actionnaires. Jerry. Un copain du petit Ricardo. Un tonneau de deux cents litres avec mon nom sur l'étiquette. Tout ça payé sur facture. »

Il avait parlé bas pensant qu'elle n'aimerait peut-être pas s'entendre rappeler un passé qu'elle tenait à désavouer. Il avait parlé si bas que leurs compagnons d'ascenseur entendirent soit « La pluie me tombe sur la tête » distillé par les haut-parleurs, ou bien les grommellements furieux d'un vieux Grec se trouvant trop serré.

« Oh ! bien sûr, fit-elle avec un radieux sourire style hôtesse de l'air. Jerry ! » Sa voix s'affaiblit tandis qu'elle faisait semblant d'avoir son nom sur le bout de la langue : « Jerry... heu... » Elle fronça les sourcils et leva les yeux au ciel comme une actrice qui a un trou de mémoire. L'ascenseur s'arrêta au sixième étage.

« Westerby, s'empressa-t-il de dire pour la tirer de ce mauvais pas. Journaliste. Vous m'avez coincé au bar du Constellation. Je venais chercher un peu de tendresse et de réconfort, et je me suis retrouvé avec un tonneau de whisky. »

Quelqu'un auprès de lui se mit à rire.

« Bien sûr ! Jerry chéri ! Comment ai-je pu... Alors, qu'est-ce que tu fais à Hong Kong ? Mon Dieu !

– La routine habituelle. Le feu et les épidémies, la famine. Et toi ? Tu as dû te retirer, avec tes méthodes de vente. Jamais de ma vie je ne me suis fait avoir de pareille façon. »

Elle eut un rire ravi. Les portes s'étaient ouvertes au troisième étage. Une vieille femme entra, s'appuyant sur deux cannes.

Lizzie Worthington a vendu en tout cinquante-cinq tonneaux de ce redoutable hydromel, Votre Grâce, avait dit le vieux Craw. *Chaque tonneau à un acheteur du sexe masculin et pour un bon nombre d'entre eux, s'il faut en croire mes sources, service compris. Voilà qui donne un nouveau sens à l'expression « faire bonne mesure », si j'ose dire.*

Ils étaient arrivés au rez-de-chaussée. Elle descendit la première et il l'escorta. Par la grande porte, il aperçut sa petite voiture de sport rouge, avec la capote levée, qui l'attendait au pied de l'escalier, coincée parmi les limousines étincelantes. Elle avait dû téléphoner pour leur demander de la préparer, songea-t-il. Si Ko est propriétaire de l'immeuble, il doit s'assurer qu'on la traite comme une reine. Elle se dirigeait vers la fenêtre du concierge. Comme ils traversaient le hall, elle continuait à bavarder, pivotant pour lui parler, un bras tendu, la paume en l'air, comme un mannequin. Il avait dû lui demander si elle aimait Hong Kong, bien qu'il n'en eût aucun souvenir :

« Je l'adore, Jerry, j'adore cette ville. Vientiane me paraît, oh ! à des siècles. Tu sais que Ric est mort ? » Elle lança la nouvelle avec héroïsme, comme si la mort et elle n'étaient pas des étrangères. « Après Ric, j'ai cru que je ne me plairais plus jamais nulle part. Je me trompais complètement, Jerry. Hong Kong est vraiment la ville où on s'amuse le plus au monde. Lawrence, mon chou, je prends mon sous-marin rouge. C'est la soirée des dames au club. » Lawrence était le concierge, et la clef de sa voiture pendait au bout d'un grand fer à cheval en argent qui rappela à Jerry les courses de Happy Valley.

« Merci, Lawrence, dit-elle d'une voix suave en le gratifiant d'un sourire qui embellirait sa nuit. Les *gens* ici sont si merveilleux, Jerry, lui confia-t-elle en aparté tandis qu'ils se dirigeaient vers l'entrée principale. Quand on *pense* à ce que nous disions des Chinois au Laos ! Mais ici, ce sont vraiment les gens les plus merveilleux, les plus spontanés, les plus inventifs que j'ai jamais rencontrés. » Elle parlait maintenant avec un accent étranger un peu difficile à situer, remarqua-t-il. Elle avait dû prendre ça de Ricardo et s'y tenir car elle trouvait ça chic. « Les gens se disent : "Hong Kong, fabuleux pour les courses, les appareils de photo hors taxes, les restaurants", mais franchement, Jerry, quand on va en profondeur et qu'on connaît *la vraie* Hong Kong et *les gens,* – il y a tout ce qu'on peut demander de la vie. Tu ne trouves pas ma nouvelle voiture adorable ?

– Alors, c'est comme ça que tu dépenses tes bénéfices du whisky. »

Il tendit sa paume ouverte et elle y laissa tomber les clefs pour qu'il pût lui ouvrir la portière. Toujours en plaisantant, il lui donna les orchidées à tenir. Derrière le pic Noir, la pleine lune luisait comme un feu de forêt. Elle monta dans la voiture, il lui tendit les clefs et cette fois sentit le contact de sa main qui, une fois de plus, lui rappela Happy Valley, et le baiser de Ko tandis qu'ils s'en allaient.

« Ça t'ennuie si je monte en croupe ? » demanda-t-il.

Elle éclata de rire et lui ouvrit la portière côté passager. « Où vas-tu au fait, avec ces superbes orchidées ? »

Elle mit le moteur en marche, mais Jerry, doucement, coupa le contact. Elle le regarda d'un air surpris.

« Mon chou, dit-il d'un ton tranquille. Je suis incapable de raconter un mensonge. Je suis une vipère que tu réchauffes dans ton sein, et avant que tu me conduises où que ce soit, tu ferais mieux de boucler ta ceinture et d'entendre l'abominable vérité. »

Il avait choisi ce moment avec soin parce qu'il ne voulait pas lui donner l'impression d'être menacée. Elle était au volant de sa voiture, sous la marquise bien éclairée de son propre immeuble, à moins de vingt mètres de Lawrence le concierge, et lui jouait l'humble pécheur afin d'accroître son sentiment de sécurité.

« Notre rencontre n'était pas entièrement due au hasard. C'est le premier point. Deuxième point, pour dire les choses carrément : mon journal m'a chargé de te retrouver et de te poser un tas de questions indiscrètes concernant ton défunt copain Ricardo. »

Elle attendait, continuant de l'observer. A la pointe du menton, elle avait deux petites cicatrices parallèles, comme des marques de griffe, très profondes. Il se demanda qui les lui avait faites et avec quoi.

« Mais Ricardo est mort, dit-elle, beaucoup trop vite.

– Bien sûr, dit Jerry d'un ton consolant. Pas de question. Toutefois le canard est en possession de ce qu'ils se plaisent à appeler un bon tuyau d'après lequel il serait peut-être vivant, et mon travail est de ménager mes employeurs.

– Mais c'est absolument ridicule !

– Je suis bien d'accord. Tout à fait. Ils ont perdu la tête. Le prix de consolation, c'est deux douzaines d'orchidées un peu malmenées et le meilleur dîner qu'on puisse faire en ville. »

Se détournant de lui, elle regarda devant elle. Son visage était éclairé en plein par le lampadaire, et Jerry se demanda ce que ce devait être que d'occuper un corps aussi superbe, d'être vingt-quatre heures par jour à la hauteur de tant de beauté. Elle ouvrit un peu plus grands ses yeux gris, et il se douta qu'il était censé remarquer les larmes prêtes à déborder et la façon dont ses mains se crispaient sur le volant comme pour y chercher un appui.

« Pardonne-moi, murmura-t-elle. C'est simplement..., quand on aime un homme..., quand on renonce à tout pour lui.., et qu'il meurt..., et puis qu'un soir, brusquement...

– Bien sûr, dit Jerry. Je suis désolé. »

Elle mit le moteur en marche. « Pourquoi devrais-tu être désolé ? S'il est en vie, c'est un bien. S'il est mort, rien n'a changé. On n'a rien à perdre. » Elle éclata de rire. « Ric a toujours dit qu'il était indestructible. »

J'ai l'impression de voler un mendiant aveugle, se dit-il. On ne devrait pas la laisser toute seule.

Elle conduisait bien mais avec une certaine raideur et il devina – car elle incitait à deviner – qu'elle avait récemment passé son permis et que la voiture était le prix qui l'en avait récompensée. C'était la nuit la plus calme du monde. Comme ils s'enfonçaient dans la ville, la rade était comme un miroir parfait au centre d'une boîte à bijoux. Ils discutèrent de différents restaurants. Jerry proposa la Péninsule, mais elle secoua la tête.

« Bon. Allons d'abord prendre un verre, dit-il. Viens, on va faire la fête ! »

A sa surprise, elle tendit le bras et lui pressa la main. Puis il se souvint de Craw : elle faisait ça à tout le monde, avait-il dit.

Elle avait quartier libre pour une nuit : il avait cette accablante impression. Il se rappelait être allé chercher Cat, sa fille, à son école quand elle était jeune, et comment ils devaient faire un tas de choses pour faire paraître l'après-midi plus longue. Dans une discothèque obscure de Kowloon, ils burent du Rémy Martin avec de la glace et de l'eau de Seltz. Il se dit que ce devait être la boisson préférée de Ko et qu'elle en avait pris l'habitude pour lui tenir compagnie. Il était tôt et il y avait peu de clients, une douzaine, pas davantage. La musique était bruyante et ils devaient crier pour s'entendre, mais elle ne parla pas de Ricardo.

Elle préférait la musique et écoutait en renversant la tête en arrière. Parfois elle lui tenait la main, et une fois elle posa la tête sur son épaule ; une autre fois elle lui donna un baiser distrait et s'en alla sur la piste pour une danse lente et solitaire, fermant les yeux, souriant légèrement. Les hommes oubliaient leurs compagnes et la déshabillaient des yeux. Et les serveurs chinois venaient changer les cendriers toutes les trois minutes pour pouvoir plonger le regard dans son décolleté. Au bout de deux verres et d'une demi-heure elle proclama sa passion pour Duke Ellington et son grand orchestre ; alors ils repartirent en hâte vers l'île, dans un endroit que Jerry connaissait et où un orchestre philippin donnait une assez bonne imitation de Duke. Cat Anderson était ce qu'on avait trouvé de mieux depuis le pain en tranches, annonça-t-elle. Avait-il entendu Armstrong et Ellington ensemble ? Est-ce qu'ils n'étaient pas formidables ? Encore un peu de Rémy Martin pendant qu'elle lui chantait *Mood Indigo*.

« Est-ce que Ricardo dansait ? demanda Jerry.

– S'il dansait ? répondit-elle doucement, tout en tapant du pied et en claquant des doigts au rythme de la musique.

– Je croyais que Ricardo boitait, protesta Jerry.

– Ça ne l'a jamais empêché, dit-elle, toujours fascinée par la musique. Je ne lui reviendrai jamais, tu comprends. Jamais. Ce chapitre-là est fini. Terminé.

– Comment ça lui est-il venu ?

– De danser ?

– De boiter. »

Le doigt incurvé autour d'une détente imaginaire, elle tira un coup de feu en l'air.

« C'était ou bien la guerre ou bien un mari mécontent », dit-elle. Il lui fit répéter cela, les lèvres tout près de son oreille.

Elle connaissait un nouveau restaurant japonais où on servait un bœuf Kobé fabuleux.

« Dis-moi comment tu as attrapé ces cicatrices ? », demanda-t-il, sur le chemin du restaurant. Il se palpa le menton. « La gauche et la droite. Qu'est-ce qui t'a fait ça ?

– Oh ! c'est en chassant des renards innocents, dit-elle avec un petit sourire. Mon cher papa était fou de chevaux. Il l'est toujours, j'en ai bien peur.

– Où habite-t-il ?

– Papa ? Oh ! toujours le même vieux château croulant du Shropshire. C'est *beaucoup* trop grand, mais ils ne veulent pas en bouger. Pas de personnel, pas d'argent, glacial les trois quarts de l'année. Maman ne sait même pas faire cuire un œuf. »

Il n'était pas encore remis de sa surprise lorsqu'elle se rappela un bar où on servait des sandwiches divins au curry, alors ils tournèrent dans le quartier jusqu'au moment où ils le trouvèrent et elle embrassa le barman en entrant. Il n'y avait pas de musique, et pour on ne sait quelle raison il s'entendit en train de raconter à la jeune femme toute l'histoire de l'orpheline jusqu'au moment où il en arriva aux raisons de leur rupture, qu'il laissa délibérément dans une brume heureuse.

« Ah ! mais, Jerry chéri, dit-elle avec sagesse. Avec vingt-cinq années de différence, qu'est-ce que tu peux attendre d'autre ? »

Et avec dix-neuf ans de différence et une épouse chinoise entre toi et Drake Ko, à quoi peux-tu t'attendre, toi ? songea-t-il avec un certain agacement.

Ils s'en allèrent – nouveau baiser au barman – et Jerry n'était pas assez grisé par sa compagnie, ni par les fines à l'eau, pour ne pas remarquer qu'elle avait donné un coup de téléphone, soi-disant pour annuler son rendez-vous, que la conversation avait duré longtemps et que, lorsqu'elle en revint, elle avait l'air assez grave. Lorsqu'ils se retrouvèrent dans la voiture, il surprit son regard et crut y lire une ombre de méfiance.

« Jerry ?

– Oui ? »

Elle secoua la tête, éclata de rire, passa une paume fraîche sur son visage, puis l'embrassa. « C'est drôle », dit-elle.

Sans doute se demandait-elle, en admettant qu'elle lui eût vraiment vendu ce tonneau de whisky anonyme, si elle l'avait à ce point oublié. Sans doute se demandait-elle aussi si, pour lui vendre le tonneau, elle avait ajouté en prime quelques-unes de ses faveurs auxquelles Craw avait fait une allusion aussi directe. Mais c'était son problème, se dit-il, et ça ne le concernait plus.

Au restaurant japonais, on leur donna la table du coin, grâce au sourire de Lizzie et à quelques autres de ses attributs. Elle s'assit et se mit à inspecter la salle, et il s'assit et se mit à regarder Lizzie, ce qui satisfaisait pleinement Jerry, mais qui aurait donné une attaque aux gens de Sarratt. A la lumière des bougies, il distinguait fort bien son visage et pour la première fois il remarquait des signes d'usure : pas seulement les marques de griffe sur son menton, mais les traces de voyages et de tension, auxquelles Jerry trouvait une certaine qualité, comme d'honorables cicatrices attrapées au cours de toutes les batailles menées contre la malchance et les erreurs de jugement. Elle portait un bracelet d'or, tout neuf, et une montre de bazar bosselée avec un Mickey Mouse sur le cadran, dont l'aiguille terminée par une main gantée désignait les heures. Sa fidélité à cette vieille montre l'impressionna et il voulut savoir qui la lui avait offerte :

« Papa », dit-elle d'un ton absent.

Au-dessus d'eux, il y avait un miroir fixé au plafond et parmi les crânes des autres convives, il pouvait voir ses cheveux d'or, la naissance de ses seins et le duvet doré de son dos. Lorsqu'il essaya de l'interroger sur Ricardo, elle était sur ses gardes : l'idée aurait dû venir à Jerry, mais ce ne fut pas le cas, que son attitude avait changé depuis qu'elle avait passé ce coup de téléphone.

« Quelle garantie ai-je que tu ne mentionneras pas mon nom dans ton journal ? demanda-t-elle.

– Rien que ma parole.

– Mais si ton rédacteur en chef sait que j'étais la petite amie de Ricardo, qu'est-ce qui l'empêchera de le citer lui-même ?

– Ricardo avait eu des tas de petites amies. Tu le sais. De toutes les tailles et de tous les formats, et souvent en même temps.

– Il n'y avait qu'une *moi* », dit-elle d'un ton ferme, et il la vit jeter un coup d'œil vers la porte. Mais elle avait cette habitude, où qu'elle se trouvât, de chercher sans cesse dans la salle quelqu'un qui n'y était pas. Il la laissa garder l'initiative.

« Tu disais que ton journal avait un tuyau, reprit-elle. Qu'est-ce qu'ils veulent dire par là ? »

Avec Craw, il avait potassé la réponse à cette question. Ils l'avaient même répétée. Il la fournit donc avec force sinon avec conviction.

« Ric s'est écrasé il y a dix-huit mois dans les collines près de Pailin, à la frontière thaïlando-cambodgienne. Ça, c'est la version officielle. Personne n'a trouvé de corps, personne n'a trouvé d'épave et on dit qu'il transportait de l'opium. La compagnie d'assurances n'a jamais payé et Indocharter ne lui a jamais fait de procès. Pourquoi ? Parce que Ricardo avait un contrat d'exclusivité pour piloter pour eux. Dans ce cas, pourquoi personne ne fait de procès à Indocharter ? Toi, par exemple. Tu vivais avec lui. Pourquoi ne pas réclamer des dommages et intérêts ?

– C'est une suggestion extrêmement vulgaire, dit-elle de son ton de duchesse.

– Et puis le bruit court qu'on l'a vu récemment dans certains bars. Il s'est laissé pousser la barbe, mais il ne peut pas se débarrasser de son boitillement, dit-on, ni de son habitude de boire une bouteille de scotch par jour, ni, sauf votre respect ma belle dame, de courir après tout ce qui porte jupon dans un rayon de dix kilomètres de là où il se trouve. »

Elle rassemblait ses forces pour discuter, mais pendant qu'il y était, il lui lâcha le reste.

« Le concierge du Rincome Hôtel, Chiang Mai, a confirmé l'identification à partir d'une photographie, malgré la barbe. D'accord, nous autres Nez-Longs on leur paraît tous les mêmes. Néanmoins il était rudement sûr. Et puis le mois dernier, à Bangkok, une fille de quinze ans, tous détails sur demande, s'est pointée avec son baluchon au consulat du Mexique en désignant Ricardo comme l'heureux papa. Je ne crois pas aux grossesses qui durent dix-huit mois, et toi non plus, je pense. Et ne me regarde pas comme ça, mon chou. Ça n'est pas moi qui ai eu l'idée, n'est-ce pas ? »

C'est Londres, aurait-il pu ajouter, ce qui aurait été un bien joli mélange de faits et de fiction. Mais ce n'était pas lui qu'elle regardait, elle avait de nouveau les yeux tournés vers la porte.

« Un autre point sur lequel il faut que je te pose des questions, c'est sur ce trafic de whisky, dit-il.

– Ça n'était *pas* un trafic, Jerry, c'était une entreprise commerciale tout à fait honnête !

– Mon chou, toi tu étais blanche comme neige. Pas l'ombre d'un scandale ne t'a effleurée, etc. Mais si Ric, lui, a fait quelques entourloupettes de trop, ce serait une bonne raison de faire son petit numéro de disparition, n'est-ce pas ?

– Ça n'était pas le style de Ric, dit-elle enfin sans aucune conviction. Il aimait bien jouer les personnages importants. Ça n'était pas son style de filer. »

Il regrettait sincèrement de devoir la mettre ainsi mal à l'aise. C'était tout à fait contraire à ce qu'il lui aurait souhaité dans d'autres circonstances. Il l'observait et savait qu'elle ne se tirait jamais bien d'une discussion : cela faisait naître un certain désespoir chez elle ; une résignation à la défaite.

« Par exemple, poursuivit Jerry tandis qu'elle baissait la tête d'un air soumis, si nous entreprenions de prouver que ton Ric, en fourguant ses tonneaux, avait empoché le fric au lieu de payer la distillerie – pure hypothèse, pas l'ombre d'une preuve –, alors dans ce cas...

– Lorsque nous avons mis un terme à notre association, chaque acheteur avait un contrat certifié avec des intérêts qui couraient depuis la date de l'achat. Chaque centime que nous avons emprunté était dûment comptabilisé. »

Jusque-là, ç'avait été du simple démarcharge. Mais maintenant il voyait le but proche et se hâta.

« Pas dûment, mon chou, la reprit-il, tandis qu'elle continuait à contempler la nourriture dans son assiette. Pas dûment du tout. Ces règlements ont été effectués six mois *après* la date prévue. *Indûment.* C'est à mon avis un point très révélateur. Question : qui a tiré Ric de ce pétrin ? D'après *nos* informations, il avait tout le monde à ses trousses : les distillateurs, les créanciers, la police, les gens du pays. Ils étaient tous à aiguiser leurs couteaux. Et puis un jour : *bingo !* On retire les plaintes, l'ombre des barreaux de prison recule. Comment ? Ric était à genoux. Qui est l'ange mystérieux ? Qui a payé ses dettes ? »

Elle avait relevé la tête pendant qu'il parlait et voilà qu'à la stupéfaction de Jerry, un sourire radieux éclairait soudain son visage et qu'elle se mettait, par-dessus son épaule, à faire de grands signes à quelqu'un qu'il ne pouvait pas voir, jusqu'au moment où il la regarda dans le miroir du plafond et aperçut le reflet d'un costume bleu électrique et une crinière de cheveux noirs bien gominés ; et, entre les deux, un visage rond de Chinois posé sur une paire de puissantes épaules et les deux mains tendues dans un accueil de lutteur, tandis que Lizzie saluait son arrivée avec chaleur.

« Monsieur Tiu ! Quelle merveilleuse coïncidence. C'est Mr Tiu ! Venez donc ! Essayez le bœuf. Il est fantastique. Monsieur Tiu, je vous présente Jerry, de Fleet Street. Jerry, voici un très bon ami a moi qui fait beaucoup pour moi. Il est en train de m'interviewer, monsieur Tiu ! Moi ! C'est follement excitant. A propos de Vientiane et d'un pauvre pilote que j'ai essayé d'aider il y a cent ans de cela. Jerry sait tout de moi. Un vrai miracle !

– Nous nous sommes déjà rencontrés, dit Jerry, avec un large sourire.

– Bien sûr », fit Tiu, tout aussi heureux. Et tandis qu'il parlait, Jerry retrouva l'odeur familière d'amandes et d'eau de rose mélangées, ce parfum que son épouse précédente aimait tant. « Bien sûr, répéta Tiu. C'est vous qui écrivez sur les chevaux, c'est ça ?

– C'est ça », reconnut Jerry, en élargissant son sourire jusqu'à s'en fendre les joues.

Là-dessus, bien sûr, la vision que Jerry avait du monde changea du tout au tout, et il se trouva soudain avec pas mal de choses à faire : par exemple, faire semblant d'être aussi ravi que tout le monde du stupéfiant et heureux hasard qui avait amené Tiu en ces lieux ; par exemple, échanger des poignées de main, ce qui était comme une promesse mutuelle d'un futur règlement de comptes ; par exemple, avancer un siège, commander à boire, du bœuf, des baguettes et tout le reste. Mais ce qui le frappa le plus au moment même où il faisait tout cela – le souvenir qu'il garda de façon aussi permanente que la suite des événements le permit – n'avait pas grand-chose à voir avec Tiu ni avec son arrivée inspirée. C'était l'expression du visage de Lizzie lorsqu'elle l'aperçut pour la première fois, la fraction de seconde avant que le courage ne dessinât un gai sourire sur son visage. Cela lui expliqua, comme rien d'autre n'aurait pu le faire, les paradoxes de sa personnalité : ses rêves de prisonnière, ses identités d'emprunt qui étaient comme autant de déguisements lui permettant d'échapper pour un moment à son destin. C'était elle, bien sûr, qui avait fait venir Tiu. Elle n'avait pas le choix. Cela le surprenait que ni le Cirque ni lui-même n'eussent prévu cela. L'histoire de Ricardo, quelle que fût la vérité là-dedans, était bien trop délicate pour qu'on la laissât la raconter elle-même. Mais l'expression de ses yeux gris, au moment où Tiu entra dans le restaurant, n'exprimait pas le soulagement, seulement la résignation : les portes s'étaient de nouveau refermées sur elle, fini de s'amuser. « Nous sommes comme des malheureux vers luisants », lui avait chuchoté un jour l'orpheline en pestant contre son enfance, « on trimbale le feu sur notre dos. »

Sur le plan opérationnel, bien sûr, et Jerry s'en rendit compte aussitôt, l'apparition de Tiu était un don des dieux. Si des renseignements devaient revenir aux oreilles de Ko, alors Tiu était un canal infiniment plus sûr pour cela que Lizzie Worthington ne pourrait jamais espérer l'être.

Elle avait fini d'embrasser Tiu, alors elle redonna la main à Jerry.

« Monsieur Tiu, vous êtes mon témoin, déclara-t-elle d'un air complice. Il faudra que vous vous rappeliez chaque mot que je dis. Jerry, continue exactement comme s'il n'était pas là. Je veux dire, Mr Tiu est muet comme la tombe, n'est-ce pas ? Mon chou, dit-elle en l'embrassant de nouveau. C'est si excitant », répéta-t-elle, et ils s'installèrent tous pour une bonne petite conversation entre amis.

« Alors, qu'est-ce que vous cherchez, monsieur Wessby ? demanda Tiu d'un ton parfaitement affable, tout en engloutissant son bœuf. Vous qui écrivez sur les chevaux, pourquoi vous occuper des jolies filles, n'est-ce pas ?

– Excellent argument, mon vieux ! excellent argument ! Les chevaux sont bien plus sûrs, pas vrai ? »

Ils éclatèrent tous d'un grand rire, chacun évitant le regard des autres.

Le serveur déposa devant lui une bouteille de scotch à étiquette noire. Tiu la déboucha et la renifla d'un air critique avant de les servir.

« Il recherche Ricardo, monsieur Tiu. Vous vous rendez compte ? Il croit que Ricardo est vivant. Est-ce que ça n'est pas merveilleux ? Je veux dire, je n'ai plus l'ombre d'un sentiment pour Ric maintenant, naturellement, mais ce serait merveilleux de l'avoir de nouveau avec nous. Pensez à la soirée que nous pourrions avoir !

– C'est Liese qui vous a dit cela ? demanda Tiu en se versant deux grands doigts de scotch. Elle vous a dit que Ricardo était dans les parages ?

– Qui ça, mon vieux ? Je ne vous ai pas compris. Je n'ai pas compris le prénom. »

Tiu braqua une baguette sur Lizzie. « Elle vous dit qu'il est vivant ? Ce pilote ? Ce Ricardo ? C'est Liese qui vous a raconté ça ?

– Je ne révèle jamais mes sources, monsieur Tiu, dit Jerry d'un ton tout aussi aimable. C'est la façon pour un journaliste de dire qu'il a inventé quelque chose, expliqua-t-il.

– Un journaliste des courses, c'est ça ?

– C'est ça, c'est ça ! »

Tiu se mit à rire de nouveau et cette fois Lizzie rit encore plus fort. Elle commençait à ne plus se dominer. C'est peut-être l'alcool, songea Jerry, ou peut-être qu'elle a recours à des excitants plus forts et que l'alcool n'a fait qu'attiser le feu. Et s'il me traite encore une fois de journaliste des courses, peut-être que je vais prendre des mesures défensives.

Lizzie reprit, toujours mondaine :

« Oh ! monsieur Tiu, Ricardo avait tellement de chance ! Pensez un peu ce qu'il avait. Indocharter. Moi. Tout le monde. J'étais là, à travailler pour cette petite compagnie aérienne – des Chinois adorables que papa connaissait – et Ricardo, comme tous les pilotes, n'avait aucun sens des affaires. Il s'est retrouvé dans les dettes jusqu'au cou. » D'un geste de la main, elle regagna l'attention de Jerry. « Mon Dieu, il a même essayé de m'entraîner, *moi*, dans une de ses combines, vous vous imaginez ! Vendre du whisky, figurez-vous ! Et voilà que tout d'un coup, mes adorables amis chinois ont décidé qu'ils avaient besoin d'un autre pilote. Ils ont réglé ses dettes, lui ont versé un salaire, lui ont donné un vieux zinc à piloter... »

Jerry, là-dessus, fit le premier d'un certain nombre de pas irrévocables.

« Quand Ricardo a disparu, il ne pilotait pas un vieux zinc, mon chou. Il était aux commandes d'un Beechcraft tout neuf, corrigea-t-il avec précision. Indocharter n'a jamais possédé de Beechcraft. Ils n'en ont pas davantage aujourd'hui. Mon rédacteur en chef a vérifié tout ça, ne me demandez pas comment. Indocharter n'en a jamais loué, n'en a jamais confié à un pilote, n'en a jamais cassé. »

Tiu eut un nouvel éclat de rire plein d'entrain.

Tiu est un évêque très à la coule, Votre Eminence, l'avait prévenu Craw. *Il a géré pendant cinq ans le diocèse de Monsignore Ko à San Francisco avec une efficacité exemplaire, et le plus grave reproche qu'ont pu lui faire les artistes des Narcotiques, ça a été de laver sa Rolls-Royce un jour férié.*

« Dites donc, monsieur Wessby, peut-être que Liese en a volé un ! s'écria Tiu avec son accent à moitié américain. Peut-être qu'elle va voler la nuit des appareils aux autres compagnies !

– Monsieur Tiu, déclara Lizzie, c'est très vilain de votre part de dire ça !

– Qu'est-ce que vous en dites, le spécialiste des courses ? Qu'est-ce que vous en dites ? »

A leur table la gaieté était maintenant si bruyante pour trois personnes que plusieurs têtes se tournèrent pour les dévisager. Jerry les aperçut dans les miroirs, où il s'attendait presque à voir Ko en personne, avec sa démarche un peu chaloupée d'homme des jonques, s'avancer vers eux par la porte d'osier. Lizzie sauta sur l'occasion.

« Oh ! c'était un véritable conte de fées ! Un moment Ric avait à peine de quoi manger – et il nous devait à tous de l'argent, les économies de Charlie, la pension que me servait papa –, Ric nous avait pratiquement tous ruinés. Bien sûr, tout naturellement l'argent de tout le monde lui appartenait – et voilà que tout d'un coup Ric a du travail, il est à flot, et la vie de fête recommence. Tous ces pauvres pilotes se retrouvent au sol et Ric et Charlie n'arrêtent pas de voler comme...

– Comme des mouches au cul bleu », termina Jerry. Sur quoi Tiu redoubla à tel point d'hilarité qu'il fut obligé de se cramponner à l'épaule de Jerry pour ne pas tomber, cependant que Jerry avait la sensation inconfortable qu'on le toisait avant de lui donner un coup de couteau.

« Ah ! elle est bonne, celle-là ! Une mouche au cul bleu ! Ah j'aime ça ! Vous savez que vous êtes un marrant, mon vieux ! »

Ce fut là-dessus, sous la pression des joyeuses insultes de Tiu, que Jerry pratiqua un fort habile démarchage. Par la suite, Craw déclara que c'était le meilleur. Sans plus s'occuper de Tiu, il reprit l'autre nom que Lizzie avait laissé échapper.

« Oui, au fait, qu'est-ce qui est arrivé à ce vieux Charlie, Lizzie ? demanda-t-il sans avoir la moindre idée de qui était Charlie. Qu'est-il advenu de lui après que Ric a fait son numéro de disparition ? Ne me raconte pas qu'il a coulé aussi avec son navire. »

Une fois de plus elle se lança dans un nouveau torrent d'explications et Tiu, de toute évidence, appréciait tout ce qu'il entendait, gloussant et acquiesçant de la tête tout en mangeant.

Il est ici pour voir de quoi il retourne, songea Jerry. Il est bien trop malin pour freiner Lizzie. C'est moi qui l'inquiète, pas elle.

« Oh ! Charlie est indestructible, absolument immortel, déclara Lizzie, et une fois de plus elle choisit Tiu comme complice : Charlie Marshall, monsieur Tiu, expliqua-t-elle. Oh ! il faudrait que vous le rencontriez, un demi-Chinois fantastique, qui n'a plus que la peau, les os et l'opium, et un pilote extraordinaire. Son père est un ancien du Kuomintang, un brigand extraordinaire qui vit dans les Shans. Sa mère était une pauvre Corse – vous savez comment les Corses ont littéralement envahi l'Indochine –, mais c'est vraiment un personnage fantastique. Vous savez pourquoi il s'appelle Marshall ? Son père n'a pas voulu lui donner son nom. Alors qu'est-ce que fait Charlie ? Il se donne le plus haut rang de l'armée. "Mon père est général, mais moi je suis maréchal", disait-il. N'est-ce pas que c'est drôle ? Et bien mieux qu'amiral, je trouve.

– Formidable, convint Jerry. Merveilleux. Charlie est un prince.

– Liese est aussi un personnage assez extraordinaire, monsieur Wessby », observa Tiu en galant homme. Aussi, sur l'insistance de Jerry, trinquèrent-ils à cela, à son caractère fantastique.

« Mais, au fait, qu'est-ce que c'est que cette histoire de *Liese* ? demanda Jerry en reposant son verre. Tu t'appelles *Lizzie.* Qui est cette Liese ? Monsieur Tiu, je ne connais pas cette dame. Pourquoi ne me fait-on pas partager la plaisanterie ? »

Là-dessus Lizzie se tourna résolument vers Tiu pour quémander un avis, mais Tiu s'était commandé du poisson cru et l'engloutissait rapidement avec un ravissement total.

« Voilà un écrivain de chevaux qui pose de drôles de questions ! observa-t-il, la bouche pleine.

– On change de ville, on tourne une page, on change de nom, dit enfin Lizzie avec un sourire peu convaincant. Je voulais changer, alors j'ai pris un autre nom. Il y a des filles qui changent de coiffure, moi j'ai changé de nom.

– Et tu as changé de type en même temps ? » demanda Jerry.

Elle secoua la tête, les yeux baissés, pendant que Tiu hurlait de rire.

« Qu'est-ce qui est arrivé à cette ville, monsieur Tiu ? demanda Jerry, la protégeant d'instinct. Les types sont tous devenus aveugles ou quoi ? Bon sang, je traverserais des continents pour elle, pas vous ? Quel que soit le nom qu'elle se donne, non ?

– Moi, j'irais de Kowloon à Hong Kong, pas plus loin ! dit Tiu, très amusé par son propre esprit. Ou peut-être que je resterais à Kowloon et que je lui téléphonerais en lui demandant de passer me voir une heure ! » Sur quoi Lizzie garda les yeux baissés et Jerry songea que ce serait bien amusant, en une autre occasion où ils auraient plus de temps, de casser la gueule graisseuse de Tiu en divers endroits.

Mais malheureusement, casser la gueule de Tiu ne faisait pas partie, pour l'instant, de la liste de missions dont l'avait chargé Craw.

L'argent, avait dit Craw. *Quand le moment vous paraîtra opportun, attaquez sur un bout du filon, et ce sera votre finale*.

Il la lança donc sur Indocharter. Qui étaient-ils ? Comment était-ce de travailler pour eux ? Elle mordit si vite qu'il commença à se demander si elle n'aimait pas cette existence toujours en équilibre beaucoup plus qu'il ne s'en doutait.

« Oh ! ça a été une aventure fabuleuse, Jerry ! Tu ne peux pas t'imaginer, je t'assure. » Elle avait repris l'accent multinational de Ric : « *Compagnie aérienne !* Rien que le mot est si ridicule. Je veux dire : ne va pas penser une seconde à des avions flambant neufs avec belles hôtesses, champagne, caviar, ni rien de tout ça. C'était uniquement du travail. Un travail de pionnier, et c'est ça qui m'a attirée tout d'abord. J'aurais parfaitement pu vivre tout simplement aux crochets de papa, ou de mes tantes ; je veux dire, heureusement que je suis indépendante, mais qui peut résister à une tentation pareille ? Tout ce que nous avions pour commencer, c'était une paire de DC-3 horriblement vieux, qui tenaient littéralement avec de la ficelle et du chewing-gum. Nous avons même dû *acheter* des certificats de navigabilité. Personne ne voulait les délivrer. Après ça, on a transporté absolument n'importe quoi. Des Honda, des légumes, des cochons – oh ! les pilotes avaient une histoire extraordinaire à propos de ces malheureux cochons. Ils se sont échappés, Jerry. Ils sont arrivés en première classe, juste dans la cabine de pilotage, tu te rends compte !

– Comme les passagers, expliqua Tiu, toujours la bouche pleine. Des cochons de première classe, n'est-ce pas, monsieur Wessby ?

– Quels itinéraires ? demanda Jerry lorsqu'ils se furent remis de leur rire.

– Vous voyez comment il m'interroge, monsieur Tiu ? Je n'aurais jamais cru que j'étais si célèbre, si mystérieuse ! Nous allions partout, Jerry. Bangkok, au Cambodge quelquefois. Battambang, Phnom Penh, Kompong Cham quand c'était ouvert. Partout. Des endroits impossibles.

– Et qui étaient vos clients ? Des négociants, des charters ? Qui étaient les habitués ?

– Absolument tout ce que nous pouvions trouver. Tous ceux qui pouvaient payer. De préférence d'avance, naturellement. »

Abandonnant un instant son bœuf Kobé, Tiu se lança dans une conversation mondaine.

« Votre père est un lord, n'est-ce pas, monsieur Wessby ?

– Plus ou moins, dit Jerry.

– Les lords sont des gens plutôt riches. Comment se fait-il que vous écriviez sur les chevaux ? » Sans s'occuper le moins du monde de Tiu, Jerry abattit son atout maître et attendit que le miroir du plafond s'écroulât sur leur table.

« Il paraît que vous aviez un lien avec l'ambassade russe locale, dit-il d'un ton nonchalant en s'adressant à Lizzie. Ça te dit quelque chose, mon chou ? Il n'y avait pas de communistes sous ton lit, si je puis poser la question ? »

Tiu s'occupait de son riz, tenant le bol sous son menton et enfournant sans s'arrêter. Mais cette fois, détail significatif, Lizzie ne lui jeta même pas un coup d'œil.

« Des Russes ? répéta-t-elle surprise. Pourquoi diable les Russes se seraient-ils adressés à nous ? Ils avaient chaque semaine des vols réguliers d'Aeroflot qui arrivaient à Vientiane et qui en repartaient. »

Il aurait juré, sur le moment et plus tard, qu'elle disait la vérité. Mais devant Lizzie, il ne s'arrêta pas là. « Même pas des vols locaux ? insista-t-il. Des petits transports, du courrier ou je ne sais quoi ?

– Jamais. Comment aurions-nous pu ? D'ailleurs les Chinois ont tout bonnement horreur des Russes, n'est-ce pas, monsieur Tiu ?

– Les Russes sont des gens assez détestables, monsieur Wessby, reconnut Tiu. Ils sentent mauvais. »

Toi aussi, songea Jerry, retrouvant ce parfum qui lui rappelait sa première femme.

Jerry rit de sa propre absurdité : « J'ai un rédacteur en chef comme d'autres gens ont un ulcère à l'estomac, protesta-t-il. Lui est convaincu que nous pouvons faire un reportage sur une présence soviétique clandestine. "Les payeurs soviétiques de Ricardo"... "Ricardo a-t-il filé au Kremlin ?"

– Les *payeurs* ? répéta Lizzie, absolument stupéfaite. Ric n'a jamais reçu un centime des Russes. De quoi parle-t-il ? »

Jerry revint à l'attaque. « Mais on ne peut pas en dire autant d'Indocharter, n'est-ce pas ? A moins que mes seigneurs et maîtres ne se soient fait vendre un tuyau crevé, ce dont je les soupçonne, comme d'habitude. Ils touchaient de l'argent de l'ambassade locale et le transportaient à Hong Kong en dollars américains. C'est l'histoire de Londres et ils ne veulent pas en démordre.

– Ils sont fous, dit-elle avec assurance. Je n'ai jamais entendu une absurdité pareille. »

Jerry trouva qu'elle semblait même soulagée que la conversation eût pris ce tournant invraisemblable. Ricardo vivant – là, elle évoluait dans un champ de mines. Ko, son amant – c'était à Ko ou à Tiu de révéler ce secret, pas à elle. Mais l'argent russe – Jerry était aussi certain qu'il osait l'être qu'elle ne savait rien et ne craignait rien à ce propos.

Il proposa de la raccompagner à Star Heights, mais Tiu habitait par là, dit-elle.

« A bientôt, monsieur Wessby, promit Tiu.

– J'y compte bien, mon vieux, dit Jerry.

– Vous devriez vous en tenir à écrire sur les chevaux, vous m'entendez ? A mon avis, ça rapporte plus, monsieur Wessby, d'accord ? » Il n'y avait aucune menace dans sa voix, ni dans la façon amicale dont il tapota l'épaule de Jerry. Tiu ne parlait même pas comme s'il s'attendait à voir son avis pris pour autre chose qu'une confidence échangée entre amis.

Et puis soudain tout fut terminé. Lizzie embrassa le maître d'hôtel, mais pas Jerry. Elle envoya Jerry, et non Tiu, chercher son manteau, pour ne pas rester seule avec lui. Ce fut à peine si elle le regarda en lui disant au revoir.

« Avoir affaire à de jolies femmes, Votre Grâce, lui avait dit Craw, c'est comme avoir affaire à des criminels connus, et la dame à qui vous allez vous adresser appartient à n'en pas douter à cette catégorie. »

En rentrant chez lui par les rues éclairées par la lune – le long trajet, les mendiants les yeux aux aguets dans les portes cochères – Jerry examina de plus près les propos de Craw. Sur *criminel*, il ne pouvait vraiment pas se prononcer : *criminel* semblait dans le meilleur des cas un élément bien variable, et ni le Cirque ni ses agents n'existaient pour prêter leur appui à quelque conception bien chauvine de la loi. Craw lui avait raconté qu'aux périodes creuses, Ricardo avait fait porter pour lui à Lizzie de petits colis par-delà les frontières. Et alors ? C'était l'affaire de la police. Criminel *connu* toutefois, c'était autre chose. *Connu*, là il était d'accord. Se rappelant l'air de prisonnière avec lequel Elizabeth Worthington regardait Tiu, il reconnut qu'il avait déjà vu ce visage, cette expression et cette dépendance sous une forme ou une autre bien souvent dans sa vie.

Certains mesquins critiques de George Smiley ont murmuré à une ou deux reprises qu'à ce point il aurait dû d'une façon ou d'une autre voir de quel côté le vent soufflait pour Jerry et le retirer du terrain. C'était vrai qu'après tout Smiley était l'officier qui contrôlait Jerry. Lui seul conservait le dossier de Jerry, veillait sur lui et lui donnait ses instructions. S'il avait été au mieux de sa forme, disaient-ils, et non pas à mi-chemin du déclin, il aurait lu les signes prémonitoires entre les lignes des rapports de Craw et écarté Jerry à temps. Ils auraient tout aussi bien pu déplorer qu'il fût un devin de second ordre. Les faits, tels qu'ils parvinrent à Smiley, sont les suivants :

Le matin suivant la soirée passée par Jerry avec Lizzie Worthington – il n'y a pas dans le jargon de l'espionnage de sous-entendus sexuels – Craw l'écouta pendant plus de trois heures lors d'un trajet en voiture, et son rapport montre Jerry se trouvant, et c'était bien compréhensible, dans un état de « mélancolie déçue ». Il semblait, dit Craw, craindre que Tiu – ou même Ko – ne reprochât à la fille ses « coupables connaissances », et même n'en vînt aux sévices avec elle. Jerry fit allusion plus d'une fois au mépris évident de Tiu pour la fille – et pour lui-même, et sans doute pour tous les Européens – et il répéta le commentaire de Tiu qui avait dit qu'il ferait bien le trajet de Kowloon à Hong Kong pour elle, mais pas plus loin. Craw répliqua en faisant remarquer que Tiu aurait pu à tout moment la faire taire et que ce qu'elle savait, d'après le propre témoignage de Jerry, n'allait même pas jusqu'au filon russe, sans même parler du frère Nelson.

Jerry, en bref, présentait les symptômes classiques postopératoires d'un agent sur le terrain. Un sentiment de culpabilité, allié à une certaine appréhension, un mouvement involontaire d'affiliation envers la cible : ce sont là des phénomènes aussi prévisibles qu'une crise de larmes chez un athlète après une grande course.

Lors de leur contact suivant – une conversation téléphonique entre deux cabines publiques –, au cours duquel, pour lui remonter le moral, Craw lui transmit les chaudes félicitations personnelles de Smiley un peu avant de les avoir reçues du Cirque, Jerry semblait en meilleure forme, mais il s'inquiétait de sa fille Cat. Il avait oublié son anniversaire – il disait que c'était le lendemain – et souhaitait que le Cirque lui envoyât aussitôt un magnétophone japonais avec un lot de cassettes pour commencer sa collection. Le télégramme de Craw à Smiley énumère les cassettes, demande une action immédiate des surveillants et réclame que la section des cordonniers – autrement dit, les faussaires du Cirque – rédige une carte de l'écriture de Jerry avec le texte suivant : « Cat chérie. J'ai demandé à un de mes amis de poster ceci à Londres. Soigne-toi bien, ma chérie, tendresses. Papa. » Smiley autorisa l'achat, en donnant instruction aux surveillants d'en déduire le prix de la solde de Jerry. Il inspecta personnellement le colis avant qu'on l'envoyât et approuva la carte rédigée par les faussaires. Il s'assura aussi de ce que lui et Craw soupçonnaient déjà : que ce n'était pas l'anniversaire de Cat, et qu'on en était loin. Jerry avait simplement un grand besoin de faire un geste d'affection : une fois de plus, un symptôme normal de fatigue provisoire sur le terrain. Il câbla à Craw de le surveiller de près, mais de laisser l'initiative à Jerry, et Jerry ne prit pas d'autres contacts avant la nuit du cinquième jour, où il demanda – et obtint – un rendez-vous d'urgence dans l'heure suivante. Celui-ci eut lieu à l'endroit habituel pour les rendez-vous de nuit d'urgence, un bistrot ouvert vingt-quatre heures sur vingt-quatre dans les Nouveaux Territoires, sous le couvert d'une rencontre de hasard entre vieux collègues. La lettre de Craw portant la mention « Personnelle. Pour Smiley seulement », faisait suite à son télégramme. Elle parvint au Cirque, portée par un des courriers des Cousins, deux jours après l'épisode qu'elle décrit dans le septième jour. Ecrivant cette lettre en supposant que les Cousins s'efforceraient d'en lire le texte malgré les sceaux et autres procédés de protection, Craw la bourra de détours, de noms de code et autres, dont on a ici rétabli la véritable signification :

Westerby était tout à fait furieux. Il a voulu savoir ce que Sam Collins fichait à Hong Kong et en quoi Collins s'occupait de l'affaire Ko. Je ne l'avais jamais vu aussi troublé. Je lui ai demandé ce qui lui faisait croire que Collins était dans les parages. Il répondit qu'il l'avait vu le soir même – à onze heures et quart exactement – assis dans une voiture garée sur Midlevels, sur une terrasse juste au-dessous de Star Heights, sous un lampadaire, à lire un journal. La position choisie par Collins, dit Westerby, lui donnait une excellente vue des fenêtres de Lizzie Worthington au huitième étage et Westerby supposait qu'il se livrait à une sorte de surveillance. Westerby, qui était à pied à ce moment, affirme qu'il « a bien failli aborder Sam pour lui poser la question ». Mais la discipline de Sarratt a tenu, et il a descendu la colline sans changer de trottoir. Il affirme toutefois que, dès que Collins l'a vu, il a démarré et a remonté à vive allure la colline. Westerby a le numéro de la voiture et, bien sûr, il est exact. Collins confirme le reste.

Suivant l'attitude dont nous étions convenus dans cette éventualité (votre message du 15 février), j'ai donné à Westerby les réponses suivantes :

1. Même si c'était Collins, le Cirque n'avait aucun contrôle sur ses mouvements. Collins avait quitté le Cirque avant la chute dans des conditions suspectes, c'était un joueur connu, un combinard, etc., et l'Extrême-Orient était son terrain de chasse habituel. J'ai dit à Westerby qu'il était idiot de supposer que Collins était toujours à la solde du Cirque ou, pire encore, qu'il jouait le moindre rôle dans l'affaire Ko.

2. Collins, sur le plan de la physionomie, ai-je dit, est un type : les traits réguliers, moustaches, etc., il ressemble à la moitié des maquereaux de Londres. Je doutais que du trottoir d'en face à onze heures et quart du soir, Westerby ait pu être certain de l'identifier. Westerby a répliqué qu'il avait une excellente vue et que Sam avait son journal ouvert à la page des courses.

3. D'ailleurs, ai-je demandé, que faisait donc Westerby lui-même, à rôder dans les parages de Star Heights à onze heures et quart du soir. Réponse : il rentrait d'un verre qu'il avait pris avec les gars de l'agence United Press et il cherchait un taxi. Ce à quoi j'ai fait semblant d'exploser en disant que personne qui avait picolé avec les gens d'United Press ne pouvait distinguer un éléphant à cinq mètres et encore moins Sam Collins à vingt-cinq, dans une voiture, en pleine nuit. Terminé – j'espère.

Il va sans dire que cet incident préoccupa sérieusement Smiley. Seules quatre personnes étaient au courant des agissements de Collins : Smiley, Connie Sachs, Craw et Sam lui-même. Que Jerry fût tombé sur lui apportait une nouvelle source d'inquiétude dans une opération déjà lourde d'impondérables. Mais Craw était habile, et il était persuadé qu'il avait calmé Jerry, et Craw était l'homme sur place. Bien sûr, dans un monde parfait, Craw aurait pu s'assurer qu'il y avait bien eu un cocktail United Press au Midlevels ce soir-là – et en apprenant le contraire, il aurait pu demander de nouveau à Jerry d'expliquer sa présence dans les parages de Star Heights, et dans ce cas Jerry se serait probablement mis en rage et aurait inventé quelque autre histoire invérifiable : par exemple qu'il était avec une femme, et que Craw n'avait qu'à s'occuper des ses oignons. Le résultat pratique ayant été une inutile rancune et la même situation qu'avant, à prendre ou à laisser.

Il est aussi tentant, mais déraisonnable, de compter que Smiley, avec tant de préoccupations qui l'accablaient – la recherche continue et sans trêve de Nelson, les séances quotidiennes avec les Cousins, les actions d'arrière-garde dans les couloirs de Whitehall –, que Smiley aurait dû tirer de tout cela les conclusions les plus proches de son expérience de solitaire : à savoir que Jerry, n'ayant envie ce soir-là ni de sommeil ni de compagnie, avait déambulé dans la nuit jusqu'au moment où il s'était trouvé planté devant l'immeuble où habitait Lizzie et qu'il était resté à traîner là, comme le faisait Smiley dans ses déambulations nocturnes, sans savoir exactement ce qu'il voulait, au-delà de la vague chance de l'apercevoir.

Le flot des événements qui entraînait Smiley était bien trop puissant pour permettre de telles abstractions. Bien entendu, le huitième jour, lorsqu'il survint, mit bel et bien le Cirque sur le pied de guerre : c'est aussi la vanité bien pardonnable des solitaires du monde entier de supposer que personne, nulle part, ne leur ressemble.

14

LE HUITIEME JOUR

La joyeuse humeur du cinquième étage était un grand soulagement après l'ambiance déprimante de la réunion précédente. Une lune de miel de fouineurs – ce fut ainsi que Guillam l'appela et c'était ce soir son point culminant –, qui se produisit exactement huit jours, dans la chronologie que les historiens, par la suite, imposent aux événements, après que Jerry, Lizzie et Tiu eurent eu leur plein et sincère échange de vues à propos du petit Ricardo et du filon russe, au grand ravissement des planificateurs du Cirque. Guillam avait tout exprès amené Molly en resquilleuse. Ils avaient couru dans toutes les directions, ces pâles animaux nocturnes, suivant de vieux chemins et de nouveaux chemins et encore de vieux chemins envahis de végétation jusqu'à ce qu'on les redécouvrit ; et voilà qu'enfin, derrière leurs deux chefs, Connie Sachs, alias Mère Russie, et le brumeux di Salis, alias le Toubib, voilà qu'ils s'entassaient tous les douze dans la salle du trône elle-même sous le portrait de Karla, en un demi-cercle docile autour de leur chef, bolchevik et péril jaune réunis. Une séance plénière, donc, et, pour les gens qui n'avaient pas l'habitude d'une telle mise en scène, un monument d'histoire en fait. Et Molly, sagement assise auprès de Guillam, coiffée avec les cheveux longs pour dissimuler les marques de morsure sur son cou.

C'est di Salis qui parle surtout. Les autres estiment que c'est bien ainsi. Après tout, Nelson Ko relève entièrement de la paroisse du Doc : chinois jusqu'au bout des manches de sa tunique. Se contenant, ses cheveux hérissés et humides, ses genoux, ses pieds et ses doigts nerveux pour une fois immobiles, il donne à son récit un ton sourd et presque hésitant, ce qui en rend l'inexorable conclusion d'autant plus palpitante. Et la conclusion a même un nom. C'est Ko Shenghsiu, alias Ko, Nelson, plus tard connu aussi sous le nom de Yao Kai-sheng, nom sous lequel il fut disgracié plus tard, lors de la révolution culturelle.

« Mais entre ces murs, messieurs, lance le docteur, qui n'attache aucune importance au sexe féminin, nous continuerons à l'appeler Nelson. » Né en 1928 d'une humble famille prolétaire de Swatow – pour citer les sources officielles, dit le Doc – et peu après évacué sur Shanghai. Pas trace, dans les dossiers officiels ni officieux, de l'école de la mission de la Vie du Seigneur de Mr Hibbert, mais une référence attristée à « l'exploitation durant son enfance aux mains des impérialistes occidentaux » qui l'ont empoisonné de religion. Lorsque les Japonais atteignirent Shanghai, Nelson se joignit au flot de réfugiés qui gagnaient Chongqing, tout comme l'a décrit Mr Hibbert. Dès son jeune âge, une fois de plus suivant les rapports officiels, poursuit le Doc, Nelson se consacrait en secret aux séminaires de lecture révolutionnaire et prenait une part active aux agissements des groupes communistes clandestins, malgré l'oppression de la méprisable racaille de Tchang Kaï-chek. Dans sa fuite avec les réfugiés, il tenta aussi « en de nombreuses occasions de s'échapper pour rejoindre Mao, mais son extrême jeunesse le retint. Regagnant Shanghai il devint, alors qu'il n'était encore qu'étudiant, un cadre dirigeant du mouvement communiste hors la loi et s'acquitta de missions spéciales à l'intérieur et dans les alentours des ateliers de construction navale de Kiang-nan pour faire échec à l'influence pernicieuse des éléments fascistes du Kuomintang. A l'université des communications, il lança un appel en public pour un front uni des étudiants et des paysans. Diplômé avec mention en 1951. »

Di Salis s'interrompt et, relâchant brusquement sa tension, lève un bras en l'air et s'empoigne une mèche de cheveux sur la nuque.

« L'habituel portrait plein d'onction, chef, d'un héros étudiant qui voit la lumière avant son temps, psalmodie-t-il.

– Et Leningrad ? demande Smiley depuis son bureau, tout en griffonnant une note par-ci par-là.

– 1953 à 1956.

– D'accord, Connie ? »

Connie est de nouveau dans son fauteuil roulant. Elle s'en prend tout à la fois à ce mois glacial et à cette ordure de Karla.

« Nous avons un frère Bretlef, mon chou. Bretlef Ivan Ivanovitch, de l'Académie, faculté de constructions navales de Leningrad, un vieux spécialiste de la Chine, il a travaillé à Shanghai pour des gens du Centre. Un vieux révolutionnaire, plus tard détecteur de talents formé par Karla passant le chalut parmi les étudiants étrangers, à la recherche de recrues possibles masculines et féminines. »

Pour les fournisseurs du côté chinois – les périls jaunes – c'est là un renseignement neuf et fascinant qui provoque des bruits de chaises et de papiers, jusqu'au moment où, sur un signe de tête de Smiley, di Salis cesse de se gratter pour reprendre son récit :

« 1957, retour à Shanghai, où on le charge d'un atelier de cheminots... »

Smiley reprend : « Mais ces dates à Leningrad étaient de 53 à 56 ?

– Correct, fait di Salis.

– Alors on dirait qu'il manque une année. »

On n'entend plus maintenant de bruit de papiers et de chaises.

« L'explication officielle, c'est une tournée des ateliers de construction navale soviétique », précise di Salis avec un petit sourire à l'intention de Connie et en se tordant le cou d'un air mystérieux et entendu.

« Je vous remercie, dit Smiley en prenant une nouvelle note. 57, répète-t-il. Etait-ce avant ou après la rupture sino-soviétique, Doc ?

– Avant. Le schisme a commencé vraiment en 1959. »

Smiley demande alors s'il est fait quelque part mention du frère de Nelson : ou bien Drake est-il autant désavoué dans la Chine de Nelson que Nelson l'est dans celle de Drake.

« Dans l'une des premières biographies officielles, il est fait allusion à Drake, mais pas nommément. Par la suite, on parle d'un frère mort durant la prise du pouvoir par les communistes en 1949. »

Smiley fait une de ses rares plaisanteries, laquelle est suivie d'un rire lourd et soulagé : « Cette affaire est jonchée de gens qui font semblant d'être morts, déplore-t-il. Ce sera un vrai soulagement pour moi de trouver un vrai corps quelque part. » A peine quelques heures plus tard, on se souvint de ce bon mot avec un frisson dans le dos.

« Nous avons aussi une note disant que Nelson était un étudiant modèle à Leningrad, poursuit di Salis. Du moins, aux yeux des Russes. Ils l'ont renvoyé avec les meilleures références. »

Connie, depuis son fauteuil de fer, se permet une nouvelle interruption. Elle a amené avec elle Trot, son vilain bâtard marron. Il est couché de guingois sur ses vastes genoux, il sent mauvais et de temps en temps il pousse un soupir, mais même Guillam, qui déteste les chiens, n'a pas le courage de l'expulser.

« Oh ! et c'est bien naturel, mon chou, n'est-ce pas ? s'écria-t-elle. Les Russes chantaient les louanges de Nelson, je pense bien, surtout si frère Bretlef Ivan Ivanovitch l'a repéré à l'université et si les mignons de Karla l'ont expédié à l'école de formation et tout ça ! Une jolie petite taupe comme Nelson, il faut lui donner un bon départ dans la vie pour le moment où il rentrera chez lui, en Chine ! Pourtant, ça ne l'a pas beaucoup avancé par la suite, n'est-ce pas, Doc ? Pas quand la grande révolution culturelle bestiale l'a abattu ! La généreuse admiration des chiens courants de l'impérialisme soviétique n'était pas du tout à la mode en ce temps-là, n'est-ce pas ? »

Sur la chute de Nelson, on possède peu de détails, proclame Doc, parlant plus fort pour répondre à la sortie de Connie. « On peut présumer qu'elle fut brutale, et comme l'a fait remarquer Connie, ce sont ceux qui étaient le plus en faveur auprès des Russes qui ont connu la chute la plus dure. » Il jette un coup d'œil à la feuille de papier qu'il tient entre ses doigts crispés, devant ses yeux. « Je ne vous donnerai pas tous ses titres à l'époque de sa disgrâce, chef, parce qu'il les a perdus de toute façon. Mais il n'y a pas de doute qu'il avait en fait la direction effective de presque toutes les constructions navales de Kiang-nan, et par conséquent d'une large part du tonnage de la Chine.

– Je vois », dit Smiley tranquillement. Prenant une note, il fronce les lèvres comme par désapprobation, tout en haussant très haut ses sourcils.

« Son poste à Kiang-nan lui a valu aussi toute une série de sièges dans les commissions de planification navale, ainsi que dans le domaine des communications et de la politique stratégique. En 1963, son nom commence à apparaître régulièrement dans les rapports de surveillance des Cousins à Pékin.

– Bien joué, Karla », murmure Guillam depuis sa place auprès de Smiley, et Smiley, qui ne cesse d'écrire, fait écho à cette affirmation en lançant un « Oui ».

« Le seul, mon petit Peter ! s'écrie Connie, soudain incapable de se maîtriser. Le seul de tous ces crapauds à voir ça venir ! Une voix dans le désert, n'est-ce pas, Trot ? "Attention au péril jaune, leur disait-il. Un jour ils vont tourner casaque et mordre la main qui les nourrit, c'est sûr et certain. Et quand ça se passera, vous aurez huit cent millions d'ennemis nouveaux à frapper à votre porte. Et en outre, vos canons seront tous braqués dans la mauvaise direction. Ecoutez ce que je vous dis." Il leur a dit, répète-t-elle, tirant, dans son émotion, sur l'oreille du bâtard. Il a mis tout ça dans un document intitulé : "Menaces de déviation par un partenaire socialiste en train d'émerger." Chaque petite brute du Collegium du Centre de Moscou l'a fait circuler. Il l'avait rédigé mot pour mot dans sa petite cervelle astucieuse pendant qu'il faisait un peu d'espionnage en Sibérie pour l'Oncle Jo Staline, béni soit-il. "Espionnez vos amis d'aujourd'hui, ils seront certainement vos ennemis demain", leur dit-il. Le plus vieux dicton de la profession, celui que Karla préférait. Lorsqu'on lui a rendu son poste, il l'a pratiquement cloué sur la porte de la place Dzerzhinsky. Personne n'y a fait la moindre attention. C'est tombé sur un sol stérile, mon cher. Cinq ans plus tard, les événements lui donnaient raison et le Collegium ne l'en remerciait pas pour autant, je peux vous le dire ! Il a eu raison un peu trop souvent pour leur goût, les imbéciles, n'est-ce pas, Trot ? Tu sais, toi, n'est-ce pas, mon chéri, tu sais ce que veut dire cette vieille folle ? » Sur quoi elle soulève le chien de quelques centimètres par ses pattes avant et le laisse retomber sur ses genoux.

Connie ne peut pas supporter de voir le vieux Doc avoir la vedette, ils en conviennent en secret. Elle voit bien le côté logique de la chose, mais la femme, chez elle, ne peut supporter la réalité.

« Très bien, Doc, il a été victime d'une purge, dit tranquillement Smiley, ramenant le calme. Revenons à 1967, voulez-vous ? » Et il repose son menton sur sa main.

Dans la pénombre, le portrait de Karla les fixe de son regard de velours tandis que di Salis reprend : « Oh ! c'est la triste histoire habituelle, on peut le supposer, chef, murmure-t-il. Le bonnet d'âne à n'en pas douter. On crache sur lui dans la rue. La femme et les enfants roués de coups. Les camps d'endoctrinement, la rééducation par le travail “sur une échelle à la dimension du crime”. On le presse de reconsidérer les vertus paysannes. Selon un rapport il est envoyé dans une commune rurale pour se mettre à l'épreuve. Et lorsqu'il est rentré à Shanghai en rasant les murs, on l'a fait recommencer tout en bas, à poser des boulons sur une voie de chemin de fer, ou quelque chose comme ça. En ce qui concernait *les Russes* – si c'est de cela que nous parlons – », il se hâte de continuer avant que Connie puisse l'interrompre encore une fois, « c'était un homme fini. Il n'avait accès à rien, pas d'influence, pas d'amis.

– Combien de temps ça lui a-t-il pris de remonter ? s'enquiert Smiley, en baissant les paupières comme il le fait souvent.

– Il y a environ trois ans il a recommencé à fonctionner. A la longue, il a ce dont Pékin a le plus grand besoin : un cerveau, des connaissances techniques, de l'expérience. Mais sa réhabilitation *officielle* ne s'est vraiment produite qu'au début de 1973. »

Pendant que di Salis entreprend de décrire les étapes du rituel de réintégration de Nelson, Smiley prend sans bruit un dossier et fait allusion à certaines autres dates qui, pour des raisons encore inexpliquées, lui paraissent soudain d'une grande importance.

« Les paiements de Drake débutent au milieu 72, murmure-t-il. Ils augmentent considérablement en 1973.

– A mesure que Nelson a accès à davantage de domaines, mon chou, murmure Connie, comme un souffleur. Plus il en sait, plus il en dit, et plus il en dit plus il touche. Karla ne paie que ce qui en vaut la peine, et même alors ça lui fait mal de les sortir. »

« En 1973, explique di Salis, ayant fait toutes les confessions convenables, Nelson est nommé au Comité révolutionnaire municipal de Shanghai et désigné comme responsable dans une unité navale de l'armée de libération du peuple. Six mois plus tard...

– La date ? interrompt Smiley.

– Juillet 1973.

– Alors Nelson a été officiellement réhabilité quand ?

– Le processus a débuté en janvier 1973.

– Merci.

Six mois plus tard, continue di Salis, on voit Nelson exercer des fonctions dont on ne sait rien au Comité central du parti communiste chinois.

– Bonté divine, murmure Guillam, et Molly Meakin lui presse la main en cachette.

– Et il y a un rapport des Cousins, reprend di Salis. Sans date comme d'habitude, mais très sérieux, précisant que Nelson est conseiller officieux auprès du Comité des munitions et du matériel au ministère de la Défense. »

Plutôt que d'orchestrer cette révélation avec sa gamme habituelle de gestes et de tics, di Salis réussit une fois encore à demeurer de marbre, ce qui souligne son effet :

« En termes d'utilisation, chef, poursuit-il calmement, d'un point de vue *opérationnel*, nous autres, du côté chinois de votre maison, considérons cela comme une des positions clés de toute l'administration chinoise. Si nous pouvions choisir nous-mêmes un poste pour un agent à infiltrer en

Chine continentale, celui de Nelson pourrait bien être celui-là.

– Vos raisons ? demande Smiley, dont le regard va de ses griffonnages au dossier ouvert devant lui.

– La marine chinoise en est encore à l'âge de pierre. Bien sûr, nous nous intéressons normalement aux renseignements techniques sur la Chine mais nos véritables priorités, comme celles de Moscou à n'en pas douter, sont d'ordre stratégique et politique. En outre, Nelson pourrait nous donner la capacité totale de tous les chantiers de construction navale de Chine. Plus encore, il pourrait nous révéler le potentiel sous-marin chinois, qui terrifie depuis des années les Cousins. Et nous aussi, si je puis me permettre de l'ajouter, de temps en temps.

– Alors pensez à ce qu'il faut pour Moscou, murmure, hors de propos, un vieux fouineur.

– Les Chinois sont censés mettre au point leur propre version des sous-marins soviétiques de la classe G2, explique di Salis. Personne ne sait grand-chose là-dessus. Ont-ils leurs propres plans ? Ont-ils deux ou quatre tubes lance-torpilles ? Sont-ils armés de fusées mer-air ou bien mer-mer ? De quel budget disposent-ils pour les construire ? On parle d'une classe Han. Nous avons appris qu'ils en avaient mis un en chantier en 1971. Nous n'en avons jamais eu confirmation. A Dairen, en 1967, ils ont, paraît-il, construit un submersible de classe G armé de missiles balistiques, mais on ne l'a pas encore officiellement repéré. Et ainsi de suite », fait di Salis d'un ton détaché, car comme la plupart des gens du Cirque il a une profonde antipathie pour les questions militaires et préfère s'en tenir à des objectifs plus artistiques. « Pour des détails précis et sûrs là-dessus, les Cousins paieraient une fortune. En deux ans, Langley pourrait dépenser des centaines de millions en recherches, en survols, en satellites, en écoutes et Dieu sait quoi – sans obtenir de réponses à moitié aussi bonnes qu'une simple photographie. Alors si Nelson... » Il n'achève pas sa phrase, ce qui dans une certaine mesure est plus efficace que de la terminer. Connie murmure : « Bien joué, Doc », mais pendant un moment encore personne d'autre ne parle. Ils sont retenus par les griffonnages de Smiley et la façon dont il ne cesse d'examiner son dossier.

« Aussi bon que Haydon, murmure Guillam. Meilleur. La Chine, c'est la dernière frontière. C'est la noix la plus dure à casser de tout le métier. »

Smiley se renverse dans son fauteuil, ses calculs apparemment terminés.

« Ricardo a fait son voyage quelques mois après la réhabilitation officielle de Nelson », annonce-t-il.

Personne ne juge opportun de mettre en doute cette affirmation.

« Tiu se rend à Shanghai et six semaines plus tard Ricardo... »

Dans le lointain, Guillam entend la sonnerie rauque du téléphone des Cousins dont on passe une communication dans son bureau, et c'est un détail que plus tard il affirme avec force – que ce soit vrai ou qu'il ait pensé après coup – que la déplaisante image de Sam Collins jaillit à cet instant de sa mémoire inconsciente comme un djinn sortant d'une lampe, et qu'il se demanda une fois encore comment il avait pu être assez irréfléchi pour laisser Sam Collins remettre cette lettre capitale à Martello.

« Nelson a plus d'une corde à son arc, chef, poursuit di Salis, alors que tout le monde s'imagine qu'il en a fini. J'hésite à l'affirmer avec certitude, mais étant donné les circonstances, c'est un point que je n'ose pas tout à fait passer sous silence. Un rapport échangé avec les Allemands de l'Ouest, daté d'il y a quelques semaines. D'après leurs sources à eux, Nelson est depuis quelque temps membre de ce que, faute de renseignements, nous avons baptisé le Tea Club de Pékin, un organisme embryonnaire dont nous croyons qu'il a été créé pour coordonner les efforts du renseignement chinois. Il y est entré tout d'abord comme conseiller en surveillance électronique, puis est devenu par cooptation membre à part entière. Cela fonctionne, pour autant que nous puissions en juger, un peu comme notre Groupe d'Orientation. Mais je dois souligner que c'est là une pure hypothèse. Nous ne savons absolument rien des services chinois, et les Cousins pas davantage. »

Pour une fois à court de mots, Smiley regarde di Salis, ouvre la bouche, la referme, puis ôte ses lunettes et se met à en nettoyer les verres.

« Et le motif de Nelson ? demande-t-il, toujours sans s'occuper de la sonnerie impérieuse du téléphone des Cousins. Une pure hypothèse, Doc ? Comment verriez-vous ça ? »

Di Salis a un énorme haussement d'épaules, si bien que ses cheveux filasse s'agitent comme une serpillière. « Oh ! toutes les opinions sont valables, dit-il d'un ton irrité. Qui croit aujourd'hui à un motif ? Ç'aurait été parfaitement naturel pour lui de réagir aux propositions de recrutement à Leningrad, bien sûr, à condition qu'elles aient été faites comme il fallait. Il n'y avait rien de déloyal là-dedans. Pas sur le plan doctrinal, en tout cas. La Russie était le grand frère aîné de la Chine. Il suffisait de dire à Nelson qu'il avait été choisi comme appartenant à une avant-garde spéciale d'un comité de surveillance. Ça n'est pas bien sorcier. »

En dehors de la salle du trône, le téléphone vert continue à sonner, ce qui est remarquable. Martello, en général, n'insiste pas autant. Seuls Guillam et Smiley sont autorisés à décrocher. Mais Smiley ne l'a pas entendu et du diable si Guillam va bouger pendant que di Salis improvise sur les raisons qu'a pu avoir Nelson de devenir la taupe de Karla.

« Quand la révolution culturelle est survenue, bien des gens dans la position de Nelson ont cru que Mao était devenu fou, explique di Salis, répugnant encore à proposer une théorie. Même certains de ses propres généraux l'ont pensé. Les humiliations que Nelson a subies l'ont amené à obéir extérieurement, mais peut-être qu'intérieurement il est resté amer et – qui sait ? – assoiffé de vengeance.

– La pension alimentaire servie à Drake a commencé à une époque où la réhabilitation de Nelson était à peine terminée, proteste Smiley avec douceur. Qu'est-ce que vous en pensez, Doc ? »

Tout cela, c'en est trop pour Connie, et une fois de plus elle déborde.

« Oh ! George, comment peux-tu être aussi naïf ? Tu peux quand même trouver la raison, mon chou, bien sûr que tu peux ! Ces pauvres Chinois ne peuvent pas se permettre de garder un technicien hors pair dans un placard pendant la moitié de sa vie et ne pas l'utiliser ! Karla a vu la façon dont les choses tournaient, n'est-ce pas, Doc ? Il a vu le vent changer et il a suivi. Il a continué à faire marcher son pauvre petit Nelson et, dès que celui-ci a commencé à terminer sa traversée du désert, il lui a envoyé ses traîne-patins : "C'est nous, vous vous souvenez ? Vos amis ! Nous, on ne vous a pas laissé tomber ! Nous, on ne vous a pas craché à la figure dans la rue ! Remettons-nous au travail !" Vous agiriez de la même façon vous-même, vous le savez bien !

– Et l'argent ? demande Smiley. Le demi-million de dollars ?

– Le bâton et la carotte ! Chantage implicite, récompense énorme. Dans les deux cas Nelson est coincé. »

Mais, malgré la sortie de Connie, c'est di Salis qui a le dernier mot :

« Il est chinois. Pragmatique. C'est le frère de Drake. Il ne peut pas sortir de Chine...

– Pas encore, fait doucement Smiley, en jetant de nouveau un coup d'œil au dossier... Et il connaît fort bien sa valeur marchande pour le service russe. "On ne peut pas manger la politique, on ne peut pas coucher avec" – aimait dire Drake –, alors autant en tirer de l'argent... En prévision du jour où on pourra quitter la Chine et le dépenser », conclut Smiley ; et tandis que Guillam sort à pas de loup de la pièce, il referme sans bruit le dossier et reprend sa feuille couverte de notes. « Drake a essayé de le faire sortir une fois et a échoué, alors Nelson a accepté l'argent des Russes jusqu'à... Jusqu'à ce que quoi ? Jusqu'à ce que Drake ait plus de chance peut-être. »

En arrière-fond, le grésillement insistant du téléphone vert a fini par cesser.

« Nelson est la taupe de Karla, observe enfin Smiley une fois de plus s'adressant presque à lui-même. Il possède un trésor sans prix de renseignements sur la Chine. Rien que ça nous suffirait. Il agit sur les ordres de Karla. Les ordres eux-mêmes sont pour nous une valeur inestimable. Il nous montrerait avec précision ce que les Russes connaissent de leur ennemi chinois, et même quelles sont leurs intentions à son égard. Oui, Peter ? »

Quand il s'agit d'annoncer une nouvelle tragique, il n'y a pas de transition. Un concept est là, qui tient debout ; l'instant suivant il est à terre, fracassé, et pour ceux que cela concerne, le monde a changé de façon irrévocable. Pour atténuer le choc, toutefois, Guillam avait utilisé du papier à lettres officiel du Cirque et l'expression écrite. En rédigeant sa communication pour Smiley sous forme de message, il espérait que cette simple vue le préparerait. S'avançant sans un mot vers le bureau, le formulaire à la main, il le déposa sur la plaque de verre et attendit.

« *Charlie Marshall*, l'autre pilote, au fait ? demanda Smiley à l'assemblée, toujours sans se soucier de Guillam. Les Cousins ont-ils retrouvé sa trace, Molly ?

– Son histoire est à peu près la même que celle de Ricardo », répondit Molly Meakin, en jetant un coup d'œil bizarre à Guillam. Toujours au côté de Smiley, il avait soudain l'air gris, vieilli et malade. « Comme Ricardo, il a piloté pour les Cousins pendant la guerre du Laos, monsieur Smiley. Ils étaient ensemble à l'école secrète d'aviation de Langley en Oklahoma. Ils l'ont lâché quand la guerre du Laos s'est terminée et ils n'ont plus de nouvelles de lui. La Répression des stupéfiants dit qu'il a transporté de l'opium, mais ils disent ça de tous les pilotes des Cousins.

– Je pense que vous devriez lire ça, dit Guillam, en désignant d'un doigt ferme le message.

– Marshall doit être la prochaine étape de Westerby. Il faut maintenir la pression. »

Prenant enfin le message, Smiley le souleva vers la gauche où l'éclairage de la lampe était le meilleur. Il le lut avec les sourcils froncés et les paupières baissées. Comme toujours, il le lut deux fois. Son expression ne changea pas, mais ceux qui étaient le plus près de lui dirent que tout mouvement s'arrêta sur son visage.

« Merci, Peter, dit-il tranquillement en reposant le papier. Et merci à vous tous. Connie et le Doc vous feriez peut-être bien de rester. Je pense que le reste d'entre vous va passer une bonne nuit. »

Parmi les cadets, cet espoir fut accueilli avec de grands éclats de rire, car il était déjà plus de minuit.

La fille du dessus dormait, une poupée brune et lisse, le long d'une des jambes de Jerry, ronde et sans tache dans la lueur orangée du ciel nocturne de Hong Kong lourd de pluie. Elle ronflait à perdre haleine et Jerry regardait par la fenêtre en pensant à Lizzie Worthington. Il pensait aux deux marques de griffe jumelles sur son menton et se demandait une fois de plus qui les lui avait faites. Il pensait à Tiu, l'imaginant comme le geôlier de la jeune femme, et il se répéta l'expression « journaliste des courses » jusqu'au moment où cela l'agaça vraiment. Il se demandait combien de temps il aurait encore à attendre, et si à la fin il aurait sa chance avec elle, qui était tout ce qu'il demandait : une chance. La fille remua, mais seulement pour se gratter la croupe. Derrière la porte voisine, Jerry entendit un cliquetis rituel : avant de les distribuer, on lavait les dominos pour la partie de mah-jong habituelle.

La fille, au début, n'avait pas réagi avec beaucoup d'entrain à la cour que lui faisait Jerry – un flot de billets enflammés glissés dans sa boîte aux lettres à toutes les heures des quelques jours précédents –, mais elle avait bien besoin de payer sa note de gaz. Officiellement, elle appartenait à un homme d'affaires, mais depuis quelque temps les visites de celui-ci s'étaient faites plus rares et tout récemment elles avaient totalement cessé, avec pour résultat qu'elle ne pouvait se permettre ni le cartomancien, ni le mah-jong, ni les toilettes à la mode qu'elle avait décidé de s'acheter pour le jour où elle décrocherait un rôle dans les films Kung Fu. Elle succomba donc, mais à des conditions financières bien précises. Sa principale crainte était d'être connue pour frayer avec l'horrible *kwailo*, et pour cette raison elle avait revêtu tout son équipement de sortie pour descendre d'un étage ; un imperméable brun avec des boucles de cuivre aux épaulettes, des bottes en plastique jaune et un parapluie de même matière avec des roses rouges. Cet équipement jonchait maintenant le parquet comme des pièces d'armure après la bataille, et elle dormait avec le même noble épuisement. Si bien que quand le téléphone sonna, sa seule réaction fut un juron cantonais ensommeillé.

Décrochant le combiné, Jerry se berça de l'espoir stupide que ce pourrait être Lizzie, mais ce n'était pas le cas.

« Magne-toi le train et viens ici en vitesse, lui déclara Luke. Et Stubbsie t'adorera. Magne-toi. Je te rends le service de ta carrière.

– Me magner où ? demanda Jerry.

– En bas, triste singe. » Il repoussa la fille affalée sur lui, mais elle ne s'éveilla pas pour autant.

Les routes luisaient de cette averse inattendue et un épais halo entourait la lune. Luke conduisait comme s'ils étaient en jeep, en prise, et rétrogradant brutalement aux coins de rues. Des relents de whisky emplissaient la voiture.

« Qu'est-ce que tu as, bon sang ? demanda Jerry. Qu'est-ce qui se passe ?

– Un coup fumant. Maintenant boucle-la.

– Je ne veux pas de coup fumant. J'ai tout ce qu'il me faut.

– Celui-là, tu le voudras. Je t'assure que celui-là tu le voudras. »

Ils se dirigeaient vers le tunnel du port. Un groupe de cyclistes sans lumière déboucha d'un tournant et Luke dut monter sur la partie centrale interdite pour les éviter. « Regarde si tu vois un grand chantier de construction », dit Luke. Une voiture de patrouille les rattrapa, clignotant de tous ses feux. Croyant qu'on allait l'arrêter, Luke abaissa sa vitre.

« Nous sommes *la presse*, bande d'idiots ! hurla-t-il. Nous sommes des *vedettes*, vous entendez ? »

Dans la voiture de patrouille, lorsqu'elle passa, ils aperçurent un sergent chinois et son chauffeur, ainsi qu'un Européen à l'air auguste perché à l'arrière comme un juge. Devant eux, à droite de la route à double voie, le chantier de construction promis apparut, une cage de poutres jaunes et d'échafaudages en bambou grouillant de coolies en sueur. Des grues, luisantes dans l'humidité, pendaient au-dessus d'eux comme des fouets Les projecteurs éclairant le chantier se trouvaient au sol et déversaient leur lumière en vain.

« Cherche un bâtiment bas, tout près, ordonna Luke, en ralentissant à cent à l'heure. Un bâtiment blanc. Cherche un bâtiment blanc. »

Jerry le désigna, un immeuble de deux étages en stuc ruisselant, ni nouveau ni vieux, avec une rangée de bambous de six mètres de haut près de l'entrée, et une ambulance. L'ambulance avait ses portes ouvertes et les trois chauffeurs attendaient à l'intérieur, en fumant, et en regardant les policiers qui s'affairaient dans l'avant-cour, comme s'ils s'apprêtaient à réprimer une émeute.

« Ils nous donnent une heure d'avance sur le peloton.

– Qui ça ?

– Le Roc. C'est le Roc. Qui crois-tu ?

– Pourquoi ?

– Parce qu'il m'a frappé, j'imagine. Il m'adore. Il t'adore aussi. Il a dit de t'amener tout exprès.

– Pourquoi ? »

La pluie tombait sans répit.

« *Pourquoi ? Pourquoi ? Pourquoi ?* répéta Luke, furieux. Dépêche-toi ! »

Les bambous étaient démesurés, plus haut que le mur. Deux prêtres vêtus d'orange s'étaient mis à l'abri, en frappant leurs cymbales. Un troisième tenait un parapluie. Il y avait des éventaires de fleurs, surtout des soucis, des corbillards, et d'un endroit qu'on ne voyait pas, parvenaient les rumeurs d'une incantation nonchalante. Le hall d'entrée était un marécage empestant le formol.

« Envoyé spécial du Grand Moo, dit Luke.

– Presse », dit Jerry.

La police leur fit signe de passer, sans regarder leurs cartes.

« Où est le commissaire ? » fit Luke.

L'odeur de formol était épouvantable. Un jeune sergent leur montra le chemin. Ils franchirent une porte de verre donnant dans une salle où de vieilles gens, hommes et femmes, il y en avait peut-être une trentaine, pour la plupart en costumes style pyjama, semblaient attendre un train en retard, sous l'éclairage sans ombre de tubes à néon et le ronronnement d'un ventilateur électrique. Un vieillard se raclait la gorge, en crachant sur le sol de mosaïque verte. Et le plâtre pleurait. En voyant les gigantesques *kwailos*, ils les dévisagèrent avec une stupéfaction polie. Le bureau du médecin légiste était jaune. Des murs jaunes, des volets jaunes, fermés. Un climatiseur qui ne fonctionnait pas. Le même carrelage vert, facile à laver.

« Formidable, cette odeur, dit Luke.

– Ça rappelle la maison », ironisa Jerry.

Jerry regrettait que ce ne fût pas un combat. Le combat, c'était plus facile. Le sergent leur dit d'attendre tout en poursuivant son chemin. Ils entendirent un crissement de chariot, des voix basses, le levier de fermeture d'un compartiment réfrigéré qu'on ouvrait, le couinement de semelles en caoutchouc. Un volume de l'*Anatomie de Gray* était posé près du téléphone. Jerry en tourna les pages, regardant les illustrations. Luke s'était juché sur une chaise. Un assistant en courtes bottes de caoutchouc et en salopette apporta du thé. Des tasses blanches, à bord vert, frappées du monogramme de Hong Kong avec une couronne.

« Pouvez-vous dire au sergent de se dépêcher, s'il vous plaît ? dit Luke. Dans une minute, vous aurez toute la ville ici.

– Pourquoi nous ? » dit encore Jerry.

Luke renversa un peu de thé sur le sol carrelé et, pendant que le liquide pâle s'écoulait dans la rainure, il compléta sa tasse avec sa fiasque de whisky. Le sergent revint, leur faisant signe de la main. Ils retraversèrent la salle d'attente à sa suite. De ce côté-là, il n'y avait pas de porte, rien qu'un couloir, et un brusque tournant comme dans des toilettes publiques. Ils étaient arrivés. La première chose que vit Jerry, ce fut le chariot écorné de tous côtés. Il n'y a rien de plus vétuste ni de plus délabré que du matériel hospitalier usé, se dit-il. Les murs étaient couverts d'une moisissure verte, des stalactites verdâtres pendaient du plafond, un crachoir bosselé était plein de mouchoirs souillés en papier. Ils nettoient les nez, avant de tirer le drap pour vous montrer, se rappela-t-il. C'est un geste de courtoisie pour vous éviter d'être choqué. Les vapeurs de formol lui piquaient les yeux. Un pathologiste chinois était assis près de la fenêtre, en train de prendre des notes sur un carnet. Deux aides rôdaient dans les parages et d'autres policiers. Tout le monde avait l'air de s'excuser. Jerry n'y comprenait rien. Le Roc ne s'occupait pas d'eux. Il était dans un coin, murmurant quelque chose à l'oreille du gentleman à l'air auguste qu'ils avaient aperçu à l'arrière de la voiture de police, mais ils n'étaient pas très éloignés et Jerry entendit les mots « tache sur notre réputation » répétés à deux reprises d'un ton indigné, nerveux. Un drap blanc recouvrait le corps, avec dessus, une croix bleue aux deux branches égales. Comme ça, ils peuvent l'utiliser dans les deux sens, songea Jerry. C'était le seul chariot de la pièce, le seul drap. Le reste de l'exposition se trouvait à l'intérieur des deux énormes congélateurs avec des portes en bois, où l'on pouvait entrer debout, comme dans une boucherie. Luke devenait fou d'impatience.

« Bon sang, le Roc ! lança-t-il à travers la pièce. Combien de temps encore allez-vous garder le secret là-dessus ? On a du travail à faire. »

Personne ne s'occupait de lui. Las d'attendre, Luke tira sur le drap. Jerry regarda et détourna les yeux. La salle d'autopsie se trouvait de l'autre côté, derrière une porte, et il entendait le bruit d'une scie, comme le grondement d'un chien.

Pas étonnant qu'ils aient l'air aussi gêné, songea Jerry stupidement. *Apporter un cadavre de Blanc dans un endroit pareil.*

« Bonté divine, disait Luke. Seigneur ! Qui lui a fait ça ? Comment fait-on ces marques ? C'est un coup de la Triade. Bon sang. »

La fenêtre ruisselante de pluie donnait sur la cour. Jerry apercevait les bambous qui se balançaient sous l'averse et les ombres liquides d'une ambulance déchargeant un autre client, mais il doutait qu'aucun d'eux eût cet air-là. Un photographe de la police était arrivé, il y eut quelques éclairs de magnésium. Un téléphone était accroché au mur et le Roc était en train de l'utiliser. Il n'avait toujours pas regardé Luke ni Jerry.

« Je veux qu'on l'enlève d'ici, dit l'auguste gentleman.

– Dès que vous voudrez », dit le Roc. Il revint au téléphone :

« Dans la Ville murée, monsieur... Oui, monsieur... Dans une ruelle, monsieur. Dévêtu. Beaucoup d'alcool... Le médecin légiste l'a reconnu aussitôt, monsieur. Oui, monsieur, la banque est déjà là. » Il raccrocha. « Oui, monsieur, non monsieur, trois sacs pleins, monsieur », grommela-t-il. Il composa un numéro.

Luke prenait des notes. « Bon sang, répétait-il, horrifié. Bon sang. Ça a dû prendre des semaines pour le tuer. Des mois. »

En réalité, se dit Jerry, ils l'avaient tué deux fois. Une fois pour le faire parler et une fois pour le faire taire. Ce qu'ils lui avaient fait la première fois se voyait sur tout son corps, en grandes et en petites marques, un peu comme le feu attaque un tapis, le ronge en faisant des trous, puis soudain renonce. Et puis il y avait le rond autour de son cou, une mort différente, plus rapide. Ils avaient fait ça en dernier, quand ils n'avaient plus eu besoin de lui.

Luke appela le médecin légiste. « Retournez-le, voulez-vous ? Est-ce que ça vous ennuierait, s'il vous plaît, de le retourner, docteur ? »

Le commissaire avait raccroché le téléphone.

« Qu'est-ce qui s'est passé ? demanda Jerry en le regardant droit dans les yeux. Qui est-ce ?

– Un nommé Frost, dit le Roc en dévisageant Jerry sans lever les yeux. Un fondé de pouvoir de la Banque du Sud asiatique et de la Chine. Service des impôts.

– Qui l'a tué ? demanda Jerry.

– Oui, qui a fait ça ? C'est là la question, dit Luke en griffonnant comme un furieux.

– Les souris, dit le Roc.

– A Hong Kong, il n'y a pas de Triades, pas de communistes et pas de Kuomintang. Exact, le Roc ?

– Et pas de putains », grommela le Roc.

L'auguste gentleman épargna au Roc de répondre plus avant.

« Une vilaine affaire d'agression, déclara-t-il par-dessus l'épaule du policier. Une affreuse attaque qui souligne la nécessité de la vigilance perpétuelle des autorités. C'était un loyal serviteur de la banque.

– Ça n'est pas une agression, dit Luke, en regardant de nouveau Frost. C'était un pique-nique.

– Il avait certainement des amis bizarres, dit le Roc en regardant toujours Jerry.

– Qu'est-ce que c'est censé vouloir dire ? fit Jerry.

– Qu'est-ce qu'on sait pour l'instant ? demanda Luke.

– Il était en ville jusqu'à minuit. A festoyer en compagnie de deux Chinois. Un bordel après l'autre. Et puis nous perdons sa trace. Jusqu'à ce soir.

– La banque offre une récompense de cinquante mille dollars, dit l'auguste personnage.

– Des dollars de Hong Kong ou des dollars américains ? » demanda Luke, écrivant toujours.

L'auguste monsieur dit « de Hong Kong » d'un ton très sec.

« Maintenant, les enfants, vous y allez doucement, les prévint le Roc. Il y a une femme malade à l'hôpital Stanley et il y a les gosses...

– Et il y a la réputation de la banque, dit l'auguste vieillard.

– Ce sera notre premier souci », dit Luke.

Ils partirent une demi-heure plus tard, encore en avance sur le peloton.

« Merci, dit Luke au commissaire.

– De rien », dit le Roc, s'adressant à Jerry. Sa paupière tombante, remarqua Jerry, pendait davantage lorsqu'il était fatigué.

On peut dire qu'on a fait des vagues, songea Jerry, comme ils repartaient. Oh ! là ! là ! qu'on a fait des vagues !

Ils étaient assis comme auparavant, Smiley derrière son bureau, Connie dans son fauteuil roulant, di Salis à contempler la volute de fumée qui montait alanguie de sa pipe. Guillam était debout auprès de Smiley, la voix râpeuse de Martello résonnant encore à ses oreilles. Smiley, d'un léger mouvement circulaire du pouce, fourbissait les verres de ses lunettes avec le gros bout de sa cravate.

Ce fut di Salis le jésuite qui parla le premier. Peut-être avait-il le plus à désavouer. « En toute logique, il n'y a rien qui nous lie à cet incident. Frost était un libertin. Il entretenait des Chinoises. De toute évidence il était corrompu. Il a accepté notre pot-de-vin sans protester. Dieu sait quels autres il n'a pas empochés dans le passé. Je ne veux pas qu'on nous en tienne responsables.

– Diable, diable », murmura Connie. Elle était assise, le visage sans expression, et le chien dormait sur ses genoux. Ses mains déformées par l'arthrite étaient posées sur le dos marron pour y chercher quelque chaleur. Au fond, le sombre Fawn servait le thé.

Smiley regarda le formulaire du message. Personne n'avait vu son visage depuis qu'il avait baissé les yeux pour le lire.

« Connie, il me faut des comptes, dit-il.

– Oui, mon chou.

– En dehors de ces quatre murs, qui sait que nous avons fait pression sur Frost ?

– Craw. Westerby. Le policier de Craw. Et s'ils ont un peu de cervelle, les Cousins auront deviné.

– Lacon ne sait rien, ni Whitehall.

– Ni Karla, mon chou, déclara Connie en lançant un bref coup d'œil au sombre portrait.

– Non. Pas Karla. Ça, je le crois. » A sa voix, ils sentaient l'intensité du conflit tandis que son intellect imposait à sa volonté de dominer ses émotions. « Pour Karla, ce serait une réaction bien exagérée. Si un compte en banque est grillé, il n'a qu'à en ouvrir un autre ailleurs. Il n'a pas besoin de ça. » Du bout des doigts, il déplaça d'un geste précis le message de quelques centimètres sur la plaque de verre. « Le plan s'est déroulé comme prévu. La réaction a été simplement... » Il dut reprendre sa phrase. « La réaction a été plus que ce que nous attendions. Sur le plan opérationnel, rien ne cloche. Sur le plan opérationnel, nous avons progressé.

– Nous les avons attirés, mon chou », dit Connie avec fermeté.

Di Salis, cette fois, éclata. « J'insiste pour que vous ne vous exprimiez pas comme si nous étions tous complices ici. Il n'y a aucun lien de preuves et je considère comme déplaisant que vous laissiez entendre qu'il y en a. »

Smiley demeura lointain dans sa réponse.

« Je considérerais cela comme déplaisant si j'avais laissé entendre autre chose. C'est moi qui ai ordonné cette initiative. Je refuse de ne pas en envisager les conséquences simplement parce qu'elles sont odieuses. Mettez-moi ça sur le dos. Mais ne nous dupons pas.

– Le pauvre diable n'en savait pas assez, n'est-ce pas ? » fit Connie d'un air songeur, comme si elle se parlait à elle-même. Tout d'abord, personne ne releva, puis Guillam réagit : qu'entendait-elle par là ?

« Frost n'avait rien à trahir, mon chou, expliqua-t-elle. C'est le pire qui puisse arriver à quelqu'un. Que pouvait-il leur donner ? Un journaliste zélé du nom de Westerby. Ils avaient déjà ça, les pauvres chéris. Alors, bien sûr, ils ont continué. Et continué. » Elle se tourna vers Smiley. C'était le seul à partager tant d'histoires avec elle. « On en faisait toujours un principe, tu te souviens, George, quand les garçons et les filles arrivaient ? On leur donnait toujours quelque chose qu'ils pouvaient avouer, bénis soient-ils. »

Fawn, avec tendresse, déposa un gobelet de thé sur le bureau de Smiley, avec une tranche de citron qui flottait à la surface. Son sourire de tête de mort poussa Guillam à une fureur à peine réprimée.

« Quand vous aurez fini, sortez », lui lança-t-il à l'oreille. Ricanant toujours, Fawn s'en alla.

« Où donc en est Ko de ses pensées pour l'instant ? » demanda Smiley, en regardant encore le formulaire du message. Il avait noué ses doigts sous son menton et on aurait pu croire qu'il priait.

« Il a la frousse et les idées floues, déclara Connie avec assurance. Fleet Street est parti en chasse, Frost est mort et il n'est toujours pas plus avancé.

– Oui. Oui, il va s'énerver. Peut-il maintenir le barrage ? Peut-il boucher les fuites ? Et d'ailleurs où sont-elles ?... C'est ce que nous voulions. Nous l'avons. » Il eut un mouvement à peine perceptible de sa tête penchée et la tourna vers Guillam. « Peter, voulez-vous, je vous prie, demander aux Cousins de renforcer leur surveillance sur Tiu. Des postes fixes seulement, dites-leur. Pas de travail dans la rue, il ne s'agit pas d'effrayer le gibier, pas de bêtises de ce genre. Téléphone, courrier, rien que les choses faciles. Doc, quand Tiu s'est-il rendu pour la dernière fois en Chine continentale ? »

Di Salis, à regret, donna une date.

« Trouvez l'itinéraire qu'il a suivi et où il a acheté son billet. Au cas où il recommencerait.

– C'est déjà dans le dossier », répliqua di Salis d'un ton maussade ; et il eut un ricanement fort déplaisant, levant les yeux au ciel et agitant les lèvres et les épaules.

« Alors, soyez assez bon pour m'en faire une note séparée », répliqua Smiley, avec une inébranlable patience. « Westerby », poursuivit-il du même ton neutre ; et pendant une seconde Guillam eut l'impression pénible que Smiley souffrait d'une sorte d'hallucination et s'imaginait que Jerry était dans la pièce avec lui, pour recevoir ses ordres comme les autres. « Je le retire... Je peux faire ça. Son journal le rappelle, pourquoi pas ? Et alors quoi ? Ko attend. Il écoute. Il n'entend rien. Et il se détend.

– Entrent alors les héros des Narcotiques, dit Guillam en jetant un coup d'œil au calendrier. Le retour de Sol Eckland.

– Ou bien je le retire et je le remplace, et un autre agent reprend la piste. Court-il moins de risques que Westerby maintenant ?

– Ça ne marche jamais, marmonna Connie. Changer de cheval. Jamais. Tu le sais. Il faut lui donner des instructions, une formation, le remettre au courant, établir de nouveaux rapports. Jamais.

– Je ne vois pas quels risques il court ! » affirma di Salis d'un ton aigu.

Se retournant d'un geste furieux, Guillam allait le remettre à sa place, mais Smiley le retint :

« Pourquoi donc, Doc ?

– Si l'on admet votre hypothèse – ce qui n'est pas mon cas –, Ko n'est pas un homme de violence. C'est un homme d'affaires qui a réussi et ses maximes sont de garder la face, d'être diligent, méritant et travailleur. Je ne laisserai pas parler de lui comme si c'était une sorte de gangster. Je vous l'accorde, il a ses gens, et peut-être ses gens sont-ils moins agréables que lui quand il s'agit de méthodes. Un peu comme les gens de Whitehall. Ça ne fait quand même pas d'eux des canailles, je pense. »

Bonté divine, finissons-en, se dit Guillam.

« Westerby n'est pas un Frost, insista di Salis du même ton didactique et nasillard. Westerby n'est pas un serviteur malhonnête. Westerby n'a pas trahi la confiance de Ko, l'argent de Ko, ni le frère de Ko. Aux yeux de Ko, Westerby représente un grand quotidien. Et Westerby a laissé entendre – tout à la fois à Frost et à Tiu, me semble-t-il – que son journal sait bien plus de choses là-dessus que lui-même. Ko est un homme qui comprend le monde. En supprimant un journaliste, il ne supprimera pas la menace. Bien au contraire, il courra le risque de faire venir toute la meute.

– Alors qu'y a-t-il dans son esprit ? fit Smiley.

– L'incertitude. Tout comme l'a dit Connie. Il est incapable de mesurer la menace. Les Chinois n'ont guère de goût pour les abstractions, et encore moins pour les situations abstraites. Il aimerait que la menace passe, et si rien de précis ne survient, il va supposer que c'est le cas. Ça n'est pas une habitude qui se limite à l'Occident. Je ne fais que développer une hypothèse. » Il se leva. « Je ne l'endosse pas. Je m'y refuse. Je m'en dissocie absolument. »

Sur quoi il sortit. Sur un signe de tête de Smiley, Guillam lui emboîta le pas. Seule Connie resta.

Smiley avait fermé les yeux et son front était plissé en un nœud rigide au-dessus de l'arête de son nez. Un long moment Connie ne dit rien. Trot gisait comme mort sur ses genoux et elle le regardait en lui caressant le ventre.

« Karla s'en moquerait bien, n'est-ce pas, mon chou ? murmura-t-elle. Qu'il y ait un Frost mort ou dix. Toute la différence est là, en fait. Qui était-ce donc qui disait toujours : "Nous nous battons pour la survivance de l'homme raisonnable" ? Steed ? Asprey ? Ou bien était-ce Control ? J'adorais cette formule. Elle couvrait tout. Hitler. Cette nouvelle affaire. C'est ce que nous sommes : raisonnables. N'est-ce pas, Trot ? Nous ne sommes pas simplement anglais. Nous sommes raisonnables. » Elle baissa un peu le ton. « Dis-moi, mon chou, et Sam ? Est-ce que tu as eu *des idées* ? »

Un long moment s'écoula avant que Smiley répondît, et quand il le fit, ce fut d'une voix dure, comme pour la maintenir à bout de bras.

« Il doit rester en attente. Ne rien faire avant d'avoir le feu vert. Il le sait. Il doit attendre le feu vert. » Il prit une profonde inspiration et eut un grand soupir. « On n'aura peut-être même pas besoin de lui. Nous pourrons peut-être fort bien nous débrouiller sans lui. Tout dépend de la façon dont Ko va réagir.

– Ah ! George, mon chou, mon cher cher George. »

Dans un rituel silencieux, elle se traîna jusqu'à la cheminée, s'empara du pique-feu et, au prix d'un grand effort, agita les braises, en se cramponnant au chien de sa main libre.

Jerry, debout près de la fenêtre de la cuisine, regardait l'aube jaune découper la brume de la rade. Hier soir il y avait eu un orage, il s'en souvint. Ç'avait dû être environ une heure avant le coup de téléphone de Luke. Il l'avait suivi dès l'instant où il était encore sur le matelas avec la fille ronflant le long de sa jambe : d'abord l'odeur de la végétation, puis le vent qui s'agitait d'un air coupable dans les palmiers, comme des mains sèches qui se frottent. Puis le sifflement de la pluie comme des tonnes de mitraille fondue qu'on déverse dans la mer. Enfin le rideau des éclairs ébranlant le port par longues périodes pendant que des salves de tonnerre retentissaient au-dessus des toits qui dansaient dans l'orage. « Je l'ai tué, songea-t-il. A peu de choses près, c'est moi qui l'ai poussé dans la tombe. » Il n'y a pas que les généraux, c'est chaque homme qui porte une arme. « Citez la source et le contexte. »

Le téléphone sonnait. Qu'il sonne, se dit-il. C'était sans doute Craw qui faisait dans sa culotte. Il décrocha quand même. Luke, qui avait l'air plus américain que jamais :

« Dis donc, mon vieux ! Grand drame ! Stubbsie vient de télexer. Personnel pour Westerby. A manger avant de lire. Tu veux que je te dise ?

– Non.

– Une virée dans les zones de combat. Les compagnies aériennes au Cambodge et l'économie de siège. Notre envoyé spécial parmi les obus et la mitraille ! Tu es en veine, matelot ! Ils tiennent à ce que tu te fasses canarder ! »

En laissant Lizzie à Tiu, se dit-il en raccrochant.

Et peut-être aussi à ce salaud de Collins, qui rôde dans son ombre comme un proxénète. Jerry a travaillé pour Sam deux ou trois fois alors que celui-ci était l'innocent Mr Mellon, de Vientiane, un négociant à la réussite incroyable, chef des escrocs blancs locaux. Il le trouvait un des combinards les plus déplaisants qu'il eût jamais rencontrés.

Il revint auprès de la fenêtre et se remit à penser à Lizzie, là-haut sur sa terrasse vertigineuse. A penser au petit Frost et à son goût de la vie. A penser à l'odeur qui l'avait accueilli lorsqu'il était rentré ici, dans son appartement.

Elle était partout. Elle dominait les relents du déodorant de la fille, la fumée de la cigarette froide, l'odeur du gaz et l'odeur du poêle à pétrole des joueurs de mah-jong à côté. En la percevant, Jerry avait tracé dans son imagination l'itinéraire suivi par Tiu dans sa fouille : là où il s'était attardé et là où il était passé rapidement en fouillant parmi les vêtements de Jerry, la penderie de Jerry et les rares possessions de Jerry. Une odeur d'eau de rose et d'amandes mélangées, le parfum préféré d'une épouse précédente.

15

La ville assiegee

Quand on quitte Hong Kong, elle cesse d'exister. Quand on a dépassé le dernier agent de police chinois en godillots britanniques et bandes molletières, et qu'on a retenu son souffle en courant à vingt mètres au-dessus des toits gris des faubourgs, quand les petits îlots se sont évanouis dans la brume bleutée, on sait que le rideau est tombé, qu'on a rangé les accessoires et que la vie qu'on menait là-bas n'était qu'illusion. Mais ce jour-là, pour une fois, Jerry ne parvenait pas à avoir cette impression : il emportait avec lui le souvenir du défunt Frost et de la fille vivante, et ils étaient encore auprès de lui lorsqu'il arriva à Bangkok. Comme d'habitude, cela lui prit toute la journée pour découvrir ce qu'il cherchait ; et comme d'habitude, il était sur le point de renoncer. A Bangkok, estimait Jerry, cela arrivait à tout le monde : un touriste en quête de toilettes, un journaliste en quête d'articles – ou Jerry en quête de Charlie Marshall, l'ami et associé de Ricardo –, votre proie est terrée tout au bout d'on ne sait quelle saloperie de ruelle, coincée entre un *klong* ensablé et un amas de détritus, et la course vous coûte cinq dollars américains de plus qu'on ne comptait. Et puis, bien que ce fût en théorie la saison sèche de Bangkok, Jerry ne se souvenait pas avoir connu ici autre chose que la pluie, qui se déversait en averses inattendues du ciel pollué. Après cela, les gens lui disaient toujours qu'il était venu le seul jour de mauvais temps.

Il commença à l'aéroport parce qu'il était déjà là et parce qu'il se disait que dans le Sud-Est asiatique personne ne peut voler longtemps sans passer par Bangkok. Charlie n'était plus là, lui dit-on. Quelqu'un lui assura que Charlie avait renoncé à piloter après la mort de Ric. Quelqu'un d'autre lui affirma qu'il était en prison. Quelqu'un d'autre encore, qu'il était plus probablement dans « une des boîtes ». Une ravissante hôtesse d'Air Viêt-nam lui dit avec un petit rire qu'il faisait des vols de fret à Saigon. Elle ne le voyait jamais qu'à Saigon.

« En partant d'où ? demanda Jerry.

– Peut-être de Phnom Penh, peut-être de Vientiane », dit-elle – mais la destination de Charlie, insista-t-elle, était toujours Saigon et il ne faisait jamais escale à Bangkok. Jerry consulta l'annuaire du téléphone et ne trouva aucune trace d'Indocharter. A tout hasard il regarda aussi à Marshall, en découvrit un – c'était même un Marshall C. –, l'appela, mais se trouva en train de parler non pas au fils d'un seigneur de la guerre du Kuomintang qui s'était baptisé avec un haut grade militaire, mais avec un négociant écossais fort surpris qui lui répétait : « Mais voyons, passez donc. » Il se rendit à la prison où on boucle les *farangs* quand ils ne peuvent pas payer ou quand ils ont été grossiers avec un général et il consulta le livre d'écrou. Il emprunta les balcons, regardant par les portes des cellules et parla même à deux ou trois hippies un peu dérangés. Mais s'ils avaient beaucoup à dire sur leur détention, ils n'avaient pas vu Charlie Marshall, ils n'avaient pas entendu parler de lui et, pour dire les choses avec plus de délicatesse qu'eux, son sort ne les préoccupait guère. De méchante humeur, il se rendit au prétendu sanatorium où les drogués savourent leur dinde froide, et il régnait là-bas une grande excitation parce qu'un malade en camisole de force avait réussi à s'arracher les yeux avec ses doigts, mais ça n'était pas Charlie Marshall ; et non, ils n'avaient pas de pilote, pas de Corse, pas de Corse chinois et certainement pas le fils d'un général du Kuomintang.

Jerry s'attaqua donc aux hôtels où les pilotes pourraient descendre lorsqu'ils sont en transit. Il n'aimait pas ce travail parce que c'était assommant et surtout parce qu'il savait que Ko avait pas mal de monde ici. Il était à peu près certain que Frost avait donné son nom ; il savait que la plupart des riches Chinois de l'étranger utilisent légalement plusieurs passeports et les Chinois de Swatow plus que plusieurs ; il savait que Ko avait dans sa poche un passeport thaïlandais et sans doute aussi deux ou trois généraux de même nationalité. Et il savait que lorsqu'ils étaient en colère, les Thaïlandais tuaient bien plus vite et bien plus facilement que presque tout le monde, même si, lorsqu'ils condamnaient un homme au peloton d'exécution, ils le fusillaient à travers un drap de lit tendu afin de ne pas enfreindre les lois du seigneur Bouddha. Pour cette raison, parmi quelques autres tout aussi bonnes, Jerry se sentait rien moins qu'à son aise à crier le nom de Charlie Marshall dans tous les grands hôtels.

Il essaya l'Erawan, le Hyatt, le Miramar et l'Oriental et une trentaine d'autres, et à l'Erawan il marchait littéralement sur des œufs, se souvenant que China Airsea avait un appartement là et que, selon Craw, Ko l'utilisait souvent. Il se représenta Lizzie avec ses cheveux blonds en train de jouer l'hôtesse pour lui ou bien allongée au bord de la piscine à dorer son long corps au soleil pendant que les grands pontes sirotaient leur scotch en se demandant combien valait une heure de son temps. Pendant qu'il déambulait ainsi, une brusque averse d'orage déversa des grosses gouttes si chargées de suie qu'elles en noircirent l'or des temples. Le chauffeur de taxi faisait de l'aquaplane dans les rues inondées, manquant de peu les buffles d'eau, les cars aux couleurs criardes les chargeaient dans un cliquetis de ferraille ; des affiches de Kung Fu tachées de sang leur sautaient au visage, mais Marshall – Charlie Marshall – le *commandant* Marshall – était un nom qui ne disait rien à personne, et pourtant Jerry dispensait l'argent avec libéralité. Il s'est trouvé une fille, songea Jerry. Il s'est trouvé une fille et il utilise son appartement, tout comme je le ferais. A l'Oriental, il donna un pourboire au concierge et s'arrangea pour faire prendre des messages pour lui, utiliser le téléphone et surtout il se procura un reçu pour deux nuits de séjour, pour se moquer de Stubbs. Mais sa battue dans les hôtels lui avait fait peur, il se sentait exposé, courant des risques, alors pour dormir, il prit une chambre à un dollar la nuit, qu'il paya d'avance, dans un petit hôtel minable et anonyme au fond d'une impasse, où on le dispensa de remplir une fiche : un endroit qui ressemblait à une rangée de cabines de plage, avec toutes les portes des chambres donnant directement sur le trottoir afin de faciliter la fornication, et des garages à ciel ouvert avec des rideaux en plastique qui dissimulaient le numéro de votre voiture. Le soir venu, il en était réduit à faire la tournée des agences de fret aérien, en s'enquérant d'une firme appelée Indocharter, et il faisait cela sans trop d'entrain. Il en était à se demander sérieusement s'il devait croire la petite hôtesse d'Air Viêt-nam et suivre la piste jusqu'à Saigon, lorsqu'une Chinoise, dans une des agences, lui dit :

« Indocharter ? C'est la ligne du commandant Marshall. »

Elle lui indiqua une librairie où Charlie Marshall achetait ses livres et venait prendre son courrier chaque fois qu'il était en ville. La boutique était tenue par des Chinois, et quand Jerry mentionna le nom de Marshall, le vieux propriétaire éclata de rire en disant qu'il n'avait pas vu Charlie depuis des mois. Le vieil homme était tout petit, avec des fausses dents qui le faisaient grimacer.

« Il vous doit de l'argent ? Charlie Marshall vous doit de l'argent, il a cassé un avion pour vous ? » Il fut de nouveau secoué de rire et Jerry fit chorus.

« Formidable. Excellent. Ecoutez, qu'est-ce que vous faites de tout ce courrier quand il ne vient pas ? Vous l'envoyez quelque part ? »

Charlie Marshall ne recevait pas de courrier, dit le vieil homme.

– Ah ! mais, mon vieux, si une lettre arrive demain, où l'enverrez-vous ?

– A Phnom Penh », dit le vieil homme en empochant ses cinq dollars ; et il pêcha un bout de papier sur son bureau pour que Jerry pût recopier l'adresse.

« Je devrais peut-être lui acheter un livre, dit Jerry en regardant autour de lui. Qu'est-ce qu'il aime ?

– Le flançais », répondit machinalement le vieil homme, et emmenant Jerry au premier étage, il lui montra son sanctuaire de la culture blanche. Pour l'anglais, de la pornographie imprimée à Bruxelles. Pour le français, une rangée après l'autre de classiques délabrés : Voltaire, Montesquieu, Hugo. Jerry acheta un exemplaire de *Candide* qu'il fourra dans sa poche. Les visiteurs qui venaient dans cette pièce étaient apparemment des célébrités *ex officio*, car le vieil homme exhiba un livre d'or et Jerry signa *J. Westerby, reporter*. La colonne des appréciations était pour rire, alors il écrivit : « Une bien remarquable librairie. » Puis il feuilleta les pages et demanda :

« Dites-moi, mon vieux, Charlie Marshall a signé aussi ? »

Le vieil homme lui montra la signature de Charlie Marshall, qui revenait deux ou trois fois – « adresse : ici », avait-il écrit.

« Et son copain ?

– Cô-pain ?

– Le capitaine Ricardo. »

Là-dessus le vieil homme prit un air très grave et doucement reprit le livre d'or.

Il se rendit au club des correspondants étrangers de l'Oriental, et les lieux étaient déserts à l'exception d'une bande de Japonais qui rentraient tout juste du Cambodge. Ils lui racontèrent où on en était là-bas la veille et il s'enivra un peu. Et voilà qu'au moment où il s'en allait, dans une vision d'horreur, il vit apparaître le nain, qui se trouvait en ville pour consulter le bureau local. Il était escorté d'un jeune Thaï, ce qui le rendait particulièrement effronté : « Tiens, Westerby ! Alors, comment va le service secret aujourd'hui ? » Il faisait cette plaisanterie-là à pratiquement tout le monde, mais cela ne fit rien pour améliorer la tranquillité d'esprit de Jerry. Dans son hôtel miteux, il but encore pas mal de scotch, mais les ébats des autres clients de l'établissement l'empêchèrent de dormir. Pour se détendre, il finit par sortir et se trouver une fille, une douce petite créature venant d'un bar au bout de la rue, mais lorsqu'il se retrouva seul sur son lit, ses pensées revinrent une fois de plus à Lizzie. Que cela lui plût ou non, elle l'obsédait. Dans quelle mesure était-elle consciemment compromise avec eux ? se demanda-t-il. Savait-elle quel jeu elle jouait lorsqu'elle avait jeté Tiu dans les pattes de Jerry ? Savait-elle ce que les hommes de Drake avaient fait à Frost ? Savait-elle qu'ils pourraient en faire autant à Jerry ? L'idée lui vint même qu'elle se trouvait peut-être là lorsqu'ils l'avaient attaqué, et cette pensée le consterna. Pas de question : le spectacle du corps de Frost était encore très frais dans sa mémoire. C'était un de ses pires souvenirs.

Vers deux heures du matin, il se dit qu'il allait avoir un accès de fièvre, tant il transpirait et se retournait. A un moment il lui sembla entendre des bruits de pas étouffés dans la chambre et il se blottit dans un coin, empoignant une lampe de chevet en teck arrachée de sa prise. A quatre heures, il fut éveillé par cet étonnant remue-ménage de l'Asie : des cris perçants qu'on aurait cru poussés par un porc, des bruits de cloches, des clameurs de vieillards à l'agonie, le chant d'un millier de coqs retentissant dans les couloirs de carrelage et de béton. Il s'escrima sur la robinetterie délabrée et s'attaqua à la laborieuse entreprise de se laver avec un filet d'eau froide. A cinq heures, on fit marcher la radio à pleine force pour le faire sortir du lit et un gémissement de musique asiatique annonça que la journée avait commencé pour de bon. Il était déjà rasé comme pour son mariage et à huit heures il câblait ses plans au canard pour que le Cirque les interceptât. A onze heures il prit l'avion pour Phnom Penh. Alors qu'il montait à bord de la Caravelle d'Air Cambodge, l'hôtesse au sol tourna vers lui son charmant visage et, dans son meilleur anglais chantant, lui souhaita un « ag'eable viol ».

« Merci. Oh ! oui, sensas », dit-il, et il choisit le siège au-dessus de l'aile où on avait la meilleure chance de s'en tirer s'il y avait de la casse. Comme ils décollaient lentement, il aperçut, juste au bord de la piste, un groupe de Thaïlandais bedonnants jouant un golf détestable sur d'admirables pelouses.

Il y avait huit noms sur le carnet de vol lorsque Jerry le lut à l'enregistrement, mais seul un autre passager prit place dans l'avion, un jeune Américain vêtu de noir et portant un porte-documents. Le reste était du fret, entassé à l'arrière dans des sacs de grosse toile brune et des caisses en jonc. Un avion de ville assiégée, songea aussitôt Jerry. On arrive avec le ravitaillement, on repart avec ceux qui ont de la chance. L'hôtesse lui offrit un vieux *Jours de France* et un bonbon. Il lut le numéro de *Jours de France* pour rafraîchir un peu son français, puis se souvint de *Candide* et se mit à le lire. Il avait apporté un Conrad parce qu'il lisait toujours Conrad à Phnom Penh, cela le chatouillait de se rappeler qu'il se trouvait dans un des derniers ports fluviaux de Conrad.

Pour se poser, ils approchèrent d'assez haut, puis se laissèrent tomber dans les nuages en une spirale désagréablement serrée pour éviter le tir des armes de petit calibre provenant de la jungle. Il n'y avait pas de contrôle au sol, mais Jerry s'en doutait. L'hôtesse ne savait pas à quelle distance les Khmers rouges se trouvaient de la ville, mais les Japonais avaient dit quinze kilomètres sur tous les fronts, et moins là où il n'y avait pas de route. Les Japonais avaient dit que l'aéroport était sous le feu de l'ennemi, mais seulement des fusées, et de façon sporadique. Pas de canon de 105 – pas encore, mais il y a un commencement à tout, songea Jerry. Les nuages s'amoncelaient et Jerry priait le ciel pour que l'altimètre fût bien réglé. Puis une terre olivâtre bondit vers eux et Jerry vit des cratères de bombes éparpillés comme des taches d'œuf et les traces jaunes laissées par les pneus des convois. Lorsqu'ils se posèrent en douceur sur la piste criblée de trous, les inévitables enfants nus et bruns barbotaient avec ravissement dans un cratère plein de boue.

Le soleil avait percé à travers les nuages et, malgré le rugissement de l'appareil, Jerry avait l'illusion de débarquer au cours d'une tranquille journée d'été. A Phnom Penh, comme nulle part ailleurs où Jerry était allé, la guerre se déroulait dans une atmosphère de paix. Il se rappelait la dernière fois où il était venu, avant l'arrêt des bombardements. Un groupe de passagers d'Air France à destination de Tokyo musardaient au bord de la piste, sans se rendre compte qu'ils venaient de se poser en pleine bataille. Les F4 et les 111 passaient en hurlant au-dessus du terrain, on tirait à la périphérie, les hélicoptères d'Air America débarquaient les morts dans des filets comme d'horribles prises pêchées dans quelque mer rouge, et le Boeing 707, pour décoller, avait dû rouler jusqu'à l'autre bout du terrain d'aviation, soutenant le feu au ralenti. Fasciné, Jerry avait vu l'appareil parvenir lourdement hors de portée de l'artillerie, mais longtemps il avait attendu le bruit sourd qui aurait annoncé que l'avion avait été touché. Mais l'appareil avait continué de rouler, comme si les innocents étaient à l'abri de tout, et avait disparu doucement dans l'horizon paisible.

Par une ironie du sort, maintenant que la fin était si proche, il observa que c'étaient surtout des cargaisons de survie. A l'extrémité opposée du terrain, d'énormes avions-cargos argentés, loués aux Américains, des 707 et d'énormes quadrimoteurs C-130 marqués *Transworld, Bird Airways*, ou sans aucune marque, atterrissaient et décollaient dans un va-et-vient incertain et dangereux pour apporter des munitions et du riz de Thaïlande et de Saigon, du pétrole et des munitions de Thaïlande. En se hâtant vers l'aérogare, Jerry assista à deux atterrissages, et chaque fois, il retint son souffle, attendant la dernière décharge des réacteurs qui renâclaient et frémissaient avant que les appareils ne vinssent s'immobiliser à l'intérieur du périmètre des caisses pleines de terre, tout au bout de la piste d'atterrissage. Ils n'avaient pas encore stoppé que les manœuvres en blouson et casque avaient convergé comme des pelotons désarmés pour arracher aux cales leurs précieux sacs.

Mais même ces mauvais présages ne parvenaient pas à détruire son plaisir d'être de retour.

« *Vous restez combien de temps, monsieur ?* s'enquit en français l'officier d'immigration.

– *Toujours*, mon vieux, dit Jerry. Aussi longtemps que vous voudrez bien de moi. Plus longtemps. » Il songea à demander sur-le-champ des nouvelles de Charlie Marshall, mais l'aéroport grouillait de policiers et d'agents de toutes sortes et, comme il ne savait pas à quoi il se heurtait, il lui parut sage de ne pas manifester trop de curiosité. Il y avait un déploiement coloré de vieux appareils frappés du nouvel insigne, mais il n'en voyait aucun appartenant à Indocharter dont les couleurs, lui avait expliqué Craw en lui donnant ses dernières instructions juste avant son départ de Hong Kong, étaient sensées être les couleurs de l'écurie de Ko : gris et bleu pâle.

Il prit un taxi et s'assit près du chauffeur, refusant avec douceur les courtoises propositions de ce dernier qui lui offrait des filles, des spectacles, des boîtes de nuit, des garçons. Les flamboyants faisaient une somptueuse arcade orange contre le ciel couleur ardoise de la mousson. Il s'arrêta chez un chemisier pour changer de l'argent *au cours flexible*, une expression qu'il adorait. Les cambistes étaient en général chinois, se souvenait Jerry. Celui-ci était indien. Les Chinois partent de bonne heure, mais les Indiens restent pour picorer la carcasse. Des bidonvilles s'étendaient à droite et à gauche de la route. Des réfugiés étaient blottis partout, à faire la cuisine, à sommeiller en groupes silencieux. De jeunes enfants assis en cercle se passaient une cigarette de main en main.

Nous sommes un village avec une population des millions, dit le chauffeur dans son français d'école communale.

Un convoi militaire fonçait sur eux, tous phares allumés, occupant le milieu de la route. Le chauffeur de taxi se rangea docilement sur le bas-côté. Une ambulance fermait la marche, portes ouvertes. Les corps étaient entassés avec les pieds à l'extérieur, les jambes dépassant comme des pieds de cochon, marbrés et meurtris. Morts ou vivants, cela importait peu. Ils dépassèrent un groupe de maisons sur pilotis, fracassées par les fusées, et se trouvèrent sur la place d'une ville de province française ; un restaurant, une épicerie, un charcutier, de la publicité pour Byrrh et pour Coca-Cola. Sur le trottoir des enfants étaient accroupis, surveillant des bouteilles de vin pleines d'essence volée. Jerry se rappelait cela aussi : c'était ce qui s'était passé dans les bombardements. Les obus tombaient sur l'essence et le résultat était un bain de sang. Cela se reproduirait encore. Personne n'apprenait rien, rien ne changeait, le matin on balayait les déchets.

« Arrêtez ! », dit Jerry, et sur une brusque inspiration il tendit au chauffeur le bout de papier sur lequel il avait inscrit l'adresse de Charlie Marshall que le libraire de Bangkok lui avait donnée. Il avait pensé qu'il pourrait y aller discrètement en pleine nuit, mais de jour, ça ne rimait plus à grand-chose.

« *Y aller ?* demanda le chauffeur d'un air surpris.

– C'est ça, mon vieux.

– *Vous connaissez cette maison ?*

– Un copain à moi.

– *A vous ? Un ami à vous ?*

– Presse », dit Jerry, ce qui explique n'importe quelle folie.

Le chauffeur haussa les épaules et engagea la voiture sur un long boulevard, passant devant la cathédrale française, puis s'engagea dans un chemin de terre bordé de villas bâties autour d'une cour et qui ne tardèrent pas à devenir de plus en plus moches à mesure qu'ils approchaient de la lisière de la ville. A deux reprises Jerry demanda au chauffeur ce que l'adresse avait de spécial, mais l'homme avait perdu tout son charme et répondait par des haussements d'épaule aux questions de Jerry. Lorsqu'ils s'arrêtèrent, il insista pour se faire régler aussitôt sa course et repartit en passant ses vitesses comme un coureur automobile. C'était une villa comme les autres, dont la moitié inférieure était dissimulée derrière un mur sur lequel s'ouvrait une grille en fer forgé. Il pressa le bouton de sonnette mais n'entendit rien. Lorsqu'il essaya de forcer la grille, elle refusa de bouger. Il entendit une fenêtre se fermer bruyamment et, comme il levait aussitôt les yeux, il crut voir un visage brun disparaître derrière le grillage de la moustiquaire. Puis il y eut un bourdonnement à la grille qui céda et il fit quelques pas jusqu'à une véranda carrelée et une autre porte, celle-ci en teck épais, avec un petit grillage protégé permettant de regarder dehors mais pas dedans. Il attendit, puis frappa lourdement sur le marteau et entendit les échos qui se répercutaient dans toute la maison. C'était une double porte, avec une jointure au milieu. Pressant le visage contre l'entrebâillement, il distingua un peu de sol carrelé et deux marches, sans doute les deux dernières marches d'un escalier. Sur la plus basse de celles-ci se tenaient deux pieds nus bruns et lisses, et deux mollets nus, mais il ne voyait pas plus haut que les genoux.

« Hullo ! cria-t-il toujours dans l'entrebâillement. *Bonjour !* Hullo ! et comme les jambes ne bougeaient toujours pas : *Je suis un ami de Charlie Marshall ! Madame, monsieur, je suis un ami anglais de Charlie Marshall ! Je veux lui parler.* »

Il tira de sa poche un billet de cinq dollars et l'introduisit par l'ouverture, mais rien n'y fit, alors il le reprit et changea de méthode ; il arracha une feuille de son carnet, et adressa son message « au commandant C. Marshall » en se présentant sous son nom comme « un journaliste anglais ayant à faire une proposition dans notre mutuel intérêt », et il donna l'adresse de son hôtel. Glissant alors cette note par la fente entre les montants, il chercha de nouveau les jambes brunes mais elles avaient disparu ; alors il repartit à pied, jusqu'au moment où il trouva un *cyclo* ; il le prit jusqu'à ce qu'il trouve un taxi : et non merci, non merci, il n'avait pas envie d'une fille – sauf que, comme d'habitude, il en avait envie.

L'hôtel s'appelait autrefois le *Royal.* Maintenant c'était le *Phnom.* Un drapeau flottait au mât, mais sa grandeur avait déjà un air de défaite. En s'inscrivant, il vit de la chair fraîche, dans la cour, qui se rôtissait autour de la piscine, et cela le fit une fois de plus penser à Lizzie. Pour les filles, c'était la rude école, et si elle avait transporté des petits paquets pour Ricardo, alors il y avait dix contre un à parier qu'elle était descendue ici. Les plus jolies appartenaient aux plus riches et les plus riches étaient les canailles du Rotary de Phnom Penh : les trafiquants d'or et de caoutchouc, les chefs de la police, les Corses coriaces qui concluaient des marchés avec les Khmers rouges, en pleine bataille. Il y avait une lettre qui l'attendait, non cachetée. La réceptionniste, qui l'avait déjà lue, le regarda poliment en faire autant. Une carte d'invitation dorée sur tranche avec un écusson d'ambassade l'invitait à dîner. Son hôte était quelqu'un dont il n'avait jamais entendu parler. Mystifié, il retourna la carte. Quelques mots griffonnés au verso disaient : « J'ai bien connu votre ami George du *Guardian* », et Guardian (qui veut dire tuteur en anglais) était le mot convenu. Une invitation à dîner, le coup de la boîte aux lettres, songea-t-il : ce que Sarratt appelait ironiquement la grande filière interrompue du Foreign Office.

« *Téléphone ?* demanda Jerry.

– *Il est foutu, monsieur.*

– *Electricité ?*

– *Aussi foutue, monsieur, nous avons beaucoup de l'eau.*

– Keller ? fit Jerry en souriant.

– *Dans la cour, monsieur.* »

Il pénétra dans les jardins. Au milieu de la chair fraîche trônait une bande de guerriers de Fleet Street, en train de boire du scotch et d'échanger des histoires gaillardes. Ils avaient l'air des pilotes adolescents de la bataille d'Angleterre combattant une guerre d'emprunt et ils l'observaient avec un mépris collectif pour quelqu'un originaire de la haute. L'un d'eux portait un mouchoir blanc et des cheveux longs bravement ramenés en arrière.

« Bon Dieu, mais c'est le duc, dit-il. Comment es-tu arrivé ici ? Tu as marché sur le Mékong ? »

Mais ce n'était pas eux que Jerry cherchait, c'était Keller. Keller était un permanent. Il était correspondant d'une agence de presse, il était américain et Jerry l'avait connu dans d'autres guerres. Et surtout aucun journaliste *uitlander* ne venait en ville sans venir expliquer son affaire à Keller, et si Jerry voulait se bâtir une crédibilité, alors c'était Keller qui la lui fournirait, et Jerry tenait de plus en plus à être crédible. Il trouva Keller au parking. Les épaules larges, les cheveux gris, une manche retroussée. Il était planté là, avec la main correspondant à la manche baissée dans sa poche, en train de regarder un chauffeur arroser l'intérieur d'une Mercedes.

« Max. Sensas.

– De première », dit Keller, après lui avoir jeté un coup d'œil, puis il reprit son poste d'observation. Auprès de lui se tenait une paire de jeunes Khmers très minces, qui avaient l'air de photographes de mode en bottes à talons hauts et pantalons larges, avec des appareils de photo qui pendaient sur leurs chemises étincelantes et déboutonnées. Comme Jerry regardait, le chauffeur cessa d'asperger et se mit à frotter le cuir de la banquette avec un paquet de pansements militaires qui devenaient de plus en plus bruns à mesure qu'il frottait. Un autre Américain vint se joindre au groupe et Jerry devina que c'était le plus récent pigiste de Keller. Keller faisait une grosse consommation de pigistes.

« Qu'est-ce qui s'est passé ? demanda Jerry, tandis que le chauffeur se remettait à asperger.

– Un héros en solde a arrêté une balle très coûteuse, dit le pigiste. Voilà ce qui est arrivé. » C'était un Sudiste pâle qui avait l'air de s'amuser, et Jerry était tout prêt à le trouver antipathique.

« C'est vrai, Keller ? demanda Jerry.

– Un photographe », dit Keller.

L'agence de presse de Keller en avait toute une écurie. Comme toutes les grosses agences : de jeunes Cambodgiens, comme les deux qui étaient là. On leur donnait deux dollars américains pour aller au front et vingt dollars par photo publiée. Jerry avait entendu dire que Keller les perdait au rythme de un par semaine.

« Il l'a prise en plein dans l'épaule pendant qu'il courait en se penchant, dit le pigiste. Elle est ressortie par le bas du dos. Ça l'a traversé comme une passoire. » Il avait l'air impressionné.

« Où est-il ? fit Jerry, histoire de dire quelque chose, pendant que le chauffeur continuait à éponger, à arroser, à frotter.

– En train de mourir sur la route là-bas. Ce qui est arrivé, vous comprenez, c'est qu'il y a deux semaines, ces salauds du bureau de New York se sont entêtés à propos de médicaments. Autrefois on les faisait venir par Bangkok. Plus maintenant. C'est fini. Et vous ne savez pas ? Sur la route, ils sont allongés dans l'ambulance et il faut arroser les infirmiers pour qu'ils leur donnent de l'eau. Pas vrai, les gars ? »

Les deux Cambodgiens eurent un sourire poli.

« Tu veux quelque chose, Westerby ? » demanda Keller.

Keller avait un visage gris et criblé de marques. Jerry l'avait surtout connu dans les années 60, au Congo, où

Keller s'était brûlé la main en tirant un gosse hors d'un camion. Ses doigts maintenant étaient soudés comme par une palme, mais à part ça, il n'avait pas changé. Jerry se souvenait fort bien de cet incident parce que c'était lui qui tenait le gosse à l'autre extrémité.

« Le canard veut que je vienne jeter un coup d'œil, dit Jerry.

– Tu en es encore capable ? »

Jerry éclata de rire, Keller aussi et ils burent du scotch au bar jusqu'à ce que la voiture fut prête, en bavardant du bon vieux temps. A l'entrée ils prirent une fille qui avait attendu toute la journée, rien que pour Keller, une grande Californienne qui pensait trop aux caméras, avec de longues jambes nerveuses. Comme les téléphones ne marchaient pas, Jerry insista pour s'arrêter à l'ambassade britannique de façon à pouvoir répondre à son invitation. Keller ne se montra guère poli.

« Tu es une espèce d'espion ou je ne sais quoi maintenant, Westerby ; tu tripotes tes articles, tu lèches le cul pour avoir un bon dossier et une pension plus tard, non ? » Il y avait des gens qui disaient que c'était à peu près la position de Keller, mais il y a toujours des gens...

« Bien sûr, dit Jerry d'un ton affable. Ça fait des années que ça dure. »

A l'entrée, les sacs de sable étaient tout neufs et de nouveaux treillages antigrenades luisaient dans le soleil. Dans le hall, avec ce consternant manque d'à-propos dont seuls les diplomates sont tout à fait capables, une grande affiche recommandait « les voitures britanniques de haute performance » à une ville avide de carburant, et montrait quelques charmantes photographies de plusieurs modèles non disponibles.

« Je vais dire au conseiller que vous avez accepté », dit gravement la réceptionniste.

La Mercedes avait encore une petite odeur de sang, mais le chauffeur avait branché la climatisation.

« Qu'est-ce qu'ils font là-dedans, Westerby ? demanda Keller. Ils tricotent ou quoi ?

– Plutôt quoi », dit Jerry en souriant, surtout à la Californienne.

Jerry était assis devant, Keller et la fille derrière.

« Bon. Alors écoute ça, dit Keller.

– Bien », dit Jerry.

Jerry avait son carnet ouvert et griffonnait tandis que Keller parlait. La fille portait une jupe courte et Jerry et le chauffeur apercevaient ses cuisses dans le rétroviseur. Keller avait sa main valide posée sur le genou de la jeune femme. Elle répondait au prénom improbable de Lorraine et, comme Jerry, elle faisait officiellement une virée dans les zones de guerre pour son groupe de quotidiens du Middle West. Bientôt leur voiture fut la seule. Même les cyclos disparurent, ne les laissant qu'avec les paysans, les bicyclettes, les buffles et les buissons en fleurs de la campagne qui approchait.

« Combats intenses sur toutes les grandes routes, psalmodiait Keller presque à la vitesse de la dictée. Attaques aux fusées la nuit, plasticage pendant la journée, Lon Nol croit toujours qu'il est Dieu et l'ambassade américaine s'escrime à le soutenir puis à essayer de le renverser. » Il donna des statistiques sur le matériel, sur les pertes en vies humaines, sur l'échelle de l'aide américaine. Il cita des généraux connus pour vendre des armes américaines aux Khmers rouges, et des généraux qui commandaient des armées fantômes afin de réclamer la solde des troupes, et des généraux qui faisaient les deux : « Le bordel habituel. Les salopards sont trop faibles pour prendre les villes, les bons sont trop trouillards pour occuper la campagne et personne n'a envie de se battre, sauf les communistes. Les étudiants sont prêts à foutre le feu partout dès l'instant qu'ils n'ont plus de sursis ; il y a maintenant tous les jours des émeutes à propos du ravitaillement, il y a une corruption comme si demain ne devait jamais exister, personne ne peut vivre sur son salaire, des fortunes se créent et le pays est saigné à blanc. Le Palais n'a aucun sens des réalités, l'ambassade est un asile de fous, il y a plus d'agents de la CIA que de diplomates et tous prétendent qu'ils ont un secret. Tu en veux encore ?

– A ton avis, ça va tenir combien de temps ?

– Une semaine. Dix ans.

– Et les lignes aériennes ?

– Les lignes aériennes, c'est tout ce que nous avons. Le Mékong est pratiquement mort, les routes aussi. Les compagnies aériennes ont le champ libre. On a passé un article là-dessus. Tu l'as vu ? On me l'a tailladé en pièces. Seigneur, dit-il à la fille. Pourquoi faut-il que je refasse mon numéro pour un connard d'Anglais qui débarque ?

– Encore, fit Jerry, écrivant toujours.

– Il y a six mois, cette ville comptait cinq compagnies aériennes dûment enregistrées. Au cours des trois derniers mois, on a délivré trente-quatre nouvelles licences et il y en a encore une bonne douzaine qui attendent. Le cours actuel est trois millions de riels au ministre personnellement et deux millions répartis parmi ses collaborateurs. Moins si tu paies en or, moins encore si tu fais un versement à l'étranger. Nous faisons la nationale 13, dit-il à la fille. J'ai pensé que tu voudrais jeter un coup d'œil.

– Formidable », dit la fille et, serrant les genoux, elle retint prisonnière la main valide de Keller.

Ils passèrent devant une statue dont un bras avait été arraché par un obus, et après cela, la route suivit la courbe du fleuve.

« Enfin, si Westerby peut le supporter, ajouta Keller comme à la réflexion.

– Oh ! je crois que je suis assez en forme, dit Jerry et la fille éclata de rire, changeant un instant de camp.

– Les Khmers rouges viennent de s'installer sur la rive opposée là-bas, mon chou », expliqua Keller s'adressant de préférence à la fille. De l'autre côté des eaux brunes et rapides, Jerry aperçut deux T-28, qui rôdaient à la recherche de quelque chose à bombarder. Il y eut une flamme, un gros feu, et la colonne de fumée s'éleva droit dans le ciel comme une vertueuse offrande.

« Qu'est-ce que viennent faire les Chinois étrangers là-dedans ? demanda Jerry. A Hong Kong, personne n'a entendu parler de cet endroit.

– Les Chinois contrôlent quatre-vingts pour cent de notre commerce et ça comprend les compagnies aériennes.

Anciennes ou nouvelles. Les Cambodgiens sont flemmards. Tu vois, mon petit ? Les Cambodgiens se contentent de profiter de l'aide américaine. Les Chinois ne sont pas comme ça. Oh ! pas du tout. Les Chinois aiment bien travailler, ils aiment bien faire tourner leur argent. C'est eux qui ont mis la main sur notre marché des changes, sur notre monopole de transport, sur notre taux d'inflation, sur notre économie de siège. La guerre est en train de devenir une véritable succursale de Hong Kong. Dis donc, Westerby, tu es toujours marié à cette femme dont tu m'avais parlé, la mignonne aux jolis yeux ?

– Nos chemins se sont séparés, dit Jerry.

– Dommage, elle avait l'air formidable. Il avait une femme formidable, dit Keller.

– Et toi ? » demanda Jerry.

Keller secoua la tête et sourit à la fille. « La fumée ne te dérange pas, mon petit ? » demanda-t-il d'un ton assuré.

Il y avait une brèche dans le tissu cicatriciel palmé de la main de Keller, qui aurait bien pu être ménagée tout exprès pour tenir une cigarette, et les bords en étaient jaunis par la nicotine. Keller reposa sa main valide sur la cuisse de sa compagne. La route devint une piste et de profondes ornières apparurent là où des convois étaient passés. Ils s'engagèrent dans un court tunnel d'arbres et, juste à ce moment, un grondement d'artillerie se déclencha sur leur droite, et les arbres s'agitèrent comme dans un typhon.

« Whoou ! cria la fille. On peut ralentir un peu ? » Et elle se mit à tirer sur les courroies de son appareil photo.

« Fais comme chez toi. C'est de l'artillerie de moyen calibre, dit Keller. La nôtre », ajouta-t-il, comme une plaisanterie. La fille abaissa la vitre et prit quelques clichés. Le barrage d'artillerie continuait, les arbres dansaient, mais les paysans, dans la rizière, ne levaient même pas la tête. Lorsqu'il s'arrêta, les cloches des buffles continuaient à tinter comme un écho. Ils poursuivirent leur route. Sur la rive la plus proche, deux gosses avaient un vieux vélo et le chevauchaient à tour de rôle. Dans l'eau, une bande d'enfants plongeaient autour d'une chambre à air, leurs corps bruns tout luisants d'eau. La fille les photographia aussi.

« Tu parles toujours français, Westerby ? Westerby et moi, on a fait un truc ensemble au Congo, il y a un moment, expliqua-t-il à la fille.

– On m'a dit, fit-elle, d'un air entendu.

– Les Angliches ont de l'éducation, mon chou », expliqua Keller. Jerry ne se rappelait pas l'avoir connu aussi bavard. « On les élève. Pas vrai, Westerby ? Surtout les lords, hein ? Et Westerby est une sorte de lord.

– Voilà comme nous sommes, mon vieux. Erudits jusqu'au bout des ongles. Pas comme vous autres, enfants de la balle.

– Tiens, si tu parlais au chauffeur, hein ? On a des instructions à lui donner, toi, tu les dis. Il n'a pas encore eu le temps d'apprendre l'anglais. Dis-lui de prendre à gauche.

– *A gauche* », fit Jerry.

Le chauffeur était tout jeune, mais il avait déjà cet air ennuyé des guides.

Dans le rétroviseur Jerry remarqua que la main brûlée de Keller tremblait lorsqu'il tirait sur sa cigarette. Il se demanda si ça lui faisait toujours ça. Ils traversèrent quelques villages. Tout était très calme. Il pensa à Lizzie et aux marques de griffe qu'elle avait au menton. Il aurait voulu faire quelque chose de simple avec elle, par exemple, se promener dans des champs en Angleterre. Craw disait que c'était une enfant des banlieues. Il trouvait touchant ces fantasmes qu'elle avait à propos des chevaux.

« Westerby.

– Oui, mon vieux ?

– Ce truc que tu fais avec tes doigts. Ce pianotement. Ça t'ennuierait d'arrêter ? Ça m'agace. » Il se tourna vers la fille. « Ça fait des années qu'ils bombardent ce coin, mon chou, expliqua-t-il avec un grand geste. Des années. » Il exhala une bouffée de fumée.

« Pour cette histoire de compagnies aériennes, reprit Jerry, le crayon prêt de nouveau à noter. Tu as quelques chiffres ?

– La plupart des compagnies prennent des contrats de location à Vientiane. Ça comprend l'entretien, le pilote, l'amortissement mais pas le carburant. Peut-être que tu savais ça. Le mieux, c'est d'être propriétaire de ton avion. Comme ça tu as les deux. Tu profites du siège et tu te tires quand la fin arrive. Regarde les gosses, mon petit, dit-il à la fille, en tirant de nouveau sur sa cigarette. Tant qu'il y a des gosses dans les parages, il n'y aura pas d'histoires. Quand les gosses disparaissent, c'est mauvais signe. Ça veut dire qu'ils les ont cachés. Cherche toujours les gosses. »

La nommée Lorraine s'affairait de nouveau sur son appareil photo. Ils avaient atteint un poste de contrôle rudimentaire. Deux sentinelles les regardèrent passer mais le chauffeur ne ralentit même pas. Ils approchèrent d'un embranchement et le chauffeur s'arrêta.

« Le fleuve, ordonna Keller. Dis-lui de suivre la berge. »

Jerry le lui dit. Le jeune homme semblait surpris : il paraissait même prêt à protester, puis il changea d'avis.

« Des gosses dans les villages, disait Keller. Des gosses au front. Ça ne fait rien. Ils sont comme des girouettes, ils donnent la direction du vent. Les soldats khmers emmènent leurs familles à la guerre le plus naturellement du monde. Si le père meurt, de toute façon il n'y aura rien pour la famille, alors autant suivre les militaires qui ont le ravitaillement. Une autre chose, mon petit, une autre chose, c'est que les veuves doivent être sur place pour réclamer la preuve de la mort du père, tu comprends ? Voilà un côté humain pour ton reportage, pas vrai, Westerby ? Si elles ne les revendiquent pas, l'officier qui commande le détachement jurera qu'ils ne sont pas morts et empochera leurs soldes. Vas-y, vas-y, dit-il, comme elle écrivait. Mais ne t'imagine pas que personne publiera ça. Cette guerre est finie. Pas vrai, Westerby ?

– *Finito* », reconnut Jerry.

Elle devait être drôle, décida-t-il. Si Lizzie était ici, elle verrait sûrement le côté amusant des choses et ça la ferait rire. Au milieu du fatras de ses imitations, songea-t-il, il devait y avoir un original perdu, et il avait bien l'intention de le retrouver. Le chauffeur s'arrêta auprès d'une vieille femme et lui demanda quelque chose en khmer, mais elle enfouit son visage entre ses mains et détourna la tête.

« Pourquoi est-ce qu'elle a fait ça, bon sang ? cria la fille, furieuse. On ne lui voulait rien de mal. Seigneur !

– La timidité », dit Keller d'une voix sourde.

Derrière eux, le barrage d'artillerie tira une nouvelle salve et cela fit comme une porte qui claquait, qui leur barrait la retraite. Ils passèrent un *wat* et s'engagèrent sur une place de marché entourée de maisons en bois. Des moines en robe safran les dévisageaient, mais les filles qui tenaient les éventaires ne les regardèrent même pas et les enfants continuaient à jouer avec les coqs nains.

« A quoi servait le point de contrôle ? demanda la fille tout en prenant des photos. Est-ce que nous sommes dans un endroit dangereux maintenant ?

– On y arrive, mon petit, on y arrive. Maintenant, boucle-la. »

Devant eux, Jerry entendait le crépitement d'armes automatiques, un mélange de M-16 et de AK-47. Une jeep jaillit des arbres et fonça sur eux, vira à la dernière seconde, bringuebalant sur les ornières. Au même instant, le soleil disparut. Jusqu'alors, ils avaient trouvé sa présence normale, une lumière vive et liquide bien lavée par les averses. On était en mars et c'était la saison sèche. C'était le Cambodge, où la guerre, comme le cricket, ne se pratiquait que par temps convenable. Mais voilà maintenant que des nuages noirs se rassemblaient, que les arbres se refermaient autour d'eux comme si l'on avait été en hiver et que les maisons de bois s'enfonçaient dans l'ombre.

« Comment sont habillés les Khmers rouges ? demanda la fille d'une voix moins excitée. Est-ce qu'ils ont un uniforme ?

– Des plumes et un cache-sexe, rugit Keller. Il y en a même qui ont le cul à l'air. » Comme il riait, Jerry perçut la tension dans sa voix et remarqua encore sa main qui tremblait en tirant sur sa cigarette. « Non, mon chou, ils s'habillent comme des fermiers, tout simplement. Ils portent ces espèces de pyjamas noirs.

– C'est toujours aussi désert ?

– Ça dépend, dit Keller.

– Et des sandales Hô Chi Minh », ajouta Jerry d'un ton distrait.

Un couple d'oiseaux aquatiques au plumage vert s'envola sur la piste. Le bruit des coups de feu avait diminué.

« Tu n'avais pas une fille ? Qu'est-ce qui lui est arrivé ? dit Keller.

– Elle va bien. Très bien.

– Elle s'appelle comment ?

– Catherine, dit Jerry.

– J'ai l'impression qu'on s'éloigne », dit Lorraine déçue.

Ils passèrent devant un vieux cadavre sans bras. Les mouches s'étaient installées sur les blessures du visage dans une lave noire.

« Ils font toujours ça ? demanda la fille, curieuse.

– Ils font quoi mon chou ?

– Ils leur ôtent toujours leurs bottes ?

– Parfois, ils leur enlèvent leurs bottes, parfois ça n'est pas la bonne taille, dit Keller, dans un nouvel accès de colère bizarre. Il y a des vaches qui ont des cornes et d'autres qui n'en ont pas. Maintenant boucle-la, tu veux ? D'où es-tu ?

– Santa Barbara », dit la fille. Brusquement, il n'y eut plus d'arbres en bordure. Ils prirent un virage et se retrouvèrent en terrain découvert, avec le fleuve aux eaux brunes juste à côté d'eux. Sans qu'on lui eût rien demandé, le chauffeur s'arrêta, puis recula doucement jusque sous les arbres.

« Où va-t-il ? demanda la fille. Qui lui a dit de faire ça ?

– Je crois qu'il a peur pour ses pneus, ma chère, dit Jerry, pour plaisanter.

– A trente dollars par jour ? » fit Keller, lui aussi pour plaisanter.

Ils se trouvaient au beau milieu d'une petite bataille. Devant eux, dominant le coude du fleuve, se dressait un village anéanti sur un terrain vague un peu surélevé sans un seul arbre en vie dans les parages. Les murs en ruine étaient blancs et les bords déchiquetés, jaunes. Avec si peu de végétation, l'endroit évoquait les vestiges d'un fort de la Légion étrangère, et peut-être était-ce bien ça. A l'abri des murs, des camions bruns étaient rassemblés, comme sur un chantier. Ils entendirent quelques coups de feu, un bref crépitement. Ç'aurait pu être des chasseurs qui tiraient sur un vol de canards sauvages. Une balle traçante jaillit dans le ciel, trois obus de mortier tombèrent, le sol trembla, la voiture vibra et le chauffeur, sans un mot, ouvrit sa vitre pendant que Jerry en faisait autant. Mais la fille avait ouvert la portière et sortait, une jambe parfaite après l'autre. Fouillant dans un petit sac de voyage noir, elle en sortit une lentille de téléobjectif, la vissa sur son appareil et examina l'image ainsi grossie.

« C'est tout ce qu'il y a ? demanda-t-elle d'un ton hésitant. Est-ce qu'on ne devrait pas voir l'ennemi aussi ? Je ne vois que les nôtres et plein de fumée.

– Oh ! ils sont de l'autre côté là-bas, mon chou, commença Keller,

– On ne peut pas les voir ? » Il y eut un petit silence pendant que les deux hommes se consultaient du regard.

« Ecoutez, dit Keller, c'était juste un tour, d'accord, mon petit ? Le détail des choses, ça varie. D'accord ?

– Je trouve simplement que ce serait formidable de voir l'ennemi. C'est une confrontation que je veux, Max. Vraiment. J'aime ça. »

Ils se mirent à marcher.

Quelquefois on fait ça pour sauver la face, songea Jerry, d'autres fois seulement parce qu'on n'a pas fait son boulot tant qu'on n'a pas eu la frousse de sa vie. D'autres fois encore, on y va pour se rappeler que survivre, c'est un coup de chance. Mais la plupart du temps, on y va parce que les autres y vont ; pour le *machismo* ; et parce que pour être dans le coup il faut partager. Autrefois, peut-être, Jerry y était allé pour des raisons plus choisies. Pour se connaître : le style Hemingway. Pour élever son seuil de peur. Parce que dans la bataille comme dans l'amour, il y a escalade du désir. Quand on a été mitraillé, les balles isolées, ça semble banal. Quand on a été arrosé d'obus, la mitraillade, ça devient un jeu d'enfant, ne serait-ce que parce que l'impact d'une balle laisse votre cerveau en place alors que le choc d'un obus vous le fait ressortir par les oreilles. Et puis il y a une certaine paix : il se souvenait de ça aussi. A de mauvais moments de sa vie – quand rien n'allait, l'argent, les enfants, les femmes – il avait connu un sentiment de paix qui venait du fait de comprendre que rester vivant était sa seule responsabilité. Mais cette fois – se dit-il –, cette fois c'est vraiment la raison la plus stupide, et c'est parce que je recherche un pilote complètement camé qui connaît un homme qui avait Lizzie Worthington pour maîtresse. Ils marchaient à pas lents parce que la fille, avec sa jupe courte, avait du mal à avancer dans les ornières glissantes.

« Belle pépée, murmura Keller.

– Faite pour ça », renchérit Jerry.

Avec une certaine gêne, Jerry se rappela comment, au Congo, ils se faisaient des confidences, s'avouant leurs amours et leurs faiblesses. Pour garder son équilibre, la fille balançait les bras.

Ne tends pas le bras, songea Jerry, *bonté divine, ne tends pas le bras. C'est comme ça que les photographes se font descendre.*

« Continue à marcher, mon petit, dit Keller d'une voix un peu aiguë. Ne pense à rien. Marche. Tu veux rentrer, Westerby ? »

Ils contournèrent un petit garçon en train de jouer tout seul dans la poussière avec des cailloux. Jerry se demanda si les canons l'avaient rendu sourd. Il jeta un coup d'œil en arrière. La Mercedes était toujours garée sous les arbres. Devant, il apercevait des hommes accroupis pour tirer parmi les décombres, plus d'hommes qu'il n'avait cru. Le bruit se fit soudain plus fort. Sur l'autre berge, deux bombes explosèrent au milieu de l'incendie. Les T-28 essayaient de répandre les flammes. Un éclat, en ricochant, vint s'enfoncer dans la berge au-dessous d'eux, faisant jaillir de la boue et de la poussière. Un paysan les dépassa sur sa bicyclette, l'air serein. Il entra dans le village, le traversa et en ressortit, passant sans hâte devant les ruines et s'enfonçant sous les arbres, derrière. Personne ne tira sur lui, personne ne l'interpella. Ce pourrait être un des leurs ou un des nôtres, se dit

Jerry. Il est venu en ville hier soir, il a plastiqué un cinéma et maintenant il rejoint sa famille.

« Seigneur, cria la fille en riant. Pourquoi est-ce que nous n'avons pas pensé à des bicyclettes ? »

Dans un fracas de briques qui s'écroulaient, une rafale de balles de mitrailleuse vint frapper tout autour d'eux. Au-dessous, sur la berge, par la grâce de Dieu, se dessinait une ligne de petits emplacements de tir creusés dans la boue. Jerry les avait déjà repérés. Empoignant la fille, il la plaqua à terre. Keller était déjà à plat ventre. Allongé auprès d'elle, Jerry éprouva un profond manque d'intérêt. Mieux vaut se faire flinguer ici que ce qu'a connu Frostie. Les balles projetaient des rideaux de boue et sifflaient sur la route. Ils étaient tapis contre le sol, en attendant que la fusillade se calme. La fille regardait sur la rive d'en face en souriant d'un air excité. Elle avait les yeux bleus, les cheveux blonds, un type aryen. Un obus de mortier atterrit juste derrière eux et pour la seconde fois, Jerry la plaqua contre le sol. Le souffle les balaya et lorsqu'il fut passé, des mottes de terre voletaient dans l'air comme une offrande propitiatoire, mais elle se releva, toujours souriante. Quand le Pentagone pense à la civilisation, se dit Jerry, il pense à toi. Dans le fort, la bataille avait soudain repris de la vigueur. Les camions avaient disparu, un épais voile de poussière s'était formé, les éclats et le fracas du mortier ne cessaient pas, le tir de deux mitrailleuses légères se répondait avec une vivacité accrue. Le visage marqué de Keller apparut, blanc comme la mort, au-dessus du bord de son petit trou d'homme.

« Les Khmers rouges les tiennent par les couilles ! cria-t-il. De l'autre côté du fleuve, devant, et maintenant sur l'autre flanc. On aurait dû prendre l'autre chemin ! »

Bon sang, se dit Jerry tandis que d'autres souvenirs lui revenaient, dire qu'un jour Keller et moi on s'est battus à propos d'une fille. Il essaya de se rappeler qui elle était et qui l'avait emporté.

Ils attendirent, le feu cessa. Ils revinrent à la voiture et regagnèrent l'embranchement juste à temps pour y retrouver le convoi en retraite. Des morts et des blessés jonchaient les bas-côtés et des femmes étaient accroupies parmi eux, éventant les visages hébétés avec des feuilles de palmier. Ils redescendirent de voiture. Des réfugiés poussaient des buffles, des charrettes, se poussaient entre eux, tout en vociférant après leurs porcs et leurs enfants. Une vieille femme désigna en hurlant l'appareil de la fille croyant que le téléobjectif était un canon de fusil. Il y avait des bruits que Jerry n'arrivait pas à situer, comme le tintement d'une sonnette de bicyclette et des gémissements, d'autres bruits que, par contre, il situait très bien : les sanglots des mourants et le bruit sourd d'un tir de mortier qui se rapprochait. Keller courait auprès d'un camion, s'efforçant de trouver un officier parlant anglais ; Jerry trottinait auprès de lui en lançant les mêmes questions en français.

« Oh ! merde, dit Keller, soudain las. Rentrons. » Il prit sa voix de petit hobereau anglais : « Tous ces gens, tout ce bruit », expliqua-t-il, avec un petit mouvement du poignet très pédé.

Pendant un moment ils furent pris dans la colonne, avec les camions qui les poussaient sur le bas-côté et les réfugiés qui frappaient poliment à la vitre pour demander qu'on les prît. A un moment Jerry crut voir Trompe-la-Mort le Boche chevauchant en croupe une motocyclette de l'armée. A l'embranchement suivant, Keller ordonna au chauffeur de prendre à gauche.

« C'est plus tranquille », dit-il en posant de nouveau sa main valide sur le genou de la fille. Mais Jerry pensait à Frost à la morgue, à la pâleur blême de sa mâchoire figée dans un hurlement.

« Ma mère m'a toujours dit, déclara Keller, avec un accent traînant de paysan : "Fiston, ne reviens jamais dans la jungle par le même chemin que tu es arrivé." Mon petit ?

– Oui ?

– Mon petit, tu viens de te faire dépuceler. Mes humbles félicitations. » La main glissa un peu plus haut.

Tout autour d'eux on entendit un bruit d'eau en train de se déverser comme de tuyaux éclatés et la pluie se mit à tomber à torrents. Ils passèrent un village plein de poulets qui s'enfuyaient, terrifiés. Un fauteuil de coiffeur était abandonné sous la pluie. Jerry se tourna vers Keller.

« Cette histoire d'économie de siège, reprit-il. Les forces du marché et tout ça. Tu crois que cette histoire passera ?

– Ça se pourrait, dit Keller d'un ton détaché. Ça a été fait quelquefois. Mais ça voyage.

– Qui sont les gens qui tiennent tout ça ? »

Keller en nomma quelques-uns.

« Indocharter ?

– Indocharter entre autres », dit Keller.

Jerry se lança. « Il y a un gus du nom de Charlie Marshall qui pilote pour eux, un type à moitié chinois. Quelqu'un m'a dit qu'il parlerait. Tu le connais ?

– Non. »

Jerry se dit qu'il était allé assez loin. « Qu'est-ce qu'ils utilisent en général comme appareils ?

– Ce qu'ils peuvent trouver, des DC-4, n'importe quoi. Un ne suffit pas. Il en faut au moins deux, on en pilote un, on utilise l'autre pour les pièces détachées. Ça coûte moins cher d'avoir un avion au sol et de le démonter que de payer des pots-de-vin aux douanes pour avoir des pièces détachées.

– Qu'est-ce que ça rapporte ?

– Enormément.

– Il y a beaucoup d'opium dans le coin ?

– Oh ! il y a toute une raffinerie sur le Bassac. On dirait une installation qui sort de l'époque de la prohibition. Je peux te faire visiter si ça t'intéresse. »

La nommée Lorraine était à la fenêtre, à regarder tomber la pluie. « Je ne vois pas de gosses, Max, annonça-t-elle. Tu disais de regarder s'il n'y avait pas de gosses, c'est tout. J'ai bien regardé et ils ont disparu. » Le chauffeur arrêta la voiture. « Il pleut et j'ai lu quelque part que quand il pleut les petits Asiatiques sortent jouer. Alors, tu sais où sont les gosses ? » dit-elle. Mais Jerry n'écoutait pas ce qu'elle disait. Se penchant et regardant en même temps par le pare-brise, il vit ce que le chauffeur avait vu, et cela lui dessécha la gorge.

« C'est toi le patron, mon vieux, dit-il doucement à Keller. C'est ta voiture, ta guerre et ta souris. »

Dans le rétroviseur, Jerry vit avec consternation le visage de pierre ponce de Keller déchiré entre l'expérience et l'incapacité.

« Avancez vers eux lentement, dit Jerry, lorsqu'il ne put attendre plus longtemps. Lentement.

– C'est ça, dit Kelly. Voilà. »

A cinquante mètres devant eux, enveloppé par la pluie battante, un camion gris s'était arrêté en travers de la piste, bloquant le passage. Dans le rétroviseur il constata qu'un autre s'était arrêté derrière eux, bloquant leur retraite.

« On ferait mieux de montrer nos mains », dit Keller d'une voix un peu rauque. De sa main valide, il abaissa sa vitre. La fille et Jerry en firent autant. Jerry essuya la buée sur le pare-brise et posa les mains sur le tableau de bord. Le chauffeur tenait le volant en haut.

« Ne leur souriez pas, ne leur parlez pas, ordonna Jerry.

– Bon sang, dit Keller. Bonté divine. »

Dans toute l'Asie, se dit Jerry, les journalistes avaient leurs anecdotes favorites sur ce que les Khmers rouges vous faisaient, et la plupart étaient authentiques. Même Frost, en ce moment, aurait été reconnaissant de sa fin relativement paisible. Il connaissait des journalistes qui avaient sur eux du poison, ou qui dissimulaient un pistolet pour s'épargner ce moment-là. Si on est pris, la première nuit c'est la seule où on puisse filer, se rappela-t-il : avant qu'on prenne vos chaussures, votre santé et Dieu sait quelles autres parties de votre personne. La première nuit, c'est la seule chance, disait le folklore. Il se demanda s'il devrait répéter cela à la fille, il ne voulait pas vexer Keller. Ils avançaient difficilement, en première, le moteur peinant. La pluie s'abattait sur la voiture, martelant le toit, crépitant sur le capot et pénétrant par les fenêtres ouvertes. Si on s'enlise, on est fini, se dit-il. Le camion devant n'avait toujours pas bougé et n'était pas à plus de cinq mètres, un monstre luisant sous l'averse. Dans la pénombre de la cabine du camion, ils aperçurent des visages amaigris qui les observaient. A la dernière minute, le camion recula dans les taillis en leur laissant tout juste la place de passer. La Mercedes pencha. Jerry dut se cramponner au montant de la portière pour ne pas rouler sur le chauffeur. Les deux roues à l'extérieur patinèrent en gémissant, le capot bascula et faillit emboutir l'aile du camion.

« Pas de plaque minéralogique, murmura Keller. Seigneur !

– Pas trop vite, fit Jerry au chauffeur. *Toujours lentement.* N'allumez pas vos phares. » Il regardait dans le rétroviseur.

« Et c'étaient ceux-là en pyjamas noirs ? dit la fille tout excitée. Et vous n'avez même pas voulu me laisser prendre une photo ? »

Personne ne souffla mot.

« Qu'est-ce qu'ils voulaient ? A qui cherchent-ils à tendre une embuscade ? insista-t-elle.

– A quelqu'un d'autre, dit Jerry. Pas à nous.

– Un connard qui nous suit, dit Kelly. Qu'est-ce que ça peut foutre ?

– Est-ce qu'il ne faudrait pas prévenir quelqu'un ?

– On n'est pas équipé pour ça », dit Keller.

Ils entendirent des coups de feu derrière eux, mais continuèrent à rouler.

« Saloperie de pluie, murmura Kelly, se parlant à moitié à lui-même. Pourquoi donc est-ce que tout d'un coup on a de la pluie ? »

La pluie s'était peu à peu arrêtée.

« Mais bon sang, Max, protesta la fille, puisqu'ils nous avaient épinglés comme ça, pourquoi est-ce qu'ils ne nous liquident pas ? »

Avant que Keller pût répondre, le chauffeur fit pour lui en français, d'une voix douce et polie, encore que Jerry fût le seul à comprendre : « Quand ils voudront venir, ils viendront, dit-il en souriant à la fille dans le rétroviseur. Dans le mauvais temps. Quand les Américains seront en train d'ajouter cinq mètres de béton au toit de leur ambassade, que les soldats seront accroupis dans leurs capes sous les arbres, que les journalistes boiront du whisky et que les généraux seront à la fumerie, les Khmers rouges sortiront de la jungle et viendront nous couper la gorge.

– Qu'est-ce qu'il a dit ? demanda Keller. Traduis, Westerby.

– Oui, qu'est-ce que c'était que tout ça ? dit la fille. Ça avait l'air vraiment formidable. Comme une proposition de quelque chose.

– En fait je n'ai pas très bien compris, mon chou. Un débit trop rapide pour moi. »

Ils éclatèrent tous de rire, d'un rire un peu trop bruyant, et le chauffeur aussi.

Et pendant tout ça, Jerry s'en rendit compte, il n'avait pensé qu'à Lizzie. Pas à l'exclusion du danger, bien au contraire. Comme le glorieux soleil qui maintenant les baignait, elle était le prix de sa survie.

Au Phnom, le même soleil dardait gaiement sur les bords de la piscine. Il n'avait pas plu en ville, mais une méchante fusée, près de l'école des filles, avait tué huit ou neuf enfants. Le pigiste sudiste venait de rentrer après les avoir comptés.

« Alors comment Maxie s'en est-il tiré avec les bang-bang ? demanda-t-il à Jerry lorsqu'ils se retrouvèrent dans le hall. J'ai l'impression qu'il a les nerfs qui grincent un peu aux jointures ces temps-ci.

– Otez votre petit visage grimaçant de ma vue, lui conseilla Jerry. Sinon je crois que je vais l'aplatir. » Souriant toujours, le Sudiste s'éloigna.

« On pourrait se retrouver demain, dit la fille à Jerry. Demain, on est libre toute la journée. »

Derrière elle, Keller montait l'escalier à pas lents, silhouette voûtée avec une chemise à une seule manche, en train de se hisser le long de la rampe.

« On pourrait même se retrouver ce soir si vous voulez », dit Lorraine.

Pendant un moment, Jerry resta seul dans sa chambre à écrire des cartes postales à Cat. Puis il se dirigea vers le bureau de Max. Il avait quelques questions encore à poser à propos de Charlie Marshall. Et puis il avait l'idée que le vieux Max serait content de sa compagnie. Son devoir accompli, il prit un cyclo et se fit conduire une fois de plus jusqu'à la maison de Charlie Marshall, mais il eut beau marteler la porte à coups de poing et crier, tout ce qu'il put voir, ce furent les mêmes jambes brunes et nues immobiles au pied de l'escalier, cette fois à la lueur d'une bougie. Mais la page arrachée à son carnet avait disparu. Il revint en ville et, ayant encore une heure à perdre, s'installa à une terrasse de café, à l'une des cent chaises vides, et but lentement un Pernod, en se rappelant comment jadis les filles de la ville le taquinaient en passant avec leurs petits chariots d'osier, en lui murmurant des phrases d'amour toutes faites dans un français chantant. Ce soir, ce qui faisait palpiter l'obscurité, ce n'était rien de plus charmant que de temps en temps le bruit sourd de l'artillerie, tandis que la ville, recroquevillée, attendait le choc. Pourtant, ce n'était pas le bombardement, mais le silence qui était le plus impressionnant. Comme la jungle elle-même, ce silence, et non pas le tir des canons, était l'élément naturel de l'ennemi qui approchait.

Quand un diplomate veut discuter, la première idée qui lui vient à l'esprit, c'est de faire ça autour d'une table, et dans les milieux diplomatiques, on dînait de bonne heure à cause du couvre-feu. Non pas que les diplomates fussent astreints à de telles rigueurs, mais c'est une charmante arrogance qu'ont les diplomates de par le monde que de croire qu'ils donnent l'exemple – à qui ou de quoi, le diable lui-même n'en saura jamais rien. La maison du conseiller était située dans une petite enclave plate et feuillue bordant le palais de Lon Nol. Dans l'allée, comme Jerry arrivait, une limousine officielle déversait ses occupants, sous la surveillance d'une jeep bourrée de milices. C'est un prince ou un prélat, songea Jerry en descendant de son taxi ; mais ce n'était rien de plus qu'un diplomate américain et sa femme arrivant pour dîner.

« Ah ! Vous devez être Mr Westerby », dit son hôtesse.

Elle était grande, d'un style très Harrods, et amusée à l'idée d'un journaliste, comme elle était amusée par quiconque n'était pas diplomate, et surtout pas conseiller. « John meurt d'envie de vous connaître », déclara-t-elle avec entrain, et Jerry supposa qu'elle cherchait à le mettre à l'aise. Il la suivit en haut de l'escalier. Son hôte attendait sur le palier, un homme sec, moustachu et un peu voûté, avec un certain air juvénile que Jerry associait plutôt en général avec le clergé.

« Oh ! parfait, formidable. C'est vous le joueur de cricket. Parfait. Nous avons des amis communs, n'est-ce pas ? Nous n'avons pas le droit d'utiliser le balcon ce soir, malheureusement, dit-il avec un coup d'œil espiègle vers le coin des Américains. Il paraît que les gens de bien se font rares. Il faut rester à couvert. Vous avez vu où vous étiez placé ? » Il braqua un doigt impérieux vers un plan de table dans son cadre de cuir. « Venez que je vous présente un peu. C'est l'affaire d'une minute. » Il l'attira un peu à part, mais seulement un peu. « Tout passe par moi, n'est-ce pas ? J'ai bien précisé ça. Ne vous laissez surtout pas coincer par eux, hein ? Il y a un petit peu de grabuge, si vous voyez ce que je veux dire. Sur le plan local. Ça n'est pas votre problème. »

L'Américain brun et soigné qu'il avait rencontré à l'entrée semblait au premier abord petit, mais lorsqu'il se leva pour serrer la main de Jerry, il avait presque la taille de ce dernier. Il portait une veste écossaise en soie sauvage et tenait dans l'autre main un walkie-talkie dans un étui de plastique noir. Ses yeux bruns avaient un regard intelligent mais trop respectueux, et, comme ils se serraient la main, une voix intérieure souffla à Jerry : « Un Cousin. »

« Heureux de vous connaître, monsieur Westerby. Il paraît que vous êtes de Hong Kong. Votre gouverneur là-bas est un très bon ami à moi. Beckie, je te présente Mr Westerby, un ami du gouverneur de Hong Kong et un bon ami de John, notre hôte. »

Il désigna une forte femme harnachée de bijoux en argent ternes et martelés à la main comme on en trouvait au marché. Ses vêtements de couleurs vives voletaient autour de sa personne dans un bariolage asiatique.

« Oh ! Mr Westerby, dit-elle, de Hong Kong. Bonjour. »

Les autres invités formaient un mélange de négociants locaux. Leurs épouses étaient eurasiennes, françaises et corses. Un boy frappa un gong d'argent. Le plafond de la salle à manger était bétonné, mais quand ils y pénétrèrent

Jerry vit plusieurs regards se lever pour s'en assurer. Un porte-carte en argent lui annonça qu'il était « l'honorable J. Westerby », un menu dans un cadre d'argent lui promit le *roast beef à l'anglaise*, des chandeliers en argent portaient de longues bougies qui faisaient un peu cierges ; des Cambodgiens virevoltaient avec des plateaux de nourriture préparée le matin, quand l'électricité marchait encore. Une beauté française un peu endommagée était assise à la droite de Jerry, avec un mouchoir de dentelle entre les seins. Elle en tenait un autre à la main, et chaque fois qu'elle mangeait ou buvait, elle époussetait sa petite bouche. La carte posée devant elle la désignait comme étant la comtesse Sylvia.

« *Je suis très, très diplômée*, chuchota-t-elle à Jerry tout en picorant et en s'essuyant. J'ai fait la science politique, *mécanique et l'électricité générale.* En janvier j'ai eu un mauvais cœur. Maintenant je me remets.

– Ah ! moi, je ne suis qualifié en rien, affirma Jerry en insistant sur la plaisanterie. Un touche-à-tout qui n'y connaît rien, voilà ce que je suis. » Il lui fallut un moment pour exprimer cela en français, et il peinait encore pour le dire quand soudain, assez près, une rafale de mitrailleuse retentit, beaucoup trop longue, voilà une arme qui n'aurait pas de vieux jours. Aucun coup de feu n'y répondit. La conversation s'arrêta.

« Oh ! probablement quelque idiot qui tire sur les geckos », dit le conseiller, et du bout de la table, sa femme lui adressa un petit rire attendri comme si la guerre était un divertissement de salon qu'ils avaient préparé entre eux pour leurs invités. Le silence revint plus lourd et plus oppressant qu'avant. La petite comtesse reposa sa fourchette sur son assiette et cela fit le bruit d'un tram dans la nuit.

« Dieu », dit-elle.

Tout le monde aussitôt se mit à parler. La femme américaine demanda à Jerry où il avait passé sa jeunesse, et lorsqu'ils en eurent fini avec ça, elle lui demanda où il habitait. Jerry donna comme adresse Thurloe Square, l'adresse de cette chère Trésor, parce qu'il n'avait pas envie de parler de la Toscane.

« Nous possédons de la terre dans le Vermont, dit-elle avec assurance, mais nous n'avons pas encore bâti dessus. »

Deux fusées tombèrent en même temps. Jerry calcula que ce devait être à l'est, à moins d'un kilomètre. Jetant un coup d'œil pour voir si les fenêtres étaient fermées, Jerry surprit le regard brun du mari américain fixé sur lui avec une mystérieuse insistance :

« Vous avez des plans pour demain, monsieur Westerby ? demanda-t-il à Jerry.

– Pas précisément.

– S'il y a quoi que ce soit que nous puissions faire, faites-le-moi savoir.

– Merci », dit Jerry mais il avait l'impression que la question n'était pas là.

Un négociant suisse à l'air sagace avait une histoire drôle. Il mit à profit la présence de Jerry pour la répéter.

« Il n'y a pas longtemps, dit-il, toute la ville retentissait de fusillades, monsieur Westerby. Nous allions tous mourir. Oh ! absolument. Ce soir, nous mourrons ! Tous : des obus, des balles traçantes sillonnaient le ciel, pour un million de dollars de munitions, nous a-t-on dit par la suite. Des heures d'affilée. Certains de mes amis se faisaient leurs adieux. » Une armée de fourmis émergea de sous la table et se mit a s'avancer en une seule colonne à travers la nappe damassée parfaitement repassée, évitant avec soin les chandeliers d'argent et la coupe de fleurs débordante d'hibiscus. « Les Américains envoyaient des messages radios dans tous les sens, sautaient sur place ; nous examinions tous avec le plus grand soin notre position sur la liste d'évacuation, mais ce qu'il y a de drôle, vous savez : les téléphones fonctionnaient et nous avions même de l'électricité. Et vous ne devinerez jamais ce que la cible s'est révélée être ? – Ils éclataient tous d'un rire hystérique – Des grenouilles ! Des grenouilles très avides.

– Des crapauds », reprit quelqu'un, mais cela n'arrêta pas les rires. Le diplomate américain, se moquant courtoisement de lui-même, fournit l'amusant épilogue :

« Les Cambodgiens ont une vieille superstition, monsieur Westerby. Quand il y a une éclipse de lune, il faut faire beaucoup de bruit. Il faut faire partir des feux d'artifices, frapper sur des boîtes en fer-blanc ou mieux encore tirer un million de dollars de munitions. Parce que sans cela, eh bien, les grenouilles vont gober la lune. Nous aurions dû le savoir, mais nous ne le savions pas, et en conséquence nous avons paru très très ridicules, dit-il avec fierté.

– Oui, je dois reconnaître que vous n'avez pas été brillant, mon vieux », dit le conseiller avec satisfaction.

Mais bien que le sourire de l'Américain demeurât franc et ouvert, son regard continuait à transmettre quelque chose de bien plus pressant, un peu comme un message entre professionnels.

Quelqu'un se mit à parler des domestiques et de leurs stupéfiants atavismes. Une détonation isolée, forte et apparemment très proche, mit fin à ce numéro. Comme la comtesse Sylvia cherchait la main de Jerry, leur hôtesse sourit d'un air interrogateur à son mari à l'autre bout de la table.

« John, chéri, demanda-t-elle de sa voix la plus mondaine, est-ce que ça arrivait ou est-ce que ça partait ?

– Ça partait, répondit-il en riant. Oh ! ça partait absolument. Demande à notre ami journaliste si tu ne me crois pas. Il a traversé quelques guerres, n'est-ce pas, Westerby ? »

Sur quoi le silence, une fois de plus, s'abattit sur eux. La dame américaine se cramponna de nouveau à son bout de terre dans le Vermont. Peut-être, après tout, qu'ils devraient bâtir dessus. Peut-être, après tout, était-ce le bon moment.

« Nous devrions peut-être écrire à cet architecte, dit-elle.

– Peut-être en effet », reconnut son mari. Sur quoi, ils se trouvèrent plongés en plein dans une bataille rangée. De très près, une longue rafale de fusil mitrailleur éclaira le linge qui séchait dans la cour et un groupe de mitrailleuses, il devait bien y en avoir une vingtaine, se mirent à crépiter d'un feu soutenu et désespéré. A la lueur des coups de feu, on voyait les serviteurs courir dans la maison et, au-dessus de la fusillade, on entendait des ordres lancés et reçus toujours sur le ton du hurlement, et la sonnerie démente des gongs. Dans la pièce, personne ne bougeait sauf le diplomate américain qui porta son walkie-talkie à ses lèvres, tira une antenne et murmura quelque chose avant de le porter à son oreille. Jerry jeta un coup d'œil sur ses genoux et vit la main de la comtesse blottie avec confiance sur la sienne. La joue de la jeune femme lui effleurait l'épaule. Le feu diminua d'intensité. Il entendit le bruit sourd d'une petite bombe toute proche. Pas de vibrations, mais les flammes des bougies vacillèrent pour la saluer et, sur la cheminée, deux lourdes cartes d'invitation s'effondrèrent avec un petit claquement sec et restèrent là, seules victimes identifiables. Puis, dernier bruit isolé, on entendit le gémissement d'un avion monomoteur qui démarrait, comme la plainte lointaine d'un enfant. Ce bruit fut vite dominé par le rire dégagé du conseiller, qui s'adressait à sa femme.

« Ah ! cette fois ça n'était pas l'éclipse, malheureusement je ne crois pas, n'est-ce pas, Hills ? C'était l'avantage d'avoir Lon Nol comme voisin. Un de ses pilotes, de temps en temps, en a assez de ne pas être payé, alors il prend un avion et tire une rafale sur le palais. Chérie, tu emmènes les filles se repoudrer le nez ? »

C'est de la colère, décida Jerry, en surprenant de nouveau le regard de l'Américain. On dirait un homme chargé d'une mission auprès des pauvres et qui doit perdre son temps avec les riches.

En bas, Jerry, le conseiller et l'Américain étaient debout, silencieux, dans le bureau du rez-de-chaussée. Le conseiller avait pris un air tout à la fois timide et vorace.

« Voyons, voyons, dit-il. Maintenant que je vous ai tous les deux mis au courant, peut-être que je devrais vous laisser vous arranger. Il y a du whisky dans le carafon ; d'accord, Westerby ?

– Bien, John, dit l'Américain, mais le conseiller n'eut pas l'air d'entendre.

– N'oubliez pas, Westerby, que c'est nous qui sommes chargés de l'affaire, n'est-ce pas ? Nous gardons le lit chaud. Compris ? »

En agitant le doigt d'un air entendu, il disparut.

Le bureau était éclairé par des bougies, c'était une petite pièce masculine sans miroir ni tableau, rien qu'un plafond en poutres de teck et un bureau métallique vert ; on avait l'impression qu'un calme mortel était retombé dans l'obscurité dehors, mais les geckos et les grenouilles auraient trompé le microphone le plus sophistiqué.

« Oh ! laissez-moi faire, dit l'Américain, en arrêtant la progression de Jerry vers le buffet et en faisant semblant d'attacher une grande importance à obtenir le juste dosage qu'il voulait, eau plate ou soda ? que je ne le noie pas. »

« Ça m'a l'air une façon bien détournée de réunir deux amis, non ? dit l'Américain d'une voix un peu crispée tout en leur servant à boire.

– Plutôt.

– John est un type formidable, mais il est un peu trop attaché au protocole. Vous autres n'avez aucune ressource ici pour l'instant, mais vous avez certains droits, alors John aime à s'assurer qu'il ne perd pas la balle pour de bon. Je comprends son point de vue. Simplement les choses prennent quelquefois un peu plus longtemps. »

Il tendit à Jerry une longue enveloppe brune qu'il avait tirée de la poche intérieure de sa veste écossaise et, du même regard intense qu'il avait tout à l'heure, il le regarda en briser le cachet. La feuille avait l'aspect un peu pâle d'une photocopie.

Quelque part un enfant se mit à geindre puis on le fit taire. C'est le garage, se dit-il : les domestiques ont rempli le garage de réfugiés, et le conseiller ne doit pas le savoir.

REPRESSION STUPEFIANTS SAIGON *signale Charlie* MARSHALL *répète* MARSHALL *doit atterrir à Battambang dix-neuf heures trente demain via Pailin... Appareil Carvair DC-4 transformé, marque Indocharter, manifeste annonce cargaisons diverses... Prévu pour continuer sur Phnom Penh.*

Il lut alors l'heure et la date de la transmission et la colère le frappa comme un ouragan. Il se souvint de la façon dont il avait traîné ses guêtres la veille dans Bangkok et de cette stupide promenade en taxi aujourd'hui avec Keller et la fille, et en jurant, il reposa violemment le message sur la table entre eux.

« Depuis combien de temps êtes-vous assis là-dessus ? Ça n'est pas demain. C'est ce soir !

– Notre hôte, malheureusement, ne pouvait arranger la rencontre plus tôt. Il a un programme mondain extrêmement chargé. Bonne chance. »

Tout aussi furieux que Jerry, il reprit sans un mot le message, le fourra dans la poche de sa veste et disparut pour s'en aller rejoindre sa femme, qui était occupée à admirer la collection, sans intérêt, des bouddhas pillés de son hôtesse.

Il resta seul. Une fusée tomba et cette fois c'était près. Les bougies s'éteignirent et le ciel de la nuit parut enfin se déchirer sous la tension de cette guerre d'illusions, de comédie musicale. Les mitrailleuses, distraitement, firent écho au vacarme. La petite pièce nue avec son sol carrelé trembla et vibra comme un appareil de bruitage.

Mais pour s'arrêter soudain brusquement, laissant la ville dans le silence.

« Quelque chose qui ne va pas mon vieux ? demanda avec bonne humeur le conseiller depuis le seuil. Ce Yankee vous a pris à rebrousse-poil, n'est-ce pas ? On dirait qu'ils veulent gouverner le monde tout seuls aujourd'hui.

– J'aurais besoin d'options de six heures », dit Jerry. Le conseiller ne suivait pas tout à fait. Lui ayant expliqué comment cela fonctionnait, Jerry s'empressa de disparaître dans la nuit.

« Vous avez un moyen de transport, n'est-ce pas, mon vieux ? Il faut ça. Sinon ils vous tirent dessus. Faites attention. »

Il marchait à grands pas, poussé par l'irritation et le dégoût. L'heure du couvre-feu était depuis longtemps passée. Il n'y avait pas de lampadaires, pas d'étoiles. La lune avait disparu et le couinement de ses semelles de crêpe l'accompagnait comme un compagnon invisible et indésirable. Le seul éclairage provenait du périmètre du palais de l'autre côté de la route, mais ne parvenait pas jusqu'au trottoir où marchait Jerry. De hauts murs bloquaient les constructions intérieures, des barbelés les couronnaient, les canons des pièces légères antiaériennes luisaient comme du bronze sur le ciel noir et muet. De jeunes soldats sommeillaient par groupes et, comme Jerry passait auprès d'eux, on entendit retentir les gongs : le chef de la garde maintenait les sentinelles éveillées. Il n'y avait pas de circulation, mais entre les postes des sentinelles, les réfugiés avaient installé leur village de nuit sur le trottoir en une longue colonne. Certains s'étaient enroulés dans des bandes de bâche brune, d'autres étaient couchés sur des planches et d'autres encore faisaient la cuisine sur des flammes minuscules, mais Dieu seul savait ce qu'ils avaient trouvé à manger. Il y en avait qui étaient assis en petits groupes face à face comme à un cocktail. Sur un chariot à buffles, une fille était allongée avec un garçon, des enfants de l'âge de Cat quand il l'avait vue pour la dernière fois. Mais de toutes ces centaines de gens, pas un son ne montait, et lorsqu'il se fut un peu éloigné il se retourna bel et bien pour scruter la nuit et s'assurer qu'ils étaient encore là. S'ils y étaient, l'obscurité et le silence les dissimulaient. Il repensa au dîner. C'était sur une autre terre, dans un univers tout à fait différent. Il n'avait rien à voir ici, et pourtant d'une certaine manière il avait contribué au désastre.

N'oubliez pas que c'est notre mandat, n'est-ce pas ? Nous gardons le lit chaud.

Sans aucune raison, la sueur se mit à ruisseler sur lui et l'air de la nuit ne le rafraîchissait même pas. Il faisait aussi chaud que dans la journée. Devant lui, en ville, une fusée égarée éclaira au hasard, puis deux autres. Ils se glissent dans les rizières jusqu'au moment où ils sont à portée, se dit-il. Ils sont tapis là avec leurs bouts de tuyaux et leurs petites bombes, et puis ils font feu et détalent vers la jungle. Le palais était derrière lui. Une batterie tira une salve et pendant quelques secondes il put distinguer son chemin à la lueur des rafales. La route était large, c'était un boulevard, et il fit de son mieux pour marcher bien au milieu. De temps en temps il apercevait les brèches des rues latérales qui défilaient avec une régularité géométrique. En se penchant il pouvait même apercevoir le faîte des arbres qui se perdaient dans le ciel plus pâle. A un moment un cyclo passa au petit trot, tanguant nerveusement en sortant du virage, heurtant le trottoir, puis se redressant. Il songea à le héler, mais il préféra continuer à marcher. Une voix mâle l'interpella avec hésitation dans le noir : un murmure, rien d'indiscret.

Bonsoir ? Monsieur ? Bonsoir ?

Les sentinelles étaient postées tous les cent mètres soit seules, soit par deux, tenant leur carabine à deux mains. Leurs murmures lui parvenaient comme des invitations, mais Jerry faisait toujours attention et gardait les mains bien écartées de ses poches où les soldats pouvaient les surveiller. Certains, en voyant l'énorme Occidental en sueur, éclataient de rire et lui faisaient signe de continuer. D'autres l'arrêtaient, pistolets braqués, et le dévisageaient avec soin à la lueur des lanternes de bicyclette tout en lui posant des questions pour exercer leur français. Certains lui demandaient des cigarettes, et il en donnait. Il se débarrassa de sa veste trempée de sueur et ouvrit sa chemise jusqu'à la ceinture, mais l'air ne le rafraîchissait toujours pas et il se demanda une fois de plus s'il n'avait pas la fièvre et si, comme la nuit dernière à Bangkok, il n'allait pas se réveiller dans sa chambre, accroupi dans le noir, en attendant d'assommer quelqu'un avec une lampe de chevet.

La lune apparut, lapée par l'écume des nuages de pluie : sous le clair de lune, son hôtel avait l'air d'une forteresse barricadée. Il arriva au mur du jardin et le suivit vers la gauche le long des arbres jusqu'au tournant suivant. Il lança sa veste par-dessus le mur et grimpa sans mal. Il traversa la pelouse jusqu'au perron, poussa la porte du hall et recula avec un cri de dégoût. Le hall était plongé dans une obscurité totale, à l'exception d'un unique rayon de lune qui éclairait comme un projecteur une énorme chrysalide lumineuse enroulée autour de la larve brune et nue d'un corps humain.

Vous désirez, Monsieur ? demanda une voix avec douceur.

C'était le veilleur de nuit dans son hamac, qui dormait sous une moustiquaire.

L'homme lui tendit une clef et un message et accepta sans un mot son pourboire. Jerry alluma son briquet et lut le billet. *Mon chou, je suis dans la solitude de la chambre vingt-huit. Viens me voir. L.*

Pourquoi pas ? se dit-il : ça me remettra peut-être d'aplomb. Il monta l'escalier jusqu'au second étage, oubliant l'horrible banalité de cette fille, ne pensant qu'à ses longues jambes et à sa croupe ondulante lorsqu'elle négociait les ornières le long de la berge ; qu'à ses yeux couleur de bleuets et à sa gravité tout américaine lorsqu'elle était tapie dans le trou d'homme ; ne pensant aussi qu'au désir qu'il éprouvait d'un contact humain. On se fout pas mal de Keller, songea-t-il. Tenir quelqu'un dans ses bras, c'est exister. Peut-être qu'elle a peur aussi. Il frappa à la porte, attendit et poussa :

« Lorraine ? C'est moi. Westerby. »

Rien ne se passa. Il avança à tâtons vers le lit, conscient de l'absence de toute odeur féminine, fût-ce même de poudre ou de déodorant. En approchant il aperçut à la même lueur du clair de lune le spectacle affreusement familier de blue-jeans, de lourdes bottes et d'une Olivetti portable délabrée qui n'était pas sans ressemblance avec la sienne.

« Un pas de plus, et je crie au viol », dit Luke, en débouchant la bouteille posée sur la table de chevet.

16

Des amis de Charlie Marshall

Il sortit sans bruit avant le lever du jour, ayant dormi sur le plancher de la chambre de Luke. Il prit sa machine à écrire et son sac bien qu'il ne comptât utiliser aucun des deux. Il laissa un mot à Keller lui demandant de câbler à Stubbs qu'il suivait l'histoire du siège en province. Il avait le dos endolori à cause du parquet et la tête dans le même état à cause de la bouteille.

Luke était venu pour la bagarre, raconta-t-il : son bureau le mettait en permission du Grand Moo et puis Jake Chiu, son irascible propriétaire, avait fini par le flanquer à la porte de son appartement.

« Je suis un indigent, Westerby ! » avait-il crié, et il s'était mis à se promener dans la chambre en gémissant *indigent* jusqu'au moment où Jerry, pour pouvoir dormir un peu et faire cesser les coups que les voisins donnaient dans les cloisons, avait détaché de son trousseau la clef de secours de son appartement et la lui avait lancée.

« Jusqu'à mon retour, avait-il prévenu. Et là, dehors. *Compris ?* »

Jerry lui posa des questions sur l'histoire Frost. Luke avait tout oublié et il fallut lui rafraîchir la mémoire. Ah ! lui, dit-il. Lui. Ah ! oui, eh bien, des rumeurs circulaient disant qu'il avait été impoli avec les Triades, et peut-être que dans cent ans tout cela se confirmerait, mais en attendant qu'est-ce que ça pouvait foutre ?

Mais le sommeil avait quand même été long à venir. Ils discutèrent des arrangements de la journée. Luke avait proposé de suivre Jerry dans ses déplacements. Mourir seul était assommant, avait-il insisté. Mieux valait s'enivrer et trouver quelques putains. Jerry avait répondu que Luke devrait attendre un moment avant qu'ils passent tous les deux leurs dernières heures ensemble, parce qu'il avait l'intention de passer la journée à la pêche, et qu'il y allait seul.

« La pêche à quoi, bon sang ? S'il y a un article, on partage. Qui t'a donné Frost à l'œil ? Où peux-tu aller qui ne soit pas embelli par la présence de Frère Lukie ? »

A peu près n'importe où, avait répondu Jerry sans amabilité, et il avait réussi à s'en aller sans le réveiller.

Il se rendit tout d'abord au marché et but à petites gorgées une soupe chinoise, tout en examinant les éventaires et les vitrines des boutiques. Il choisit un jeune Indien qui n'avait rien d'autre à offrir que des seaux en plastique, des bouteilles d'eau et des balais, et qui, pourtant, avait un air fort prospère.

« Qu'est-ce que vous vendez d'autre, mon vieux ?

– Monsieur, je vends de tout à tous les gentlemen. »

Ils tournèrent un moment autour du pot. Non, dit Jerry, ce n'était rien à fumer qu'il voulait, rien à avaler, rien à renifler et rien pour les poignets non plus. Et non, merci, avec tout le respect dû aux nombreux et superbes sœurs, cousins et jeunes gens de son entourage, les autres envies de Jerry étaient également satisfaites.

« Alors, ô joie, monsieur, vous êtes un homme très heureux.

– Je cherchais en fait quelque chose pour un ami », dit Jerry.

Le jeune Indien jeta un coup d'œil d'un bout à l'autre de la rue, et cette fois-ci il n'esquivait plus.

« Un ami *amical*, monsieur ? »

Ils partagèrent un cyclo. L'Indien avait un oncle qui vendait des bouddhas au marché de l'argent, et l'oncle avait une arrière-boutique avec des serrures et des verrous à la porte. Pour trente dollars américains, Jerry acheta un beau Walther automatique marron avec vingt chargeurs. Les montreurs d'ours de Sarratt, pensa-t-il en remontant dans le cyclo, en seraient tombés évanouis. Tout d'abord, à cause de ce qu'ils appelaient une tenue incorrecte, le crime des crimes. Ensuite, parce qu'ils prêchaient l'audacieuse absurdité que les petits calibres causaient plus d'ennuis qu'ils ne rendaient de services. Mais ils auraient eu une crise plus grave encore s'il avait trimbalé son Webley de Hong Kong à la douane de Bangkok et de là à Phnom Penh. Aussi, Jerry pensait-il qu'ils pouvaient s'estimer heureux, car il ne se lançait pas dans cette aventure tout nu, quelle que fût leur doctrine de la semaine. A l'aéroport il n'y avait pas d'avion pour Battambang, mais il n'y avait jamais d'avion pour nulle part. On ne voyait que tous ces avions à réaction argentés avec leurs cargaisons de riz qui hurlaient en atterrissant ou en décollant, et on construisait de nouveaux revêtements après la récente averse de fusées de la nuit. Jerry regarda arriver les camions pleins de terre, et les coolies qui remplissaient avec frénésie des caisses de munitions. Dans une autre vie, décida-t-il, je me mettrai dans le sable et je le vendrai aux villes assiégées.

Dans la salle d'attente, Jerry trouva un groupe d'hôtesses en train de boire du café en riant, et de sa façon désinvolte il se joignit à elles. Une grande fille qui parlait anglais fit une moue hésitante et disparut avec son passeport et cinquante dollars.

C'est impossible, lui assurèrent-elles toutes en l'attendant. *C'est tout occupé.*

La fille revint en souriant. « Le pilote est *très* susceptible, dit-elle. Si vous ne lui plaisez pas, il ne vous prend pas. Mais je lui ai montré votre photographie et il a accepté de surcharger. Il a le droit de prendre trente et une personnes, mais il vous prend, ça lui est égal ; il le fait par amitié si vous lui donnez mille cinq cents riels. »

L'avion était aux deux tiers vide, et les traces de balles dans les ailes pleuraient de la rosée comme des blessures qu'on n'aurait pas pansées.

A cette époque, Battambang était la ville la plus sûre qui subsistait de l'archipel sans cesse plus petit de Lon Nol, et la dernière ferme de Phnom Penh. Une heure durant, ils survolèrent un territoire, qu'on disait infesté de Khmers rouges, sans apercevoir une âme. Comme ils tournaient pour se poser, quelqu'un se mit à tirer nonchalamment des rizières et le pilote fit deux tours pour rien afin d'éviter d'être touché, mais Jerry était plus soucieux de repérer la configuration du terrain avant l'atterrissage : les parcs de stationnement ; quelles pistes étaient civiles et lesquelles étaient militaires ; l'enclave entourée de barbelés qui contenait les hangars de fret. Ils atterrirent au milieu d'une ambiance d'abondance pastorale. Des fleurs poussaient autour des emplacements des batteries, des poulets gras et bruns couraient dans les trous d'obus, il y avait de l'eau et de l'électricité en abondance, encore qu'il fallût une semaine au moins pour envoyer un télégramme à Phnom Penh.

Jerry avançait maintenant avec infiniment de précaution. Il tenait plus que jamais à garder sa couverture. *L'honorable Gerald Westerby, le distingué journaliste, effectue un reportage sur l'économie de siège.* Quand on a ma taille, mon vieux, il faut avoir une foutrement bonne raison de faire tout ce qu'on fait. Alors un écran de fumée, comme dit le jargon. Au bureau des informations, surveillé par plusieurs hommes silencieux, il demanda le nom des meilleurs hôtels de la ville et en nota deux ou trois tout en continuant à examiner la répartition des avions et des bâtiments. Déambulant d'un bureau à l'autre, il demanda quelle possibilité existait d'envoyer en fret aérien des articles à Phnom Penh, et personne n'en avait la moindre idée. Poursuivant sa discrète reconnaissance, il brandit sa carte de crédit télégraphique en demandant encore comment se rendre au palais du gouverneur, laissant entendre qu'il pourrait avoir affaire en personne au grand homme. Il était devenu maintenant le reporter le plus distingué qui se fût jamais rendu à Battambang. Pendant ce temps, il remarquait les portes marquées « Equipages » et les portes marquées « Privé », et la situation des toilettes hommes si bien que plus tard, lorsqu'il se fut ainsi dédouané, il put se faire un plan de tout l'aéroport, en marquant l'accent sur les sorties donnant vers la partie entourée de barbelés du terrain. Il se renseigna pour savoir quels pilotes pouvaient se trouver en ville. Il était ami avec plusieurs d'entre eux, dit-il, alors la solution la plus simple – si cela devenait nécessaire – serait sans doute de demander à l'un d'eux d'emporter sa copie dans son sac. Une hôtesse lui donna des noms en consultant une liste et, pendant qu'elle faisait cela, Jerry retourna doucement la liste et lut le reste. Le vol d'Indocharter était bien enregistré, mais sans nom de pilote.

« Le commandant Andreas vole toujours pour Indocharter ? demanda-t-il.

– Le commandant qui, monsieur ?

– Andreas. On l'appelait André. Un type pas très grand, qui portait toujours des lunettes de soleil. Il faisait la ligne de Kompong Cham. »

Elle secoua la tête. Il n'y avait, dit-elle, que le commandant Marshall et le commandant Ricardo, qui volaient pour Indocharter, mais le capitaine *Ric* s'était tué au cours d'un accident. Jerry affecta de ne pas s'y intéresser, mais établit en passant que le Carvair du commandant Marshall devait décoller dans l'après-midi, comme prévu dans le message qu'on lui avait transmis la veille au soir, mais il n'y avait pas de place disponible pour le fret, tout était pris, Indocharter était toujours plein.

« Vous savez où je peux le joindre ?

– Le commandant Marshall ne vole jamais le matin, monsieur. »

Il prit un taxi pour aller en ville. Le meilleur hôtel était une sorte d'abri plein de puces dans la grand-rue. La rue elle-même était étroite, puante et assourdissante, une ville champignon d'Asie en plein boum, qui retentissait du vacarme des Honda et qu'encombraient les Mercedes inutiles de ceux qui avaient fait fortune rapidement. Toujours sous couvert de sa fonction de journaliste, il prit une chambre et la paya d'avance, pour avoir le « service spécial », ce qui ne signifiait rien de plus exotique que des draps propres à la place de ceux qui portaient encore les marques d'autres occupants. Il dit à son chauffeur de revenir dans une heure. Par la force de l'habitude, il se procura une fiche gonflée. Il prit une douche, se changea et écouta courtoisement le boy lui montrer par où grimper après le couvre-feu, puis il s'en alla en quête d'un petit déjeuner car il n'était encore que neuf heures du matin.

Il trimbalait avec lui sa machine à écrire et son sac. Il ne vit pas d'autres Européens. Il vit des vanniers, des vendeurs de peaux et des vendeurs de fruits, et une fois de plus les inévitables bouteilles d'essence volée disposées le long du trottoir en attendant qu'une attaque les fît sauter. Dans un miroir accroché à un arbre, il vit un dentiste arracher des dents à un patient ligoté sur une chaise à haut dossier, et les dents encore ensanglantées s'ajouter sur le fil auquel étaient déjà accrochées celles extraites la journée. Tout cela, Jerry le nota ostensiblement dans son carnet, comme il convenait à un reporter zélé. Et d'une terrasse de café, tout en prenant une bière glacée et du poisson frais, il observa de l'autre côté de la rue les bureaux crasseux aux portes vitrées portant l'inscription « Indocharter ». En attendant que quelqu'un vînt ouvrir la porte. Personne ne vint. *Le commandant Marshall ne vole jamais le matin, monsieur.* Dans une pharmacie qui se spécialisait dans les bicyclettes pour enfants, il acheta du sparadrap et, de retour dans sa chambre, il fixa le Walther à ses côtes plutôt que de l'avoir brinquebalant dans sa ceinture. Ainsi équipé, l'intrépide journaliste s'en alla *vivre de nouveaux épisodes dans le cadre de l'activité qui lui servait de couverture* – ce qui parfois, pour un agent en opération, n'est pas plus qu'un acte gratuit d'auto-justification quand il commence à faire un peu chaud.

Le gouverneur habitait à la lisière de la ville, derrière une véranda et un portique de style colonial français, et un secrétariat de soixante-dix personnes. La vaste entrée en béton menait à une salle d'attente jamais terminée et, derrière, à des bureaux beaucoup plus petits. Ce fut dans l'un de ceux-ci, après une attente de cinquante minutes, que Jerry fut admis en la présence peu impressionnante d'un minuscule Cambodgien vêtu de noir et très âgé, envoyé par Phnom Penh pour s'occuper des correspondants encombrants. Le bruit courait que c'était le fils d'un général et que c'était lui qui gérait la branche de Battambang de l'affaire familiale d'opium. Son bureau était bien trop grand pour lui. Plusieurs assistants traînaient là et tous avaient un air très sévère. L'un deux portait un uniforme avec un tas de médailles. Jerry demanda des renseignements sur la situation et fit une liste de plusieurs rêves charmants : que l'ennemi communiste était pratiquement battu, qu'il était sérieusement question de rouvrir tout le système routier national ; que le tourisme était l'industrie en pointe de la province. Le fils du général parlait un français très pur et lent, et de toute évidence il éprouvait un grand plaisir à s'entendre, car il gardait les yeux mi-clos et souriait tout en parlant, comme s'il écoutait sa musique préférée.

« Je peux me permettre, monsieur, de conclure par un mot d'avertissement à votre pays. Vous êtes Américain ?

– Anglais.

– C'est pareil. Dites à votre gouvernement, monsieur, que si vous ne nous aidez pas à poursuivre la lutte contre les communistes, nous nous adresserons aux Russes et nous leur demanderons de vous remplacer dans notre lutte. »

Oh ! bonne mère, songea Jerry. Oh ! Seigneur, mon Dieu.

« Je leur transmettrai ce message, promit-il en s'apprêtant à partir.

– *Un instant, monsieur* », dit sèchement le fonctionnaire et une certaine agitation se manifesta parmi ses courtisans assoupis. Il ouvrit un tiroir et en tira un important dossier. Le testament de Frost, songea-t-il. Mon arrêt de mort. Des timbres pour Cat.

« Vous êtes écrivain ?

– Oui. »

C'est Ko qui me met la main dessus. La taule ce soir, et demain je me réveille avec la gorge tranchée.

« Vous étiez à la Sorbonne, monsieur ? demanda le fonctionnaire.

– A Oxford.

– Oxford à Londres ?

– Oui.

– Alors vous avez lu les grands poètes français, monsieur ?

– Avec un immense plaisir », répondit Jerry d'un ton fervent. Les courtisans avaient un air extrêmement grave.

« Alors peut-être monsieur me fera-t-il la faveur de me donner son opinion sur les quelques vers suivants. » Dans son français plein de dignité, le petit fonctionnaire se mit à lire tout haut, tout en scandant à gestes lents de la main.

« *Deux amants assis sur la terre*
Regardaient la mer »

commença-t-il, et il continua pendant peut-être vingt abominables vers pendant que Jerry écoutait, abasourdi.

« *Voilà*, dit enfin le fonctionnaire en reposant le dossier. *Vous aimez ?* » interrogea-t-il, fixant un regard sévère sur une partie neutre de la pièce.

« *Superbe*, dit Jerry, débordant d'enthousiasme. *Merveilleux.* Quelle sensibilité !

– C'est de qui, à votre avis ? »

Jerry saisit un nom au hasard. « De Lamartine ?

– De Lamartine ? »

Le fonctionnaire secoua la tête. Les courtisans observaient Jerry avec encore plus d'attention.

« Victor Hugo ?

– C'est de moi », dit le fonctionnaire et, avec un soupir, il remit ses poèmes dans le tiroir. Les courtisans se détendirent. « Veillez à ce que cet homme de lettres ait toute facilité », ordonna-t-il.

Jerry revint à l'aéroport pour y trouver un chaos bouillonnant et dangereux. Dans les deux sens, des Mercedes circulaient à toute allure sur la route d'accès, comme si quelqu'un avait envahi leur nid ; la cour devant l'aérogare était un tourbillon de balises, de motocyclettes et de sirènes ; et le hall, lorsqu'il fut parvenu, à force de discuter, à franchir le cordon de police, était envahi de gens affolés qui se battaient pour lire les avis, s'interpeller à pleine voix et entendre en même temps les hurlements des haut-parleurs. Se frayant un chemin jusqu'au bureau des informations, Jerry le trouva fermé. Il sauta sur le comptoir et aperçut le terrain par un trou dans la cloison antisouffle. Un peloton de soldats en armes trottait sur la piste déserte vers un groupe de mâts blancs où les pavillons nationaux pendaient dans l'air sans un souffle de vent. Ils abaissèrent deux des drapeaux à mi-mât et dans le hall les haut-parleurs s'interrompirent pour lancer quelques mesures de l'hymne national. Par-dessus le grouillement des têtes, Jerry chercha quelqu'un à qui il pourrait s'adresser. Il choisit un missionnaire efflanqué avec des cheveux jaunes coupés en brosse, des lunettes et une croix d'argent de quinze centimètres épinglée à la poche de sa chemise kaki. Une paire de Cambodgiens en col rond d'ecclésiastique se tenait auprès de lui d'un air misérable.

« *Vous parlez français ?*

– Oui, mais je parle aussi anglais ! »

Un ton réprobateur, un peu chantant. Jerry se dit qu'il devait être danois.

« Je suis journaliste. Qu'est-ce que c'est que cette agitation ? » Il criait à pleins poumons.

« Phnom Penh est fermé, lui répondit le missionnaire sur le même ton. Aucun appareil ne peut quitter le terrain ni se poser.

– Pourquoi ?

– Les Khmers rouges ont touché le dépôt de munitions de l'aéroport. La ville est fermée jusqu'au matin au moins. Oh ! oui. »

Le haut-parleur reprit ses appels. Les deux prêtres écoutèrent. Le missionnaire se plia presque en deux pour entendre la traduction qu'ils murmuraient.

« Ils ont déjà fait de gros dégâts et anéanti une demi-douzaine d'avions. Oh ! oui. Les autorités soupçonnent aussi un sabotage. Peut-être qu'elles ont fait aussi des prisonniers. Enfin, pourquoi d'abord mettre un dépôt de munitions sur un aéroport ? C'était extrêmement dangereux. Pour quelle raison ?

– Bonne question », reconnut Jerry.

Il fonça, fendant la foule comme le soc d'une charrue. Son maître plan était déjà fichu, comme c'était en général le cas de ses maîtres plans. La porte « réservé à l'équipage » était gardée par un couple de videurs à l'air très sérieux et, dans la tension, il n'entrevit aucune chance de passer au culot. La poussée de la foule s'effectuait vers la sortie des passagers, où des équipages au sol, harassés, refusaient d'accepter les cartes d'embarcation et où des policiers submergés étaient assiégés de laissez-passer destinés à mettre les gens importants hors de leur atteinte. Il se laissa emporter. Sur les bords, un groupe de commerçants français réclamaient à grands cris d'être remboursés, et les plus âgés s'apprêtaient à s'installer pour la nuit. Mais le centre poussait, regardait partout et échangeait de nouvelles rumeurs, et l'élan l'entraîna sans effort jusqu'au premier rang. Lorsqu'il y fut parvenu, Jerry sortit discrètement sa carte de crédit télégraphique et passa par-dessus la barrière improvisée. Le policier qui dirigeait la petite escouade était impeccable et bien protégé et il observa Jerry d'un regard dédaigneux pendant que ses subordonnés s'escrimaient. Jerry marcha droit sur lui, son sac pendant à bout de bras, et lui fourra la carte de crédit sous le nez.

« *Sécurité américaine* », rugit-il dans un français épouvantable et avec un grognement à l'adresse des deux hommes qui surveillaient les portes battantes ; il força son chemin sur le terrain et continua, s'attendant d'une seconde à l'autre à une interpellation, à un coup de feu d'avertissement ou bien, dans l'atmosphère de nervosité qui régnait, à un coup de feu qui ne serait même pas un avertissement. Il marchait d'un pas furieux, autoritaire et brutal, en balançant son sac à bout de bras, dans le style Sarratt, pour distraire l'attention. Devant lui – à soixante mètres, bientôt cinquante – s'alignait une rangée de monomoteurs militaires d'entraînement sans cocarde. Plus loin, c'était l'enclos entouré de barbelés et les hangars de fret, numérotés de neuf à dix-huit, et derrière les hangars de fret, Jerry aperçut d'autres constructions et des parcs de stationnement, avec l'inscription « Interdit » à peu près dans toutes les langues sauf le chinois. Atteignant les appareils d'instructions, Jerry suivit leur alignement d'un pas impérieux comme s'il passait une inspection. Ils étaient ancrés avec des briques fixées à des câbles. Ralentissant mais sans s'arrêter, il donna un coup de pied agacé à une brique, tira sur un aileron et secoua la tête. De leur emplacement protégé par des sacs de sable, sur sa gauche, les servants d'une batterie antiaérienne l'observaient avec indolence.

Qu'est-ce que vous faites ?

Se tournant à moitié, Jerry mit ses mains en porte-voix. « Surveillez moi donc ce foutu ciel, bon Dieu », cria-t-il en bon américain, pointant un doigt furieux vers les nuages, et il continua jusqu'au moment où il atteignit le grand enclos. C'était ouvert et les hangars étaient devant lui. Lorsqu'il les aurait passés, on ne pourrait plus le voir, ni de l'aérogare ni de la tour de contrôle. Il marchait sur des débris de béton où du ciment avait poussé dans les fissures. On n'apercevait personne. Les baraquements étaient en planches, long de dix mètres, hauts de neuf, avec des toits de palmes. Il atteignit le premier. La planche fixée sur les fenêtres annonçait « Bombes à fragmentation sans détonateurs ». Un simple sentier menait aux hangars de l'autre côté. Par l'ouverture, Jerry aperçut les couleurs bariolées des avions-cargos garés là.

« Touché », murmura tout haut Jerry, en émergeant de l'abri des baraquements, parce que là devant lui, clair comme le jour, comme un premier aperçu de l'ennemi après des mois de marche solitaire, il y avait un Carvair DC-4 bleu gris fatigué, gras comme une grenouille, accroupi sur le goudron fissuré, avec le cône du nez ouvert. De l'huile coulait de ses deux moteurs tribord en un rapide ruissellement noir et un Chinois efflanqué, coiffé d'une casquette d'aviateur chargée d'insignes militaires, était assis à fumer sous le quai de chargement tandis qu'il cochait un inventaire. Deux coolies s'affairaient avec des sacs et un troisième manœuvrait le vétuste monte-charge. A ses pieds, des poulets picoraient avec rage. Et sur le fuselage, en cramoisi flamboyant se détachant sur les couleurs effacées de l'écurie de Drake Ko, on distinguait les lettres OCHART. Les autres s'étaient perdues au cours d'une réparation.

Oh ! Charlie est indestructible, absolument immortel ! Charlie Marshall, Mr Tiu, un extraordinaire demi-Chinois, il n'a que la peau et les os et l'opium, et un pilote tout à fait remarquable...

Ça vaudrait mieux pour lui, mon vieux, songea Jerry en frissonnant, tandis que les coolies chargeaient sac après sac par le nez ouvert de l'appareil et dans le ventre délabré de la carlingue.

L'éternel Sancho Pança du révérend Ricardo, Votre Grâce, avait dit Craw, pour compléter la description de Lizzie. *A demi chinetoque, comme nous l'a précisé la bonne dame, et le fier vétéran de bien des guerres inutiles.*

Jerry demeura immobile, sans chercher à se dissimuler, balançant toujours son sac et arborant le sourire timide d'un Anglais égaré. Les coolies, maintenant, semblaient converger sur l'appareil de divers points à la fois : il y en avait bien plus de deux. Leur tournant le dos, Jerry refit son numéro de passer devant la rangée des baraquements, tout comme il avait passé en revue les appareils d'entraînement, ou le long du couloir vers le bureau de Frost, en regardant par les fentes des planches sans rien voir d'autre que, de temps en temps, une caisse cassée. *La concession pour opérer à partir de Battambang coûte un demi-million de dollars à l'Américain, renouvelable*, avait dit Keller. A ce prix-là, qui va dépenser de l'argent pour refaire la décoration ? La rangée des baraquements s'interrompit et il tomba sur quatre camions militaires lourdement chargés de fruits, de légumes et de sacs de jute non marqués. Ils avaient l'arrière tourné vers l'appareil et portaient les insignes de l'artillerie. Deux soldats étaient debout dans chaque camion, tendant les sacs aux coolies. La solution raisonnable aurait été de faire avancer les camions sur la piste, mais on semblait tenir à une certaine discrétion. *L'armée aime bien être dans le coup*, avait dit Keller. *La marine peut se faire des millions avec un seul convoi qui descend le Mékong, l'aviation a la bonne place : les bombardiers transportent des fruits et les hélicos peuvent faire sortir les riches Chinois au lieu des blessés des villes assiégées. Les gars de la chasse sont bien moins lotis parce qu'ils doivent atterrir là d'où ils ont décollé. Mais l'armée doit vraiment gratter les fonds de tiroir pour s'en tirer.*

Jerry était plus près de l'avion maintenant et il entendait les cris de Charlie Marshall qui lançait des ordres aux coolies.

Il trouva les nouveaux baraquements. Le numéro 18 avait de doubles portes et le nom d'*Indocharter* peinturluré en vert sur le bois, si bien que d'un peu loin on aurait dit des caractères chinois. Dans la pénombre de l'intérieur, un couple de paysans chinois était accroupi sur le sol en terre battue. Un porc entravé était couché, la tête sur le pied du vieil homme. Leurs autres possessions étaient un long panier de jonc soigneusement ficelé avec de la corde. Ç'aurait pu être un cadavre. Une cruche d'eau se trouvait dans un coin avec deux bols de riz à côté. Il n'y avait rien d'autre dans le hangar. « Bienvenue dans la salle de transit d'Indocharter », songea Jerry. La sueur ruisselant sur ses côtes, il suivit la ligne de coolies jusqu'au moment où il arriva à la hauteur de Charlie Marshall, qui continuait à vociférer en khmer à pleine voix pendant que son stylo tremblant pointait chaque chargement sur le connaissement.

Il portait une chemise blanche à manches courtes un peu huileuse avec assez de galons d'or aux épaulettes pour faire de lui un général dans n'importe quelle aviation du monde. Deux écussons de combat américains étaient cousus au-devant de sa chemise, au milieu d'une stupéfiante collection de barrettes et d'étoiles rouges communistes. Sur un écusson on lisait : « Tue un coco pour le Christ », et sur l'autre : « Le Christ était un vrai capitaliste ». Il tournait la tête et son visage était dans l'ombre de sa grande casquette d'aviateur, qui pendait mollement sur ses oreilles. Jerry attendit qu'il relevât la tête. Les coolies criaient déjà à Jerry de bouger, mais Charlie Marshall gardait obstinément la tête baissée tout en additionnant et en prenant des notes sur le connaissement, ce qui ne l'empêchait pas de les engueuler avec vigueur.

« Commandant Marshall, j'écris un article sur Ricardo pour un journal de Londres, annonça calmement Jerry. Je voudrais faire le trajet avec vous jusqu'à Phnom Penh et vous poser quelques questions. »

Tout en parlant, il posa doucement le volume de *Candide* par-dessus l'inventaire, avec trois billets de cent dollars qui en sortaient en un discret éventail. Quand on veut qu'un homme regarde d'un côté, dit l'école des illusionnistes de Sarratt, montrez-lui toujours de l'autre côté.

« Il paraît que vous aimez Voltaire, dit-il.

– Je n'aime personne, répliqua Charlie Marshall d'une voix de fausset en s'adressant au connaissement, pendant que la casquette glissait encore plus bas sur son nez. Je déteste toute la race humaine, vous m'entendez ? » Ses vitupérations, malgré leur cadence chinoise, étaient incontestablement franco-américaines. « Bonté divine, je déteste si fort l'humanité que si elle ne se grouille pas de se faire sauter, c'est moi qui m'en vais acheter quelques bombes et m'en charger moi-même ! »

Il avait perdu son auditoire. Jerry avait déjà gravi la moitié de l'échelle d'acier avant que Charlie Marshall eût achevé l'exposé de sa thèse.

« Voltaire n'y connaissait rien ! hurla-t-il au coolie suivant. Il a combattu dans la mauvaise guerre, vous entendez ? Pose ça là, flemmard, et prends-m'en un autre chargement ! *Dépêche-toi, crétin !* »

Mais il fourra quand même le Voltaire dans la poche revolver de son pantalon de vol.

L'intérieur de l'avion était sombre, vaste et frais comme une cathédrale. On avait enlevé les sièges et fixé aux murs des étagères vertes perforées comme des pièces de meccano. Des carcasses de porcs et de pintades étaient accrochées au plafond. Le reste de la cargaison était entassé dans le couloir central, à partir de la queue, ce qui ne donna pas à Jerry une bonne impression sur les perspectives de décollage, et consistait en fruits, en légumes et en ces sacs de toile que Jerry avait repérés sur les camions militaires, et marqués « graines », « riz », « farine » en lettres assez grosses pour que l'agent des narcotiques le plus illettré pût lire. Mais l'odeur poisseuse de levure et de mélasse qui emplissait déjà la carlingue ne nécessitait aucune étiquette. Certains sacs avaient été disposés en cercle pour permettre aux compagnons de voyage de Jerry de s'asseoir. Les principaux d'entre eux étaient deux austères Chinois, très pauvrement vêtus de gris, et à leur même allure et à leur air de supériorité réservée, Jerry en conclut aussitôt qu'ils étaient experts en quelque domaine. Il se souvenait des préposés aux explosifs et des pianistes[1] qu'il avait parfois convoyés sans un mot de remerciement pour les amener dans le pétrin ou pour les en tirer. A côté d'eux, mais à distance respectueuse, quatre montagnards armés jusqu'aux dents, fumant et lapant leur bol de riz. Jerry pensa que c'étaient des Meo ou une des tribus shans des confins nord où le père de Charlie Marshall avait son armée, et il devina à leur aisance qu'ils faisaient partie du personnel permanent. Dans une classe bien à part, il y avait les gens de qualité : le colonel d'artillerie en personne, qui avait eu la délicate attention de fournir le transport et les troupes d'escorte, et son compagnon, un officier supérieur des douanes, sans qui rien n'aurait pu se faire. Ils étaient royalement installés dans le couloir dans des fauteuils spécialement fournis, observant avec fierté le chargement qui se poursuivait, et ils arboraient leur plus bel uniforme. Il y avait encore un voyageur et celui-là rôdait tout seul en haut des caisses dans la queue, la tête touchant presque le plafond, et on ne pouvait pas bien le distinguer. Il était assis tout seul avec une bouteille de whisky, et même un verre. Il portait un chapeau à la Fidel Castro et une grande barbe. Sur ses bras bruns brillaient des anneaux d'or, qu'en ce temps-là on appelait (sauf ceux qui les portaient) des bracelets de la CIA, car on supposait avec optimisme qu'un homme coincé en pays hostile pouvait acheter sa route vers l'évasion en distribuant un anneau par-ci par-là. Mais ses yeux, fixés sur Jerry derrière le canon bien huilé d'un fusil automatique AK-47, avaient un éclat fixe. « C'est lui qui me couvrait depuis le nez de l'avion, songea Jerry. Il m'avait déjà repéré dès l'instant où j'ai quitté le baraquement. »

Les deux Chinois étaient des cuisiniers, décida-t-il dans un moment d'inspiration : *cuisinier* étant le mot par lequel on désigne les chimistes dans le milieu, Keller avait dit que les lignes d'Air Opium s'étaient mises à importer le matériau brut pour le raffiner à Phnom Penh mais qu'ils avaient un mal de chien à persuader les cuisiniers à venir travailler dans des conditions de siège.

« Hé ! vous ! Voltaire ! »

1. Pianiste : opérateur radio.

Jerry se précipita vers le bord de la cale. En baissant les yeux, il vit les deux vieux paysans qui attendaient au pied de l'échelle et Charlie Marshall qui s'efforçait de leur arracher le cochon pendant qu'il poussait la vieille femme pour l'aider à monter.

« Quand elle sera en haut, tendez la main et empoignez-la, vous entendez ? cria-t-il en tenant le cochon dans ses bras. Si elle tombe et qu'elle se casse la gueule, on n'est pas au bout de nos emmerdements. Vous êtes un héros des Stupéfiants, Voltaire ?

– Non.

– Alors, tenez-la solidement, vous m'entendez ? »

La femme se mit à grimper à l'échelle. Lorsqu'elle eut gravi quelques échelons, elle se mit à pousser des cris et Charlie Marshall parvint à glisser le cochon sous un bras pendant qu'il lui donnait une grande claque sur les fesses tout en l'interpellant en chinois. Le mari se précipita à sa suite et Jerry les hissa tous les deux à bord. Pour finir, la tête de clown de Charlie Marshall apparut par l'ouverture et, bien qu'elle fût assombrie par le chapeau, Jerry aperçut pour la première fois le visage qu'il dissimulait : squelettique et brun avec des yeux chinois assoupis et une grande bouche française qui se tordait dans tous les sens lorsqu'il criait. Il poussa le cochon, Jerry l'empoigna et l'apporta, piaillant et gesticulant, au vieux paysan. Puis Charlie hissa à bord sa propre carcasse décharnée, comme une araignée sortant d'un tuyau. Aussitôt l'officier des douanes et le colonel d'artillerie se levèrent, époussetèrent leur pantalon et, suivant l'espace dégagé dans le couloir, s'approchèrent de l'homme qui se trouvait dans l'ombre, en chapeau à la Castro, accroupi sur les caisses. Là, ils attendirent respectueusement, comme des marguilliers apportant l'offertoire jusqu'à l'autel.

Les chaînettes étincelèrent, un bras s'abaissa, une fois, deux fois, et un silence religieux descendit cependant que les deux hommes comptaient avec soin un tas de billets que tout le monde regardait. Ils revinrent ensuite en chœur jusqu'en haut de l'échelle où Charlie Marshall attendait avec le connaissement. L'officier des douanes le signa, le colonel d'artillerie y jeta un regard approbateur, puis tous deux saluèrent et disparurent par l'échelle. Le nez de l'avion se referma presque complètement, Charlie Marshall y donna un coup de pied, poussa quelques nattes dans l'entrebâillement et grimpa rapidement par-dessus les caisses jusqu'à un escalier intérieur donnant accès à la cabine. Jerry y grimpa après lui, et s'étant installé dans le siège du copilote, il remercia le Seigneur en silence.

« Nous avons à peu près cinq cents tonnes d'excédent. Nous perdons de l'huile. Nous avons à bord un garde du corps armé. Nous avons l'interdiction de décoller. Nous avons l'interdiction d'atterrir et, pour autant que je sache, l'aéroport a un trou de la taille du comté de Buckingham. Nous avons une heure et demie de Khmers rouges entre nous et le salut, et si quelqu'un nous accueille mal à l'autre bout du trajet, le grand reporter Westerby va se trouver dans une bien mauvaise posture avec à peu près deux cents sacs d'opium base sur les bras. »

« Vous savez piloter ce machin-là ? cria Charlie Marshall, tout en désignant une rangée de contacts un peu moisis. Vous êtes une sorte de héros volant, hein, Voltaire ?

– J'ai horreur de ça.

– Moi aussi. »

S'emparant d'un chasse-mouches, Charlie Marshall se jeta sur une grosse mouche bleue qui bourdonnait derrière le pare-brise, puis les moteurs se mirent en marche un par un, jusqu'au moment où tout l'horrible appareil se mit à vibrer et à bringuebaler comme un autobus londonien qui monte sa dernière côte. La radio crépita et Charlie Marshall prit le temps de lancer à la tour de contrôle de grossières instructions, d'abord en khmer et ensuite, dans la meilleure tradition de l'aviation, en anglais. En se dirigeant vers l'extrémité de la piste, ils passèrent devant deux emplacements d'artillerie et Jerry s'attendait presque à voir des servants trop zélés lâcher une rafale sur le fuselage, jusqu'au moment où il se rappela avec reconnaissance le colonel, ses camions et son pot-de-vin. Une autre mouche bleue apparut et cette fois ce fut Jerry qui s'empara du chasse-mouches. L'avion ne semblait absolument pas prendre de vitesse, et la moitié des instruments étaient à zéro, si bien qu'il ne pouvait pas en être sûr. Le grondement des roues sur la piste semblait plus bruyant que celui des moteurs. Jerry se souvenait du chauffeur du vieux Sambo le raccompagnant à l'école : l'inévitable ralentissement en passant par la déviation de la banlieue ouest vers Slough et enfin Eton.

Deux montagnards s'étaient avancés pour assister au spectacle et riaient à perdre haleine. Un bouquet de palmiers arriva vers eux à petits bonds mais l'avion restait toujours solidement collé au sol. Charlie Marshall tira le manche d'un air absent et fit rentrer le train d'atterrissage. Ne sachant pas si le nez s'était vraiment soulevé, Jerry repensa à l'école, aux concours de saut en longueur, et retrouva la même sensation de ne pas s'élever tout en cessant d'être sur la terre. Il sentit la secousse et entendit le froissement des feuilles lorsque le ventre de l'appareil tondit les arbres. Charlie Marshall criait à l'avion de lever un peu le cul et, pendant une éternité, ils restèrent sans prendre de l'altitude, à toussoter en survolant de quelques mètres une route en lacet qui montait inexorablement vers une rangée de collines. Charlie Marshall était en train d'allumer une cigarette, aussi Jerry prit-il les commandes devant lui et il sentit la réaction du gouvernail. Puis Charlie Marshall reprit les commandes, et en un lent virage amena l'appareil au point le plus bas de la ligne des collines. Il poursuivit le virage, franchit la crête et continua pour effectuer un cercle complet. En regardant les toits bruns, la rivière et l'aéroport, Jerry estima qu'ils avaient atteint une altitude d'environ trois cents mètres. Pour Charlie Marshall, ça semblait être une altitude de croisière confortable, car cette fois il ôta enfin sa casquette et, de l'air d'un homme qui vient de faire du bon travail, il se servit un grand verre de scotch en prenant la bouteille qu'il avait à ses pieds. Au-dessous d'eux, la nuit tombait et la terre brune tournait doucement au mauve.

« Merci, dit Jerry en acceptant la bouteille. Oui, avec plaisir. »

Jerry commença par parler de tout et de rien, dans la mesure où l'on peut converser ainsi en criant à pleins poumons.

« Les Khmers rouges viennent de faire sauter le dépôt de munitions de l'aéroport ! hurla-t-il. Il est fermé à l'atterrissage et au décollage.

– Ah oui ? » Pour la première fois depuis que Jerry avait fait sa connaissance, Charlie Marshall semblait tout à la fois ravi et impressionné.

« Il paraît que Ricardo et vous étiez de grands copains.

– On bombarde tout. On a déjà tué la moitié de la race humaine. On voit plus de gens morts que vivants. La plaine des Jars, Da Nang ; on est de si grands héros que quand on mourra Jésus-Christ viendra en personne avec un hélico nous repêcher dans la jungle.

– On m'a dit que Ric était très fort en affaires !

– Je pense bien ! Le plus fort ! Vous savez combien de sociétés *off shore* on a, Ricardo et moi ? Six. On a des fondations au Liechtenstein, des sociétés à Genève, on a un directeur de banque dans les Antilles hollandaises, des avocats, Seigneur ! Vous savez combien de fric j'ai ? » Il donna une claque sur sa poche revolver. « Trois cents dollars américains très exactement. Charlie Marshall et Ricardo ont tué à deux la moitié de toute la race humaine. Personne ne nous donne de fric. Mon père a tué l'autre moitié et lui, il a plein, plein de fric. Ricardo, il avait toujours de ces combines insensées, toujours. Les douilles d'obus, Seigneur ; on va payer les niaqués pour ramasser toutes les douilles d'obus de l'Asie et les revendre pour la prochaine guerre ! » L'avion piqua du nez et il le redressa en jurant en français. « Le latex ! On allait voler tout le latex de Kompong Sham. On file à Kompong Sham, avec de gros hélicos, des croix rouges dans tous les coins. Et vous savez ce qu'on fait ? On évacue leurs foutus blessés. Doucement, vieux schnock, tu entends ? » Il s'adressait de nouveau à l'avion. Dans le cockpit, Jerry remarqua une longue ligne de trous laissés par des balles, et qui n'avaient pas été très bien réparés. *Découpez suivant le pointillé*, songea-t-il bêtement. « Les cheveux. On va faire fortune avec les cheveux. Toutes les mousmés du village se laissent pousser les cheveux, et on va les couper et les transporter à Bangkok pour faire des perruques.

– Qui est-ce qui a payé les dettes de Ricardo pour qu'il puisse piloter pour Indocharter ?

– Personne !

– Quelqu'un m'a dit que c'était Drake Ko.

– Jamais entendu parler de Drake Ko. Sur mon lit de mort je dis à ma mère, à mon père : ce salaud de Charlie, le fils du général, il n'a jamais, de sa vie, entendu parler de Drake Ko.

– Qu'est-ce que Ricardo a fait de si spécial à l'égard de Ko pour qu'il lui règle toutes ses dettes ? »

Charlie Marshall prit une lampée de whisky au goulot, puis tendit la bouteille à Jerry. Ses mains décharnées étaient agitées de tremblements chaque fois qu'il lâchait le manche, et son nez ne cessait de couler. Jerry se demanda à combien de pipes par jour il en était. Il avait jadis connu un hôtelier corse à Luang Prabang qui en avait besoin de soixante pour mener à bien une journée de travail. *Le commandant Marshall ne vole jamais le matin*, songea-t-il.

« Les Américains sont toujours pressés, regretta Charlie Marshall en secouant la tête. Vous savez pourquoi il faut qu'on trimbale cette camelote à Phnom Penh maintenant. Tout le monde est impatient. Aujourd'hui, tout le monde veut sa dose vite fait. Personne n'a le temps de fumer. Les gens veulent prendre leur pied tout de suite. Vous voulez tuer la race humaine, il faut prendre son temps, vous entendez ? »

Jerry fit une nouvelle tentative. Un des quatre moteurs avait lâché, mais un autre s'était mis à pétarader comme un pot d'échappement cassé, si bien qu'il était obligé de crier encore plus fort qu'avant.

« Qu'est-ce que Ricardo a fait pour tout cet argent ? répéta-t-il.

– Ecoutez, Voltaire, d'accord ? J'aime pas la politique. Je suis un simple trafiquant d'opium, d'accord ? Vous aimez la politique, vous redescendez pour discuter avec ces dingues de Shans. “La politique, ça ne se mange pas, ça ne se baise pas, ça ne se fume pas.” C'est lui qui l'a dit à mon père.

– Qui ça ?

– Drake Ko l'a dit à mon père, mon père me l'a dit et moi je le dis à toute la saloperie de race humaine ! C'est un philosophe Drake Ko, vous entendez ? »

Pour des raisons connues de lui seul, l'appareil avait commencé à perdre régulièrement de l'altitude et n'était plus maintenant qu'à une soixantaine de mètres au-dessus des rizières. Ils aperçurent un village, des feux allumés pour la cuisine, des silhouettes qui s'enfuyaient à toutes jambes vers les arbres, et Jerry se demanda sérieusement si Charlie Marshall s'en était aperçu. Mais à la dernière minute, comme un jockey plein de patience, il tira le manche, se pencha en avant, finit par faire redresser la tête du cheval et tous deux reprirent un peu de scotch.

« Vous le connaissez bien ?

– Qui ça ?

– Ko.

– Je ne l'ai jamais vu de ma vie, Voltaire. Vous voulez parler de Drake Ko, vous vous adressez à mon père. Il vous coupera la gorge.

– Dites-moi, qui est le couple avec le cochon ? cria Jerry pour entretenir la conversation pendant que Charlie reprenait la bouteille pour boire une autre lampée.

– Des Haws de Chiangmai. Ils se faisaient du souci pour leur connard de fils qui est à Phnom Penh. Ils s'imaginent qu'il crève de faim, alors ils lui apportent un cochon.

– Et Tiu ?

– Je n'ai jamais entendu parler de Mr Tiu, vous m'entendez ?

– On a vu Ricardo à Chiangmai il y a trois mois, hurla Jerry.

– Oui, Ric est vraiment con, dit Charlie Marshall avec conviction. Ric ne devrait pas mettre les pieds à Chiangmai s'il ne veut pas se faire descendre. Quand quelqu'un fait le mort, il faut la boucler, vous entendez ? Je lui dis : "Ric, tu es mon associé. Boucle-la, ne te montre pas. Ou bien il y a des gens qui vont te faire la peau." »

L'appareil pénétra dans un nuage de pluie et se mit aussitôt à perdre de l'altitude. L'eau ruisselait sur les tôles du cockpit et s'infiltrait par les interstices des hublots. Charlie

Marshall abaissa et remonta quelques manettes, il y eut un sifflement du côté du tableau de bord et deux voyants lumineux s'allumèrent qu'aucun flot de jurons ne parvint à faire éteindre. A la stupéfaction de Jerry, ils se remirent à monter, encore que, au sein du nuage, il avait du mal à estimer l'angle. Jetant un coup d'œil derrière lui pour vérifier, il eut le temps d'apercevoir la silhouette barbue du payeur à la peau sombre en casquette à la Fidel Castro qui faisait retraite vers l'échelle de la cabine, en tenant son AK-47 par le canon. Ils continuèrent à monter, la pluie cessa et la nuit les entoura. Les étoiles jaillirent soudain au-dessus d'eux, ils sautèrent par-dessus les crevasses baignées de lune du sommet des nuages, ils prirent encore de l'altitude, les nuages disparurent pour de bon, Charlie Marshall remit sa casquette et annonça que les deux moteurs tribords avaient cessé maintenant de prendre part aux festivités. Profitant de ce moment de répit, Jerry posa sa question la plus folle.

« Alors, mon vieux, où est Ricardo maintenant ? Il faut que je le trouve, vous voyez. J'ai promis à mon canard que je lui parlerai. Je ne peux pas les décevoir, vous comprenez ? »

Les yeux ensommeillés de Charlie Marshall étaient presque fermés. Il était assis, à moitié en transe, la tête appuyée au dossier et la visière de sa casquette penchée sur son nez.

« Qu'est-ce qu'il y a, Voltaire ? Vous avez dit quelque chose ?

– Où est Ricardo maintenant ?

– Ric ? répéta Charlie Marshall jetant un coup d'œil à Jerry avec une sorte d'étonnement. Où se trouve Ricardo, Voltaire ?

– C'est ça, mon vieux. Où est-il ? J'aimerais avoir un échange de vues avec lui. Les trois cents dollars, c'était pour ça. Il y en a cinq cents autres si vous pouviez trouver le temps de m'arranger une entrevue. »

S'animant tout d'un coup, Charlie Marshall se pencha pour ramasser l'exemplaire de *Candide* et le jeta sur les genoux de Jerry tout en se lançant dans une furieuse sortie.

« Je ne sais pas où est Ricardo, vous entendez ? Je ne veux plus avoir d'amis de ma vie. Si je vois ce dingue de

Ricardo, je lui tire dans les couilles en pleine rue, vous entendez ? Il est mort. Alors il peut faire le mort jusqu'à ce qu'il meure. Il a raconté à tout le monde qu'il s'était tué. Alors peut-être que pour une fois dans ma vie je vais le croire, ce salaud ! »

Dirigeant avec fureur l'avion dans le nuage, il le laissa tomber vers les lents éclairs des batteries d'artillerie de Phnom Penh pour réussir un atterrissage parfait dans ce qui, aux yeux de Jerry, était une obscurité totale. Il s'attendait à entendre crépiter les mitrailleuses des défenses au sol, il s'attendait à l'horrible impression de chute libre au moment où ils allaient plonger dans un cratère, mais tout ce qu'il vit, de façon très soudaine, ce fut un nouvel assemblage de casemates familières et couvertes de boue, les armes pointées et baignées de clair de lune qui attendaient pour les recevoir. Comme ils roulaient vers cette direction, une jeep brune vint s'arrêter devant eux, avec une lumière verte qui clignotait à l'arrière. L'avion cahotait sur de l'herbe. Auprès des casemates, Jerry aperçut deux camions verts et un petit groupe de silhouettes qui attendaient, l'air inquiet ; et derrière eux, la silhouette sombre d'un avion de sport bimoteur. Ils se garèrent et Jerry entendit aussitôt, au-dessous de la soute de leur somptueuse cabine, le crissement du nez de l'appareil qui s'ouvrait, suivi par un bruit de pas sur l'échelle de fer et un bref dialogue. Toute cette rapidité le prit au dépourvu. Mais il entendit autre chose qui lui glaça le sang et le fit dévaler les marches vers le ventre de l'avion.

« Ricardo ! cria-t-il. Attendez ! Ricardo ! »

Mais les seuls passagers qui restaient, c'était le vieux couple cramponné à leur cochon et à leur colis. Empoignant l'échelle d'acier, il se laissa tomber, s'ébranlant la colonne vertébrale en touchant la piste. La jeep était déjà partie avec les cuisiniers chinois et leurs gardes du corps shans. Tout en courant, Jerry apercevait la jeep qui fonçait vers une grille ouverte dans le périmètre du terrain d'aviation. Elle la franchit, deux sentinelles refermèrent la grille et reprirent leur position première. Derrière lui, les contrôleurs casqués de l'aéroport accouraient déjà vers le Carvair. Deux camions chargés de policiers suivaient la scène et, un instant, l'Occidental plein d'illusion qu'il y avait en Jerry fut tenté de croire qu'ils allaient jouer un rôle de maintien de l'ordre, jusqu'au moment où il se rendit compte que c'était la garde d'honneur de Phnom Penh. Mais il suivait surtout des yeux un personnage, le grand barbu avec sa casquette à la Fidel Castro, son AK-47 et sa claudication accentuée qui faisait comme un battement de tambour inégal lorsque les semelles en caoutchouc de ses bottes d'aviateur descendaient en cahotant l'échelle d'acier. Jerry ne fit que l'apercevoir. La porte du petit Beechcraft l'attendait, ouverte, et deux hommes des équipages au sol étaient prêts à l'aider à monter. Lorsqu'il arriva à leur hauteur, ils tendirent la main pour le débarrasser du fusil, mais Ricardo les écarta d'un geste. Il s'était retourné et regardait Jerry. En une seconde ils se virent. Jerry était en train de tomber et Ricardo levait son fusil : pendant vingt secondes, Jerry eut la vision de sa vie depuis sa naissance jusqu'à cet instant tandis que quelques balles sifflaient sur le terrain d'aviation ravagé par la bataille. Le temps que Jerry relevât les yeux, la fusillade avait cessé, Ricardo était monté dans l'avion et ses assistants enlevaient les cales. Le petit appareil s'élevait entre les éclairs des obus et Jerry courut à toutes jambes vers la partie la plus sombre du périmètre avant que quelqu'un d'autre décidât que sa présence était nuisible aux bons échanges commerciaux.

Simple querelle d'amoureux, se dit-il, assis dans le taxi, les mains posées sur sa tête et s'efforçant de reprendre son souffle. Voilà ce que ça rapporte d'essayer de vouloir faire des grâces à un ancien petit ami de Lizzie Worthington.

Une fusée tomba quelque part, il s'en foutait.

Il laissa deux heures à Charlie Marshall, bien qu'à son avis une seule représentât déjà un délai généreux. L'heure du couvre-feu était passée, mais la crise de la journée ne s'était pas terminée avec la tombée de la nuit ; il y avait des contrôles de circulation tout le long de la route jusqu'au Phnom, et les sentinelles avaient le doigt sur la détente de leurs fusils mitrailleurs. Sur la place, deux hommes s'interpellaient à tue-tête à la lueur de torches électriques, devant un petit rassemblement. Plus loin sur le boulevard, des troupes avaient cerné une maison éclairée par des projecteurs et se plaquaient contre les murs, en tripotant leurs armes. Le chauffeur dit que la police secrète devait procéder à une arrestation. Un colonel et ses hommes étaient encore à l'intérieur avec quelqu'un qu'on soupçonnait d'être un agitateur. Dans la cour de l'hôtel, des chars étaient garés, et il trouva dans sa chambre Luke allongé sur le lit, en train de boire avec ravissement.

« Il y a de l'eau ? demanda Jerry.

– Ouais. »

Il fit couler un bain et commençait à se déshabiller quand il se rappela le Walther fixé à sa poitrine.

« Tu as envoyé quelque chose ? demanda-t-il.

– Ouais, répéta Luke et toi aussi.

– Ah, ah !

– J'ai demandé à Keller de câbler à Stubbsie en signant de ton nom l'histoire de l'aéroport. »

Luke lui tendit un double. « Avec quelques authentiques touches à la Westerby. Comment les bourgeons sortent de terre dans le cimetière. Stubbsie est ravi.

– Merci. »

Dans la salle de bains, Jerry ôta le Walther maintenu par les bandes adhésives et le fourra dans la poche de sa veste où il pourrait le prendre facilement.

« Où va-t-on ce soir ? cria Luke derrière la porte fermée.

– Nulle part.

– Comment ça ?

– J'ai un rancart.

– Une femme ?

– Oui.

– Emmène ton petit copain Lukie. A trois dans un lit, on se tient chaud. »

Jerry s'enfonça avec délice dans l'eau tiède.

« Non.

– Appelle-la, dis-lui de dégoter une pute pour Lukie. Ecoute, il y a en bas cette dragueuse de Santa Barbara. Je ne suis pas fier. Je l'amènerai.

– Non.

– Bon sang ! cria Luke, qui était sérieux maintenant. Pourquoi pas ? » Pour protester, il s'était approché de la porte fermée à clef.

« Mon vieux, laisse-moi tranquille, lui conseilla Jerry. Franchement. Je t'adore, mais tu n'es pas tout pour moi, tu comprends ? Alors laisse tomber.

– Ah ! on a une épine dans son froc. » Long silence. « Enfin ne te fais pas tirer dessus, camarade, ça n'est pas une nuit très calme. »

Quand Jerry revint dans la chambre, Luke était allongé sur le lit en position fœtale, à contempler le mur et à boire avec méthode.

« Tu sais que tu es pire qu'une bonne femme quand tu t'y mets », lui dit Jerry en s'arrêtant sur le seuil pour le regarder.

Toute cette conversation puérile, il l'aurait totalement oubliée si, par la suite, les choses avaient tourné autrement.

Jerry cette fois ne se donna pas la peine de sonner à la grille, il escalada le mur en s'éraflant les mains sur les éclats de verre disposés sur la crête. Il ne se dirigea pas non plus vers la porte d'entrée, il s'épargna la formalité d'observer les jambes brunes plantées au pied de l'escalier. Au lieu de cela, il resta dans le jardin à attendre que le bruit sourd de son atterrissage se soit calmé et que ses yeux et ses oreilles réussissent à surprendre un signe de vie venant de la grande villa dont la sombre silhouette se dressait au-dessus de lui, avec la lune derrière.

Une voiture s'arrêta, tous feux éteints, et deux silhouettes en sortirent, cambodgiennes à en juger par leur taille et leur silence. Ils sonnèrent à la grille, et à la porte de la maison murmurèrent par l'interstice le mot de passe magique et aussitôt et sans un mot on les laissa entrer. Jerry essaya de comprendre la disposition des lieux. Il était surpris de ne sentir aucune odeur révélatrice s'échapper ni de la porte de devant ni dans le jardin où il se trouvait. Il n'y avait pas de vent. Il savait que pour un grand *divan* le secret était essentiel, non pas parce que la loi était sévère mais parce que les pots-de-vin l'étaient. La villa possédait une cheminée, une cour et deux étages : un séjour confortable pour un colon français avec une petite famille de concubines et d'enfants métissés. La cuisine, se dit-il, devait être réservée à la préparation. L'endroit le plus sûr pour fumer était, à n'en pas douter, au premier étage, dans des pièces donnant sur la cour. Et puisque aucune odeur ne venait de la porte de devant, Jerry en conclut qu'ils utilisaient le fond de la cour plutôt que les ailes ou le devant. Il s'avança sans bruit jusqu'au moment où il arriva à la clôture qui marquait le bornage de la propriété derrière. Cette partie-là du jardin était envahie de fleurs et de plantes grimpantes. Une fenêtre à barreaux fournit un premier échelon à ses chaussures montantes de daim, un tuyau de gouttière en fournit un second, un extracteur d'air un troisième et, comme il l'enjambait pour gagner le balcon du premier étage, il surprit l'odeur qu'il attendait : douce, tiède et comme une invite. Sur le balcon il n'y avait pas de lumière non plus, mais les deux Cambodgiennes accroupies là étaient facilement visibles au clair de lune, et il apercevait leurs regards affolés fixés sur lui comme s'il apparaissait du ciel. Leur faisant signe de se lever, il les fit passer devant lui, guidé par l'odeur. La canonnade avait cessé, abandonnant la nuit aux geckos. Jerry se rappela que les Cambodgiens aimaient à parier sur le nombre de fois où ils piaulaient : demain sera un jour de chance, demain de malchance. Demain je prendrai femme. Non, après-demain. Les filles étaient très jeunes et elles attendaient sans doute qu'on vînt les chercher pour des clients. Parvenues à la porte de jonc, elles hésitèrent et se retournèrent pour lui lancer un regard malheureux. Jerry fit un signe et elles écartèrent le rideau de paille jusqu'au moment où une pâle lumière vint luire sur le balcon, pas plus forte que celle d'une bougie. Il pénétra à l'intérieur, gardant toujours les filles devant lui.

La pièce avait dû être jadis la chambre de maître, avec une autre chambre plus petite qui lui était contiguë. Il avait une main sur l'épaule d'une des filles. L'autre suivait docilement. Douze clients étaient allongés dans la première pièce, tous des hommes. Quelques filles étaient allongées entre eux, et chuchotaient. Des coolies, pieds nus, s'affairaient, passant avec de grandes précautions d'un corps allongé au suivant, roulant une boulette sur l'aiguille, l'allumant et la tenant sur le fourneau de la pipe pendant que le client tirait une longue bouffée et que la boulette se consumait. Les conversations étaient lentes, intimes et murmurées, interrompues par de doux déferlements de rires satisfaits. Jerry reconnut le sage Suisse qu'il avait rencontré au dîner du Conseiller. Il bavardait avec un Cambodgien dodu. Personne ne s'intéressait à Jerry. Comme les orchidées dans l'immeuble de Lizzie Worthington, les filles justifiaient sa présence.

« Charlie Marshall ! », fit doucement Jerry. Un coolie désigna la pièce voisine. Jerry congédia les deux filles qui s'éclipsèrent. L'autre chambre était plus petite et Marshall était allongé dans un coin avec une Chinoise vêtue d'un *cheongsam* savamment drapé, penchée sur lui pour lui préparer sa pipe. Jerry se dit que ce devait être la fille de la maison et que Charlie Marshall avait droit à un traitement de faveur parce qu'il était tout à la fois un habitué et un fournisseur. Il s'agenouilla de l'autre côté. Un vieil homme observait la scène sur le pas de la porte. La fille le regardait, la pipe toujours à la main.

« Qu'est-ce que vous voulez, Voltaire ? Pourquoi ne pas me foutre la paix ?

– Rien qu'une petite promenade, mon vieux. Et puis vous pourrez revenir. »

Le prenant par le bras, Jerry le fit se lever avec douceur, aidé par la fille.

« Combien en a-t-il pris ? », demanda-t-il à la fille. Elle leva trois doigts.

« Et combien en aime-t-il ? »

Elle baissa la tête en souriant. Beaucoup plus, disait-elle.

Charlie Marshall, au début, marchait d'un pas chancelant, mais lorsqu'ils atteignirent le balcon, il était prêt à discuter, aussi Jerry le souleva-t-il et le porta-t-il sur son épaule comme une victime recueillie dans un incendie, et ce fut ainsi qu'il descendit l'escalier et traversa la cour. Le vieil homme les salua à la porte d'entrée, un coolie souriant leur ouvrit la grille donnant sur la rue et tous deux étaient manifestement très reconnaissants à Jerry de faire montre d'un tel tact. Ils avaient peut-être fait cinquante mètres quand deux jeunes Chinois se précipitèrent sur eux, en criant et en brandissant des bâtons. Reposant Charlie Marshall sur le sol, mais le maintenant debout fermement de sa main gauche, Jerry laissa le premier garçon frapper, détourna le coup puis riposta d'un direct bien appuyé juste sous l'œil mais en retenant un peu sa force. Le garçon s'enfuit, son ami sur les talons. Sans lâcher Charlie Marshall, Jerry le fit marcher jusqu'au moment où ils arrivèrent à la rivière dans une zone d'ombre, puis il le fit asseoir sur la berge. Charlie avait l'air d'une marionnette assise dans l'herbe sèche.

« Vous allez me faire sauter la cervelle, Voltaire ?

– On va laisser ça à l'opium, mon vieux », dit Jerry.

Jerry aimait bien Charlie Marshall, et dans un monde parfait il aurait été ravi de passer une soirée avec lui à la fumerie et d'entendre l'histoire de sa vie pitoyable mais extraordinaire. Seulement son poing serrait sans remords le bras émacié de Charlie Marshall, au cas où l'idée de s'enfuir traverserait sa tête creuse ; car il avait l'impression que Charlie pouvait courir très vite lorsqu'il était désespéré. Il était donc à demi allongé, un peu comme s'il s'affalait parmi la montagne magique de ses possessions dans l'appartement de ce cher Trésor à Londres, prenant appui sur la hanche gauche et sur son coude gauche, maintenant le poignet de Charlie Marshall dans la boue pendant que celui-ci était allongé sur le dos. De la rivière, à une douzaine de mètres au-dessous d'eux, venait le chant murmuré des sampans qui glissaient comme de longues feuilles sur l'eau baignée par la lune. Du ciel – maintenant devant et aussi derrière eux – venaient de temps en temps les éclairs d'un canon lorsqu'un chef de batterie qui s'ennuyait décidait de justifier son existence. Parfois, de bien plus près, on entendait le claquement plus sec et plus léger des armes des Khmers rouges qui ripostaient, mais une fois de plus, ce n'étaient que de brefs interludes entre le vacarme des geckos et le silence plus vaste. A la lueur du clair de lune, Jerry consulta sa montre, puis regarda le visage un peu dément, s'efforçant d'évaluer la force des envies de Charlie Marshall. C'est comme un biberon, songea-t-il. Si Charlie était un fumeur de nuit et dormait le matin, alors ses besoins n'allaient pas tarder à se manifester. La moiteur de son visage était déjà étonnante. La sueur ruisselait des larges pores, des yeux écarquillés et du nez qui ne cessait de renifler. Elle se canalisait méticuleusement le long des rides profondes, formant des réservoirs bien nets dans les cavernes.

« Bon sang, Voltaire, Ricardo est mon copain. Il a beaucoup de philosophie, ce gars-là. Vous devriez l'entendre parler, Voltaire. Vous devriez l'entendre exposer ses idées.

– Oui, reconnut Jerry. J'aimerais bien. »

Charlie Marshall prit la main de Jerry.

« Voltaire, ce sont de braves types, vous m'entendez ? Mr Tiu... Drake Ko. Ils ne veulent faire de mal à personne. Ils veulent faire des affaires. Ils ont quelque chose à vendre, ils ont des gens pour l'acheter ! C'est un service ! Personne n'y perd son bol de riz. Pourquoi voulez-vous mettre le bordel dans tout ça ? Vous êtes un type bien, vous-même. J'ai vu ça. Vous avez porté le cochon du vieux, pas vrai ? Qui a jamais vu un Nez-Long porter un cochon chinois ? Mais bon sang, Voltaire, si vous me foutez dans la merde, ils vont vous tuer sans rémission parce que Mr Tiu, il a le sens des affaires et c'est un monsieur très philosophe, vous entendez ? Il me tue moi, il tue Ricardo, il vous tue vous, il tue toute la race humaine ! »

L'artillerie fit un tir de barrage et cette fois la jungle répliqua par une petite salve de fusées, peut-être six qui passèrent en sifflant au-dessus de leurs têtes comme de grosses pierres lancées par une catapulte. Quelques instants plus tard, ils entendirent des détonations quelque part au centre de la ville. Après cela, rien. Même pas le hurlement d'une voiture de pompiers, même pas la sirène d'une ambulance.

« Pourquoi voudrait-il tuer Ricardo ? demanda Jerry. Qu'est-ce que Ricardo a fait de mal ?

– Voltaire ! Ricardo est mon copain ! Drake Ko est l'ami de mon père ! Ces vieux, ils sont comme des frères, ils ont fait je ne sais quelle guerre ensemble à Shanghai il y a quelque chose comme deux cent cinquante ans, vous comprenez ? Je vais voir mon père. Je lui dis : “Père, il faut m’aimer pour une fois. Il faut cesser de m’appeler ton bâtard et il faut dire à ton bon ami Drake Ko de ne plus embêter Ricardo. Tu n’as qu’à dire : ‘Drake Ko, ce Ricardo et mon Charlie, ils sont comme toi et moi. Ils sont frères, tout comme nous. Ils apprennent à piloter ensemble en Oklahoma, ils tuent la race humaine ensemble. Et ils sont très bons copains. Voilà.’” Mon père, il ne me porte pas dans son cœur, vous comprenez ?

– Je comprends.

– Mais il envoie quand même à Drake Ko un long message personnel. »

Charlie Marshall avait le souffle précipité, comme si sa petite poitrine pouvait à peine contenir assez d’air pour l’alimenter. « Cette Lizzie. C’est une femme, celle-là. Lizzie, elle va personnellement voir Drake Ko. A titre purement privé. Elle lui dit : “Monsieur Ko, il faut laisser Ric tranquille.” C’est une situation très délicate, Voltaire. Il faut tous qu’on se tienne bien serrés, sinon on tombe du haut de la montagne, vous entendez ? Voltaire, laissez-moi partir, je vous en prie ! Je vous en prie humblement pour l’amour de Dieu. *Je m’abîme*. Vous m’entendez ? Voilà tout ce que je sais ! »

En l’observant, en écoutant ses sorties torturées, en voyant comme il s’effondrait, se reprenait, pour craquer de nouveau et se reprendre avec plus de difficulté, Jerry avait l’impression d’assister aux dernières convulsions martyrisées d’un ami. Son instinct l’incitait à manier Charlie avec douceur et à le laisser divaguer. Son dilemme, c’était qu’il ne savait pas de combien de temps il disposait avant que n’arrive ce qui arrive en général à un drogué. Il posait des questions, mais souvent Charlie n’avait pas l’air de les entendre. A d’autres moments, il paraissait répondre à des questions que Jerry n’avait pas posées. Et parfois un mécanisme à retardement lui faisait lancer une réponse à une question à laquelle Jerry avait depuis longtemps renoncé. A Sarratt, disaient les interrogateurs, un homme brisé était dangereux parce qu'il vous payait en argent qu'il n'avait pas pour acheter votre compassion. Mais pendant quelques précieuses minutes, Charlie ne pouvait rien payer du tout.

« Drake Ko n'est jamais venu à Vientiane de sa vie ! cria soudain Charlie. Vous êtes fou, Voltaire. Un type important comme Ko, qu'est-ce qu'il a à faire d'un sale petit trou d'Asie comme ça ? Drake Ko, c'est un philosophe, Voltaire ! Il faut surveiller ce type-là avec précaution ! » Tout le monde, semblait-il, était philosophe – en tout cas tout le monde sauf Charlie Marshall. « A Vientiane personne n'a même entendu le nom de Ko ! Vous m'entendez, Voltaire ? »

A un autre moment, Charlie Marshall éclata en sanglots, saisit les mains de Jerry et le supplia de lui dire si Jerry avait eu un père.

« Oui, mon vieux, j'en ai eu un, dit Jerry avec patience. Et dans son style, c'était aussi un général. »

Au-dessus de la rivière, deux fusées blanches éclairaient de façon stupéfiante comme en plein jour, ce qui amena Charlie à évoquer les épreuves de leurs premiers jours ensemble à Vientiane. Assis bien droit, il dessina une maison dans la boue. C'est là que vivaient Lizzie, Ric et Charlie Marshall, déclara-t-il avec fierté : dans une cabane délabrée et à la lisière de la ville, un endroit si moche que même les geckos ne le supportaient pas. Ric et Lizzie avaient la suite royale, qui était la seule pièce de ce pucier, et le boulot de Charlie, c'était de n'être dans les jambes à personne, de payer le loyer et d'aller chercher de quoi picoler. Mais le souvenir de leur triste situation économique provoqua soudain chez Charlie un nouveau déferlement de larmes.

« Alors de quoi viviez-vous, mon vieux ? demanda Jerry, ne s'attendant à aucune réponse. C'est fini maintenant. De quoi viviez-vous ? »

Nouvelles larmes pendant que Charlie avouait recevoir une pension mensuelle de son père, qu'il aimait et vénérait.

« Cette folle de Lizzie, dit Charlie au milieu de son chagrin, cette folle de Lizzie, elle faisait des voyages à Hong Kong pour Mellon. »

Jerry parvint à se maîtriser pour ne pas faire dévier Charlie de sa route.

« Mellon. Qui est-ce, ce Mellon ? », demanda-t-il. Mais sa voix douce endormait Charlie, qui se mit à jouer avec sa maison dessinée dans la boue, ajoutant une cheminée et de la fumée.

« Allons, bon sang ! Mellon. Mellon ! cria Jerry sous le nez de Charlie, essayant de le secouer pour le faire répondre. Mellon, espèce de camé ! Des voyages à Hong Kong ! » Soulevant Charlie pour le mettre debout, il le secoua comme une poupée en chiffon, mais il en fallut bien plus pour obtenir la réponse, et ce faisant, Charlie Marshall supplia Jerry de comprendre ce que c'était que d'aimer, d'aimer vraiment une putain européenne un peu dingue en sachant qu'on ne pourrait jamais l'avoir, même pour une nuit.

Mellon était un négociant anglais douteux, personne ne savait ce qu'il faisait. Un peu de ci, un peu de ça, dit Charlie. Les gens avaient peur de lui. Mellon expliqua qu'il pouvait introduire Lizzie dans le grand circuit de l'héroïne. « Avec ton passeport et ta silhouette, lui avait dit Mellon, tu peux entrer à Hong Kong et en sortir comme une princesse. »

Epuisé, Charlie s'effondra sur le sol et se pencha devant sa maison de boue. Jerry s'accroupit auprès de lui et sa main se referma sur le col de Charlie, à la hauteur de la nuque, en prenant bien soin de ne pas lui faire de mal.

« Alors, elle faisait ça pour lui, n'est-ce pas, Charlie ? Lizzie faisait le transport pour Mellon. » De la paume de la main, il fit tourner avec douceur la tête de Charlie jusqu'au moment où ses yeux perdus fixèrent les siens.

« Lizzie ne faisait pas le transport pour Mellon, Voltaire, corrigea Charlie. Lizzie faisait le transport pour Ricardo. Lizzie, elle n'aimait pas Mellon. Elle aimait Ric et moi. »

Posant un regard triste sur la maison de boue, Charlie éclata soudain d'un rire gras et rauque, qui s'éteignit sans explication.

« Tu as tout bousillé, Lizzie ! lança Charlie en enfonçant un doigt dans la porte de boue. Tu as tout bousillé comme d'habitude, mon chou. Tu parles trop. Pourquoi raconter à tout le monde que tu es la reine d'Angleterre ? Pourquoi raconter à tout le monde que tu es une vraie Mata Hari ? Mellon s'est mis très en colère contre toi, Lizzie. Mellon t'a flanquée à la porte et tu t'es retrouvée sur tes fesses. Et Ric n'était pas content non plus, tu te souviens ? Ric t'a flanqué une volée et Charlie a dû t'emmener chez le docteur en plein milieu de la nuit, tu te souviens ? Tu as une grande gueule, Lizzie, tu entends ? Tu es ma sœur, mais personne n'a une grande gueule comme toi ! »

Jusqu'au jour où Ricardo la lui a fait fermer, songea Jerry, en se rappelant les sillons qu'elle avait sur le menton. Parce qu'elle a gâché l'affaire avec Mellon.

Toujours accroupi au côté de Charlie et le tenant par la nuque, Jerry regardait disparaître le monde autour de lui et à sa place il vit Sam Collins assis dans sa voiture, en bas de Star Heights, avec une bonne vue sur le huitième étage, pendant qu'il étudiait la page des courses d'un journal à onze heures du soir. Même le bruit d'une fusée tombant tout près ne parvint pas à l'arracher à cette vision. Il crut aussi entendre la voix de Craw dominant le tir de mortier, et commentant les activités de Lizzie. Quand les fonds étaient bas, avait dit Craw, Ricardo la faisait transporter pour lui des petits colis par-delà les frontières.

Et comment la bonne ville de Londres avait-elle appris cela, Votre Grâce – aurait-il aimé demander au vieux Craw –, sinon par Sam Collins, alias Mellon soi-même ?

Une violente averse de trois secondes avait emporté la maison de boue de Charlie et il en était furieux. Il pataugeait à quatre pattes pour la chercher, pleurant et jurant avec frénésie. La crise passa et il se remit à parler de son père, racontant comment le vieux avait trouvé une situation pour son fils naturel auprès d'une honorable compagnie aérienne de Vientiane – encore que jusque-là Charlie eût soigneusement évité de se retrouver à piloter un avion, de crainte d'y laisser ses nerfs.

Un jour, semblait-il, le général avait tout simplement perdu patience avec Charlie. Il convoqua son garde du corps et descendit de ses collines des Shans jusqu'à un petit centre de trafic d'opium du nom de Fang, non loin de la frontière, mais en territoire thaï. Là, à la façon des patriarches du monde entier, le général reprocha à Charlie sa vie de panier percé.

Charlie avait une sorte d'accent rauque pour imiter son père et une façon particulière de gonfler ses joues émaciées dans une mimique de désapprobation toute militaire :

« Alors tu ferais mieux de travailler un peu pour changer, tu m'entends, espèce de bâtard *kwailo* ? Tu ferais mieux de ne plus parier sur les chevaux, tu m'entends, et de ne plus toucher l'alcool ni l'opium. Et tu ferais mieux d'ôter ces médailles de coco que tu trimbales sur ta poitrine et de te débarrasser de ton douteux copain Ricardo. Et tu ferais mieux aussi de cesser de financer sa maîtresse, tu m'entends ? Parce que je n'ai pas l'intention de t'entretenir un jour de plus, pas une heure, triste bâtard ; et je te déteste tant qu'un jour je te tuerai parce que tu me rappelles ta putain de Corse de mère ! »

Puis ce fut l'offre de travail, et le père de Charlie, le général, qui parlait toujours :

« Certains messieurs très bien de Chiu Chow, qui sont de très bons amis, de très bons amis à moi, tu m'entends, se trouvent avoir la majorité dans une certaine compagnie d'aviation. J'ai aussi quelques actions dans cette compagnie qui se trouve porter l'honorable nom d'Indocharter Aviation. Pourquoi est-ce que tu ris, espèce de singe *kwailo* ? Ne te moque pas de moi ! Alors ces bons amis, ils me rendent le service de m'assister dans ma disgrâce d'avoir un bâtard incapable et je prie sincèrement que tu tombes un jour du ciel et que tu casses ton cou de *kwailo*. »

Charlie transporta donc l'opium de son père pour Indocharter : un, deux vols par semaine au début, mais un travail régulier, honnête, et il aimait ça. Il retrouva son équilibre, il se calma et il éprouvait une réelle gratitude envers son vieux. Il essaya, bien sûr, de décider les gens de Chiu Chow à engager Ricardo aussi, mais ils ne voulaient pas. Après quelques mois, ils acceptèrent quand même de payer à Lizzie vingt dollars par semaine pour s'asseoir dans le bureau et baratiner les clients. C'était la belle époque, disait Charlie. Charlie et Lizzie gagnaient l'argent, Ricardo le dépensait dans des entreprises de plus en plus folles, tout le monde était heureux, tout le monde avait du travail. Jusqu'au soir où, comme un Némésis, Tiu apparut et vint tout foutre en l'air. Il surgit juste au moment où ils étaient en train de fermer les bureaux de la compagnie, jaillissant du trottoir sans rendez-vous, demandant Charlie Marshall par son nom et se présentant comme appartenant à la direction de Bangkok de la compagnie. Des gens de Chiu Chow sortirent des bureaux du fond, jetèrent un coup d'œil à Tiu, se portèrent garants de sa bonne foi et décampèrent.

Charlie s'interrompit pour pleurer sur l'épaule de Jerry.

« Ecoutez-moi bien mon vieux, insista Jerry, c'est ce passé-là qui me plaît. Vous me racontez bien tout ça et je vous raccompagne. Promis. Je vous en prie. »

Mais Jerry avait mal calculé son coup. Il ne s'agissait plus de faire parler Charlie. Jerry était maintenant la drogue dont dépendait Charlie Marshall. Il ne s'agissait pas non plus de le maintenir à terre. Charlie Marshall se cramponnait à Jerry comme si c'était le dernier radeau sur la mer déserte où il voguait, et leur conversation était devenue un monologue désespéré où Jerry puisait les faits dont il avait besoin pendant que Charlie Marshall pleurnichait, suppliait et réclamait à grands cris l'attention de son bourreau, faisant des plaisanteries en riant à travers ses larmes. En aval, une ou deux mitrailleuses de Lon Nol, qui n'avaient pas encore été vendues aux Khmers rouges, tiraient des balles traçantes dans la jungle à la lueur d'une autre fusée éclairante. De longs traits dorés volaient au-dessus de l'eau, éclairant une petite grotte où ils disparurent dans les arbres.

Les cheveux trempés de sueur de Charlie chatouillaient le menton de Jerry, et il ne cessait de divaguer et de bavoter.

« Mr Tiu ne va pas parler au bureau, Voltaire. Oh non ! Mr Tiu, il ne s'habille pas trop bien non plus. Tiu, il est très Chiu Chow, il utilise un passeport thaïlandais comme Drake Ko, un nom bizarre, et il prend des airs très très modestes quand il vient à Vientiane. "Commandant Marshall, il me dit, ça vous plairait de gagner pas mal de supplément en faisant certains travaux intéressants et variés en dehors des horaires de la compagnie ? Ça vous dirait de faire pour moi, un jour, un vol pas trop conventionnel ? On me dit que vous êtes un rudement bon pilote, très sûr, alors ça vous plairait de vous faire pas moins de quatre ou cinq mille dollars, peut-être pour une journée de travail, et peut-être même pas pour une journée entière ? Cela vous plairait-il personnellement, commandant Marshall ?" "Monsieur Tiu", je lui dis – Charlie crie maintenant à tue-tête –, "sans préjuger en aucune façon quelle sera ma position lors de nos négociations, monsieur Tiu, pour cinq mille dollars américains, dans l'état de sérénité où je suis, je descendrais en enfer pour vous et je vous ramènerais les couilles du diable." Mr Tiu me dit qu'il reviendra un jour et que je la boucle en attendant. »

Charlie, soudain, avait pris la voix de son père et se traitait de sale bâtard, de fils de putain corse : jusqu'au moment où Jerry comprit peu à peu que Charlie était en train de décrire l'épisode suivant de l'histoire.

Il se révéla, chose étonnante, que Charlie avait gardé pour lui le secret de l'offre de Tiu jusqu'à ce qu'il revît son père, cette fois à Chiangmai pour les fêtes du nouvel an chinois. Il n'en avait pas parlé à Ric, il n'en avait même rien dit à Lizzie, peut-être parce qu'à cette époque, ces deux-là ne s'entendaient plus très bien et que Ric se payait un tas de femmes à côté.

Le conseil du général ne fut pas encourageant.

« Ne touche pas à ça ! Ce Tiu a de très hautes relations et tous ces gens-là sont un peu trop spéciaux pour un sale petit bâtard comme toi, tu m'entends ! Bonté divine, qui a jamais entendu parler d'un swatownais qui donne cinq mille dollars à un sale demi-*kwailo* pour qu'il s'enrichisse l'esprit en voyageant ! »

« Alors vous avez passé l'affaire à Ric, c'est ça ! dit aussitôt Jerry. C'est ça Charlie ? Vous avez dit à Tiu : "Navré mais essayez donc Ricardo." C'est comme ça que ça s'est passé ? »

Mais Charlie Marshall n'était plus là et on aurait pu le croire mort. Il était tombé, et affalé dans la boue, les yeux fermés, seules les goulées d'air qu'il avalait de temps en temps pour respirer – de grands coups avides et rauques – et le battement frénétique de son pouls, là où Jerry lui tenait le poignet, témoignaient de la vie qui subsistait dans cette carcasse.

« Voltaire, murmura Charlie. Sur la Bible, Voltaire. Vous êtes un brave type. Raccompagnez-moi. Seigneur, raccompagnez-moi, Voltaire. »

Abasourdi, Jerry contempla la silhouette inerte, brisée, et il comprit qu'il avait encore une question à poser, même si c'était la dernière de leurs deux existences. Il se pencha, remit Charlie sur ses pieds encore une fois. Et là, pendant une heure, dans les ténèbres de la route, cramponné à son bras tandis que de nouveaux tirs de barrage tout aussi inutiles déchiraient l'obscurité, Charlie Marshall hurla, supplia, jura qu'il aimerait toujours Jerry si seulement on ne l'obligeait pas à révéler quels arrangements son ami Ricardo avait pris pour sa survie. Mais Jerry expliqua qu'il ne savait pas cela, le mystère ne lui était même pas à demi révélé. Et peut-être Charlie Marshall, dans sa ruine et dans son désespoir, tout en lâchant entre deux sanglots les secrets interdits, peut-être comprit-il le raisonnement de Jerry : que dans une cité que l'on va rendre à la jungle, il n'y avait pas de destruction à moins qu'elle ne fût totale.

Avec toute la douceur dont il était capable, Jerry escorta Charlie Marshall sur la route, jusqu'à la villa et lui fit remonter les marches. Les mêmes visages silencieux l'accueillirent avec gratitude. J'aurais dû en tirer davantage, se dit-il. J'aurais dû lui en dire plus aussi : ça n'a pas été l'échange de conversation qu'on m'avait demandé. Je me suis trop attardé sur l'histoire de Lizzie et de Sam Collins. J'ai fait tout à l'envers, je me suis embrouillé dans mes questions. Comme Lizzie, j'ai tout foutu en l'air. Il essayait d'en être navré, mais n'y parvenait pas, et ce dont il se souvenait le mieux, c'étaient des détails qui ne figuraient même pas parmi les questions qu'il aurait dû poser. Et c'étaient ces mêmes détails qui, dans son esprit, se dressaient comme des monuments lorsqu'il tapa son message adressé au cher vieux George.

Il tapait avec la porte fermée à clef et le pistolet dans sa ceinture. Pas de trace de Luke. Aussi Jerry supposa-t-il qu'il s'en était allé dans un bordel, toujours d'humeur boudeuse et alcoolique. C'était un long message, le plus long qu'il eût jamais envoyé : « Sachez tout cela au cas où vous n'auriez plus de mes nouvelles. » Il rapporta son contact avec le conseiller, il donna sa prochaine escale, l'adresse de Ricardo, il fit un portrait de Charlie Marshall et de leur ménage à trois dans la baraque, mais tout cela dans les termes les plus officiels, et il passa totalement sous silence ce qu'il avait découvert du rôle joué par le répugnant Sam Collins. Après tout, s'ils le connaissaient déjà, à quoi bon leur en reparler ? Il laissa de côté aussi les noms de lieux et les vrais noms des personnages, pour lesquels il utilisa un chiffre différent, puis il passa encore une heure à transcrire les deux messages en un code qui ne tromperait pas un cryptographe cinq minutes, mais qui dépassait l'entendement du commun des mortels, et des mortels comme son hôte le conseiller britannique. Il termina par un rappel aux surveillants de s'assurer que Blatt et Rodney avait bien fait le dernier virement à Cat. Il brûla les textes en clair, roula les versions codées dans un journal, puis posa le journal par terre et sommeilla, le pistolet à portée de sa main. A six heures, il se rasa, transféra ses messages dans un livre de poche auquel il ne tenait pas et s'en alla faire une promenade dans le calme du matin. Sur la place, la voiture du conseiller était garée bien en vue. Le conseiller lui-même était installé tout aussi en vue à la terrasse d'un élégant bistrot, arborant un chapeau de paille qui lui fit penser à Craw, et en train de savourer un café au lait avec des croissants chauds. Voyant Jerry, il fit de grands gestes. Jerry s'approcha d'un pas nonchalant.

« Bonjour, dit Jerry.

– Ah ! vous l'avez trouvé ! C'est bien ! s'écria le conseiller en se levant. Je mourais d'envie de le lire depuis que c'est sorti ! »

Se séparant du message, n'ayant conscience que des omissions qu'il contenait, Jerry avait l'impression de quitter le collège à la fin d'un trimestre. Il reviendrait peut-être, peut-être pas, mais les choses ne seraient plus jamais les mêmes.

Les circonstances exactes dans lesquelles Jerry quitta Phnom Penh sont importantes, à cause de ce qui arriva plus tard à Luke.

Il utilisa d'abord la fin de la matinée à justifier sa couverture, ce qui était très naturel, tant était forte la sensation qu'il avait de s'être trop découvert. Avec diligence il rechercha des histoires sur les réfugiés et les orphelins qu'il fit transmettre par Keller à midi, en même temps qu'une chronique assez bien tournée sur sa visite à Battambang qui, bien que jamais publiée, figure au moins dans son dossier. Il y avait à cette époque deux camps de réfugiés, tous deux en plein essor, l'un dans un énorme hôtel sur le Bassac, le rêve personnel et inachevé du paradis de Sihanouk ; l'autre dans la gare de triage près de l'aéroport, à raison de deux ou trois familles par wagon. Il visita les deux et ils étaient semblables : de jeunes héros australiens luttant contre l'impossible, la seule eau dont il disposât fort sale, une distribution de riz deux fois par semaine, et les enfants qui piaillaient « Hi » et « Bye bye » sur son passage, tandis qu'il parcourait leurs rangs avec son interprète cambodgien, harcelant chacun de questions, jouant les grands reporters et cherchant ce petit quelque chose en supplément qui ferait fondre le cœur de Stubbsie.

Dans une agence de voyages il réserva bruyamment une place pour Bangkok dans le faible espoir de masquer ses traces. Lorsqu'il se dirigea vers l'aéroport, il eut une brusque sensation de déjà vu. La dernière fois que j'étais ici, j'ai fait du ski nautique, songea-t-il. Les négociants occidentaux avaient des péniches ancrées sur le Mékong. En un instant il se vit – et la ville aussi – au temps où la guerre au Cambodge avait encore une certaine affreuse innocence : notre envoyé spécial Westerby, se risquant en mono pour la première fois, bondissant comme un gamin sur les eaux brunes du Mékong, tiré par un joyeux Hollandais dans un canot rapide dont la consommation coûtait, en essence, ce qu'il fallait pour nourrir une famille de quatre personnes pendant une semaine. Le plus grand péril, se rappelait-il, c'était la vague d'une soixantaine de centimètres qui déferlait sur le fleuve chaque fois que les gardes du pont lâchaient une grenade sous-marine pour empêcher les plongeurs khmers rouges de le faire sauter. Mais aujourd'hui le fleuve était à eux, tout comme la jungle. Et tout comme, demain ou le jour suivant, la ville.

A l'aéroport, il jeta son revolver dans une poubelle et, à la dernière minute, obtint en échange de quelque argent versé dans une paume une place à bord d'un avion pour Saigon, qui était sa destination réelle. Lorsqu'ils décollèrent, il se demanda qui avait la plus longue chance de survie : lui ou la ville.

Luke, de son côté, avec la clef de l'appartement de Jerry à Hong Kong dans sa poche – ou plus précisément de l'appartement de Trompe-la-Mort le Boche – s'envola pour Bangkok, et le hasard voulut que ce fût, à son insu, sous le nom de Jerry, puisque Jerry était sur la liste des passagers, que Luke ne s'y trouvait pas et que toutes les autres places étaient prises. A Bangkok il assista à une rapide conférence au bureau, au cours de laquelle les effectifs locaux du magazine furent répartis entre divers secteurs du front du Viêtnam en train de s'écrouler. Luke obtint Hué et Da Nang et partit donc pour Saigon le lendemain, où il trouva vers midi un autre avion pour le Nord.

Contrairement au bruit qui courut plus tard, les deux hommes ne se rencontrèrent pas à Saigon.

Et pas davantage lors de la retraite dans le Nord.

La dernière fois qu'ils se virent, avec tout ce que ce pronominal comporte de réciprocité, ce fut ce dernier soir à Phnom Penh, où Jerry avait engueulé Luke, où ce dernier avait fait la tête : c'est là un fait établi – et on ne devait pas en trouver beaucoup d'autres par la suite.

17

Ricardo

A aucun moment de toute l'affaire George Smiley n'occupa le terrain avec une telle ténacité. Au Cirque, les nerfs étaient tendus à craquer. L'horrible inertie et les crises de frénésie contre lesquelles Sarratt les mettait généralement en garde finirent par se confondre. Chaque jour qui n'apportait pas de nouvelle sûre de Hong Kong était un nouveau jour de désastre. On examina au microscope le long message de Jerry et on le tint pour ambigu, puis pour névrotique. Pourquoi n'avait-il pas fait davantage pression sur Marshall ? Pourquoi n'avait-il pas de nouveau évoqué le spectre russe ? Il aurait dû cuisiner Charlie à propos du filon, il aurait dû reprendre là où il en était resté avec Tiu. Avait-il oublié que son principal objectif était de sonner l'alarme et seulement ensuite de recueillir des renseignements ? Quant à son obsession pour sa malheureuse fille – Seigneur tout-puissant, il ne sait donc pas ce que coûtent les câbles ? (Ils avaient l'air d'oublier que c'étaient les Cousins qui payaient la note.) Et qu'est-ce que c'était que cette histoire de ne plus vouloir avoir affaire avec les fonctionnaires de l'ambassade britannique qui remplaçaient, par procuration, le permanent absent du Cirque ? Bon, il y avait eu un délai dans la transmission du message par les Cousins. Jerry avait quand même réussi à coincer Charlie Marshall, non ? Il n'entrait pas du tout dans les attributions d'un agent en opération de dicter à Londres ce qu'il fallait et ce qu'il ne fallait pas faire. La section des surveillants, qui avait aménagé le contact, voulait qu'on le réprimandât par retour de courrier.

Les pressions venant de l'extérieur du Cirque étaient encore plus fortes. La faction de Wilbraham, au Colonial

Office, n'était pas restée inactive, et le Groupe d'orientation, dans une stupéfiante volte-face, décida que le gouverneur de Hong Kong devrait après tout être mis au courant de l'affaire, et sans tarder. On parla beaucoup de le rappeler à Londres sous un prétexte quelconque. Cette panique était due au fait que Ko, une fois de plus, avait été reçu au palais du gouverneur, cette fois à l'un des dîners de discussion que donnait celui-ci, et où on invitait les Chinois influents à exprimer leurs opinions officieusement.

Par contre, Saül Enderby et autres partisans de la ligne dure défendaient l'attitude opposée : « Au diable le gouverneur ! Ce que nous voulons, c'est une totale association avec les Cousins, et tout de suite ! » George devrait aller trouver Martello *aujourd'hui*, dit Enderby, lui raconter toute l'affaire et inviter les Cousins à se charger du dernier stade de l'opération. Il devrait cesser de jouer à cache-cache à propos de Nelson, il devrait convenir qu'il n'avait pas de ressources, il devrait laisser les Cousins calculer eux-mêmes ce qu'on pourrait glaner de renseignements et s'ils réussissaient, tant mieux : qu'ils s'en attribuent le mérite au Capitole, à la confusion de leurs ennemis. Le résultat de ce geste généreux et qui viendrait au moment opportun, expliquait Enderby – arrivant en plein milieu du fiasco au Viêtnam –, serait une indissoluble association dans le domaine du renseignement pour les années à venir, opinion qu'à sa façon chafouine, Lacon semblait soutenir. Pris entre deux feux, Smiley se trouva soudain encombré d'une double réputation. Le clan Wilbraham le qualifia d'anti-Colonial Office et de pro-américain, alors que les hommes d'Enderby l'accusaient de se montrer ultra-conservateur dans le maniement des relations spéciales. Ce qui toutefois était bien plus sérieux, c'était l'impression qu'avait Smiley que certains échos de la querelle étaient arrivés par d'autres voies jusqu'à Martello et que ce dernier parviendrait à l'exploiter. Par exemple, des sources de Molly Meakin, il ressortait qu'une relation commençait à s'épanouir entre Enderby et Martello sur le plan personnel, et pas seulement parce que leurs enfants faisaient ensemble leurs études au lycée de South Kensington. Il semblait que pendant les week-ends, les deux hommes s'étaient mis à aller pêcher de concert en Ecosse, où Enderby possédait une petite pièce d'eau. Martello fournissait l'avion, racontait-on plus tard en plaisantant, et Enderby le poisson. Ce fut environ à cette époque que Smiley, dans sa candeur, apprit aussi ce que tout le monde savait depuis le début et supposait qu'il savait aussi. La troisième et dernière femme d'Enderby était américaine et riche. Avant leur mariage, elle tenait un salon important à Washington, rôle qu'elle reprenait maintenant à Londres, non sans succès.

Mais la cause profonde de toute cette agitation était finalement la même. Sur le front de Ko, rien, en fin de compte, ne se passait. Pire encore, il y avait une torturante pénurie de renseignements opérationnels. Chaque jour maintenant, à dix heures, Smiley et Guillam se présentaient à l'Annexe, et chaque fois en repartaient moins satisfaits. La ligne de téléphone personnelle de Tiu était sur écoute, comme celle de Lizzie Worthington. Les bandes étaient enregistrées sur place, puis expédiées par avion à Londres pour examen approfondi. Jerry avait cuisiné Charlie Marshall un mercredi. Le vendredi, Charlie était suffisamment remis de son épreuve pour appeler Tiu de Bangkok et lui déverser ce qu'il avait sur le cœur. Mais après l'avoir écouté moins de trente secondes, Tiu l'interrompit en lui ordonnant de « prendre aussitôt contact avec Harry », ce qui laissa tout le monde déconcerté : personne n'avait de Harry nulle part. Le samedi, il y eut un drame parce que ceux qui surveillaient la ligne personnelle de Ko l'entendirent annuler son habituel rendez-vous de golf du dimanche matin avec Mr Arpego. Ko invoqua des affaires pressantes. Ça y était ! C'était la sortie du tunnel ! Le lendemain, avec l'accord de Smiley, les Cousins de Hong Kong attachèrent une camionnette de surveillance, deux voitures et une Honda à la Rolls-Royce de Ko lorsqu'elle entra en ville. Quelle secrète mission, à cinq heures et demie un dimanche matin, était si importante pour Ko qu'il abandonnât sa partie de golf hebdomadaire ? La réponse se révéla être son voyant, un vénérable vieillard de Swatow qui tenait boutique dans un petit temple délabré d'une ruelle qui donnait sur Hollywood

Road. Ko passa plus d'une heure avec lui avant de rentrer ; et bien qu'un garçon zélé installé dans la camionnette des Cousins braquât pendant toute la séance un micro directionnel sur la fenêtre du temple, les seuls sons qu'il enregistrât, à part ceux de la circulation, se révélèrent être les caquetages provenant du poulailler du vieil homme. Au Cirque, on fit venir di Salis. Qu'est-ce qui pouvait bien amener quelqu'un chez le voyant à six heures du matin, et surtout un milliardaire ?

Fort amusé par leur perplexité, di Salis tortilla sa mèche avec ravissement. Un homme aussi important que Ko ne manquerait pas d'insister pour être le premier client de la journée d'un voyant, dit-il, et bénéficier du moment où l'esprit du grand homme est encore clair pour recevoir les suggestions des esprits. Puis rien ne se passa pendant cinq semaines. Rien. Le contrôle du courrier et du téléphone produisit des masses de matériau brut indigeste qui, une fois raffinées, ne donnèrent pas une seule prise. Cependant la date limite, imposée arbitrairement par la brigade de répression, ne cessait d'approcher, et ce jour-là Ko serait à la merci de quiconque pourrait au plus tôt lui coller quelque chose sur le dos.

Smiley, toutefois, ne perdait pas la tête. Il résistait à toutes les récriminations, tant sur sa façon de mener l'affaire que sur celle de Jerry. On avait fait des vagues, insistait-il. Ko commençait à s'affoler, le temps montrerait qu'ils avaient raison. Il refusait de se laisser pousser à faire un geste spectaculaire en direction de Martello et il s'en tenait résolument aux termes de l'accord qu'il avait esquissé dans sa lettre, et dont un exemplaire était maintenant entre les mains de Lacon. Il refusait aussi, comme son mandat le lui permettait, de se lancer dans aucune discussion de détail opérationnel, soit avec le Groupe d'orientation, soit avec Enderby personnellement, sauf s'il s'agissait de questions de protocole ou de responsabilités locales. Céder sur ce point, il le savait fort bien, aurait simplement fourni aux hésitants de nouvelles armes avec lesquelles l'abattre.

Il tint bon cinq semaines, et le trente-sixième jour, Dieu, ou bien les forces de la logique, ou mieux encore les forces de la chimie humaine de Ko, apportèrent à Smiley une consolation substantielle encore que mystérieuse. Ko s'embarqua. Accompagné de Tiu et d'un Chinois inconnu identifié plus tard comme étant le commandant en chef de la flotte de jonques de Ko, il passa le plus clair de trois jours à faire le tour des îlots au large de Hong Kong, en rentrant chaque soir à la tombée du jour. Pour aller où, on ne pouvait encore le dire. Martello proposa une série de survols en hélicoptère pour observer leur route, mais Smiley refusa tout net. La surveillance statique depuis le quai confirma qu'ils semblaient partir et rentrer chaque jour par un itinéraire différent et c'était tout. Et le dernier jour, le quatrième, le bateau ne rentra pas du tout.

Panique. Où était-il allé ? Les maîtres de Martello à Langley, en Virginie, s'affolèrent complètement et décidèrent que Ko et l'*Amiral Nelson* s'étaient délibérément égarés dans les eaux chinoises. Même qu'ils avaient été enlevés. On ne reverrait jamais Ko, et Enderby, sombrant rapidement dans le pessimisme, décrocha bel et bien son téléphone pour dire à Smiley : « Ce sera votre faute si Ko rapplique à Pékin en gueulant contre la persécution des services secrets. » Même Smiley, pendant toute une torturante journée, se demanda en son for intérieur si, contre toute raison, Ko ne s'en était pas allé rejoindre son frère.

Puis, bien sûr, de bonne heure le lendemain matin, le bateau regagna calmement la rade, comme s'il rentrait d'une régate, et Ko débarqua avec entrain, suivant sa belle Liese sur la coupée, Liese dont les cheveux d'or flottaient dans le soleil comme une publicité pour un savon.

Ce fut ce renseignement qui, après de longues réflexions et une nouvelle lecture détaillée du dossier de Ko – sans parler d'une discussion très tendue avec Connie et di Salis –, détermina Smiley à prendre aussitôt deux décisions, ou, en termes de jeu, à abattre les deux seules cartes qui lui restaient.

Un : Jerry devait passer au « dernier stade », ce par quoi Smiley entendait Ricardo. Il espérait par cette mesure maintenir la pression sur Ko et, si besoin en était, fournir à Ko la preuve définitive qu'il devait agir.

Deux : Sam Collins devrait « entrer en scène »,

Cette seconde décision fut prise en consultation avec Connie Sachs seule. On n'en trouve aucune mention dans le dossier principal de Jerry, mais seulement dans une annexe secrète mise en circulation plus tard, avec des suppressions, pour un public plus large.

L'effet détériorant, sur Jerry, de ces délais et de ces hésitations, était un élément qu'on n'avait pas besoin d'être le plus grand chef de renseignement du monde pour l'inclure dans ses calculs. C'était une chose d'en avoir conscience – et assurément c'était le cas pour Smiley, qui prit même une ou deux mesures pour prévenir l'événement. Mais se laisser guider par cela, le mettre sur le même plan que les facteurs de haute politique dont on le bombardait chaque jour, ç'aurait été faire preuve d'une parfaite irresponsabilité. Un général n'est rien s'il n'a pas le sens des réalités.

Il n'en reste pas moins que Saigon était le pire endroit du monde qu'aurait pu trouver Jerry pour y faire le pied de grue. De temps en temps, à mesure que le temps passait, on parlait au Cirque de l'envoyer dans un endroit plus salubre, par exemple à Singapour ou à Kuala Lumpur, mais pour des raisons de commodité et de couverture, il restait aussi le problème de sa sécurité personnelle. Il ne fallait pas songer à Hong Kong, pas plus qu'à Singapour et Bangkok, l'influence de Ko y était assurément forte. Et puis pour la couverture : avec l'effondrement qui approchait, quel endroit était plus naturel que Saigon ? Pourtant c'était une demi-vie que menait Jerry, et dans une demi-ville. Pendant quarante ans, à peu près, la guerre avait été l'industrie de pointe de Saigon, mais le retrait américain de 1973 avait créé un marasme dont, jusqu'à la fin, la ville ne se remit jamais tout à fait, si bien que même ce dernier acte qu'on attendait depuis si longtemps, avec ses millions de figurants, se jouait devant un bien maigre public. Même lorsqu'il faisait ses visites obligatoires aux endroits où on se battait vraiment, Jerry avait l'impression d'assister à un match de cricket sur le point d'être interrompu par la pluie et où les adversaires n'avaient qu'une envie : venir se mettre à l'abri sous la tente. Le Cirque lui interdisait de quitter Saigon en prétextant qu'à tout moment on pouvait avoir besoin de lui ailleurs, mais cette injonction, observée à la lettre, l'aurait rendu ridicule, et il n'en tenait aucun compte. Xuan Loc était une assommante ville caoutchoutière française à quatre-vingts kilomètres, située où se trouvait maintenant le périmètre tactique de Saigon. Car c'était une guerre tout à fait différente de celle qu'on menait à Phnom Penh, plus désespérée et plus européenne dans son inspiration. Alors que les Khmers rouges n'avaient pas de blindés, les Nord-Vietnamiens avaient des chars russes et des canons de 130 qu'ils postaient selon la disposition russe classique, roue contre roue, comme s'ils allaient donner l'assaut à Berlin sous les ordres du maréchal Joukov, et rien ne bougeait tant que la dernière pièce n'était pas en place et prête à tirer. Il trouva l'agglomération à demi déserte et l'église catholique vide à l'exception d'un seul prêtre français.

« *C'est terminé* », lui expliqua avec simplicité le prêtre. Les Sud-Vietnamiens feraient ce qu'ils faisaient toujours, dit-il. Ils arrêteraient l'avance, puis tourneraient les talons et détaleraient.

Ils burent du vin ensemble en contemplant la place déserte.

Jerry câbla son article en disant que le processus du pourrissement, cette fois, était irréversible et Stubbsie le garda au frais avec un laconique : « Préfère les gens aux prophéties. Stubbs. »

De retour à Saigon, il trouva sur les marches de l'hôtel Caravelle des petits mendiants qui vendaient des colliers de fleurs. Jerry leur donna de l'argent et prit les fleurs pour leur sauver la face, puis les jeta dans la corbeille à papier de sa chambre. Lorsqu'il vint s'asseoir en bas, ils tapèrent au carreau pour lui vendre *Stars and Stripes.* Dans les bars déserts où il allait boire, les filles se rassemblaient désespérément autour de lui comme s'il était leur dernière chance avant la fin. Seuls les policiers étaient dans leur élément. On en trouvait à tous les coins de rues en casque blanc et gants blancs impeccables, comme s'ils attendaient déjà de diriger la circulation de l'ennemi victorieux quand il arriverait.

A bord des jeeps blanches, ils dépassaient comme des monarques les réfugiés installés sur le trottoir parmi leurs cageots. Il regagna sa chambre d'hôtel et eut un coup de téléphone d'Hercule, son Viet-namien favori qu'il évitait à tout prix. Hercule, comme il s'appelait, était contre l'ordre établi et contre Thieu, et il gagnait discrètement sa vie en fournissant aux journalistes britanniques des renseignements sur le Viêt-cong, sous le prétexte discutable que les Anglais ne participaient pas à la guerre. « Les Anglais sont mes amis ! », dit-il au téléphone d'un ton suppliant. « Faites-moi sortir ! J'ai besoin de papiers, j'ai besoin d'argent ! »

Jerry lui dit : « Essayez les Américains », et raccrocha.

Le bureau de Reuters, lorsque Jerry vint y câbler sa copie mort-née, était un monument aux héros oubliés et tout baignait dans la poésie de l'échec. Sous les plaques de verre des bureaux il y avait encore des photographies représentant des garçons ébouriffés ; aux murs, des lettres de refus fameuses et des échantillons de la fureur des rédacteurs en chef ; il flottait dans l'air des relents de vieux papier journal et cette impression d'un quelque-part-en-Angleterre improvisé qui enchâsse la secrète nostalgie de tout correspondant en exil. Il y avait une agence de voyages juste au coin, et il se révéla par la suite que Jerry, à deux reprises au cours de cette période, avait retenu une place pour Hong Kong, et ne s'était pas présenté à l'aéroport. Il avait pour le servir un jeune Cousin plein d'ardeur, du nom de Pike, qui avait pour couverture l'Information et qui de temps en temps venait à l'hôtel avec des messages dans des enveloppes jaunes portant la mention PRESSE-URGENT pour lui donner un peu d'authenticité. Mais le message dans l'enveloppe était toujours le même : « Pas de décision, attendez, pas de décision. » Il lut Ford Madox Ford et un roman vraiment épouvantable à propos du Hong Kong d'autrefois, il lut Greene et Conrad et T.E. Lawrence, et toujours aucune nouvelle. La canonnade semblait pire la nuit, et la panique s'étendait partout, comme la peste.

En cherchant pour Stubbsie des gens et non pas des prophéties, il se rendit à l'ambassade américaine où une dizaine de milliers de Viet-namiens frappaient aux portes en s'efforçant de prouver qu'ils étaient citoyens américains. Comme il observait la scène, un officier sud-vietnamien arriva en jeep, sauta à terre et se mit à interpeller les femmes, les traitant de putains et les accusant de trahison – tombant précisément, pour passer sa colère, sur un groupe d'épouses américaines bon teint.

Une fois de plus Jerry câbla un article, et une fois de plus Stubbs le refusa, ce qui sans nul doute s'ajouta à sa dépression.

Quelques jours plus tard, les planificateurs du Cirque perdirent leur sang-froid. Comme la débâcle continuait et s'accentuait, ils ordonnèrent à Jerry de prendre aussitôt l'avion pour Vientiane et de se tenir tranquille jusqu'au moment où il recevrait d'autres instructions par un facteur des Cousins. Il partit donc et prit une chambre au Constellation, où Lizzie s'était plus à traîner ; il but au bar où Lizzie avait aimé boire ; il bavardait de temps en temps avec Maurice, le propriétaire, et il attendait. Le bar était en ciment, avec des murs épais de soixante centimètres, ce qui faisait que, si besoin était, il pouvait faire office d'abri ou d'emplacement de batterie. Chaque soir, dans la lugubre salle à manger attenante, un seul vieux colon dînait et buvait d'un air dédaigneux, une serviette coincée dans son col. Jerry s'asseyait à une autre table et lisait. Ils étaient toujours les seuls convives et ne s'adressaient jamais la parole. Dans les rues, le Pathet Lao marchait vertueusement par deux, arborant des casquettes et des tuniques à la Mao, et évitant les regards des filles. Ils avaient réquisitionné les villas des carrefours et celles qui bordaient les routes de l'aéroport. Ils campaient dans des tentes immaculées dont le faîte dépassait les murs des jardins envahis de végétation.

« Est-ce que la coalition va tenir ? » demanda un jour Jerry à Maurice.

Maurice n'était pas un homme politique.

« C'est comme ça », répondit-il avec un accent français de comédie et sans un mot il tendit à Jerry un stylo à bille en guise de consolation. Le stylo portait l'inscription *Lowenbraü :* Maurice était concessionnaire pour tout le Laos, vendant, disait-on, plusieurs bouteilles par an. Jerry évitait soigneusement la rue qui abritait les bureaux d'Indocharter, tout comme il se retenait de jeter un coup d'œil, par curiosité, à la baraque à la lisière de la ville qui, à en croire Charlie Marshall, avait abrité le ménage à trois. Quand il lui posa la question, Maurice dit qu'il restait très peu de Chinois en ville ces temps-ci : « Les Chinois ne mentent pas », dit-il avec un autre sourire, désignant de la tête le Pathet Lao, dehors, sur le trottoir.

Reste le mystère des transcriptions des écoutes téléphoniques. Appela-t-il Lizzie du Constellation ou non ? Et si en effet il lui téléphona, avait-il l'intention de lui parler, alors que se proposait-il de dire ? Ou bien le geste même d'appeler – comme celui de retenir une place d'avion à Saigon – était-il une sorte de catharsis suffisante pour lui dissimuler la réalité ?

Ce qui est certain c'est que personne, ni Smiley, ni Connie, ni aucun autre qui ait lu ces transcriptions capitales, ne peut être sérieusement accusé d'un manquement à son devoir, car le contenu en était tout le moins ambivalent :

« Zéro heure cinquante-cinq, heure de H. K., appel en provenance de l'inter, personnel pour le sujet. Opératrice en ligne. Le sujet accepte l'appel, dit "Allô" plusieurs fois.

Opératrice : Parlez, je vous prie, demandeur !

Sujet : Allô ? Allô ?

Opératrice : Vous m'entendez demandeur ! Parlez, je vous prie !

Sujet : Allô ? Ici Liese Worth. Qui est à l'appareil ?

Communication coupée par le demandeur. »

La transcription ne mentionne nulle part Vientiane comme lieu d'origine, et il est même douteux que Smiley l'ait vue, puisque son nom de code ne figure pas dans la colonne des signataires.

En tout cas, que ce fût Jerry qui eût appelé ou quelqu'un d'autre, le lendemain, une paire de Cousins, et non pas un seul, lui apporta un ordre de marche, et enfin, enfin, le soulagement de l'action. Cette affreuse inertie, après tant d'interminables semaines, avait fini par se terminer – et en fait, c'était tant mieux.

Il passa l'après-midi à se procurer visas et moyens de transport, et le lendemain matin à l'aube il traversa le Mékong pour pénétrer dans le nord-est de la Thaïlande, portant son sac et sa machine à écrire. Le long bac en bois était bondé de paysans et de porcs piaillant. A la baraque où l'on contrôlait les voyageurs, il s'engagea à rentrer au Laos par la même route. Sinon il leur serait impossible de se procurer les papiers nécessaires, lui expliquèrent les fonctionnaires avec sévérité. Si jamais je reviens, songea-t-il. En se retournant pour regarder les rives du Laos qui s'éloignaient, il vit une voiture américaine garée sur le chemin de halage, et auprès d'elle deux minces silhouettes immobiles qui regardaient. Ah ! les Cousins, nous les avons toujours avec nous.

Sur la rive thaïlandaise, tout se révéla aussitôt impossible. Le visa de Jerry n'était pas suffisant, ses photographies n'étaient pas ressemblantes, tout le secteur était interdit aux *farangs*. Moyennant dix dollars on changea d'opinion. Après le visa, la voiture. Jerry avait insisté pour avoir un chauffeur parlant anglais et le tarif avait été fixé en conséquence, mais le vieil homme qui l'attendait ne parlait que le thaï, et encore pas beaucoup. En lançant quelques phrases en anglais chez le marchand de riz voisin, Jerry finit par dénicher un gros jeune homme, allongé sur le dos, qui avait quelques notions d'anglais et déclara qu'il savait conduire. Un contrat fut conclu, non sans mal. L'assurance du vieil homme ne couvrait pas un autre chauffeur et de toute façon elle était périmée. Un agent de voyages épuisé délivra une nouvelle police cependant que le jeune homme rentrait chez lui prendre ses dispositions. La voiture était une Ford rouge subclaquante avec des pneus lisses. De toutes les façons dont Jerry comptait ne pas mourir dans les vingt-quatre ou quarante-huit heures à venir, c'en était une. Ils marchandèrent, Jerry exhiba encore vingt dollars. Dans un garage plein de poulets, il surveilla chaque geste du mécanicien jusqu'à ce que les nouveaux pneus soient en place.

Ayant ainsi perdu une heure, ils partirent à tombeau ouvert en direction du sud-est dans un pays de cultures plat comme la main. Le garçon joua *The Lights Are Always Out in Massachusetts* cinq fois avant que Jerry ne réclamât le silence.

La route était goudronnée mais déserte. De temps en temps, venant à leur rencontre, un car jaune descendait la colline en zigzaguant. Une fois le chauffeur accéléra et resta au milieu de la route jusqu'au moment où le car lui céda une trentaine de centimètres et passa dans un bruit de tonnerre. Une autre fois, alors qu'il sommeillait, Jerry fut surpris par le craquement d'une palissade en bambous et s'éveilla juste à temps pour voir un jaillissement d'éclats de bois s'élever dans le soleil, juste devant lui, pendant qu'une camionnette roulait lentement dans le fossé. Il vit la portière s'envoler comme une feuille et le conducteur la suivre à travers la clôture pour plonger dans les hautes herbes. Le jeune homme n'avait même pas ralenti, même si son rire les faisait tanguer d'un côté à l'autre de la route Jerry cria : « Arrêtez ! » mais le garçon ne voulait rien entendre.

« Vous voulez avoir du sang sur votre costume ? Laissez donc ça aux médecins, lui conseilla-t-il sévèrement. Je m'occupe de vous, d'accord ? C'est un très mauvais pays par ici. Plein de communistes.

– Comment vous appelez-vous ? » dit Jerry d'un ton résigné.

Il avait un nom imprononçable, alors ils se mirent d'accord sur Mickey.

Il fallut encore deux bonnes heures avant qu'ils tombent sur le premier barrage. Jerry sommeillait de nouveau, en répétant son rôle. Il y avait toujours une porte de plus qu'il faut bloquer avec le pied, songea-t-il. Il se demanda si un jour viendrait – pour le Cirque – pour le canard – où le vieux comique ne parviendrait plus à trouver de gags, où la simple énergie de franchir le seuil en faisant le pitre lui manquerait, et où il resterait là, inerte, arborant son sourire affable de représentant, pendant que les paroles s'étoufferaient dans sa gorge. Pas cette fois, se dit-il précipitamment. Seigneur Dieu, pas cette fois, je vous en prie. Ils s'arrêtèrent, et un jeune moine sortit du couvert des arbres avec un bol de *wat* et Jerry laissa tomber dedans quelques *paht*. Mickey ouvrit le coffre. Un policier en inspecta l'intérieur, puis ordonna à Jerry de descendre et le conduisit à un capitaine installé tout seul dans une hutte bien à l'ombre. Le capitaine mit un long moment à s'apercevoir de la présence de Jerry.

« Il demande vous Américain ? » dit Mickey.

Jerry exhiba ses papiers.

De l'autre côté de la barrière, la superbe route goudronnée s'allongeait droite comme un crayon à travers la brousse plate.

« Il dit qu'est-ce que vous voulez ici ? fit Mickey.

– J'ai affaire avec le colonel. »

Poursuivant leur route, ils traversèrent un village, passèrent devant un cinéma. Par ici, même les films les plus récents sont muets, se rappela Jerry. Il avait un jour écrit un article là-dessus. Les acteurs locaux faisaient les voix et inventaient l'intrigue qui leur passait par la tête. Il se rappelait John Wayne avec une voix thaï perçante, le public dans l'extase, et l'interprète lui expliquant qu'ils entendaient là une imitation du maire du pays qui était une pédale célèbre. Ils traversaient une forêt, mais les bas-côtés de la route avaient été dégagés sur quinze mètres de chaque côté pour éviter les risques d'une embuscade. Parfois, ils tombaient sur des lignes blanches bien nettes qui n'avaient rien à voir avec le trafic terrestre. La route avait été dessinée par les Américains en pensant à des pistes d'atterrissages auxiliaires.

« Vous connaissez ce colonel ? demanda Mickey.

– Non », dit Jerry.

Mickey éclata d'un rire ravi. « Pourquoi vous le voulez ? »

Jerry ne prit pas la peine de répondre.

Le second barrage était une trentaine de kilomètres plus loin, au milieu d'un petit village abandonné à la police. Des camions gris étaient garés dans la cour du *wat*, et quatre jeeps à côté du barrage. Le village se trouvait à un carrefour. A angle droit de leur route, un chemin de terre jaune traversait la plaine et s'en allait serpenter dans les collines de part et d'autre. Cette fois ce fut Jerry qui prit l'initiative, sautant aussitôt de la voiture en criant joyeusement : « Conduisez-moi à votre chef ! » Leur chef se révéla être un jeune capitaine nerveux, avec le front soucieux d'un homme qui essaie de se maintenir à la hauteur de problèmes qui dépassent son entendement. Il était assis dans le poste de police avec son pistolet sur le bureau. Le poste était provisoire, Jerry le remarqua. Par la fenêtre, il aperçut les ruines bombardées de ce qui avait dû être le précédent.

« Mon colonel est un homme occupé, dit le capitaine par le truchement de Mickey le chauffeur.

– C'est aussi un homme très brave », dit Jerry.

Il y eut toute une pantomime pour mettre au point l'interprétation de « brave ».

« Il a abattu beaucoup de communistes, dit Jerry. Mon journal désire écrire à propos de ce brave colonel thaï. »

Le capitaine parla un long moment et soudain Mickey se mit à être secoué de rire :

« Le capitaine dit qu'on n'a pas de communistes. On n'a que Bangkok. Les pauvres gens par ici ne savent rien, parce que Bangkok ne leur donne pas d'écoles, alors les communistes viennent leur parler la nuit et les communistes leur disent que tous leurs fils iront à Moscou, apprendront à devenir de grands docteurs, alors ils font sauter le poste de police.

– Où est-ce que je peux trouver le colonel ?

– Le capitaine dit nous restons ici.

– Est-ce qu'il va demander au colonel de venir nous voir ?

– Le colonel très occupé.

– Où est le colonel ?

– Lui prochain village.

– Quel est le nom du prochain village ? »

Le chauffeur, une fois de plus, s'effondra de rire.

« Il n'a pas de nom. Ce village-là tout mort.

– Comment s'appelait le village avant de mourir ? »

Mickey dit un nom.

« Est-ce que la route est ouverte jusqu'à ce village mort ?

– Le capitaine dit secret militaire. Ça veut dire qu'il ne sait pas.

– Est-ce que le capitaine va nous laisser aller voir ? »

Il s'ensuivit un long échange.

« Bien sûr, dit enfin Mickey. Il dit nous allons. Pas de problème.

– Est-ce que le capitaine va annoncer par radio au colonel que nous arrivons ?

– Colonel très occupé.

– Il va le prévenir par radio ?

– Bien sûr », dit le chauffeur, comme si seul un affreux *farang* aurait pu faire un tel plat d'un détail aussi manifestement évident.

Ils remontèrent dans la voiture. On souleva la barrière et ils continuèrent sur la route parfaitement goudronnée avec ses bas-côtés dégagés et çà et là des repères d'atterrissage. Ils roulèrent pendant vingt minutes sans voir âme qui vive, mais Jerry ne trouvait aucune consolation dans ce vide. Il avait entendu dire que pour chaque guérillero communiste qui luttait avec un fusil dans les collines, il en fallait cinq dans les plaines pour produire le riz, les munitions et l'infrastructure, et on était dans les plaines. Ils arrivèrent à un chemin de terre sur leur droite, et la poussière répandue en travers du goudron révélait qu'on l'avait utilisé récemment. Mickey s'y engagea, suivant les traces de gros pneus, en chantant à tue-tête *The Lights Are Always Out in Massachusetts*.

« Comme ça les communistes croient qu'on est beaucoup », expliqua-t-il en riant encore, empêchant ainsi toute protestation. A la surprise de Jerry, il tira aussi du sac placé sous son siège un gros pistolet de 45 à canon long. Jerry lui ordonna sèchement de le remettre d'où il venait. Quelques minutes plus tard, ils sentirent une odeur de brûlé, traversèrent un écran de fumée de bois, puis arrivèrent à ce qui restait du village : des groupes de gens terrifiés, un hectare de teck brûlé comme une forêt pétrifiée, trois jeeps, une vingtaine de policiers et un lieutenant-colonel corpulent au milieu d'eux. Villageois et policiers contemplaient un carré de braises rougeoyantes, à une soixantaine de mètres de là, où quelques poutres calcinées esquissaient le contour des maisons incendiées. Le colonel les regarda se garer, puis s'approcher. C'était un combattant : Jerry s'en aperçut aussitôt. Il était court et fort, mi-souriant, mi-désagréable. Il avait le teint basané, les cheveux grisonnants, et il aurait pu être malais, sauf qu'il avait le buste très épais. Il portait des insignes de parachutiste, d'aviation et deux rangées de décorations. Il était en tenue de combat, avec un automatique réglementaire dans un étui de cuir sur sa cuisse droite, courroies ouvertes.

« C'est vous, le journaliste ? demanda-t-il à Jerry dans un américain net et militaire.

– Exactement. »

Le regard du colonel se tourna vers le chauffeur. Il lui dit quelque chose ; Mickey s'empressa de regagner sa voiture, s'y installa et resta là-bas.

« Qu'est-ce que vous voulez ?

– Quelqu'un est mort ici ?

– Trois hommes. Je viens de les abattre. Nous en avons trente-huit millions. » Son anglais américanisé fonctionnel et presque parfait était de plus en plus surprenant.

« Pourquoi les avez-vous abattus ?

– La nuit, les TC tenaient des classes ici. Des gens viennent de tous les alentours pour entendre les TC. »

Terroristes communistes, songea Jerry. Il avait l'impression qu'à l'origine c'était une phrase britannique. Un convoi de camions arrivait par le chemin de terre. En les voyant, les villageois se mirent à rassembler leurs nattes et leurs enfants. Le colonel lança un ordre et ses hommes les firent mettre à peu près en rangs tandis que les camions prenaient le virage.

« Nous leur trouverons un meilleur endroit, dit le colonel. Ils recommenceront.

– Qui avez-vous abattu ?

– La semaine dernière, deux de mes hommes ont sauté sur une mine. Les TC opéraient depuis ce village. » Il désigna une femme à l'air morne en train de grimper dans le camion et la rappela pour que Jerry pût la voir. Elle resta là, tête basse.

« Ils descendent dans sa maison, dit-il. Cette fois je tue son mari. La prochaine fois je la tue, elle.

– Et les deux autres ? » demanda Jerry.

Il posait des questions, parce que continuer à interroger, c'est continuer à cogner, mais c'était Jerry, et non le colonel, qui était soumis à interrogatoire. Les yeux bruns du colonel étaient durs et inquisiteurs, et pleins de méfiance. Ils regardaient Jerry d'un air interrogateur, mais sans inquiétude.

« Un des TC a couché avec une fille d'ici, dit-il simplement. Nous ne sommes pas seulement la police. Nous sommes le juge et le tribunal aussi. Il n'y a personne d'autre. Bangkok ne tient pas à avoir des tas de procès publics par ici. » Les villageois étaient montés à bord des camions. Ils s'éloignèrent sans regarder derrière eux. Seuls les enfants agitaient les bras à l'arrière. Les jeeps suivirent, les laissant tous les trois, avec les deux voitures et un garçon d'une quinzaine d'années.

« Qui est-ce ? dit Jerry.

– Il vient avec nous. L'année prochaine, peut-être celle d'après, je l'abats aussi. »

Jerry prit place dans la jeep auprès du colonel qui conduisait. Le jeune garçon était assis, impassible, à l'arrière, murmurant oui ou non pendant que le colonel lui faisait la leçon d'un ton ferme et mécanique. Mickey suivait dans le taxi. Sur le plancher de la jeep, entre le siège et les pédales, le colonel avait quatre grenades dans un carton. Une petite mitrailleuse était posée en travers de la banquette arrière, et le colonel ne prit pas la peine de la déplacer pour le jeune garçon. Au-dessus du rétroviseur, à côté des images pieuses, était accrochée une carte postale représentant John Kennedy avec la légende : « Ne demandez pas ce que votre patrie peut faire pour vous. Demandez plutôt ce que vous pouvez faire pour votre patrie. » Jerry avait tiré son carnet. Le sermon au jeune homme continuait.

« Qu'est-ce que vous lui dites ?

– Je lui explique les principes de la démocratie.

– Quels sont-ils ?

– Pas de communisme et pas de généraux », répondit-il en riant.

Arrivés à la grand-route, ils tournèrent à droite, s'enfonçant plus avant dans l'intérieur, Mickey les suivant dans la Ford rouge.

« Négocier avec Bangkok, c'est comme escalader ce grand arbre, dit le colonel à Jerry en s'interrompant pour désigner la forêt. Vous grimpez à une branche. Vous montez un peu. Vous changez de branche, la branche casse, vous recommencez. Peut-être qu'un jour, vous arriverez au général en chef. Peut-être jamais. »

Deux petits gosses leur firent signe et le colonel s'arrêta. Ils montèrent et se tassèrent derrière, auprès du jeune garçon.

« Je ne fais pas ça trop souvent, dit-il en souriant de nouveau. Je le fais pour vous montrer que je suis un brave type. Les TC finissent par savoir que nous nous arrêtons pour les gosses, alors ils en postent pour qu'on les prenne. Il faut varier ses méthodes. C'est comme ça qu'on reste en vie. »

Ils s'étaient de nouveau enfoncés dans la forêt. Ils firent quelques kilomètres et laissèrent descendre les petits enfants, mais pas le garçon à l'air maussade. Les arbres disparurent, cédant la place à une brousse désolée. Le ciel devenait blanc, avec les silhouettes des collines qui perçaient tout juste dans la brume.

« Qu'est-ce qu'il a fait ? demanda Jerry.

– Lui ? C'est un TC, dit le colonel. On le prend. »

Dans la forêt, Jerry aperçut un éclair d'or, mais ce n'était qu'un *wat*. « La semaine dernière, un de mes policiers se fait indicateur pour le TC. Je l'envoie en patrouille. Je l'abats. Je fais de lui un grand héros. J'arrange une pension pour la veuve, j'achète un grand drapeau pour le corps, je fais un bel enterrement et le village s'enrichit un peu. Ce type n'est plus indicateur. C'est un héros local. Il faut gagner les cœurs et les esprits de la population.

– Absolument », reconnut Jerry.

Ils étaient parvenus dans une vaste rizière desséchée, où deux femmes bêchaient au centre, et il n'y avait rien d'autre en vue qu'une haie au loin et un paysage de dunes et de rochers qui se perdaient dans le ciel blanc. Laissant Mickey dans la Ford, Jerry et le colonel se mirent à traverser le champ, le garçon maussade leur emboîtant le pas.

« Vous êtes anglais ?

– Oui.

– J'étais à l'Académie internationale de police de Washington, dit le colonel. Très bel endroit. J'ai étudié le maintien de l'ordre dans l'Etat de Michigan. Ils nous ont fait prendre du bon temps. Vous voulez vous écarter un peu de moi ? demanda-t-il poliment, tandis qu'ils marchaient avec précaution dans la terre labourée. Ils tirent sur moi, pas sur vous. Ils tirent un *farang*, ça leur fait trop d'ennuis ici. Ils n'y tiennent pas. Personne ne tire un *farang* sur mon territoire. »

Ils étaient arrivés auprès des femmes. Le colonel leur adressa la parole, fit quelques pas, s'arrêta, se retourna vers le garçon maussade, puis revint vers les femmes et leur parla une seconde fois.

« Qu'est-ce qui se passe ? demanda Jerry.

– Je leur demande s'il n'y a pas de décès dans les parages. Elles me disent que non. Alors je pense peut-être que les TC veulent récupérer ce garçon. Alors je reviens sur mes pas et je leur dis "Si quoi que ce soit tourne mal, c'est vous, les femmes, qu'on abat d'abord." »

Ils avaient atteint la haie. Les dunes s'étendaient devant eux, envahies de hauts buissons et de plantes grasses ressemblant à des lames d'épée. Le colonel mit ses mains en porte-voix et cria jusqu'à ce qu'on lui répondît.

« J'apprends ça dans la jungle, expliqua-t-il avec un nouveau sourire. Quand vous êtes dans la jungle, criez toujours le premier.

– Quelle jungle était-ce ? fit Jerry.

– Maintenant mettez-vous près de moi, s'il vous plaît. Souriez quand vous me parlez. Ils aiment vous voir très nettement. »

Ils étaient arrivés à une petite rivière. A l'entour, une centaine d'hommes et de jeunes gens au moins frappaient avec indifférence sur les rochers, à coup de pic et de pelle, ou bien déversaient des sacs de ciment d'une vaste pile à une autre. Une poignée de policiers armés les surveillaient négligemment. Le colonel appela le jeune garçon et lui parla ; le jeune garçon baissa la tête et le colonel lui allongea une claque sur les oreilles. Le jeune homme murmura quelque chose et le colonel le frappa encore, puis lui donna une tape sur l'épaule. Sur quoi, comme un oiseau libéré mais estropié, il s'éloigna en boitillant pour rejoindre les travailleurs.

« Vous écrivez à propos des TC, vous écrivez à propos de mon barrage aussi, ordonna le colonel, comme ils repartaient. Nous allons faire ici un beau pâturage. On lui donnera mon nom.

– Dans quelle jungle vous êtes-vous battu ? redemanda Jerry, comme ils revenaient vers la voiture.

– Au Laos. Des combats très durs.

– Vous étiez volontaire ?

– Bien sûr. J'ai des gosses, j'ai besoin d'argent. Je me suis engagé dans le PARU. Vous avez entendu parler du PARU ? C'étaient les Américains qui dirigeaient ça. Pas de problème. J'écris une lettre de démission à la police thaï. Ils la mettent dans un tiroir. Si je me fais tuer, ils ressortent la lettre pour prouver que j'ai donné ma démission avant de m'engager dans le PARU.

– C'est là où vous avez rencontré Ricardo ?

– Bien sûr. Ricardo, c'est mon ami. On s'est battus ensemble, on a descendu un tas de salopards.

– Je veux le voir, dit Jerry. J'ai rencontré une amie à lui à Saigon. Elle m'a dit qu'il était dans le coin. Je veux lui proposer une affaire. »

Ils repassèrent devant les femmes. Le colonel leur fit signe de la main, mais elles ne parurent pas le voir. Jerry observait son visage, mais il aurait aussi bien pu observer un rocher là-bas sur les dunes. Le colonel remonta dans la jeep. Jerry sauta à côté de lui.

« Je pensais que peut-être vous pourriez me conduire à lui. Je pourrais même le rendre riche.

– C'est pour votre journal ?

– C'est privé.

– Une proposition d'affaire privée ? demanda le colonel.
– C'est ça. »

Comme ils regagnaient la route, deux bétonneuses jaunes arrivèrent à leur rencontre et le colonel dut reculer pour les laisser passer. Machinalement, Jerry nota le nom peint sur les flancs jaunes. A cet instant, il surprit le regard du colonel qui l'observait. Ils continuèrent vers l'intérieur, roulant aussi vite que la jeep en était capable, afin de faire échec aux mauvaises intentions de qui que ce soit pendant le trajet. Mickey suivait, fidèlement.

« Ricardo est mon ami et c'est mon territoire », répéta le colonel dans son excellent américain. Cette déclaration, bien qu'encore amicale, était cependant une mise en garde tout à fait explicite. « Il vit ici sous ma protection, suivant un arrangement que nous avons passé. Tout le monde par ici le sait. Les villageois le savent, les TC le savent. Personne ne fait de mal à Ricardo ou bien je fusille tous les TC sur le barrage. »

Comme ils quittaient la grand-route pour s'engager sur le chemin de terre, Jerry vit les légères traces de pneus d'un petit avion dessinées sur l'asphalte.

« C'est là qu'il atterrit ?

– Seulement à la saison des pluies, poursuivit le colonel, esquissant sa position morale sur ce problème. Si Ricardo vous tue, c'est son affaire. Un *farang* en descend un autre sur mon territoire, c'est naturel. » On aurait dit qu'il expliquait les rudiments de l'arithmétique à un enfant. « Ricardo est mon ami, répéta-t-il sans gêne. Mon camarade.

– Il m'attend ?

– Je vous en prie, faites attention à lui. Le capitaine Ricardo est parfois un homme malade. »

Tiu lui a arrangé un endroit exprès pour lui, avait dit Charlie Marshall, *un endroit où il n'y a que des gens dingues qui y vont. Tiu lui a dit : « Vous restez en vie, vous entretenez l'avion, vous servez de garde du corps à Charlie Marshall quand vous voulez, vous transportez de l'argent pour lui, vous surveillez qu'on ne lui tire pas dans le dos si c'est ce que veut Charlie. C'est notre accord et Drake Ko respecte toujours un accord* », dit-il. *Mais si Ric fait des histoires, si Ric fait des boulettes, si Ric ouvre sa grande gueule à propos de certaines choses, Tiu et ses gens tueront ce pauvre dingue si complètement qu'il ne saura jamais plus qui il est.*

« Pourquoi est-ce que Ric ne file pas avec l'avion ? » avait demandé Jerry.

Tiu a le passeport de Ric, Voltaire. Tiu a racheté les dettes de Ric, ses affaires commerciales, son dossier de police. Tiu lui a mis à peu près cinquante tonnes d'opium sur le dos et Tiu a les preuves toutes prêtes pour les gens des Stupéfiants si besoin est. Ric, il est libre de foutre le camp quand ça lui chante. Il y a des prisons qui l'attendent dans le monde entier.

La maison était bâtie sur pilotis au milieu d'un large chemin de terre, entourée de tous côtés d'un balcon, avec un petit ruisseau à côté. Deux filles thaïs se trouvaient sous la maison, dont l'une nourrissait son bébé pendant que l'autre tournait le contenu d'une casserole. Derrière la maison s'étendait un champ brun et plat avec, à un bout, un hangar assez grand pour abriter un petit avion – disons un Beechcraft – et il y avait dans le champ la trace argentée d'herbes aplaties là où peut-être on avait récemment atterri. Il n'y avait pas d'arbre à proximité de la maison, et elle était construite sur une petite éminence d'où on découvrait tous les environs, avait de larges fenêtres pas très hautes, ce qui incita Jerry à penser qu'on les avait modifiées pour fournir de l'intérieur un large angle de tir. Non loin de la maison, le colonel dit à Jerry de descendre et revint avec lui jusqu'à la voiture de Mickey. Il adressa la parole à Mickey, et celui-ci sauta à terre et ouvrit le coffre. Le colonel passa la main sous le siège de la voiture, en tira le pistolet et le lança d'un geste méprisant dans la jeep. Il fouilla Jerry, puis Mickey, puis il inspecta avec soin la voiture. Il leur dit alors à tous les deux d'attendre et grimpa les marches qui menaient au premier étage. Les filles ne lui prêtèrent aucune attention.

« Très bien, le colonel », dit Mickey.

Ils attendirent.

« L'Angleterre, pays riche, dit Mickey.

– L'Angleterre un pays très pauvre, répliqua Jerry tandis qu'ils continuaient de surveiller la maison.

– Pays pauvre, gens riches », dit Mickey. Il était encore secoué par le rire qu'avait provoqué chez lui sa bonne plaisanterie lorsque le colonel sortit de la maison, remonta dans la jeep et démarra.

« Attendez ici », dit Jerry. Il s'avança lentement jusqu'au pied des marches, mit ses mains en porte-voix et cria vers le premier étage :

« Mon nom est Westerby. Vous vous souvenez peut-être de m'avoir tiré dessus à Phnom Penh il y a quelques semaines. Je suis un pauvre journaliste avec des idées enrichissantes.

– Qu'est-ce que vous voulez, Voltaire ? Quelqu'un m'a dit que vous étiez déjà mort. »

Une voix d'Amérique latine, basse et un peu rauque, venait de l'obscurité là-haut.

« Je veux faire chanter Drake Ko. J'estime qu'à nous deux on pourrait lui piquer deux millions de dollars et vous pourriez acheter votre liberté. »

Dans la pénombre de la trappe au-dessus de lui, Jerry aperçut le canon d'un fusil, comme un œil de Cyclope, clignoter, puis fixer de nouveau son regard sur lui.

« Chacun, cria Jerry. Deux pour vous, deux pour moi. J'ai tout mis au point. Avec ma cervelle, vos renseignements et la silhouette de Lizzie Worthington, je pense que c'est du tout cuit. »

Il se mit à monter lentement les marches. *Voltaire*, se dit-il. Quand il s'agissait de répandre la bonne nouvelle, Charlie Marshall n'avait pas les deux pieds dans le même sabot. Quant à être déjà mort, laissez-moi quand même un peu de temps, songea-t-il.

Lorsque Jerry franchit la trappe, il passa de l'obscurité à la lumière et la voix d'Amérique latine dit : « Restez là. » Obéissant, Jerry put examiner la pièce, qui tenait à la fois d'un petit musée de l'armée et d'un PX américain. Sur la table centrale, installé sur un trépied, il y avait un AK-47 semblable à celui avec lequel Ricardo lui avait déjà tiré dessus, et, comme Jerry s'en doutait, il couvrait par les fenêtres les quatre approches. Mais au cas où cela ne suffirait pas, il y en avait deux de rechange et derrière chacun une pile convenable de bandes de cartouches. Il y avait des grenades entassées comme des fruits en pile de trois ou quatre, et, sur l'abominable cave à liqueurs en noyer, sous une effigie en plastique de la Madone, était disposé tout un assortiment de pistolets et d'armes automatiques pour toutes les occasions. Il n'y avait qu'une pièce, mais elle était vaste, avec un lit bas aux montants laqués à la japonaise, et Jerry, un instant, se demanda stupidement comment diable Ricardo l'avait apporté jusqu'ici dans son Beechcraft. Il y avait deux réfrigérateurs, une glacière, et des peintures à l'huile laborieuses de filles thaïs nues, dessinées avec cette sorte d'inexactitude érotique qui provient généralement d'une connaissance trop épisodique du sujet. Il y avait un classeur avec un Lüger dessus, et un rayonnage avec des ouvrages sur le droit des sociétés, la fiscalité internationale et la technique sexuelle. Aux murs étaient accrochées diverses icônes sculptées par les indigènes, ainsi que la Vierge et l'Enfant Jésus. Sur le plancher, une machine à ramer pour améliorer la silhouette.

Au milieu de tout cela, à peu près dans la même position où Jerry l'avait aperçu pour la première fois, Ricardo était assis dans un fauteuil de bureau pivotant, portant ses bracelets de la CIA, un sarong et une croix d'or sur sa belle poitrine nue. Sa barbe était un peu moins fournie que quand Jerry l'avait vu la dernière fois, et il se dit que les filles avaient dû la lui tailler. Il ne portait pas de casquette et ses cheveux noirs et ondulés étaient rassemblés et tenus sur sa nuque par un petit anneau d'or. Il avait les épaules larges, les bras musclés, la peau bronzée et huileuse et la poitrine velue.

Il avait aussi une bouteille de scotch, une cruche d'eau, mais pas de glace car l'électricité ne fonctionnait pas pour alimenter les réfrigérateurs.

« Otez votre veste, voulez-vous, Voltaire », ordonna Ricardo, et Jerry obéit. Avec un soupir, Ricardo se leva, prit un automatique sur la table et fit lentement le tour de Jerry en ne le quittant pas des yeux tout en le palpant avec douceur pour voir s'il ne cachait pas une arme.

« Vous jouez au tennis ? demanda-t-il lorsqu'il se trouva derrière Jerry, en passant une main très doucement sur son dos. Charlie disait que vous étiez musclé comme un gorille. » Mais Ricardo, en réalité, ne posait de question qu'à lui-même. « J'aime beaucoup le tennis. Je joue très bien. Je gagne toujours. Ici, malheureusement, je n'ai guère l'occasion. » Il se rassit. « Parfois il faut se cacher avec l'ennemi pour échapper à ses amis. Je monte à cheval. Je fais de la boxe, du tir, j'ai des diplômes, je sais piloter un avion, je sais des tas de choses sur la vie, je suis très intelligent, mais en raison de circonstances imprévisibles, je vis dans la jungle comme un singe. » Il tenait nonchalamment l'automatique dans sa main gauche. « C'est ça qu'on appelle un paranoïaque, Voltaire ? Quelqu'un qui croit que tout le monde est son ennemi ?

– Il me semble que oui. »

Pour lancer ce trait d'esprit bien usé, Ricardo posa un doigt sur sa poitrine bronzée et huilée.

« Eh bien, dit-il, ce paranoïaque a de vrais ennemis.

– Avec deux millions de dollars, dit Jerry, toujours planté là où Ricardo l'avait laissé, je suis sûr qu'on pourrait éliminer la plupart d'entre eux.

– Voltaire, il faut que je vous dise honnêtement que je considère votre proposition comme de la foutaise. »

Ricardo éclata de rire. C'est-à-dire qu'il exhiba ses belles dents blanches, qu'il contracta un peu les muscles de son ventre et qu'il garda les yeux fixés droit sur le visage de Jerry tout en buvant une gorgée de whisky. Il a ses instructions, se dit Jerry, tout comme moi.

S'il se présente, vous écoutez ce qu'il a à dire, lui avait dit Tiu sans nul doute. Et quand Ricardo l'aurait écouté, qu'est-ce qui se passerait ?

« J'avais cru comprendre que vous aviez eu un accident, Voltaire », dit Ricardo avec tristesse en secouant la tête comme s'il déplorait la piètre qualité de ses informations. Vous voulez un verre ? »

– Je vais me servir », dit Jerry. Les verres étaient dans une cave à liqueurs, tous de couleurs et de tailles différentes. Jerry s'en approcha à pas lents et choisi un long gobelet rose orné d'une fille habillée à l'extérieur et d'une fille nue à l'intérieur. Il versa deux doigts de scotch, ajouta un peu d'eau et vint s'asseoir à la table en face de Ricardo pendant que ce dernier l'examinait avec intérêt.

« Vous faites de la gymnastique, des haltères ou quelque chose ? demanda-t-il en confidence.

– Juste une bouteille de temps en temps », dit Jerry.

Ricardo eut un rire excessif, tout en l'examinant très attentivement de ses yeux papillonnants de séducteur.

« C'est très vilain ce que vous avez fait au petit Charlie, vous savez ? Je n'aime pas qu'on s'asseye sur la tête de mon ami dans le noir alors qu'il est en plein manque. Charlie va mettre un long moment à s'en remettre. Ce n'est pas une bonne façon pour devenir l'ami des amis de Charlie, Voltaire. Il paraît même que vous avez été grossier avec Mr Ko. Que vous avez emmené la petite Lizzie dîner. C'est vrai ?

– Je l'ai emmenée dîner.

– Vous l'avez sautée ? »

Jerry ne répondit pas. Ricardo éclata d'un nouveau rire, qui s'arrêta aussi brusquement qu'il avait commencé. Il but une longue lampée de whisky et soupira.

« Enfin, j'espère qu'elle a de la reconnaissance, voilà tout. » Il jouait tout d'un coup l'homme incompris. « Je lui pardonne. D'accord ? Vous revoyez Lizzie : dites-lui que moi Ricardo, je lui pardonne. C'est moi qui l'ai formée. Je l'ai mise sur la bonne voie. Je lui ai raconté un tas de choses, sur l'art, la culture, la poésie, les affaires, la religion, je lui ai appris à faire l'amour et je l'ai envoyée dans le monde. Que serait-elle sans mes relations ? Où ça, je vous le demande ? A vivre dans la jungle, comme un singe, avec Ricardo. Elle me doit tout. *Pygmalion :* vous connaissez ce film ? Eh bien, je suis le professeur... Je lui explique certaines choses – vous voyez ? –, je lui dis des choses qu'aucun homme ne peut lui dire sauf Ricardo. Sept ans au Viêt-nam. Deux ans au Laos. Quatre mille dollars par mois de la CIA et moi, je suis catholique. Vous croyez que je ne puis pas lui dire certaines choses, à une fille comme ça qui arrive de nulle part, une petite Anglaise pouilleuse ? Elle a un gosse, vous savez ça ? Un petit garçon, à Londres. Elle l'a plaqué, j'imagine. Quelle mère, hein ? Pire qu'une putain. »

Jerry ne trouvait rien d'utile à dire. Il regardait les deux grosses bagues côte à côte sur les doigts du milieu de la lourde main droite de Ricardo, et de mémoire, il les jaugeait par rapport à la double cicatrice sur le menton de Lizzie. C'était un coup donné vers le bas, décida-t-il, un crochet du droit alors qu'elle était en dessous de lui. Ça paraissait étrange qu'il ne lui eût pas cassé la mâchoire. Peut-être que si, et que ça s'était bien ressoudé.

« Vous êtes devenu sourd, Voltaire ? J'ai dit, exposez-moi votre offre d'affaire. Sans préjugé, vous comprenez. Sauf que je n'en crois pas un mot. »

Jerry se servit une nouvelle rasade de whisky : « J'ai pensé que peut-être si vous racontiez ce que Drake Ko voulait vous faire faire la fois où vous avez volé pour lui, et si Lizzie pouvait m'amener à Ko, et si on mettait toutes nos cartes sur la table, nous aurions une bonne chance de l'obliger à étaler tout son linge sale. »

Maintenant qu'il l'avait dit, ça lui semblait encore plus lamentable que quand il l'avait répété, mais ça lui était à peu près égal.

« Vous êtes fou, Voltaire. Fou à lier. Vous délirez.

– Non, je ne délire pas, pas si Ko vous demandait de faire un vol pour lui jusqu'en Chine continentale. Ko peut bien être propriétaire de tout Hong Kong, je m'en fous, mais si le gouvernement entend jamais parler de cette petite aventure, j'ai l'impression que Ko et lui, du jour au lendemain, cesseraient de se taper sur le ventre. Et ça n'est qu'un début. Il y a plus.

– De quoi parlez-vous, Voltaire ? La Chine ? Qu'est-ce que c'est que cette absurdité que vous me racontez ? La Chine continentale ? » Il haussa ses épaules luisantes et but en ricanant. « Je ne vous comprends pas, Voltaire. Vous déconnez complètement. Qu'est-ce qui vous fait croire que je vole en Chine pour Ko ? C'est ridicule. Risible. »

En tant que menteur, estima Jerry, Ricardo était à peu près trois catégories plus bas que Lizzie sur le tableau, ce qui n'était déjà pas mal.

« C'est mon rédacteur en chef qui m'y a fait penser, mon vieux. Mon rédacteur est un type très astucieux. Il a un tas d'amis influents et bien informés. Ils lui racontent des choses. Tenez, par exemple, mon rédacteur en chef a dans l'idée que pas bien longtemps après que vous soyez mort si tragiquement dans cet accident d'avion, vous avez vendu quatre cents kilos d'opium brut à un acheteur américain chargé de la répression des stupéfiants. Une autre de ses idées lui a dit que c'était l'opium de Ko, pas le vôtre, qui était à vendre, et qu'il était destiné à la Chine continentale. Seulement, au lieu de cela, vous avez décidé de jouer le coup à votre façon. » Il poursuivit, pendant que le regard de Ricardo, par-dessus le bord de son verre de whisky, ne le quittait pas. « Alors, s'il en était ainsi, et si l'ambition de Ko était, disons, de réintroduire l'habitude de l'opium en Chine continentale – de façon lente, mais en créant peu à peu de nouveaux marchés, vous me suivez –, ma foi, j'estime qu'il irait très loin pour empêcher cette information de faire la une de la presse du monde entier. Ça n'est pas tout non plus. Il y a encore un tout autre aspect, plus lucratif même.

– Qu'est-ce que c'est, Voltaire ? demanda Ricardo, en continuant à le regarder aussi fixement que s'il le tenait en joue avec son fusil. Quels sont ces autres aspects auxquels vous faites allusion ? Voulez-vous avoir la bonté de me le dire ?

– Eh bien, je crois que celui-là, je vais me le garder, dit Jerry avec un franc sourire. Je crois que je vais le tenir au chaud en attendant que vous me donniez un petit quelque chose en échange. »

Une fille monta l'escalier sans bruit, portant des bols de riz, avec des épices et du poulet bouilli. Elle était très soignée et d'une beauté parfaite. On entendait des voix provenant de sous la maison, y compris celle de Mickey, et le bruit d'un bébé qui riait.

« Qui est-ce que vous avez en bas, Voltaire ? demanda Ricardo d'un ton vague, comme s'il s'éveillait à moitié de sa rêverie. Vous vous trimbalez avec un garde du corps ou quoi ?

– Rien que le chauffeur.

– Il est armé ? »

N'obtenant pas de réponse, Ricardo secoua la tête avec étonnement. « Vous êtes dingue, observa-t-il, tout en faisant signe à la fille de sortir. Vous êtes vraiment dingue. » Il tendit à Jerry un bol et des baguettes. « Sainte Mère. Ce Tiu, il est dur, je suis dur moi-même. Mais ces Chinois peuvent être vraiment durailles, Voltaire. Si vous marchez sur les pieds d'un type comme Tiu, vous verrez dans quel pétrin vous vous retrouverez.

– Nous les battrons à leur propre jeu, dit Jerry. Nous emploierons des avocats anglais. Nous entasserons un dossier si épais que même un conseil d'évêques n'arriverait pas à le renverser. Nous rassemblerons des témoins. Vous, Charlie Marshall, tous ceux qui sont au courant. Nous donnerons des dates et des heures de ce qu'il a dit et fait. Nous lui en montrerons une photocopie, nous mettrons les autres exemplaires au coffre et nous signerons un contrat avec lui. Signé, scellé et expédié. Le plus légal du monde. C'est ce qu'il aime. Ko est un type à l'esprit très légal. J'ai examiné ses affaires. J'ai vu ses relevés bancaires, ses avoirs. L'histoire ne se présente pas trop mal. Mais avec les autres aspects de l'affaire dont je viens de vous parler, je pense qu'à cinq millions de dollars c'est donné. Deux pour vous. Deux pour moi. Un pour Lizzie.

– Pour elle, rien. »

Ricardo était penché sur le classeur. Ouvrant un tiroir, il se mit à en parcourir le contenu, examinant des brochures et de la correspondance.

« Vous n'êtes jamais allé à Bali, Voltaire ? »

S'emparant gravement d'une paire de lunettes, Ricardo se rassit à sa table et se mit à étudier le dossier. « J'ai acheté un peu de terrain là-bas il y a quelques années. Une affaire que j'ai faite. Je fais pas mal d'affaires. On peut se promener, monter à cheval. Là-bas j'ai une Honda 750, une fille. Au Laos on tue tout le monde. Au Viêt-nam on brûle tout le pays, alors j'achète ce terrain à Bali, un bout de terrain que, pour une fois, on ne brûle pas et j'ai une fille qu'on ne tue pas, vous voyez ce que je veux dire ? Quarante hectares de broussailles. Tenez, venez ici. »

Regardant par-dessus son épaule, Jerry aperçut le relevé topographique photocopié d'un isthme divisé en nombreux lotissements, et, dans le coin gauche en bas, les mots « Ricardo and Worthington Ltd., Hollandaise ».

« Mettez-vous dans les affaires avec moi, Voltaire. On va développer celle-là ensemble, d'accord ? On bâtit cinquante maisons, on en prend une chacun, on trouve des gens bien, on met Charlie Marshall là-bas comme gérant, on fait venir quelques filles, on crée une colonie peut-être, des artistes, des concerts de temps en temps : vous aimez la musique, Voltaire ?

– J'ai besoin de faits précis, insista Jerry avec fermeté. Des dates, des heures, des lieux, des témoignages. Quand vous me l'aurez dit, nous ferons l'échange. Je vous expliquerai les autres aspects, ceux qui sont lucratifs. Je vous expliquerai le coup tout entier.

– Bien sûr, fit Ricardo d'un ton lointain en étudiant toujours la carte. On va le baiser. Bien sûr. »

C'est comme ça qu'ils vivaient ensemble, se dit Jerry : un pied en plein conte de fées et l'autre en prison, chacun soutenant les rêves de l'autre, un opéra de quat'sous à trois personnages.

Un moment après, Ricardo redevint amoureux de lui-même, et Jerry ne put rien faire pour l'arrêter. Dans l'univers simple de Ricardo, parler de soi, c'était connaître mieux l'autre personne. Alors il parla de sa grande âme, de sa grande virilité et de son inquiétude pour la préserver, mais surtout, il parla des horreurs de la guerre, un sujet sur lequel il se considérait comme mieux informé que quiconque : « Au Viêt-nam, je tombe amoureux d'une fille, Voltaire. Moi, Ricardo, je tombe amoureux. C'est très rare et pour moi c'est sacré. Cheveux noirs, tout droits, un visage de madone, de petits seins. Chaque matin j'arrête la jeep quand je la rencontre sur le chemin de l'école, chaque matin elle dit : "Non." "Ecoute, je lui dis, Ricardo n'est pas américain. Il est mexicain." Elle n'a jamais entendu parler du Mexique. Je deviens fou, Voltaire. Pendant des semaines, moi, Ricardo, je vis comme un moine. Les autres filles, je ne les touche plus. Tous les matins je la vois. Et puis un jour, comme je démarre elle lève la main. J'arrête ! Elle monte à côté de moi. Elle quitte l'école. Elle s'en va vivre dans un Kampong, je vous dirai le nom un jour. Les B-52 viennent aplatir le village. A cause d'un héros qui ne sait pas trop bien lire une carte. Les petits villages, c'est comme des cailloux sur la plage, ils sont tous pareils. Moi, je suis dans l'hélico, derrière. Rien ne m'arrête. Charlie Marshall est auprès de moi et il me hurle que je suis fou. Ça m'est égal. Je descends, je me pose, je la trouve. Tout le village mort. Je la trouve ; elle est morte aussi, mais je la trouve. Je rentre à la base, la police militaire me flanque une rossée, j'écope de sept semaines au trou, je perds mes galons, moi, Ricardo.

– Mon pauvre vieux », dit Jerry, qui avait déjà joué ces jeux-là auparavant et qui les avait en horreur. Il y croyait ou il n'y croyait pas, mais il détestait toujours ça.

« Vous avez raison, dit Ricardo, acceptant l'hommage de Jerry avec une petite inclinaison de la tête. "Pauvre" est le mot qui convient. On nous traite comme des paysans. Moi et Charlie, on transporte tout. On n'est jamais convenablement récompensé. Des blessés, des morts, des bouts de corps, de la drogue, pour rien. Seigneur, un vrai massacre, cette guerre. Deux fois je vole jusqu'à la province du Yunnan. Je n'ai pas peur, absolument pas. Même avec ma belle gueule, je n'ai pas peur pour moi.

– En comptant le voyage pour Drake Ko, lui rappela Jerry, vous seriez allé là-bas trois fois ?

– J'entraîne des pilotes pour l'aviation cambodgienne. Pour rien. L'aviation cambodgienne, Voltaire ! Dix-huit généraux, cinquante-quatre avions, et Ricardo. Quand on a fini son temps, on touche l'assurance vie, et le contrat. Cent mille dollars américains. Rien que pour vous. Ricardo meurt, son plus proche parent ne touche rien, c'est le contrat. Ricardo s'en tire, il touche le paquet. J'en parle un jour à des copains de la Légion étrangère française, ils connaissent la combine, ils me préviennent. “Fais gaffe, Ricardo. Bientôt ils t'enverront dans de sales coins dont tu ne pourras pas revenir. Comme ça, ils n'auront pas à te payer.” Les Cambodgiens veulent que je pilote avec demi-ration de carburant. J'ai des réservoirs dans les ailes et je refuse. Une autre fois, ils sabotent mon système hydraulique. J'entretiens alors l'avion moi-même. Comme ça, ils ne me tuent pas. Ecoutez, je claque des doigts, Lizzie me revient. D'accord ? »

Le déjeuner était terminé.

« Alors, comment ça s'est passé avec Tiu et Drake ? » demanda Jerry. Quand ils commencent à avouer, dit-on à Sarratt, tout ce qu'il y a à faire, c'est de pousser un peu dans le sens du courant.

Pour la première fois, sembla-t-il à Jerry, Ricardo le dévisagea avec toute l'intensité de sa stupidité animale. « Je ne vous comprends pas, Voltaire. Si je vous en dis trop, il faudra que je vous descende. Je suis quelqu'un de très bavard, vous me suivez ? Je me sens seul par ici, c'est dans mon caractère d'être toujours seul. Je trouve un type sympathique, je lui parle, et puis je le regrette. Je me souviens de mes engagements d'affaires, vous me suivez ? »

Une sorte de tranquillité intérieure envahissait maintenant Jerry, tandis que l'homme de Sarratt devenait l'ange qui tenait les registres, sans aucun rôle à jouer que de recevoir et de se souvenir. Sur le plan opérationnel, il le savait, il n'était pas loin du terme du voyage : même si le voyage de retour était, dans le meilleur des cas, difficile à estimer. Sur le plan opérationnel, d'après tous les précédents qu'il connaissait, les cloches assourdies du triomphe auraient dû sonner à son oreille émerveillée. Mais ce n'était pas le cas. Et le fait qu'il n'en fût rien était pour lui comme un premier avertissement, même alors que sa recherche n'était plus à aucun égard ce que lui avait demandé le montreur d'ours de Sarratt.

Tout d'abord – compte tenu de l'excellente opinion que Ricardo avait de lui-même – l'histoire correspondait à peu près à la version qu'en avait donnée Charlie Marshall. Tiu était arrivé à Vientiane, habillé comme un coolie, aussi parfumé qu'une cocotte, et s'était mis en quête du meilleur pilote de la ville. Tout naturellement, on l'avait aussitôt adressé à Ricardo qui, justement, se reposait entre deux engagements d'affaires et était disponible pour certain travail spécialisé dans le domaine de l'aviation, et fortement rémunéré.

Contrairement à Charlie Marshall, Ricardo raconta son histoire avec une franchise étudiée, comme s'il s'attendait à avoir affaire à des intelligences inférieures à la sienne. Tiu se présenta comme quelqu'un ayant de nombreux contacts dans l'industrie aéronautique, mentionna, sans les définir, ses rapports avec Indocharter et parcourut le même terrain que Jerry avait déjà couvert avec Charlie Marshall. Il en arriva enfin au projet qui l'amenait – c'est-à-dire que, dans le noble style de Sarratt, il fit avaler à Ricardo l'histoire qui lui servait de couverture. Une certaine importante compagnie commerciale de Bangkok, avec laquelle Tiu était fier d'avoir des rapports, dit-il, était au beau milieu d'une négociation tout à fait légale avec certains fonctionnaires d'un pays étranger voisin et ami.

« Je lui demande, Voltaire, très sérieusement : "Monsieur Tiu peut-être que vous venez de découvrir la lune. Je n'ai jamais encore entendu parler d'un pays d'Asie qui ait un voisin étranger ami." Tiu rit de ma plaisanterie. Il la trouva naturellement très spirituelle », dit Ricardo d'un ton très sérieux.

Avant, toutefois, de conclure leur arrangement profitable et tout à fait légitime, expliqua Tiu dans le langage de Ricardo, ses associés devaient résoudre le problème de payer certains fonctionnaires et autres personnes de ce pays étranger voisin et ami, qui leur avaient écarté d'ennuyeux obstacles bureaucratiques.

« Pourquoi était-ce un problème ? » avait demandé Ricardo. Et c'était bien naturel.

Imaginez, dit Tiu, que le pays en question soit la Birmanie. Imaginez seulement. Dans la Birmanie moderne, les fonctionnaires n'étaient pas autorisés à s'enrichir, il ne leur était pas facile non plus de mettre de l'argent en banque. Dans un tel cas, il fallait trouver un autre mode de paiement.

Ricardo suggéra l'or. Tiu, dit Ricardo, était au regret : dans le pays auquel il songeait, même l'or était difficile à négocier. La monnaie choisie dans cette affaire devait donc être l'opium, dit-il : quatre cents kilos. La distance n'était pas grande : en une journée, Ricardo aurait fait l'aller et retour. Les honoraires étaient de cinq mille dollars et les derniers détails lui seraient confiés juste avant le départ, afin d'éviter une érosion inutile de la mémoire, comme l'exprima Ricardo, dans une autre de ces bizarres fioritures linguistiques qui avaient dû constituer une part essentielle de l'éducation de Lizzie lorsqu'elle était entre ses mains. Quand Ricardo rentrerait de ce qui – Tiu en était certain – serait un vol sans histoire et instructif, cinq mille dollars en coupures peu voyantes deviendraient aussitôt sa propriété sous réserve bien sûr que Ricardo produise, dans la forme qui se révélerait la plus commode, confirmation que la cargaison avait atteint sa destination. Par exemple, un reçu.

Ricardo, en décrivant ses propres démarches, fit montre d'une sorte de ruse fruste dans ses négociations avec Tiu. Il lui dit qu'il allait penser à sa proposition. Il parla d'autres engagements pressants et de l'ambition qu'il avait d'ouvrir sa propre compagnie aérienne. Puis il se mit au travail pour détecter qui était Tiu. Il découvrit aussitôt que, à la suite de leur entrevue, Tiu n'était pas rentré à Bangkok par le vol direct mais à Hong Kong. Il chargea Lizzie de cuisiner les gars de Chiu Chow à Indocharter, et l'un d'eux laissa échapper que Tiu était un gros bonnet à China Airsea, car quand il était à Bangkok, il descendait à l'appartement de China Airsea à l'hôtel Erawan. Lorsque Tiu revint à Vientiane pour avoir la réponse de Ricardo, ce dernier en savait donc beaucoup plus sur lui – et même, bien qu'il n'en fit pas état, que Tiu était le bras droit de Drake Ko.

Cinq mille dollars américains pour un voyage d'un jour, dit-il cette fois à Tiu lors de leur seconde rencontre, c'était soit trop, soit trop peu. Si le travail était aussi facile que le prétendait Tiu, c'était trop. Si c'était aussi totalement dingue que Ricardo le soupçonnait, c'était trop peu. Ricardo proposa un arrangement différent : « Un compromis d'affaires », il souffrait, expliqua-t-il – employant une phrase qu'il avait sans doute utilisée souvent –, d'un « problème provisoire de liquidités ». En d'autres termes (interprétation de Jerry) il était fauché comme d'habitude, et les créanciers étaient à ses trousses. Ce qu'il demandait tout de suite, c'était un revenu régulier ; et la meilleure façon de l'obtenir, c'était que Tiu s'arrangeât pour le faire engager par Indocharter comme pilote-conseil pour un an au salaire convenu de vingt-cinq mille dollars américains.

Tiu ne sembla pas trop choqué par cette idée, dit Ricardo. Un long silence suivit cette déclaration.

Ensuite, au lieu d'être payé cinq mille dollars à la remise de la cargaison, Ricardo voulait une avance de vingt mille dollars américains pour régler ses engagements les plus pressants. Dix mille seraient considérés comme gagnés dès qu'il aurait livré l'opium, et les dix autres mille seraient déductibles « à la source » – une autre formule de Ricardo – de son salaire à Indocharter au cours des mois suivants où il serait employé. Si Tiu et ses associés ne pouvaient pas faire cela, expliqua Ricardo, alors malheureusement il devrait quitter la ville avant de pouvoir faire la prochaine livraison d'opium.

Le lendemain, avec quelques variantes, Tiu accepta ces conditions. Plutôt que d'avancer à Ricardo vingt mille dollars, Tiu et ses associés se proposaient de racheter directement les dettes de Ricardo à ses créanciers. De cette façon, expliqua-t-il, ils se sentiraient plus à l'aise. Le même jour, l'arrangement fut « sanctifié » – les convictions religieuses de Ricardo n'étaient jamais bien loin – par un redoutable contrat, rédigé en anglais et signé des deux parties. Ricardo – Jerry le nota sans rien dire – venait tout simplement de vendre son âme.

« Qu'est-ce que Lizzie a pensé de cet accord ? » demanda Jerry. Ricardo haussa ses magnifiques épaules. « Oh ! les femmes, dit-il.

– C'est vrai », répondit Jerry, en lui rendant son sourire entendu. L'avenir de Ricardo ainsi assuré, il reprit « un style de vie professionnelle convenable », comme il disait. Un projet de mettre sur pied un concours de pronostics de football panasiatique attira son attention, de même qu'une fille de Bangkok âgée de quatorze ans et prénommée Rosie que, grâce à son salaire d'Indocharter, il allait voir régulièrement afin de la préparer au grand théâtre de la vie. Parfois, mais pas souvent, il pilotait sur une ligne d'Indocharter, mais rien de bien éprouvant :

« Chiangmai deux ou trois fois. Saigon. Deux ou trois fois chez les Shans pour voir le paternel de Charlie Marshall, rapporter un peu de came, peut-être, lui donner quelques fusils, du riz, de l'or. Battambang, de temps en temps aussi.

– Où est Lizzie pendant ce temps-là ? » demanda Jerry, d'un ton nonchalant d'homme du monde.

Même haussement d'épaules méprisant. « Assise sur son cul à Vientiane. A faire son tricot. Elle se fait un peu de fric au Constellation. C'est déjà une vieille femme, Voltaire. Moi, il me faut de la jeunesse. De l'optimisme, de l'énergie. Des gens qui me respectent. C'est ma nature de donner. Comment est-ce que je peux donner à une vieille femme ?

– Jusqu'à ? demanda Jerry.

– Hein ?

– Quand est-ce que ça a cessé, les embrassades ? »

Se méprenant sur le sens de la phrase, Ricardo parut soudain très dangereux et sa voix prit un ton sourd et menaçant : « Qu'est-ce que vous voulez dire ? »

Jerry l'apaisa avec le plus amical des sourires.

« Combien de temps avez-vous touché votre paye sans faire grand-chose avant que Tiu soit venu vous rappeler votre contrat ? »

Six semaines, dit Ricardo, en retrouvant son calme. Peut-être huit. Deux fois, le voyage aurait dû avoir lieu, puis fut annulé. Une fois, on lui donna l'ordre de se rendre à Chiangmai où il traîna deux jours jusqu'au moment où Tiu téléphona pour dire que les gens, de l'autre côté, n'étaient pas prêts. Ricardo avait de plus en plus l'impression d'être mêlé à une sombre affaire, dit-il, mais l'histoire, laissait-il entendre, lui avait toujours distribué les grands rôles et ce qui était sûr, c'est qu'il n'avait plus ses créanciers sur le dos.

Ricardo s'interrompit et une fois de plus examina Jerry de près, en se grattant la barbe d'un air songeur. Il finit par soupirer, puis il leur servit à tous les deux un whisky et poussa un verre en travers de la table. A leurs pieds, cette journée superbe s'apprêtait à s'achever lentement. Les arbres verts avaient foncé. La fumée du feu de bois, sous la casserole de la fille, sentait l'humidité.

« Où allez-vous maintenant, Voltaire ?

– Chez moi », dit Jerry.

Ricardo eut un nouvel éclat de rire.

« Restez donc pour la nuit, je vous envoie une de mes petites.

– Non, je vais m'en aller, mon vieux », dit Jerry. Et pendant un moment, comme des animaux qui se battent, les deux hommes s'examinèrent, et l'étincelle du combat n'était vraiment pas loin.

« Vous êtes vraiment dingue, Voltaire », murmura Ricardo,

Mais l'homme de Sarratt l'emporta. « Et puis un jour le voyage a eu lieu, hein ? fit Jerry, et personne ne l'a annulé. Et alors ? Allons, mon vieux, racontez-moi ça.

– Bien sûr, dit Ricardo, bien sûr, Voltaire, et il but une gorgée, toujours sans le quitter des yeux. Comment ça s'est passé ? dit-il encore. Ecoutez, Voltaire, je vais vous dire comment ça s'est passé. »

Et ensuite je vous tuerai, disait son regard.

Ricardo était à Bangkok. Rosie se montrait exigeante. Tiu avait insisté pour que Ricardo fût toujours possible à joindre et un matin de bonne heure, peut-être à cinq heures, un messager arriva à leur nid d'amour, le convoquant sur-le-champ à Erawan. Ricardo fut impressionné par l'appartement. Il aurait bien aimé l'avoir à lui.

« Vous n'avez jamais vu Versailles, Voltaire ? Un bureau grand comme un B-52. Ce Tiu, c'est un type très différent de ce coolie parfumé qui est venu à Vientiane, vous comprenez ? Quelqu'un de très influent. "Ricardo, me dit-il, cette fois, c'est sûr. Cette fois nous livrons." »

Ses instructions étaient simples. Dans quelques heures, il y avait un vol commercial pour Chiangmai. Ricardo devrait le prendre. Une chambre lui avait été réservée à l'hôtel Rincome, il devrait passer la nuit là-bas. Seul. Pas d'alcool. Pas de femme, pas de compagnie.

« "Vous feriez mieux d'emporter beaucoup à lire, monsieur Ricardo", il me dit. "Monsieur Tiu, je lui réponds, vous me dites où je dois voler. Vous ne me dites pas ce que je dois lire. D'accord ?" Ce type est très arrogant derrière son grand bureau, vous me comprenez, Voltaire. Je suis obligé de le remettre à sa place. »

Le lendemain matin, quelqu'un viendrait trouver Ricardo à son hôtel à six heures du matin en se présentant comme un ami de Mr Johnny. Ricardo devrait aller avec lui.

Les choses se passèrent comme prévu. Ricardo prit l'avion pour Chiangmai, passa une nuit d'abstinence au Rincome et à six heures du matin deux Chinois, et non pas un, vinrent le chercher pour l'emmener en voiture à quelques heures de la ville jusqu'à ce qu'ils arrivent à un village hakka. Abandonnant la voiture, ils marchèrent une demi-heure pour atteindre un champ désert avec un baraquement à une extrémité. A l'intérieur de la baraque, il y avait « un beau petit Beechcraft », tout neuf, et dans le Beechcraft, sur le siège auprès de celui du pilote, était assis Tiu avec un tas de cartes et de documents étalés sur ses genoux. Les sièges arrière avaient été enlevés pour laisser davantage de place aux sacs de toile. Deux robustes Chinois, style videurs, se tenaient à l'écart, mais aux aguets, et l'ambiance générale, expliqua Ricardo, n'était pas du tout celle qu'il aurait aimé trouver.

« D'abord il faut que je vide mes poches. Mes poches, pour moi, c'est très personnel, Voltaire. C'est comme le sac d'une dame. Des souvenirs. Des lettres. Des photographies. Ma madone. Ils gardent tout. Mon passeport, ma licence de pilote, mon argent..., même mes bracelets », dit-il en levant ses bras brunis, ce qui fit teinter les bracelets d'or.

Après cela, dit-il avec un froncement de sourcils désapprobateur, il y avait encore d'autres documents à signer.

Une procuration, pour céder ce qui restait de la vie de Ricardo après son contrat avec Indocharter. Divers aveux de « missions précédentes techniquement illégales », dont plusieurs, affirma Ricardo tout à fait outré, accomplies pour le compte d'Indocharter. Un des videurs chinois se révéla même être un avocat. Ricardo ne trouva pas cela particulièrement sport.

Ce fut seulement alors que Tiu exhiba les cartes et les instructions, que Ricardo répétait maintenant dans un mélange de son propre style et de celui de Tiu : « Vous faites route au nord, monsieur Ricardo, et vous gardez ce cap-là. Peut-être que vous effleurez le bord du Laos, peut-être que vous restez au-dessus des Shans, je m'en fiche. Piloter, c'est votre affaire, pas la mienne. A cinquante miles en territoire chinois, vous repérez le Mékong et vous le suivez. Vous continuez toujours vers le nord jusqu'à ce que vous trouviez une petite ville sur une colline, Tienpao, située sur un affluent de ce très célèbre fleuve. Vous volez cap à l'est pendant vingt miles, vous trouvez un terrain d'atterrissage, un feu blanc, un feu vert, et vous voulez me faire plaisir. Vous atterrissez là. Un homme vous attendra. Il parle très mal anglais, mais il le parle. Voici la moitié d'un billet d'un dollar. Cet homme aura l'autre moitié. Déchargez l'opium. Cet homme vous remettra un paquet et certaines instructions précises. Le paquet, monsieur Ricardo, c'est votre reçu. Quand vous revenez, rapportez-le avec vous et obéissez absolument à toutes les instructions, y compris surtout votre lieu d'atterrissage. Vous me comprenez bien, monsieur Ricardo ? »

« Quel genre de paquet ? demanda Jerry.

– Il ne me l'a pas dit et je m'en fichais. “Vous faites ça, me dit-il, vous n'ouvrez pas votre grande gueule, monsieur Ricardo, et mes associés s'occuperont de vous toute votre vie comme si vous étiez leur fils. Vos enfants, ils veilleront sur eux, sur vos femmes. Celles que vous avez à Bali. Toute votre vie, ce seront des hommes reconnaissants. Mais vous les roulez, ou bien vous allez pérorer en ville, ils vous tueront sûrement, monsieur Ricardo, croyez-moi. Peut-être pas demain, ni après-demain, mais ils vous tueront sûrement. Nous avons un contrat, monsieur Ricardo. Mes associés respectent toujours un contrat. Ce sont des hommes très légaux." Je suais à grosses gouttes, Voltaire. Je suis en parfaite condition, un bel athlète, mais je transpirais. "Ne vous en faites pas, monsieur Tiu, que je lui dis. Pas de problème. Chaque fois que vous voulez envoyer de l'opium en Chine rouge, Ricardo est votre homme." Croyez-moi, Voltaire, j'étais rudement inquiet. »

Ricardo se pinça le nez comme si de l'eau de mer le piquait.

« Ecoutez ça, Voltaire. Ecoutez très attentivement. Quand j'étais jeune et fou, j'ai survolé deux fois la province du Yunnan pour les Américains. Pour être un héros, il faut faire certaines choses dingues, et si on est abattu, peut-être qu'un jour on vous tire de là. Mais chaque fois que je vole, je regarde cette sale terre brune et je vois Ricardo dans une cage en bois. Pas de femme, une nourriture dégueulasse, pas d'endroit où s'asseoir, pas d'endroit où rester debout ni dormir, des chaînes aux bras, pas de statut ni de position assurée. "Venez voir l'espion impérialiste, le chien courant du capitalisme." Voltaire, je n'aime pas cette vision. Etre bouclé toute ma vie en Chine pour transporter de l'opium ? Je ne suis pas enthousiaste. "Bien sûr, monsieur Tiu ! Au revoir ! A cet après-midi !" Il faut que je réfléchisse très sérieusement. »

La brume orangée du soleil déclinant emplit soudain la pièce. Sur la poitrine de Ricardo, malgré la perfection de sa condition physique, la même sueur était apparue. Elle perlait en gouttes sur son poil noir et sur ses épaules huilées.

« Où était Lizzie dans tout ça ? » redemanda Jerry.

La réponse de Ricardo était nerveuse et déjà agacée.

« A Vientiane ! Sur la lune ! Au lit avec Charlie ! Qu'est-ce que vous voulez que ça me foute ?

– Etait-elle au courant du marché avec Tiu ? »

Ricardo n'eut qu'un ricanement de mépris.

Il est temps de partir, se dit Jerry. Il est temps d'allumer le dernier cordon et de filer. En bas, Mickey était devenu la coqueluche des femmes de Ricardo. Jerry entendait son bavardage chantant, interrompu par leurs rires perçants, comme le rire de toute une classe de filles.

« Alors vous vous êtes envolé », dit-il. Il attendit, mais Ricardo demeurait perdu dans ses pensées.

« Vous avez décollé et mit le cap au nord », reprit Jerry.

Levant un peu les yeux, Ricardo braqua sur Jerry un regard furieux et entêté, jusqu'au moment où la tentation de décrire ses héroïques exploits finit par l'emporter.

« Je n'ai jamais si bien piloté de ma vie. Jamais. J'étais superbe. Ce petit Beechcraft noir. Cent miles vers le nord parce que je ne me fie à personne. Peut-être que ces clowns m'ont coincé quelque part sur un écran radar ? Je ne prends pas de risque. Et puis cap à l'est, mais très lentement, très bas au-dessus des montagnes, Voltaire. Je vole entre les pattes des vaches, vous voyez ? Pendant la guerre on avait des petites pistes d'atterrissage par là, des postes d'écoute insensés en plein territoire ennemi. J'ai volé dans ces coins-là, Voltaire. Je les connais. J'en trouve un juste en haut d'une montagne, on ne peut y accéder que par la voie des airs. Je jette un coup d'œil, j'aperçois le dépôt de carburant, je me pose, je refais le plein, je fais un somme, c'est dingue. Mais bon sang, Voltaire, ça n'est pas la province du Yunnan, vous voyez ? Ça n'est pas la Chine, et Ricardo, le criminel de guerre américain, le trafiquant d'opium, ne va pas passer le restant de ses jours à croupir à Pékin, vous voyez ? Ecoutez, j'ai ramené cet avion vers le sud. Je connais des endroits, je connais des endroits où je pourrais perdre toute une aviation, croyez-moi. »

Ricardo devint soudain très vague à propos des quelques mois suivants de son existence. Il avait entendu parler du Hollandais Volant, et il expliqua qu'il était devenu justement ça. Il volait, se cachait de nouveau, volait, passait une nouvelle couche de peinture sur le Beechcraft, changeait l'immatriculation une fois par mois, vendait l'opium par petits lots pour ne pas se faire remarquer, un kilo ici, deux là. Il s'acheta à un Indien un passeport espagnol mais il ne s'y fiait pas trop, et il évita tous les gens qu'il connaissait, y compris Rosie à Bangkok et même Charlie Marshall. Ce fut aussi l'époque, Jerry s'en souvenait d'après sa conversation avec le vieux Craw, où Ricardo vendait l'opium de Ko au héros de la Répression des stupéfiants, mais sur ce point précis, il se heurta au mutisme de Ricardo. Sur l'ordre de Tiu, raconta Ricardo, les gars d'Indocharter n'avaient pas tardé à le déclarer mort et avaient changé sa route habituelle au sud pour détourner l'attention. Ricardo l'apprit et ne vit aucun inconvénient à être mort.

« Qu'est-ce que vous avez fait pour Lizzie ? » demanda Jerry.

De nouveau Ricardo s'emporta. « *Lizzie, Lizzie !* Vous avez une fixation sur cette nana, Voltaire, pour me jeter *Lizzie* à la gueule tout le temps ! Je n'ai jamais connu une femme aussi insignifiante. Enfin, je la donne à Drake Ko, bon. Je fais sa fortune. » Saisissant son verre de whisky, il en but une lampée, l'air toujours furieux.

Elle intriguait pour lui, se dit Jerry. Elle et Charlie Marshall. Ils préparaient le terrain pour son rachat.

« Vous avez fait de flambantes allusions à d'autres aspects lucratifs de l'affaire, dit Ricardo, retrouvant soudain son anglais d'école commerciale. Voudriez-vous, Voltaire, avoir la bonté de m'éclairer sur ce point. »

L'homme de Sarratt avait là-dessus sa réponse toute prête.

« Premier point : Ko se fait payer de grosses sommes par l'ambassade soviétique à Vientiane. L'argent passait par le canal d'Indocharter pour se retrouver dans un compte clandestin à Hong Kong. Nous en avons la preuve. Nous avons des photocopies des relevés de banque. »

Ricardo fit une grimace comme si le whisky avait mauvais goût, puis il se remit à boire.

« L'argent était-il destiné à faire reprendre l'habitude de l'opium aux gens de Chine rouge ou était-ce pour quelque autre usage, nous n'en savons encore rien, dit Jerry. Mais nous le découvrirons. Deuxième point... Voulez-vous que je vous en parle ou est-ce que je vous empêche de dormir ? »

Ricardo avait bâillé.

« Deuxième point, poursuivit Jerry, Ko a un frère cadet en Chine rouge. Il s'appelait Nelson. Ko prétend qu'il est mort, mais c'est maintenant un grand ponte dans l'administration de Pékin. Ko essaie depuis des années de le faire sortir. Votre mission était d'apporter de l'opium et de rapporter un paquet. Le paquet, c'était le frère Nelson. C'est pourquoi Ko devait vous adorer comme son propre fils si vous lui rameniez son frère. Et c'est pourquoi il allait vous tuer si vous n'y arriviez pas. Si un coup comme ça, ça ne vaut pas cinq millions de dollars, alors qu'est-ce qui les vaut ? »

Il n'arriva pas grand-chose à Ricardo tandis que Jerry l'observait dans la lumière déclinante, sauf que l'animal qui sommeillait en lui manifesta des signes d'éveil. Pour reposer son verre, il se pencha lentement en avant, mais sans parvenir à dissimuler la raideur de ses épaules, ni la crispation des muscles de son ventre. Pour adresser à Jerry un sourire exceptionnellement radieux, il se tourna avec une grande douceur, mais ses yeux brillaient d'un éclat qui était comme un signal d'attaque ; si bien que lorsqu'il tendit la main pour tapoter affectueusement la joue de Jerry, ce dernier était tout à fait prêt à y aller de bon cœur, si besoin était, au cas où par hasard il parviendrait à projeter Ricardo à l'autre bout de la pièce.

« Cinq millions de dollars, Voltaire ! s'écria Ricardo. Cinq millions ! Ecoutez... Il faut faire quelque chose pour ce pauvre vieux Charlie Marshall, d'accord ? Par affection. Charlie est toujours fauché. Peut-être qu'un jour on le chargera de faire des pronostics de football. Attendez une minute. J'ai encore du scotch, on va arroser ça. » Il se leva, la tête penchée d'un côté, il tendit devant ses bras nus. « Voltaire, murmura-t-il, Voltaire ! » D'un geste affectueux il prit Jerry par les joues et l'embrassa. « Dites donc, vous vous êtes rudement bien documenté ! Il est drôlement fort, votre rédacteur en chef. Vous allez être mon associé, comme vous dites. D'accord ? J'ai besoin d'un Anglais dans ma vie. Il faut qu'un jour je sois comme Lizzie, que j'épouse un maître d'école. Vous feriez ça pour Ricardo, Voltaire ? Vous donneriez un petit coup de main ?

– Pas de problème, dit Jerry, en lui rendant son sourire.

– Je vous laisse une minute jouer avec les fusils, d'accord ?

– Bien sûr.
– Faut que je dise une petite chose à ces filles en bas.
– Bien sûr.
– Petite question de famille, personnel.
– Je vous attends. »

Du haut de la trappe, Jerry ne le quitta pas des yeux. Mickey, le chauffeur, faisait sauter le bébé sur son bras, en le chatouillant sous l'oreille. Dans un monde fou, il faut maintenir la fiction, se dit-il. S'y tenir jusqu'au bout et lui laisser la première bouchée. Revenant au bureau, Jerry prit le crayon de Ricardo et son bloc et écrivit une adresse imaginaire à Hong Kong où on pouvait toujours le joindre. Ricardo n'était toujours pas revenu, mais quand Jerry se leva, il le vit qui débouchait des arbres derrière la voiture. Il aime bien les contrats, songea-t-il. Il faut lui donner quelque chose à signer. Il prit une nouvelle feuille de papier : *Je soussigné, Jerry Westerby, jure solennellement de partager avec mon ami le commandant Petit Ricardo toutes les sommes provenant de notre exploitation conjointe de l'histoire de sa vie*, écrivit-il. Et il signa de son nom. Ricardo remontait les marches. Jerry pensa à se servir en puisant dans son arsenal privé, mais il se dit que Ricardo s'attendait certainement à le voir faire ce geste. Pendant que Ricardo leur versait encore du whisky, Jerry lui tendit les deux feuilles de papier.

« Je vais faire rédiger une déposition légale, dit-il, en regardant droit dans les yeux brûlants de Ricardo. J'ai à Bangkok un avocat anglais en qui j'ai toute confiance. Je vais lui faire vérifier ça et je vous rapporterai le document à signer. Après cela, nous verrons notre ordre de route et j'irai parler à Lizzie. D'accord ?

– Bien sûr. Ecoutez, il fait nuit maintenant. Il y a des tas de salopards dans cette forêt. Restez donc pour la nuit. J'ai parlé aux filles. Elles vous aiment bien. Elles disent que vous êtes un homme très fort. Pas aussi fort que moi, mais fort. »

Jerry fit une phrase pour dire qu'il ne pouvait pas perdre de temps. Il aimerait retourner à Bangkok demain, dit-il. A ses propres oreilles ça ne lui paraissait pas bien convaincant, suffisant peut-être pour arriver, mais jamais pour repartir. Mais Ricardo semblait satisfait jusqu'à la sérénité. C'est peut-être l'embuscade, songea Jerry, quelque chose que le colonel est en train d'arranger.

« Portez-vous bien, journaliste des courses. Portez-vous bien, mon ami. »

Ricardo posa les deux mains sur la nuque de Jerry, enfonça les pouces contre les mâchoires de Jerry, puis lui tira la tête en avant pour l'embrasser, et Jerry le laissa faire. Il avait le cœur battant et le dos ruisselant de sueur, mais Jerry le laissa faire. Dehors il faisait à moitié nuit. Ricardo ne les accompagna pas jusqu'à la voiture mais les surveilla d'un œil indulgent de sous les pilotis, les filles assises à ses pieds, pendant qu'il leur faisait des grands gestes de ses deux bras nus. Arrivés à la voiture, Jerry se retourna pour faire un geste d'adieu. Les derniers rayons du soleil se mouraient dans les tecks. Mon dernier coucher de soleil, songea-t-il.

« Ne mettez pas le moteur en marche, fit-il doucement à Mickey. Je vais vérifier l'huile. »

Peut-être que c'est simplement moi qui suis fou. Peut-être que je viens vraiment de faire une affaire, se dit-il.

Assis à la place du chauffeur, Mickey desserra le cliquet ; Jerry souleva le capot mais il n'y avait pas la moindre trace de plastic, pas de cadeau d'adieu de son nouvel ami et associé. Il tira la jauge et fit semblant de la consulter.

« Vous avez besoin d'huile, journaliste des courses ? cria Ricardo du bout du chemin.

– Non, ça va. Au revoir !

– Au revoir. »

Il n'avait pas de torche, mais lorsqu'il s'accroupit pour tâtonner dans l'obscurité sous le châssis, là non plus, il ne trouva rien.

« Vous avez perdu quelque chose ? reprit Ricardo, les mains en porte-voix.

– Mettez le moteur en marche, dit Jerry en montant dans la voiture.

– On allume les lumières, monsieur ?

– Oui, monsieur. On allume.

– Pourquoi il vous appelle journaliste des courses ?

– On a des amis communs. »

Si Ricardo a prévenu les TC, se dit Jerry, de toute façon ça ne changera rien. Mickey alluma les phares, et à l'intérieur de la voiture le tableau de bord américain s'éclaira comme une petite ville.

« Allons-y, dit Jerry. Vite vite.

– Oui, vite vite. »

Ils roulèrent huit kilomètres, dix, douze. Jerry surveillait le compteur kilométrique, estimant qu'ils étaient à une trentaine de kilomètres du premier point de contrôle et à environ soixante-dix du second. Mickey roulait à plus de cent à l'heure et Jerry n'était pas d'humeur à se plaindre. Ils tenaient le haut de la route qui était toute droite et, sur les bas-côtés, les hauts fûts des tecks glissaient devant eux comme des fantômes orange.

« Un type bien, dit Mickey. Lui très bon amant. Ses filles disent lui très bon amant.

– Attention aux fils », dit Jerry.

Sur la gauche, les arbres s'interrompaient et un chemin de terre rouge s'enfonçait dans la brèche.

« Il a du bon temps là-bas, dit Mickey. Des filles, il a des gosses, du whisky, le PX. Il a vraiment du bon temps.

– Arrêtez-vous, Mickey. Stoppez la voiture. Là, au milieu de la route où c'est plat. Faites ce que je vous dis, Mickey. »

Mickey se mit à rire.

« Les filles ont du bon temps aussi, fit il. Les filles elles ont des bonbons, le petit bébé il a des bonbons, tout le monde a des bonbons !

– Arrêtez cette voiture, nom de Dieu ! »

Prenant son temps, Mickey arrêta la voiture, riant toujours en pensant aux filles.

« Il est exact, ce machin ? demanda Jerry, le doigt posé sur la jauge d'essence.

– Exact ? répéta Mickey, abasourdi.

– L'essence dans le réservoir. Il est plein ? à moitié plein ? aux trois quarts plein ? Il a toujours marché pendant le voyage ?

– Bien sûr. Il marche.

– Quand nous sommes arrivés au village incendié, Mickey, vous aviez le réservoir à moitié plein. Il est toujours à moitié plein.

– Bien sûr.

– Vous avez remis de l'essence ? D'un bidon ? Vous avez fait le plein ?

– Non.

– Descendez. »

Mickey commença à protester, mais Jerry se pencha devant lui, ouvrit la portière et poussa Mickey sur l'asphalte et le suivit. Saisissant le bras de Mickey, il le lui bloqua dans le dos et le contraignit à courir en traversant la route jusqu'au bord du large bas-côté et, au bout de vingt mètres, le poussa dans les broussailles et s'écroula à moitié à côté de lui à moitié sur lui, si bien que Mickey en perdit la respiration et qu'il lui fallut une demi-minute avant de pouvoir lancer un « Pourquoi ? » indigné. Mais Jerry, à ce moment, lui plaquait le visage contre la terre pour le protéger du souffle. La vieille Ford parut brûler d'abord et exploser ensuite, pour finir par se soulever en l'air dans une dernière affirmation de vie, avant de s'effondrer inerte et de flamber couchée sur le côté. Pendant que Mickey haletait d'admiration, Jerry consulta sa montre. Dix-huit minutes depuis qu'ils avaient quitté la maison sur pilotis. Peut-être vingt. Ça aurait dû arriver plus tôt, se dit-il. Pas étonnant que Ricardo ait tenu à nous voir partir. A Sarratt ils ne se seraient même pas douté de quelque chose. C'était un truc oriental, et à Sarratt, on restait en Europe et au bon vieux temps de la guerre froide : les Tchèques, Berlin et les fronts d'autrefois. Jerry se demanda quelle marque de grenade c'était. Les Viêt-congs préféraient le modèle américain : ils adoraient sa double action. Tout ce qu'il fallait, disaient-ils, c'était un goulot assez large dans le réservoir d'essence. On ôtait la goupille, on plaçait un élastique par-dessus le ressort, on glissait la grenade dans le réservoir d'essence et on attendait patiemment que le pétrole ait rongé le caoutchouc. Le résultat était une de ces inventions occidentales qu'il fallut le Viêt-cong pour découvrir. Ricardo avait dû utiliser des élastiques épais, se dit-il.

Ils parvinrent en quatre heures au premier poste de contrôle, en suivant la route à pied. Mickey était extrêmement content en pensant à l'assurance, se disant que puisque Jerry avait payé la prime, ils allaient automatiquement toucher l'argent. Jerry ne parvenait pas à lui chasser cette idée de la tête. Mais Mickey avait peur aussi : d'abord des TC, puis des fantômes, puis du colonel. Jerry lui expliqua donc que ni les fantômes ni les TC ne s'aventureraient près de la route après ce petit incident. Quant au colonel, bien que Jerry n'en parlât pas à Mickey – ma foi, c'était un père et un soldat et il avait un barrage à construire : ça n'était pas pour rien qu'il le construisait avec le ciment de Drake Ko, et transporté par China Airsea.

Au poste de contrôle, ils finirent pas trouver un camion pour ramener Mickey chez lui. Jerry fit une partie du trajet en sa compagnie et lui promit le soutien du canard dans toute discussion avec l'assurance, mais Mickey, dans son euphorie, restait sourd à tous les doutes. Au milieu de grands rires, ils échangèrent leurs adresses, de cordiales poignées de main, puis Jerry descendit à un petit bistrot au bord de la route où il attendit une demi-journée le car qui allait le transporter en direction de l'est, vers un nouveau théâtre d'opérations.

Au fond, était-ce nécessaire pour Jerry d'être allé trouver Ricardo ? L'affaire, pour lui, se serait-elle terminée de façon différente s'il ne l'avait pas fait ? Ou bien Jerry, comme insistent jusqu'à ce jour les défenseurs de Smiley, en portant cette botte à Ricardo, avait-il provoqué la dernière poussée cruciale qui avait secoué l'arbre et fait tomber le fruit si convoité ? Pour le club des supporters de Smiley, il n'y a pas de question, la visite à Ricardo était la dernière goutte qui fit déborder le vase de Ko. Sans cela, il aurait pu continuer à s'agiter jusqu'à ce qu'on arrive à l'ouverture de la chasse, époque à laquelle Ko et les renseignements qu'on avait sur lui se seraient trouvés à la disposition de tous. Fin de la discussion. Et, semble-t-il, les faits sont la preuve même d'une merveilleuse causalité. Car voici ce qui se passa. Six heures à peine après que Jerry et son chauffeur Mickey eurent secoué la poussière du bas-côté de cette route dans le nord-ouest de la Thaïlande, tout le cinquième étage du Cirque connut une explosion de jubilation extatique à faire pâlir le bûcher de la Ford empruntée par Mickey. Dans la salle de jeux, où Smiley annonça la nouvelle, Doc di Salis esquissa bel et bien un petit pas de gigue et Connie, à n'en pas douter, l'aurait accompagné si son arthrite ne l'avait pas clouée à ce maudit fauteuil. Trot poussa un hurlement, Guillam et Molly s'étreignirent et seul, Smiley, au milieu de toutes ces réjouissances, conserva son air un peu surpris, bien que Molly jurât l'avoir vu rougir en regardant ses compagnons.

Il venait d'apprendre la nouvelle, dit-il. Un message en provenance des Cousins. A sept heures ce matin-là, heure de Hong Kong, Tiu avait téléphoné à Ko à Star Heights, où il avait passé la nuit à se détendre avec Lizzie Worthington. C'était Lizzie qui avait décroché, mais Ko était intervenu sur l'autre appareil et avait sèchement ordonné à Lizzie de raccrocher, ce qu'elle avait fait. Tiu avait proposé de se retrouver aussitôt pour le petit déjeuner en ville : « Chez George », dit Tiu, au grand amusement des transcripteurs. Trois heures plus tard, Tiu téléphonait à son agence de voyages et prenait des dispositions précipitées pour un voyage d'affaires en Chine continentale. Son premier arrêt serait Canton, où China Airsea avait un représentant, mais sa destination finale était Shanghai.

Alors comment Ricardo parvint-il à communiquer si vite avec Tiu sans téléphone ? La théorie la plus plausible est la liaison du colonel de la police avec Bangkok. Et de Bangkok ? Dieu sait. Le télex, le téléscripteur d'une banque, tout est possible. Les Chinois ont leur façon à eux de faire ces choses-là.

D'un autre côté, il est fort possible que la patience de Ko ait craqué à ce moment-là et que le petit déjeuner « chez George » eût été quelque chose de tout à fait différent. Dans l'un comme dans l'autre cas, c'était la percée dont ils rêvaient tous, la triomphante justification du patient travail de démarchage de Smiley. A l'heure de déjeuner, Lacon avait appelé en personne pour présenter ses félicitations, et en début de soirée Saül Enderby avait fait un geste que personne de ceux qui résidaient du mauvais côté de Trafalgar Square n'avait jamais fait auparavant. Il avait fait envoyer une caisse de champagne de chez Berry Brothers and Rudd, du Krug millésimé, un vin superbe. Avec la caisse, il y avait une carte adressée à George et disant : « Au premier jour de l'été. » Et de fait, bien qu'on ne fût que fin avril, cela semblait être exactement cela. A travers les épais rideaux de tulle des étages inférieurs, les platanes étaient déjà couverts de feuilles. Plus haut, des jacinthes avaient fleuri dans la caisse posée sur la fenêtre de Connie. « Rouges, dit-elle tout en buvant à la santé de Saül Enderby. La couleur préférée de Karla, le cher ange. »

18

LE MEANDRE DU FLEUVE

La base aérienne n'était ni belle ni victorieuse. Elle était théoriquement sous le commandement des Thaïlandais, mais en pratique ces derniers étaient autorisés à ramasser les ordures et à occuper l'estacade proche du périmètre. Le poste de contrôle était une ville à part. Dans des odeurs de charbon de bois, d'urine, de poissons marinés et de gaz butane, des rangées de baraques en tôle ondulée abritaient les activités séculaires d'une occupation militaire. Les bordels étaient tenus par des maquereaux boiteux, les boutiques de tailleurs proposaient des smokings de mariage, les librairies de la pornographie et du voyage, les bars s'appelaient le *Sunset Strip, Hawaii* et *Lucky Time.* A la baraque de la police militaire, Jerry demanda le capitaine Urquhart, des relations publiques, et le sergent noir se redressa pour le flanquer dehors lorsqu'il apprit que Jerry était journaliste. Sur le téléphone de la base, Jerry entendit pas mal de déclics et de sifflements avant qu'une voix à l'accent traînant du Sud répondît : « Urquhart n'est pas là pour l'instant. Je m'appelle Masters. Qui est à l'appareil ?

– Nous nous sommes rencontrés l'été dernier à la conférence d'état-major du général Crosse, dit Jerry.

– Ah ! mais oui, c'est vrai, mon vieux, dit la même voix étonnamment lente, qui lui rappela Trompe-la-Mort. Réglez votre taxi. J'arrive. Une jeep bleue. Attendez de lui voir le blanc des yeux. »

Un long silence suivit, pendant lequel sans doute on vérifiait les mots de code Urquhart et Crosse dans le manuel d'urgence.

Un flot d'aviateurs entraient et sortaient du camp, noirs et blancs, en petits groupes maussades et séparés. Un officier blanc passa. Les Noirs lui firent le salut du pouvoir noir. L'officier y répondit avec prudence. Les simples soldats portaient sur leurs uniformes des badges à la Charlie Marshall, pour la plupart incitant à user de la drogue. L'humeur générale était morne, déprimée, et avec une violence sous-jacente. Les troupes thaïlandaises ne saluaient personne. Personne ne saluait les Thaïlandais.

Une jeep bleue avec clignotant et hurlement de sirène vint s'arrêter dans un terrifiant dérapage de l'autre côté du barrage. Le sergent fit signe à Jerry de passer. Quelques instants plus tard, il fonçait à tombeau ouvert sur la piste en direction d'une longue rangée de baraquements bas peints en blanc, au milieu du terrain d'aviation. Son chauffeur était un garçon efflanqué qui présentait tous les signes d'un prisonnier libéré sur parole.

« C'est vous, Masters ? demanda Jerry.

– Non, monsieur. Je porte seulement les bagages du commandant, monsieur », dit-il.

Ils traversèrent une partie de base-ball, sirène hurlante et clignotants en pleine action.

« Belle couverture, dit Jerry.

– Comment donc, monsieur ? cria le jeune homme au-dessus du fracas.

– Laissez tomber. »

Ce n'était pas une base énorme. Jerry en avait vu de plus grandes. Ils traversèrent des rangs de Phantom et d'hélicoptères et, comme ils approchaient des baraques blanches, il se rendit compte qu'elles comprenaient une petite enclave de la CIA avec son propre enclos, ses antennes, son groupe de petits avions peints en noir, qui, avant la retraite, avaient parachuté et recueilli Dieu sait qui, Dieu sait où.

Ils entrèrent par une porte de côté que le garçon déverrouilla. Le petit couloir était silencieux et désert. Au fond, il y avait une porte entrebâillée dans la traditionnelle matière plastique en imitation de bois de rose. Masters portait un uniforme d'aviateur à manches courtes avec peu d'insignes. Il avait des décorations et des galons de commandant, et Jerry se dit qu'il devait être le type de Cousin paramilitaire, peut-être même pas de carrière. Il avait un visage émacié et le teint terreux, avec des lèvres serrées d'un air de reproche et des joues creuses. Il était planté devant une fausse cheminée, sous la reproduction d'une marine et il y avait chez lui quelque chose d'étrangement immobile ; il avait l'air débranché. On aurait dit un homme qui faisait exprès d'être lent parce que tous les autres se dépêchaient. Le garçon fit les présentations en hésitant. Masters ne le quitta pas des yeux jusqu'à ce qu'il fût parti, puis tourna son regard pâle vers la table en bois de rose où se trouvait le café.

« Vous semblez avoir besoin d'un petit déjeuner », dit Masters.

Il servit le café et offrit une assiette de beignets, tout cela au ralenti.

« Nous ne sommes pas trop mal installés, dit-il.

– Pas trop mal », reconnut Jerry.

Une machine à écrire électrique était posée sur le bureau et, à côté, du papier blanc. Masters s'approcha à pas raides d'un fauteuil et se jucha sur un des bras. Prenant un exemplaire de *Stars and Stripes*, il le lut avec ostentation, pendant que Jerry s'installait au bureau.

« Il paraît que vous allez nous gagner tout ça seul, dit Masters en s'adressant à son *Stars and Stripes*. Eh bien, voyons. »

Installant sa machine électrique portable, Jerry se mit à taper son rapport en une série de brèves rafales qui lui paraissaient de plus en plus bruyantes à mesure qu'il progressait. Peut-être Masters avait-il la même impression, car il levait fréquemment les yeux, mais pour ne regarder que les mains de Jerry et la petite machine portable.

Jerry lui tendit sa copie.

« Vos ordres sont de rester ici, dit Masters, en articulant chaque mot avec le plus grand soin. Vos ordres sont de rester ici pendant que nous transmettons votre message. Car, mon cher, nous allons transmettre ce message. Vos ordres sont d'attendre confirmation de son arrivée et de nouvelles instructions. Ça vous va ? Est-ce que ça vous va, monsieur ?

– Bien sûr, dit Jerry.

– Est-ce que par hasard vous avez appris la bonne nouvelle ? », demanda Masters. Ils se dévisageaient. A moins d'un mètre l'un de l'autre. Masters regardait le message de Jerry, mais ses yeux ne semblaient pas parcourir les lignes.

« Quelle nouvelle, mon vieux ?

– Nous venons de perdre la guerre, monsieur Westerby. Parfaitement, monsieur. Les derniers des braves se sont fait ramasser par hélicoptère sur le toit de l'ambassade de Saigon comme une bande de blancs-becs surpris dans un bordel. Peut-être que ça ne vous fait rien. Le chien de l'ambassade a survécu, vous serez heureux de l'apprendre. Un journaliste l'a pris sur ses genoux. Peut-être que ça ne vous fait rien non plus. Peut-être que vous n'aimez pas les chiens. Peut-être que vous avez les mêmes sentiments envers les chiens que ceux que j'ai à l'égard des journalistes, monsieur Westerby, n'est-ce pas ? »

Jerry avait perçu l'odeur de cognac dans l'haleine de Masters, une odeur qu'aucune quantité de café ne parvenait à dissimuler, et il devina que son interlocuteur buvait depuis longtemps sans être parvenu à s'enivrer.

« Monsieur Westerby ?

– Oui, mon vieux. »

Masters tendit la main.

« *Mon vieux*, je veux que vous me serriez la main. »

La main était tendue entre eux, le pouce en l'air.

« Pourquoi ? demanda Jerry.

– Je veux que vous me tendiez la main en signe de bienvenue, monsieur. Les Etats-Unis d'Amérique viennent de poser leur candidature au club des puissances de seconde classe, dont j'ai cru comprendre que votre beau pays était le président et le plus ancien membre. Serrez-moi la main !

– Fier de vous avoir à bord », dit Jerry, en serrant docilement la main du commandant.

Il fut aussitôt récompensé par un éclatant sourire de fausse gratitude.

« Ah ! c'est vraiment chic de votre part, monsieur Westerby. Tout ce que nous pouvons faire pour rendre votre séjour avec nous plus agréable, je vous invite à me le faire savoir. Si vous voulez louer l'endroit, nous ne repoussons aucune offre raisonnable, vous savez.

– Vous pourriez me passer un peu de scotch par les barreaux, dit Jerry avec un sourire sans gaieté.

– Pas de problème, dit Masters, avec un accent si traînant que cela faisait l'effet d'un lent coup de poing. Vous êtes un homme selon mon cœur, oui, monsieur. »

Masters le laissa avec une demi-bouteille de J & B, qu'il avait prise dans le placard, et quelques vieux numéros de *Playboy*.

« Nous gardons cela à la disposition des gentlemen anglais qui n'ont pas cru bon de lever le petit doigt pour nous aider, expliqua-t-il en confidence.

– C'est une charmante attention de votre part, dit Jerry.

– Je m'en vais aller envoyer votre lettre à Maman. Au fait, comment va la reine ? »

Masters ne tourna aucune clef, mais quand Jerry essaya la poignée de la porte, elle était verrouillée. Les fenêtres donnant sur le terrain étaient faites de doubles vitres en verre fumé. Sur la piste, des appareils se posaient et décollaient sans un bruit. C'est comme ça qu'ils ont essayé de gagner, se dit Jerry : du fond de pièces insonorisées, derrière du verre fumé, en utilisant les machines qu'ils ont sous la main. C'est comme ça qu'ils ont perdu. Il but une gorgée, il ne sentait rien. Alors c'est fini, songea-t-il, et c'était tout. Quelle était sa prochaine étape ? Une visite au père de Charlie Marshall ? Une petite virée au pays des Shans, une cordiale conversation avec le garde du corps du général ? Il attendit, ses pensées se mêlant un peu confusément. Il s'assit, puis s'allongea sur le divan et dormit un moment, il ne sut jamais combien de temps. Il s'éveilla brusquement au bruit d'une musique douce diffusée par des haut-parleurs et que venait de temps en temps interrompre une annonce d'une grande simplicité. Le capitaine Untel voulait-il faire ceci et cela ? Le haut-parleur proposa une fois des cours de perfectionnement. Une autre fois des machines à laver à tarif réduit. Une fois aussi des prières. Jerry se mit à marcher dans la pièce, énervé par ce silence de crématorium que seule troublait la musique des haut-parleurs.

Il s'approcha de l'autre fenêtre, et il imagina le visage de Lizzie contre son épaule, comme il y avait eu jadis celui de l'orpheline, mais pas plus. Il but encore du whisky. J'aurais dû dormir dans le camion, se dit-il. De toute façon, je devrais dormir davantage. Alors comme ça, ils ont fini par perdre la guerre. Le sommeil ne lui avait fait aucun bien. Ça faisait longtemps, lui semblait-il, qu'il n'avait pas dormi comme il en avait envie. Le vieux Frostie avait mis un terme à tout ça. Sa main tremblait : Seigneur, regardez-moi ça ! Il pensa à Luke. Il serait temps qu'on fasse une bringue tous les deux. Il devrait être de retour maintenant, s'il ne s'était pas fait tirer dessus. Il faudrait que j'arrête de réfléchir comme ça, se dit-il. Mais ça n'était pas facile. Il songea aux grenades de Ricardo. Dépêchons-nous, se dit-il. Allons, il faut prendre une décision. Où faut-il aller ensuite ? Trouver qui ? Et pas de pourquoi. Il avait le visage brûlant et sec et les mains moites. Il avait une migraine juste au-dessus des yeux. C'est cette saleté de musique, se dit-il. Cette saloperie de musique de fin du monde. Son regard cherchait avec insistance un commutateur pour l'arrêter lorsqu'il vit Masters debout sur le seuil, une enveloppe à la main et le regard vide. Jerry lut le message. Masters revint s'installer sur le bras du fauteuil.

« "Fils, rentre à la maison", psalmodia Masters, en accentuant d'un air moqueur son accent traînant du Sud. "Rentre directement. Pas de détour. Ne passe pas prendre les deux cents dollars." Les Cousins vous mèneront à Bangkok. De Bangkok vous partirez immédiatement pour Londres, Angleterre, et non pas je répète, et non pas pour Londres, Ontario, horaire de vol ci-joint. En aucun cas vous ne retournerez à Hong Kong. Pas question ! Non, monsieur ! Mission accomplie, *Fils.* Merci et bien joué. Sa Majesté est *ravie.* Alors rentrez vite à la maison pour dîner, il y a des beignets de semoule, de la dinde et de la tarte aux myrtilles. Une vraie bande de tantes, les gens pour qui vous travaillez. »

Jerry relut le message.

« L'avion décolle pour Bangkok à treize heures », dit Masters. Il portait sa montre à l'intérieur du poignet, si bien que les renseignements qu'elle lui fournissait lui étaient exclusivement destinés. « Vous entendez ? »

Jerry sourit : « Désolé, mon vieux. Je lis lentement. Merci. Trop de mots compliqués. Il faut que je remette ma cervelle en route. Ecoutez, j'ai laissé mes affaires à l'hôtel.

– Mes gens sont aux ordres de Votre Altesse.

– Merci, mais si ça ne fait rien, je préférerais éviter des liens officiels.

– Comme il vous plaira, monsieur, comme il vous plaira.

– Je vais prendre un taxi à la sortie. J'en ai pour une heure aller et retour. Merci, répéta-t-il. Merci.

– Merci à vous. »

L'homme de Sarratt inventa pour leurs adieux une trouvaille délicate. « Ça ne vous gêne pas si je laisse ça là ? » demanda-t-il en désignant sa machine à écrire au coffre tout éraflé, posée auprès de l'IBM de Masters avec ses caractères montés sur balle de golf.

« Monsieur, nous en prendrons le plus grand soin. »

Si Masters avait pris la peine de le regarder à ce moment, il aurait peut-être hésité en voyant la lueur inhabituelle qui brillait dans le regard de Jerry. S'il avait peut-être mieux connu la voix de Jerry, s'il avait remarqué son ton amicalement rauque, peut-être aurait-il hésité aussi. S'il avait vu la façon dont Jerry tirait sur sa mèche, son avant-bras devant lui dans une attitude de dissimulation instinctive, s'il avait réagi aux timides sourires de remerciement de Jerry lorsqu'il le raccompagna jusqu'à l'entrée de sa jeep bleue : eh bien, là encore, il aurait pu douter. Mais le commandant Masters n'était pas seulement un professionnel amer et plein de désillusions, c'était un gentleman sudiste qui souffrait les affres de la défaite des mains de sauvages incompréhensibles ; et il n'avait guère de temps pour l'instant à consacrer aux contorsions d'un Anglais épuisé qui utilisait sa centrale d'espionnage mourante comme bureau de poste.

Ce fut dans une ambiance de fête que se firent les adieux du groupe opérationnel du Cirque qui partait pour Hong Kong, et le secret qui entourait les dispositions ne fit que l'accentuer. La nouvelle de la réapparition de Jerry déclencha tout. Le contenu de son message précisa les choses et coïncida avec la nouvelle, envoyée par les Cousins, que Drake Ko avait annulé tous ses rendez-vous mondains et professionnels et qu'il s'était retiré entre les murs de sa maison des Sept Portes à Headland Road. Une photographie de Ko, prise au téléobjectif depuis la camionnette de surveillance des Cousins, le montrait en profil perdu, debout dans son grand jardin, tout au bout d'une charmille de rosiers, le regard tourné vers la mer. On ne voyait pas la jonque en ciment, mais il portait son grand béret.

« Comme un Jay Gatsby d'aujourd'hui, mon cher ! s'écria Connie Sachs ravie, tandis qu'ils inspectaient tous le cliché. En train de rêver devant cette foutue lumière au bout de la jetée ou Dieu sait ce qu'a fait ce crétin ! »

Lorsque la camionnette revint par là deux heures plus tard, Ko était dans la même attitude, si bien qu'ils ne se donnèrent pas la peine de reprendre un cliché. Plus significatif encore était le fait que Ko avait cessé d'utiliser le téléphone – ou, tout au moins, les lignes que les Cousins avaient branchées sur table d'écoute.

Sam Collins envoya aussi un rapport, le troisième d'affilée, mais certainement le plus long jusqu'alors. Il arriva comme d'habitude dans une enveloppe spéciale adressée à Smiley personnellement, et comme d'habitude ce dernier n'en discuta le contenu qu'avec Connie Sachs. Et au dernier moment, alors que le petit groupe partait pour l'aéroport de Londres, un message de dernière minute de Martello leur annonça que Tiu était rentré de Chine et se trouvait pour l'instant enfermé avec Ko à Headland Road.

Mais la cérémonie la plus importante, sur le moment et plus tard, parmi les souvenirs de Guillam, la plus troublante aussi, ce fut un petit conseil de guerre tenu dans les bureaux de Martello à l'Annexe et auquel, exceptionnellement, n'assistait pas seulement le quintette habituel de Martello, c'est-à-dire ses deux hommes silencieux, Smiley et Guillam, mais aussi Lacon et Saül Enderby qui, détail significatif, arrivèrent dans la même voiture officielle. Le but de la cérémonie – qui était célébrée sur l'initiative de Smiley –, c'était la remise officielle des clefs. Martello allait maintenant être mis totalement au courant de l'affaire Dauphin, et notamment du lien capital avec Nelson. Il allait être renseigné, avec certaines omissions mineures, qui ne se révélèrent que par la suite, comme devait l'être un associé à part entière de l'entreprise. Comment Lacon et Enderby arrivèrent à s'imposer à cette réunion, Guillam ne le sut jamais tout à fait et Smiley – et c'était bien compréhensible – se montra par la suite bien réticent là-dessus. Enderby déclara tout net qu'il était venu « dans l'intérêt du bon ordre et de la discipline militaire ». Lacon, encore plus que d'habitude, avait l'air absent et dédaigneux. Guillam avait la forte impression qu'ils mijotaient quelque chose, et cette impression fut encore accrue par le jeu qu'il surprit entre Enderby et Martello : pour tout dire, ces amis de fraîche date se montrèrent si réservés l'un envers l'autre qu'ils semblèrent à Guillam deux amants dont on ignore la liaison et qui se retrouvent au petit déjeuner en commun dans une maison de campagne, situation qui lui était bien familière.

C'était l'*échelle* de l'affaire, expliqua Enderby à un certain moment. L'affaire prenait des proportions telles qu'il croyait vraiment qu'il devait y avoir une petite participation officielle. C'étaient les gens du Colonial Office qui avaient insisté, expliqua-t-il à un autre moment. Wilbraham faisait des tas d'histoires avec le Trésor.

« Bon, voilà pour les mauvaises nouvelles », dit Enderby, lorsque Smiley eut terminé son long résumé et que les louanges de Martello eurent failli faire tomber le plafond sur leurs têtes. « Maintenant, premier point, George, quel doigt est sur la détente ? » voulut-il savoir ; et après cela la réunion passa en fait sous le contrôle d'Enderby, comme c'était en général le cas de celles auxquelles il assistait. « Qui donne les ordres quand ça commence à chauffer ? Vous, George ? Encore ? Je veux dire : vous avez admirablement préparé le terrain, je vous l'accorde, mais c'est notre vieil ami Marty qui fournit l'artillerie, n'est-ce pas ? »

Là-dessus, Martello fut pris d'un nouvel accès de surdité, cependant qu'il promenait un regard rayonnant sur tous ces merveilleux et adorables Anglais avec lesquels il avait le privilège d'être associé, et il laissa Enderby continuer à débroussailler le terrain pour lui.

« Marty, comment voyez-vous cela ? » insista Enderby, comme s'il n'en avait vraiment aucune idée, comme s'il n'allait jamais pêcher avec Martello, comme s'il ne donnait jamais de somptueux dîners pour lui, comme s'il ne discutait pas de problèmes ultra-secrets en dehors du bureau.

Guillam, à cet instant, fut visité par une étrange intuition, encore qu'il s'en voulut par la suite d'y avoir attaché si peu d'importance. *Martello savait.* Les révélations à propos de Nelson, que Martello avait fait semblant d'accueillir avec stupéfaction, n'étaient pas du tout des révélations, mais la réaffirmation de renseignements que lui et ses hommes tranquilles possédaient déjà. Guillam lut cela sur leurs visages pâles et figés et dans leurs yeux aux aguets. Il le lut dans l'excès de louanges que prodiguait Martello. *Martello savait.*

« Ah ! théoriquement, c'est à George de jouer, Saül, rappela loyalement Martello à Enderby, en réponse à sa question, mais en hésitant juste assez sur le *théoriquement* pour jeter le doute sur le reste. C'est George qui est sur la passerelle, Saül. Nous ne sommes là que pour alimenter les machines. »

Enderby arbora un froncement de sourcils soucieux et fourra une allumette entre ses dents.

« George, qu'est-ce que vous en dites ? Ça vous va de laisser les choses comme ça ? De laisser Marty piétiner dans l'ombre, nous fournir toute l'infrastructure, les communications, tout le système d'écoute et de surveillance, de laisser tripatouiller à Hong Kong et Dieu sait où ? Alors que c'est vous qui décidez ? Fichtre. Pour moi, ça me fait un peu l'effet de porter la veste de smoking de quelqu'un d'autre. »

Smiley se montra assez ferme, mais au regard de Guillam, un peu trop préoccupé par la question, et pas tout à fait assez par la collusion à peine voilée.

« Pas du tout, dit Smiley. Martello et moi avons un accord clair. C'est nous qui fournissons le fer de lance de l'opération. Si une action de support est nécessaire, Martello la fournira. Le produit est alors partagé. Si l'on pense en termes d'un dividende par rapport à l'investissement américain, il arrive avec le partage du produit. La responsabilité de l'obtenir reste notre problème. » Il termina avec vigueur. « La lettre d'agrément expliquant tout cela est depuis longtemps au dossier, bien sûr. »

Enderby jeta un coup d'œil à Lacon. « Oliver, vous disiez que vous me l'aviez envoyée. Où est-elle ? »

Lacon pencha de côté sa longue tête et arbora un sourire triste qui ne s'adressait à personne en particulier : « A mon avis, Saül, elle se balade du côté de votre Troisième Bureau. »

Enderby essaya une autre tactique. « Et à votre avis à tous les deux, cet accord prévoit tous les détails, n'est-ce pas ? Par exemple, qui s'occupe des planques et tout ça ? Quand il s'agira d'enterrer le corps, vous voyez ce genre de choses ? »

Smiley reprit : « La section des surveillants a déjà loué une villa à la campagne et en prépare l'occupation », dit-il avec énergie.

Enderby ôta l'allumette mouillée d'entre ses dents et la brisa en deux dans le cendrier. « On aurait pu faire ça chez moi, si vous me l'aviez demandé, marmonna-t-il d'un air absent. Ça n'est pas la place qui manque. Il n'y a jamais personne là-bas. Des domestiques. Tout ce qu'il faut. » Mais il revint à son souci premier. « Voyons. Répondez-moi à ceci. Votre homme s'affole. Il nous lâche et prend la fuite dans les petites rues de Hong Kong. Qui joue aux gendarmes et aux voleurs pour le ramener ? »

Ne répondez pas surtout, ne répondez pas ! pensa Guillam avec rage. Il n'a absolument pas le droit de sonder comme ça ! Dites-lui d'aller se faire voir !

La réponse de Smiley, si efficace qu'elle fût, n'avait pas le feu qu'aurait souhaité Guillam.

« Oh ! je suppose qu'on peut toujours bâtir une hypothèse, protesta-t-il avec douceur. Je crois que le mieux qu'on puisse dire, c'est que Martello et moi, à ce stade, mettrions nos idées en commun et agirions pour le mieux.

– George et moi avons d'excellentes relations de travail, Saül, déclara Martello avec générosité. Très bonnes.

– Ce serait plus net, vous voyez, George, reprit Enderby en mâchonnant une nouvelle allumette. Bien plus sûr si c'est une opération entièrement américaine. Si des gens de Marty font une gaffe, tout ce qu'ils ont à faire, c'est présenter leurs excuses au gouverneur, expédier deux types à Walla-Walla et promettre de ne plus jamais recommencer. Voilà. C'est ce qu'on attend d'eux en tout cas. Voilà l'avantage d'avoir mauvaise réputation, pas vrai, Marty ? Personne n'est surpris si vous sautez la femme de chambre.

– Oh ! Saül, dit Martello avec un gros rire devant ce merveilleux sens de l'humour qu'ont les Anglais.

– Tandis que c'est beaucoup plus embêtant si c'est nous les vilains garçons, reprit Enderby. Ou plutôt vous, d'ailleurs. Le gouverneur pourrait vous faire sauter d'une pichenette, au train où vont les choses en ce moment. Wilbraham tempête déjà sur son bureau. »

Mais il est impossible de progresser devant l'obstination discrète de Smiley ; aussi Enderby s'inclina-t-il et ils reprirent leurs discussions à propos de « la viande et les patates », qui était l'amusante formule de Martello pour désigner les modalités des opérations. Mais avant d'en terminer, Enderby fit une dernière tentative pour arracher la première place à Smiley, en choisissant une fois de plus le problème de l'efficacité dans le maniement de la prise et du service après vente.

« George, qui va se charger des interrogatoires et tout ça ? Vous utilisez toujours votre drôle de petit jésuite, celui qui a un nom bizarre ?

– Di Salis sera responsable de l'interrogatoire du côté chinois et notre section de recherches soviétiques du côté russe.

– Vous parlez de cette vieille universitaire infirme, c'est ça, George ? Celle que Bill Haydon avait envoyée se mettre au vert parce qu'elle buvait ?

– Ce sont eux, et eux deux seuls, qui ont amené l'affaire jusqu'à ce point », dit Smiley. Comme il fallait s'y attendre, Martello sauta sur l'occasion.

« Ah ! non, George, je ne veux pas de ça ! Pas du tout, monsieur ! Saül, Oliver, je tiens à ce que vous sachiez que je considère l'affaire Dauphin, dans tous ses aspects, comme un triomphe personnel pour George ici présent, et pour George seul ! »

Après quelques applaudissements pour ce cher vieux George, ils regagnèrent Cambridge Circus.

« C'est une véritable conspiration ! s'exclama Guillam. Pourquoi Enderby vous trahit-il ? Qu'est-ce que c'est que ces foutaises à propos de cette lettre perdue ?

– Oui, dit Smiley, mais d'un ton très lointain. Oui, c'est bien négligent de leur part ; je croyais bien leur avoir envoyé un exemplaire. Sous pli cacheté, par porteur, pour information. Enderby m'avait l'air si vaseux, vous ne trouvez pas ? Voulez-vous vous occuper de ça, Peter, demander aux mémés ? »

La mention de la lettre d'accord – des points d'accord comme disait Lacon – réveilla chez Guillam les pires appréhensions. Il se souvint comment il avait eu la stupidité de laisser Sam Collins en être le porteur et comment, d'après Fawn, il avait passé plus d'une heure enfermé avec Martello sous le prétexte de la lui remettre. Il se rappela aussi Sam Collins, comme il l'avait aperçu dans l'antichambre de Lacon, le mystérieux confident de Lacon et d'Enderby, paressant dans les parages de Whitehall comme une saloperie de chat du Cheshire. Il se souvenait du penchant d'Enderby pour le backgammon, où se jouaient de très fortes sommes, et l'idée le traversa même, tandis qu'il essayait d'éventer le complot, qu'Enderby pourrait bien être un client du club de Sam Collins. Il ne tarda toutefois pas à renoncer à cette idée, qu'il considéra comme trop absurde. Mais par une ironie du sort, elle se révéla être vraie par la suite. Et il se rappela sa fugitive conviction – fondée seulement sur la physionomie des trois Américains et donc aussitôt repoussée – qu'ils savaient déjà ce que Smiley était venu leur annoncer.

Mais Guillam ne chassa pas l'idée que Sam Collins était le fantôme de ce festin matinal. Et comme il s'embarquait dans l'avion de l'aéroport de Londres, épuisé par les longs et énergiques adieux qu'il avait faits à Molly, le même fantôme lui souriait à travers la fumée de l'infernale cigarette brune de Sam.

Le vol fut sans histoire, à une exception près. Ils étaient trois et lorsqu'il s'était agi de réserver les billets, Guillam avait remporté une petite victoire dans la guerre qui ne cessait de l'opposer à Fawn. Malgré l'opposition frénétique de la section des surveillants, Guillam et Smiley voyagèrent en première, cependant que Fawn, le baby-sitter, prit une place au bord de l'allée au premier rang des sièges de la classe touriste, tout près des gardes de sécurité de la compagnie aérienne qui dormirent innocemment pendant presque tout le trajet alors que Fawn boudait. Il n'avait jamais été question, Dieu merci, que Martello et ses hommes tranquilles fissent le voyage avec eux, car Smiley était décidé à ce que cela ne se produisît à aucun prix. En fait, Martello partit vers l'ouest, faisant étape à Langley pour y prendre ses instructions, et continuant par Honolulu et Tokyo afin d'être à pied d'œuvre à Hong Kong pour leur arrivée.

Pour ajouter une note inconsciemment ironique à leur départ, Smiley laissa pour Jerry un long feuillet manuscrit qu'on devait lui remettre dès son arrivée au Cirque, en le félicitant pour l'excellent travail qu'il venait de faire. Le double figure toujours au dossier de Jerry. Personne n'a songé à l'en retirer. Smiley parle de « l'inébranlable loyauté » de Jerry, et du « couronnement de plus de trente ans de service ». Il y joint un message apocryphe d'Ann « qui se joint à moi pour vous souhaiter une aussi brillante carrière comme romancier ». Et il conclut de façon un peu embarrassée en exprimant le sentiment qu'« un des privilèges de notre travail, c'est qu'il donne d'aussi merveilleux collègues. Je dois vous dire que c'est dans ces termes que nous tous vous considérons ».

Certaines gens continuent à demander pourquoi aucune inquiétude ne s'était manifestée au Cirque sur la question de savoir où se trouvait Jerry avant leur départ. Après tout il avait plusieurs jours de retard. On cherche une fois de plus des façons de blâmer Smiley, mais il n'y a la preuve d'aucune faute de la part du Cirque. Pour transmettre le rapport de Jerry depuis la base aérienne du nord-est de la Thaïlande – son dernier –, les Cousins avaient dégagé une ligne par Bangkok qui, de là, était directe pour l'Annexe de Londres. Mais l'arrangement n'était valable que pour un message et une réponse, et aucune suite n'était envisagée. Aussi les ronchonnements, lorsqu'ils se manifestèrent, furent-ils acheminés tout d'abord par Bangkok par le réseau militaire, de là aux Cousins de Hong Kong par leur réseau à eux – puisque Hong Kong, estimait-on, avait un droit de regard absolu sur tout le matériel étiqueté Dauphin – et ce fut seulement alors, avec la marque « routine », que le message fut retransmis par Hong Kong à Londres où il vagabonda dans divers plateaux de courrier en faux bois de rose sans que personne n'en remarquât l'importance. Et il faut reconnaître que le commandant Masters, dans son accablement, n'avait attaché que très peu d'importance à la non-présentation, comme il le dit par la suite, d'une pédale anglaise en déplacement. « SUPPOSE EXPLICATION VOTRE CÔTÉ », conclut son message. Le commandant Masters habite aujourd'hui Norman, dans l'Oklahoma, où il a une petite affaire de réparations automobiles.

La section des surveillants n'avait aucune raison non plus de s'affoler – c'est du moins ce qu'ils plaident encore. Les instructions de Jerry, en arrivant à Bangkok, étaient de se trouver un avion, n'importe quel avion, en utilisant sa carte de crédit-avion pour gagner Londres. On ne mentionnait aucune date, et aucune compagnie. L'essentiel était de tout laisser souple. Fort probablement, il s'était arrêté quelque part pour se détendre un peu. La plupart des agents qui rentrent le font, et Jerry était connu pour sa voracité sexuelle. Ils continuèrent donc à surveiller comme d'habitude les listes des passagers et lui retinrent à tout hasard une place à Sarratt pour le cérémonial de deux semaines de remise en train et de recyclage, puis ils consacrèrent leur attention à la tâche bien plus urgente d'installer la planque du Dauphin. C'était une charmante maison de meunier, très à l'écart, encore que située dans la ville de banlieue de

Maresfield, dans le Sussex, et presque tous les jours on trouvait une raison de descendre là. A part di Salis et une bonne partie de ses archives chinoises, il fallut loger une petite armée d'interprètes et de transcripteurs, sans parler des techniciens, des baby-sitters et d'un médecin parlant chinois. Très vite les résidents vinrent se plaindre à la police de cette invasion de Japonais. Le journal local publia un article racontant qu'il s'agissait d'une troupe de ballets en tournée. Indiscrétion inspirée par la section des surveillants.

Jerry n'avait rien à prendre à l'hôtel, et il n'avait d'ailleurs pas d'hôtel, mais il estima qu'il avait une heure pour filer, peut-être deux. Il était persuadé que les Américains contrôlaient tous les téléphones de la ville et il savait que rien ne serait plus facile pour le commandant Masters, si Londres le demandait, que de faire diffuser le nom et le signalement de Jerry comme ceux d'un déserteur américain voyageant avec un faux passeport. Une fois son taxi sorti de la base, il se fit donc conduire à la lisière sud de la ville, attendit, puis prit un autre taxi qui l'emmena plein nord. Une brume humide s'étendait sur les rizières et la route toute droite s'y enfonçait sans fin. La radio déversait des voix thaïlandaises féminines comme une interminable comptine chantée au ralenti. Ils passèrent devant une base électronique américaine, une installation circulaire large de quatre cents mètres flottant dans la brume et qu'on appelait dans la région la cage aux éléphants. Des aiguilles géantes en marquaient le périmètre et au milieu, entourée de réseaux de câbles tendus, brûlait une unique lumière d'un rouge infernal, comme la promesse d'une guerre future. Il avait entendu dire qu'il y avait douze cents étudiants en langues à l'intérieur, mais il n'y avait pas une âme en vue.

Il avait besoin de temps, et s'accorda plus d'une semaine. Même alors, il lui fallait bien cela pour se mettre en condition, car Jerry, au fond du cœur, était un soldat, et c'étaient ses pieds qui le guidaient. *Au commencement était l'action*, se plaisait à lui dire Smiley, dans ses moments de prêtre déchu, citant un de ses poètes allemands. Pour Jerry, cette simple maxime était devenue un pilier de sa philosophie sans complication. Ce qu'un homme pense le regarde. Ce qui compte, c'est ce qu'il fait.

Atteignant le Mékong au début de la soirée, il choisit un village et passa deux jours à flâner sur la berge, sa musette sur l'épaule et donnant des coups de pied dans des boîtes de Coca-Cola vides. De l'autre côté du fleuve, par-delà les montagnes brunes en forme de fourmilière, se trouvait la piste Hô Chi Minh. Il avait un jour observé une attaque de B-52 de cet endroit même, à cinq kilomètres de là, en Laos central. Il se rappelait comment le sol tremblait sous ses pieds, comment le ciel s'était vidé et incendié, et il avait su, il avait vraiment su pendant un instant ce que c'était que d'être en plein dans la guerre.

Le même soir, pour reprendre sa propre expression, Jerry Westerby fit une bringue à tout casser, à peu près comme les surveillants s'y attendaient, sinon tout à fait dans les circonstances prévues. Dans un bar au bord du fleuve où l'on jouait de bons vieux airs sur un juke-box, il but du scotch (du PX acheté au marché noir) et, soir après soir, sombra dans l'oubli, emmenant une fille riante après l'autre par l'escalier mal éclairé jusqu'à une chambre au papier passé, et finit par rester là à s'endormir sans redescendre. S'éveillant en sursaut, mais la tête claire à l'aube, dans la clameur des coqs et le brouhaha de la circulation sur le fleuve, Jerry se força à penser longtemps et avec générosité à son ami et mentor, George Smiley. Ce fut un acte de volonté qui le poussa à agir ainsi, presque un acte d'obéissance. Il voulait, tout simplement, répéter les articles de sa foi, et sa foi, jusqu'à maintenant, avait été le vieux George. A Sarratt on a une attitude très détachée, très blasée sur les mobiles d'un opérationnel, et aucune patience pour le fanatique aux yeux de braise qui grince des dents en vous disant : « Je déteste le communisme. » S'il le déteste tant que ça, disent-ils, il en est fort probablement déjà amoureux. Ce qu'ils aiment vraiment – et ce que Jerry possédait, ce qu'il était en fait –, c'était le type qui n'avait pas beaucoup de temps pour les foutaises mais qui aimait le service et qui savait – mais Dieu le préserve d'en faire un plat – que c'était nous qui avions raison. *Nous* étant une notion nécessairement flexible, mais pour Jerry ça voulait dire George, et voilà tout.

Ce vieux George. Sensas. Bonjour.

Il le vit comme il préférait se souvenir de lui, la première fois qu'ils s'étaient rencontrés, à Sarratt, peu après la guerre. Jerry était encore un officier subalterne, son temps touchait à sa fin, la menace d'Oxford planait sur lui et il s'ennuyait à mourir. C'était un cours pour les Temporaires de Londres : des gens qui, ayant fait quelques entourloupettes sans être officiellement inscrits sur les rôles du Cirque, étaient entraînés comme réserves auxiliaires. Jerry s'était déjà porté volontaire pour être employé à plein temps, mais le service du personnel du Cirque l'avait refusé, ce qui n'avait pas arrangé son humeur. Aussi, quand Smiley arriva de son pas dandinant dans la baraque chauffée au pétrole où avaient lieu les conférences, avec son gros manteau et ses lunettes, Jerry gémit intérieurement et se prépara à cinquante minutes encore d'ennui solide, sur les bons endroits à chercher pour les boîtes aux lettres, ce qui serait fort probablement suivi d'une sorte de promenade clandestine à travers Rickmansworth en essayant de repérer des troncs creux dans les cimetières. Il y eut un moment comique lorsque le directeur des études essaya d'abaisser le pupitre pour que George pût voir par-dessus. En fin de compte, il se planta à côté d'un air un peu pompeux en déclarant que le sujet qu'il allait traiter cet après-midi était « comment maintenir des lignes de courrier en territoire ennemi ». Peu à peu Jerry s'aperçut qu'il parlait non pas d'après le manuel, mais d'après son expérience, à savoir que ce petit pédant aux airs de hibou, à la voix hésitante, aux façons clignotantes et timides, s'était escrimé trois ans dans quelque maudite petite ville d'Allemagne, à maintenir les fils d'un très respectable réseau, tout en attendant la botte contre le panneau de la porte ou le coup de crosse de pistolet en travers du visage qui l'introduirait aux douceurs de l'interrogatoire.

Une fois la séance terminée, Smiley demanda à le voir. Ils se retrouvèrent dans le coin d'un bar désert, sous des bois de cerf où était accrochée une cible piquée de fléchettes.

« Je regrette que nous n'ayons pas pu vous prendre, dit Smiley. Notre impression, je crois, a été que vous aviez besoin d'un peu plus de temps *dehors* d'abord. » Ce qui était leur façon de dire qu'il n'était pas mûr. Trop tard, Jerry se souvint de Smiley comme l'un des membres muets du conseil de sélection qui l'avait repoussé. « Peut-être que si vous pouviez passer votre examen et faire un peu votre chemin dans un domaine différent, ils changeraient leur façon de penser. Mais ne perdez pas contact, voulez-vous ? »

Après quoi, d'une façon ou d'une autre, le vieux George avait toujours été là. Jamais surpris, ne perdant jamais patience, le vieux George avait, d'une main douce mais ferme, recalibré la vie de Jerry jusqu'à ce qu'elle devînt propriété du Cirque. L'empire de son père s'effondrait : George était là, les mains tendues pour le rattraper. Ses mariages s'effondraient : George veillait toute la nuit avec lui pour lui tenir la tête.

« J'ai toujours été reconnaissant à ce service de m'avoir donné une occasion de payer, avait dit Smiley. Vous n'avez pas cette impression-là ? Je ne crois pas que nous devions avoir peur de... de nous dévouer. C'est un peu vieux jeu de ma part, non ? »

« Vous me montrez le chemin, j'y vais, avait répondu Jerry. Indiquez-moi les coups et je vous les jouerai. »

Il avait encore le temps. Il le savait. Il n'aurait qu'à prendre le train pour Bangkok, sauter dans un avion pour rentrer et le pire qui lui arriverait, ce serait une brève engueulade pour avoir mis sac à terre quelques jours. *Rentrer*, se répéta-t-il. C'était un peu un problème. Rentrer en Toscane et retrouver le vide béant de la colline sans l'orpheline ? Rentrer chez le vieux Trésor, désolé pour la tasse cassée ? Rentrer auprès de ce cher vieux Stubbsie, se voir offrir un poste clé où l'essentiel de ses responsabilités consisterait à garder des articles au frais ? Ou bien rentrer au Cirque : « Nous pensons que c'est à la section financière que vous seriez le plus heureux. » Même – riante perspective – rentrer à Sarratt, un poste de moniteur, se gagner les cœurs et les esprits de nouveaux arrivants pendant qu'il effectuerait chaque jour le périlleux trajet qui le ramènerait à son pavillon de Watford ?

Le troisième ou le quatrième matin, il s'éveilla de très bonne heure. Le jour se levait à peine sur le fleuve, le faisant paraître d'abord rouge, puis orange, et enfin marron. Une famille de buffles pataugeait dans la boue, leurs cloches tintant. Dans le courant, trois sampans formaient un chalut long et compliqué. Il entendit un sifflement, vit un filet s'incurver puis tomber sur l'eau comme la grêle.

Oui, songea-t-il, ça n'est pas par manque d'avenir que je suis ici. C'est par manque de présent.

Rentrer, c'est là où on va quand on ne sait plus où aller, se dit-il. Ce qui me ramène à Lizzie. Un problème qui n'est toujours pas résolu. On le garde au chaud. Allons, l'heure du petit déjeuner.

Assis sur le balcon de teck, mâchonnant ses œufs et son riz, Jerry se rappela George lui annonçant la nouvelle à propos de Haydon. Le bar d'El Vino, dans Fleet Street, un jour de pluie. Jerry n'avait jamais trouvé possible de détester quelqu'un très longtemps, et une fois le premier choc passé, il ne restait vraiment plus grand-chose à dire.

« Bah ! ça ne rime à rien de pleurer sur de vieilles histoires, n'est-ce pas, mon vieux ? On ne peut pas abandonner le navire aux rats. Continuer à servir, et tout le tremblement. »

Smiley était d'accord : parfaitement, il fallait continuer à servir, être reconnaissant d'avoir l'occasion de payer. Jerry avait même trouvé une sorte d'étrange réconfort dans le fait que Bill faisait partie du clan. Il n'avait jamais douté sérieusement, dans ses vagues réflexions, que son pays ne fût dans un état d'irréversible déclin, ni que c'était sa classe qu'on devait rendre responsable de ce gâchis. « C'est nous qui avons fait Bill, estimait-il, il est donc juste que ce soit nous qui supportions le poids de sa trahison. » Que nous payions en fait. Payer. C'était bien ce que disait ce vieux George.

Jerry repartit traîner au bord du fleuve, respirant l'air libre et tiède, cherchant des cailloux plats pour faire des ricochets.

Lizzie, songea-t-il. Lizzie Worthington, petite tête brûlée de banlieue. Elève et souffre-douleur de Ricardo. Pour Charlie Marshall, une grande sœur, une déesse-mère et une putain inaccessible. L'oiseau mis en cage par Drake Ko. Ma compagne de dîner pendant quatre pleines heures. Et pour Sam Collins, pour répéter la question : qu'avait-elle été pour lui ? Pour Mr Mellon, le « négociant britannique douteux » qu'avait connu Charlie dix-huit mois plus tôt, elle était un courrier qui faisait la piste de l'héroïne de Hong Kong. Mais elle était plus que cela. Quelque part en chemin, Sam lui avait fait son grand numéro de séduction en lui racontant qu'elle travaillait pour la reine et pour la patrie. Heureuse nouvelle que Lizzie s'était empressée de partager avec le cercle admiratif de ses amis. A la grande fureur de Sam, et il l'avait laissée tomber sans autre forme de procès. Sam l'avait donc installée comme une sorte de bonne poire. Une héroïne de cape et d'épée à l'essai. Dans une certaine mesure, cette idée amusait beaucoup Jerry, car Sam avait la réputation d'un agent remarquable, alors que Lizzie Worthington pourrait fort bien mériter à Sarratt le titre de Femme-à-ne-jamais-recruter-sous-aucun-prétexte.

Ce qui était moins drôle, c'était la question de savoir ce qu'elle représentait *maintenant* pour Sam. Qu'est-ce qui le faisait rôder dans son ombre comme un meurtrier patient, avec son sinistre sourire en fer ? Cette question préoccupait fort Jerry. Pour dire les choses carrément, il en était obsédé. Il ne voulait absolument pas voir Lizzie faire un nouveau plongeon. Si jamais elle quittait le lit de Ko, ce devait être pour celui de Jerry. Pendant un moment, de temps en temps – depuis qu'il l'avait rencontrée, à vrai dire – il s'était dit que l'air vivifiant de Toscane ferait du bien à Lizzie. Et s'il ne savait pas les comment et les pourquoi de la présence de Sam Collins à Hong Kong, ni même quelles étaient en gros les intentions du Cirque à l'égard de Drake Ko, il avait l'impression – et c'était là le nœud de l'affaire – qu'en partant pour Londres à ce moment, loin d'emmener Lizzie sur son blanc palefroi, Jerry la laissait assise sur une très grosse bombe.

Ce qui lui semblait inacceptable. En d'autres temps, il aurait sans doute été disposé à laisser ce problème aux chouettes, comme il l'avait si souvent fait dans sa vie. Mais ce temps-là était passé. Cette fois, comme il s'en rendait compte maintenant, c'étaient les Cousins qui payaient les violons, et si Jerry n'avait pas de querelle particulière avec les Cousins, leur présence rendait le jeu bien plus rude. Si bien que toutes les vagues notions qu'il avait à propos du sens de l'humanité de George ne s'appliquaient plus. Et puis aussi, il tenait à Lizzie. Il tenait beaucoup à elle. Il n'y avait rien d'imprécis dans ses sentiments. Il avait envie d'elle, avec tous ses défauts. C'était le genre de perdante qui l'attirait, et il l'aimait. Il avait étudié le problème et, après plusieurs jours de réflexion, il en était arrivé à sa solution nette et inaltérable. Il était un peu impressionné, mais très content.

Gerald Westerby, se dit-il, tu étais présent à ta naissance. Tu as assisté à tes différents mariages et à quelques-uns de tes divorces et tu assisteras certainement à tes funérailles. Il serait grand temps, tout bien réfléchi, que tu sois présent à certains autres moments cruciaux de ton histoire.

Il prit un car qui remontait le long du fleuve sur quelques kilomètres, il marcha encore un peu, prit des cyclos, s'assit dans des bars, fit l'amour à des filles, ne pensant qu'à Lizzie. L'auberge où il séjournait était pleine d'enfants et un matin, en s'éveillant, il en trouva deux assis sur son lit, s'émerveillant de l'extraordinaire longueur des jambes du *farang* et riant de la façon dont ses pieds nus dépassaient. Peut-être que je vais tout simplement rester ici, songea-t-il. Mais là, il se berçait d'illusions, car il savait qu'il devait retourner là-bas pour demander à la jeune femme si elle voulait venir ; même si la réponse était une tarte à la crème. Du balcon il lança des avions en papier pour les enfants, et ils battirent des mains, et dansèrent en les regardant s'éloigner en planant.

Il trouva un batelier et, quand le soir vint, traversa le fleuve pour gagner Vientiane, évitant le contrôle de l'immigration. Le lendemain matin, sans plus de formalité, il parvint à s'embarquer à bord d'un DC-8 de Royal Air Laos non prévu, et l'après-midi il était en plein ciel, un délicieux whisky tiède à la main et bavardant gaiement avec deux charmants trafiquants d'opium. Lorsqu'ils atterrirent, la pluie tombait et les vitres du bus de l'aéroport étaient encrassées. Jerry s'en moquait bien. Pour la première fois de sa vie, rentrer à Hong Kong, c'était après tout rentrer chez lui.

Néanmoins, dans le hall de réception, Jerry joua la prudence. Pas de fanfare, se dit-il, surtout pas. Ces quelques jours de repos avaient fait des merveilles sur sa présence d'esprit. Ayant jeté un long regard circulaire, il se dirigea vers les toilettes au lieu des comptoirs d'immigration et resta là jusqu'à l'arrivée d'un gros chargement de touristes japonais, puis se précipita sur eux en leur demandant s'ils parlaient anglais. En ayant choisi quatre, il leur montra sa carte de presse de Hong Kong et, pendant qu'ils faisaient la queue pour faire viser leurs passeports, il les bombarda de questions, leur demandant pourquoi ils étaient ici, ce qu'ils se proposaient de faire, et avec qui, tout en prenant fébrilement des notes sur son bloc avant d'en choisir quatre autres et renouveler l'opération. Cependant, il attendait que les policiers de garde soient relevés. A quatre heures c'est ce qui se passa, et il se dirigea aussitôt vers une porte portant l'inscription « Accès interdit » qu'il avait remarquée auparavant. Il frappa jusqu'à ce qu'on lui ouvrît, passa la porte et s'éloigna.

« Où est-ce que vous allez ? demanda un inspecteur de police écossais, scandalisé.

– Je file au canard, mon vieux. Il faut que je câble ma petite histoire sur nos amis les visiteurs japonais. »

Il exhiba sa carte de presse.

« Alors, passez par les portes de sortie comme tout le monde.

– Ne soyez pas ridicule. J'ai oublié mon passeport. C'est pourquoi votre distingué collègue m'a fait entrer par ici tout à l'heure. »

Sa taille, l'autorité de sa voix, un aspect manifestement britannique, un sourire attendrissant lui acquirent une place cinq minutes plus tard dans un car qui partait vers le centre. Arrivé devant son immeuble, il s'attarda un peu et ne vit personne de suspect, mais c'était la Chine et qui pouvait savoir ? L'ascenseur, comme d'habitude, se vida pour lui. Tout en montant, il fredonnait l'air de l'unique disque de Trompe-la-Mort le Boche en pensant qu'il allait prendre un bain chaud et se changer. Devant sa porte, il eut un moment d'inquiétude en remarquant par terre les petits coins en bois qu'il avait laissés en place, jusqu'au moment où il se souvint de Luke, et il sourit à la perspective de leurs retrouvailles. Il déverrouilla la porte toujours aussi mal protégée et, ce faisant, il entendit un bourdonnement à l'intérieur, un ronronnement monotone, qui aurait pu provenir d'un climatiseur, mais ce n'était pas celui de Trompe-la-Mort : c'était un bruit trop inutile et inefficace. Ce crétin de Luke a laissé le phono tourner, se dit-il, et il est sur le point de bouillir. Puis il se dit encore : je ne suis pas juste avec lui, c'est ce foutu frigo. Enfin, il ouvrit la porte et aperçut le cadavre de Luke affalé par terre avec la moitié de la tête emportée et la moitié des mouches de Hong Kong qui s'acharnaient dessus et autour. Tout ce qu'il put penser à faire, en refermant précipitamment la porte derrière lui et en se fourrant un mouchoir devant la bouche, ce fut de se précipiter dans la cuisine au cas où il y aurait encore quelqu'un là. Revenant dans le studio, il poussa les pieds de Luke et souleva la lame de parquet sous laquelle il avait caché son arme interdite et son nécessaire d'évasion. Avant de vomir, il les fourra dans sa poche.

Bien sûr, pensa-t-il. C'est pour ça que Ricardo était si sûr que le journaliste des courses était mort.

Bienvenue au club, songea-t-il lorsqu'il se retrouva dans la rue, la rage et le chagrin lui martelant les oreilles et les yeux. Nelson Ko est mort, mais il gouverne la Chine. Ricardo est mort, mais Drake Ko dit qu'il peut rester en vie dès l'instant qu'il se cantonne dans l'ombre. Jerry Westerby, le journaliste des courses, est aussi complètement mort, sauf que ce stupide salopard païen d'homme de main, ce salaud de Tiu, a été assez con pour descendre le Nez-Long qu'il ne fallait pas.

19

La pêche à la traîne

L'intérieur du consulat américain à Hong Kong aurait pu être l'intérieur de l'Annexe, jusqu'au faux bois de rose omniprésent, jusqu'à la vague courtoisie, les sièges d'aéroport et le cordial portrait du Président, même si cette fois c'était Ford. Bienvenue à votre nid d'espions habituels, songea Guillam. La partie du bâtiment dans laquelle ils travaillaient s'appelait l'aile d'isolation et avait sa propre porte sur la rue, gardée par deux fusiliers marins. Ils avaient des laissez-passer sous de faux noms – Guillam s'appelait Gordon – et pendant le temps qu'ils passèrent là, sauf au téléphone, ils ne parlèrent jamais à personne à l'intérieur du bâtiment, sauf entre eux. « Ce n'est pas seulement que nous n'avons pas d'existence, messieurs, leur avait dit fièrement Martello en leur donnant les instructions, nous sommes aussi invisibles. » C'est ainsi qu'on allait jouer le jeu, dit-il. Le consul général américain pourrait jurer au gouverneur, sur la Bible, qu'ils n'étaient pas là et que ses collaborateurs n'étaient pas au courant, dit Martello. « Personne n'y verra rien. » Après cela, il passa la main à George parce que : « C'est vous le patron, d'un bout à l'autre. »

Il leur fallut cinq minutes de marche pour gagner le Hilton, où Martello leur avait réservé des chambres. Pour remonter, c'était plus dur, et il leur fallait dix minutes pour arriver à l'immeuble de Lizzie Worth. Ils étaient là depuis cinq jours et maintenant c'était le soir, mais ils auraient aussi bien pu l'ignorer car il n'y avait pas de fenêtre dans la salle des opérations. Au lieu de cela, il y avait des cartes terrestres et maritimes, deux téléphones sur lesquels veillaient les hommes tranquilles de Martello, Murphy et son copain. Martello et Smiley avaient chacun un grand bureau. Guillam, Murphy et son ami partageaient la table avec les téléphones et Fawn, l'air maussade, était assis au milieu d'une rangée de sièges de cinéma, le long du mur du fond, comme un critique qui s'ennuie à une représentation, tantôt se curant les ongles et tantôt bâillant, mais refusant de s'en aller, comme Guillam ne cessait de le lui conseiller. On avait pris contact avec Craw, qui avait reçu l'ordre de ne s'occuper de rien : une disparition totale. Smiley avait peur pour lui depuis la mort de Frost et aurait préféré le voir partir, mais le gaillard ne voulait pas en entendre parler.

Ce fut aussi, pour une fois, l'heure des hommes tranquilles : « Notre dernière conférence détaillée », comme avait dit Martello. « Enfin, si vous êtes d'accord, George. » Le pâle Murphy, vêtu d'une chemise blanche et d'un pantalon bleu, était juché sur l'estrade devant une carte murale, en train de soliloquer en consultant des pages de notes. Les autres, y compris Smiley et Martello, étaient assis à ses pieds et écoutaient, en général sans rien dire. Murphy aurait tout aussi bien pu décrire un aspirateur, et aux yeux de Guillam, cela rendait son monologue d'autant plus hypnotisant. La carte montrait essentiellement la mer, mais tout en haut et sur la gauche se dessinait une bordure dentelée de la côte de la Chine du Sud. Derrière Hong Kong, on apercevait tout juste les faubourgs de Canton sous la baguette qui maintenait la carte en place, et en plein sud de Hong Kong, juste au milieu de la carte, s'étendait le contour vert de ce qui semblait être un nuage divisé en quatre secteurs marqués respectivement A, B, C et D. C'étaient, expliqua Murphy avec respect, les lieux de pêche et la croix au milieu était le point central, monsieur : Murphy ne s'adressait qu'à Martello, que George fût ou non le patron des opérations.

« Monsieur, en nous appuyant sur la dernière fois où Drake est sorti de Chine rouge, et en corrigeant nos estimations pour tenir compte de la situation telle qu'elle existe aujourd'hui, le renseignement de la Marine et nous-mêmes, monsieur...

– Murphy, Murphy, fit Martello avec bonté, détendez-vous un peu, voulez-vous mon ami ? Ce n'est pas une séance d'entraînement, d'accord ? Desserrez votre gaine, voulez-vous, mon garçon ?

– Monsieur. Premier point, le temps, dit Murphy parfaitement insensible à cet appel. Avril et mai sont les mois de transition, monsieur, entre les moussons du nord-est et le début des moussons du sud-est. Les prévisions au jour le jour sont impossibles, monsieur, mais on ne prévoit pas de conditions extrêmes pour le voyage. » Il utilisait une baguette pour montrer la ligne allant de Swatow, vers le sud, jusqu'aux lieux de pêche, puis des lieux de pêche vers le nord-ouest en passant devant Hong Kong et en remontant la rivière des Perles jusqu'à Canton.

« Pas de brouillard ? demanda Martello.

– Le brouillard est traditionnel en cette saison et on prévoit une nébulosité de six à sept oktas, monsieur.

– Voulez-vous me dire ce que c'est qu'un *okta*, Murphy ?

– Un okta désigne un huitième de la surface du ciel couverte, monsieur. Les oktas ont remplacé les dixièmes d'autrefois. Aucun typhon n'a été enregistré en avril depuis plus de cinquante ans et le renseignement de la Marine considère l'éventualité d'un typhon comme peu probable. Les vents sont à l'est, neuf à dix nœuds, mais toute flotte qui se fie au vent doit compter sur des périodes de calme plat et aussi sur des périodes de vents contraires, monsieur. Humidité de l'ordre de 80 pour cent, température de 15 à 24 degrés centigrades. Mer calme avec une petite houle. Les courants autour de Swatow ont tendance à porter vers le nord-est, vers le détroit de Taiwan, à la vitesse d'environ trois milles marins par jour. Mais plus à l'ouest, de ce côté-ci, monsieur...

– Voilà une chose que je sais, Murphy, intervint sèchement Martello. Je sais où est l'ouest, bon sang. » Puis il adressa un sourire à Smiley comme pour dire : « Ces jeunes blancs-becs. »

Murphy était toujours impassible. « Il faut nous préparer à calculer le facteur vitesse et par conséquent la progression de la flotte à tout moment de son voyage, monsieur.

– Bien sûr, bien sûr.

– Il y a aussi la lune, monsieur, continua Murphy. A supposer que la flotte quitte Swatow le soir du vendredi 25 avril, la lune serait pleine depuis trois jours...

– Pourquoi supposons-nous ça, Murphy ?

– C'est parce que c'est le jour où la flotte a quitté Swatow, monsieur. Nous venons d'en recevoir confirmation il y a une heure par le service de renseignement de la Marine. Une colonne de jonques repérée à l'extrémité orientale du lieu de pêche C et dérivant vers l'ouest avec le vent, monsieur. Identification positive de la jonque de tête confirmée. »

Il y eut un silence un peu nerveux. Martello rougit.

« Vous êtes un garçon intelligent, Murphy, fit Martello d'un ton sec, mais vous auriez dû me donner ce renseignement un peu plus tôt.

– Oui, monsieur. A supposer aussi que l'intention de la jonque abritant Nelson Ko soit d'atteindre les eaux de Hong Kong dans la nuit du 4 mai, la lune sera dans son dernier quartier, monsieur. Si nous suivons les précédents jusqu'au bout...

– Nous le faisons, affirma Smiley avec force, l'évasion doit être une répétition exacte du propre voyage de Drake en 1951. »

Une fois de plus, personne ne doutait de lui, remarqua Guillam. Pourquoi donc ? C'était absolument stupéfiant.

« ... Alors notre jonque devrait toucher Po Toi, l'île la plus méridionale, à vingt heures demain, et rejoindre la flotte dans la rivière des Perles à temps pour arriver en rade de Canton entre dix heures trente et douze heures le lendemain, 5 mai, monsieur. »

Pendant que Murphy continuait à ronronner, Guillam ne cessait d'observer Smiley à la dérobée, en se disant, comme cela lui arrivait souvent, qu'il ne le connaissait pas mieux aujourd'hui que lorsqu'il l'avait rencontré pour la première fois aux jours sombres de la guerre froide en Europe. Où s'en allait-il aux heures les plus bizarres ? Rêver à Ann ? A Karla ? Quelles fréquentations avait-il qui le faisaient rentrer à l'hôtel à quatre heures du matin ? Ne me racontez pas que George connaît un second printemps, se dit-il. La nuit dernière, à onze heures, il y avait eu une gueulante de Londres, aussi Guillam était-il venu jusqu'ici pour voir de quoi il s'agissait. Westerby a disparu, disaient-ils. Ils étaient terrifiés à l'idée que Ko l'eût fait assassiner, ou pire encore, enlevé et torturé, et que cela ne fît échouer l'opération. Guillam estimait plus probable que Jerry était planqué avec deux hôtesses de l'air quelque part en route pour Londres, mais avec la priorité qu'avait le message, il n'avait d'autre choix que d'aller réveiller Smiley pour lui en parler. Il l'appela dans sa chambre sans obtenir de réponse. Alors il s'habilla et vint frapper à la porte de Smiley et finit par en être réduit à forcer la serrure, car c'était maintenant à Guillam de s'affoler : il pensait que Smiley était peut-être malade.

Mais la chambre de Smiley était vide, il n'avait pas couché dans son lit, et quand Guillam inspecta ses affaires, il fut fasciné de constater que le vieux routier était allé jusqu'à faire coudre des faux noms sur les rubans de blanchisserie de ses chemises. Toutefois, ce fut tout ce qu'il découvrit. Il s'installa donc dans le fauteuil de Smiley pour sommeiller et ne s'éveilla qu'à quatre heures, lorsqu'il entendit un léger bruit et qu'il ouvrit les yeux pour voir Smiley penché sur lui et le dévisageant à moins de vingt centimètres. Comment était-il entré en faisant si peu de bruit dans la chambre, Dieu seul le savait.

« Gordon ? demanda-t-il doucement. Qu'est-ce que je peux faire pour vous ? » Car ils étaient, bien sûr, en condition opérationnelle, et supposaient que les chambres étaient truffées de micros. Pour la même raison, Guillam ne dit pas un mot mais tendit à Smiley l'enveloppe contenant le message de Connie qu'il lut et relut, avant de le brûler. Guillam fut impressionné de voir combien il prenait la nouvelle au sérieux. Même à cette heure, il insista pour aller droit au consulat et s'en occuper. Aussi Guillam l'accompagna-t-il pour porter les bagages.

– Soirée instructive ? demanda-t-il d'un ton léger tandis qu'ils montaient la courte côte jusqu'au consulat.

– Moi ? Oh ! dans une certaine mesure, je vous remercie, dans une certaine mesure », répondit Smiley jouant son numéro de disparition, et ce fut tout ce que Guillam ou qui que ce soit put lui tirer à propos de ses déambulations nocturnes ou autres. Cependant, sans donner la moindre explication sur sa source, George apportait des renseignements opérationnels d'une telle manière que personne ne posait de questions.

« Ah ! George, nous pouvons compter là-dessus, vraiment ? demanda Martello avec ahurissement, la première fois que cela se produisit.

– Comment ? Oh ! oui, oui, vous le pouvez tout à fait.

– Formidable. Fantastique travail de démarchage, George. Je vous admire », dit Martello avec entrain, après un nouveau silence déconcerté. Depuis ils avaient supporté la chose, ils n'avaient pas le choix. Car personne, pas même Martello, n'osait tout à fait mettre son autorité en doute.

« Combien de jours de pêche ça fait-il, Murphy ? demanda Martello.

– La flotte aura eu sept jours de pêche et on peut espérer qu'elle va regagner Canton les cales pleines, monsieur.

– Ça vous va, George ?

– Oui, oh ! oui, rien à ajouter, merci. »

Martello lui demanda à quelle heure la flotte devrait quitter les lieux de pêche pour que la jonque de Nelson pût arriver à l'heure au rendez-vous du lendemain soir.

« J'ai situé ça demain matin à onze heures, dit Smiley sans lever le nez de ses notes.

– Moi aussi, dit Murphy.

– Dites-moi, Murphy, fit Martello en jetant un nouveau regard respectueux à Smiley, cette jonque solitaire...

– Oui, monsieur, dit Murphy.

– Elle peut s'éloigner du groupe avec une telle facilité ? Quelle serait sa couverture pour entrer dans les eaux de Hong Kong, Murphy ?

– Ça arrive tout le temps, monsieur. Les flottes de jonques de la Chine rouge pratiquent un système de pêche collectif sans mobile de profit, monsieur. En conséquence, vous avez des jonques isolées qui s'éloignent en pleine nuit, tous feux éteints, pour venir vendre leur poisson aux habitants des petites îles.

– Esprit d'entreprise pas mort ! » s'exclama Martello, ravi.

Smiley s'était tourné vers la carte de l'île de Po Toi sur l'autre mur et penchait la tête pour augmenter le grossissement de ses lunettes.

« De quelle taille de jonques parlons-nous ? demanda Martello.

– De longues embarcations de vingt-huit tonneaux, monsieur, équipées pour la pêche à la traîne, requin et congre.

– Drake a-t-il utilisé aussi ce type d'embarcation ?

– Oui, dit Smiley, observant toujours la carte, oui, la même.

– Et elle peut approcher d'aussi près ? A condition que le temps le permette ? »

De nouveau ce fut Smiley qui répondit. Jusqu'à ce jour, Guillam ne l'avait jamais entendu autant parler d'un bateau.

« Ces jonques-là font au moins cinq brasses de tirant d'eau, remarqua-t-il. Elle peut approcher autant qu'elle veut, à condition bien entendu que la mer ne soit pas trop forte. »

De son banc au fond, Fawn lança un grand éclat de rire. Pivotant dans son fauteuil, Guillam lui lança un regard noir. Fawn ricana en secouant la tête, s'émerveillant de l'omniscience de son maître.

« Combien y a-t-il de jonques dans une flotte ? demanda Martello.

– De vingt à trente, dit Smiley.

– Exact, fit docilement Murphy.

– Alors, qu'est-ce que fait Nelson, George ? Il se glisse un peu vers le bord de la meute, et puis il s'écarte ?

– Il restera à la traîne, dit Smiley. Les flottes aiment à se déplacer en colonne. Nelson dira au patron de sa jonque de se poser à l'arrière-garde.

– Qu'il le fasse, Seigneur, murmura Martello sous cape. Murphy, quelles sont les identifications traditionnelles ?

– On ne sait pas grand-chose dans ce domaine-là, monsieur. Les gens des bateaux sont très évasifs là-dessus. Ils n'ont aucun respect pour les règlements maritimes. En pleine mer, ils naviguent tous feux éteints, surtout par crainte des pirates. »

Smiley, de nouveau, n'était plus avec eux. Il avait sombré dans une immobilité totale, et bien que son regard restât fixé sur la grande carte marine, son esprit, Guillam le savait, n'était sûrement pas avec la morne énumération de statistiques énoncées par Murphy. Il n'en était pas de même de Martello.

« Quelle est, en gros, l'importance du cabotage dans cette région, Murphy ?

– Il n'y a ni contrôle ni informations, monsieur.

– Pas de contrôle de quarantaine quand les jonques entrent dans les eaux de Hong Kong, Murphy ? demanda Martello.

– Théoriquement, toutes les embarcations devraient s'arrêter pour se faire contrôler, monsieur.

– Et en pratique, Murphy ?

– Les jonques ont leurs lois à elles, monsieur. Techniquement, les jonques chinoises n'ont pas le droit de naviguer entre l'île Victoria et la pointe de Kowloon, mais la dernière chose que les Angliches veulent, c'est une discussion avec la Chine continentale à propos des droits de passage. Excusez-moi, monsieur.

– Pas du tout, fit Smiley poliment en fixant toujours la carte, Angliches nous sommes et Angliches nous resterons. »

C'est son expression de Karla, décida Guillam. Celle qui lui vient lorsqu'il regarde la photographie. Il l'aperçoit, ça le surprend et pendant un moment il a l'air de l'étudier, d'en examiner les contours, les yeux flous et éteints. Puis cette lumière disparaît peu à peu de son regard, et l'espoir aussi, dirait-on, et on a l'impression qu'il regarde en lui, avec inquiétude.

« Murphy, est-ce que je vous ai entendu parler de feux de navigation ? demanda Smiley, en tournant un peu la tête, mais sans quitter la carte des yeux.

– Oui, monsieur.

– Je pense que la jonque de Nelson doit en avoir trois, reprit Smiley. Deux feux verts à la verticale sur le mât arrière et une lumière rouge à tribord.

– Oui, monsieur. »

Martello essaya de surprendre le regard de Guillam, mais Guillam ne voulait pas jouer.

« Mais elle peut ne pas en avoir, reprit Smiley, comme si une arrière-pensée lui venait. Elle peut très bien naviguer sans aucun feu et donner simplement un signal de très près. »

Murphy reprit la parole. Nouvelle rubrique : les transmissions.

« Monsieur, dans le domaine des transmissions, peu de jonques ont leur propre émetteur mais presque toutes ont leur propre récepteur. De temps en temps, vous trouvez un patron qui achète un walkie-talkie au rabais avec une portée d'environ un mille pour faciliter la traîne, mais ils font ça depuis si longtemps qu'ils n'ont pas beaucoup de raisons de se parler, j'imagine. Ensuite, pour ce qui est de trouver leur route, eh bien, le renseignement de la Marine dit que c'est pratiquement un mystère. Nous tenons de bonne source que beaucoup naviguent avec un compas primitif, une sonde à main, ou même juste un réveil rouillé pour trouver le nord.

– Murphy, comment diable est-ce que ça marche, bon sang ? s'écria Martello.

– Un fil avec une boule de plomb et de la cire. Ils sondent le lit de la mer et ils savent où ils sont d'après ce qui colle à la cire.

– On ne peut vraiment pas dire qu'ils se facilitent la vie », déclara Martello.

Un téléphone sonna. L'autre homme tranquille de Martello prit la communication, écouta, puis posa sa main sur le microphone.

« Le sujet Worth vient de rentrer, monsieur, dit-il à Smiley. Elle a roulé à peu près une heure, maintenant elle a garé sa voiture dans l'immeuble. Mac dit qu'il a l'impression qu'elle se fait couler un bain, alors peut-être qu'elle a l'intention de ressortir plus tard.

– Et elle est seule », dit Smiley, impassible. Mais c'était une question.

« Elle est seule, là-bas, Mac ? » Il eut un gros rire. « Ça ne m'étonne pas de toi, salopard. Oui, monsieur, la dame est toute seule à prendre un bain, et Mac, là-bas, demande quand est-ce qu'on utilisera une caméra vidéo. Est-ce que la dame chante dans le bain, Mac ? » Il raccrocha. « Elle ne chante pas.

– Murphy, revenez à l'opération », fit Martello d'un ton sec.

Smiley dit qu'il aimerait qu'on répète encore une fois les plans d'interception.

« Pourquoi, George ? Je vous en prie ! C'est vous le patron, vous vous rappelez ?

– Peut-être pourrions-nous regarder encore la grande carte de l'île de Po Toi, non ? Et puis Murphy pourrait nous donner des détails, ça ne vous ennuie pas ?

– Mais ça ne m'ennuie pas du tout, George, voyons ! » s'écria Martello, alors Murphy repartit, utilisant cette fois une baguette. « Ici, monsieur, les postes d'observation du renseignement de la Marine... Communication constante dans les deux sens avec la base... Aucune présence dans un rayon de deux milles marins autour de la zone de débarquement... Le renseignement de la Marine doit alerter la base dès l'instant où le bateau de Ko remet le cap pour Hong Kong, monsieur... L'interception sera effectuée par une vedette régulière de la police britannique quand le bateau de Ko entrera en rade... La marine américaine fournira les renseignements et ne sera en alerte qu'en cas de nécessité imprévue de soutien... »

Smiley enregistra chaque détail avec un petit signe de tête.

« Après tout, Marty, fit-il à un moment, une fois que Ko a Nelson à bord, il n'y a aucun autre endroit où il puisse aller, n'est-ce pas ? Po Toi est juste à la limite des eaux territoriales chinoises. C'est nous ou rien. »

Un jour, songea Guillam, tout en continuant à l'écouter, voici ce qui va arriver à George : ou bien il va commencer à s'en fiche, ou bien le paradoxe le tuera. S'il commence à s'en fiche, il va perdre la moitié de ses qualités opérationnelles. S'il continue à s'interroger, cette petite poitrine va exploser sous les efforts qu'il fait pour trouver une justification à ce que nous faisons. Smiley en personne, lors d'une désastreuse conversation officieuse entre collègues, avait donné des noms à son dilemme, et Guillam, non sans quelque embarras, s'en souvenait encore aujourd'hui. *Etre inhumain lorsqu'il s'agit de défendre notre sens de l'humanité*, avait-il dit, *impitoyable dans notre défense de la compassion, inébranlable pour défendre nos inégalités.* Ils étaient tous sortis de là dans un véritable bouillonnement de protestations. Pourquoi George ne se contentait-il pas de faire son travail et de la boucler, au lieu de proclamer sa foi et de la fourbir en public jusqu'au moment où on en voyait les défauts ? Connie lui avait même marmonné un aphorisme russe à l'oreille, qu'elle insistait pour attribuer à Karla.

« Il n'y aura pas de guerre, n'est-ce pas, mon petit Peter ? lui avait-elle dit d'un ton rassurant en lui pressant la main, tandis qu'il l'entraînait dans le couloir. Mais dans la lutte pour la paix, on ne va pas laisser une pierre debout, béni soit le vieux renard ; je parierais qu'on ne l'a pas remercié non plus au Collegium pour ce coup-là. »

Un bruit sourd fit se retourner Guillam. Fawn passait de nouveau d'un fauteuil de cinéma à un autre. En apercevant Guillam, il retroussa les narines dans un ricanement insolent.

« Il a perdu la tête », se dit Guillam en frissonnant.

Fawn aussi, pour d'autres raisons, causait à Guillam de sérieuses inquiétudes. Deux jours auparavant, en compagnie de Guillam, il avait été l'auteur d'un incident répugnant. Smiley, comme d'habitude, était sorti seul. Pour tuer le temps, Guillam avait loué une voiture et emmené Fawn jusqu'à la frontière chinoise, où il avait contemplé les collines mystérieuses avec des grognements méprisants. Sur le chemin du retour, ils attendaient à un feu rouge quelque part dans la campagne, quand un jeune Chinois vint s'arrêter auprès d'eux sur sa Honda. C'était Guillam qui conduisait. Fawn occupait la place du passager. Il avait abaissé sa vitre, ôté sa veste et son bras gauche était posé sur le bord de la portière, ce qui lui permettait d'admirer une montre en plaqué or toute neuve qu'il avait achetée dans une des boutiques du Hilton. Comme ils repartaient, le jeune Chinois eut la malencontreuse idée de plonger pour se saisir de la montre, mais Fawn était bien trop rapide pour lui. Attrapant le garçon par le poignet, il ne le lâcha pas, le faisant traîner le long de la voiture tandis que le malheureux essayait en vain de se libérer. Guillam avait parcouru une cinquantaine de mètres avant de se rendre compte de ce qui se passait et il arrêta aussitôt la voiture : c'était exactement ce qu'attendait Fawn. Il sauta à terre avant que Guillam ait pu le retenir, souleva le jeune Chinois de sa Honda, l'entraîna sur le bas-côté de la route, lui brisa les deux bras, puis regagna la voiture en souriant. Terrifié par la perspective du scandale, Guillam s'éloigna rapidement, laissant le garçon en train de hurler en regardant ses deux bras inertes. Il arriva à Hong Kong décidé à faire immédiatement un rapport à George là-dessus, mais par chance pour Fawn, il s'écoula huit heures avant que Smiley ne refit surface et Guillam estima alors que George en avait assez sur les bras.

Un autre téléphone sonnait, le rouge. Ce fut Martello qui prit la communication. Il écouta un moment puis éclata d'un grand rire.

« Ils l'ont retrouvé, annonça-t-il à Smiley en lui passant l'appareil.

– Trouvé qui ? »

Le combiné était là, entre eux, comme dans un *no man's land*.

« Votre homme, George. Votre Weatherby...

– Westerby, corrigea Murphy, et Martello lui lança un regard venimeux.

– Ils l'ont déniché, dit Martello.

– Où est-il ?

– Vous voulez dire : où *était*-il, George ! Il vient de faire une foire à tout casser dans deux bordels au bord du Mékong. Si nos gens n'exagèrent pas, on n'a pas vu de pareil phénomène depuis l'évasion du bébé éléphant de Barnum en 1949 !

– Et où est-il maintenant, s'il vous plaît ? »

Martello lui tendit le téléphone. « Pourquoi ne vous faites-vous pas lire le message, hein ? Il paraît qu'il a traversé le fleuve. » Il se tourna vers Guillam avec un clin d'œil.

« On me dit qu'il y a deux ou trois bonnes adresses à Vientiane où il pourrait aussi s'amuser », dit-il, et il se remit à rire tandis que Smiley restait patiemment assis, le téléphone à l'oreille.

Jerry choisit un taxi avec deux rétroviseurs extérieurs et s'installa devant. A Kowloon, il loua une voiture à la plus grosse agence de location qu'il put trouver, utilisant le passeport et le permis de conduire de secours parce qu'il se disait que cette fausse identité était plus sûre, ne serait-ce que pour quelques heures. Comme il se dirigeait vers les Midlevels, la nuit tombait, la pluie commençait, et de grands halos entouraient les lampadaires à néon qui éclairaient le flanc de la colline. Il passa devant le consulat des Etats-Unis et deux fois sans s'arrêter devant Star Heights, s'attendant un peu à voir Sam Collins, et la seconde fois il eut la certitude qu'il avait repéré l'appartement de la jeune femme et qu'il y avait de la lumière : une élégante lampe italienne dont la courbe gracieuse traversait la baie vitrée, trois cents dollars d'esbroufe. Il y avait de la lumière aussi derrière le verre dépoli de la salle de bains. La troisième fois qu'il passa, il la vit qui drapait une étole autour de ses épaules, et son instinct ou quelque chose dans le soin qu'elle mettait dans ses gestes lui fit sentir que, une fois de plus, elle s'apprêtait pour sortir, mais cette fois elle était en tenue de combat.

Chaque fois qu'il se permettait de penser à Luke, une ombre voilait son regard, et il s'imaginait en train de faire des choses nobles et inutiles comme téléphoner à la famille de Luke en Californie, ou prévenir le nain au bureau, ou même, Dieu sait pourquoi, le Roc. Plus tard, se dit-il. Plus tard, se promit-il, il pleurerait Luke dans les formes.

Il s'engagea doucement dans l'allée qui menait à l'entrée de l'immeuble jusqu'au moment où il atteignit la rampe descendant au garage : il y avait trois étages et il les explora jusqu'à ce qu'il eût aperçu la Jaguar rouge garée dans un coin, à l'abri derrière une chaîne, pour décourager les voisins négligents de frôler sa peinture immaculée. Elle avait fait poser du faux léopard sur le volant. Elle la bichonnait, sa bagnole. Pourquoi ne pas plutôt se faire faire un gosse ? S'acheter un chien ? Elever des souris ? Pour un rien, il lui aurait enfoncé le capot, mais ce rien avait retenu Jerry plus souvent qu'il n'aimait à se le rappeler. Si elle ne la prend pas, alors c'est qu'il lui envoie sa limousine, se dit-il. Peut-être même avec Tiu en garde du corps. Ou peut-être qu'il va venir lui-même. Ou peut-être qu'elle se pomponne seulement pour le sacrifice quotidien et qu'elle ne sort pas du tout. Il aurait voulu que ce fût dimanche. Il se souvint avoir entendu Craw dire que Drake Ko passait ses dimanches en famille et que le dimanche Lizzie avait quartier libre. Mais on n'était pas dimanche et il n'avait pas non plus le vieux Craw auprès de lui pour lui raconter, sur la foi de Dieu sait quel témoignage, que Ko était parti pour Bangkok ou pour Tombouctou régler quelques affaires.

Heureux de voir la pluie se transformer en brouillard, il remonta la rampe jusqu'à l'allée, et trouva là un étroit épaulement où, s'il serrait bien la barrière, les autres voitures pouvaient se faufiler. Il toucha d'ailleurs la barrière, mais il s'en moquait. D'où il était maintenant, il pouvait suivre les allées et venues des piétons sous l'auvent à rayures et celles des voitures qui rejoignaient ou quittaient la route. Il ne se sentait pas d'humeur à être prudent. Il alluma une cigarette pendant que les limousines passaient auprès de lui dans les deux sens mais aucune n'appartenait à Ko. De temps en temps, une voiture le frôlait et le chauffeur s'arrêtait pour klaxonner ou faire une réflexion, mais Jerry n'en avait cure. Toutes les trois secondes, il jetait un coup d'œil aux rétroviseurs et, une fois, lorsqu'une silhouette grassouillette, qui n'était pas sans rappeler Tiu, passa derrière lui à pas feutrés, il ôta bel et bien le cran de sûreté de son pistolet, mais sans le retirer de la poche de sa veste, avant de s'avouer que l'homme n'avait pas la corpulence de Tiu. Sans doute un type venu encaisser des dettes de jeu auprès des conducteurs de *pak-pai*, se dit-il tandis que l'homme poursuivait son chemin.

Il se souvint être allé avec Luke à Happy Valley. Il se souvint encore être allé avec Luke dans des tas d'endroits.

Il regardait dans le rétroviseur quand la Jaguar rouge déboucha dans un chuintement de pneus de la rampe derrière lui, la capote fermée, pas de passager. La seule chose à laquelle il n'avait pas pensé, c'était qu'elle pouvait prendre l'ascenseur jusqu'au garage et sortir la voiture elle-même au lieu de demander au concierge de la lui amener devant la porte comme l'autre fois. Démarrant à la suite, il aperçut à sa fenêtre les lumières qui étaient restées allumées. Avait-elle laissé quelqu'un là-haut ? Ou bien se proposait-elle de rentrer vite ? Puis il se dit : « Ne te crois pas si malin, elle se fout tout bonnement de la note d'électricité. »

La dernière fois que j'ai parlé à Luke, c'était pour lui dire de me foutre la paix, songea-t-il, et la dernière fois qu'il m'a parlé, c'était pour m'expliquer qu'il m'avait couvert auprès de Stubbsie.

Elle descendait la colline en direction de la ville. Il fonça derrière elle et constata que personne ne le suivait, ce qui ne lui parut pas normal. Mais ce n'était pas non plus une circonstance normale, et l'homme de Sarratt se mourait en lui plus vite qu'il ne s'en rendait compte. Elle roulait vers la partie la plus éclairée de la ville. Jerry se dit qu'il devait encore être amoureux d'elle, encore qu'en ce moment il fût prêt à soupçonner n'importe qui de n'importe quoi. Il la suivait de près, se souvenant qu'elle se servait rarement du rétroviseur. Dans ce brouillard, d'ailleurs, tout ce qu'elle verrait, ce seraient ses phares. Le brouillard s'accrochait par nappes et le port avait l'air d'être en feu, avec les mâts des grues qui faisaient comme des lances d'incendie dans la fumée. A Central Road, elle s'engouffra dans un autre garage souterrain, et il y plongea derrière elle, se garant six places plus loin, mais elle ne le remarqua pas. Elle resta dans la voiture pour refaire son maquillage et il la vit qui se poudrait le menton avec soin pour dissimuler ses cicatrices. Puis elle sortit et entreprit de fermer les portières à clef, rituel bien inutile puisqu'un gosse armé d'une lame de rasoir aurait pu ouvrir la toile de la capote d'un seul mouvement. Elle portait une sorte de cape et une robe longue, toutes deux en soie, et tout en se dirigeant vers l'escalier de pierre en spirale, elle se servit de ses deux mains pour bien relever ses cheveux rassemblés sur sa nuque et coiffés en une queue de cheval qui pendait sur sa cape. Il la suivit jusqu'au hall de l'hôtel et se détourna juste à temps pour éviter de se faire photographier par une horde de journalistes de mode des deux sexes en robes de satin et nœuds papillons.

S'attardant dans la relative sécurité du couloir, Jerry embrassa la scène. C'était une grande réception privée où Lizzie était entrée par le mauvais côté : les autres invités arrivaient par la grande entrée où les Rolls-Royce étaient si nombreuses qu'on ne les remarquait même plus. Une femme aux cheveux gris-bleu présidait, s'agitant en tous sens et parlant un français saturé de gin. Une attachée de presse chinoise très digne, aidée de deux assistantes, accueillait les arrivants et, à mesure que les invités se présentaient, la fille et ses acolytes s'avançaient avec une redoutable cordialité en demandant les noms et parfois les cartes d'invitation avant de consulter une liste et de dire : « Oh ! oui, mais bien sûr. » La femme aux cheveux gris-bleu souriait et marmonnait. Les assistantes tendaient des badges pour les hommes et des orchidées pour les femmes, puis fondaient sur les nouveaux venus.

Lizzie Worthington, impassible, franchit ce barrage. Jerry lui laissa une minute pour prendre du champ, la regarda passer la double porte marquée *soirée* avec une flèche de Cupidon, puis prit place dans la queue. L'attachée de presse était ennuyée par ses chaussures montantes en daim. Son costume n'était déjà pas frais, mais c'étaient les chaussures qui la tracassaient. Dans ses cours de formation, pensait-elle, on lui avait enseigné à attacher une grande importance aux chaussures. Des milliardaires peuvent avoir l'air de clochards à partir des chaussettes, mais une paire de mocassins de chez Gucci, à deux cents dollars, est un passeport qui ouvre toutes les portes. Elle regarda en fronçant les sourcils sa carte de presse, puis sa liste d'invités, puis de nouveau sa carte de presse, encore une fois ses chaussures, et elle jeta un regard à la femme aux cheveux gris-bleu qui ne cessait de sourire et de marmonner. Jerry se dit qu'elle devait être camée jusqu'aux trous de nez. La fille finit par le gratifier de son sourire réservé aux consommateurs marginaux et lui remit un disque en plastique d'un rose fluorescent, grand comme une soucoupe, avec PRESSE en caractères blancs de deux centimètres.

« Ce soir, nous faisons tout le monde beau, monsieur Westerby, dit-elle.

– Vous allez avoir du boulot avec moi, mon petit.

– Vous aimez mon parfum, monsieur Westerby ?

– Sensationnel, fit Jerry.

– Ça s'appelle *Jus de raisin*, monsieur Westerby, cent dollars Hong Kong le petit flacon, mais ce soir la maison Flaubert en distribue des échantillons gratuits à tous nos invités. Madame Montifiori... mais bien sûr ! bienvenue dans la maison Flaubert. Vous aimez mon parfum, madame Montifiori ? »

Une Eurasienne en *cheongsam* tendit un plateau en murmurant : « Flaubert vous souhaite une soirée exotique.

– Merde alors », dit Jerry.

Derrière les doubles portes une seconde force d'accueil était constituée par trois ravissants jeunes gens, expédiés de Paris pour leur charme, et une meute de gardes en civil qui auraient pu former une escorte présidentielle. Il crut un moment qu'ils allaient le fouiller et sut que s'ils essayaient, il allait faire s'écrouler le temple avec lui. Ils dévisagèrent Jerry sans amitié, considérant qu'il devait faire partie du personnel, mais il était blond et ils le laissèrent passer.

« La presse, au troisième rang à partir de l'estrade, dit un hermaphrodite blond en costume de cuir de cow-boy tout en lui tendant un dossier de presse. Vous n'avez pas d'appareil photo, monsieur ?

– Je fais juste les légendes, dit Jerry en pointant un pouce par-dessus son épaule. C'est Spike là-bas qui prend les photos. » Sur quoi il pénétra dans le salon, regardant autour de lui, prodiguant des sourires et faisant de grands gestes à quiconque accrochait son regard.

La pyramide de coupes de champagne avait près de deux mètres de haut, avec des marches en satin noir pour permettre aux serveurs d'aller les prendre. Dans leurs cercueils de glace, les magnums attendaient l'heure de l'inhumation. Il y avait une brouette pleine de homards cuits et un gâteau de mariage en pâté de foie, avec *Maison Flaubert* inscrit en gelée tout en haut. On jouait une musique très spatiale et sur ce fond sonore il y avait même de la conversation, ne serait-ce que le ronronnement ennuyé des gens extrêmement riches. L'estrade s'étendait depuis une haute fenêtre jusqu'au milieu de la pièce. La fenêtre donnait sur la rade, mais le brouillard fragmentait le panorama en morceaux. La climatisation marchait à fond pour permettre aux femmes de garder leurs visons sans transpirer. La plupart des hommes étaient en smoking, mais les jeunes play-boys arboraient des pantalons de gabardine de style new-yorkais, avec chemise noire et chaîne d'or. Les *taipans* britanniques formaient, avec leurs épouses, un cercle abruti par l'alcool comme des officiers qui s'ennuient à une soirée de garnison.

Sentant une main sur son épaule, Jerry pivota vivement, mais il ne trouva en face de lui qu'un petit pédé chinois du nom de Graham, qui travaillait pour une des feuilles à scandales de l'île. Jerry lui avait un jour donné un coup de main pour un article qu'il essayait de vendre à son canard. Des rangées de fauteuils étaient disposées en fer à cheval devant l'estrade, et Lizzie était assise au premier rang, entre Mr Arpego et sa femme ou sa maîtresse. Jerry se souvint les avoir vus à Happy Valley. Ils avaient l'air de chaperonner Lizzie pour la soirée. Les Arpego lui parlaient, mais elle semblait à peine les entendre. Elle était assise, très droite et très belle, elle avait enlevé sa cape, et de l'endroit où Jerry était assis, on aurait pu croire qu'elle était nue à l'exception de son collier de perles et de ses boucles d'oreilles. En tout cas, elle est encore intacte, songea-t-il. Elle n'a pas pourri, ni attrapé le choléra, elle ne s'est pas fait descendre. Il se souvenait de ce duvet blond qui descendait le long de son dos lorsqu'il était planté auprès d'elle ce premier soir dans l'ascenseur. Graham, le pédé, vint s'asseoir près de Jerry et Phoebe Wayfarer une place plus loin. Il ne la connaissait que vaguement, mais il la gratifia d'un salut chaleureux.

« Ça alors. Sensas. Phoebe. Vous avez l'air en pleine forme. Vous devriez être là-haut sur l'estrade à exhiber un peu de jambe. »

Elle lui parut un peu éméchée et peut-être eut-elle la même impression en le voyant, et pourtant il n'avait rien bu depuis qu'il avait quitté l'avion. Il prit un bloc et se mit à écrire, jouant le journaliste, essayant de se dominer. Doucement, doucement. N'effraie pas le gibier. Lorsqu'il lut ce qu'il avait écrit, il vit les mots « Lizzie Worthington » et rien d'autre. Graham-le-Chinois lut aussi et se mit à rire.

« Ma nouvelle signature », dit Jerry, et ils éclatèrent de rire tous les deux, trop fort, si bien que les gens devant se retournèrent au moment où les lumières commençaient à baisser. Mais pas Lizzie, bien qu'il pensât qu'elle aurait pu reconnaître sa voix.

Derrière, on fermait les portes et comme l'éclairage baissait, Jerry avait grande envie de s'endormir dans ce fauteuil confortable et accueillant. La musique spatiale cessa et céda la place au rythme martelé sur un tambour de brousse avec accompagnement de cymbales. Il ne resta plus qu'un lustre allumé au-dessus de l'estrade plongée dans l'obscurité, qui faisait pendant aux taches de lumière de la rade qu'on apercevait par la fenêtre, derrière. Des haut-parleurs disposés partout, le tam-tam s'éleva en un lent crescendo. Cela dura longtemps, rien que du tambour, très bien joué, très insistant, jusqu'à ce que peu à peu des silhouettes humaines vinssent se découper sur le panorama du port. Les battements de tambour s'arrêtèrent. Dans un silence inquiet, deux filles noires s'avancèrent sur l'estrade, flanc contre flanc, n'ayant pour tous vêtements que des bijoux. Elles avaient le crâne rasé et portaient des boucles d'oreilles rondes en ivoire et des colliers de diamants comme les anneaux de fer des esclaves africaines. Leurs membres huilés étincelaient de constellations de diamants, de perles et de rubis. Elles étaient grandes, belles et souples, tout à fait inattendues, et un moment elles lancèrent sur toute l'assistance le sortilège de l'absolue sexualité. Les tambours reprirent, plus fort, des projecteurs balayaient leurs jambes et leurs bras noirs. Elles semblaient émerger, en ondulant, des brumes de la rade et s'avançaient vers les spectateurs avec la fureur d'un asservissement sensuel. Puis elles firent demi-tour et s'éloignèrent à pas lents, dans le balancement dédaigneux et provocant de leurs hanches. Les lumières revinrent, il y eut un tonnerre d'applaudissements nerveux suivis de rires et de bruits de verres. Tout le monde parlait à la fois, et Jerry le plus fort : à miss Lizzie Worthington, la célèbre beauté aristocratique, dont la mère ne savait même pas faire cuire un œuf, et aux Arpego qui possédaient Manille et une ou deux petites îles, comme le lui avait assuré un jour le capitaine Grant, du Jockey Club. Jerry tenait son carnet comme un maître d'hôtel attendant la commande.

« Lizzie Worthington, ça alors ! Tout Hong Kong est à vos pieds, madame, si je puis dire. Mon journal fait un article exclusif sur cette réception, miss Worth ou Worthington, et nous espérons parler longuement de vous, de vos toilettes, de votre vie fascinante et de vos amis plus fascinants encore. Mes photographes amènent l'arrière-garde. » Il s'inclina devant les Arpego. « Bonsoir, madame. Monsieur. Fiers de vous avoir parmi nous, je puis le dire. C'est votre première visite à Hong Kong ? »

Il faisait son numéro de chien fou, de boute-en-train de la soirée. Un serveur apporta du champagne et il insista pour leur passer les coupes plutôt que de les laisser les prendre sur le plateau. Les Arpego étaient fort amusés par son numéro. Craw disait que c'étaient des canailles. Lizzie le dévisageait et il y avait quelque chose dans son regard qu'il n'arrivait pas à interpréter, quelque chose de réel et d'horrifié, comme si c'était elle, et pas Jerry, qui avait ouvert la porte pour découvrir Luke.

« Mr Westerby a déjà fait un article sur moi, me semble-t-il, fit-elle. Mais je ne crois pas qu'il ait jamais été publié, n'est-ce pas, monsieur Westerby ?

– Pour quel journal travaillez-vous ? » interrogea soudain Arpego. Il ne souriait plus. Il avait l'air dangereux et féroce, et de toute évidence elle venait de lui rappeler quelque chose dont il avait entendu parler et qui ne lui avait pas plu. Quelque chose que Tiu lui avait mentionné, par exemple.

Jerry le lui dit.

« Alors, allez travailler pour eux. Laissez cette dame tranquille. Elle n'accorde pas d'interview. Vous avez du travail à faire, allez travailler ailleurs. Vous n'êtes pas venu ici pour vous amuser. Allez donc gagner votre argent.

– Alors, deux questions, rien que pour vous, monsieur Arpego. Juste avant que je parte. Comment puis-je vous décrire, monsieur ? Comme un grossier milliardaire philippin ? Ou seulement comme un demi-milliardaire ?

– Seigneur », murmura Lizzie. Et bien heureusement les lumières s'éteignirent de nouveau, le tambour reprit, chacun regagna son coin, et une voix de femme avec un accent français se lança dans un suave commentaire retransmis par les haut-parleurs. Au bout de l'estrade, les deux Noires ondulaient en des danses insinuantes. Lorsque le premier mannequin apparut, Jerry vit Lizzie se lever devant lui, remettre sa cape sur ses épaules et s'éloigner vite mais sans bruit vers la porte, tête baissée. Jerry lui emboîta le pas. Dans le hall, elle esquissa le geste de se retourner et l'idée lui traversa l'esprit qu'elle s'attendait à le voir. Son impression n'avait pas changé et elle reflétait l'humeur de Jerry. Elle avait un air obsédé, las, et tout à fait désemparé.

« Lizzie ! » cria-t-il comme s'il venait d'apercevoir une vieille amie, et il la rattrapa en courant avant qu'elle eût pu atteindre la porte des toilettes. « Lizzie ! Mon Dieu ! Ça fait une éternité ! Sensas ! »

Deux gardes le regardèrent vaguement l'envelopper dans ses bras pour des embrassades de retrouvailles. Il avait glissé sa main gauche sous la cape qu'elle portait et, tout en penchant sur le sien son visage rieur, il appuya le petit revolver contre la chair nue de son dos, le canon juste au-dessous de la nuque, et ce fut ainsi, lié à elle comme par une vieille affection, qu'il l'entraîna jusque dans la rue, sans cesser de bavarder avec entrain, et qu'il héla un taxi. Il aurait préféré ne pas avoir à la brusquer. C'est comme ça, se dit-il. Tu reviens lui dire que tu l'aimes et tu te retrouves en train de la faire marcher avec le canon d'un revolver dans le dos. Elle frissonnait et elle était furieuse, mais il ne pensait pas qu'elle avait peur ; il ne pensait même pas qu'elle regrettait de quitter cette horrible soirée.

« Il ne me manquait plus que ça, dit-elle comme ils remontaient la colline dans le brouillard. C'est parfait. Vraiment parfait. »

Elle avait un parfum qu'il ne connaissait pas, mais il trouva que c'était tout de même mieux que le *Jus de raisin*.

Guillam ne s'ennuyait pas à proprement parler, mais ses facultés d'attention n'étaient pas sans limite, comme cela semblait être le cas pour George. Lorsqu'il ne se demandait pas ce que pouvait bien fabriquer Jerry Westerby, il se perdait en rêveries érotiques autour de Molly Meakin, ou alors il se rappelait le jeune Chinois avec ses bras à l'envers, gémissant comme un lièvre touché derrière la voiture qui s'éloignait. Murphy avait maintenant choisi pour thème l'île de Po Toi, et il ne tarissait pas.

« Volcanique, monsieur, dit-il.

« La roche la plus dure de toutes les formations géologiques de Hong Kong, monsieur.

« Et la plus septentrionale des îles, dit-il, juste à la limite des eaux territoriales chinoises.

« Deux cent quarante-cinq mètres d'altitude, monsieur, les pêcheurs l'utilisent comme point de repère de très loin au large, monsieur. »

Il ne s'agissait pas en fait d'une seule île, mais d'un groupe de six îles, les cinq autres étant désolées, sans arbres et inhabitées.

« Un beau temple, monsieur. Très ancien. Superbes sculptures sur bois, mais très peu d'eau potable.

– Bon Dieu, Murphy, nous n'achetons pas cette saleté d'île, non ? » lança Martello. Au seuil de l'action et si loin de Londres, Martello avait perdu pas mal de son éclat, observa Guillam, et tout ce qu'il pouvait avoir de britannique. Ses costumes tropicaux étaient plus américains que nature, et il avait besoin de parler à des gens, de préférence à ses gens. Guillam avait le sentiment que même Londres, pour lui, c'était l'aventure, et que Hong Kong était déjà territoire ennemi. Alors que Smiley réagissait tout autrement à la tension : il se renfermait en lui-même et devenait d'une politesse rigide.

« Po Toi proprement dit a une population en voie de diminution de cent quatre-vingts fermiers et pêcheurs, pour la plupart communistes, répartis en trois villages actifs et trois morts, monsieur », poursuivit Murphy. Il continuait du même ton monocorde. Smiley l'écoutait toujours avec attention, mais Martello gribouillait avec impatience sur son bloc.

« Et demain, monsieur, dit Murphy, demain, c'est la nuit de la fête annuelle de Po Toi, en hommage à Tin Hau, la déesse de la mer, monsieur. »

Martello interrompit ses griffonnages. « Ces gens croient vraiment à ces foutaises ?

– Chacun a le droit d'avoir sa religion, monsieur.

– On vous apprend ça au stage de formation aussi, Murphy ? » Martello reprit ses gribouillages.

Il y eut un silence embarrassé, puis Murphy reprit vaillamment sa baguette et en posa la pointe sur le bord sud de la côte de l'île.

« Cette fête de Tin Hau, monsieur, se concentre sur l'unique rade, juste ici à l'extrémité de Mr Smiley, monsieur, l'opération de débarquement de Ko devrait avoir lieu *ici*, loin de la baie principale, dans une petite crique du côté est de l'île qui n'a aucune habitation, aucun accès naturel à la mer, et à un moment où la fête de l'île fera diversion... »

Guillam n'avait pas entendu la sonnerie. Il entendit seulement la voix de l'autre homme tranquille de Martello qui répondait : « Oui, Mac », puis le grincement de son fauteuil lorsqu'il se redressa en regardant Smiley. « Bon, Mac. Bien sûr. Tout de suite. Ne quitte pas. Il est auprès de moi. Attends. »

Smiley était déjà debout à côté de lui, tendant la main pour prendre le combiné. Martello observait Smiley. Sur l'estrade, Murphy, le dos tourné, donnait d'autres renseignements sur Po Toi, sans s'apercevoir de cette interruption.

« Cette île est généralement connue des marins sous le nom de rocher du Fantôme, monsieur, expliqua-t-il de la même voix monocorde. Mais personne n'a l'air de savoir pourquoi. »

Smiley écouta quelques instants, puis raccrocha.

« Merci, Murphy, dit-il avec courtoisie. C'était très intéressant. »

Il resta un moment parfaitement immobile, les doigts posés sur sa lèvre supérieure, dans une attitude méditative qui évoquait irrésistiblement Mr Pickwick. « Oui, répéta-t-il. Très. »

Il alla jusqu'à la porte, puis s'arrêta encore.

« Pardonnez-moi, Marty, il faut que je vous quitte un moment. Pas plus d'une heure ou deux, je pense. De toute façon, je vous téléphonerai. »

Il posa la main sur la poignée de la porte puis se tourna vers Guillam.

« Peter, je crois que vous feriez mieux de venir aussi, si ça ne vous ennuie pas. Il se peut que nous ayons besoin d'une voiture et vous semblez admirablement impassible dans la circulation de Hong Kong. Est-ce que je n'ai pas vu Fawn quelque part ? Ah ! vous voilà. »

Sur Headland Road, les fleurs avaient un éclat un peu feutré, comme des fougères apprêtées pour Noël. Le trottoir était étroit et guère utilisé sauf par les *amahs* pour faire marcher les enfants, ce qu'elles faisaient sans leur adresser la parole, comme si elles promenaient des chiens. La camionnette de surveillance des Cousins était un vieux camion Mercedes sans aucun signe particulier, l'air un peu délabré, avec de la poussière sur les ailes et les lettres SERV. DE CONSTR. DE H. K. peintes sur un côté. Une vieille antenne ornée de banderoles chinoises et de serpentins pendait au-dessus de la cabine et, comme le camion poursuivait tristement son chemin devant la résidence de Ko – pour la seconde, ou était-ce pour la quatrième fois ce matin-là ? –, personne n'y prêta attention. A Headland Road, comme partout à Hong Kong, il y a toujours un chantier de construction quelque part.

Allongés à l'intérieur du véhicule, sur des couchettes recouvertes de moleskine aménagées à cet effet, les deux hommes observaient avec attention au milieu d'une forêt de téléobjectifs, d'appareils photo et d'installations de radiotéléphone. Pour eux aussi, passer devant les Sept Piliers, ça devenait un peu une routine.

« Toujours pareil ? dit le premier.

– Toujours pareil, confirma le second.

– Toujours pareil », répéta le premier dans le radiotéléphone, et il entendit la voix rassurante de Murphy qui accusait réception du message.

« Peut-être que ce sont des mannequins de cire, dit le premier, observant toujours. Peut-être qu'on devrait aller les asticoter pour voir s'ils gueulent.

– Peut-être bien », fit le second.

Dans toute leur vie professionnelle, ils en convinrent, ils n'avaient jamais rien suivi d'aussi immobile. Ko était planté là où il se tenait toujours, au bout de la charmille de rosiers, il leur tournait le dos et il contemplait la mer. Sa petite épouse était assise un peu à l'écart, vêtue comme toujours de noir, sur une chaise de jardin blanche, et elle avait l'air de dévisager son mari. Tiu était le seul à bouger. Lui aussi était assis, mais à côté de Ko, et il mâchonnait ce qui semblait être un beignet.

Parvenu à la rue principale, le camion continua lourdement vers Stanley, poursuivant pour les besoins de la couverture sa reconnaissance fictive de la région.

20

L'AMANT DE LIESE

Elle avait un grand appartement où se côtoyaient des styles contradictoires : un mélange de hall d'aéroport, de bureau directorial et de boudoir de pute. Le plafond du salon était incliné au point d'en être de guingois, comme la nef d'une église en train de s'affaisser. Il y avait des changements de niveau incessants, la moquette était drue comme de l'herbe et on y laissait en marchant des traces de pas brillantes. Les énormes baies vitrées donnaient sur des panoramas sans limites mais bien esseulés, et lorsqu'elle ferma les volets et tira les rideaux, ils se trouvèrent soudain tous les deux dans un pavillon de banlieue sans jardin. L'*amah* avait regagné sa chambre derrière la cuisine, et lorsqu'elle apparut, Lizzie la renvoya là-bas. Elle sortit en sifflant comme un serpent, l'air mauvais. « Attends un peu que je le dise au maître », disait-elle.

Il mit la chaîne de sûreté à la porte du palier et après cela, il l'emmena avec lui, la guidant de pièce en pièce, la faisant marcher un peu devant lui sur la gauche, ouvrir les portes pour lui, même celles des placards. La chambre à coucher était un décor de télévision pour femme fatale, avec lit rond et capitonné et baignoire circulaire creusée dans le sol, derrière un grillage mauresque. Il chercha dans les tables de nuit un pistolet car, bien que Hong Kong ne soit pas particulièrement une ville où on se promène avec un arsenal, les gens qui ont vécu en Indochine ont en général quelque chose. Son vestiaire donnait l'impression qu'elle avait dévalisé par téléphone une des élégantes boutiques de décoration scandinaves de Central Road. La salle à manger n'était que verre fumé, chrome poli et cuir, avec de faux ancêtres à la Gainsborough qui contemplaient d'un air gâteux les sièges vides, toutes ces charmantes grands-mères incapables de faire cuire un œuf, songea-t-il. Des marches recouvertes de peau de tigre noir menaient au bureau de Ko et là, Jerry s'attarda un moment pour regarder, fasciné malgré lui, reconnaissant le personnage à chaque détail, et conscient d'une certaine parenté avec le vieux Sambo. Le bureau gigantesque, avec les pieds griffes galbés, toute une coutellerie présidentielle. Les encriers, le coupe-papier dans sa gaine, les ciseaux, les ouvrages de référence intacts, ceux-là même que le vieux Sambo traînait avec lui : le Simons sur la fiscalité, le Charlesworth sur la législation des sociétés. Les attestations encadrées accrochées au mur. La citation à l'ordre de l'Empire britannique commençant par « Elizabeth II par la Grâce de Dieu... ». La médaille elle-même, embaumée dans du satin, comme les armes d'un chevalier défunt. Une photographie de groupe montrant de vieux Chinois sur les marches d'un temple. Des chevaux de course victorieux. Lizzie le regardant en riant. Lizzie en maillot de bain, absolument sensationnelle. Lizzie à Paris. Il ouvrit avec précaution les tiroirs et découvrit le papier à lettres gravé d'une douzaine de sociétés différentes. Dans les armoires, des dossiers vides, une machine à écrire électrique IBM sans son cordon, un carnet d'adresses vierge. Lizzie nue jusqu'à la taille qui lui jetait un coup d'œil par-dessus son interminable dos. Lizzie, Dieu lui pardonne, en robe de mariée, tenant un bouquet de gardénias. Ko avait dû l'envoyer chez un photographe pour celle-là.

Mais pas de photo de sacs de toile pleins d'opium.

Le sanctuaire du grand patron, songea Jerry, planté là. Le vieux Sambo en avait plusieurs : des filles à qui il avait donné des appartements, une avait même une maison, et qui pourtant ne le voyaient que quelques fois par an. Mais toujours cette pièce secrète, particulière, avec le bureau et les téléphones inutilisés, les blocs de mémos, un coin creusé dans la vie de quelqu'un d'autre, un abri pour fuir ses autres abris.

« Où est-il ? demanda Jerry, en repensant à Luke.

– Drake ?

– Non, le Père Noël.
– Dites-le-moi. »
Il la suivit dans la chambre.
Elle ôtait ses boucles d'oreilles, les laissant tomber dans un coffret à bijoux. Puis sa broche, son collier et ses bracelets :
« Il me téléphone de là où il est, de jour comme de nuit, ça nous est égal. C'est la première fois qu'il s'isole comme ça.
– Vous pouvez l'appeler ?
– Quand ça me chante, riposta-t-elle d'un ton sarcastique. Bien sûr que je peux. L'épouse numéro un et moi, on s'entend admirablement. Vous ne saviez pas ?
– Et au bureau ?
– Il ne va pas au bureau.
– Et Tiu ?
– Merde pour Tiu.
– Pourquoi ?
– Parce que c'est un salaud, lança-t-elle en ouvrant un placard.
– Il pourrait transmettre des messages pour vous.
– S'il en avait envie, ce qui n'est pas le cas.
– Pourquoi donc ?
– Comment voulez-vous que je le sache ? » Elle prit un pull-over et des jeans qu'elle jeta sur le lit. « Parce qu'il ne m'aime pas. Parce qu'il se méfie de moi. Parce qu'il n'aime pas les Nez-Longs qui tournent autour du grand patron. Maintenant sortez, que je me change. »
Il repartit donc dans le vestiaire, lui tournant le dos, tandis que lui parvenaient des froissements de soie courant sur de la peau.
« J'ai vu Ricardo, dit-il. Nous avons eu un cordial échange de vues. »
Il avait grand besoin de savoir s'ils l'avaient prévenue Il avait besoin de l'absoudre de la mort de Luke. Il écouta, puis reprit :
« Charlie Marshall m'avait donné son adresse, alors je suis passé et j'ai bavardé avec lui.

– Parfait, dit-elle. Comme ça, vous faites partie de la famille maintenant.

– Ils m'ont parlé de Mellon. Ils m'ont dit que vous transportiez de la came pour lui. »

Comme elle ne disait rien, il se retourna pour la regarder : elle était assise sur le lit, la tête dans ses mains. Avec ses jeans et son pull-over, elle paraissait seize ans et quinze centimètres de moins.

« Qu'est-ce que vous voulez, bon Dieu ? murmura-t-elle enfin, si doucement qu'elle avait l'air de se poser la question à elle-même.

– Vous, dit-il. Pour de bon. »

Il ne savait pas si elle avait entendu, car elle se contenta de pousser un long soupir en murmurant « Oh ! Seigneur » juste après.

« Mellon, c'est un de vos amis ? finit-elle par demander.

– Non.

– Dommage, il lui faudrait un ami comme vous.

– Est-ce qu'Arpego sait où est Ko ? »

Elle haussa les épaules.

« Alors quand avez-vous eu pour la dernière fois de ses nouvelles ?

– Il y a une semaine.

– Qu'est-ce qu'il a dit ?

– Qu'il avait des arrangements à prendre.

– Quels arrangements ?

– Bon sang, cessez de poser des questions ! Tout le monde pose des questions, alors n'allez pas vous mettre dans la queue, vous voulez ? »

Il la dévisagea, et elle avait les yeux qui brillaient de colère et de désespoir. Il ouvrit la porte-fenêtre et sortit sur le balcon.

Il me faudrait des instructions, se dit-il avec amertume. Vous, les montreurs d'ours de Sarratt, où êtes-vous donc, maintenant que j'ai besoin de vous ? L'idée ne lui était pas venue jusqu'alors qu'en coupant le câble, il laissait aussi tomber le pilote.

Le balcon courait sur trois côtés. Le brouillard s'était momentanément dissipé. Derrière lui se dressait le Pic, ses pentes festonnées de lumières dorées. Des bancs de nuages qui couraient dans le ciel formaient des cavernes changeantes autour de la lune. La rade était sur son trente et un. En son centre un porte-avions américain, tout illuminé et décoré, se pavanait comme une femme choyée au milieu d'un cour de petites embarcations. Sur son pont, une rangée d'hélicoptères et de petits chasseurs lui rappelèrent la base de Thaïlande. Une colonne de jonques de haute mer passa devant, en route pour Canton.

« Jerry ? »

Elle était plantée sur le pas de la porte, à le regarder au bout d'une rangée d'arbres en caisse.

« Venez. J'ai faim », dit-elle.

C'était une cuisine où personne ne cuisinait ni ne mangeait, mais elle avait un coin bavarois avec des bancs de pin, des gravures alpestres et des cendriers sur lesquels on lisait *Lowenbraü.* Elle lui versa du café qui attendait au chaud et il remarqua, lorsqu'elle était sur ses gardes, comment elle se tenait les épaules en avant et les bras croisés devant elle, comme l'orpheline. Elle frissonnait. Il se dit qu'elle devait frissonner depuis qu'il avait posé le pistolet contre sa nuque et il regretta d'avoir fait ça, parce qu'il commençait à se rendre compte qu'elle était en aussi piètre état que lui et peut-être même pire, et qu'entre eux, c'était comme deux personnes après une catastrophe, chacun était enfermé dans son petit enfer à lui. Il lui prépara un cognac soda, la même chose pour lui, et il la fit s'asseoir dans le salon où il faisait plus chaud. Puis la regarda boire son cognac, pelotonnée sur elle-même en fixant la moquette.

« Musique ? » demanda-t-il.

Elle secoua la tête.

« Je ne représente que moi-même, annonça-t-il. Aucun lien avec une autre firme. »

Elle aurait aussi bien pu ne pas avoir entendu.

« Je suis libre et bien disposé, dit-il. C'est simplement qu'un de mes amis vient de mourir. »

Il la vit acquiescer de la tête, mais seulement par compassion. Il était sûr que ça ne lui évoquait absolument rien.

« Cette histoire Ko, c'est en train de très mal tourner, dit-il. Ça va mal se terminer. Ce ne sont pas des enfants de chœur, vos petits camarades. Ko compris. Si on regarde les choses un peu froidement, c'est un ennemi public de première grandeur. J'ai pensé que vous aimeriez peut-être vous tirer de là. C'est pour ça que je suis revenu. Pour jouer les Galahad. Seulement je ne sais pas très bien ce qui se mijote autour de vous. Mellon et tout ça. Peut-être que nous devrions déballer tout ça ensemble et voir de quoi il s'agit. »

Après cette explication qui manquait peut-être un peu de clarté, le téléphone sonna. Il était muni d'une de ces sonneries étouffées conçues pour vous épargner les nerfs.

L'appareil était à l'autre bout de la pièce, sur une table roulante dorée. Une petite lumière clignotait sur le socle à chaque note assourdie et les étagères en verre la reflétaient. Elle jeta un coup d'œil au téléphone, puis à Jerry et l'espoir aussitôt éclaira son visage. Se levant d'un bond, Jerry poussa la table vers elle, les roues peinant dans l'épaisseur de la moquette. Le cordon se déroula derrière lui à mesure qu'il avançait, jusqu'à ce qu'on eût dit un gribouillage d'enfant à travers la pièce. Elle décrocha le combiné avec précipitation et dit « Worth » de ce ton un peu agressif que les femmes prennent lorsqu'elles vivent seules. Il songea à lui dire que la ligne était sur table d'écoute, mais il ne savait pas contre quoi la mettre en garde : il n'avait plus de position, ni ce camp-ci ni ce camp-là. Il ne savait pas ce qu'ils représentaient, mais tout d'un coup il avait de nouveau la tête pleine de Luke, et le chasseur en lui était sur ses gardes.

Elle avait le combiné à l'oreille, mais elle n'avait encore rien ajouté. Une fois elle dit « Oui » comme si elle enregistrait des instructions, et une fois elle dit « Non » avec vigueur. Son expression était impassible, sa voix ne livrait rien à Jerry. Mais il sentait la docilité, la dissimulation et alors la colère s'alluma en lui, avec violence, et plus rien d'autre ne compta.

« Non, dit-elle dans l'appareil. J'ai quitté la soirée de bonne heure. » Il s'agenouilla auprès d'elle, en s'efforçant d'écouter, mais elle pressait le combiné contre son oreille.

Pourquoi ne lui demandait-elle pas où il était ? Pourquoi ne demandait-elle pas quand elle allait le voir ? S'il allait bien ? Pourquoi n'avait-il pas appelé ? Pourquoi regardait-elle Jerry de cette façon-là, sans manifester aucun soulagement ?

Posant une main sur sa joue, il l'obligea à tourner la tête et lui chuchota dans l'autre oreille :

« Dites-lui que vous devez absolument le voir ! Que vous allez le rejoindre. *N'importe où.*

– Oui, répéta-t-elle dans le téléphone. Très bien. Oui.

– Dites-lui ! Dites-lui que vous devez le voir !

– Il faut que je te voie, finit-elle par dire. J'irai te retrouver où tu veux. »

Elle tenait toujours l'appareil. Elle haussa les épaules, pour réclamer des instructions, et ses yeux étaient toujours tournés vers Jerry, non pas comme si c'était sir Galahad, mais simplement quelqu'un qui appartenait encore au monde hostile qui l'entourait.

« *Je t'aime !* Dites-lui ce que vous lui dites d'habitude !

– Je t'aime », fit-elle brièvement, les yeux fermés, et elle raccrocha avant qu'il ait pu l'en empêcher.

« Il vient ici, dit-elle. Vous voilà bien avancé. »

Jerry était toujours agenouillé à côté d'elle. Elle se leva pour se libérer.

« Est-ce qu'il sait ? demanda Jerry.

– Est-ce qu'il sait quoi ?

– Que je suis ici ?

– Peut-être. » Elle alluma une cigarette.

« Où est-il en ce moment ?

– Je ne sais pas.

– Quand sera-t-il ici ?

– Il a dit bientôt.

– Il est seul ?

– Il n'a pas dit.

– Il est armé ? »

Elle était maintenant à l'autre bout de la pièce. Le regard tendu de ses yeux gris restait fixé sur lui, furieux, affolé. Mais son humeur laissait Jerry indifférent. Un fiévreux besoin d'action dominait désormais ses autres sentiments.

« Drake Ko. Ce charmant monsieur qui vous a installée ici. Est-il armé ? Est-ce qu'il va me tirer dessus ? Est-ce que Tiu est avec lui ? Ce ne sont que des questions, voilà tout.

– Il ne porte pas de pistolet au lit, si c'est ce que vous voulez dire.

– Je croyais que vous préféreriez tous les deux être seuls. »

La ramenant jusqu'au canapé, il l'assit tournée vers la double porte tout au fond de la pièce. Elles avaient des panneaux en verre dépoli et de l'autre côté il y avait le vestibule et la porte du palier. Il les ouvrit pour qu'elle pût bien voir qui arrivait.

« Est-ce que vous avez vos habitudes pour laisser entrer les gens, vous deux ? » Elle ne paraissait pas comprendre. « Il y a un judas ici. Est-ce qu'il insiste pour que vous vous assuriez à chaque fois de l'identité de votre visiteur ?

– Il sonnera à l'interphone en bas. Et puis il se servira de sa clef. » La porte d'entrée était en contre-plaqué, pas très solide, mais quand même. Quand on reçoit à l'improviste un intrus solitaire, disait le folklore de Sarratt, il ne faut pas se mettre derrière la porte, sinon on risque de ne jamais ressortir. Pour une fois, Jerry avait tendance à être d'accord. Pourtant, se tenir du côté ouvert, c'était s'offrir en cible à quiconque arriverait avec des intentions agressives, et Jerry n'était pas du tout sûr que Ko ne fût ni prévenu ni seul. Il songea à se poster derrière le canapé, mais s'il devait y avoir échange de coups de feu, il ne voulait pas que la jeune femme se trouvât dans la ligne de tir, surtout pas. La passivité toute neuve qu'elle affichait, son regard léthargique ne le rassuraient en rien. Il avait laissé son verre de cognac près de celui de la jeune femme sur la table et il le mit discrètement à l'abri des regards derrière un vase d'orchidées en plastique. Il vida le cendrier et ouvrit devant elle un numéro de *Vogue* sur la table.

« Vous mettez de la musique quand vous êtes seule ?

– Quelquefois. »

Il choisit un disque d'Ellington.

« Trop fort ?

– Plus fort », dit-elle. Méfiant, il baissa le volume, en l'observant. Là-dessus, l'interphone se mit à moduler deux fois depuis le vestibule.

« Attention », lança-t-il, et pistolet au poing il se dirigea vers la partie dégagée de la porte, un peu accroupi, à un mètre de l'endroit où passerait le battant en s'ouvrant, assez près pour bondir en avant, assez loin pour tirer et sauter, ce qui était son intention en fléchissant ainsi les jambes. Il tenait le revolver de la main gauche et il n'avait rien dans la main droite, parce que s'il devait frapper il voulait avoir la main droite libre. Il se rappela la façon dont Tiu tenait ses mains fermées, et il se recommanda de ne pas trop approcher. Quoi qu'il fasse, que ce soit de loin. Un coup de pied à l'aine, mais ne pas le suivre. Eviter les mains de ce type.

« Dites “monte”, lui fit-il.

– Monte », répéta Lizzie dans l'interphone. Elle raccrocha et ôta la chaîne.

« Quand il entrera, un sourire pour la caméra. Ne criez pas.

– Allez vous faire foutre. »

Son oreille exercée perçut le bruit de l'ascenseur montant dans sa cage et le « ping » de la sonnette annonçant qu'il avait atteint l'étage. Il entendit des pas approcher, les pas d'une seule personne, un pas assuré, et il se souvint de la démarche un peu simiesque et comique de Drake Ko à Happy Valley, de cette façon qu'il avait de marcher avec les genoux qui pointaient sous la flanelle grise. Une clef s'introduisit dans la serrure, une main tourna la poignée et le reste suivit apparemment sans arrière-pensée. Jerry avait bondi de tout son poids, aplatissant le corps sans résistance contre le mur. Un tableau de Venise tomba, il y eut un bruit de verre brisé, il claqua la porte et, dans le même instant il trouva une gorge et enfonça le canon de son pistolet en plein dans la chair. Puis la porte s'ouvrit une seconde fois de l'extérieur, très vite, il eut le souffle coupé, ses pieds quittèrent le sol, une douleur violente lui déchira les reins et l'abattit sur l'épaisse moquette, un second coup l'atteignit à l'aine et le fit hoqueter tandis que ses genoux remontaient vers son menton. A travers les larmes qui lui brouillaient la vue, il distingua la petite forme furieuse de Fawn, le baby-sitter, plantée au-dessus de lui, se préparant à décocher un troisième coup, et le sourire figé de Sam Collins qui regardait tranquillement par-dessus l'épaule de Fawn pour estimer l'étendue des dégâts. Et encore sur le seuil, arborant une expression de sérieuse inquiétude tout en rajustant son col après l'attaque surprise de Jerry, la silhouette un peu déconcertée de son ancien guide et mentor, Mr George Smiley, qui d'une voix essoufflée rappelait ses chiens.

Jerry pouvait s'asseoir, mais seulement s'il se penchait en avant. Il avait les deux mains nouées devant lui, les coudes entre ses jambes. La douleur rayonnait dans tout son corps, comme un poison qui se répand. La fille le regardait de la porte d'entrée. Fawn rôdait, guettant un nouveau prétexte pour le frapper. Sam Collins était à l'autre bout de la pièce, assis dans un grand fauteuil, les jambes croisées comme s'il était chez lui dans son fauteuil préféré. Smiley avait servi à Jerry un cognac bien tassé et était penché sur lui, lui tendant le verre.

« Qu'est-ce que vous faites ici, Jerry ? dit Smiley. Je ne comprends pas.

– Je fais ma cour », dit Jerry, et il ferma les yeux tandis qu'une vague noire de douleur le balayait. « Je me suis pris d'une affection imprévue pour notre hôtesse. Navré.

– C'était une initiative bien dangereuse, Jerry, observa Smiley. Vous auriez pu faire échouer toute l'opération. Imaginez un peu que j'aie été KO. Les conséquences auraient été désastreuses.

– Je n'en doute pas. » Il but une gorgée de cognac. « Luke est mort. Il est dans mon appartement avec une balle dans la tête.

– Qui est Luke ?

– Personne. Un copain. » Il but une nouvelle gorgée. « Un journaliste américain. Un ivrogne. Ça n'est pas une perte. »

Smiley lança un coup d'œil à Sam Collins, mais ce dernier haussa les épaules.

« Personne que nous connaissions de notre côté, dit-il.

– Téléphonez-leur quand même », dit Smiley.

Sam prit le poste mobile et sortit de la pièce parce qu'il connaissait les lieux.

« Vous l'avez fait chanter, hein ? dit Jerry en désignant Lizzie de la tête. C'est à peu près la seule chose qu'on ne lui avait pas encore faite, je pense. » Il l'appela. « Comment ça va, mon petit ? Désolé de toute cette agitation. On n'a rien cassé, j'espère ?

– Non, dit-elle.

– Ils vous ont coincée à cause de votre passé de pécheresse, hein ? La carotte et le bâton ? Ils ont promis de passer l'éponge ? Ma pauvre Lizzie. On n'a pas le droit d'avoir un passé dans ce jeu. Pas d'avenir non plus d'ailleurs. *Verboten.* »

Il se tourna vers Smiley.

« Ça n'était pas plus que ça, George. Ne cherchez pas de philosophie là-dedans. Cette vieille Lizzie, figurez-vous que je l'ai dans la peau. »

Renversant la tête en arrière, il examina le visage de Smiley entre ses paupières mi-closes. Et avec la lucidité qu'apporte parfois la souffrance, il s'aperçut que, par son geste, il avait mis en péril l'existence même de Smiley.

« Ne vous en faites pas, dit-il avec douceur. Ça n'est pas à vous que ça arrivera, c'est sûr.

– Jerry, fit Smiley.

– A vos ordres, dit Jerry en faisant semblant de se mettre au garde-à-vous.

– Jerry, vous ne comprenez pas ce qui se passe. A quel point vous pourriez tout flanquer par terre. Des milliards de dollars et des milliers d'hommes ne parviendraient pas à obtenir une partie de ce que va nous rapporter cette opération. Un chef de guerre se trouverait ridicule à l'idée d'un si infime sacrifice en face d'un dividende aussi énorme.

– Ne me demandez pas à moi de vous tirer du pétrin, mon vieux, dit Jerry, en levant de nouveau les yeux vers lui. C'est vous le maître, vous vous souvenez ? Pas moi. »

Sam Collins revint. Smiley lui lança un coup d'œil interrogateur.

« Ça n'est pas un des leurs non plus, dit Sam.

– C'était moi qu'ils visaient, dit Jerry. Au lieu de moi ils ont eu Luke. C'est un grand gaillard. Enfin, c'était.

– Et il est chez vous ? demanda Smiley. Mort. Abattu. Chez vous ?

– Ça fait un moment qu'il y est. »

Smiley s'adressa à Collins. « Il va falloir effacer les traces, Sam. Nous ne pouvons pas risquer un scandale.

– Je vais reprendre contact avec eux, dit Collins.

– Et renseignez-vous pour les avions, lui cria Smiley. Deux places, en première. »

Collins fit oui de la tête.

« Je n'aime pas du tout ce type, avoua Jerry. Je n'ai jamais pu le sentir. Ça doit être sa moustache. » Il désigna Lizzie du pouce. « Enfin, George, qu'est-ce qu'elle a de si précieux pour vous, dites-moi ? Ko ne lui confie pas ses secrets intimes. Elle est un Nez-Long. » Il se tourna vers Lizzie. « Il vous confie ses secrets ? »

Elle secoua la tête.

« S'il le faisait, elle ne s'en souviendrait pas, reprit-il. Elle est plutôt bouchée pour ces choses-là. Elle n'a sans doute même jamais entendu parler de Nelson. » Il l'interpella de nouveau. « Hé ! vous. Qui est Nelson ? Allons, qui est-ce ? Le jeune fils que Ko a perdu, n'est-ce pas ? C'est ça. Il a donné son nom à son bateau, hein ? Et à son canasson. » Il se retourna vers Smiley. « Vous voyez ? Bouchée, je vous dis. Laissez-la hors de tout ça, si vous voulez mon avis. »

Collins était revenu avec les heures de vol sur un bout de papier, Smiley regarda, les sourcils froncés derrière ses lunettes. « Nous allons devoir vous renvoyer à Londres tout de suite, Jerry, dit-il. Guillam attend en bas avec une voiture. Fawn va vous accompagner.

– Si vous permettez, j'aimerais bien être malade encore une fois. »

Levant la main, Jerry s'accrocha au bras de Smiley pour se soutenir et aussitôt Fawn se précipita, mais Jerry braqua sur lui un doigt menaçant et Smiley le rappela.

« Gardez vos distances, espèce d'affreux nain, lui conseilla Jerry. Vous avez droit à un coup de dents et c'est tout. La prochaine fois, ça ne sera pas si facile. »

Il s'avançait un peu plié en deux, traînant les pieds, les mains crispées sur l'aine. Arrivé devant la jeune femme, il s'arrêta.

« Est-ce qu'ils tiennent des conseils de guerre ici, Ko et ses petits amis, mon chou ? Ko amène bien ses petits camarades ici pour bavarder, hein ?

– Quelquefois.

– Et vous avez donné un coup de main pour l'installation des micros, comme une bonne petite femme d'intérieur ? Vous avez ouvert aux gars de la sono, vous leur avez tenu la lampe ? Bien sûr que oui. »

Elle acquiesça sans rien dire.

« Ça n'est pas encore assez, dit-il en clopinant vers la salle de bains. Ça ne répond toujours pas à ma question. Il doit y avoir plus que ça, bien plus. »

Dans la salle de bains, il se mit la tête sous l'eau froide, en but un peu et vomit aussitôt. En revenant, il regarda de nouveau la jeune femme. Elle était dans le salon et, comme les gens sous l'effet de la tension cherchent des gestes banals à faire, elle triait les disques, remettant chacun dans sa pochette. Dans un coin, Smiley et Colins conféraient à voix basse. Plus près, Fawn attendait à la porte.

« Adieu, mon petit », dit-il à Lizzie. Posant une main sur son épaule, il la fit pivoter jusqu'au moment où ses yeux gris le regardèrent bien en face.

« Au revoir », dit-elle et elle l'embrassa, pas à proprement parler avec passion, mais du moins avec plus d'intention qu'elle ne le faisait pour les serveurs.

« J'ai été une sorte de complice par instigation, expliqua-t-il. Je le regrette. Je ne regrette rien d'autre. Vous feriez bien de veiller sur ce connard de Ko aussi. Parce que, s'ils n'arrivent pas à le tuer, je pourrais bien m'en charger. »

Il effleura les cicatrices de son menton, puis repartit d'un pas traînant vers la porte où l'attendait Fawn, et il se retourna pour prendre congé de Smiley qui était de nouveau seul. Il avait envoyé Collins téléphoner. Smiley était dans l'attitude dont Jerry se souvenait le mieux, ses petits bras un peu écartés, la tête un peu renversée en arrière, l'air tout à la fois navré et inquisiteur, comme s'il venait d'oublier son parapluie dans le métro. La fille leur tournait le dos à tous les deux et triait toujours ses disques.

« Mes amitiés à Ann, alors, dit Jerry.

– Merci, je n'y manquerai pas.

– Vous avez tort, mon vieux. Je ne sais pas comment, je ne sais pas pourquoi, mais vous avez tort. Enfin, c'est trop tard pour vous le dire, j'imagine. » Il se sentit encore une fois pris de nausée et il avait la tête déchirée par les élancements qui lui traversaient le corps. « Vous approchez un tout petit peu plus, dit-il à Fawn, et je vous tords le cou une fois pour toutes, c'est compris ? » Il se retourna vers Smiley, qui n'avait pas bougé et ne paraissait pas avoir entendu.

« Joyeuses Pâques », dit Jerry.

Avec un dernier salut de la tête, mais pas à Lizzie, Jerry sortit dans le couloir en boitillant, suivi de Fawn. En attendant l'ascenseur, il vit l'élégant Américain planté sur le pas de la porte qui surveillait son départ.

« C'est vrai, j'allais vous oublier, lança-t-il à très haute voix. C'est vous qui vous occupez de la table d'écoute sur son appartement, n'est-ce pas ? Les Anglais la font chanter, et les Cousins l'écoutent, la veinarde, elle a droit à tout. »

L'Américain disparut, refermant la porte derrière lui avec précipitation. L'ascenseur arriva et Fawn le poussa dans la cabine.

« Ne faites pas ça, lui conseilla Jerry. Ce monsieur s'appelle Fawn », annonça-t-il aux autres passagers de l'ascenseur d'une voix claironnante. Ils étaient pour la plupart en smoking et les femmes en robes de lamé. « C'est un membre du Service secret britannique et il vient de m'allonger un coup de pied dans les couilles. Les Russes arrivent, ajouta-t-il à l'adresse de leurs visages pâteux et indifférents. Ils vont vous piquer tout votre fric.

– Il est ivre », fit Fawn d'un ton dégoûté.

Dans le hall, Lawrence, le concierge, observa la scène avec un vif intérêt. Devant l'immeuble, une conduite intérieure Peugeot attendait, toute bleue. Peter Guillam était au volant.

« Montez », lança-t-il.

La portière côté passager était fermée à clef. Jerry monta derrière, suivi de Fawn.

« Pour qui est-ce que vous vous prenez ? demanda Guillam entre ses dents. Depuis quand est-ce que les trous du cul de Temporaires de Londres larguent les amarres au beau milieu d'une opération ?

– Bas les pattes, fit Jerry à Fawn. L'ombre d'un froncement de sourcils de votre part suffit pour l'instant à me mettre en train. Je ne plaisante pas. Je vous préviens. Officiel. »

Le brouillard était revenu, roulant par-dessus le capot. La ville, au passage, s'offrait comme une succession de vues fragmentaires : une enseigne, une devanture, des câbles pendant d'un éclairage au néon, un buisson étouffé ; l'inévitable chantier de construction sous le feu des projecteurs. Dans le rétroviseur, Jerry aperçut une Mercedes noire qui suivait, un homme au volant, un autre à côté de lui.

« Les Cousins ferment la marche », annonça-t-il.

Un spasme dans l'abdomen le fit presque s'évanouir et, un moment, il crut même que Fawn l'avait frappé encore, mais ce n'était qu'une séquelle du premier coup. Sur Central Road, il demanda à Guillam de s'arrêter et vomit dans le caniveau devant tous les passants, la tête penchée dehors, pendant que Fawn ne le quittait pas des yeux. Derrière eux, la Mercedes stoppa à son tour.

« Rien de tel qu'une petite douleur pour vous sortir un peu le cerveau de la naphtaline ! s'exclama-t-il en reprenant sa place sur la banquette. Pas vrai, Peter ? »

Dans sa rage, Guillam lui lança une réponse très grossière.

Vous ne comprenez pas ce qui se passe, avait dit Smiley. *A quel point vous pourriez tout flanquer par terre. Des milliards de dollars et des milliers d'hommes ne parviendraient pas à obtenir une partie de ce que va nous rapporter cette opération...*

Comment ? ne cessait-il de se demander. Rapporter *quoi* ? Il n'avait qu'une notion vague de la position de Nelson dans les affaires chinoises, Craw ne lui avait confié que le minimum nécessaire. *Nelson a accès aux joyaux de la Couronne de Pékin, Votre Grâce. Quiconque mettra la main sur Nelson se sera acquis l'éternelle reconnaissance des princes pour lui-même et pour sa noble maison.*

Ils contournaient le port et roulaient vers le tunnel. Vu du niveau de la mer, le porte-avions américain paraissait étrangement petit sur le fond bigarré de Kowloon.

« Au fait, comment est-ce que Drake le fait sortir ? demanda-t-il à Guillam sur le ton de la conversation. Il n'essaie quand même pas encore une fois de lui faire prendre l'avion, ça c'est sûr. Ricardo a mis bon ordre à tout ça une fois pour toutes, n'est-ce pas ?

– Par succion », répliqua Guillam. Ce qui était bien stupide de sa part, se dit Jerry avec jubilation, il aurait dû la fermer.

« A la nage ? demanda Jerry. Ça n'est pas le genre de Drake, non ? Et puis Nelson est trop vieux pour ça. Il mourrait de froid même si les requins ne lui becquetaient pas la braguette. Pourquoi pas le train de bestiaux ? Désolé de vous avoir fait manquer ce grand moment par ma faute.

– Moi aussi, figurez-vous. Je vous casserais volontiers la gueule. » Dans le cerveau de Jerry les doux accents du triomphe retentissaient. *C'est vrai !* se dit-il. *C'est ça qui se passe ! Drake fait sortir Nelson et ils font tous la queue pour ne pas rater l'arrivée !*

Derrière le lapsus de Guillam – rien qu'un mot, mais pour Sarratt absolument impardonnable – il y avait néanmoins une révélation aussi stupéfiante que tout ce que Jerry endurait pour l'instant, et à bien des égards infiniment plus amère. S'il est une excuse au crime d'indiscrétion – et à Sarratt il n'en existe pas –, alors l'heure précédente que venait de vivre Guillam – dont la moitié passée à conduire avec frénésie Smiley dans la circulation de l'heure de pointe, et l'autre moitié à attendre, dans une désespérante indécision, dans la voiture devant Star Heights – assurément en apportait une. Tout ce qu'il avait redouté à Londres, les plus mélodramatiques de ses appréhensions concernant la filière Enderby-Martello et les rôles de soutien que tenaient là-dedans Lacon et Sam Collins, tout cela, en soixante minutes, s'était révélé exact au-delà de tout doute raisonnable, vrai, justifié et peut-être même ses craintes étaient-elles au-dessous de la vérité.

Ils s'étaient rendus tout d'abord à Bowen Road, à mi-hauteur du Pic, dans un immeuble si neutre, si anonyme et si vaste que même ceux qui habitaient là devaient sans doute regarder deux fois le numéro avant d'être sûrs qu'ils entraient bien à la bonne adresse. Smiley pressa une sonnette marquée *Mellon* et, idiot qu'il était, Guillam demanda : « Qui est-ce, Mellon ? » au moment précis où il se souvenait que c'était le nom de code de Sam Collins. Puis une autre idée lui vint et il se demanda – mais il ne posa pas la question à Smiley : ils se trouvaient maintenant dans l'ascenseur – quel dément, après les ravages laissés par Haydon, pouvait bien garder le même nom de code qu'il utilisait avant la chute ? Là-dessus, Collins leur ouvrit la porte, drapé dans sa robe de chambre en soie de Thaïlande, arborant son sourire empesé, et ils se retrouvèrent bientôt dans un salon au parquet nu avec des chaises en bambou. Sam avait ouvert deux postes à transistors branchés sur deux programmes différents, l'un parlé, l'autre musical, pour assurer un rudiment de protection contre les écoutes pendant leur discussion. Sam écouta, sans s'occuper le moins du monde de Guillam, puis s'empressa d'appeler Martello sur sa ligne directe – car, veuillez noter, Sam avait une ligne directe le reliant à Martello, il ne composa aucun numéro – pour demander en termes voilés « comment ça se présentait avec *chummy* ». *Chummy* – Guillam l'apprit par la suite – désignant en argot de jeu un tricheur. Martello répondit que la camionnette de surveillance venait d'envoyer son rapport : Chummy et Tiu se trouvaient actuellement dans Causeway Bay à bord de l'*Amiral Nelson*, disaient ceux qui étaient de planque, et les micros directionnels (comme d'habitude) recueillaient tant d'échos de l'eau qu'il faudrait aux transcripteurs des jours, sinon des semaines, pour éliminer les sons extérieurs et découvrir ce que les deux hommes avaient bien pu se dire d'intéressant. En attendant, on avait laissé un homme sur le quai à un poste fixe, avec pour consigne d'alerter aussitôt Martello si le navire levait l'ancre ou si l'un des deux sujets débarquait.

« Alors il faut aller là-bas tout de suite », dit Smiley, et ils s'engouffrèrent dans la voiture. Tandis que Guillam parcourait la courte distance qui les séparait de Star Heights, bouillant d'impatience en écoutant, impuissant, leur brève conversation, il sentait grandir en lui la conviction qu'il était en train de regarder une toile d'araignée et que seul George Smiley, obsédé par les promesses que présentait l'affaire et par l'image de Karla, était assez myope et assez confiant et, paradoxalement, assez innocent à sa manière pour tomber dedans tête baissée.

C'est l'âge, se dit Guillam en songeant à George. Les ambitions politiques d'Enderby, son penchant pour la ligne dure et pro-américaine – sans parler de la caisse de champagne et de la cour éhontée qu'il faisait au cinquième étage. Le mol appui que Lacon apportait à Smiley, alors qu'il lui cherchait en secret un successeur. L'étape de Martello à Langley. Les efforts d'Enderby, *il y avait seulement quelques jours*, pour retirer l'affaire à Smiley et l'offrir à Martello sur un plateau. Et maintenant, le signe le plus éloquent et le plus redoutable, la réapparition de Sam Collins comme joker du paquet avec une ligne directe le reliant à Martello ! Et Martello, Dieu nous protège, ayant l'air de se demander d'où George tirait ses renseignements, malgré la ligne directe.

Pour Guillam, tous ces indices menaient à une seule conclusion, et il avait hâte de prendre Smiley à part et, par tous les moyens dont il disposait, lui faire détourner son attention de l'opération assez longtemps pour qu'il puisse voir vers quoi il se précipitait. Pour lui parler de la lettre. De la visite de Sam à Lacon et d'Enderby à Whitehall.

Et voilà qu'au lieu de ça, il devait rentrer en Angleterre. Et pourquoi donc ? Parce qu'un journaleux de génie au crâne épais du nom de Westerby avait eu le culot de se détacher de sa laisse. Même s'il n'avait pas eu cette conscience poignante d'un désastre imminent, pour Guillam la déception aurait été à peine supportable. Il en avait bavé pour voir ce moment. La disgrâce et l'exil à Brixton sous le règne de Haydon, jouer les caniches pour le vieux George au lieu de repartir sur le terrain, supporter le goût obsessionnel pour le secret de George, que Guillam pour sa part considérait tout à la fois comme humiliant et comme nuisible – mais du moins y avait-il une destination à ce voyage, jusqu'au jour où il avait fallu que ce connard de Westerby vînt le priver même de ça. Mais rentrer à Londres en sachant que, pour les vingt-deux heures à venir au moins, il laissait Smiley et le Cirque à la merci d'une meute de loups, sans même la possibilité de l'en prévenir, pour Guillam, c'était le cruel couronnement d'une carrière décevante, et si cela servait à quelque chose d'en rendre Jerry responsable, eh bien, bon sang, il en rendrait responsable Jerry ou n'importe qui d'autre.

« Envoyez Fawn !

– Fawn n'est pas un gentleman », aurait répondu Smiley, ou quelque chose dans le même style.

C'est bien vrai, songea Guillam, se rappelant les bras cassés du motocycliste.

Jerry était tout aussi conscient d'abandonner quelqu'un à la merci des loups, même si c'était Lizzie Worthington plutôt que George Smiley. Tout en regardant par la lunette arrière de la voiture, il avait l'impression que le monde qu'il était en train de traverser avait été abandonné aussi. Les marchés étaient déserts, comme les trottoirs, même les seuils des portes. Au-dessus d'eux, le Pic se dressait par à-coups entre deux bancs de nuages, sa silhouette éclairée de temps en temps par la lune. C'était le dernier jour de la colonie, décida-t-il. Pékin a donné son légendaire coup de fil. « Filez, la fête est terminée. » Le dernier hôtel fermait, il voyait les Rolls-Royce vides attendant comme des tas de ferraille autour du port et la dernière matrone Nez-Long aux cheveux teints en bleu, croulant sous ses fourrures et ses bijoux hors taxe, qui dévalait en trébuchant la coupée du dernier bateau de croisière, le dernier spécialiste des affaires chinoises fourrant avec frénésie ses dernières fausses prévisions dans le broyeur, des boutiques pillées, la ville déserte attendant comme une carcasse l'arrivée des hordes. Un moment, tout cela lui parut ne faire qu'un seul monde en train de disparaître : ici, Phnom Penh, Saigon, Londres, un monde d'emprunt avec des créanciers qui cognaient à la porte et Jerry, par quelque insondable détour, faisant partie de la dette qu'ils venaient réclamer.

J'ai toujours été reconnaissant à ce service de m'avoir donné l'occasion de payer. Vous n'avez pas cette impression-là ? Maintenant ? En tant que survivant, pour ainsi dire ?

Oui, George, songea-t-il. Mettez ces mots-là dans ma bouche, mon vieux. C'est bien ce que j'éprouve. Mais peut-être pas tout à fait dans le sens où vous l'entendez, mon vieux. Il revit le joyeux petit visage affectueux de Frost tandis qu'ils buvaient et faisaient la fête. Il le revit, la seconde fois, figé dans ce hurlement affreux. Il sentit la main amicale de Luke sur son épaule et le revit la même main gisant sur le sol, au-dessus de sa tête, pour rattraper une balle qui ne viendrait jamais, et il pensa : l'ennui, mon vieux, c'est que ceux qui paient, en fait, ce sont les autres pauvres connards.

Lizzie, par exemple.

Il faudrait en parler à George un jour, si jamais ils en avaient l'occasion, autour d'un verre. Il faudrait revenir à cet agaçant petit problème de savoir pourquoi on escalade la montagne. Il insisterait alors – sans agressivité, sans secouer la barque, vous comprenez, mon vieux – sur l'abnégation, le dévouement avec lequel nous sacrifions les autres, comme Luke, et Frost et Lizzie. George, bien sûr, aurait une réponse toute prête. Raisonnable. Mesurée. Modérée. George avait une vue plus large. Il comprenait les grands impératifs. Bien sûr. C'était un maître, lui.

On approchait du tunnel du port et il pensait à son dernier baiser frissonnant, tout en se rappelant le trajet à la morgue, parce que les échafaudages d'un immeuble en construction se dressaient devant eux, émergeant du brouillard et, comme ceux qu'ils avaient vus en allant à la morgue, ils étaient éclairés par des projecteurs et des coolies luisants de sueur grouillaient dessus avec leurs casques jaunes.

Tiu ne l'aimait pas non plus, se dit-il. Il n'aime pas les Nez-Longs qui mangent le morceau à propos du grand patron.

Se forçant à penser à autre chose, il essaya d'imaginer ce qu'ils allaient faire de Nelson : sans Etat, sans foyer, un poisson à dévorer ou à rejeter à la mer, au choix. Jerry en avait déjà vu de ce fretin : il avait assisté à leur capture ; à leur interrogatoire rondement mené ; il en avait raccompagné plus d'un jusqu'à la frontière qu'il avait si récemment franchie, pour un hâtif *recyclage*, comme le disait si joliment le jargon de Sarratt – « vite avant qu'on ne remarque qu'il n'est plus chez lui ». Et si on ne le renvoyait pas ? Si on la conservait, cette prise si convoitée de tous ? Alors, une fois passées les années d'interrogatoires – deux, trois même (il avait entendu parler de cas où ça avait pris cinq ans) –, Nelson deviendrait un juif errant de plus du monde de l'espionnage, qu'on cacherait, qu'on déplacerait, qu'on cacherait encore et que n'aimeraient même pas ceux pour lesquels il avait trahi.

Et qu'est-ce que Drake va faire de Lizzie – se demanda-t-il – *pendant que se déroule ce petit drame ? A quel tas de rebuts est-elle destinée cette fois ?*

Ils arrivaient à l'entrée du tunnel et ils avaient ralenti au point presque de s'arrêter. La Mercedes était juste derrière eux. Jerry laissa pendre sa tête. Il mit les deux mains sur son aine tout en se balançant avec des grognements de douleur. D'une guérite improvisée, identique à celle d'une sentinelle, un policier observait avec curiosité.

« S'il vient vers nous, dites-lui que nous avons un ivrogne sur les bras, lança Guillam. Montrez-lui les vomissures sur le plancher. »

A petite allure ils s'engagèrent dans le tunnel. Deux des files de voitures allant vers le nord étaient bloquées pare-chocs contre pare-chocs à cause du mauvais temps. Guillam avait pris la file de droite. La Mercedes s'approcha à leur hauteur sur celle de gauche. Dans le rétroviseur, entre ses paupières mi-closes, Jerry vit un camion foncé qui descendait la côte derrière eux dans un chuintement de freins.

« Passez-moi de la monnaie, dit Guillam. Il me faudra de la monnaie à la sortie. »

Fawn fouilla dans ses poches, mais en n'utilisant qu'une seule main. Le tunnel tremblait au grondement des moteurs. Un concours de klaxons commença. Au brouillard qui gagnait du terrain vint s'ajouter la puanteur des gaz d'échappement. Fawn ferma sa vitre. Le fracas s'amplifia, se répercutant sur la voûte jusqu'à en faire vibrer la voiture. Jerry porta les mains à ses oreilles.

« Désolé, mon vieux. Je crois malheureusement qu'il va falloir que je rende encore une fois. »

Mais cette fois il se pencha vers Fawn qui, en marmonnant un « Dégueulasse », s'empressa d'abaisser de nouveau sa vitre, jusqu'au moment où la tête de Jerry vint le frapper au bas du visage cependant que son coude lui martelait l'entrejambe. Pour Guillam, pris entre les exigences du pilotage et la nécessité de se défendre, Jerry se contenta d'une formidable manchette à la jointure de l'épaule. Il amorça le coup avec le bras très détendu, convertissant la vitesse en énergie au dernier moment. Le choc arracha un « Bon Dieu ! » à Guillam et le souleva littéralement de son siège tandis que la voiture faisait une embardée sur la droite. Fawn avait passé un bras autour du cou de Jerry et de l'autre main s'efforçait de faire pression sur sa tête, ce qui n'aurait pas manqué de le tuer. Mais il y a un coup qu'on enseigne à Sarratt pour les combats en espace confiné et qu'on appelle la griffe du tigre : il se pratique en envoyant le tranchant de la main vers le haut sur la trachée-artère de l'adversaire, tout en gardant le bras plié et les doigts serrés pour augmenter la tension. C'est ce que fit Jerry et la tête de Fawn s'en alla heurter la lunette arrière avec une telle violence que le verre de sécurité s'étoila. Dans la Mercedes, les deux Américains continuaient à regarder devant eux comme s'ils suivaient des funérailles officielles. Jerry songea à serrer la trachée de Fawn entre le pouce et l'index, mais ce ne semblait pas nécessaire. Récupérant son arme à la ceinture de Fawn, Jerry ouvrit la portière de droite. Guillam fit un plongeon désespéré pour le rattraper, déchirant dans ce geste jusqu'au coude la manche du fidèle mais très vieux costume bleu de Jerry. Ce dernier lui assena un coup de crosse de pistolet sur le bras et vit une grimace de douleur lui crisper le visage. Fawn mit une jambe dehors, mais Jerry lui claqua la portière dessus et l'entendit crier encore une fois « Dégueulasse ! ». Et après cela il ne cessa de courir à contre-courant du flot des voitures, en remontant vers la ville. Sautant et zigzaguant entre les voitures coincées, il émergea du tunnel et gravit au pas de course la colline jusqu'au moment où il arriva devant la petite guérite du policier. Il crut avoir entendu un coup de feu, mais ç'aurait pu être un moteur qui avait des ratés. Il avait l'aine étonnamment douloureuse, mais en même temps l'impression que l'élan de la souffrance le faisait courir plus vite. Sur le trottoir, un agent de police l'interpella, un autre écarta les bras, mais Jerry les repoussa et ils le laissèrent bénéficier de l'ultime indulgence réservée aux Nez-Longs. Il courut jusqu'au moment où il trouva un taxi. Le chauffeur ne parlait pas anglais, alors il dut lui indiquer le chemin : « C'est ça, mon vieux. On monte ici. A gauche, bougre d'idiot. Voilà... » Jusqu'à ce qu'ils fussent arrivés devant l'immeuble de Lizzie.

Il ne savait pas si Smiley et Colins étaient encore là, non plus si Ko était arrivé, peut-être flanqué de Tiu, mais il n'avait guère le temps de jouer aux devinettes. Il ne sonna pas, car il savait que les micros enregistreraient son coup de sonnette. Au lieu de cela, il pêcha une carte dans son portefeuille, griffonna quelque chose dessus, la glissa par la fente de la boîte aux lettres et attendit, plié en deux, frissonnant, en sueur et hors d'haleine comme un cheval de livraison, tout en guettant son pas et en se massant l'aine. Il attendit une éternité et la porte finit par s'ouvrir. Elle était plantée là à le dévisager pendant qu'il essayait de se redresser.

« Bon Dieu, c'est Galahad », murmura-t-elle. Elle n'était pas maquillée et les traces de griffes de Ricardo étaient rouges et profondes. Elle ne pleurait pas ; il ne pensait pas que c'était son style, mais son visage avait l'air plus vieux que le reste de sa personne. Pour parler, il l'entraîna dans le couloir et elle ne résista pas. Il lui montra la porte donnant sur l'escalier d'incendie.

« Rendez-vous de l'autre côté dans cinq secondes pile, vous entendez ? Surtout ne téléphonez à personne, ne faites pas de bruit en partant et ne posez pas de question stupide. Prenez des vêtements chauds. Maintenant, allez-y, mon petit. Ne traînez pas. Je vous en prie. »

Elle le regarda, lui et sa manche déchirée, sa veste trempée de sueur, sa mèche qui lui pendait sur un œil.

« C'est moi ou rien, dit-il. Et comme rien, croyez-moi, je me pose là. »

Elle rentra seule dans l'appartement, laissant la porte entrouverte. Mais elle en ressortit bien plus vite, et pour plus de sûreté elle ne referma même pas la porte. Dans l'escalier d'incendie, il la précéda. Elle avait un sac sur l'épaule et un manteau de cuir. Elle lui avait apporté un cardigan pour remplacer sa veste déchirée, qui devait appartenir à Drake, supposa-t-il, car il était beaucoup trop petit, mais il parvint à s'introduire dedans. Il vida le contenu de ses poches de veston dans son sac à main et fourra la veste dans le vide-ordures. Elle faisait si peu de bruit en le suivant qu'à deux reprises, il se retourna pour s'assurer qu'elle était toujours là. Arrivé au rez-de-chaussée, il inspecta les lieux à travers la porte grillagée et recula juste à temps pour voir le Roc en personne, flanqué d'un pâle subordonné, aborder le concierge dans son kiosque et lui présenter sa carte de police. Ils suivirent l'escalier jusqu'au garage et elle dit : « Prenons le canot rouge.

– Ne dites pas de connerie, nous l'avons laissé en ville. »

Secouant la tête, il l'entraîna jusqu'à une cour à ciel ouvert encombrée de rebuts et de matériel de construction, comme la cour du Cirque. De là, entre des murs de béton suintant d'humidité, un escalier à vous donner le vertige descendait vers la ville, dominé par les branches noires des arbres et découpé en sections par les lacets de la route. Les secousses de la descente lui faisaient très mal à l'aine. La première fois qu'ils atteignirent la route, Jerry la fit traverser tout droit. La seconde fois, alerté par l'éclair rouge d'un clignotant de voiture de police au loin, il l'attira sous les arbres pour éviter le faisceau des phares d'une voiture de patrouille qui dévalait la colline à toute vitesse. A la passerelle ils trouvèrent un *pak-pai* et Jerry donna l'adresse.

« Qu'est-ce que c'est ? demanda-t-elle.

– Un endroit où on n'a pas à remplir de fiche, dit Jerry. Bouclez-la et laissez-moi diriger les opérations, vous voulez ? Combien d'argent avez-vous sur vous ? »

Elle ouvrit son sac et compta les billets dans un portefeuille bien gonflé.

« Je l'ai gagné à Tiu au mah-jong », dit-elle. Et sans savoir pourquoi, il eut l'impression qu'elle inventait.

Le chauffeur les déposa au bout de la ruelle et ils firent à pied la courte distance qui les séparait de la petite barrière. Aucune lumière ne brillait dans la maison, mais comme ils approchaient de la porte d'entrée, elle s'ouvrit et un autre couple les croisa furtivement dans l'obscurité. Ils entrèrent dans le vestibule, la porte se referma derrière eux et ils suivirent le point lumineux d'une petite lampe de poche dans un bref dédale de murs en brique jusqu'au moment où ils parvinrent dans un hall élégant où des haut-parleurs cachés diffusaient de la musique douce. Sur le canapé incurvé, au milieu du hall, était assise une Chinoise tirée à quatre épingles, un carnet et un crayon sur les genoux, et qui prenait des airs de châtelaine. Elle aperçut Jerry et sourit, elle vit Lizzie et son sourire s'épanouit.

« Pour toute la nuit, dit Jerry.

– Bien sûr », répondit-elle.

Ils la suivirent dans l'escalier jusqu'à un petit corridor. Par les portes ouvertes, on apercevait des courtepointes en soie, des éclairages tamisés, des miroirs. Jerry choisit la chambre la moins suggestive, déclina l'offre qu'on lui faisait d'une seconde fille pour agrémenter la conversation, lui donna de l'argent et commanda une bouteille de Rémy Martin. Lizzie lui emboîta le pas, lança son sac sur le lit et, alors que la porte était encore ouverte, éclata d'un rire de soulagement un peu crispé.

« Lizzie Worthington, annonça-t-elle, voilà où on disait que tu finirais, espèce de petite garce, et ma foi on avait bien raison. »

Il y avait une chaise longue et Jerry s'y installa, en contemplant le plafond, les pieds croisés, le verre de cognac à la main. Lizzie choisit le lit et pendant un moment aucun d'eux ne parla. L'endroit était très silencieux. De temps en temps, de l'étage au-dessus, leur parvenaient un cri de plaisir, ou un rire étouffé, une fois même une protestation. Elle s'approcha de la fenêtre pour regarder dehors.

« Qu'est-ce que vous voyez ? demanda-t-il.

– Un affreux mur de brique, une trentaine de chats, un tas de bouteilles vides.

– Du brouillard ?

– A couper au couteau. »

Elle alla jusqu'à la salle de bains, inspecta les lieux et ressortit.

« Mon petit ? » fit Jerry avec douceur.

Elle s'arrêta, soudain sur ses gardes.

« Etes-vous saine de corps et d'esprit ?

– Pourquoi ?

– Je veux que vous racontiez tout ce que vous leur avez dit. Quand vous aurez fait ça, je veux que vous me disiez tout ce qu'ils vous ont demandé, que vous ayez pu répondre ou non. Et après ça, nous essaierons le jeu des cailloux du Petit Poucet, et nous tâcherons de trouver où se situent tous ces salauds dans l'organisation de l'univers.

– C'est une répétition, finit-elle par dire.

– De quoi ?

– Je ne sais pas. Tout doit se passer exactement comme ça s'est passé avant ?

– Alors, qu'est-ce qui s'est passé avant ?

– Quoi que ça ait été, fit-elle d'un ton las, ça va se reproduire. »

21

Nelson

Il était une heure du matin. Elle s'était baignée. Elle sortit de la salle de bains drapée dans un peignoir blanc, pieds nus, ses cheveux enveloppés dans une serviette, si bien que ses proportions étaient tout d'un coup très différentes.

« Ils ont même ces bandes de papier sur le siège des cabinets, dit-elle. Et des brosses à dents dans des étuis de cellophane. »

Elle sommeilla sur le lit et lui sur le divan, et une fois elle dit : « J'aimerais bien, mais ça ne marche pas. » Il lui répondit qu'étant donné l'endroit où Fawn lui avait donné un coup de pied, sa libido avait de toute façon tendance à être un peu ralentie. Elle lui parla de son maître d'école – Mr Bloody Worthington, elle l'appelait – et de « son unique tentative pour marcher dans le droit chemin » et de l'enfant qu'elle avait eu de lui, par politesse. Elle parla de ses terribles parents, de Ricardo, expliquant quel paumé c'était, et comment elle l'avait aimé, et comment une fille du bar du Constellation lui avait conseillé de l'empoisonner avec des fleurs de cytise, comment un jour où il l'avait battue presque à mort, elle lui en avait mis « une foutue dose dans son café ». Mais peut-être qu'elle n'avait pas mis le bon produit, dit-elle, parce que tout ce qui arriva, ce fut qu'il en resta malade pendant des jours et « s'il y avait une chose pire que Ricardo en bonne santé, c'était Ricardo au seuil de la mort ». Et comment une autre fois elle lui donna bel et bien un coup de couteau pendant qu'il était dans son bain, mais il se contenta de mettre un peu d'Albuplast dessus et de recommencer à la rosser.

Comment, quand Ricardo fit son numéro de disparition, elle et Charlie Marshall refusèrent d'admettre qu'il était mort et montèrent ce qu'ils appelaient une campagne « Ricardo est vivant ! » et comment Charlie Marshall s'en alla harceler son vieux, tout comme il l'avait raconté à Jerry. Comment Lizzie prit son sac à dos et partit pour Bangkok, où elle débarqua tout droit dans l'appartement de China Airsea à l'Erawan, avec l'intention de narguer Tiu, et puis se trouva nez à nez avec Ko, qu'elle n'avait rencontré qu'une fois auparavant, très brièvement, à une soirée donnée à Hong Kong par une certaine Sally Cale, une gouine aux cheveux teints en bleu qui avait un commerce d'antiquités et faisait un peu de trafic d'héroïne comme à-côté. Et comment ç'avait été toute une scène qu'elle avait joué, commençant par Ko lui ordonnant sèchement de sortir et se terminant par « la nature suivant son cours », comme elle l'expliquait gaiement : « Un pas de plus sur la droite route menant Lizzie Worthington à la perdition. » Si bien que lentement et de façon détournée, avec un coup de main du père de Charlie Marshall, « et Lizzie poussant à la roue, pourrait-on dire », ils mirent au point un contrat très chinois, dont les principaux signataires étaient Ko et le paternel de Charlie, et qui portait sur les articles suivants : un, Ricardo ; et deux, sa partenaire pour la vie, récemment démissionnaire, Lizzie.

Jerry apprit sans surprise particulière que Ricardo et elle avaient accepté avec reconnaissance le susdit contrat.

« Vous auriez dû le laisser crever », dit Jerry, se rappelant les marques jumelles qu'il avait encore à sa main droite et la Ford qui avait sauté comme un pétard.

Mais ce n'était pas du tout l'opinion de Lizzie à l'époque, et ça ne l'était pas davantage maintenant.

« C'était un des nôtres, dit-elle. Même si c'était un salaud. »

Mais ayant racheté sa vie, elle se sentait libérée de lui.

« Les Chinois arrangent des mariages tous les jours. Alors pourquoi pas Drake et Lizzie ? »

Qu'est-ce que c'était que cette histoire de *Liese* ? demanda Jerry. Pourquoi *Liese* au lieu de *Lizzie* ?

Elle ne savait pas. C'était une chose dont Drake ne parlait pas, dit-elle. Il y avait eu jadis une Liese dans sa vie, lui avait-il raconté, et son voyant lui avait promis qu'un jour il en trouverait une autre. Il estimait que Lizzie, ça n'irait pas trop loin, alors en poussant un peu ils avaient changé son nom en Liese et, pendant qu'elle y était, elle avait écourté son nom de famille pour s'appeler simplement Worth.

Ce changement de nom avait un but pratique aussi, expliqua-t-elle. Lui ayant choisi un nouveau nom, Ko se donna la peine de faire détruire le dossier que la police locale possédait à son ancien nom.

« Jusqu'à ce que ce connard de Mellon débarque en disant qu'il le ferait reconstituer, avec une mention spéciale sur les petits transports d'héroïne que j'avais faits pour lui », dit-elle.

Ce qui les ramena là où ils se trouvaient maintenant. Et pourquoi.

Pour Jerry, leurs divagations ensommeillées avaient parfois le calme d'après l'amour. Il était allongé sur le divan, tout éveillé, mais Lizzie parlait entre deux sommes, reprenant son histoire d'un ton rêveur là où elle l'avait abandonnée en s'endormant, et il savait qu'elle lui disait à peu près la vérité car son récit ne lui apportait rien qu'il ne sût et qu'il ne comprît déjà. Il se rendit compte aussi qu'avec le temps Ko était devenu pour elle une ancre. Il lui donnait l'autorité qui lui permettait de faire le point de son odyssée, un peu comme l'avait fait le maître d'école.

« Drake n'a jamais rompu une promesse de sa vie », dit-elle à un moment, tout en roulant sur le côté et en sombrant dans un sommeil agité. Cela lui rappela l'orpheline : surtout ne me mens jamais.

Des heures plus tard, une éternité, elle fut éveillée par un râle d'extase dans la chambre voisine.

« Fichtre, dit-elle d'un ton de connaisseur. C'est vraiment le septième ciel. » Le râle se répéta. « Pouah ! Du chiqué. »

Silence.

« Vous ne dormez pas ? demanda-t-elle.

– Non.

– Qu'est-ce que vous allez faire ?

– Demain ?

– Oui.

– Je ne sais pas, dit-il.

– Bienvenue au club », murmura-t-elle et elle parut se rendormir.

J'ai besoin de nouvelles instructions de Sarratt, songea-t-il. J'en ai salement besoin. Si j'appelais Craw d'une cabine, se dit-il. Si je demandais à ce cher vieux George un peu de ses conseils philosophiques qu'il s'est mis à distribuer ces temps-ci. Il doit être dans les parages, quelque part.

Smiley était dans les parages, mais sur le moment il n'aurait pu aider Jerry en rien. Il aurait échangé tout ce qu'il savait pour un peu de compréhension. La salle insonorisée où il se trouvait n'avait ni jour ni nuit ; et ils étaient allongés ou flânaient sous l'éclairage dispensé par les perforations du plafond, les trois Cousins et Sam d'un côté de la pièce, Smiley et Guillam de l'autre, et Fawn qui marchait de long en large devant la banquette de fauteuils de cinéma, avec des airs furieux de fauve en cage et malaxant ce qui semblait être une balle de tennis dans chacun de ses petits poings. Il avait les lèvres noires et gonflées, un œil fermé, et sous le nez un caillot de sang qui refusait de s'en aller. Guillam avait le bras droit en écharpe et il ne quittait pas Smiley des yeux. Mais c'était le cas de tout le monde, ou du moins de tout le monde sauf Fawn. Un téléphone sonna, mais c'était la salle des transmissions à l'étage au-dessus annonçant que Bangkok avait signalé Jerry repéré avec certitude jusqu'à Vientiane.

« Dites-leur que la piste est refroidie, Murphy, ordonna Martello, sans quitter Smiley des yeux. Racontez-leur n'importe quoi. Mais qu'ils nous foutent la paix. D'accord, George ? »

Smiley acquiesça.

« D'accord », dit Guillam d'un ton ferme, en répondant à sa place.

– La piste est froide, mon chou », lança Murphy en écho dans l'appareil. Le *mon chou* arriva comme une surprise.

Murphy n'avait pas jusqu'à maintenant manifesté de pareils signes de tendresse humaine. « Tu veux envoyer un message et il faut que je le rédige pour toi ? Ça ne nous intéresse pas, compris ? Ecrase. »

Il raccrocha.

« Rockhurst a retrouvé la voiture de la fille, dit Guillam pour la seconde fois, pendant que Smiley continuait à regarder devant lui. Dans un garage souterrain de Central Road. Il y a une voiture de location là-bas aussi. Louée par Westerby. Aujourd'hui. Sous son nom de code, George ? »

Smiley eut un hochement de tête si imperceptible que ç'aurait pu être aussi bien une envie de dormir qu'il venait de chasser.

« Au moins il fait quelque chose, George, dit Martello depuis le bout de la salle où il se trouvait avec le petit groupe formé par Collins et les hommes tranquilles. Il y a des gens qui disent que, quand on a un éléphant solitaire, la meilleure solution c'est d'aller l'abattre.

– Il faut commencer par le trouver, riposta Guillam, dont les nerfs étaient sur le point de craquer.

– Je ne suis même pas certain que George veuille faire ça, Peter, dit Martello en reprenant son style de vieil oncle sentencieux. Je crois que George ne suit peut-être pas tout à fait la balle sur ce coup-ci, qu'il ne se rend pas compte du grave péril que court notre commune entreprise.

– Qu'est-ce que vous voulez que George fasse ? répondit sèchement Guillam. Qu'il arpente les rues jusqu'à ce qu'il le retrouve ? Qu'il demande à Rockhurst de faire circuler son nom et son signalement pour que tous les journalistes de la ville sachent qu'il est recherché ? »

Aux côtés de Guillam, Smiley restait voûté et inerte, comme un vieillard.

« Westerby est un professionnel, insista Guillam. Ce n'est pas une nature, mais il est assez fort. Dans une ville comme celle-ci, il peut se planquer pendant des mois sans que Rockhurst flaire sa piste.

– Même avec la fille en remorque ? » dit Murphy.

Malgré son bras en écharpe, Guillam se pencha vers Smiley.

« C'est votre opération, lui souffla-t-il avec insistance. Si vous dites qu'il faut attendre, on attendra. Vous n'avez qu'à donner l'ordre. Tous ces gens ne cherchent qu'un prétexte pour prendre les choses en main. Le moindre vide, le plus infime. »

Arpentant toujours sa rangée de fauteuils de cinéma, Fawn émit un grognement sarcastique :

« Parler, parler, parler. C'est tout ce qu'ils savent faire. »

Martello fit une nouvelle tentative :

« George, cette île est-elle britannique ou non ? Vous pouvez la secouer comme un prunier quand vous voulez. » Il désigna un mur sans fenêtres. « Nous avons un homme là-bas – votre homme – qui semble absolument décidé à perdre la tête. Nelson Ko est la plus grosse prise que vous ou moi aurons jamais la chance de ferrer. La plus grosse de ma carrière, et je suis prêt à parier ma femme, ma grand-mère et l'acte de propriété de ma plantation que c'est la plus grosse de la vôtre aussi.

– Pas de preneur », dit Sam Collins le joueur derrière son sourire.

Martello ne voulait pas en démordre.

« Est-ce que nous allons le laisser nous souffler cette prise, George, en restant ici passivement à nous demander comment il se fait que Jésus-Christ soit né le jour de Noël et non pas le 26 ou le 27 décembre ? »

Smiley regarda enfin Martello, puis Guillam qui était assis très raide à côté de lui, les épaules bien droites pour compenser l'écharpe, et puis il finit par baisser les yeux vers ses mains croisées et, pendant un certain temps, mais qui ne comptait pas, il réfléchit sur lui-même, il revint sur sa quête de Karla que Ann appelait *son Graal noir.* Il pensa à Ann, aux trahisons répétées qu'elle lui avait infligées au nom de son Graal à elle, qu'elle appelait l'amour. Il se rappela comment, contre tout bon sens, il avait essayé de partager sa foi et, comme un vrai croyant, de la renouveler chaque jour, malgré les interprétations anarchiques qu'elle donnait de sa signification. Il pensa à Haydon, aiguillé vers Ann par Karla. Il pensa à Jerry et à la fille et il pensa à

Peter Worthington, son mari, à ce regard complice de chien battu que Worthington lui avait lancé lorsqu'il était venu l'interviewer dans sa petite maison d'Islington : « Vous et moi, nous sommes ceux qu'on laisse derrière », disait le message.

Il songea aux autres tentatives amoureuses que Jerry avait laissées dans le désordre de ses traces, aux factures à demi payées que le Cirque avait réglées pour lui, et il songea qu'il aurait été bien commode de fourrer Lizzie dans le tas simplement comme une de plus, mais il ne pouvait pas faire ça. Il n'était pas Sam Collins, et il était absolument persuadé qu'à cet instant les sentiments que Jerry portait à cette fille étaient une cause que Ann aurait embrassée avec chaleur. Mais il n'était pas Ann non plus. Pourtant, pendant un cruel moment, assis là, dans son indécision, il se demanda sincèrement si Ann avait raison et si les efforts qu'il faisait n'étaient pas devenus rien de plus qu'un voyage solitaire au milieu des monstres et des traîtres de sa propre insuffisance, où il entraînait sans pitié des esprits simplistes comme celui de Jerry.

Vous avez tort, mon vieux, je ne sais pas comment, je ne sais pas pourquoi, mais vous avez tort.

Le fait que j'aie tort, avait-il un jour répliqué à Ann, au cours d'une de leurs interminables discussions, *ne te donne pas raison.*

Il entendit de nouveau Martello, en train de parler, et retrouva le présent.

« George, nous avons des gens qui attendent, les bras ouverts, ce que nous pouvons donner. Ce que Nelson peut. »

Un téléphone sonnait. Murphy prit la communication et transmit le message à la salle silencieuse : « Une communication du porte-avions, monsieur. Les renseignements de la Marine signalent que les jonques sont à l'heure, monsieur. Vent sud favorable et bonne pêche en route. Monsieur, je ne pense même pas que Nelson soit avec eux. Je ne vois pas pourquoi il y serait. »

L'attention se concentra brusquement sur Murphy qu'on n'avait encore jamais entendu exprimer une opinion.

« Qu'est-ce que ça veut dire, Murphy ? demanda Martello abasourdi. Vous êtes allé consulter un voyant vous aussi, mon garçon ?

– Monsieur, j'étais sur le porte-avions ce matin et ces gens-là ont un tas d'informations. Ils n'arrivent pas à comprendre pourquoi quelqu'un qui vit à Shanghai voudrait jamais sortir par Swatow. Ils ne s'y prendraient pas du tout comme ça, monsieur. Ils prendraient l'avion ou le train pour Canton, puis le car peut-être jusqu'à Waichow. Il paraît que c'est bien plus sûr, monsieur.

– Ce sont les compatriotes de Nelson, dit Smiley, et toutes les têtes revinrent vers lui. C'est son clan. Il préférerait être en mer avec eux, même si c'est un risque. Il leur fait confiance. » Il se tourna vers Guillam. « Voici ce que nous allons faire, dit-il. Dites à Rockhurst de distribuer un signalement de Westerby et de la fille. Vous dites qu'il avait la voiture sous son nom de code ? Qu'il a utilisé tous ses papiers de secours ?

– Oui.

– Worrell ?

– Oui.

– Alors la police recherche Mr et Mrs Worrell, nationalité britannique. Pas de photographie, et assurez-vous que les signalements soient assez vagues pour ne pas éveiller de soupçons. Marty... »

Martello était tout attention.

« Ko est toujours sur son bateau ? demanda Smiley.

– Il est blotti là-bas avec Tiu, George.

– Il n'est pas impossible que Westerby essaie de le joindre. Vous avez un poste de surveillance statique sur le quai. Mettez d'autres hommes là-bas. Dites-leur de redoubler d'attention.

– A quoi doivent-ils s'attendre ?

– A des ennuis. Il en va de même pour la surveillance de la maison. Dites-moi... » Il plongea un moment dans ses pensées, mais Guillam n'avait pas besoin de s'inquiéter. « Dites-moi... Pouvez-vous simuler un dérangement sur la ligne téléphonique de Ko chez lui ? »

Martello jeta un coup d'œil à Murphy.

« Monsieur, dit Murphy, nous n'avons pas l'équipement sous la main, mais je pense que nous pourrions...

– Alors coupez-la, dit Smiley avec simplicité. Coupez le câble si c'est nécessaire. Essayez de faire ça près d'un endroit où on fasse des travaux dans la rue. »

Ayant donné ses ordres, Martello traversa la pièce d'un pas léger et vint s'asseoir auprès de Smiley.

« Ah ! George, maintenant, à propos de demain. Croyez-vous que nous puissions, hem, avoir un peu de matériel lourd comme ça, en cas aussi ? » Du bureau où il téléphonait à Rockhurst, Guillam suivait le dialogue sans en perdre un mot. Et de l'autre bout de la pièce, Sam Collins : « Il semble qu'on ne puisse pas prévoir ce que votre Westerby pourrait faire, George. Il faut être prêt à toutes les éventualités, vous ne trouvez pas ?

– Bien sûr, ayez sous la main ce que vous voulez. En attendant, si ça ne vous ennuie pas, nous laisserons les plans d'interception exactement comme ils sont. Et sous ma direction.

– Bien sûr, George, bien sûr, dit Martello d'un ton plein d'onction, et avec le même respect que s'il marchait dans une église, il regagna son camp.

– Qu'est-ce qu'il voulait ? interrogea Guillam à voix basse, accroupi auprès de Smiley. A quoi essaie-t-il de vous faire donner votre accord ?

– Je ne veux pas de ça, Peter », l'avertit Smiley, lui non plus sans élever la voix. Il était tout d'un coup très en colère. « Je ne veux plus vous entendre. Je ne tolérerai pas vos conceptions byzantines d'une intrigue de palais. Ces gens sont nos hôtes et nos alliés. Nous avons avec eux un accord écrit. Nous avons déjà bien assez de soucis sur les bras sans nous encombrer d'idées grotesques et, permettez-moi de vous le dire franchement, paranoïaques. Maintenant si vous voulez bien...

– Je vous assure... commença Guillam, mais Smiley le fit taire.

– Je veux que vous mettiez la main sur Craw. Allez le voir si c'est nécessaire. Peut-être le trajet vous ferait-il du bien. Dites-lui que Westerby est devenu fou. Qu'il nous prévienne tout de suite s'il a de ses nouvelles. Il saura quoi faire. »

Suivant toujours la ligne des fauteuils, Fawn regarda Guillam s'en aller, ses poings continuant inlassablement à pétrir Dieu sait ce qu'il tenait.

Dans l'univers de Jerry, il était également trois heures du matin et la tenancière lui avait trouvé un rasoir, mais pas de chemise propre. Il s'était rasé et lavé du mieux qu'il avait pu, mais son corps restait endolori de la tête aux pieds. Il se planta au-dessus de Lizzie, toujours allongée sur le lit, et lui promit de revenir d'ici deux heures, mais il doutait qu'elle l'eût même entendu. *S'il y a plus de journaux pour publier des photos de jolies filles que des nouvelles*, se souvint-il, *le monde sera fichtrement meilleur, monsieur Westerby.*

Il prit des *pak-pis*, sachant qu'ils étaient moins sous la coupe de la police. Autrement il alla à pied, et marcher lui apporta un soulagement physique ainsi que le processus mystique de la décision à prendre, car là-bas, dans la chambre, c'était soudain devenu impossible. Il avait besoin de bouger pour trouver une direction. Il se dirigeait vers Deep Water Bay, et il savait qu'il entrait dans un territoire dangereux. Maintenant qu'il leur avait faussé compagnie, ils allaient fondre sur ce bateau comme des sangsues. Il se demanda qui ils avaient, et ce qu'ils utilisaient. Si c'étaient les Cousins, il devrait être à l'affût de trop de matériel et d'effectifs trop nombreux. La pluie tombait et il craignit qu'elle ne dissipât la brume. Au-dessus de lui, la lune était déjà en partie dégagée et, tout en descendant sans bruit la colline, il pouvait distinguer à sa pâle lumière les jonques d'agents de change les plus proches, qui tiraient sur leurs amarres en poste d'observation statique ; ils rechercheront la hauteur, se dit-il, et bien sûr, là, sur le promontoire à droite, il aperçut un camion Mercedes délabré garé entre les arbres et les antennes avec leurs banderoles chinoises. Il attendit, en regardant le brouillard déferler en rouleaux, une voiture descendit la colline avec ses phares allumés, et dès qu'elle l'eut dépassé, il traversa la route en courant, sachant que le matériel le plus perfectionné du monde ne leur permettrait pas de le voir derrière les phares qui approchaient. Au niveau de l'eau, la visibilité était à peu près nulle, et il dut tâtonner pour repérer la jetée en bois branlante qu'il se souvenait avoir vue lors de sa précédente reconnaissance. Puis il trouva ce qu'il cherchait. La même vieille femme édentée était assise dans son sampan, lui souriant à travers le brouillard.

« Ko, murmura-t-il. *Amiral Nelson. Ko ?* »

L'écho de son ricanement se répéta sur l'eau.

« Po Toi ! cria-t-elle, Tin Hau ! Po Toi !

– Aujourd'hui ?

– Aujourd'hui.

– Demain ?

– Demain ! »

Il lui lança deux dollars et son rire le suivit tandis qu'il s'éloignait à pas furtifs.

J'ai raison. Lizzie a raison, nous avons raison, songea-t-il. Il va bien à la fête. Il priait le ciel pour que Lizzie n'eût pas bougé. Si elle s'éveillait, il la croyait bien capable de s'en aller vagabonder Dieu sait où.

Il marcha, en essayant de chasser la douleur qui l'élançait encore à l'aine et dans le dos. Procède par étapes, se dit-il. Rien de spectaculaire. Joue simplement comme ça vient. Le brouillard était comme un corridor emmenant à différentes pièces. Une fois il croisa une voiture d'infirme qui avançait lentement sur le trottoir, tandis que son occupant promenait son berger allemand. Une fois, deux vieillards en tricot de corps faisant leur gymnastique matinale. Dans un jardin public, deux petits enfants le dévisagèrent depuis un buisson de rhododendrons où ils semblaient avoir élu domicile, car leurs vêtements étaient accrochés aux branches et ils étaient aussi nus que les gosses réfugiés de Phnom Penh.

Elle était assise à l'attendre lorsqu'il revint et elle avait l'air dans tous ses états.

« Ne refaites jamais ça, le prévint-elle en le prenant par le bras tandis qu'ils s'en allaient en quête d'un petit déjeuner et d'un bateau. N'allez jamais me plaquer sans prévenir. »

Tout d'abord, Hong Kong n'avait aucun bateau ce jour-là. Jerry ne voulait pas penser aux grands ferries qui emmenaient des excursionnistes. Il savait que le Roc les aurait bouclés. Il ne voulait pas non plus faire le tour des baies en se livrant à des demandes trop voyantes. Lorsqu'il téléphona aux entreprises de canots-taxis qui figuraient dans l'annuaire, tout ce qu'elles avaient était loué, ou trop petit pour le voyage. Puis il se souvint de Luigi Tan le combinard, qui était un mythe au Club des correspondants étrangers : Luigi pouvait vous trouver n'importe quoi, depuis une troupe de danseurs coréens jusqu'à un billet d'avion au rabais plus vite que n'importe quel combinard de Hong Kong. Ils prirent un taxi pour se rendre de l'autre côté de Wanchai, où Luigi avait sa tanière, puis ils continuèrent à pied. Il était huit heures du matin, mais le brouillard chaud ne s'était pas levé. Les panonceaux éteints se déployaient au-dessus des étroites allées comme des amants épuisés : Happy Boy, Lucky Place, Americana. Les étalages de denrées alimentaires ajoutaient leur tiède parfum aux relents des gaz d'échappement et aux fumées de charbon. Par des fentes dans le mur, ils apercevaient parfois un canal. « N'importe qui vous dira où le trouver », se plaisait à déclarer Luigi Tan. « Vous n'avez qu'à demander le grand type avec une seule jambe. »

Ils le trouvèrent derrière le comptoir de sa boutique, juste assez grand pour regarder par-dessus, un petit nez portugais métissé vif et remuant, qui avait jadis gagné sa vie en faisant de la boxe chinoise dans les salles crasseuses de Macao. Le devant de l'échoppe n'avait pas deux mètres de large. Ce qu'il vendait, c'étaient des motocyclettes neuves et des souvenirs de l'ancien service chinois, qu'il appelait des antiquités : des daguerréotypes de dames chapeautées dans des cadres en étain, une malle délabrée, le journal de bord d'un bateau transporteur d'opium. Luigi connaissait déjà Jerry, mais il aimait bien mieux Lizzie, et il insista pour qu'elle passât devant, de façon à pouvoir admirer sa croupe pendant qu'il les faisait passer sous du linge à sécher pour gagner un appentis marqué *Privé*, avec trois chaises et un téléphone par terre. S'accroupissant jusqu'à en être presque roulé en boule, Luigi s'adressa en chinois au téléphone et en anglais à Lizzie. Il était grand-père, raconta-t-il, mais viril, et il avait quatre fils, tous de braves garçons.

Même le fils numéro quatre n'était plus sur son dos. Tous de bons chauffeurs, de bons travailleurs et de bons maris. Et puis, précisa-t-il à Lizzie, il avait une Mercedes grand confort avec stéréo.

« Peut-être un jour je vous emmène faire un tour dedans », dit-il. Jerry se demanda si elle se rendait compte qu'il lui proposait le mariage, ou peut-être quelque chose d'approchant.

Oui, Luigi pensait qu'il avait aussi un bateau.

Après deux coups de téléphone, il savait qu'il avait un bateau, qu'il ne prêtait jamais qu'à des amis, à un prix dérisoire. Il donna à Lizzie son étui à cartes de crédit pour qu'elle pût compter le nombre de cartes qu'il y avait, puis son portefeuille pour lui faire admirer ses photos de famille, dont l'une montrait un homard pêché par le fils numéro quatre, le jour de son récent mariage, bien que le fils ne fût pas visible sur le cliché.

« Po Toi, mauvais endroit, dit Luigi Tan à Lizzie toujours au téléphone. Très sale. Mer mauvaise, fête minable, mauvaise nourriture. Pourquoi vous voulez aller là-bas ?

– Pour Tin Hau bien sûr, fit Jerry avec patience, en répondant pour elle. Pour le célèbre temple et pour la fête. »

Luigi Tan préférait s'adresser à Lizzie.

« Vous allez à Lantau, conseilla-t-il. Bonne île, Lantau. Bonne nourriture, bon poisson, braves gens. Je leur dis vous allez à Lantau, vous déjeunez chez Charlie, Charlie mon ami.

– Po Toi, dit Jerry avec fermeté.

– Po Toi, beaucoup de fric.

– Nous avons beaucoup de fric », dit Lizzie avec un charmant sourire, et Luigi la regarda de nouveau, d'un air contemplatif, un long regard qui la toisait de la tête aux pieds.

« Peut-être je viens avec vous, lui dit-il.

– Non », dit Jerry.

Luigi les conduisit à Causeway Bay et monta avec eux sur le sampan. Le bateau était une embarcation à moteur de quatre mètres cinquante, banale comme du bois flottant, mais Jerry estima qu'elle était saine et Luigi précisa qu'elle avait une bonne quille. Un jeune garçon flânait à l'arrière, un pied traînant dans l'eau.

« Mon neveu, dit Luigi, en ébouriffant avec fierté les cheveux du garçon. Il a sa mère à Lantau. Il vous emmène à Lantau, vous déjeunez chez Charlie, il vous donnera du bon temps. Vous me payez plus tard.

– Mon vieux, fit Jerry avec patience. Ecoutez. Nous ne voulons pas de Lantau. Nous voulons Po Toi. Seulement Po Toi. Po Toi ou rien. Déposez-nous là-bas et partez.

– Po Toi mauvais temps, mauvaise fête, mauvais endroit. Trop près des eaux chinoises. Des tas de communistes.

– Po Toi ou rien, dit Jerry.

– Bateau trop petit », dit Luigi n'hésitant pas à perdre horriblement la face, et il fallut tout le charme de Lizzie pour le réconforter.

Pendant une heure les hommes préparèrent le bateau et Jerry et Lizzie durent se contenter de s'asseoir dans la demi-cabine pour échapper aux regards, en buvant de judicieuses lampées de Rémy-Martin. De temps à autre, l'un d'entre eux sombrait dans des rêves personnels. Quand cela arrivait à Lizzie, elle se repliait sur elle-même et se balançait lentement d'avant en arrière, la tête baissée. Jerry, lui, tirait sur sa mèche, et une fois il tira si fort qu'elle lui toucha le bras pour l'arrêter et il éclata de rire.

Presque sans s'en apercevoir, ils quittèrent le port.

« Ne vous montrez pas », ordonna Jerry, et pour plus de sûreté, il la prit par les épaules pour la maintenir dans le piètre abri de la cabine découverte.

Le porte-avions américain s'était dépouillé de ses ornements et il était là, gris et menaçant, comme un poignard sorti de sa gaine, au-dessus de l'eau. Tout d'abord, ils ne rencontrèrent rien que le même calme poisseux. Sur la rive, des bancs de brume montaient à l'assaut des collines grises et des colonnes de fumée brune se perdaient dans un ciel blanc et sans expression. Sur l'eau plate, leur bateau leur semblait aussi haut qu'un ballon. Mais lorsqu'ils quittèrent l'abri de la jetée et qu'ils mirent le cap à l'est, les vagues vinrent claquer sur les flancs, l'étrave se mit à piquer dans l'eau, à craquer, et ils durent se cramponner pour ne pas tomber. Avec la petite proue qui se soulevait et se cabrait comme un mauvais cheval, ils passèrent en tanguant devant les grues, les entrepôts, les usines et les mâts des carrières à flanc de coteau. Ils marchaient vent debout et l'écume volait de tous côtés. Le patron, à la barre, riait en discutant avec son compagnon, et Jerry supposa que c'était ces fous de Nez-Longs qui les faisaient rire, eux qui choisissaient, pour faire leur cour, un bateau qui dansait sur l'eau. Un pétrolier géant les croisa, n'ayant pas l'air de bouger, des jonques brunes courant dans son sillage. Des docks où était amarré un cargo, les éclairs blancs des lampes des soudeurs leur faisaient signe à travers l'eau. Le rire des hommes se calma et ils commencèrent à discuter raisonnablement parce qu'ils étaient en mer. En regardant en arrière, entre les murs tanguant des navires de transport, Jerry aperçut l'île qui s'éloignait lentement, découpée par les nuages comme une montagne tabulaire. Une fois de plus Hong Kong cessait d'exister.

Ils doublèrent un autre cap. Comme la mer grossissait, le tangage s'amplifia et les nuages au-dessus d'eux s'abaissèrent jusqu'à n'être plus qu'à quelques mètres au-dessus de leur mât, et pendant un moment ils restèrent dans ce monde inférieur et irréel, avançant à l'abri de cette couverture protectrice. La brume cessa d'un coup et les projeta dans le soleil dont les reflets dansaient sur l'eau. Vers le sud, sur des collines à la végétation déchaînée, un feu de navigation orange clignotait vers eux dans l'air pur.

« Qu'est-ce qu'on fait maintenant ? demanda-t-elle doucement en regardant par le hublot.

– On sourit et on prie, dit Jerry.

– Je vais sourire, vous priez », dit-elle.

Une vedette de pilote venait se ranger à côté d'eux et un moment il s'attendit vraiment à voir l'affreux visage du Roc le foudroyant du haut du pont, mais l'équipage ne leur accorda aucune attention.

« Qui est-ce ? chuchota-t-elle. Qu'est-ce qu'ils croient ?

– C'est de la routine, dit Jerry. Ça ne veut rien dire. »

Le canot vira de bord. Ça y est, se dit Jerry, sans rien éprouver de particulier, ils nous ont repérés.

« Vous êtes sûr que c'était seulement de la routine ? demanda-t-elle.

– Il y a des centaines de bateaux qui vont à la fête », dit-il.

L'embarcation se cabra violemment et continua. Un bateau qui tient bien la mer, songea-t-il se cramponnant à Lizzie. Superbe quille. Si ça continue, nous n'aurons pas de décision à prendre. La mer la prendra pour nous. C'était un de ces voyages où, si on arrivait à destination, personne ne le remarquait, ou sinon on disait que ç'avait été vraiment un suicide. Le vent d'est pouvait se mettre à tourbillonner à tout moment, se dit-il. Dans la saison entre les moussons de l'ouest rien n'était jamais sûr. Il tendit une oreille anxieuse vers les palpitations erratiques du moteur. S'il lâche, on va finir sur les récifs.

Soudain ses cauchemars se multiplièrent de façon déraisonnable. *Le butane*, pensa-t-il. *Bon Dieu, le butane !* Pendant que les hommes préparaient le bateau, il avait aperçu deux cylindres qu'on rangeait dans la cale avant, entre les réservoirs d'eau, sans doute pour faire cuire les homards de midi. Comme un imbécile, il n'y avait pas prêté attention jusqu'à maintenant. Il calcula : le butane est plus lourd que l'air. Les deux cylindres fuient. C'est une simple question de degré. Avec cette mer qui martèle la coque, ils fuient plus vite, et le gaz qui s'est échappé doit être maintenant répandu dans toute la cale à une cinquantaine de centimètres de l'étincelle du moteur, avec un charmant mélange d'oxygène pour aider la combustion. Lizzie s'était dégagée de son bras et était à l'arrière. La mer se trouva soudain encombrée. Une flotte de jonques de pêche s'était rassemblée, arrivant de nulle part, et elle les regardait avec fièvre. Lui saisissant le bras, il l'entraîna à l'abri de la cabine.

« Où est-ce que vous vous croyez ? cria-t-il. Aux régates de Cowes ? »

Elle l'examina un moment, puis l'embrassa doucement, puis recommença.

« Calmez-vous », fit-elle. Elle l'embrassa une troisième fois, murmura « Oui », comme si quelque chose avait répondu à son attente, puis elle resta silencieuse un moment, à regarder le pont, mais en lui tenant la main.

Jerry calcula qu'ils devaient filer cinq nœuds. Un petit avion apparut au-dessus d'eux. La dissimulant dans la cabine, il leva vite les yeux, mais trop tard pour lire l'immatriculation.

« Bien le bonjour à vous aussi », se dit-il.

Ils passaient le dernier cap, tanguant et gémissant dans les embruns. A un moment, les hélices sortirent carrément de l'eau en rugissant. Lorsqu'ils retombèrent, le moteur hésita, s'étouffa, puis décida de continuer à tourner. Touchant l'épaule de Lizzie, Jerry désigna devant eux l'horizon où l'île abrupte et nue de Po Toi se dessinait comme une silhouette découpée sur le ciel déchiré par les nuages : deux pics, qui s'élevaient droit depuis l'eau, le plus grand au sud, et entre eux une cuvette. La mer avait pris des tons bleu acier et le vent la balayait, leur coupant le souffle et leur projetant des embruns au visage comme de la grêle. A bâbord, c'était l'île de Beaufort : un phare, une jetée, pas d'habitants. Le vent tomba comme s'il n'y en avait jamais eu. Pas un souffle de brise ne les accueillit lorsqu'ils pénétrèrent dans les eaux tranquilles du côté de l'île à l'abri du vent. La chaleur du soleil était brutale. Devant eux, peut-être à un mille, s'ouvrait l'embouchure de la principale baie de Po Toi et derrière elle, les fantômes bas et bruns des îles de la Machine. Ils distinguèrent bientôt toute une flotte désordonnée de jonques et de bateaux d'excursion qui encombraient la baie, en même temps que le premier tintamarre des tambours et des cymbales ainsi que des chants confus qui parvenaient sur l'eau jusqu'à eux. Sur la colline, derrière, s'étendait le petit village, avec ses toits de tôle ondulée qui scintillaient, et sur son petit cap se dressait une unique construction de pierre, le temple de Tin Hau, avec un échafaudage de bambous disposé autour en une tribune rudimentaire, et toute une foule avec un voile de fumée qui planait au-dessus des têtes, traversé de flèches d'or.

« De quel côté était-ce ? lui demanda-t-il.

– Je ne sais pas. Mais nous montions jusqu'à une maison et de là nous allions à pied. »

Chaque fois qu'il lui parlait il la regardait, mais maintenant elle évitait son regard. Frappant sur l'épaule du patron, elle désigna le cap qu'elle voulait lui voir prendre. L'homme, aussitôt, se mit à protester. Se plantant devant lui, Jerry lui montra une liasse de billets, à peu près tout ce qui lui restait. Avec mauvaise grâce, le garçon vira à l'entrée de la rade, se frayant un chemin entre les bateaux vers un petit cap de granit où une jetée croulante permettait un débarquement risqué. Le tumulte de la fête était beaucoup plus fort. On sentait le charbon de bois et le cochon de lait, on entendait les éclats de rire, mais pour le moment ils ne voyaient pas la foule, pas plus que la foule ne les voyait.

« Ici, cria-t-il. Abordez ici. Maintenant ! Maintenant ! »

La jetée se pencha comme un homme ivre et ils sautèrent dessus. Ils n'avaient pas encore atteint la terre ferme que leur bateau avait déjà fait demi-tour. On se sépara sans adieu. Ils gravirent les rochers la main dans la main, et ils tombèrent droit sur un jeu d'argent qu'observait toute une foule amusée. Au centre se tenait un vieil homme aux airs de clown avec un sac de pièces, et il les lançait en bas des rochers une par une pendant que des garçons, pieds nus, se précipitaient pour les rattraper, se bousculant avec ardeur, au risque de tomber de la falaise.

« Ils ont pris un bateau, annonça Guillam. Rockhurst a interrogé le propriétaire. Le propriétaire est un ami de Westerby, eh oui, c'était Westerby et une très jolie fille, et ils voulaient aller à Po Toi pour Tin Hau.

– Et comment Rockhurst s'est-il arrangé ? demanda Smiley.

– Il a dit que dans ce cas-là ce n'était pas le couple qu'il cherchait. Il est reparti, l'air déçu. La police du port a signalé aussi avoir repéré le bateau faisant route vers la fête.

– Vous voulez qu'on envoie un petit avion de reconnaissance, George ? proposa Martello d'un ton nerveux. Les renseignements de la Marine ont toute sorte de matériel prêt. »

Murphy avait une brillante suggestion. « Pourquoi est-ce qu'on ne prend pas les hélicos pour aller ramasser Nelson sur sa jonque ? demanda-t-il.

– Murphy, taisez-vous, dit Martello.

– Il se dirige vers l'île, dit Smiley d'un ton ferme. Nous le savons. Je ne crois pas que nous ayons besoin d'une couverture aérienne pour le prouver. »

Martello n'était pas satisfait. « Alors peut-être devrions-nous envoyer quelques hommes sur cette île, George. Nous devrions peut-être intervenir quand même en fin de compte. »

Fawn était pétrifié. Même ses poings ne se crispaient plus.

« Non », dit Smiley.

Auprès de Martello, le sourire de Sam Collins pâlit un peu.

« Il y a une raison ? demanda Martello.

– Jusqu'à la dernière minute, Ko a une ressource. Il peut signaler à son frère de ne pas débarquer, dit Smiley. Le moindre indice de perturbation sur l'île pourrait le persuader de faire ça. »

Martello poussa un petit soupir rageur. Il avait reposé la pipe qu'il fumait parfois et il puisait abondamment dans les provisions de cigarettes brunes de Sam, qui semblaient inépuisables.

« George, qu'est-ce que cet homme veut ? demanda-t-il exaspéré. S'agit-il d'un chantage maintenant, d'un effort pour faire échouer nos plans ? Je ne vois pas où le situer. » Une affreuse pensée le frappa. Il baissa le ton et tendit de tout son long son bras à travers la pièce. « N'allez pas me dire que nous avons là un de ces *nouveaux* ! N'allez pas me dire que c'est un de ces convertis de la guerre froide qui s'est fixé la mission chevaleresque de laver ses péchés en public, parce que si c'est le cas, et si nous devons lire l'histoire de la vie de ce type dans le *Washington Post* la semaine prochaine, George, je m'en vais personnellement expédier toute la Cinquième Flotte sur cette île si c'est ce qu'il faut pour le calmer. » Il se tourna vers Murphy. « Tout est paré, n'est-ce pas ?

– Tout est paré.

– George, je veux un groupe de débarquement prêt à opérer. Vos gens peuvent venir à bord ou rester. A leur choix. »

Smiley regarda Martello, puis Guillam avec son bras en écharpe, inutile, puis Fawn, figé comme un plongeur au bout d'un tremplin, les yeux mi-clos et les talons joints, pendant qu'il se soulevait et retombait sur la pointe des pieds.

« Fawn et Collins, dit enfin Smiley.

– Vous deux, emmenez-les jusqu'au porte-avions et remettez-les aux gens là-bas. Murphy revient. »

Un nuage de fumée marquait l'endroit où était assis Collins. Là où était Fawn, deux balles de squash roulèrent lentement par terre avant de s'immobiliser.

« Dieu nous protège tous », murmura quelqu'un avec ferveur. C'était Guillam, mais Smiley fit comme s'il n'avait pas entendu.

Le lion était occupé par trois hommes et la foule riait parce qu'il venait les mordiller et parce que de prétendus picadors le harcelaient avec des bâtons pendant qu'il bondissait en dansant sur l'étroit sentier, dans le fracas des tambours et des cymbales. Arrivant au promontoire, la procession fit lentement demi-tour pour commencer à revenir sur ses pas, et là-dessus Jerry s'empressa d'entraîner Lizzie au milieu de la foule, se penchant pour moins faire remarquer sa taille. Le sentier était boueux et plein de flaques. La danse, bientôt, leur fit dépasser le temple et descendre des marches bétonnées vers une plage de sable où les cochons de lait étaient en train de rôtir.

« Par où ? » lui demanda-t-il.

Elle le guida prestement vers la gauche, quittant le cortège des danseurs, pour passer derrière un village de cabanes et emprunter un pont de bois qui franchissait une petite crique. Ils grimpèrent en suivant une rangée de cyprès, Lizzie ouvrant la marche, jusqu'au moment où ils se retrouvèrent seuls, dominant la baie en forme parfaite de fer à cheval, et regardant l'*Amiral Nelson* de Ko à l'ancre, bien au milieu, comme une grande dame au milieu des centaines de jonques et d'embarcations de plaisir qui l'entouraient. On ne voyait personne sur le pont, pas même des membres de l'équipage. Un groupe de vedettes grises de la police, cinq ou six, étaient ancrées un peu plus au large.

Et pourquoi, se dit Jerry, puisque c'était une fête ?

Elle lui avait lâché la main et, lorsqu'il se tourna vers elle, elle contemplait toujours le bateau de Ko, et il perçut sur son visage l'ombre du désarroi.

« C'est vraiment par là qu'il vous a amenée ? » demanda-t-il.

C'était par là, dit-elle, et elle se tourna vers lui pour regarder, pour confirmer ou pour soupeser les choses en son esprit. Puis de l'index, elle suivit avec gravité le contour de ses lèvres, au milieu, où elle les avait embrassées. « Seigneur », dit-elle, et avec la même gravité elle secoua la tête.

Ils reprirent leur escalade. En levant les yeux, Jerry vit le pic brun de l'île qui semblait tout proche, et au flanc de la colline, des groupes de rizières en terrasses tombant en friche. Ils entrèrent dans un petit village qui n'était peuplé que de chiens hargneux, et la baie disparut à leurs regards. L'école était ouverte et déserte. Par la porte, ils aperçurent des cartes d'avions de combat. Il y avait sur la marche des jarres d'eau pour se laver. Mettant ses mains en coupe, Lizzie se rinça le visage. Les cabanes étaient entourées de câbles fixés à des briques pour les ancrer contre les typhons. Le sentier devint du sable et la marche se fit plus pénible.

« C'est toujours le chemin ? demanda-t-il.

– Il faut monter, dit-elle, comme si elle en avait assez de le lui dire. Il faut monter, il y a la maison, et c'est là. Enfin, bon Dieu, pour qui me prenez-vous, pour une pauvre conne ?

– Je n'ai rien dit », fit Jerry. Il passa un bras autour de ses épaules et elle se serra contre lui, s'abandonnant exactement comme elle l'avait fait sur la piste de danse.

Ils entendirent des accents de musique qui venaient du temple – quelqu'un qui essayait les haut-parleurs – et après cela le gémissement d'une lente mélopée. De nouveau on voyait la baie. Une foule s'était rassemblée sur le rivage. Jerry aperçut de nouvelles bouffées de fumée et, dans la chaleur sans vent du côté de l'île où ils se trouvaient, il perçut une odeur d'encens. L'eau était bleue, claire et calme. Tout autour, des lumières blanches brûlaient sur des poteaux. Le bateau de Ko n'avait pas bougé, pas plus que les vedettes de la police.

« Vous le voyez ? » demanda-t-il.

Elle examinait la foule. Elle secoua la tête.

« Il doit faire la sieste après le déjeuner », dit-elle d'un ton nonchalant.

Le soleil tapait dur. Lorsqu'ils entrèrent dans l'ombre de la colline, ce fut comme un soudain crépuscule, et lorsqu'ils ressortirent au soleil, il leur piqua le visage comme la chaleur d'un feu tout proche. L'air grouillait de libellules, le flanc de la colline était jonché de hauts rochers, mais là où de la broussaille poussait, elle s'enroulait partout, dans un foisonnement de somptueuses trompettes rouges, blanches et jaunes. De vieilles boîtes de conserve gisaient partout, reliefs de pique-niques.

« Et c'est ça la maison dont vous parliez ?

– Je vous l'ai dit », fit-elle.

C'était une ruine : une villa au crépi brun délabré avec des murs béants et un panorama. Elle avait été bâtie, non sans grandeur, au-dessus d'un ruisseau asséché et on y accédait par un petit pont de béton. La boue empestait et bourdonnait d'insectes. Entre les palmes, les fougères, les restes d'une véranda révélaient une immense perspective sur la mer et sur la baie. Comme ils traversaient le pont, il lui prit le bras.

« Partons d'ici, dit-il. Pas d'interrogation. Racontez.

– Nous montions à pied jusqu'ici, comme je vous ai dit. Moi, Drake et ce salaud de Tiu. Les boys portaient un panier et l'alcool. Je disais : "Où va-t-on ?" et il me répondait : "Pique-niquer". Tiu ne voulait pas de moi mais Drake avait dit que je pouvais venir. "Tu as *horreur* de marcher, disais-je. Je ne t'ai même jamais vu traverser une rue !" "Aujourd'hui on marche", disait-il avec autorité. Alors j'ai suivi le mouvement et je me suis tue. »

Un nuage épais obscurcissait déjà le pic au-dessus d'eux et descendait lentement le flanc de la colline. Le soleil avait disparu. En quelques instants le nuage les atteignit et ils se retrouvèrent seuls au bout du monde, ne pouvant même pas voir leurs pieds. Ils entrèrent à tâtons dans la maison. Elle s'assit à l'écart sur une poutre cassée. Des slogans chinois étaient barbouillés à la peinture rouge sur les montants de la porte. Le sol était jonché de débris de pique-nique et de longs lambeaux de papier d'emballage.

« Il dit aux boys de filer, alors ils filent, et puis Tiu et lui ont une longue discussion sur les affaires de la semaine, et au milieu du déjeuner voilà qu'il se met à parler anglais et qu'il m'explique que Po Toi, c'est *son* île. C'est là où il a débarqué pour la première fois quand il a quitté la Chine. Les gens du bateau l'avaient déposé là. "Les gens de chez moi", comme il les appelle. C'est pour ça qu'il vient à la fête tous les ans et c'est pour ça qu'il donne de l'argent au temple, et c'est pour ça qu'on s'est escrimé à grimper cette foutue colline pour aller pique-niquer. Et puis les voilà qui se remettent à parler chinois et j'ai l'impression que Tiu l'engueule pour avoir trop parlé, mais Drake est tout excité, comme un petit garçon, et ne veut rien entendre. Après ça, il monte.

– Il monte ?

– Jusqu'en haut. "Les façons d'autrefois sont les meilleures, il me dit. Il faut s'en tenir à ce qui est prouvé" – là-dessus un petit coup de prêcheur baptiste – "Tiens bon à ce qui est bien, Liese, c'est ce que Dieu aime." » Jerry jeta un coup d'œil au banc de brume au-dessus de lui et il aurait juré avoir entendu le crépitement d'un petit avion, mais sur le moment il ne se préoccupait pas trop de savoir si c'était bien ça ou non, parce qu'il avait les deux choses dont il avait le plus grand besoin. Il avait la fille avec lui, et il avait le renseignement car maintenant il finissait par comprendre exactement quel intérêt elle présentait pour Smiley et pour Sam Collins, et comment elle leur avait inconsciemment révélé l'indice essentiel sur les intentions de Ko.

« Ils sont donc allés en haut. Vous les avez accompagnés ?

– Non.

– Vous avez vu où ils allaient ?

– Tout en haut. Je vous l'ai dit.

– Et alors ?

– Ils ont regardé de l'autre côté. Ils ont discuté. Indiqué une direction. Nouvelle discussion, ils désignaient encore un point de l'horizon, et puis ils redescendent et Drake est encore plus excité, comme il l'est quand il vient de faire un gros coup et que le numéro un n'est pas là pour désapprouver. Tiu a l'air extrêmement grave et c'est comme ça qu'il est quand Drake se montre tendre avec moi. Drake veut rester et boire un cognac, alors Tiu rentre à Hong Kong, furieux. Drake devient d'humeur amoureuse et décide qu'on va passer la nuit sur le bateau et rentrer le lendemain matin, et c'est ce qu'on fait.

– Où est-ce qu'il ancre le bateau ? Ici ? Dans la baie ?

– Non.

- Où ça ?

– Au large de Lantau.

– Vous êtes allés directement là-bas, n'est-ce pas ? »

Elle secoua la tête.

« On a fait le tour de l'île.

– De *cette* île ?

– Il y avait un endroit qu'il voulait regarder dans l'obscurité, un bout de côte de l'autre côté. Les boys ont dû braquer les lampes dessus. "C'est là où je débarque en 1951, dit-il. Les gens du bateau avaient peur d'entrer dans le port. Ils avaient peur de la police, des fantômes, des pirates et des gens des douanes. Ils disent que les gens de l'île vont leur couper la gorge."

– Et la nuit ? fit doucement Jerry. Pendant que vous étiez ancrés au large de Lantau ?

– Il m'a raconté qu'il avait un frère et qu'il l'adorait.

– C'était la première fois qu'il vous en parlait ? »

Elle acquiesça.

« Il vous a dit où était le frère ?
– Non.
– Mais vous le saviez ? »
Cette fois elle ne prit même pas la peine de hocher la tête.
D'en bas, le tumulte de la fête arrivait par vagues à travers le nuage. Avec douceur il la fit se lever.
« J'en ai marre de toutes ces questions, murmura-t-elle.
– C'est presque fini », promit-il. Il l'embrassa et elle le laissa faire, mais sans participer.
« Montons jeter un coup d'œil », dit-il.
Dix minutes encore et le soleil revint et le ciel bleu s'ouvrit au-dessus d'eux. Lizzie ouvrant la marche, ils escaladèrent rapidement plusieurs faux pics vers le plateau. Les bruits qui venaient de la baie avaient cessé et l'air plus froid était empli du cri des mouettes qui tournoyaient. Ils approchaient de la crête, le chemin s'élargissait, ils marchaient côte à côte. Quelques pas encore et le vent les frappa avec une violence qui leur fit perdre le souffle et trébucher. Ils étaient au bord de l'arête, leurs regards plongeaient dans un abîme. Juste à leurs pieds, la falaise tombait à la verticale dans une mer bouillonnante et les embruns entouraient les rochers du promontoire. De gros nuages soufflaient de l'est et derrière eux le ciel était noir. Peut-être à deux cents mètres en bas, il y avait une crique à l'abri des brisants. A cinquante mètres de là, un banc de roches brunes arrêtait la violence des vagues et l'écume les cernait de blanc.
« C'est là ? cria-t-il au-dessus du vent. C'est là qu'il a débarqué ? Sur ce bout de côte ?
– Oui.
– C'est ça qu'il a éclairé ?
– Oui. »
La laissant où elle était, il remonta lentement au bord de l'abîme, presque plié en deux pendant que le vent lui sifflait aux oreilles, lui aspergeait le visage d'une bruine poisseuse et salée et que son ventre hurlait de douleur de ce qu'il supposait être une perforation intestinale, une hémorragie interne ou les deux. Tout au bout, avant que la falaise ne plonge dans la mer, il jeta de nouveau un regard en bas et crut pouvoir

distinguer à peine un vague sentier, qui n'était parfois pas plus qu'une fissure de la roche, qu'une corniche qui traversait l'herbe drue, et qui serpentait avec prudence vers la crique. Il n'y avait pas de sable en bas, mais certains des rochers avaient l'air sec. Revenant auprès d'elle, il l'éloigna du bord de la falaise. Le vent tomba et de nouveau ils entendirent le fracas de la fête, bien plus fort qu'avant. Le claquement des pétards ressemblait à une petite guerre jouée par des enfants.

« C'est son frère Nelson, expliqua-t-il. Au cas où vous n'auriez pas deviné. Ko le fait sortir de Chine. C'est ce soir le grand jour. L'ennui, c'est que c'est un personnage très recherché. Un tas de gens aimeraient bien bavarder avec lui. C'est là où Mellon intervient. » Il prit une profonde inspiration. « A mon avis, vous devriez foutre le camp d'ici. Qu'est-ce que vous en dites ? Drake ne va pas vouloir vous avoir dans les jambes, ça c'est sûr.

– Est-ce qu'il va vous vouloir, vous ? demanda-t-elle.

– Ce que vous devriez faire, à mon avis, c'est retourner au port, dit-il. Vous m'écoutez ? »

Elle réussit à dire : « Bien sûr que j'écoute.

– Vous allez chercher une gentille famille de Nez-Longs bien sympathiques. Pour une fois choisissez la femme, et pas le type. Dites-lui que vous vous êtes disputée avec votre petit ami et s'ils peuvent vous ramener dans leur bateau. S'ils veulent bien, passez la nuit avec eux, sinon allez dans un hôtel. Racontez-leur une de vos histoires. Bon sang, ça ne doit pas être un problème, non ? »

Un hélicoptère de la police vint pétarader au-dessus d'eux dans une longue courbe, sans doute pour observer la fête. Instinctivement il l'empoigna par les épaules et la plaqua contre le rocher.

« Vous vous souvenez du second endroit où nous sommes allés – la boîte avec le grand orchestre ? Le bar ? » Il la tenait toujours.

Elle dit « Oui.

– Je passerai vous prendre là demain soir.

– Je ne sais pas, fit-elle.

– En tout cas, soyez là-bas à sept heures. A sept heures, compris ? »

Elle le repoussa avec douceur, comme si elle était déterminée à rester seule.

« Dites-lui que j'ai tenu parole, dit-elle. C'est à ça qu'il tient le plus. J'ai respecté le contrat. Si vous le voyez, dites-lui : "Liese a respecté le contrat."

– Bien sûr.

– Pas *bien sûr. Oui.* Dites-lui. Il a fait tout ce qu'il avait promis. Il a dit qu'il s'occuperait de moi. Il l'a fait. Il a dit qu'il laisserait Ric partir. Il a fait ça aussi. Il a toujours respecté un contrat. »

Il lui leva la tête, en la tenant à deux mains, mais elle insistait pour continuer.

« Et dites-lui – et dites-lui – dites-lui qu'à cause d'eux ça n'a pas été possible. Ils m'ont coincée.

– Soyez là-bas à partir de sept heures, dit Jerry. Même si je suis un peu en retard. Allons, ça n'est pas trop difficile, tout de même. Vous n'avez pas besoin d'un diplôme d'université pour vous en tirer. » Il essayait de la calmer, de lui arracher un sourire, il cherchait une dernière complicité avant leur séparation.

Elle hocha la tête.

Elle aurait voulu dire autre chose, mais ça ne passait pas. Elle fit quelques pas, se retourna pour le regarder et il lui fit signe, un grand geste du bras. Elle fit quelques pas encore et continua jusqu'à ce qu'elle eût disparu dans la pente de la colline, mais il l'entendit quand même crier : « Sept heures alors », ou crut l'entendre. L'ayant vue disparaître, Jerry revint au bord de la falaise, où il s'assit pour reprendre un peu son souffle avant de jouer les Tarzan. Un fragment de John Donne lui revint, une des rares choses qu'il avait retenues en classe, bien qu'il ne parvînt jamais à se souvenir tout à fait des citations, ou que du moins il le crût :

Sur une énorme colline
Abrupte et déchiquetée,
Se tient la Vérité, et celui qui veut l'atteindre
Doit aller, aller et aller toujours.

Ou quelque chose comme ça. Une heure durant, plongé dans ses pensées, deux heures durant, il resta à l'abri du rocher en regardant le jour tourner au crépuscule sur les îles chinoises à quelques milles en mer. Puis il ôta ses chaussures montantes en daim et repassa les lacets en croisillon, comme il le faisait pour ses chaussures de cricket. Puis il les enfila de nouveau et les serra aussi fort qu'il pouvait. On aurait pu se croire revenu en Toscane, songea-t-il, avec les cinq collines qu'il contemplait depuis le champ de bataille. Sauf que cette fois il n'avait l'intention de plaquer personne. Pas la fille. Pas Luke. Pas même lui. Même s'il fallait beaucoup marcher pour ça.

« D'après le renseignement de la Marine, la flotte de jonques vogue à une vitesse d'environ six nœuds et suit exactement le cap, annonça Murphy. Elle a quitté les lieux de pêche à treize heures, tout comme c'était prévu d'après notre projection. »

Il avait trouvé Dieu sait où un jeu de petits bateaux en bakélite qu'il pouvait fixer à la carte. Debout, il les désignait fièrement en une seule colonne au large de l'île de Po Toi.

Murphy était revenu, mais son collègue était resté avec Sam Collins et Fawn, si bien qu'ils étaient quatre.

« Et Rockhurst a trouvé la fille », fit doucement Guillam en raccrochant l'autre téléphone. Son épaule lui faisait mal et il était extrêmement pâle.

« Où ça ? » fit Smiley.

Toujours près de sa carte, Murphy se retourna.

A son bureau, où il tenait un journal des événements, Martello reposa son stylo.

« Il l'a piquée au port d'Aberdden au moment où elle débarquait, continua Guillam. Elle avait réussi à se faire ramener de Po Toi par un couple, un employé de la Banque de Hong Kong et de Shanghai et sa femme.

– Alors qu'est-ce qui se passe ? demanda Martello sans laisser à Smiley le temps de parler. Où est Westerby ?

– Elle ne sait pas, fit Guillam.

– Allons donc ! protesta Martello.

– Elle dit qu'ils se sont disputés et qu'ils sont partis dans des bateaux différents. Rockhurst demande qu'on lui laisse encore une heure avec elle. »

Smiley prit la parole. « Et Ko ? demanda-t-il. Où est-il ?

– Son bateau est toujours en rade de Po Toi, répondit Guillam. La plupart des autres embarcations sont déjà parties. Mais celle de Ko est là où elle était ce matin. Au beau milieu de la rade, dit Rockhurst, et personne sur le pont. »

Smiley regarda la carte marine, puis Guillam, puis la carte de Po Toi.

« Si elle a raconté à Westerby ce qu'elle a raconté à Collins, dit-il, alors il est resté sur l'île.

– Avec quelles intentions ? demanda Martello, d'une voix très forte. George, dans quel but est-ce que cet homme-là reste sur cette île ? »

Une éternité s'écoula pour eux tous.

« Il attend, dit Smiley.

– Il attend quoi, si je puis me permettre ? » insista Martello du même ton déterminé.

Personne ne voyait le visage de Smiley. Il avait trouvé son coin d'ombre. Ils virent ses épaules se voûter, ils virent sa main monter jusqu'à ses lunettes comme pour les ôter, ils la virent retomber vide et vaincue sur la table en faux bois de rose.

« Quoi que nous fassions, il faut laisser Nelson débarquer, dit-il avec fermeté.

– Et qu'est-ce que nous faisons donc ? lança Martello en se levant et en contournant la table. Weatherby n'est pas ici, George, il n'est jamais entré dans la colonie. Il peut repartir par le même itinéraire.

– Veuillez ne pas crier », dit Smiley.

Martello ne l'écoutait pas. « Qu'est-ce qui va se passer, voilà tout ? Est-ce que ça va être la conspiration ou la catastrophe ? »

Guillam était dressé de toute sa hauteur, barrant la voie, et pendant un moment extraordinaire, il parut possible que, malgré son épaule démise, il se proposât d'empêcher par la force Martello d'approcher plus près de Smiley.

« Peter, fit Smiley avec calme. Je vois qu'il y a un téléphone derrière vous. Peut-être auriez-vous la bonté de me le passer. »

Avec la pleine lune, le vent était tombé et la mer s'était calmée. Jerry n'était pas descendu tout à fait jusqu'à la crique, mais avait fait une dernière étape à dix mètres au-dessus, à l'abri d'un buisson qui le protégeait. Il avait les mains et un genou en sang, une branche lui avait égratigné la joue, mais il se sentait bien : il avait faim, il se sentait alerte. Dans la sueur et le danger de la descente il avait oublié sa douleur. La crique était plus grande qu'il ne l'avait imaginée vue d'en haut, et les falaises de granit au niveau de la mer étaient creusées de grottes. Il essayait de deviner le plan de Drake – car depuis Lizzie, il l'appelait maintenant Drake quand il pensait à lui. Il avait cherché toute la journée. Ce que Drake avait à faire, il le ferait de la mer car il n'était pas capable de la descente cauchemardesque le long de la falaise. Jerry s'était demandé tout d'abord si Drake n'allait pas tenter d'intercepter Nelson avant qu'il eût débarqué, mais il ne voyait aucun moyen sûr pour Nelson de quitter la flotte des jonques pour avoir un rendez-vous en mer avec son frère.

Le ciel s'assombrit, les étoiles apparurent et la course de la lune parut plus claire. Et Westerby ? pensa-t-il. Que fait *A* maintenant ? *A* était fichtrement loin des solutions toutes faites de Sarratt, ça, c'était sûr.

Ce serait une folie aussi pour Drake de tenter d'approcher son bateau de ce côté-ci de l'île, décida-t-il. Il était peu maniable et il avait un trop fort tirant d'eau pour approcher du rivage sur une côte balayée par le vent. Un petit bateau était mieux, et un sampan ou un canot en caoutchouc la meilleure solution. Descendant la falaise jusqu'au moment où ses semelles rencontrèrent les galets, Jerry se tapit contre le rocher, en regardant les brisants se fracasser avec un bruit sourd et les étincelles phosphorescentes qui jaillissaient avec l'écume. « Elle doit être rentrée maintenant », songea-t-il. Avec un peu de chance elle a persuadé quelqu'un de lui donner abri et elle est en train de charmer les gosses tout en buvant une bonne tasse de Viandox. *Dites-lui que j'ai tenu parole*, avait-elle dit.

La lune se leva et Jerry attendait toujours, fixant son regard sur les recoins les plus sombres afin d'améliorer sa vision nocturne. Puis par-dessus le grondement de la mer, il aurait juré avoir entendu le clapotement de l'eau sur une coque en bois et les brefs grondements d'un moteur qu'on met en marche et qu'on arrête. Il ne vit aucune lumière. Se coulant dans l'ombre du rocher, il approcha aussi près qu'il osa du bord de l'eau et une fois de plus s'accroupit, pour attendre. Comme le ressac venait le tremper jusqu'aux cuisses, il aperçut ce qu'il attendait : dans la lumière de la lune sur l'eau, à moins de vingt mètres de lui, la cabine cintrée et la proue incurvée d'un sampan qui se balançait sur son ancre. Il entendit un clapotis et un ordre étouffé et, en se penchant aussi bas que la pente le lui permettait, il distingua, se détachant sur le ciel constellé d'étoiles, la silhouette bien reconnaissable de Drake Ko coiffé de son béret, qui pataugeait avec prudence vers le rivage, suivi de Tiu portant une mitraillette M-16 à deux mains. Alors ça y est, pensa Jerry, s'adressant à lui-même plutôt qu'à Drake Ko, voilà ton Graal noir à toi. Le meurtrier de Luke, le meurtrier de Frostie – que ce soit par procuration ou en chair et en os importe peu –, l'amant de Lizzie, le père de Nelson, le frère de Nelson. Bienvenue à l'homme qui n'a jamais manqué de parole de sa vie.

Drake aussi portait quelque chose, mais de moins dangereux, et Jerry devina bien avant de l'avoir distinguée que c'était une lampe avec une batterie, un peu comme celles qu'il utilisait pour les jeux d'eaux du Cirque dans l'estuaire de Helford, sauf que le Cirque avait un penchant pour l'ultraviolet et les lunettes de pacotille à monture métallique qui étaient inutilisables dans la pluie et les embruns.

Atteignant la plage, les deux hommes avancèrent sur les galets en grommelant jusqu'au moment où ils eurent atteint le point le plus haut et où, comme lui, ils se confondirent avec la roche sombre. Il estima qu'ils devaient être à moins de vingt mètres de lui. Il entendit un grognement, et il vit la flamme d'un briquet, puis la lueur rouge de deux cigarettes suivie par le murmure de voix chinoises. J'en fumerais bien une moi aussi, se dit Jerry. Se penchant, il tendit sa grande main et se mit à l'emplir de petits cailloux, puis il avança du pas le plus furtif qu'il pouvait le long de la base du rocher vers les deux rougeoiements des cigarettes. D'après ses calculs, il était à huit pas d'eux. Il avait le pistolet dans sa main gauche, les cailloux dans sa main droite, et il écoutait le bruit sourd des vagues, qui se gonflait, chancelait et s'effondrait. Il se disait que ce serait bien plus facile de bavarder avec Drake une fois qu'il se serait débarrassé de Tiu.

D'un mouvement très lent, dans la posture classique du lanceur de cricket, il se pencha en arrière, leva le coude gauche devant lui en recourbant son bras droit derrière lui, prêt à lancer de toutes ses forces. Une vague s'écroula, il entendit le bruissement du ressac, le grondement d'une autre qui s'approchait. Il attendit encore, le bras droit en arrière, sa paume moite crispée sur les cailloux. Puis, comme la vague atteignait son point le plus haut, il les lança en l'air vers la falaise de toute son énergie, avant de plonger accroupi, le regard fixé sur la lueur rougeoyante des deux cigarettes. Il attendit, puis il entendit des cailloux crépiter contre le rocher au-dessus de lui et la grêle s'amplifier tandis qu'ils ruisselaient vers la plage. Un instant plus tard il entendit le bref juron de Tiu et vit une braise rouge voler en l'air tandis qu'il se levait d'un bond, mitraillette à la main, le canon braqué vers la falaise et tournant le dos à Jerry. Drake courait se mettre à l'abri.

Jerry commença par frapper Tiu très fort avec le pistolet, en prenant soin de bien garder les doigts à l'intérieur du pontet. Puis il le frappa encore de sa main droite fermée, un coup en pleine force avec deux jointures, le poing à l'envers et se retournant, comme on dit à Sarratt, un coup bien appuyé sur la fin. Il le cueillit à la pommette de tout le poids de sa chaussure droite lancée en avant et il entendit le claquement de la mâchoire qui se refermait. Et en se penchant pour ramasser le M-16, il enfonça la crosse dans les reins de Tiu, en pensant avec beaucoup de colère tout à la fois à Luke et à Frost, mais en pensant aussi à cette plaisanterie de mauvais goût qu'il avait faite à propos de Lizzie, qui ne valait pas plus que le déplacement de Kowloon à Hong Kong. Avec les compliments du chroniqueur hippique, pensa-t-il.

Puis il regarda vers Drake qui, s'étant avancé, n'était plus qu'une forme noire se découpant sur la mer : une silhouette courbée dont les oreilles dépassaient sous le contour de son grand béret. Un fort vent s'était levé de nouveau, ou peut-être Jerry ne faisait-il que s'en apercevoir. Il soufflait dans les rochers derrière eux et gonflait les larges jambes du pantalon de Drake.

« C'est monsieur Westerby, le journaliste anglais ? demanda-t-il exactement du même ton grave et brutal qu'il avait utilisé à Happy Valley.

– Moi-même, dit Jerry.

– Vous êtes un homme très politique, monsieur Westerby, qu'est-ce que vous faites donc ici ? »

Jerry reprenait son souffle et pendant un moment il ne se sentit pas tout à fait prêt à répondre.

« Mr Ricardo a dit à mes gens que vous avez l'intention de me faire chanter. Est-ce que l'argent est votre but, monsieur Westerby ?

– Un message de votre petite amie, dit Jerry, sentant qu'il devait d'abord se décharger de cette promesse. Elle dit qu'elle garde la foi. Elle est de votre côté.

– Je n'ai pas de côté, monsieur Westerby. Je suis une armée d'un seul soldat. Qu'est-ce que vous voulez ? Mr Marshall dit à mes gens que vous êtes une sorte de héros. Les héros sont des personnes très politiques, monsieur Westerby. Je n'aime pas les héros.

– Je suis venu vous prévenir. Ils veulent Nelson. Il ne faut pas le ramener à Hong Kong. Ils ont tout préparé. Ils ont des projets qui vont l'occuper jusqu'à la fin de ses jours. Et vous aussi. Ils font la queue pour vous voir tous les deux.

– Et vous, monsieur Westerby, qu'est-ce que vous voulez ?

– Un marché.

– Personne ne veut de marché. Les gens veulent un article. Le marché leur procure cet article. Qu'est-ce que vous voulez ? répéta Drake d'un ton autoritaire. Dites-moi, je vous prie.

– Vous vous êtes acheté la fille contre la vie de Ricardo, dit Jerry. J'ai pensé que je pourrais peut-être la racheter contre celle de Nelson. Je parlerai de vous. Je sais ce qu'ils veulent. Ils transigeront. »

C'est la dernière porte que je coince avec mon pied, pensa-t-il.

« Une transaction politique, monsieur Westerby ? Avec vos gens à vous ? J'ai fait de nombreux arrangements politiques avec eux. Ils m'ont dit que Dieu aimait les enfants. Avez-vous jamais remarqué que Dieu aimait les enfants asiatiques, monsieur Westerby ? Ils m'ont dit que Dieu était un *kwailo* et que sa mère avait les cheveux jaunes. Ils m'ont dit que Dieu était un homme pacifique, mais j'ai lu un jour qu'il n'y avait jamais eu autant de guerres civiles que dans le royaume du Christ. Ils m'ont dit...

– Votre frère est juste derrière vous, monsieur Ko. »

Drake se retourna. Sur leur gauche, arrivant de l'est, une douzaine au moins de jonques toutes voiles dehors frémissaient vers le sud sur la mer baignée par la lune en une longue colonne, les lumières se reflétant dans l'eau. Tombant à genoux, Drake se mit à chercher la lampe avec frénésie. Jerry trouva le trépied, le déplia, Drake y posa la lampe, mais il avait les mains qui tremblaient tellement que Jerry dut l'aider. Jerry prit les cordons, craqua une allumette et fixa les pinces des câbles aux bornes de la batterie. Ils contemplaient la mer, côte à côte. Drake alluma la lampe une fois, puis encore une fois, d'abord le feu rouge, puis le feu vert.

« Attendez, fit doucement Jerry. Vous allez trop vite. Doucement ou vous allez tout gâcher. »

L'écartant avec douceur, Jerry se pencha vers l'oculaire et inspecta la file des embarcations.

« Laquelle est-ce ? demanda Jerry.

– La dernière », dit Ko.

Sans quitter des yeux la dernière jonque, bien que ce ne fût encore qu'une ombre, Jerry envoya un nouveau signal, un rouge, un vert, et un moment plus tard il entendit Drake pousser un cri de joie : un clignotement leur répondait à travers l'eau.

« Il peut se diriger là-dessus ? dit Jerry.

– Bien sûr, dit Ko, regardant toujours vers la mer. Bien sûr. Il va se diriger là-dessus.

– Alors n'y touchez plus. Ne faites plus rien. »

Ko se tourna vers lui et Jerry vit à quel point il était excité.

« Monsieur Westerby. Je vous donne un conseil sincère Si vous m'avez joué un tour à propos de mon frère Nelson, votre enfer des baptistes chrétiens sera un endroit bien confortable auprès de ce que mes gens vous feront. Mais si vous m'aidez, je vous donne tout. Voilà mon contrat. Et de toute ma vie, j'ai toujours respecté mes contrats. Mon frère aussi a fait certains contrats. » Il regarda vers la mer. « Je suis heureux de vous informer qu'il a vu les erreurs qu'il avait commises. »

Les premières jonques avaient disparu. Seules les dernières étaient encore là. De loin, Jerry crut entendre le grondement inégal d'un moteur, mais il savait qu'il n'était plus tout à fait lui-même et ç'aurait pu être le fracas des vagues. La lune passa derrière le pic et l'ombre de la montagne s'abattit comme la pointe noire d'un couteau sur la mer, laissant de part et d'autre des champs argentés. Penché vers la lampe, Drake lança un autre cri ravi.

« Là ! là ! Regardez, monsieur Westerby. »

Par l'oculaire, Jerry distingua une seule jonque fantôme, sans aucun feu à part trois lampes pâles, deux vertes sur le mât, une rouge à tribord, qui se dirigeait vers eux. Elle passa de la zone argentée à l'obscurité, et il la perdit de vue. Derrière lui, il entendit Tiu pousser un grognement. Sans s'en occuper, Drake resta courbé devant l'oculaire, un bras tendu comme un photographe de l'époque victorienne pendant qu'il se mettait à murmurer doucement en chinois. Remontant vers les galets, Jerry prit le pistolet que Tiu avait à la ceinture, ramassa le M-16 et, les portant tous les deux jusqu'au bord de la mer, les jeta à l'eau. Drake s'apprêtait à renouveler le signal, mais par bonheur il ne parvint pas à trouver le bouton et Jerry arriva à temps pour l'en empêcher. Une fois de plus, Jerry crut entendre le grondement non pas d'un moteur, mais de deux. Courant jusqu'au bout du promontoire, il scruta avec inquiétude la mer vers le nord et vers le sud en quête d'une vedette de patrouille, mais il ne voyait toujours rien et une fois de plus il se dit que ce devaient être les brisants et son imagination surexcitée. La jonque était plus proche, elle fonçait droit sur l'île, sa grande voile brune en forme d'aile de chauve-souris paraissait soudain énorme et terriblement voyante sur le ciel. Drake s'était précipité au bord de l'eau, il agitait les bras et criait.

« Pas si fort ! » siffla Jerry à côté de lui.

Mais Jerry n'existait plus pour lui. La vie tout entière de Drake n'était plus que pour Nelson. Quittant l'abri du cap tout proche, le sampan de Nelson s'approcha de la jonque qui tanguait. La lune réapparut et un moment Jerry oublia son angoisse en voyant une petite silhouette vêtue de gris, pas grande et trapue, tout le contraire de Drake, en manteau de kapok et grosse casquette de prolétaire, passer par-dessus bord et sauter dans les bras de l'équipage du sampan. Drake poussa un nouveau cri, la jonque gonfla ses voiles et disparut derrière le promontoire jusqu'à ce qu'on ne vît plus les lumières vertes sur son mât au-dessus des rochers, puis elles aussi disparurent. Le sampan approchait de la plage et Jerry distingua la silhouette solide de Nelson, debout à l'avant, agitant les deux mains, et Drake Ko avec son béret, fou de joie sur la plage, dansant comme un dément, et qui lui rendait ses saluts.

Le bruit des moteurs ne cessait de s'accentuer, mais Jerry n'arrivait toujours pas à les situer. La mer était déserte et, lorsqu'il leva les yeux, il ne vit que la falaise en forme de marteau avec son pic tout noir contre les étoiles. Les deux frères se retrouvèrent, s'étreignirent et restèrent à se serrer dans les bras l'un de l'autre sans bouger. Les empoignant tous les deux, les bourrant de coups de poing, Jerry se mit à crier :

« Retournez au bateau ! Vite ! »

Mais chacun des deux ne voyait personne que l'autre. Revenant en courant jusqu'au bord de l'eau, Jerry saisit la proue du sampan et l'immobilisa, les appelant toujours et soudain il vit le ciel derrière le pic devenir jaune, puis s'éclairer soudain tandis que le grondement des moteurs devenait un rugissement et que trois projecteurs aveuglants se braquaient sur eux depuis les silhouettes noircies des hélicoptères. Les rochers avaient l'air de danser dans le tournoiement des feux d'atterrissage, la mer se creusait, les cailloux sautaient et volaient autour d'eux comme de la grêle. Pendant une fraction de seconde, Jerry vit le visage de Drake se tourner vers lui, implorant son aide : comme si, trop tard, il avait reconnu d'où l'aide pouvait venir. Sa bouche forma des mots, mais qui furent noyés par le fracas. Jerry se précipita en avant. Pas pour Nelson, encore moins pour Drake, mais pour ce qui les liait et pour ce qui le liait à Lizzie. Mais il n'avait pas eu le temps de les atteindre qu'un essaim de formes sombres se refermait sur les deux hommes, les séparait, et hissait la silhouette emmitouflée de Nelson dans la cale de l'hélicoptère. Au milieu de la confusion, Jerry avait pris son pistolet qu'il tenait à la main. Il poussait des hurlements bien qu'il ne pût pas s'entendre au milieu des ouragans de la guerre. L'hélicoptère décollait. Une seule silhouette demeurait dans l'encadrement de la porte ouverte, en regardant vers le bas, et c'était peut-être Fawn, car il avait l'air sombre et dément. Un éclair orange jaillit de la porte, puis un second et un troisième ; après cela Jerry avait cessé de compter. Dans un geste de fureur, il leva les mains, sa bouche ouverte criant toujours, son visage empreint d'une imploration silencieuse. Puis il s'effondra et resta là, et bientôt il n'y eut plus d'autre bruit que celui des vagues qui se brisaient sur la plage et les sanglots désespérés de Drake Ko maudissant les armadas victorieuses de l'ouest, qui lui avaient volé son frère et laissé leur soldat harassé mort à ses pieds.

22

Renaissance

Au Cirque, ce fut une ambiance de triomphe effrénée lorsque la grande nouvelle arriva par le truchement des Cousins. Nelson débarqué, Nelson épinglé ! Sans avoir perdu un cheveu ! Pendant deux jours on rêva de décorations, d'anoblissement et d'avancement. Il faut bien qu'ils finissent par faire quelque chose pour George, absolument ! Il n'en est pas question, dit la sage Connie. Jamais ils ne lui pardonneront d'avoir liquidé Bill Haydon.

L'euphorie fut suivie de certaines rumeurs déconcertantes. Connie et Doc di Salis, par exemple, qui s'étaient installés pleins d'impatience dans la planque de Maresfield, maintenant baptisée le Dolphinarium, attendirent toute une semaine l'arrivée du corps, et ils attendirent en vain. Tout comme les interprètes, les transcripteurs, les interrogateurs, les baby-sitters et autres corps de métiers qui composaient le reste de l'unité de réception et d'interrogation rassemblée là-bas.

Le match était remis à cause de la pluie, dirent les surveillants. On fixerait une autre date. Tenez-vous prêts, dirent-ils. Mais très bientôt, par un agent immobilier de la ville voisine d'Uckfield, on apprit que les surveillants étaient en train d'annuler le bail. Et voilà qu'une semaine plus tard l'équipe fut démantelée « en attendant des décisions d'ordre politique ». Elle ne fut jamais reformée.

Le bruit courut ensuite qu'Enderby et Martello – la combinaison même alors semblait bizarre – présidaient tous deux un comité anglo-américain de traitement des informations. Ils se réuniraient alternativement à Washington et à Londres et seraient responsables de la distribution simultanée du produit de l'opération Dauphin, nom de code Caviar, de part et d'autre de l'Atlantique.

On apprit, tout à fait incidemment, que Nelson se trouvait quelque part aux Etats-Unis, dans une enceinte fortifiée qu'on lui avait déjà préparée à Philadelphie. L'explication, cette fois, fut encore plus lente à venir. On estimait – sans doute était-ce en effet le sentiment de quelqu'un, mais il est difficile de suivre à la trace les sentiments au long de si nombreux couloirs – que Nelson serait plus en sûreté là-bas. Plus en sûreté physiquement. Pensez aux Russes. Pensez aux Chinois. Pensez à Trotski. Et puis, disaient les surveillants, les unités de traitement et d'estimation des renseignements des Cousins étaient mieux équipées pour s'acquitter de la tâche sans précédent qu'on attendait d'elles. Et puis, disaient-ils aussi, les Cousins pouvaient se permettre ces frais-là.

Et puis...

« Et puis blabla et puis blabla ! » s'exclama Connie, furieuse, lorsqu'elle apprit la nouvelle.

Elle et di Salis attendaient d'humeur maussade qu'on les invitât à se joindre à l'équipe des Cousins. Connie reçut même la consigne de se tenir prête, mais aucune invitation n'arriva.

Nouvelles explications. Les Cousins avaient un nouvel homme à Harvard, dirent les surveillants lorsque Connie débarqua chez eux dans son fauteuil roulant.

« Qui ça ? » demanda-t-elle, furieuse.

Un professeur machin, jeune, un kremlinologue. Il s'était fait une spécialité de la face cachée du Centre de Moscou, dirent-ils, et avait récemment publié une communication réservée à une petite élite, mais fondée sur les archives de la Compagnie, dans laquelle il avait fait allusion *au principe de la taupe*, et même en termes voilés à l'armée personnelle de Karla.

« Ça ne m'étonne pas, la vermine ! leur lança-t-elle à travers ses larmes de déception. Il a déterré tout ça des rapports de cette brave Connie, n'est-ce pas ? Culpeper, c'est comme ça qu'il s'appelle et il en sait autant sur Karla que mon orteil gauche ! »

Les surveillants toutefois ne se laissèrent pas émouvoir par l'évocation de l'orteil de Connie. Ce fut Culpeper, et non pas Sachs, qui recueillit les voix du nouveau comité.

« Attendez que George rentre ! » les prévint Connie d'une voix de tonnerre. La menace les laissa étonnamment impassibles.

Di Salis ne s'en tirait pas mieux. A Langley, lui dit-on, des spécialistes de la Chine, il n'y avait qu'à se baisser pour en ramasser. On en trouvait à la pelle. Désolé, mais c'étaient les ordres d'Enderby, précisèrent les surveillants.

« D'Enderby ? » répéta di Salis.

Du comité, dirent-ils d'un air vague. C'était une décision commune.

Di Salis s'en vint donc plaider sa cause auprès de Lacon, qui aimait à se considérer dans ces domaines comme le médiateur du pauvre, et Lacon, à son tour, emmena di Salis déjeuner ; et ils partagèrent l'addition car Lacon estimait que les fonctionnaires ne devaient pas se traiter les uns les autres aux frais du contribuable.

« Au fait, quelle impression vous fait-il, Enderby ? » demanda-t-il à un moment du repas, interrompant le plaintif monologue de di Salis qui se vantait de connaître à fond les dialectes du Chiu Chow et de Hakka. Les *impressions* jouaient un grand rôle à cette époque. « Est-ce que ça se passe bien là-bas ? J'aurais pensé que vous aimeriez sa façon de voir les choses. Il a des conceptions plutôt saines, vous ne trouvez pas ? »

Sain en ce temps-là, dans le vocabulaire de Whitehall, voulait dire qu'on penchait plutôt pour les faucons.

Regagnant en hâte le Cirque, di Salis rapporta consciencieusement cette étonnante question à Connie Sachs – comme Lacon, bien sûr, le souhaitait – et après cela Connie se fit plus rare. Elle passa son temps à tranquillement « faire ses valises » comme elle disait : c'est-à-dire à préparer pour la postérité ses archives sur le Centre de Moscou. Il y avait un nouveau fouineur qu'elle aimait bien, un jeune homme qui avait un peu des airs de satyre, mais bien complaisant et qui s'appelait Doolittle. Elle faisait asseoir à ses pieds ce Doolittle pendant qu'elle lui transmettait les trésors de sa sagesse.

« L'ordre ancien fout le camp, annonçait-elle à qui voulait l'entendre. Ce petit salaud d'Enderby est en train de s'introduire par la petite porte. C'est un pogrom. »

On la traita au début avec la même dérision qu'avait rencontrée Noé lorsqu'il s'était mis à construire son arche. Cependant, comme elle connaissait bien les détours du sérail, Connie, en secret, prit Mollie Meakin à part et la persuada d'envoyer une lettre de démission. « Racontez aux surveillants que vous cherchez quelque chose de plus enrichissant, ma chérie, lui conseilla-t-elle à grand renfort de clins d'œil et de pincements. Ils vous augmenteront à tout le moins. »

Molly craignait d'être prise au mot, mais Connie connaissait trop bien la musique. Elle écrivit donc sa lettre et on lui ordonna aussitôt de rester après la fermeture des bureaux. Il y avait certains changements dans l'air, lui assurèrent les surveillants en confidence. On s'efforçait de créer un service plus jeune et plus vigoureux, uni à Whitehall par des liens plus étroits. Molly promit solennellement de reconsidérer sa décision, et Connie Sachs se remit à ses valises avec une ardeur renouvelée.

Mais où était donc George Smiley pendant tout ce temps ? En Extrême-Orient ? Non, à Washington ! Pensez-vous ! Il était rentré chez lui et boudait quelque part à la campagne – les Cornouailles étaient son refuge favori – où il prenait un repos bien gagné tout en se rapapillotant avec Ann !

Puis un des surveillants laissa échapper que George pourrait bien *souffrir d'un rien de surmenage*, et cette phrase fit passer un frisson dans le dos de tout le monde, car même le petit gnome le plus obtus du service financier savait que le surmenage, comme le grand âge, était un mal pour lequel il n'était pas de remède connu et que l'on tenait pour incurable.

Guillam finit par rentrer, mais seulement pour emmener Molly en vacances et il se refusa à toute déclaration. Ceux qui l'aperçurent lors de son rapide passage au cinquième dirent qu'il avait l'air vidé et que de toute évidence il avait besoin de souffler un peu. Il semblait aussi avoir eu un accident à la clavicule : il avait le bras droit en écharpe. On apprit par les surveillants qu'il avait passé deux jours soigné par le toubib du Cirque dans une clinique privée de Manchester Square. Mais toujours pas trace de Smiley, et les surveillants se montraient d'une bonhomie inébranlable lorsqu'on leur demandait quand il rentrerait. Les surveillants, dans ces cas-là, deviennent la chambre étoilée, redoutée mais nécessaire. Discrètement, le portrait de Karla disparut ; pour être nettoyé, assurèrent d'un ton ironique les esprits forts.

Ce qui est bizarre, et d'une certaine façon assez terrible, c'est qu'aucun d'eux n'eut l'idée de passer à la petite maison de Baywater Street et de tout simplement sonner à la porte. Ils auraient alors trouvé là Smiley, selon toute probabilité en robe de chambre, occupé soit à ranger la vaisselle, soit à préparer des plats qu'il ne mangeait pas. Parfois, en général à la tombée de la nuit, il s'en allait faire une promenade solitaire dans le parc et dévisageait les gens comme s'il les reconnaissait, si bien qu'ils le dévisageaient à leur tour, et puis baissaient les yeux. Ou bien alors il allait s'installer dans un des petits bistrots de King's Road, avec un livre pour toute compagnie, et du thé sucré comme rafraîchissement, car il avait renoncé à ses bonnes intentions de prendre de la saccharine pour sa ligne. Ils auraient remarqué qu'il passait beaucoup de temps à regarder ses mains et à astiquer ses lunettes avec sa cravate, ou encore à relire la lettre qu'Ann lui avait laissée, qui était très longue, mais seulement à cause des répétitions.

Lacon vint le voir, ainsi qu'Enderby, et une fois Martello les accompagna, ayant retrouvé sa tenue londonienne, car tout le monde était d'accord pour dire, et personne avec plus de sincérité que Smiley, que dans l'intérêt du service la passation de pouvoirs devait se faire de façon aussi douce et indolore que possible. Smiley présenta certaines requêtes concernant ses collaborateurs, et Lacon en prit note avec grand soin, lui laissant entendre qu'envers le Cirque – à défaut d'autres – le Trésor était à présent d'humeur plutôt dépensière. Dans le monde secret, du moins, la livre avait remonté. Ce n'était pas seulement le succès de l'affaire Dauphin qui expliquait ce changement d'attitude, dit Lacon. L'enthousiasme des Américains pour la nomination d'Enderby avait été extraordinaire. Ç'avait été ressenti aux plus hauts niveaux de la diplomatie. *Des applaudissements spontanés*, voilà comment Lacon décrivit leur réaction.

« Saül sait vraiment leur parler, dit-il.

– Oh ! ça oui. Ah ! bon. Bien », dit Smiley en hochant la tête d'un air approbateur, comme font les sourds.

Même quand Enderby confia à Smiley qu'il se proposait de faire de Sam Collins son chef des opérations, Smiley ne montra que de la courtoisie devant cette suggestion. Sam était un *combinard*, expliqua Enderby, et les *combinards*, c'était ce qu'on aimait à Langley aujourd'hui. La clique des chemises de soie en avait pris un méchant coup. Ça, on pouvait le dire.

« Assurément », fit Smiley.

Les deux hommes convinrent que Roddy Martindale, si distrayant qu'il fût, n'était pas fait pour ce métier. Ce vieux Roddy était vraiment *trop pédale*, dit Enderby, et il terrifiait le ministre. On ne pouvait pas dire non plus qu'il s'entendait à merveille avec les Américains, même avec ceux qui partageaient ses penchants. Et puis Enderby ne tenait pas à prendre encore des anciens d'Eton. Ça ne faisait pas bon effet.

Une semaine plus tard, les surveillants rouvrirent l'ancien bureau de Sam au cinquième et en retirèrent le mobilier. Le fantôme de Collins était bel et bien conjuré, dirent étourdiment certains avec ravissement. Et puis le lundi, un bureau à la décoration surchargée arriva, avec le dessus en cuir rouge, et quelques fausses gravures de chasse provenant des murs du cercle de Sam, qu'un des gros syndicats de jeux était en train de racheter, à la satisfaction de tous les intéressés.

On ne revit pas le petit Fawn. Pas même quand on remit en activité quelques-unes des stations extérieures plus musclées de Londres, notamment les chasseurs de scalps de Brixton dont il faisait jadis partie, et les lampistes d'Acton, sous la houlette de Toby Esterhase. Mais personne ne le regretta. Un peu comme Sam Colins, il avait été en marge de l'histoire sans jamais tout à fait en faire partie. Mais contrairement à Sam, il resta dans les halliers quand elle se termina, pour ne jamais reparaître.

Ce fut à Sam Collins aussi, le premier jour où il reprit le collier, qu'échut la tâche d'annoncer la triste nouvelle de la mort de Jerry. Il le fit dans la salle de jeux, un petit discours très simple, et tout le monde convint qu'il s'en était bien tiré. On n'aurait pas cru ça de lui.

« A l'usage du cinquième exclusivement », leur dit-il. Ses auditeurs furent d'abord consternés, puis fiers. Connie éclata en sanglots et s'efforça de le compter aussi au nombre des victimes de Karla, mais elle fut retenue sur cette voie faute de renseignements sur la question de savoir qui l'avait tué, ou quoi. Il avait eu une fin opérationnelle, raconta-t-on, et noble.

Cependant, à Hong Kong, le Club des correspondants étrangers s'inquiéta tout d'abord grandement du sort de ses enfants disparus, Luke et Westerby. Grâce à d'insistantes démarches de ses membres, on procéda à une enquête confidentielle, sous la présidence du vigilant commissaire Rockhurst, afin de résoudre la double énigme de leur disparition. Les autorités promirent la complète publication de tout ce qu'on découvrirait, et le consul général des Etats-Unis offrit sur ses deniers cinq mille dollars de récompense à quiconque apporterait des informations valables. Dans un geste de bonne entente, il inclut dans cette offre le nom de Jerry Westerby. On les désigna bientôt sous l'appellation des Journalistes disparus, et le bruit courait qu'il y avait entre eux des liens contre nature. Le bureau de Luke, pour ne pas être en reste, offrit cinq mille dollars aussi, et le nain, tout inconsolable qu'il fût, se démena comme un beau diable pour se faire verser les deux primes. C'était lui, après tout, opérant à la fois sur les deux fronts, qui avait appris de Trompe-la-Mort que l'appartement de Cloudview Road, dernière adresse connue de Luke, avait été redécoré du plancher au plafond avant que les enquêteurs à l'œil de lynx du Roc ne vinssent le visiter. Qui en avait donné l'ordre ? Qui avait payé ? Personne ne le savait. C'était le nain aussi qui avait recueilli des témoignages de première main d'après lesquels Jerry aurait été vu à l'aéroport de Kai Tak, en train d'interviewer les touristes japonais d'un charter. Mais la commission d'enquête du Roc fut obligée de ne pas en tenir compte. Les Japonais en question étaient *des témoins spontanés mais peu fiables*, dit-on, lorsqu'il s'agissait d'identifier un Nez-Long qui leur sautait dessus après un long voyage. Quant à Luke, ma foi, étant donné la façon dont il vivait, disait-on, il était mûr pour une dépression nerveuse un jour. Les gens au courant parlèrent d'amnésie, provoquée par l'alcool et une vie d'excès. Au bout d'un moment, même les meilleures histoires prennent un goût de refroidi. Le bruit courut qu'on avait vu les deux hommes chasser ensemble lors de la chute de Hué – ou bien était-ce Da Nang ? – et buvant ensemble à Saigon. D'après un autre récit, on les avait vus assis côte à côte sur un quai de Manille.

« Se tenant la main ? demanda le nain.

– Pire », répondit-on.

Le nom du Roc fut également souvent cité, grâce à son succès dans un récent et spectaculaire procès de trafic de drogue, monté avec l'assistance du Service américain de répression des stupéfiants. Plusieurs Chinois et une belle aventurière anglaise, qui transportait de l'héroïne, étaient au banc des accusés et bien que, comme d'habitude, le grand patron ne se trouvât pas traîné en justice, on racontait que le Roc avait été à deux doigts de l'épingler. « Notre rude mais honnête défenseur de l'ordre », écrivit à son propos le *South China Morning Post* dans un éditorial qui vantait son habileté. « Il en faudrait d'autres comme lui à Hong Kong. »

Pour d'autres distractions, le club pouvait s'intéresser à la théâtrale réouverture de Maison Haute, derrière un mur de six mètres balayé par le faisceau des projecteurs et surveillé par des chiens policiers. Mais il n'y avait plus d'invitations à déjeuner, et on ne tarda guère à ne plus trouver ça drôle.

Quant au vieux Craw, des mois durant, on ne le vit ; pas plus qu'on n'entendit parler de lui. Jusqu'au soir où il réapparut, l'air bien plus âgé et sobrement vêtu, pour aller s'asseoir dans son coin habituel, à regarder dans le vide. Il n'en restait pas beaucoup pour le reconnaître. Le cow-boy canadien proposa une partie de bowling à la Shanghai, mais il refusa. Puis un étrange incident se produisit. Une discussion éclata à propos d'un point sans intérêt de protocole du club. Absolument rien de sérieux : il s'agissait de savoir si la vieille tradition de signer les additions facilitait encore la gestion du club. Aussi insignifiant que ça. Mais pour Dieu sait quelle raison, cela mit le vieil homme dans un état de rage totale. Se levant, il s'en alla à grands pas vers l'ascenseur, les larmes ruisselant sur son visage tandis qu'il leur lançait une insulte après l'autre.

« Ne changez rien, leur conseilla-t-il en brandissant sa canne avec fureur, que l'ordre ancien ne change point, que tout suive son cours. Ça n'est pas vous qui arrêterez la roue, ni ensemble ni séparément, pauvres lèche-cul de novices ! Vous avez vraiment le goût du suicide pour vouloir essayer ! »

Il n'était plus dans le coup, convinrent-ils, une fois les portes refermées sur lui, pauvre diable. Embarrassant.

Existait-il véritablement un complot contre Smiley, à l'échelon que supposait Guillam ? Et si oui, comment s'était-il trouvé affecté par l'intervention inopinée de Westerby ? On ne dispose là-dessus d'aucune information, et même ceux qui se font confiance entre eux ne sont pas disposés à aborder ce sujet. Il y avait, à n'en pas douter, un accord secret entre Enderby et Martello d'après lequel les Cousins auraient droit à la première bouchée de Nelson – en même temps qu'on reconnaîtrait leur participation dans son arrestation – en échange de leur soutien pour faire nommer Enderby chef de la station de Londres. Assurément Lacon et Collins, chacun dans son domaine bien différent, étaient complices de cette manœuvre. Mais à quel moment proposèrent-ils de s'emparer de Nelson pour leur propre compte et par quels moyens ? – par exemple fut-ce le recours plus conventionnel à une démarche concertée à l'échelon ministériel à Londres ? – on ne le saura sans doute jamais. Mais il ne fait pas de doute, comme la suite des événements le montra, que Westerby se présenta comme un bien pour un mal, en leur fournissant l'excuse qu'ils cherchaient.

Et, au fond, Smiley était-il au courant du complot ? En avait-il conscience, et accueillit-il même avec une secrète satisfaction cette solution ? Peter Guillam, qui depuis lors a eu trois bonnes années d'exil à Brixton pour se faire une opinion, affirme que la réponse aux deux questions est un *oui* catégorique. Il existe une lettre que George écrivit à Ann Smiley – dit-il – au plus fort de la crise, sans doute lors d'une de ces interminables périodes d'attente dans l'aile des isolés. Guillam y trouve un solide soutien à l'appui de sa thèse. Ann la lui montra lorsqu'il alla lui rendre visite dans le Wiltshire, dans l'espoir de provoquer une réconciliation, et bien qu'il eût échoué dans sa mission, elle tira la lettre de son sac au cours de leur conversation. Guillam en apprit une partie par cœur, prétend-il, et la coucha sur le papier dès qu'il eut regagné sa voiture. Le style, assurément, vole bien plus haut que tout ce à quoi Guillam pourrait lui-même prétendre.

> Je me demande franchement, sans vouloir nourrir des pensées morbides, comment j'en suis arrivé à la situation où je me trouve. Pour autant que je puisse me souvenir de ma jeunesse, j'ai choisi la route secrète parce qu'elle me semblait être celle qui menait le plus droit et le plus loin vers le but que poursuivait mon pays. L'ennemi en ce temps-là était quelqu'un que nous pouvions désigner, dont on parlait dans les journaux. Aujourd'hui, tout ce que je sais, c'est que j'ai appris à interpréter toute la vie en termes de conspiration. Voilà l'épée par laquelle j'ai vécu, et quand maintenant je regarde autour de moi, je comprends que c'est l'épée par laquelle je vais périr aussi. Ces gens me terrifient, mais je suis des leurs. S'ils me

poignardent dans le dos, alors du moins sera-ce le jugement de mes pairs.

Comme le fait remarquer Guillam, la lettre appartenait essentiellement à la période bleue de Smiley.

Ces temps-ci, raconte-t-il, le cher homme est beaucoup plus lui-même. De loin en loin, Ann et lui se retrouvent à déjeuner et Guillam, pour sa part, est persuadé qu'ils vont tout simplement se remettre ensemble un beau jour et qu'on n'en parlera plus. Mais George ne fait jamais allusion à Westerby. Pas plus que Guillam, par affection pour George.

DU MÊME AUTEUR

Chandelles noires
Gallimard, 1963
et « Folio », n° 706

L'espion qui venait du froid
Gallimard, 1964
et « Folio », n° 587

Le Miroir aux espions
Robert Laffont, 1965
Seuil, 2004
et « Points », n° P1475

Une petite ville en Allemagne
Robert Laffont, 1969
Seuil, 2005
et « Points », n° P1474

Un amant naïf et sentimental
Robert Laffont, 1972
Seuil, 2003
et « Points », n° P1276

L'Appel du mort
Gallimard, 1973
et « Folio », n° 765

La Taupe
Robert Laffont, 1974
Seuil, 2001
et « Points », n° P921

Les Gens de Smiley
Robert Laffont, 1980
Seuil, 2001
et « Points », n° P923

La Petite Fille au tambour
Robert Laffont, 1983

Un pur espion
Robert Laffont, 1986

Seuil, 2001
et « Points », n° P996

Le Bout du voyage
théâtre
Robert Laffont, 1987

La Maison Russie
Robert Laffont, 1987
Seuil, 2003
et « Points », n° P1130

Le Voyageur secret
Robert Laffont, 1991

Une paix insoutenable
essai
Robert Laffont, 1991

Le Directeur de nuit
Robert Laffont, 1993
Seuil, 2003
et « Points », n° P2429

Notre jeu
Seuil, 1996
et « Points », n° P330

Le Tailleur de Panama
Seuil, 1997
et « Points », n° P563

Single & Single
Seuil, 1999
et « Points », n° P776

La Constance du jardinier
Seuil, 2001
et « Points », n° P1024

Une amitié absolue
Seuil, 2004
et « Points », n° P1326

Le Chant de la mission
Seuil, 2007
et « Points », n° P2028

Un homme très recherché
Seuil, 2008
et « Points », n° P2227

Un traître à notre goût
Seuil, 2011
et « Points », n° P2815

Une vérité si délicate
Seuil, 2013
et « Points », n° P3339

Le Tunnel aux pigeons
Histoires de ma vie
Seuil, 2016
et « Points », n° P4682

L'Héritage des espions
Seuil, 2018
et « Points », n° P4957

Retour de service
Seuil, 2020

RÉALISATION : NORD COMPO À VILLENEUVE-D'ASCQ
IMPRESSION : CPI FRANCE
DÉPÔT LÉGAL : AOÛT 2020. N° 145766 (3039171)
IMPRIMÉ EN FRANCE

Éditions Points

DERNIERS TITRES PARUS

P4902. Mes mots sauvages, *Geneviève Brisac*
P4903. La Fille à histoires, *Irène Frain*
P4905. Questions de caractère, *Tom Hanks*
P4906. L'Histoire de mes dents, *Valeria Luiselli*
P4907. Le Dernier des yakuzas, *Jake Adelstein*
P4909. Dylan par Dylan. Interviews 1962-2004 *Bob Dylan*
P4910. L'Échappé belge. Chroniques et brèves *Alex Vizorek*
P4911. La Princesse-Maïs, *Joyce Carol Oates*
P4912. Poèmes choisis, *Renée Vivien*
P4913. D'où vient cette pipelette en bikini qui marivaude dans le jacuzzi avec un gringalet en bermuda ? Dico des mots aux origines amusantes, insolites ou méconnues, *Daniel Lacotte*
P4914. La Pensée du jour, *Pierre Desproges*
P4915. En radeau sur l'Orénoque, *Jules Crevaux*
P4904. Leçons de grec, *Han Kang*
P4908. Des jours d'une stupéfiante clarté, *Aharon Appelfeld*
P4916. Celui qui va vers elle ne revient pas, *Shulem Deen*
P4917. Un fantôme américain, *Hannah Nordhaus*
P4918. Les Chemins de la haine, *Eva Dolan*
P4919. Gaspard, entre terre et ciel *Marie-Axelle et Benoît Clermont*
P4920. Kintsukuroi. L'art de guérir les blessures émotionnelles *Tomás Navarro*
P4921. Le Parfum de l'hellébore, *Cathy Bonidan*
P4922. Bad Feminist, *Roxane Gay*
P4923. Une ville à cœur ouvert, *Żanna Słoniowska*
P4924. La Dent du serpent, *Craig Johnson*
P4925. Quelque part entre le bien et le mal, *Christophe Molmy*
P4926. Quatre Lettres d'amour, *Niall Williams*
P4927. Madone, *Bertrand Visage*
P4928. L'étoile du chien qui attend son repas, *Hwang Sok-Yong*
P4929. Minerai noir. Anthologie personnelle et autres recueils *René Depestre*
P4930. Les Buveurs de lumière, *Jenni Fagan*
P4931. Nicotine, *Gregor Hens*
P4932. Et vous avez eu beau temps ? La perfidie ordinaire des petites phrases, *Philippe Delerm*
P4933. 10 Règles de français pour faire 99 % de fautes en moins *Jean-Joseph Julaud*

P4934. Au bonheur des fautes. Confessions d'une dompteuse de mots, *Muriel Gilbert*
P4935. Falaise des fous, *Patrick Grainville*
P4936. Dernières Nouvelles du futur, *Patrice Franceschi*
P4937. Nátt, *Ragnar Jónasson*
P4938. Kong, *Michel Le Bris*
P4939. La belle n'a pas sommeil, *Éric Holder*
P4940. Chien blanc et balançoire, *Mo Yan*
P4941. Encore heureux, *Yves Pagès*
P4942. Offshore, *Petros Markaris*
P4943. Le Dernier Hyver, *Fabrice Papillon*
P4944. « Les Excuses de l'institution judiciaire » : l'affaire d'Outreau, 2004. *Suivi de* « Je désire la mort » : l'affaire Buffet-Bontems, 1972, *Emmanuel Pierrat*
P4945. « On veut ma tête, j'aimerais en avoir plusieurs à vous offrir » : l'affaire Landru, 1921. *Suivi de* « Nous voulons des preuves » : l'affaire Dominici, 1954, *Emmanuel Pierrat*
P4946. « Totalement amoral » : l'affaire du Dr Petiot, 1946. *Suivi de* « Vive la France, quand même ! » : l'affaire Brasillach, 1946, *Emmanuel Pierrat*
P4947. Grégory. Le récit complet de l'affaire *Patricia Tourancheau*
P4948. Génération(s) éperdue(s), *Yves Simon*
P4949. Les Sept Secrets du temps, *Jean-Marc Bastière*
P4950. Les Pierres sauvages, *Fernand Pouillon*
P4951. Lettres à Nour, *Rachid Benzine*
P4952. Niels, *Alexis Ragougneau*
P4953. Phénomènes naturels, *Jonathan Franzen*
P4954. Le Chagrin d'aimer, *Geneviève Brisac*
P4955. Douces Déroutes, *Yanick Lahens*
P4956. Massif central, *Christian Oster*
P4957. L'Héritage des espions, *John le Carré*
P4958. La Griffe du chat, *Sophie Chabanel*
P4959. Les Ombres de Montelupo, *Valerio Varesi*
P4960. Le Collectionneur d'herbe, *Francisco José Viegas*
P4961. La Sirène qui fume, *Benjamin Dierstein*
P4962. La Promesse, *Tony Cavanaugh*
P4963. Tuez-les tous... mais pas ici, *Pierre Pouchairet*
P4964. Judas, *Astrid Holleeder*
P4965. Bleu de Prusse, *Philip Kerr*
P4966. Les Planificateurs, *Kim Un-Su*
P4967. Le Filet, *Lilja Sigurdardóttir*
P4968. Le Tueur au miroir, *Fabio M. Mitchelli*
P4969. Tout le monde aime Bruce Willis, *Dominique Maisons*
P4970. La Valeur de l'information. *Suivi de* Combat pour une presse libre, *Edwy Plenel*
P4971. Tristan, *Clarence Boulay*

P4972. Treize Jours, *Roxane Gay*
P4973. Mémoires d'un vieux con, *Roland Topor*
P4974. L'Étang, *Claire-Louise Bennett*
P4975. Mémoires au soleil, *Azouz Begag*
P4976. Écrit à la main, *Michael Ondaatje*
P4977. Journal intime d'un touriste du bonheur *Jonathan Lehmann*
P4978. Qaanaaq, *Mo Malø*
P4979. Faire des pauses pour se (re)trouver, *Anne Ducrocq*
P4980. Guérir de sa famille par la psychogénéalogie *Michèle Bromet-Camou*
P4981. Dans le désordre, *Marion Brunet*
P4982. Meurtres à Pooklyn, *Mod Dunn*
P4983. Iboga, *Christian Blanchard*
P4984. Paysage perdu, *Joyce Carol Oates*
P4985. Amours mortelles. Quatre histoires où l'amour tourne mal, *Joyce Carol Oates*
P4986. J'ai vu une fleur sauvage. L'herbier de Malicorne *Hubert Reeves*
P4987. La Course de la mouette, *Barbara Halary-Lafond*
P4988. Poèmes et antipoèmes, *Nicanor Parra*
P4989. Herland, *Charlotte Perkins Gilman*
P4990. Dans l'épaisseur de la chair, *Jean-Marie Blas de Roblès*
P4991. Ouvre les yeux, *Matteo Righetto*
P4992. Dans les pas d'Alexandra David-Néel. Du Tibet au Yunnan, *Éric Faye, Christian Garcin*
P4993. Lala Pipo, *Hideo Okuda*
P4994. Mes prolongations, *Bixente Lizarazu*
P4995. Moi, serial killer. Les terrifiantes confessions de 12 tueurs en série, *Stéphane Bourgoin*
P4996. Les Sorcières de la République, *Chloé Delaume*
P4997. Les Chutes, *Joyce Carol Oates*
P4998. Petite Sœur mon amour, *Joyce Carol Oates*
P4999. La douleur porte un costume de plumes, *Max Porter*
P5000. L'Expédition de l'espoir, *Javier Moro*
P5001. Séquoias, *Michel Moutot*
P5002. Indu Boy, *Catherine Clément*
P5005. L'argent ne fait pas le bonheur mais les luwak si *Pierre Derbré*
P5006. En camping-car, *Ivan Jablonka*
P5007. Beau Ravage, *Christopher Bollen*
P5008. Ariane, *Myriam Leroy*
P5009. Est-ce ainsi que les hommes jugent ? *Mathieu Menegaux*
P5010. Défense de nourrir les vieux, *Adam Biles*
P5011. Une famille très française, *Maëlle Guillaud*
P5012. Le Hibou dans tous ses états, *David Sedaris*

P5013. Mon autre famille : mémoires, *Armistead Maupin*
P5014. Graffiti Palace, *A. G. Lombardo*
P5015. Les Monstres de Templeton, *Lauren Groff*
P5016. Falco, *Arturo Pérez-Reverte*
P5017. Des nuages plein la tête. Un pâtre en quête d'absolu *Brice Delsouiller*
P5018. La Danse du chagrin, *Bernie Bonvoisin*
P5019. Peur, *Bob Woodward*
P5020. Secrets de flic. Guerre des polices, stups et mafia, l'ex-patron de la PJ raconte, *Bernard Petit*
P5023. Passage des ombres, *Arnaldur Indridason*
P5024. Les Saisons inversées, *Renaud S. Lyautey*
P5025. Dernier Été pour Lisa, *Valentin Musso*
P5026. Le Jeu de la défense, *André Buffard*
P5027. Esclaves de la haute couture, *Thomas H. Cook*
P5028. Crimes de sang-froid, *Collectif*
P5029. Missing : Germany, *Don Winslow*
P5030. Killeuse, *Jonathan Kellerman*
P5031. #HELP, *Sinéad Crowley*
P5032. L'Humour au féminin en 700 citations *Macha Méril & Christian Poncelet*
P5033. Baroque Sarabande, *Christiane Taubira*
P5034. Moins d'ego, plus de joie ! Un chemin pour se libérer *Christopher Massin*
P5035. Le Monde selon Barney, *Mordecai Richler*
P5036. Portrait de groupe avec dame, *Heinrich Böll*
P5037. Notre-Dame. Une anthologie de textes d'écrivains
P5003. Les cigognes sont immortelles, *Alain Mabanckou*
P5038. La Chance de leur vie, *Agnès Desarthe*
P5039. Forêt obscure, *Nicole Krauss*
P5040. Des pierres dans ma poche, *Kaouther Adimi*
P5041. Einstein, le sexe et moi, *Olivier Liron*
P5042. Carnaval noir, *Metin Arditi*
P5043. Roissy, *Tiffany Tavernier*
P5044. Darling Days, *iO Tillett Wright*
P5045. Le Bleu du lac, *Jean Mattern*
P5046. Qui a tué mon père, *Edouard Louis*
P5047. Les Enfants de cœur, *Heather O'Neill*
P5048. L'Aurore, *Selahattin Demirtas*
P5049. Comment t'écrire adieu, *Juliette Arnaud*
P5050. Le Syndrome de la chouquette, *Nicolas Santolaria*
P5051. Ça commence par moi, *Julien Vidal*
P5052. Les Papillons de comptoirs, *Jean-Marie Gourio*
P5053. La Vita nuova, *Dante*
P5054. Sótt, *Ragnar Jónasson*
P5055. Sadorski et l'Ange du péché, *Romain Slocombe*
P5056. D'argent et de sang, *Fabrice Arfi*

P5057. Débranchez-vous !, *Matt Haig*
P5058. Hôtel Waldheim, *François Vallejo*
P5059. Des raisons de se plaindre, *Jeffrey Eugenides*
P5060. Manuel de survie à l'usage des jeunes filles *Mick Kitson*
P5061. Seul à travers l'Atlantique, *Alain Gerbault*
P5062. La Terre magnétique, *Édouard Glissant*
P5063. Dans mes pas, *Jean-Louis Étienne*
P5064. Raga. Approche du continent invisible *Jean-Marie Gustave Le Clézio*
P5065. Mais ne sombre pas, *Aristide Barraud*
P5066. La Vie sexuelle en France, *Janine Mossuz-Lavau*
P5067. Dégradation, *Benjamin Myers*
P5068. Les Disparus de la lagune, *Donna Leon*
P5069. L'homme qui tartinait une éponge, *Colette Roumanoff*
P5070. La Massaia, *Paola Masino*
P5071. Le Cœur blanc, *Catherine Poulain*
P5072. Frère d'âme, *David Diop*
P5073. Désintégration, *Emmanuelle Richard*
P5074. Des mirages plein les poches, *Gilles Marchand*
P5075. J'ai perdu mon corps, *Guillaume Laurant*
P5076. Le Dynamiteur, *Henning Mankell*
P5077. L'Homme sans ombre, *Joyce Carol Oates*
P5078. Le Paradoxe Anderson, *Pascal Manoukian*
P5079. De l'aube à l'aube, *Alain Bashung*
P5080. Journal d'un observateur, *Alain Duhamel*
P5081. C'est aujourd'hui que je vous aime, *François Morel*
P5082. Crépuscule, *Juan Branco*
P5083. Les Fabuleuses Aventures de Nellie Bly, *Nellie Bly*
P5084. Le Roman du Canard, *Patrick Rambaud*
P5085. Les Aventures illustrées de Pensouillard le hamster. Comment apprivoiser l'ego, *Serge Marquis*
P5086. Les 300 Plus Belles Fautes... à ne pas faire. Et autres extravagances à éviter, *Alfred Gilder*
P5087. Le ministre est enceinte. Ou la grande querelle de la féminisation des noms, *Bernard Cerquiglini*
P5088. Les Mots voyageurs. Petite histoire du français venu d'ailleurs, *Marie Treps*
P5089. Un bonbon sur la langue. On n'a jamais fini de découvrir le français !, *Muriel Gilbert*
P5090. Luc, mon frère, *Michael Lonsdale*
P5091. Un haïku chaque jour. Un poème et sa méditation pour être plus présent à la vie, *Pascale Senk*
P5092. 365 Jours avec Rainer Maria Rilke. Paroles d'un maître de vie, *Rainer Maria Rilke*
P5093. Les Fils de la poussière, *Arnaldur Indridason*
P5094. Treize Jours, *Arni Thorarinsson*

P5095. Tuer Jupiter, *François Médéline*

P5096. Pension complète, *Jacky Schwartzmann*

P5097. Jacqui, *Peter Loughran*

P5098. Jours de crimes, *Stéphane Durand-Souffland et Pascale Robert-Diard*

P5099. Esclaves de la haute couture, *Thomas H. Cook*

P5100. Chine, retiens ton souffle, *Qiu Xiaolong*

P5101. Exhumation, *Jesse et Jonathan Kellerman*

P5102. Lola, *Melissa Scrivner Love*

P5103. L'Oubli, *David Foster Wallace*

P5104. Le Prix, *Cyril Gely*

P5105. Le Pleurnichard, *Jean-Claude Grumberg*

P5106. Midi, *Cloé Korman*

P5107. Une douce lueur de malveillance, *Dan Chaon*

P5108. Manifesto, *Léonor de Récondo*

P5109. L'Été des charognes, *Simon Johannin*

P5110. Les Enténébrés, *Sarah Chiche*

P5111. La Vie lente, *Abdellah Taïa*

P5112. Les grandes villes n'existent pas, *Cécile Coulon*

P5113. Des vies possibles, *Charif Majdalani*

P5114. Le Mangeur de livres, *Stéphane Malandrin*

P5115. West, *Carys Davies*

P5116. Le Syndrome du varan, *Justine Niogret*

P5117. Le Plongeur, *Stéphane Larue*

P5118. Hunger, *Roxane Gay*

P5119. Dégager l'écoute, *Raymond Depardon et Claudine Nougaret*

P5120. Comment j'ai arrêté de manger les animaux *Hugo Clément*

P5121. Anagrammes. Pour sourire et rêver, *Jacques Perry-Salkow*

P5122. Les Spaghettis de Baudelaire. 50 conseils pour briller en cours de lettres, *Thierry Maugenest*

P5123. Tout autre nom, *Craig Johnson*

P5124 Requiem, *Tony Cavanaugh*

P5125. Ce que savait la nuit, *Arnaldur Indridason*

P5126. Scalp, *Cyril Herry*

P5127. Haine pour haine, *Eva Dolan*

P5128. Trois Jours, *Petros Markaris*

P5129. Quand notre cœur s'ouvre à la spiritualité *Caroline Coldefy*

P5130. Les Invisibles, *Antoine Albertini*

P5131. Le Fil de nos vies brisées, *Cécile Hennion*

P5132. D'os et de lumière, *Mike McCormack*

P5133. Le Nouveau, *Tracy Chevalier*

P5134. Comment j'ai vidé la maison de mes parents. Une trilogie familiale, *Lydia Flem*

P5135. Le Grand Cahier. Une trilogie, *Agota Kristof*

P5136. Roland Furieux, tome 1, *L'Arioste*
P5137. Roland Furieux, tome 2, *L'Arioste*
P5138. Frères sorcières, *Antoine Volodine*
P5139. Mes biens chères soeurs, *Chloé Delaume*
P5140. Vivre ensemble, *Émilie Frèche*
P5141. Voyou, *Itamar Orlev*
P5142. L'Abattoir de verre, *John Maxwell Coetzee*
P5143. Kiosque, *Jean Rouaud*
P5144. État de nature, *Jean-Baptiste Froment*
P5145. Le Petit Paradis, *Joyce Carol Oates*
P5146. Trahison, *Joyce Carol Oates*
P5147. Marcher jusqu'au soir, *Lydie Salvayre*
P5148. Et j'abattrai l'arrogance des tyrans
Marie-Fleur Albecker
P5149. Projet Starpoint, tome 1, La Fille aux cheveux rouges
Marie-Lorna Vaconsin
P5150. Que le diable m'emporte, *Marie MacLane*
P5151. Ombres sur la Tamise, *Michael Ondaatje*
P5152. Pourquoi je déteste les enfants, *Robert Benchley*
P5153. Dans le faisceau des vivants, *Valérie Zenatti*
P5154. L'Oiseau Parker dans la nuit, *Yannick Lahens*
P5155. Formulaires, *Mohammed Dib*
P5156. La Faille du temps, *Jeanette Winterson*
P5157. Nous habitons la Terre, *Christiane Taubira*
P5158. Edgar Morin : l'indiscipliné, *Emmanuel Lemieux*
P5159. Set the Boy Free, *Johnny Marr*
P5160. Le Magot. Fourniret et le gang des Postiches : mortelle rencontre, *Patricia Tourancheau*
P5161. La Nuit du revolver, *David Carr*
P6162. Omar et Greg, *François Beaune*
P5163. Honorer la fureur, *Rodolphe Barry*
P5164. Les Minots, *Romain Capdepon*
P5165. Aux confins de l'Eldorado. La Boudeuse en Amazonie
Gérard Chaliand
P5166. Vivre libre, *Henry de Monfreid*
P5167. Diskø, *Mo Malø*
P5168. Sombre avec moi, *Chris Brookmyre*
P5169. Les Infidèles, *Dominique Sylvain*
P5170. L'Agent du chaos, *Giancarlo De Cataldo*
P5171. Le Goût de la viande, *Gildas Guyot*
P5172. Les Effarés, *Hervé Le Corre*
P5173. J'ai vendu mon âme en bitcoins, *Jake Adelstein*
P5174. La Dame de Reykjavik, *Ragnar Jónasson*
P5175. La Mort du Khazar rouge, *Shlomo Sand*
P5176. Le Blues du chat, *Sophie Chabanel*
P5177. Les Mains vides, *Valerio Varesi*
P5178. La Cage, *Lilja Sigurðardóttir*

P5179. Éthique du samouraï moderne. Petit manuel de combat pour temps de désarroi, *Patrice Franceschi*
P5180. Maître du Oui, *Svâmi Prajñânpad*
P5181. Wabi Sabi. L'art d'accepter l'imperfection *Tomás Navarro*
P5182. Très chère Valentine, *Adriana Trigani*
P5183. La Partition, *Diane Brasseur*
P5184. Château de femmes, *Jessica Shattuck*
P5185. Les Âmes silencieuses, *Mélanie Guyard*
P5186. Le Cartographe des Indes boréales, *Olivier Truc*
P5187. Les Méandres du Nil, *Robert Solé*
P5188. Les Photos d'Anny, *Anny Duperey*
P5189. Chambre 128, *Cathy Bonidan*
P5190. East Village Blues, *Chantal Thomas*
P5191. La Revenue, *Donatella di Pietrantonio*
P5192. En tenue d'Eve. Histoire d'une partie d'échecs *Eve Babitz*
P5193. Bicyclettres, *Jean-Acier Danès*
P5194. La Petite fille au tambour, *John Le Carré*
P5195. Floride, *Lauren Groff*
P5196. La Transparence du temps, *Leonardo Padura*
P5197. Pour l'amour des livres, *Michel Le Bris*
P5198. Le Chemin de la mer. Et autres nouvelles *Patrice Franceschi*
P5199. Transit, *Rachel Cusk*
P5200. Un petit coup de jeune, *Thierry Bizot*
P5201. L'Amour est aveugle. Le ravissement de Brodie Moncur *William Boyd*
P5202. Titayna : l'aventurière des années folles *Benoît Heimermann*
P5203. La Mer pour aventure, *Collectif*
P5204. Lawrence d'Arabie. Le désert et les étoiles *Flora Armitage*
P5205. Travelling. Un tour du monde sans avion *Tangy Viel, Christian Garcin*
P5206. Va où il est impossible d'aller. Mémoires *Costa-Gavras*
P5207. Tous les films sont politiques. Pour Costa-Gavras *Edwy Plenel*
P5208. Marthe Richard ou les beaux mensonges *Nicolas D'Estienne d'Orves*
P5209. Les Imprudents. Sur les traces des résistants du maquis Bir-Hakeim, *Olivier Bertrand*
P5210. Maudits mots. La fabrique des insultes racistes *Marie Treps*
P5211. Les Mots du football, *Vincent Duluc*
P5212. En marge, *Silvia Baron Supervielle*

P5213. Le Coeur et la Chair, *Ambrose Parry*
P5214. Dernier tacle, *Emmanuel Petit, Gilles Del Pappas*
P5215. Crime et Délice, *Emmanuel Petit, Gilles Del Pappas*
P5216. Le Sang noir des hommes, *Julien Suaudeau*
P5217. À l'ombre de l'eau, *Maïko Kato*
P5218. Vik, *Ragnar Jónasson*
P5219. Koba, *Robert Littell*
P5220. Le Dernier Thriller norvégien, *Luc Chomarat*
P5221. Les Forçats de la route, *Albert Londres*
P5222. Steak machine, *Geoffrey Le Guilcher*
P5223. La paix est possible. Elle commence par vous *Prem Rawat*
P5224. Petit Traité de bienveillance envers soi-même *Serge Marquis*
P5225. Sex & Rage, *Eve Babitz*
P5226. Histoire de ma vie, *Henry Darger*
P5227. Hors-bord, *Renata Adler*
P5228. N'oublie pas de te souvenir, *Jean Contrucci*
P5229. Mur méditerranée, *Louis-Philippe Dalembert*
P5230. La Débâcle, *Romain Slocombe*
P5231. À crier dans les ruines, *Alexandra Koszelyk*
P5232. Son Corps et Autres Célébrations *Carmen Maria Machado*
P5233. Nuit d'épine, *Christiane Taubira*
P5234. Les Fillettes, *Clarisse Gorokhoff*
P5235. Le Télégraphiste de Chopin, *Eric Faye*
P5236. La Terre invisible, *Hubert Mingarelli*
P5237. Une vue exceptionnelle, *Jean Mattern*
P5238. Louvre, *Josselin Guillois*
P5239. Les Petits de décembre, *Kaouther Adimi*
P5240. Les Yeux rouges, *Myriam Leroy*
P5241. Dévorer le ciel, *Paolo Giordano*
P5242. Amazonia, *Patrick Deville*
P5243. La Grande Bouche molle, *Philippe Jaenada*
P5244. L'Heure d'été, *Prune Antoine*
P5245. Pourquoi je déteste l'économie, *Robert Benchley*
P5246. Cora dans la spirale, *Vincent Message*
P5247. La Danse du roi, *Mohammed Dib*
P5210. Maudits Mots. La fabrique des insultes racistes *Marie Treps*
P5248. Il était une fois dans l'Est, *Arpád Soltész*
P5249. La Tentation du pardon, *Donna Leon*
P5250. Ah ! Les Braves Gens, *Franz Bartelt*
P5251. Crois-le !, *Patrice Guirao*
P5252. Lyao-Ly, *Patrice Guirao*
P5253. À sang perdu, *Rae del Bianco*
P5254. Mémoires vives, *Edward Snowden*

P5255. La Plus Belle Histoire de l'intelligence
Stanislas Dehaene, Yann Le Cun, Jacques Girardon
P5256. J'ai oublié, *Bulle Ogier, Anne Diatkine*
P5257. Endurance. L'incroyable voyage de Shackleton
Alfred Lansing
P5258. Le Cheval des Sforza, *Marco Malvaldi*
P5259. La Purge, *Arthur Nesnidal*
P5260. Eva, *Arturo Pérez-Reverte*
P5261. Alex Verus. Destinée, tome 1, *Benedict Jacka*
P5262. Alex Verus. Malediction, tome 2, *Benedict Jacka*
P5263. Alex Verus. Persécution, tome 3, *Benedict Jacka*
P5264. Neptune Avenue, *Bernard Comment*
P5265. Dernière Sommation, *David Dufresne*
P5266. Dans la maison de la liberté, *David Grossman*
P5267. Le Roman de Bolano, *Gilles Marchand, Eric Bonnargent*
P5268. La Plus Précieuse des marchandises. Un conte
Jean-Claude Grumberg
P5269. L'avenir de la planète commence dans notre assiette
Jonathan Safran Foer
P5270. Le Maître des poupées, *Joyce Carol Oates*
P5271. Un livre de martyrs américains, *Joyce Carol Oates*
P5272. Passe-moi le champagne, j'ai un chat dans la gorge
Loïc Prigent
P5273. Invasion, *Luke Rhinehart*
P5274. L'Extase du selfie. Et autres gestes qui nous disent
Philippe Delerm
P5275. Archives des enfants perdus, *Valeria Luiselli*
P5276. Ida, *Hélène Bessette*
P5277. Une vie violente, *Pier Paolo Pasolini*
P5278. À cinq ans, je suis devenue terre-à-terre, *Jeanne Cherhal*
P5279. Encore plus de bonbons sur la langue. Le français
n'a jamais fini de vous surprendre !, *Muriel Gilbert*
P5280. L'Ivre de mots, *Stéphane de Groodt*
P5281. The Flame, *Leonard Cohen*
P5282. L'Artiste, *Antonin Varenne*
P5283. Les Roses de la nuit, *Arnaldur Indridason*
P5284. Le Diable et Sherlock Holmes, *David Grann*
P5285. Coups de vieux, *Dominique Forma*
P5286. L'Offrande grecque, *Philip Kerr*
P5287. Régression, *Fabrice Papillon*
P5288. Un autre jour, *Valentin Musso*
P5289. La Fabrique du crétin digital, *Michel Desmurget*
P5290. Le Grand Manipulateur. Les réseaux secrets de Macron
Marc Endeweld
P5291. Oldyssey, *Clément Boxefeld, Julia Chourri*
P5292. La vie est une célébration, *Mata Amritanandamayi*
P5293. Les Plus Beaux Contes zen, *Henri Brunel*